天合教育 编

2012 版

国家公务员录用考试专用
————————————— 系列教材

行政职业能力测验
历年试卷及专家点评

化学工业出版社

·北京·

内 容 简 介

通过专家对公务员考试的深入研究和细致分析,发现"多做真题"是公务员考试制胜的捷径,它可以让考生最快地了解历年的考试情况。本书能帮助考生全面、系统地了解和把握国家公务员考试详情,书中涵盖了近几年来中央国家机关公务员录用考试的全部真题,试题答案讲解全面、深入、细致,完全参照人事部门相关标准答案,并由多名考试专家反复论证,其精确性毋庸置疑。在解题方法上,注重对考生技巧与速度的培养,可在最短时间内提升考生应试技能,提高成绩。

图书在版编目(CIP)数据

行政职业能力测验历年试卷及专家点评 / 天合教育编.—北京:化学工业出版社,2011.5

(国家公务员录用考试专用系列教材:2012版)

ISBN 978-7-122-10823-4

Ⅰ.行… Ⅱ.天… Ⅲ.①公务员–招聘–考试–中国–题解②行政管理–能力倾向测验–中国–题解 Ⅳ.D630.3-44

中国版本图书馆 CIP 数据核字(2011)第 046677 号

责任编辑:瞿 微 张 立　　　　　　　装帧设计:王晓宇
责任校对:顾淑云

出版发行:化学工业出版社(北京市东城区青年湖南街 13 号　邮政编码 100011)
印　　刷:北京永鑫印刷有限责任公司
装　　订:三河市万龙印装有限公司
880mm×1230mm　　1/16　　印张 18　　字数 572 千字　　2011 年 5 月北京第 1 版第 1 次印刷

购书咨询:010-64518888(传真:010-64519686)　　　售后服务:010-64518899
网　　址:http://www.cip.com.cn

凡购买本书,如有缺损质量问题,本社销售中心负责调换。

定　　价:39.00 元

前　言

随着公务员考试录用制度的全面推行和完善以及影响的扩大,使得公务员考试竞争日益激烈。党和国家越来越重视公务员的任用和管理,对公务员的要求也更加清晰、透明。尤其是国家公务员局的成立,更表明了它的规范化。公务员录用考试制度已经成为党和政府面向全社会招贤纳士的主要渠道。

近年来,就业压力不断加大,社会各界人士报考公务员的热情高涨,报考人数居高不下。作为在各级政府机关中行使国家行政职权、执行国家公务的人员,必须具备发现问题、分析问题、认识问题和解决问题的能力。公务员考试中笔试试题目的设置,正是适应这种用人机制的产物。行政职业能力测验中的言语理解与表达、数量关系、判断推理、常识判断和资料分析,以及申论科目的设置均从语言、逻辑思维、反应能力等层面测查了考生的综合能力及与之职位适应的工作能力。较之高考、考研,它的实用性、能力性测查更为真切和直接。

在公务员考试制度日渐成熟的同时,社会上也出现了多种应对公务员考试的用书。对考试用书的选取成为考生能否取得理想成绩的关键之一。为使广大考生有针对性地、高效率地做好应考准备,本书编写专家在把握公务员考试最新变化与趋势的基础上,倾心打造了国内一流的品牌图书。本系列教材在潜心研究历年考试情况的基础上融入了 2011 年公务员考试的最新思想和变化,并由著名专家对命题趋势做出权威解读,对公务员考试的各部分题型进行了深入的探讨与归纳,对每种题型的应对理论进行深入、全面的阐述,每一部分内容中都涉及真题演练这个重要环节,能使广大考生把握中央、地方公务员考试真题的规律。

本系列教材是根据国家人力资源和社会保障部最新命题思路编写的,在题型、题量、试题难度、讲解等方面均参照了国家历年公务员考试真题和考试大纲,做到既把握公务员考试的命题特点,又重视发展趋势的研究。

本系列教材具有以下鲜明特点。

一、权威的编写队伍

本系列教材是公务员考试命题研究专家为参加公务员考试的考生量身定做的,专家们多年的理论研究与阅卷实践,定能使考生以最快的速度掌握教材中的内容,在考试中取得佳绩。

二、丰富兼容的知识内容

本系列教材涵盖了各地公务员考试的经典题型和最新题型,对公务员考试的各类题型进行了深入的探讨与归纳,其结构严谨、内容翔实、讲练结合、重点突出、难易适当、梯度合理,真正做到了让考生理论知识与实践的全面提高。本系列教材既适用于公务员考试,同时也适用于事业单位招聘工作人员的考试,以及选聘高校毕业生面向基层工作的考试、三支一扶考试、社区考试以及军转干考试等,具有兼容性。

三、全新的思路点拨

本系列教材采用了全新的试题讲解方法,打破了以往机械地向考生灌输解题方法和技巧的模式,使考生真正做到拓展思维、提升能力。

四、最新的考点把握

本系列教材根据各地命题趋势,全面把握最新考试知识点,在紧扣公务员考试相关精神的基础上又有所创新,凸显时效性。

为了回馈广大考生的信任和支持,我们力争提供最完善的服务,读者可随时登录 www.thjy888.com,就学习中遇到的问题向命题研究专家进行咨询,也可随时与我们在线沟通。同时,希望广大读者随时关注我们的网站,关注公务员考试的最新讯息、考前模拟试题及更多公务员考试信息。

由于编者水平及时间有限,在编写过程中难免有不足之处,敬请广大读者、同仁不吝指正。衷心希望本系列教材能为广大考生的复习备考带来实质性的帮助。

天合教育

目　录

2011 年中央国家机关公务员录用考试

《行政职业能力测验》试卷

说　明

　　这项测验共有五个部分,135 道题,总时限为 120 分钟。各部分不分别计时,但都给出了参考时限,供你参考以分配时间。

　　请在机读答题卡上严格按照要求填写好自己的姓名、报考部门,涂写准考证号。

　　请仔细阅读下面的注意事项,这对你获得成功非常重要。

　　1. 题目应在答题卡上作答,不要在试题本上作任何记号。

　　2. 监考人员宣布考试开始时,你才可以开始答题。

　　3. 监考人员宣布考试结束时,你应立即放下铅笔,将试题本、答题卡和草稿纸都留在桌上,然后离开。如果你违反了以上任何一项要求,都将影响你的成绩。

　　4. 在这项测验中,可能有一些试题较难,因此你不要在一道题上思考时间太久,遇到不会答的题目,可先跳过去,如果有时间再去思考。否则,你可能没有时间完成后面的题目。

　　5. 试题答错不倒扣分。

　　6. 特别提醒你注意,涂写答案时一定要认准题号。严禁折叠答题卡!

第一部分　常识判断

（共 25 题，参考时限 15 分钟）

根据题目要求，在四个选项中选出一个最恰当的答案。

请开始答题：

1. 2010 年 7 月，党中央、国务院召开了西部大开发工作会议，总结西部大开发 10 年取得的巨大成就和丰富经验，全面分析国内外形势和西部大开发面临的新机遇、新挑战，关于西部大开发战略，下列表述不正确的是（　　）。
   A. 实施西部大开发的核心工作是保障和改善民生
   B. 西部大开发战略实施的最主要目的是解决沿海同内地的贫富差距
   C. 西部大开发覆盖地域指陕、甘、宁、青、新等西北五省（区）及西藏自治区
   D. 西部大开发在我国区域协调发展总体战略中居于优先地位

2. 随着综合国力的提升，我国在国际社会中的作用与影响越来越突出，下列说法正确的是（　　）。
   A. 我国目前是二十国集团中唯一的亚洲发展中国家
   B. 我国的出口贸易额在"金砖四国"中位居第二
   C. 我国在哥本哈根气候峰会上提出了单位 GDP 碳减排的量化目标
   D. 我国已与周边所有邻国建立正式的外交关系

3. 我国的能源条件可以概括为（　　）。
   A. 缺煤、富油、少气　　　　　　　　B. 缺煤、缺油、多气
   C. 富煤、富油、多气　　　　　　　　D. 富煤、缺油、少气

4. 关于我国第六次人口普查，下列表述正确的是（　　）。
   A. 其标准时点是 2010 年 1 月 1 日至 2010 年 12 月 31 日
   B. 所取得的数据不得作为对普查对象实施处罚的依据
   C. 所需经费由中央政府完全负担，列入相应年度的财政预算
   D. 采用按户口所在地登记的原则

5. 社会建设与人民幸福安康息息相关，党的十七大报告提出，要加快推进以改善民生为重点的社会建设，下列各项不属于社会建设范畴的是（　　）。
   A. 在学校建立贫困生资助体系　　　　B. 为低收入家庭提供住房保障
   C. 扩大各项社会保险的覆盖范围　　　D. 强化政府服务职能，建设服务型政府

6. 在西柏坡时期，党中央：①领导了解放区的土改运动；②召开了党的七届二中全会；③组织指挥了辽沈、淮海、平津三大战役。
   　　上述历史事件出现的先后顺序是（　　）。
   A. ①③②　　　　　B. ②①③　　　　　C. ②③①　　　　　D. ③①②

7. 下列说法不符合法律规定的是（　　）。
   A. 甲村村委会在村民会议上提交了修建学校的经费筹集方案
   B. 乙村村委会与村民李某签订山林承包合同，承包期为 10 年，到期后，村委会又将山林承包给该村村民赵某

C. 丙村有一座石灰矿,丙村村委会组织该村村民成立丙村经济合作社,以经济合作社的名义申请石灰矿的采矿许可证

D. 丁村享有选举权的村民有 500 人,其中 300 人参与了村委会主任选举,候选人王某、张某和黄某分别获得选票 120 票、100 票和 80 票,因而王某当选

8. 根据我国国防动员法的有关规定,在国家的主权、统一、领土完整和安全遭受威胁时,决定全国总动员或局部动员和发布动员令的分别是( )。

A. 全国人民代表大会、国务院总理

B. 国家主席、国务院总理

C. 全国人民代表大会常务委员会、国家主席

D. 全国人民代表大会常务委员长、国家主席

9. 下列关于我国人大代表选举的表述,不正确的是( )。

A. 1953 年通过的选举法规定,全国人大代表的选举,各省按每 80 万人选代表 1 人,直辖市和人口在 50 万以上的直辖市按每 10 万人选代表 1 人

B. 1979 年修订的选举法规定,自治州、县、自治县人大代表中,农村每一代表的人口数 4 倍于镇每一代表所代表的人口数,省、自治区人大为 5∶1,全国人大为 8∶1

C. 1995 年修改的选举法规定,省、自治区和全国人大代表中,农村每一代表与城市每一代表所代表的人口数为 4∶1,自治州、县、自治县仍是 4∶1

D. 2010 年修改的选举法规定,全国人民代表大会代表名额,按照每一代表所代表的城乡人口数 2∶1 的原则,以及保证各地区、各民族、各方面都有适当数量代表的要求进行分配

10. 下列关于人类航天史的说法,正确的是( )。

A. 载人飞船首次在地球轨道上实现交会和对接是在 20 世纪 60 年代

B. 前苏联宇航员加加林是世界上第一个进行太空行走的人

C. 成功将世界上第一颗人造地球卫星送入太空的是美国

D. 首次实现登月的载人飞船是"阿波罗 13 号"

11. 新中国成立后,我国在一些前沿技术领域取得了一批具有较大国际影响力的创新成果,下列全部属于近三十年来取得的重大突破的一组是( )。

A. 歌德巴克猜想、载人航天、古生物考古、南水北调

B. 超大规模集成电路、第三代移动通信、高性能计算机、超级杂交水稻

C. 月球探测、核电工程、反西格玛负超子、陆相成油理论

D. 激光照排技术、量子通讯、古生物考古、人工合成牛胰岛素结晶

12. 关于我国的军衔制度,下列说法正确的是( )。

A. 士兵军衔肩章版面底色有棕绿色、天蓝色、黑色三种

B. 一般分帅、将、校、尉、士五个等级

C. 刘伯承、陈毅、粟裕等人曾被授予元帅军衔

D. 中国人民解放军第一次实行军衔制度是在 1949 年

13. 关于中国交通建设,下列说法不正确的是( )。

A. 目前国道线采用数字编号,分别以 1、2、3、4 开头

B. 我国自建的第一条铁路——京张铁路由詹天佑主持设计修建

C. 20 世纪 50 年代,新中国第一架自制飞机在南昌试飞成功

D. 宋元时期的泉州港是当时世界上最大的贸易港之一

14. 汇率变动会对一国对外经济活动产生影响,假如某国货币升值,则下列表述不正确的是( )。

3

A. 不利于出口贸易   B. 有利于公民出境旅游

C. 会导致热钱流入   D. 有利于消除贸易逆差

15. 下列关于我国经济发展现状的表达,不正确的是( )。

A. 人均国民生产总值已超过 3000 美元

B. 黄金储备量已超过 1000 吨

C. 对石油进口的依存度已接近 30%

D. 第三产业增加值已接近第二产业

16. 我国民族关系中的"三个离不开"是指( )。

A. 少数民族的发展离不开自身的努力,离不开发达地区的帮助,离不开国家民族政策的支持

B. 汉族离不开少数民族,少数民族离不开汉族,少数民族之间也相互离不开

C. 民族关系的和谐离不开经济发展,离不开民族政策教育,离不开法制建设

D. 各民族的团结离不开共同繁荣,离不开共同发展,离不开共同进步

17. 2010 年新成立的我国第三个副省级新区是( )。

A. 新疆喀什   B. 上海浦东   C. 天津海滨   D. 重庆两江

18. 下列有关地震的表述,不正确的是( )。

A. 震源的深度越浅,地震破坏力越大,波及范围也越广

B. 2008 年四川汶川地震是我国自 1949 年以来破坏性最强、波及范围最广的一次地震

C. 我国位于世界两大地震带——环太平洋地震带与欧亚地震带之间

D. 我国的地震带主要分布在台湾、西南、西北、华北、东南沿海五个区域

19. 京剧作为我国著名剧种,和中医、国画并称为中国三大国粹,下列关于京剧的表述正确的是( )。

A. 人们习惯上称戏班、剧团为"杏园"

B. 京剧行当中的"净"是指女性角色

C. "梅派"唱腔创始人是京剧艺术大师梅兰芳先生

D. 《梁山伯与祝英台》是京剧经典曲目之一

20. 关于我国的出土文物,下列说法正确的是( )。

A. 湖南长沙马王堆汉墓出土了素纱禅衣

B. 西安附近出土了大量殷商时期的刻有文字的龟甲和兽骨

C. 越王勾践剑是战国时期兵器冶炼技术的杰出成果

D. 洛阳出土的唐三彩以红、蓝、白三种颜色为主

21. 在几千年人类文明发展进程中,亚洲、非洲、美洲、欧洲都留下许多宝贵的文学、艺术和建筑遗产,下列文化遗产属于同一个大洲的是( )。

A. 《最后的晚餐》、雕塑"思想者"、雕塑"大卫"

B. 胡夫金字塔、狮身人面像、帕特农神庙

C. 《百年孤独》、《老人与海》、《海底两万里》

D. 《飞鸟集》、《高老头》、《源氏物语》

22. 下列有关书法艺术的表达,正确的是( )。

A. 东汉著名书法家张芝被称为"书圣"

B. 唐代书法家颜真卿是楷书四大家之一

C. 《真书千字文》是唐代著名书法家怀素的代表作

D. "苏、黄、米、蔡"中的"黄"指的是黄公望

23. 下列有关天文知识的表述,正确的是( )。

A.开普勒制成人类历史上第一台天文望远镜,并证实了歌白尼学说

B.四象青龙、白虎、朱雀、玄武分别代表东、西、南、北四个方向

C.世界最早的哈雷彗星记录是《诗经》中的"鲁庄公七年星陨如雨"

D.月食发生时地球、月球、太阳在一条直线上,且月球居中

24.下列关于日常生活中的做法,不正确的是( )。

A.为了使用方便和最大限度地利用材料,机器上用的螺母大多是六角形

B.在加油站不能使用手机,是因为手机在使用时产生的射频火花很容易引起爆炸,发生危险

C.交通信号灯中红色被用做停车信号是因为红色波长最长

D.家中遇到煤气泄漏事件应立即使用房间的电话报警

25.下列有关生活常识的说法,不正确的是( )。

A.夏天不宜穿深色衣服,深色衣服比浅色衣服更易吸收辐射热

B.驱长虫药若饭后服用,不易达到最好的驱虫效果

C.按照建筑采光要求,相同高度的住宅群,昆明的楼房间距应该比哈尔滨的楼房间距大

D.在汽车玻璃清洗液中加入适当比例的酒精,可使其抗冻效果更好

第一部分结束,请继续做第二部分!

第二部分 言语理解与表达

(共 40 题,参考时限 35 分钟)

本部分包括表达与理解两方面的内容,请根据题目要求,在四个选项中选出一个最恰当的答案。

请开始答题:

26.人类千万年的历史中,最_____的不是令人目眩的科技,不是大师们浩瀚的经典,而是实现了对权力的_____,实现了把权利关进笼子的梦想。

依次填入划横线部分最恰当的一项是( )。

A.珍贵 约束　　　　　　　　　　B.重大 限制

C.成功 束缚　　　　　　　　　　D.难得 控制

27.目前我国高校博物馆的数量已有150多座,然而这些博物馆却很寂寞,终年_____,有的连自己学校的师生都不知晓,有的由于没有展出条件,众多的宝贝常年灰尘满面,利用率很低,至于说到免费开放和惠及民众,更是很_____的话题。

依次填入划横线部分最恰当的一项是( )。

A.门庭冷落 生僻　　　　　　　　B.无人问津 突兀

C.门可罗雀 遥远　　　　　　　　D.人迹罕至 超前

28.刷卡从根本上改变了我们的花钱方式,当我们用现金买东西时,购买行为就涉及到实际的损失——我们的钱包变空了,然而,信用卡却把交易行为_____化了,这样我们实际上就不容易感觉到花钱的消极面了,脑成像试验表明,刷卡真的会降低脑岛的活动水平,而脑岛是与消极情绪有关的脑区。信用卡的实质就是_____我们,让我们感觉不到付账的痛苦。

依次填入划横线部分最恰当的一项是( )。

A. 合理　麻痹　　　　　　　　　　　B. 概念　蒙蔽

C. 简单　迷惑　　　　　　　　　　　D. 抽象　麻醉

29. 如果孩子只能在美术课上画画,往往会变得很_____:他们总是用同一系列颜色表现同一类主题,画中充斥着令人担忧的"现实主义",毫无_____可言。

依次填入划横线部分最恰当的一项是(　　)。

A. 刻板　新意　　　　　　　　　　　B. 固执　灵气

C. 保守　创新　　　　　　　　　　　D. 单调　理想

30. 过去的25年中,尽管经历着通货膨胀和经济衰退,美国人的消费能力始终没有减退,背后最主要的推力就是个人信贷业的异常_____,尽管个别客户可能破产,但总体上,个人消费信贷是_____的。

依次填入划横线部分最恰当的一项是(　　)。

A. 繁荣　有利可图　　　　　　　　　B. 频繁　安然无虞

C. 活跃　节节攀升　　　　　　　　　D. 发达　高枕无忧

31. 荀子认为,人的知识、智慧、品德等,都是由后天学习、积累而来的,他专门写了《劝学》篇,论述学习的重要性,肯定人是教育和环境的产物,倡导_____、日积月累、不断求知的学习精神。

填入划横线部分最恰当的一项是(　　)。

A. 孜孜不倦　　　B. 坚忍不拔　　　C. 按部就班　　　D. 一丝不苟

32. 互联网怎样影响了我们的社会和生活,这看上去好像是个_____的话题,每个人都能说上几句,但事实上,有几个人能把这个问题说清楚,说细致,说出点儿新意,说出点儿可意会不可言传的_____。

依次填入划横线部分最恰当的一项是(　　)。

A. 见仁见智　理由　　　　　　　　　B. 众说纷纭　道理

C. 历久弥新　独见　　　　　　　　　D. 老生常谈　妙处

33. 要解决孩子上幼儿园难的问题,_____是各级政府要把学前教育经费纳入地方财政预算,提高投入比例,增加公办幼儿园的数量,以满足城乡居民子女的入园需求。

依次填入划横线部分最恰当的一项是(　　)。

A. 当务之急　　　B. 首当其冲　　　C. 理所当然　　　D. 无可置疑

34. 在高楼林立的现代都市里,在人们的_____中,本已零落的古建筑更加凋零,每天都面临着彻底消失的命运,如果教育能让孩子从小感受古建筑所蕴含的魅力,让他们懂得珍惜,就能最终积累出保护古代建筑最_____的力量。

依次填入划横线部分最恰当的一项是(　　)。

A. 忙碌　可靠　　　　　　　　　　　B. 漠视　坚实

C. 误解　基础　　　　　　　　　　　D. 麻木　强大

35. 任何城市的演变都是城市的历史与新元素的_____,城市的历史和历史建筑应当是我们的资源、城市的特色,而不应被看作城市建设的_____。

依次填入划横线部分最恰当的一项是(　　)。

A. 融会贯通　负担　　　　　　　　　B. 兼收并蓄　阻力

C. 此消彼长　包袱　　　　　　　　　D. 相辅相成　障碍

36. 对经典的质疑不会使经典变得_____,反倒有助于公众更加清醒地认识经典的意义所在,并正确对待经典中可能存有的某些_____。

依次填入划横线部分最恰当的一项是(　　)。

A. 一文不值　不足　　　　　　　　　B. 平淡无奇　缺陷

C. 百无一用　弊病　　　　　　　　　D. 黯淡无光　瑕疵

37. 在金属发展史上,从陨铁的锻制到人工冶炼铁的出现,这一演进绝不是_____的,而是经历了长达600 年以上的_____。

依次填入划横线部分最恰当的一项是( )。

A.一蹴而就　摸索　　　　　　　　　B.自然而然　努力

C.一朝一夕　改进　　　　　　　　　D.轻而易举　发展

38. "不畏浮云遮望眼,只缘身在最高层"。只要我们站在时代的前沿,以历史的眼光_____世界大势,以战略家的智慧_____未来,以互利共赢的精神致力于发展,以务实开放的态度_____区域合作,我们就能克服前进道路上的艰难险阻,不断谱写出本地区和平、发展与繁荣的新篇章。

依次填入划横线部分最恰当的一项是( )。

A.运筹　展望　促进　　　　　　　　B.观察　把握　推动

C.分析　赢得　加强　　　　　　　　D.洞察　谋划　推进

39. 北极地区冰湖的逐渐融化,更_____的意义在于北冰洋上将出现新航道,新航道的出现可以让环北极地区国家_____提出对北极地区的主权主张,不仅可以使本国获得经济和军事利益,而且可以直接对其他国家的科学考察、经济开发等活动进行_____。

依次填入划横线部分最恰当的一项是( )。

A.深远　趁机　干预　　　　　　　　B.现实　方便　限制

C.重要　合法　监控　　　　　　　　D.直接　明确　介入

40. 从某种意义上来说,大脑就像肌肉一样,如果_____锻炼某个部分,就会使该区域增强,科学家发现小提琴演奏家的大脑中用来控制左手的区域远大于常人,因为左手按压琴弦的工作比较_____,而右手拉弓弦则相对简单。同样,阅读盲文的盲人,其大脑中很大的区域_____给触觉。

依次填入划横线部分最恰当的一项是( )。

A.长期　紧张　安排　　　　　　　　B.反复　繁琐　分配

C.直接　劳累　划分　　　　　　　　D.刻意　复杂　预留

41. 品牌一词,"品"在前,"牌"在后,这说明要先有"品",才有"牌",也就是说,要是没有好的产品做支撑,单靠打广告、搞赞助,即使能做出个名牌,也只是_____。这方面的教训_____。所谓的"品",不仅指"产品"、"品质",还包括企业的"品行",也就是说企业还要积极地履行社会责任。

依次填入划横线部分最恰当的一项是( )。

A.掩耳盗铃　比比皆是　　　　　　　B.昙花一现　不胜枚举

C.名实不符　振聋发聩　　　　　　　D.浮光掠影　屡见不鲜

42. 相对于中原地区,黄河上游人们的生活与风俗我并不熟悉,无法一下子_____到心灵层面的东西。但我还是带着_____去拍摄,去体验普通人生活在令人敬畏的大自然和_____的历史面前是什么情形。

依次填入划横线部分最恰当的一项是( )。

A.感受　疑问　悠久　　　　　　　　B.碰触　好奇　变迁

C.深入　憧憬　沉寂　　　　　　　　D.捕捉　敬意　沧桑

43. 一部本来颇有可能写成论文状的著作,读来却丝毫没有艰涩之感,反而_____,实在_____,要知道,在这样一个高速运转的社会里,一本_____的书往往会被放在桌子上做临时杯垫用。

依次填入划横线部分最恰当的一项是( )。

A.妙趣横生　难能可贵　令人费解　　B.引人入胜　匠心独具　高深莫测

C.深入浅出　叹为观止　曲高和寡　　D.平易近人　不可多得　枯燥无味

44. 皮影戏在我国流传地域广阔,在长期的_____过程中,其音乐唱腔的风格与韵律都_____了各自地方戏曲、曲艺、民间小调的精华,从而形成了众多_____的流派。

依次填入划横线部分最恰当的一项是( )。

A.演变 融汇 标新立异   B.演化 吸收 异彩纷呈

C.传承 借鉴 家喻户晓   D.积淀 汲取 风格迥异

45. 许多人善意地对某人建言,内容值得一提,但时机不对,反而造成当事人的_____与羞愤。有的人讲话内容_____,时机也对,但对象不够成熟,讲得再多也_____,对不同的对象,要能讲出适合他听的话。

依次填入划横线部分最恰当的一项是( )。

A.尴尬 精辟 徒劳无益   B.不齿 丰富 白费口舌

C.误解 透彻 无济于事   D.苦恼 鲜明 枉费心机

46. 中国历代异常发达的政治哲学和历史哲学早就无数次地告诫世人:权利的私有及日益专横,只能导致万民涂炭、王朝崩溃的惨祸。但是所有这些深痛剖析永远难以进入法律层面而成为制约统治权利的刚性力量,所以它们只能转而定型为一种"代偿"方式,即思辨、文学和伦理等领域中的深深涵咏和喟叹。因此,在中晚唐开端的中国皇权社会后期文化中,以李商隐等人的作品为代表,不仅"咏史"之作数量日益庞大,而且诸多经典之作极其繁荣,具有空前沉郁的历史悲剧感。

对这段文字的主旨概括最准确的是( )。

A.告诫世人吸取历史兴亡的深刻教训   B.说明咏史诗作诞生的社会政治背景

C.评价李商隐等唐代诗人的创作成就   D.剖析权利私有必然造成社会危机

47. 美国著名学者伊顿曾预言:"我们深信,在不久的将来,我们国家的最高经济利益,将主要取决于我们同胞的创造才智,而不取决于自然资源。"伊顿的预言在今天已经变为现实。金融危机、能源和矿产资源价格急剧上涨,世界经济滞涨风险苗头显现,国民的创新能力得到许多国家前所未有的重视。

这段文字意在强调( )。

A.人力资源将在经济增长中发挥越来越多的作用

B.自然资源在国家发展中的重要性将逐步降低

C.国家要发展必须充分发挥国民的创造能力

D.国民素质的高低将决定国家未来发展的方向

48. 在美国,学术界、工商界、主管部门和多数消费者倾向于认为用豆浆代替牛奶是一种更健康的选择。不过,绝大多数西方人很不喜欢豆味,所以美国的豆浆有进一步去除或掩盖豆味的操作,而中国人就会觉得这样一点儿豆浆味也没有。对奶味的偏好和对豆味的排斥,是豆浆在西方不够受欢迎的主要原因。此外,豆浆在保存过程中比牛奶容易发生聚集下沉,这也给豆浆成为牛奶那样的方便饮品带来了难度。保存难度高,加上市场需求量不是那么大,导致美国豆浆的价格远远高于牛奶。

对这段文字的主旨概括最准确的是( )。

A.中国人和西方人对豆浆口味的不同喜好

B.探究豆浆在西方市场不受欢迎的根本原因

C.剖析豆浆在美国市场上价格偏高的原因

D.指出豆浆打入美国市场所必需的技术手段

49. 人类的平均寿命越来越长,但是人类所观察到的癌症发生率也越来越高。在分析这种趋势的时候,很多人会把它归结为现代食物的品质越来越差,于是时不时有人发出"某某食物致癌"的言论,总能吸引一堆眼球;如果指出这种"致癌的食物"跟现代技术有关,_____。

填入划横线部分最恰当的一句是( )。

A.那就更容易得到公众的普遍认同   B.那就应该分析其关联性到底有多大

C.那也不能作为反对现代技术的理由　　　D.那么据此得出的结论就往往只是初步的

50.信息时代里的企业就像一个完整的人,组织如骨骼,资金如血液,信息如神经。信息流就是生命线,信息系统是神经系统,顾客需求是刺激源。在统一的数字神经系统下,从决策到管理者再到执行者,从人到机器,如果信息可以一路顺畅,整个企业就能用一个大脑思考。这颗数字大脑不仅要对多样化、个性化的顾客需求做出及时准确的反应,还要在对这类信息资源的筛选和分析汇总中不断寻找新的机遇,拓展进步的空间,打造时刻贴近顾客需求的无缝隙的服务品牌。

这段文字意在强调( )。

A.打造知名品牌是企业长远发展的基础　　　B.应高度重视企业各个环节的有效整合

C.如何对顾客需求做出及时准确的反应　　　D.信息系统对企业具有至关重要的意义

51.诗人从生活和大自然捕捉灵感,将语言剪裁成诗;知音的理解和回响,可以使诗的意象和隐藏其中的思想感情浮现出来。天地一沙鸥,海上生明月,悠然见南山,经由后人的吟诵品味,其意象更为深化;巴山夜雨,易水悲歌,汉关秦月,江山风光和人物诗文相互烘托,转化为跨时空的文化符号,丰富了文学的内容,影响着一代代人的精神面貌。

这段文字的关键词是( )。

A.诗　知音　意象　　　B.自然　灵感　文化

C.生活　感情　品味　　　D.文学　符号　精神

52.甜菜的上部叶片垂直生长,叶簇呈漏斗形。这种生长方式所形成的叶面空间的配制结构,极有利于光照的吸收,提高植株和群体光合效率。而车前草的叶片是轮生的,叶片夹角为137.5°,这正是圆的黄金分割的弦角,叶片按照这个角度生长,可以充分利用光照。梨树随着树干长高,叶片沿对数螺旋上升,每个叶片都不会遮蔽下面的叶片。

这段文字意在说明( )。

A.光照吸收率是影响植物生长的关键因素

B.暗合数学规律的叶片结构对植物生长有利

C.不同的生长环境造成了植物叶片生长的差异

D.对光照的吸收影响叶片的生长角度

53.纵观世界流行音乐史,你会发现它基本上就是黑、白两种不同文化的融合史,而且总是由黑人提供原始素材,然后白人把它"偷"过来,并加以完善,最终作为一种崭新的商品推向全球。牙买加由于其特殊的地理位置,成为这一融合的最大受益者,这种模式也顺理成章地推广到田径领域,终于成就了牙买加田径运动的辉煌。

这段文字主要谈论( )。

A.世界流行音乐史的发展模式　　　B.文化融合给牙买加带来的好处

C.地理位置在文化交流中的特殊意义　　　D.黑人和白人对音乐、体育的不同贡献

54.目前,我国正处于产业结构调整的关键阶段。在当前的世界经济危机中,我们已有的外贸主导型经济模式可持续性越来越小,农业是经济危机的避风港,只有通过强农惠农、提高农业综合生产能力和粮食市场竞争力,来全面提高农民的收入,推动农村经济的大发展和广阔的农村市场需求的大升级,才能全面扩大内需,推动我国外向型经济向内向型经济的顺利转型。

对这段文字的主旨概括最准确的是( )。

A.当前我国扩大内需最有效的途径应是大力发展农业

B.世界经济危机可以成为我国经济转型的一个契机

C.当前我国产业结构调整的重点是农业生产结构的调整

D.强农惠农政策是当前我国转变经济发展方式的必然要求

55. 世界茶叶生产的规律是"南红北绿",即:较低纬度地区(如印度、肯尼亚)只能生产优质红茶,相对较高纬度的地区(北纬25°～30°)最适宜生产优质绿茶。国际茶价历来绿茶高于红茶。茶叶主产国印度、印尼、斯里兰卡的绿茶品质都不高,以上三国从20世纪70年代开始"红改绿",企图占领国际绿茶市场,均以失败告终。我国名优绿茶主要分布在山区,拥有丰富的农村劳动力资源和较低的劳动力成本,发展绿茶产业具有明显的优势。

   以下说法与原文相符的是( )。

   A. 目前国际市场上红茶供过于求　　　　B. 印度绿茶价格高于国际绿茶均价

   C. 中国绿茶在国际市场上具有竞争实力　　D. 国际茶叶市场上出现"红改绿"的趋势

56. 纵观各国货币发展历史,货币国际化虽然给所在国带来一定风险,但却远远低于所带来的好处。从老百姓的角度看,本国货币的国际化程度高,就意味着在出国旅行、消费、留学的过程中,可以较为便利地用本币进行支付,不必经过繁琐的汇兑程序;从政府的角度看,国际货币发行国可以通过发行本国货币为国际赤字融资,相当于对别的国家征收了"铸币税",其中的好处不言而喻。因此,许多国家的货币都"争先恐后"地走向国际化。

   这段文字意在( )。

   A. 说明实现货币国际化的结果　　　　　B. 揭示促使货币国际化的原因

   C. 提醒货币国际化潜藏的危险　　　　　D. 剖析货币国际化的实现途径

57. 在以前的对外传播和交往中,我们的外交官经常会遇到这样的情况:外国人在中国博大精深、错综复杂的文化历史面前望而却步,甚至连我们自己也无法精要地描述这一深刻变动的古老文明,我们提出的"和平崛起"、"和谐世界"等战略框架和口号,更多地着眼于国外的战略决策者,而不是针对那些普普通通,对中国不甚了解的国外民众,用现代形象管理学的标准来衡量,我们的"广告词"和"象征符号"还不太贴近群众,在视觉触摸感和情感想象力上,还总让人感到有些缺憾。

   这段文字谈论的核心问题是( )。

   A. 外交官在对外交往中遭遇的困境　　　B. 古老文明走向世界需要突破的难关

   C. 我国在对外传播和交往中存在的误区　D. 中西不同文化间客观上存在的隔膜

58. 我们今天所依循的谈论中国古代绘画的文字全都出自中国文人之手,也正因为如此,中国文人已长时期主宰了绘声绘画讨论的空间,他们已惯于从自己的着眼点出发,选择对于文人艺术家有利的观点,而如今——或者早该如此——已是我们对他们提出抗衡的时候了,并且也应该质疑他们眼中所谓的好画家或好作品。许多优秀的非文人艺术家都因为文人的偏见而未能获得应有的认可,在此,我们应该一一重新给予他们客观的评价和应有的地位。

   下列说法与原文相符的是( )。

   A. 文人艺术家的鉴赏水平落后于他们的创作水平

   B. 古代很多有才华的文人艺术家因偏见而被埋没

   C. 文人在中国绘画理论领域长期居于强势地位

   D. 古代文人画与非文人画的趣味分歧由来已久

59. 一般来说,一个社会的监督体系是由多方面力量组成的,媒体监督不应成为其中的主要力量,更不应"一枝独秀",因为这个体系还应该包括公众监督、制度监督等多个方面,任何一方面的缺失,都会使整个体系出现明显漏洞。单纯依靠一种监督力量,对于任何一个社会来说都是"不安全"的,因为不同的监督力量,在整个体系中扮演的角色是不同的。媒体监督相对于制度监督等方式而言,是一种非强制性的监督,不仅受制于舆论环境,而且监督效果在很大程度上取决于监督对象的态度。因此,将整个社会监督的"希望"全部寄托在媒体身上,既不科学,也不现实。

   这段文字针对的主要问题是( )。

A.目前媒体监督被赋予过多的期望　　B.社会监督未引起监督对象的足够重视

C.媒体监督的效果尚不理想　　D.强制性监督的作用未得到充分发挥

60.①他们没有超过一千的家谱

②金鱼是世界上养殖最普遍的宠物鱼类

③不过有一件事是可以确定的

④却没有多少证据证实它们是什么时候被驯养的

⑤只有少数几个国家还没有引进

⑥尽管我们知道金鱼原产于中国

将以上6个句子重新排列,语序正确的是(　　)。

A.②⑤⑥④③①　　B.②⑤③⑥④①

C.②⑤③①⑥④　　D.⑥④③①②⑤

61.①就可能走向思维的误区

②这无疑是最好的强国路径

③对于经济增长和民众福利来说,更重要的是人均意义上的增长,而不是总量意义上的增长

④当然,也不能说总量意义上的增长没有意义,毕竟有很多事情是由"总体实力"决定的

⑤简单地通过增加劳动力供给的数量来推动总量意义上的增长

⑥如果人均意义上的增长快,却能够在提高民众福利的同时提高"总体实力"

将以上6个句子重新排列,语序正确的是(　　)。

A.③⑤①④⑥②　　B.④⑥②③⑤①

C.⑤①⑥②③④　　D.⑥②⑤①③④

62.①商代以后,随着文字的出现,书写需求增加,周宣王时期"刑夷始制墨",出现了颗粒状人工墨

②到了以彩陶为典型特征的仰韶文化时期,已经有了用来研墨颜料的研磨器——石研

③这些长过半米的大石器,是用来加工粮食的

④砚起源于研磨器,目前已知最早的研磨器是距今七八千年的裴李岗、磁山文化时期的石磨盘和石磨棒

⑤此后,用于研磨的石研,就成为早期的砚

将以上5个句子重新排列,语序正确的是(　　)。

A.①③④⑤②　　B.④③②①⑤

C.①③④②⑤　　D.④③②⑤①

63.文明和文化是不同的。文明使所有的地方所有的民族越来越相似,按照德国人埃利亚斯《文明的进程》的说法,文明是一个群体社会中大家按照同一规则生活,就好像按照一个节拍跳舞,不至于踩到脚一样;而文化使一个民族与别的民族不同,它是与生俱来的,不是规则而是习惯。其实城市化也可以这样看:城市迅速发展,摩天大楼变成城市象征,这其实是现代文明在世界各个角落强势发展的结果。但是,我们又希望文明不要压倒文化,"同一"不要消灭"差异"。

这段文字意在(　　)。

A.质疑现代文明忽略民族个性的趋势　　B.探究城市化进程与文明发展的关系

C.强调城市化进程中保存文化的必要性　　D.比较文明与文化对人类发展的不同影响

64.中小企业由于规模有限、力量较小,不论是技术创新还是市场扩展,很多事情依靠每个企业单打独斗既不可能,也不经济。因此,发展中小企业的协会和服务组织,对中小企业的发展十分重要。这类组织既可以是综合性的,也可以是专业性的。事实证明,中小企业的发展与这类服务组织的发展之间存在着很大的相关性。积极颁予和支持这类组织的发展和运作是中小企业的分内之事,虽然会花费一定的精

力,付出一定的代价,但这种付出和代价是值得的。

这段文字意在说明(　　)。

A. 发展中小企业协会和服务组织将成为大势所在

B. 中小企业应意识到参与协会和服务组织的意义

C. 现实状况下中小企业协会和服务组织大有可为

D. 中小企业参与协会和服务组织才能提高竞争力

65. 有些被宣称为"清热下火"的凉茶,其实连茶的远亲都算不上,它们不是普通的"茶叶",只是含些中草药提取液。从现代医学角度看,人体的许多症状跟中医所说的"热"、"火"类似,而这些症状,有许多是会自然减退的,不管喝凉茶还是白水,一段时间后都会减轻。另一方面,在理论上完全可能有中草药的某些成分正好对某些症状有效,所以不少人喝了凉茶,觉得清了"热",下了"火",这并不奇怪。但是,这样一种"有效"却符合大众的思维方式,但凡质疑这些功效的言论都会招来大量消费者"现身说法"的攻击,也就成了顺理成章之事。

这段文字意在说明(　　)。

A. 乱喝凉茶可能会对健康不利　　　　B. 很多消费者并不了解凉茶的实质

C. 某些凉茶"清热下火"的功能值得怀疑　D. 凉茶中真正发挥功效的是中草药成分

第二部分结束,请继续做第三部分!

第三部分　数量关系

(共15题,参考时限20分钟)

在这部分试题中,每道题呈现一段表述数字关系的文字,要求你迅速、准确地计算出答案。

请开始答题:

66. 小王步行的速度比跑步慢50%,跑步的速度比骑车慢50%。如果他骑车从A城去B城,再步行返回A城共需要2小时。问小王跑步从A城到B城需要多少分钟?(　　)。

A. 45　　　　　　　B. 48　　　　　　　C. 50　　　　　　　D. 55

67. 甲、乙、丙三个工程队的效率比为6:5:4,现将A、B两项工作量相同的工程交给这三个工程队,甲队负责A工程,乙队负责B工程,丙队参与A工程若干天后转而参与B工程。两项工程同时开工,耗时16天同时结束,问丙队在A工程中参与施工多少天?(　　)

A. 6　　　　　　　B. 7　　　　　　　C. 8　　　　　　　D. 9

68. 甲、乙两人在长30米的泳池内游泳,甲每分钟游37.5米,乙每分钟游52.5米,两人同时分别从泳池的两端出发,触壁后原路返回,如是往返。如果不计转向的时间,则从出发开始计算的1分50秒内两人共相遇了多少次?(　　)

A. 2　　　　　　　B. 3　　　　　　　C. 4　　　　　　　D. 5

69. 某公司去年有员工830人,今年男员工人数比去年减少6%,女员工人数比去年增加5%,员工总数比去年增加3人,问今年男员工有多少人?(　　)

A. 323　　　　　　B. 329　　　　　　C. 371　　　　　　D. 504

70. 受原材料涨价影响,某产品的总成本比之前上涨了1/15,而原材料成本在总成本中的比重提高了2.5

个百分点,问原材料的价格上涨了多少?(　　)

A. $\dfrac{1}{9}$　　　　　B. $\dfrac{1}{10}$　　　　　C. $\dfrac{1}{11}$　　　　　D. $\dfrac{1}{12}$

71.某商店花 10000 元进了一批商品,按期望获得相当于进价 25％的利润来定价,结果只销售了商品总量的 30％,为尽快完成资金周转,商店决定打折销售,这样卖完全部商品后,亏本 1000 元,问商店是按定价打几折销售的?(　　)

A.九折　　　　　B.七五折　　　　　C.六折　　　　　D.四八折

72.甲、乙两个科室各有 4 名职员,且都是男女各半,现从两个科室中选出 4 人参加培训,要求女职员比重不得低于一半,且每个科室至少选 1 人,问有多少种不同的选法?(　　)

A. 63　　　　　B. 67　　　　　C. 51　　　　　D. 53

73.小赵、小钱、小孙一起打羽毛球,每局两人比赛,另一人休息,三人约定每一局的输方下一局休息,结束时算了一下,小赵休息了 2 局,小钱共打了 8 局,小孙共打了 5 局,则参加第 9 局比赛的是(　　)。

A. 小钱和小孙　　　B. 小赵和小钱　　　C. 小赵和小孙　　　D. 以上皆有可能

74.某市对 52 种建筑防水卷材产品进行质量抽检,其中有 8 种产品的低温柔度不合格,10 种产品的可溶物含量不达标,9 种产品的接缝剪切性能不合格,同时两项不合格的有 7 种,有 1 种产品这三项都不合格,则三项全部合格的建筑防水卷材产品有多少种?(　　)

A. 37　　　　　B. 36　　　　　C. 35　　　　　D. 34

75.用一个平面将一个边长为 1 的正四面体切分为两个完全相同的部分,则切面的最大面积为(　　)。

A. $\dfrac{1}{4}$　　　　　B. $\dfrac{\sqrt{2}}{4}$　　　　　C. $\dfrac{\sqrt{3}}{4}$　　　　　D. $\dfrac{1}{2}$

76.一个班的学生排队,如果排成 3 人一排的队列,则比 2 人一排的队列少 8 排;如果排成 4 人一排的队列,则比 3 人一排的队列少 5 排,这个班的学生如果按 5 人一排来排队的话,队列有多少排?(　　)

A. 9　　　　　B. 10　　　　　C. 11　　　　　D. 12

77.同时打开游泳池的 A、B 两个进水管,加满水需 1 小时 30 分钟,且 A 管比 B 管多进水 180 立方米,若单独打开 A 管,加满水需 2 小时 40 分钟,则 B 管每分钟进水多少立方米?(　　)

A. 6　　　　　B. 7　　　　　C. 8　　　　　D. 9

78.某城市共有 A、B、C、D、E 五个区,A 区人口是全市人口的 5/17,B 区人口是 A 区人口的 2/5,C 区人口是 D 区和 E 区人口总数的 5/8,A 区比 C 区多 3 万人,全市共有多少万人?(　　)

A. 25.4　　　　　B. 30.8　　　　　C. 34.5　　　　　D. 44.2

79.某城市 9 月平均气温为 28.5 度,如当月最热日和最冷日的平均气温相差不超过 10 度,则该月平均气温在 30 度及以上的日子最多有多少天?(　　)

A. 24　　　　　B. 25　　　　　C. 26　　　　　D. 27

80.某单位共有 A、B、C 三个部门,三部门人员平均年龄分别为 38 岁、24 岁、42 岁,A 和 B 两部门人员平均年龄为 30 岁,B 和 C 两部门人员平均年龄为 34 岁,该单位全体人员的平均年龄为多少岁?(　　)

A. 34　　　　　B. 36　　　　　C. 35　　　　　D. 37

第三部分结束,请继续做第四部分!

第四部分　判断推理

（共40题，参考时限35分钟）

一、图形推理。请按每道题的答题要求作答。

请开始答题：

81. 从所给的四个选项中，选择最合适的一个填入问号处，使之呈现一定的规律性（　　）。

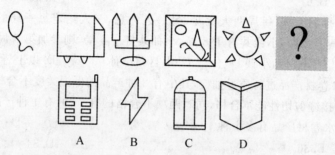

82. 左边给定的是纸盒的外表面，下面哪一项能由它折叠而成？（　　）

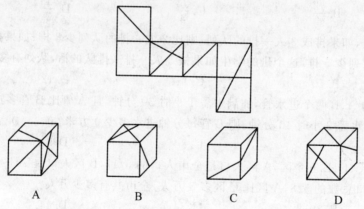

83. 从所给的四个选项中，选择最合适的一个填入问号处，使之呈现一定的规律性（　　）。

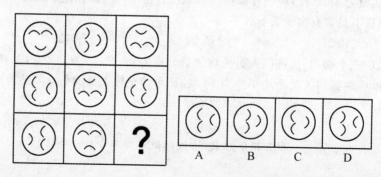

84. 从所给的四个选项中,选择最适合的一个填入问号处,使之呈现一定的规律性(   )。

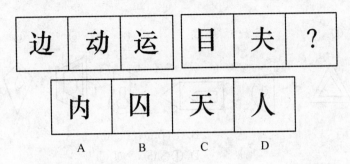

A   B   C   D

85. 从所给的四个选项中,选择最适合的一个填入问号处,使之呈现一定的规律性(   )。

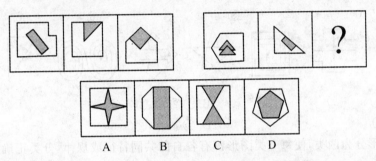

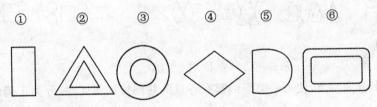

A   B   C   D

以下 86～90 题,每个题目包含六个图形,请把此六个图形分为两类,使得每一类图形都有各自的共同特征或规律。例题:

①   ②   ③   ④   ⑤   ⑥

A.①③④,②⑤⑥   B.①④⑤,②③⑥
C.①②③,④⑤⑥   D.①④⑥,②③⑤

(答案:B。例题中,①、④、⑤都是一个图形,②、③、⑥都是由内外相似的两个图形组成)

请开始答题:

86. 把下面的六个图形分为两类,使每一类图形都有各自的共同特征或规律,分类正确的一项是(   )。

①   ②   ③   ④   ⑤   ⑥

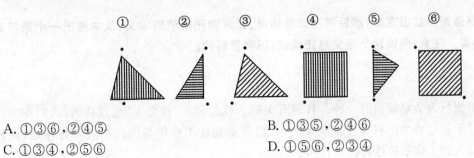

A.①③⑥,②④⑤   B.①③⑤,②④⑥
C.①③④,②⑤⑥   D.①⑤⑥,②③④

87.把下面的六个图形分为两类,使每一类图形都有各自的共同特征或规律,分类正确的一项是( )。

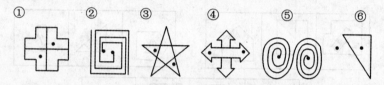

A.①②⑤,③④⑥
B.①④⑥,②③⑤

C.①③④,②⑤⑥
D.①③⑤,②④⑥

88.把下面的六个图形分为两类,使每一类图形都有各自的共同特征或规律,分类正确的一项是( )。

A.①③⑥,②④⑤
B.①②⑤,③④⑥

C.①③④,②⑤⑥
D.①④⑤,②③⑥

89.把下面的六个图形分为两类,使每一类图形都有各自的共同特征或规律,分类正确的一项是( )。

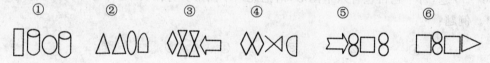

A.①③④,②⑤⑥
B.①⑤⑥,②③④

C.①②⑥,③④⑤
D.①②④,③⑤⑥

90.把下面的六个图形分为两类,使每一类图形都有各自的共同特征或规律,分类正确的一项是( )。

A.①②⑥,③④⑤
B.①②③,④⑤⑥

C.①④⑤,②③⑥
D.①④⑥,②③⑤

二、定义判断。每道题先给出定义,然后列出四种情况,要求你严格依据定义,从中选出一个最符合或最不符合该定义的答案。注意:假设这个定义是正确的,不容置疑的。

请开始答题:

91."社会人"假设是组织行为学家提出的一种与管理有关的人性假设。"社会人"假设认为,人们在工作中得到的物质利益对于调动其生产积极性是次要的,人们最重视在工作中与周围的人友好相处,良好的人际关系对于调动人的工作积极性起决定作用。

根据上述定义,下列哪项是基于"社会人"假设的管理方式?( )

A.上级和下级不同程度地参与企业决策的研究和讨论

B.鼓励、支持员工利用业余时间参加职业培训

C. 对不同年龄层的员工实行不同的管理措施

D. 员工的奖金与绩效挂钩,并且实行年薪制

92. 顺从是指互动中的一方自愿或主动地调整自己的行为,按另一方的要求行事,即一方服从另一方。顺应的含义比顺从更广泛,除了有顺从的含义外,它还指互动的双方或各方都调整自己的行为,以实现互相适应。

　　根据上述定义,下列行为属于顺应的是( )。

A. 强盛公司与荣发公司有意进行合作,经过多轮激烈地磋商,双方都降低了自己的条件,从而实现了合作目标

B. 小燕经常出色地完成各项工作,经理根据小燕的表现在员工大会上表扬了她,并给予奖励

C. 某食品厂因存在不正当竞争行为,被工商部门处以 20 万元罚款,该厂以罚款过重为由提起行政复议,上级工商部门作出罚款 10 万元的决定

D. 王某经常将垃圾堆放在家门口,影响了居民楼内的环境卫生,邻居们向他提出意见后,王某家门口变得干净起来

93. 体验营销是指企业采用让目标顾客观摩、聆听、尝试、试用等方式,使其亲身体验企业提供的产品或服务,让顾客实际感知产品或服务的品质或性能,从而促使顾客认知、喜好并购买的一种营销方式。

　　根据上述定义,下列采用了体验营销方式的是( )。

A. 某美容公司举办了一场以"亲子教育"为主题的消费者联谊会,把"为消费者着想"的经营理念传递给潜在的客户

B. 某公司为维护行业领军地位,多次举办全国性的行业讨论会,邀请其部分消费者参与研讨

C. 某服装公司邀请批发商参加其产品推广介绍会,在会上安排了表演、小竞赛、新产品试用等活动

D. 某化妆品公司先打开国外市场,树立国际品牌形象,然后在国内以电视购物的方式传播销售,逐步占领国内市场

94. 行政指令是指行政主体依靠行政组织的权威,运用行政手段,包括行政命令、指示、规定、条例及规章制度等措施,按照行政组织的系统和层次进行行政管理活动的方法。

　　根据上述定义,下列描述不属于行政指令的是( )。

A. 体育局局长签发嘉奖令,表彰在全运会上取得优异成绩的运动员和教练员

B. 市消防大队对未经消防设计备案擅自施工的违法工程下发《责令改正通知书》

C. 市教育局紧急电话通知,要求全市中小学、幼儿园加强校园安全管理

D. 消费者协会同中国家用电器协会正式发布《太阳能热水器选购指南》

95. 政策性收益是指由于某些政策、法规的变动而导致的个体收益,这种收益不会导致整个社会财富的增长,只会导致整个社会财富的重新分配。

　　根据上述定义,下列涉及政策性收益的是( )。

A. 由于市相关部门联合整治经营环境,小张经营的书店效益明显好转,每月营业额增加 5000 元

B. 歹徒意欲行凶,小王挺身而出制服了歹徒,因此获得市政府见义勇为奖 5 万元

C. 由于利率调整,小李的存款利息比此前每月增加 100 元

D. 由于国家加大西部开发力度,某县获得了 5000 万元专项水利建设基金

96. 反应性相倚是指在沟通过程中,沟通双方都以对方的行为作为自己行为的依据,做出相应的反应,而并不按照原来的计划进行沟通。

　　根据上述定义,下列属于反应性相倚的是( )。

A. 妈妈得知小明考试失利准备劝慰一番,但她发现小明的情绪并未受到影响,于是放弃了劝慰小明的打算

B. 王厂长在大会上宣读了关于加强劳动纪律的发言稿,由于制定的措施不合理,职工在下面议论纷纷,但他还是完成了自己的发言

C. 张老师认为他为学生准备的口试题目并不难,但是仍有一些学生回答不出,当学生要求张老师提示时,张老师断然拒绝

D. 小李同意按照编辑意见修改稿件,但希望保留原文的写作风格,与编辑沟通后,编辑表示同意

97. 附款行政行为是指除行政法规明确规定外,行政主体根据实际需要在主内容基础上附加从属性内容的行政行为。这里的附款就是附条件,是行政主体规定(而不是行政法规规定)的某种将来不确定事实或行为,该条件是否符合将决定法律行为的效力。

根据上述定义,下列属于附款行政行为的是(　　　　)。

A. 某省物价局在关于小儿广谱止泻口服液的价格批复中规定该药物每盒不得高于 36 元,此价格从 2009 年 9 月 30 日起执行

B. 某税务所对王某(现在外地打工)偷税行为作出的处理决定是:处王某罚款 1500 元,所处罚款及所欠税款待王某回乡后缴清

C. 交通警察李某对超速驾驶的刘某作出罚款 100 元的处罚决定,同时告知刘某应在规定的时间内到指定地点缴纳罚款,逾期需缴纳滞纳金

D. 某市人民政府为发展地方经济,规划未来五年内在本市南部建立高新技术产业开发区,吸引一批高新技术企业前来投资

98. 反向诱导是指政府、媒体等主体所采取的措施或者宣传活动,在实际的社会生活中不但没有收到预期的效果,反而导致了与预期相反的社会现象大量出现。

根据上述定义,下列属于反向诱导的是(　　　　)。

A. 某影院为了让观众摘下帽子,在银幕上打出通告:"本院允许老年人戴帽观赏。"结果通告一出,许多观众纷纷摘下了帽子

B. 某单位要求员工统一着装,结果招致单位很多女员工的强烈反对,最后只好不了了之

C. 某电视台播放预防心理疾病的讲座,很多市民对号入座,觉得自己得了心理疾病,纷纷打电话咨询

D. 高温季节供水相对紧张,某市自来水公司贴出告示,告知市民近期不会停水,结果导致很多市民在家中大量囤水备用

99. 仿生设计学以自然界万事万物的"形"、"色"、"音"、"功能"、"结构"等为研究对象,有选择地在设计过程中应用这些特征原理,同时结合仿生学的研究成果,为设计提供新的思想、新的原理、新的方法和新的途径。其中,结构仿生设计学主要研究生物体和自然界物质存在的内部结构原理在设计中的应用问题,适用于产品设计和建筑设计。

根据上述定义,下列属于结构仿生设计的是(　　　　)。

A. 设计师根据鱼鳔的作用原理发明了潜艇

B. 科学家发明了能够模仿鱼类声音的电子诱鱼器

C. 受变色龙的启发,军方设计出适用于野外作战的迷彩服

D. 我们的祖先根据鸟类在树上筑巢的启发,发明"巢居"以防御猛兽的攻击

100. 非正式组织是指人们在共同工作或相互接触中,以感情、性格、爱好相投为基础形成的若干人群。这些群体不受正式组织的行政部门和管理层次等的限制,也没有明确规定的正式结构,但在其内部形成一些特定的关系结构,自然涌现出自己的"领导者",形成一些不成文的行为准则和规范。

根据上述定义,下列提及的人群属于非正式组织的是(　　　　)。

A. 老王过生日,邀请了十多位同事在自己家中聚会

B. 小刘下班后和本单位的几名年轻人一起踢足球

C. 小张是校学生会文艺部部长,经他介绍,几名同学参加了文艺演出

D. 几位退休职工自发成立老人曲艺社,利用周末时间在社区演出

三、类比推理。每道题先给出一组相关的词,要求你在备选答案中找出一组与之在逻辑关系上最为贴近、相似或匹配的词。

请开始答题:

101. 航线:飞行

    A. 土壤:种植   B. 地基:建筑   C. 提纲:发言   D. 煤炭:发电

102. 树根:根雕

    A. 纸张:剪纸   B. 竹子:竹排   C. 陶土:瓷器   D. 水泥:砚台

103. 亦步亦趋:主见

    A. 鼠目寸光:眼力

    B. 优柔寡断:果断

    C. 兴高采烈:恐惧

    D. 孤陋寡闻:胆识

104. 导游:旅行社:行程

    A. 司机:车队:驾照

    B. 演员:剧院:表演

    C. 教师:学校:大纲

    D. 职员:公司:总结

105. 车轮:汽车:运输

    A. 听筒:电话:通话

    B. 衣服:衣架:晒衣

    C. 镜片:眼镜:读书

    D. 墨汁:毛笔:书法

106. 治疗:患者:医院

    A. 付款:顾客:商场

    B. 观看:观众:影院

    C. 判罚:裁判:赛场

    D. 改造:罪犯:监狱

107. 刀:屠夫:肉

    A. 法律:法官:犯人

    B. 粉笔:老师:黑板

    C. 剪刀:裁缝:布料

    D. 相机:记者:摄影

108. ( )对于 吉祥 相当于 狼烟 对于( )

    A. 和平 战争   B. 麒麟 信号   C. 盛世 烽火   D. 凤凰 入侵

109. ( )对于 绿茶 相当于 音乐 对于( )

    A. 龙井 浪漫   B. 早春 娱乐   C. 咖啡 绘画   D. 健康 情操

110. ( )对于 表达 相当于 信件 对于( )

    A. 比喻 沟通   B. 文字 载体   C. 感情 抒情   D. 交流 包裹

四、逻辑判断。每道题给出一段陈述,这段陈述被假设是正确的,不容置疑的。要求你根据这段陈述,选择一个答案。注意:正确的答案应与所给的陈述相符合,不需要任何附加说明即可以从陈述中直接推出。

请开始答题:

111. 据某知名房产中介机构统计,2010 年 9 月份第二周全国十大城市的商品房成交量总体呈上涨趋势,并且与 8 月份第二周相比上涨幅度更明显。如果没有其他因素抑制,按照这种趋势发展,9 月份或将创新政以来成交量最高水平,虽然现在还不能明确楼市完全回暖,但未来楼价调控的压力还是很大的。

    下列最有可能是上述论证前提假设的是( )。

    A. 炒房者将大量资金投入楼市

B. 楼市成交量的增长会带动楼价的上涨

C. 消费者对房子的购买热情没有减退

D. 国家对楼价的调控手段不足

112. 研究人员认为,如果母亲在怀孕的头几个月接触杀虫剂较多,那么出生的婴儿在智力上可能较差。他们认为,妇女怀孕后不久胚胎大脑便开始发育,因此怀孕前期是婴儿大脑发育的关键时期,接触杀虫剂较多可能改变孕妇体内正在发育的胚胎大脑周围的环境。

    以下哪项如果为真,最能支持研究人员的观点?(　　)

A. 由于母亲接触杀虫剂较多,导致许多婴儿提前出生

B. 杀虫剂对人们的健康是一个潜在的威胁,它还会导致帕金森症、癌症和心理疾病等很多疾病

C. 此前的研究已经发现,较多地接触杀虫剂会导致孕妇的甲状腺出现问题,而孕妇的甲状腺状况会影响胎儿的智力发育

D. 研究人员对1500个孕妇进行了跟踪调查,发现较多地接触杀虫剂的孕妇所生育的孩子在数学和语言学科上表现较差

113. 知己知彼,才能百战不殆。这句话同样适用于人际交往之中,一个人只有先了解自己,才能了解别人;任何人也只信赖充分了解他的人,包括他自己。试想,如果一个人根本不了解你,他如何值得你信赖呢?

    由此可以推出(　　)。

A. 只有信赖自己,才能信赖别人

B. 充分了解自己,就可以获得许多人的信赖

C. 他充分了解你,所以他值得你信赖

D. 不了解自己,就不会被任何人信赖

114. 研究人员对四川地区出生的一批恐龙骨骼化石进行分析后发现,骨骼化石内的砷、钡、铬、铀、稀土元素等含量超高,与现代陆生动物相比,其体内的有毒元素要高出几百甚至上千倍。于是一些古生物学家推测这些恐龙死于慢性中毒。

    如果以下各项为真,不能质疑上述推测的是(　　)。

A. 恐龙化石附近土壤中的有毒元素会渗进化石

B. 恐龙化石内还有很多相应的解毒元素

C. 这批恐龙化石都是老年恐龙,属于自然死亡

D. 在恐龙化石附近的植物化石里,有毒元素含量很少

115. 从世界经济的发展历程来看,如果一国或者地区的经济保持着稳定的增长速度,大多数商品和服务的价格必然会随之上涨,只要这种涨幅始终在一个较小的区间内就不会对经济造成负面影响。

    由此可以推出,在一定时期内(　　)。

A. 如果大多数商品价格不上涨,说明该国经济没有保持稳定增长

B. 如果大多数商品价格涨幅过大,对该国经济必然有负面影响

C. 如果大多数商品价格上涨,说明该国经济在稳定增长

D. 如果经济发展水平下降,该国的大多数商品价格也会下降

116. 北京市为了缓解交通压力实行机动车辆限行政策,每辆机动车周一到周五都要限行一天,周末不限行。某公司有 A、B、C、D、E 五辆车,保证每天至少有四辆车可以上路行驶。已知:E 车周四限行,B 车昨天限行,从今天算起,A、C 两车连续四天都能上路行驶,E 车明天可以上路。

    由此可知,下列推测一定正确的是(　　)。

A. 今天是周六　　　　B. 今天是周四　　　　C. A 车周三限行　　　　D. C 车周五限行

117. 2008 年上半年原油期货价格一度上涨到每桶 147 美元,是 2000 年同期价格的 4.2 倍,年均增长 20%,而同期世界经济年均增长率在 5% 左右,世界石油消费需求并没有出现跳跃式的、急剧的增长。这说明原油价格的迅速攀升并不是由于世界石油供求关系的变化引起的,而是国际投机资本在石油期货市场进行疯狂投机的结果。

如果以下各项为真,哪项不能质疑上述推论?( )

A. 2000 年至 2008 年,各国政府普遍加大了石油的战略储备量

B. 较小的经济增长率总带来较大的石油需求增长率

C. 石油需求变化率和石油价格变化率并不对称

D. 即便对于国际投机资本来说,投资石油期货也是风险巨大

118. 一项最新研究发现,经常喝酸奶可以降低儿童患蛀牙的风险。在此之前,也有研究人员提出酸奶可预防儿童蛀牙。还有研究显示,黄油、奶酪和牛奶对预防蛀牙并没有明显效果。虽然多喝酸奶对儿童的牙齿有保护作用,但酸奶能降低蛀牙风险的原因仍不明确。目前有一种说法是酸奶中所含的蛋白质能够附着在牙齿表面,从而预防有害酸侵蚀牙齿。

以下哪项如果为真,最能支持这项研究发现?( )

A. 黄油、奶酪和牛奶的蛋白质成分没有酸奶丰富,对儿童牙齿的防蛀效果不明显

B. 儿童牙龈的牙釉质处于未成熟阶段,对抗酸腐蚀的能力低,人工加糖的酸奶会增加蛀牙的风险

C. 有研究表明,儿童每周至少食用 4 次酸奶可将蛀牙发生率降低 15%

D. 世界上许多国家的科学家都在研究酸奶对预防儿童蛀牙的作用

119. S 市规定,适龄儿童须接种麻疹疫苗,适龄儿童必须接受义务教育。下图表示 1990 年到 2010 年间 S 市儿童数量的一些统计,其中 M 表示接受义务教育的儿童总数,N 表示新生儿总数,P 表示接种麻疹疫苗的儿童总数,下面哪一项最能解释 2000 年到 2010 年间 S 市接受义务教育的儿童总数与接种麻疹疫苗的儿童总数下降幅度的不同?( )

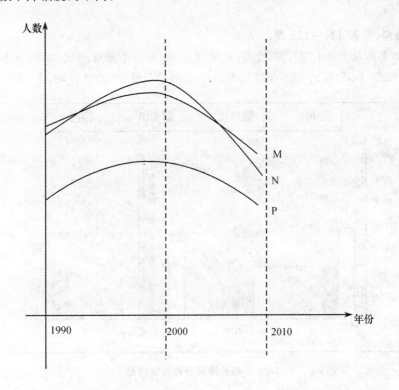

A.2000 年至 2010 年间,有部分在 S 市接种麻疹疫苗的儿童没有在 S 市入学

B.2000 年至 2010 年间,约有 20％的父母没有按照 S 市的规定让他们的孩子接种麻疹疫苗

C.2000 年至 2010 年间,每年都有不在 S 市出生但已接种了麻疹疫苗的儿童在 S 市入学

D.2000 年至 2010 年间,S 市新生儿总数下降,因此入学儿童总数和接种麻疹疫苗的儿童总数也随之下降

120.提起极地冰,很多人眼前总是浮现一幅洁白无瑕、晶莹剔透的景观。然而,在北纬 71 度、西经 168 度附近的北冰洋海域,"雪龙"号首次驶入一片"脏"冰区,只见一块淡蓝色的浮冰中间夹杂了许多脏兮兮的黄色冰块。这种黄色冰块,既出现在当年的新生冰块上,也出现在多年冰块上。对于"人类造成的污染已经殃及极地浮冰"的说法,有专家解释说这只是生活在极地冰中的一种特有生物——黄褐色的冰藻。

如果以下各项为真,能够反驳专家上述观点的是(　　　)。

A.近年来人类踏上北极的次数逐年增加　　　B.北极冰中生长有冰藻并不是普遍现象

C.在新生冰块上形成冰藻需要多年　　　D.北冰洋周围的陆地有沙尘天气

第四部分结束,请继续做第五部分!

第五部分　资料分析

(共 15 题,参考时限 15 分钟)

所给出的图、表、文字或综合性资料均有若干个问题要你回答。你应根据资料提供的信息进行分析、比较、计算和判断处理。

请开始答题:

一、根据以下资料,回答 121～125 题。

2008 年世界稻谷总产量 68501.3 万吨,比 2000 年增长 14.3％;小麦总产量 68994.6 万吨,比 2000 年增长 17.8％;玉米总产量 82271.0 万吨,比 2000 年增长 39.1％;大豆总产量 23095.3 万吨,比 2000 年增长 43.2％。

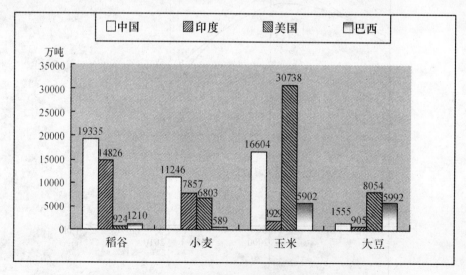

2008 年部分国家各种谷物产量

2008年与2000年相比各种谷物产量增长率 (%)

国家	稻谷	小麦	玉米	大豆
中国	1.9	12.9	56.4	0.9
印度	16.3	2.9	60.2	71.4
美国	6.7	12.0	22.0	7.3
巴西	9.1	254.2	85.1	83.0

121. 下列四种谷物中,2008年与2000年相比全世界增产量最多的是( )。

    A. 稻谷　　　　　B. 小麦　　　　　C. 玉米　　　　　D. 大豆

122. 将每个国家的四种谷物按2008年的产量分别排序,哪个国家产量排名第一的谷物与2000年相比产量增长率最高?( )

    A. 中国　　　　　B. 美国　　　　　C. 印度　　　　　D. 巴西

123. 2000年,中国稻谷产量占世界稻谷产量的比重约为( )。

    A. 20%　　　　　B. 24%　　　　　C. 28%　　　　　D. 32%

124. 2000年,表中所列四国玉米的最高产量约是最低产量的多少倍?( )

    A. 12　　　　　　B. 16　　　　　　C. 21　　　　　　D. 25

125. 能够从上述资料中推出的是( )。

    A. 2008年,美国是世界最大的大豆产地

    B. 2008年,巴西玉米产量占世界总产量的比重比2000年略有下降

    C. 与2000年相比,2008年中国小麦产量增产900多亿吨

    D. 2008年,印度稻谷产量是其小麦产量的2倍以上

二、根据以下资料,回答126～130题。

2010年上半年,全国原油产量为9848万吨,同比增长5.3%,上年同期为下降1%。进口原油11797万吨(海关统计数据),增长30.2%。原油加工量20586万吨,增长17.9%,增速同比加快16.4个百分点。成品油产量中,汽油产量增长6%,增速同比减缓7.9个百分点;柴油产量增长28.1%,增速同比加快15.8个百分点。

据行业统计,2010年上半年成品油消费量10963万吨,同比增长12.5%。其中,一、二季度分别增长16.3%和9.2%。

2010年6月份,布伦特原油平均价格为75.28美元/桶,比上月回落1.75美元/桶,同比上涨10.4%。结合国际市场油价变化情况,国家于6月1日将汽油、柴油批发价格分别下调230元/吨和220元/吨。

2010年上半年,全国天然气产量459亿立方米,同比增长10.8%,增速同比加快3.2个百分点。国家于6月1日将国产陆上天然气出厂基准价格上调了230元/千立方米。

2010年1～5月,石油石化行业实现利润1645亿元,同比增长76.4%,上年同期为下降35.4%。其中,石油天然气开采业利润1319亿元,同比增长1.67倍,上年同期为下降75.8%,炼油行业利润326亿元,同比下降25.7%,上年同期为增长1.8倍。

126. 2010年上半年全国原油产量比2008年同期约增长了( )。

    A. 4.2%　　　　　B. 5.2%　　　　　C. 6.3%　　　　　D. 9.6%

127. 2010年上半年,全国成品油消费量同比增加了约多少万吨?( )

    A. 1008　　　　　B. 1218　　　　　C. 1375　　　　　D. 1787

128. 2010年5月份,布伦特原油的平均价格约为每桶多少美元?( )

    A. 68.19　　　　　B. 73.53　　　　　C. 75.28　　　　　D. 77.03

129. 2009年1～5月,石油天然气开采业利润占石油石化行业实现利润的比重约为( )。

    A.53%   B.66%   C.80%   D.91%

130.能够从上述资料中推出的是(　　)。

    A.2009年上半年,全国原油进口量高于原油产量

    B.2009年上半年,全国汽油产量同比增长率高于柴油

    C.2009年一季度,全国成品油消费量高于二季度

    D.2009年上半年,全国天然气产量同比增长14%

三、根据以下资料,回答131～135题。

    2010年一季度,我国水产品贸易进出口总量158.7万吨,进出口总额40.9亿美元,同比分别增长14.2%和29.0%。其中,出口量67.1万吨,出口额26.5亿美元,同比分别增长11.7%和24.9%;进口量91.6万吨,进口额14.4亿美元,同比分别增长16.0%和37.5%。

表1　主要进口来源地(进口额前7位)

进口来源地	进口量 (万吨)	同比增长率 (%)	进口额 (亿美元)	同比增长率 (%)
俄罗斯	33.20	57.10	4.63	52.30
秘鲁	15.16	−15.63	2.08	31.29
东盟	7.63	18.40	1.20	32.40
美国	6.88	59.30	1.13	42.00
智利	5.24	−40.10	1.11	5.70
挪威	3.88	54.87	0.85	67.31
日本	4.09	80.30	0.65	87.40

表2　主要出口目的地(出口额前7位)

出口目的地	出口量 (万吨)	同比增长率 (%)	出口额 (亿美元)	同比增长率 (%)
日本	13.24	8.27	6.45	16.95
美国	10.72	3.05	4.66	8.76
欧盟	10.68	11.50	3.71	12.89
韩国	10.30	16.21	3.04	48.68
中国香港	3.42	9.98	2.08	23.78
东盟	6.83	−14.60	1.73	19.43
中国台湾	2.10	52.30	1.28	124.90

131.2010年一季度,我国水产品出口额比上年同期约增长了多少亿美元?(　　)

    A.5.3   B.7.6

    C.9.2   D.21.2

132.2010年一季度,我国水产品主要进口来源地,按进口量从小到大排序正确的是(　　)。

    A.日本—挪威—美国   B.秘鲁—东盟—日本

    C.挪威—美国—东盟   D.东盟—智利—俄罗斯

133.2010年一季度,我国与美国水产品进出口贸易额占我国水产品进出口贸易总额的比重约为(　　)。

    A.7.8%   B.12.7%

    C.14.2%   D.17.8%

134.2010年一季度,我国对以下哪个国家或地区出口水产品的平均单价最高?(　　)

    A.日本   B.美国

    C.欧盟   D.韩国

135. 能够从上述资料中推出的是（　　　）。

A. 2010 年一季度,我国是俄罗斯最大的水产品出口目的地

B. 2009 年一季度,日本比美国进口了更多的我国水产品

C. 2010 年一季度,我国从秘鲁进口水产品的平均单价比上年同期有所下降

D. 2009 年一季度,我国对东盟水产品进出口贸易为逆差

2010 年中央国家机关公务员录用考试

《行政职业能力测验》试卷

说　明

　　这项测验共有五个部分,140 道题,总时限为 120 分钟。各部分不分别计时,但都给出了参考时限,供你参考以分配时间。

　　请在机读答题卡上严格按照要求填写好自己的姓名、报考部门,涂写准考证号。

　　请仔细阅读下面的注意事项,这对你获得成功非常重要。

　　1.题目应在答题卡上作答,不要在试题本上作任何记号。

　　2.监考人员宣布考试开始时,你才可以开始答题。

　　3.监考人员宣布考试结束时,你应立即放下铅笔,将试题本、答题卡和草稿纸都留在桌上,然后离开。

　　如果你违反了以上任何一项要求,都将影响你的成绩。

　　4.在这项测验中,可能有一些试题较难,因此你不要在一道题上思考时间太久,遇到不会答的题目,可先跳过去,如果有时间再去思考。否则,你可能没有时间完成后面的题目。

　　5.试题答错不倒扣分。

　　6.特别提醒你注意,涂写答案时一定要认准题号。严禁折叠答题卡!

第一部分　言语理解与表达

（共 40 题，参考时限 35 分钟）

本部分包括表达与理解两方面的内容，请根据题目要求，在四个选项中选出一个最恰当的答案。

请开始答题：

1. "诗是不可译的，中国古典诗歌更是不可译的。"爱好古典诗歌的中国人包括不少作家、学者、翻译家常常如是说，语气中带着七分＿＿＿＿三分＿＿＿＿。然而，话说回来，如果没有翻译，中国古典诗歌如何走出国门、走向世界呢？

依次填入划横线部分最恰当的一项是（　　　）。

A. 自豪　遗憾　　　　　　　　　B. 无奈　悲伤

C. 感伤　埋怨　　　　　　　　　D. 骄傲　惭愧

2. 茶艺与茶道精神是中国茶文化的核心。"艺"是指制茶、煮茶、品茶等艺茶之术，"道"是指艺茶过程中所＿＿＿＿的精神。有道而无艺，那是＿＿＿＿的理论；有艺而无道，艺则无精、无神。

依次填入划横线部分最恰当的一项是（　　　）。

A. 传达　虚浮　　　　　　　　　B. 包涵　虚无

C. 贯穿　空洞　　　　　　　　　D. 体现　枯燥

3. 从 20 世纪 90 年代"人类基因工程"计划启动之日起，美国、日本和欧洲等展开了一场激烈的基因专利争夺战。因为谁拥有专利，就意味着谁能在国际上获得＿＿＿＿基因产业的"王牌"，谁就能拥有今后基因开发的庞大市场。为此，美国等少数发达国家大量地将阶段性研究成果＿＿＿＿申请了专利。

依次填入划横线部分最恰当的一项是（　　　）。

A. 垄断　抢先　　　　　　　　　B. 操纵　独立

C. 控制　自发　　　　　　　　　D. 专营　及时

4. 明代工艺品的名字大都先强调年号，然后再强调东西本身。但景泰蓝不是在景泰年间出现的，而是在元代就出现了。到了景泰年间，皇家的重视使它＿＿＿＿，因此有了今天这样一个通俗易懂且带有文学色彩的名字——景泰蓝。

填入划横线部分最恰当的一项是（　　　）。

A. 名声大噪　　　　　　　　　　B. 享誉中外

C. 声名鹊起　　　　　　　　　　D. 如日中天

5. 五四运动后，许多追求真理、追求进步的人们开始用新的眼光看中国、看世界，从对各种社会思潮、政治主张和政治力量的＿＿＿＿中认真思考，逐步看到西方的种种社会＿＿＿＿，开始怀疑资产阶级共和国的救国方案。

依次填入划横线部分最恰当的一项是（　　　）。

A. 鉴别　弊端　　　　　　　　　B. 甄别　矛盾

C. 识别　通病　　　　　　　　　D. 辨别　现象

6. 世界主要经济发达国家和地区目前已就发展低碳经济达成共识：以经济发展模式由"高碳"向"低碳"转型为＿＿＿＿，通过市场机制下的经济手段推动低碳经济的发展，以减缓人类活动对气候的破坏，并逐步达到一种互相＿＿＿＿的良性发展状态。

依次填入划横线部分最恰当的一项是(   )。

A. 目标 协调　　　　　　　　　　B. 手段 促进

C. 标志 制约　　　　　　　　　　D. 契机 适应

7. 与先辈不同,这一新生代的中国研究人员不愿意_____接受古籍中的描写。在希冀精确追溯中国历史的尝试中,他们所_____的是实物、数据以及更为"西式"的方法。

依次填入划横线部分最恰当的一项是(   )。

A. 直接 擅长　　　　　　　　　　B. 无端 强调

C. 被动 依靠　　　　　　　　　　D. 全盘 倚重

8. 研究发现,睡眠存在障碍与很多疾病有着难以_____的联系。有时候通过改善睡眠状态,可连带对另一种疾病的治疗起到_____的功效。

依次填入划横线部分最恰当的一项是(   )。

A. 区分 釜底抽薪　　　　　　　　B. 割裂 一石二鸟

C. 确认 投石问路　　　　　　　　D. 分割 正本清源

9. 胡蜂在本能的作用下_____地营造自己的生活、生育中心,它的巢是_____的房子。如果蔡伦在改进造纸术之前目睹过胡蜂的建筑过程而得到启发,无疑便是世界上最早的仿生学家了。

依次填入划横线部分最恰当的一项是(   )。

A. 独具匠心 名不虚传　　　　　　B. 自然而然 货真价实

C. 兢兢业业 巧夺天工　　　　　　D. 无师自通 名副其实

10. 在现实生活中,做人的学问往往比做事的学问更具有实用价值、更重要也更难掌握。做事仅靠技术就能_____,做人则是一门弹性极强的艺术,求的是无法量化和_____的分寸感。做事学一次即有毕业的可能,做人要活到老学到老,要一辈子下工夫。

依次填入划横线部分最恰当的一项是(   )。

A. 独当一面 学习　　　　　　　　B. 臻于佳境 复制

C. 如鱼得水 把握　　　　　　　　D. 游刃有余 控制

11. 古训"失之毫厘,谬以千里"与"蝴蝶效应"_____,两者都告诫要特别注意初始条件,对微小差别应该保持高度的灵敏度和警觉性。事物发展的结果往往对初始条件具有极为敏感的依赖性,初始条件极其细微的改变,都会在后期出现_____,从而引起结果的极大差异。

依次填入划横线部分最恰当的一项是(   )。

A. 殊途同归 问题　　　　　　　　B. 大同小异 变异

C. 异曲同工 偏差　　　　　　　　D. 不谋而合 歪曲

12. 对大多数人来说,岗位是个人历练成长的基石。除了极少数的人能_____创建自己的事业,大多数人都必须走一条相同的路:在岗位上磨炼,依托_____奠定未来事业的基础。

依次填入划横线部分最恰当的一项是(   )。

A. 直接 组织　　　　　　　　　　B. 主动 团队

C. 独立 同事　　　　　　　　　　D. 一手 集体

13. 既然编全集,希望完整地_____某一文人学者的形象,正反两方面的资料便都应该保留下来。可说实话,古往今来,经得起这么折腾的人物不是很多,你很认真地为其辑佚、整理,不放过任何_____,好不容易弄出全集来,不只没加分,还减分。

依次填入划横线部分最恰当的一项是(   )。

A. 描绘 蛛丝马迹　　　　　　　　B. 还原 一鳞半爪

C. 展现 闲言细语　　　　　　　　D. 呈现 只言片语

14."器大者声必闳,志高者意必远。"新闻作品要想成为历史的"宏音"、时代的"响箭",新闻记者就必须胸怀全局,_____,深入_____新闻的理性力量,使新闻语言具有一种理性美。

依次填入划横线部分最恰当的一项是( )。

A.高瞻远瞩 分析 B.高屋建瓴 发掘

C.见微知著 彰显 D.由表及里 剖析

15.媒介的诞生是为了推动人类社会的发展,而人们使用媒介的独特性也是为了不断提升和完善自己的生活,这两者本来都有良好的_____。然而,科学技术与人类意识发展上的失衡,导致媒介在被过度使用的过程中有时会脱离人的_____。

依次填入划横线部分最恰当的一项是( )。

A.出发点 掌控 B.适应性 规划

C.侧重点 控制 D.目的性 约束

16.在确立以夏、商、周为核心的中国上古史基本框架的基础上,"夏商周断代工程"将历谱推定、文献梳理、考古与碳十四测定等课题研究成果加以整合,提出了夏商周年表。尽管这个年表还有不够_____之处,但它的提出毕竟标志着中国的上古史已不是_____的传说,而是可信的历史了。

依次填入划横线部分最恰当的一项是( )。

A.细致 子虚乌有 B.精准 虚无缥缈

C.合理 扑朔迷离 D.精确 空穴来风

17.成本过高是可再生能源发展的最大_____。就电力而言,风力发电是最接近商业化的可再生能源,但成本仍然比火力发电高;太阳能发电成本就更高了,是火力发电的数倍。因而降低成本是可再生能源_____化发展的关键。

依次填入划横线部分最恰当的一项是( )。

A.瓶颈 现代 B.障碍 规模

C.问题 市场 D.阻碍 产业

18.面对不断出现的消费和产业成长热点,企业的注意力应首先放在寻求高成长产业的"先进入"_____上,以_____供不应求阶段的高额利润。而当进入者不断增加,竞争加剧后,企业则应将重点放在以低成本为_____的价格竞争上,以保住和扩大市场份额。

依次填入划横线部分最恰当的一项是( )。

A.缺口 垄断 特征 B.前景 瓜分 手段

C.机遇 谋取 基础 D.许可 获取 支撑

19.颜真卿"守其正,全其节"的气节备受后世_____,人见其书,往往会_____他的人品。欧阳修称"其字画刚劲独立,不袭前迹,挺然奇伟,有似其为人",即使对其楷书有些_____的米芾,也感到颜体具有一种"昂然不可犯之色"。

依次填入划横线部分最恰当的一项是( )。

A.推崇 联想 微词 B.仰慕 追怀 保留

C.称颂 认同 不满 D.赞誉 映照 非议

20.回到故乡时,发现故乡的传统生活方式正在消亡。村里的人们曾经拥有一个_____而完整的精神世界,但是外面的世界改变了这一切。这个村正在_____而又急遽地转型,只是生活在其中的人_____。

依次填入划横线部分最恰当的一项是( )。

A.美好 不着痕迹 似信非信 B.淳朴 潜移默化 默然无知

C.单一 默不作声 懵懵懂懂 D.封闭 悄无声息 浑然不觉

21. 法国著名寓言作家拉封·丹有一则寓言:北风和南风比试,看谁能把一个行路人的大衣吹掉。北风呼呼猛刮,行路人紧紧裹住大衣,北风无奈于他;南风徐徐吹动,温暖和煦,行路人解开衣扣,脱衣而行,南风获胜。

    这则寓言意在告诉人们(   )。

    A. 方法得当以柔克刚　　　　　　　　　B. 实践是检验真理的唯一标准

    C. 具体问题具体分析　　　　　　　　　D. 工欲善其事,必先利其器

22. 呈现大自然多样性的热带森林是许多动植物的最后栖息地,它们的存在对人类来说极其重要。面对热带森林被严重破坏的状况,人们很容易忘记,这是温带地区大部分森林已经遭遇过的:在已开发地区,大量原始森林消失了;在开发区,尤其在严重降雨区,一旦那些山坡的植被遭到破坏,就会引起诸如洪水和泥土坍塌等问题。多数植物种类分布广泛,能够承受局部砍伐并幸存下来,但有些植物分布范围很狭窄,过量砍伐会使之永远消失。

    根据这段文字,可以看出作者的意图是(   )。

    A. 呼吁人们重视与加强对温带森林的保护

    B. 说明温带森林实际上更易遭到破坏

    C. 分析乱砍滥伐森林的严重后果

    D. 强调森林对人类生存的重要性

23. 有人说,凡是知识都是科学的,凡是科学都是无颜色的,并且在追求知识时,应当保持没有颜色的态度。假使这种说法不随意扩大,我也认同。但我们要知道,只要是一个活生生的人,便必然有颜色。对无颜色的知识的追求,必定潜伏着一种有颜色的力量,在后面或底层加以推动。这一推动力量不仅决定一个人追求知识的方向与成果,也决定一个人对知识是否真诚。

    这段文字中"有颜色的力量"指的是(   )。

    A. 研究态度　　　　　　　　　　　　　B. 价值取向

    C. 道德水准　　　　　　　　　　　　　D. 兴趣爱好

24. 中国古代的科学著作大多是经验型的总结,而不是理论型的探讨,所记各项发明都是为了解决国家与社会生活中的实际问题,而不是试图在某一研究领域获得重大突破。从研究方法上来说,中国科技重视综合性的整体研究,重视从总体上把握事物,而不是把研究对象从错综复杂的联系中分离出来,独立研究它们的实体和属性,细致探讨它们的奥秘。这使得中国古代的科学技术没有向更高层次发展。

    这段文字重在说明(   )。

    A. 中国古代的科学研究关注的重点及其历史背景

    B. 解决实际问题是推动中国古代科技发展的动力

    C. 中国古代的科技水平没有长足进步的根本原因

    D. 研究方法的缺陷使中国古代科技长期停滞不前

25. 古希腊古罗马是西方文明的摇篮,西方哲学、美学及各种艺术形式始于此,西方的音乐文化也由此开始。这个时期出现过最早基于口头传唱的希腊长诗,如《伊利亚特》和《奥德赛》;数学家毕达哥拉斯揭示了音乐与数学之间的关系;著名的三大悲剧家埃斯库罗斯、欧里比得斯、索福克勒斯既是戏剧家也是音乐家,在他们的戏剧中,音乐发挥了奇妙的作用。

    从这段文字可以看出,古希腊古罗马时期音乐文化的特点是(   )。

    A. 含义比现在更为狭窄　　　　　　　　B. 内容主要涉及数学和戏剧

    C. 与其他艺术及科学联系密切　　　　　D. 与艺术和哲学有严格的区分

26. 传统的动物资源保护措施主要是划定保护区或建立保种基地。这些措施能很好地保护物种的多样性,但也存在一些缺点:保护区面积大,偷猎现象屡禁不止;建立良种基地保护地方品种投资大、时间长,容

易出现近亲繁殖、物种衰退等现象。试管、克隆、冷冻保存等生物技术新成果的问世,为动物遗传资源的保护和利用开辟了新途径,建造"动物诺亚方舟"不再是天方夜谭。

　　这段文字主要介绍了(　　)。

A.保护动物物种多样性所取得的突破性进展

B.传统资源保护措施所遇到的困难和取得的进步

C.动物资源保护促成了生物技术新成果的诞生

D.生物技术的进步为动物资源保护开辟了新天地

27.今天,随着科学技术的迅速发展,人们的物质与精神文化需求日益增长,小范围、低水平的科普活动已远不适应时代的发展。"理解科学"这个大"科普"便成为迫切需要全社会关注的重大课题。随着科学技术的纵深发展,科学技术逐渐形成了自己的概念和逻辑体系,也渐渐远离了大众的视线与常识。人们很难凭借以往的知识结构和经验,来准确理解科学及其所引起的各种变化,很难判断其社会价值与意义,这就使得一些科学技术成为横亘在人类发展道路上的知识壁垒。

　　这段文字意在说明(　　)。

A.提高科普工作水平所面临的种种困难

B.现代科学技术有成为知识壁垒的可能

C.在新形势下提升科普工作水平的必要性

D.公民的科学素养与飞速发展的科学存在差距

28.一只小型广告灯箱一年可以杀死约35万只昆虫。亮如白昼的夜晚还会严重影响昆虫特别是成虫的生命周期。昆虫是自然界食物链中的一个重要环节,很多小型动物、鸟类和蝙蝠以昆虫为主要食物,许多植物靠昆虫授粉,如果昆虫的种类和数量发生变化,必将严重影响生态环境。过度的照明对能源浪费和环境污染的压力更是不言而喻的。

　　这段文字意在强调(　　)。

A.昆虫在自然界中的重要作用　　　　　　　B.光照对动植物生长的主要影响

C.光污染对自然生态平衡的干扰　　　　　　D.自然界各物种之间的关联密切

29.几千年前,在非洲湿热的原始森林里,土著居民围着火堆,跟随各种复杂节奏自由而热烈地边舞边唱。这种歌声,也许在某些"文明人"眼里算不上音乐。然而,这样的声音却是最原始的,是在恶劣环境里顽强的本能所发出的生命之音。如果说布鲁斯音乐是很多音乐的根源,那么,上面所说的便是这个根源的根源。

　　这段文字是一篇文章的引言,文章接下来最应该讲述的是(　　)。

A.土著音乐产生的历史背景　　　　　　　　B.自然环境与音乐风格的关系

C.人类本能在原始音乐中的表现　　　　　　D.布鲁斯音乐与土著音乐的源流关系

30.有人说,经济领域与道德领域的规则不一样,经济领域强调的是"经济人"角色,以取得更大、更多的利润为做事原则;而道德领域则要求奉献、利他、互助等。其实,经济领域固然有供求信号、等价交换、产权明晰、利润最大化等规则,但既然它是人们的社会活动,道德原则也会每时每刻渗透其中,两者难以清晰地割裂开来。

　　这段文字意在表明(　　)。

A.社会性是经济领域和道德领域的共同属性

B.在社会活动中需要兼顾经济原则与道德原则

C.市场经济中伦理道德的作用是必然存在的

D.社会活动中各领域的价值观念在互相渗透

31.改革开放以来,我国经济总体上保持了高速增长态势,但劳动就业的增长却远低于经济增长的速度。

目前,尽管我国服务业吸纳劳动就业的比重在不断上升,甚至已经成为吸纳就业的主力军,并且基本消化了包括从农业和制造业中转移出来的劳动力存量在内的所有新增劳动力,但与发达国家相比,它对劳动就业的贡献率还是太低。我们务必要利用产业结构调整和增长模式转变的机会,发掘服务业对发展经济和扩大就业的巨大潜力。

　　这段文字主要说明了(　　　)。

A.产业结构调整是我国服务业快速发展的重要契机

B.服务业是保障我国就业快速增长的重要推动因素

C.我国服务业对劳动就业的吸纳能力有待进一步拓展

D.就业与经济增长不一致的主要原因在于服务业发展滞后

32.与硬实力相比,软实力偏重的是一种影响力、一种精神性。一个城市的软实力是外界对这座城市吸引力、感染力的直觉反应和头脑印记,是市民对这座城市的认同与依恋,是城市管理者智慧与情怀的折射。软实力与硬实力结合,构成了一个城市的整体实力,而两者的相加并非一个常数,软实力直接影响着硬实力效能的发挥。软实力像一条软绳子,硬实力像一堆硬干柴,绳子虽软,却可以把硬干柴紧紧地捆绑在一起,形成铸造一座美好城市的巨大能量。

　　这段文字意在说明(　　　)。

A.城市整体实力的概念及其构成　　　　　B.城市软实力的内涵及其重要性

C.城市软实力和硬实力各有侧重　　　　　D.城市软实力和硬实力相得益彰

33.①单纯罗列史料,构不成历史

②只有在史料引导下发挥想象力,才能把历史人物和时间的丰富内涵表现出来

③历史研究不仅需要发掘史料,而且需要史学家通过史料发挥合理想象

④所谓合理想象,就是要尽可能避免不实之虚构

⑤这是一种悖论,又难以拒绝

⑥但是,只要想象就难以避免不实虚构出现

　　将以上6个句子重新排列,语序正确的是(　　　)。

A.③①②④⑥⑤　　　　　　　　　　　　B.④⑤③⑥②①

C.①③④⑥⑤②　　　　　　　　　　　　D.⑤③②①④⑥

34.①在丹麦、瑞士等北欧国家发现和出土的大量石斧、石制矛头、箭头和其他石制工具以及用树干造出来的独木舟便是遗证

②陆地上的积冰融化后,很快就出现了苔藓、地衣和细草,这些冻土原始植物引来了驯鹿等动物

③又常年受着从西面和西南面刮来的大西洋暖湿气流的影响,很适合生物的生长

④动物又吸引居住在中欧的猎人在夏天来到北欧狩猎

⑤北欧虽说处于高纬度地区,但这一带正是北大西洋暖流流经的地方

⑥这大约发生在公元前8000年到公元前6000年的中石器时代

　　将以上6个句子重新排列,语序正确的是(　　　)。

A.⑥⑤③②④①　　　　　　　　　　　　B.⑤②③④①⑥

C.⑤③②④⑥①　　　　　　　　　　　　D.⑥②④①⑤③

35.避讳是为了表示对封建君主和尊者的敬畏,必须避免直接说出他们的名字而采用别的方式加以表示。它既是封建宗法制度的产物,又是家天下和尊祖敬宗的体现。它起源于西周,完备于秦汉,盛行于唐宋,到清代的雍正、乾隆年间发展到极致。避讳作为封建社会特有的禁忌制度目前已经消亡了,但是,不许犯忌和害怕犯忌的双向心理并没有消除,避讳已演变为某些趋吉避凶的习俗,在现实生活中的影响依然存在。

根据这段文字,以下说法正确的是(   )。

A. 避讳由统治者运用国家权力强令实行

B. 封建社会的发展使得避讳越来越严格

C. 趋吉避凶的心理使人们进行各种避讳

D. 在当今现实生活中仍然存在避讳现象

36. 炮制技术被认为是中医药的核心技术,也是中医独有的传统技能,掌握了炮制技术就等于掌握了中医药市场。国外企业通常通过在我国开办饮片加工厂、聘请国内炮制专家"偷学"炮制技术,目前这样的外资企业达到几十家,这是因为,一些地方政府对国家在特殊领域的规定并不了解,无从管起;还有一些地方政府虽明知这些规定,但为了经济指标,对此不管不顾。调查表明,国内实际饮片厂数量比国家药监局公布的多出几百家。

这段文字意在表明(   )。

A. 国家应加强对炮制技术保密工作的管理

B. 政府应加强对设立中药饮片厂的资格审查

C. 我国中医药行业的发展受到外资企业的威胁

D. 地方政府应加强对中医药行业相关规定的了解

37. 在安科莱,以畜牧为生的希马人和以农业为生的伊鲁人共同居住;在亚利桑那,纳瓦霍人以前靠狩猎和采集为生,现在主要以畜牧为生,他们与经营农业的霍皮人为邻;澳洲东南沿海地带以前住着以渔猎和劫掠粮食为生的土著居民,现在却住着从事农业、畜牧业及工业的欧洲人。

作者列举这些事实意在说明(   )。

A. 环境迫使人们接受某种生活方式

B. 人们对自然环境有很强的适应能力

C. 不同文化的族群完全有可能和谐相处

D. 地理环境并非人类生产方式的决定因素

38. 哲学曾经是一种生活方式。所谓苏格拉底的哲学,不只是他和别人对话的方法,以及他在对话中提出的种种理论,更是他不立文字、浪迹街头、四处与人闲聊的生活方式。哲学从一开始就不是一种书面的研究,而是一种过日子的办法。只不过我们后来都忘了这点,把它变成远离日常的艰深游戏。即便是很多人眼中刻板的康德,也不忘区分"学院意义的哲学"和"入世意义的哲学",并且以后者为尊。

这段文字意在说明(   )。

A. 哲学源于生活,应服务于民众

B. 如今的哲学发展偏离了它的本质

C. 康德和苏格拉底的哲学观念一脉相承

D. 当代人们对哲学的诠释方式发生了改变

39. 世界记忆工程是世界遗产项目的延续。世界遗产项目是联合国教科文组织于1972年发起的,比世界记忆工程早20年,它关注的是自然和人工环境中具有突出意义和普遍价值的文化和自然遗产,如具有历史、美学、考古、科学或人类学研究价值的建筑物或遗址。而世界记忆工程关注的则是文献遗产,具体讲就是手稿、图书馆和档案馆保存的任何介质的珍贵文件,以及口述历史的记录等。

根据这段文字,世界遗产项目与世界记忆工程的区别主要体现在(   )。

A. 实物与记录   B. 遗产与文献

C. 文化与档案   D. 实物与遗迹

40. 中国古代礼制要求服装尽力遮掩身体的各种凹凸,在裁制冕服时可以忽略人体各个部位的三维数据,不需要进行细致的测量。冕服章纹要有效地体现等级区别,图案就必须清晰可辨、鲜明突出。这使中国古代服饰中与服饰图案相关的绘、染、织、绣等工艺技术相当发达,也使中国古代服装的裁制向着有利于突出图案的方向发展。与西方重视身体三维数据、要求服装紧窄合体的立体剪裁法不同,中国古代无论是冕服对人所占空间的扩大,还是图案对冕服平面风格的要求,都指向了中国传统服装宽大适体的平面剪裁法。

这段文字意在说明(　　)。

A. 礼制的要求使中国传统服装采用了平面剪裁法

B. 中国古代服装的剪裁方法推动了印染技术的发展

C. 中西方剪裁方法的分化以冕服的产生与发展为特征

D. 礼制对官员服装的规定制约了中国古代服饰艺术的发展

第一部分结束,请继续做第二部分!

第二部分　数量关系

(共 15 题,参考时限 15 分钟)

一、数字推理。给你一个数列,但其中缺少一项,要求你仔细观察数列的排列规律,然后从四个供选择的选项中选择你认为最合理的一项,来填补空缺项,使之符合原数列的排列规律。

请开始答题:

41. 1,6,20,56,144,(　　)

A. 256　　　　B. 312　　　　C. 352　　　　D. 384

42. 3,2,11,14,(　　),34

A. 18　　　　B. 21　　　　C. 24　　　　D. 27

43. 1,2,6,15,40,104,(　　)

A. 329　　　　B. 273　　　　C. 225　　　　D. 185

44. 2,3,7,16,65,321,(　　)

A. 4546　　　　B. 4548　　　　C. 4542　　　　D. 4544

45. $1,\frac{1}{2},\frac{6}{11},\frac{17}{29},\frac{23}{38},(　　)$

A. $\frac{117}{191}$　　　　B. $\frac{122}{199}$　　　　C. $\frac{28}{45}$　　　　D. $\frac{31}{47}$

二、数学运算。在这部分试题中,每道试题呈现一段表述数字关系的文字,要求你迅速、准确地计算出答案。你可以在草稿纸上运算。

请开始答题:

46. 某单位订阅了 30 份学习材料发放给 3 个部门,每个部门至少发放 9 份材料。问一共有多少种不同的发放方法?(　　)

A. 7 种　　　　B. 9 种　　　　C. 10 种　　　　D. 12 种

47. 某高校对一些学生进行问卷调查。在接受调查的学生中,准备参加注册会计师考试的有 63 人,准备参加英语六级考试的有89人,准备参加计算机考试的有47人,三种考试都准备参加的有24人,准备选择参加其中两种考试的有46人,不参加其中任何一种考试的有15人。问接受调查的学生共有多少人?（　　）

A.120人　　　　　B.144人　　　　　C.177人　　　　　D.192人

48.某地劳动部门租用甲、乙两个教室开展农村实用人才培训。两教室均有5排座位,甲教室每排可坐10人,乙教室每排可坐9人。两教室当月共举办该培训27次,每次培训均座无虚席,当月培训1290人次。问甲教室当月共举办了多少次这项培训?（　　）

A.8次　　　　　B.10次　　　　　C.12次　　　　　D.15次

49.某城市居民用水价格为:每户每月不超过5吨的部分按4元/吨收取,超过5吨不超过10吨的部分按6元/吨收取,超过10吨的部分按8元/吨收取。某户居民两个月共交水费108元,则该户居民这两个月用水总量最多为多少吨?（　　）

A.21吨　　　　　B.24吨　　　　　C.17.25吨　　　　　D.21.33吨

50.一公司销售部有4名区域销售经理,每人负责的区域数相同,每个区域都正好有两名销售经理负责,而任意两名销售经理负责的区域只有1个相同。问这4名销售经理总共负责多少个区域的业务?（　　）

A.12个　　　　　B.8个　　　　　C.6个　　　　　D.4个

51.一商品的进价比上月低了5%,但超市仍按上月售价销售,其利润率提高了6个百分点,则超市上个月销售该商品的利润率为（　　）。

A.12%　　　　　B.13%　　　　　C.14%　　　　　D.15%

52.一位长寿老人出生于19世纪90年代,有一年他发现自己年龄的平方刚好等于当年的年份,问这位老人出生于哪一年?（　　）

A.1894年　　　　　B.1892年　　　　　C.1898年　　　　　D.1896年

53.科考队员在冰面上钻孔获取样本,测量不同孔心之间的距离,获得的部分数据分别为1米、3米、6米、12米、24米、48米。问科考队员至少钻了多少个孔?（　　）

A.4个　　　　　B.5个　　　　　C.6个　　　　　D.7个

54.某旅游部门规划一条从甲景点到乙景点的旅游线路,经测试,旅游船从甲景点到乙景点顺水匀速行驶需3小时;从乙景点返回甲景点逆水匀速行驶需4小时。假设水流速度恒定,甲、乙景点之间的距离为y公里,旅游船在净水中匀速行驶y公里需要x小时,则x满足的方程为（　　）。

A. $\dfrac{1}{4-x}=\dfrac{1}{x}+\dfrac{1}{3}$　　　　　B. $\dfrac{1}{3+x}=\dfrac{1}{4}+\dfrac{1}{x}$

C. $\dfrac{1}{3}-\dfrac{1}{x}=\dfrac{1}{4}+\dfrac{1}{x}$　　　　　D. $\dfrac{1}{3}-\dfrac{1}{x}=\dfrac{1}{x}-\dfrac{1}{4}$

55.某机关20人参加百分制的普法考试,及格线为60分,20人的平均成绩为88分,及格率为95%。所有人得分均为整数,且彼此得分不同。问成绩排名第十的人最低考了多少分?（　　）

A.88分　　　　　B.89分　　　　　C.90分　　　　　D.91分

第二部分结束,请继续做第三部分!

第三部分 判断推理

（共 35 题，参考时限 35 分钟）

一、图形推理，请按每道题的答题要求作答。

请开始答题：

56. 从所给的四个选项中，选择最合适的一个填入问号处，使之呈现一定的规律性（   ）。

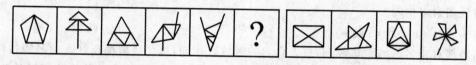

57. 从所给的四个选项中，选择最合适的一个填入问号处，使之呈现一定的规律性（   ）。

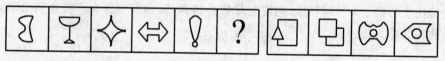

58. 从所给的四个选项中，选择最合适的一个填入问号处，使之呈现一定的规律性（   ）。

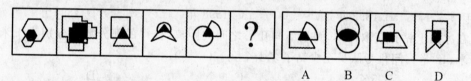

59. 从所给的四个选项中，选择最合适的一个填入问号处，使之呈现一定的规律性（   ）。

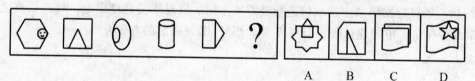

60. 从所给的四个选项中，选择最合适的一个填入问号处，使之呈现一定的规律性（   ）。

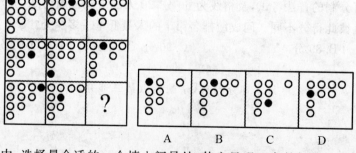

61. 从所给的四个选项中，选择最合适的一个填入问号处，使之呈现一定的规律性（   ）。

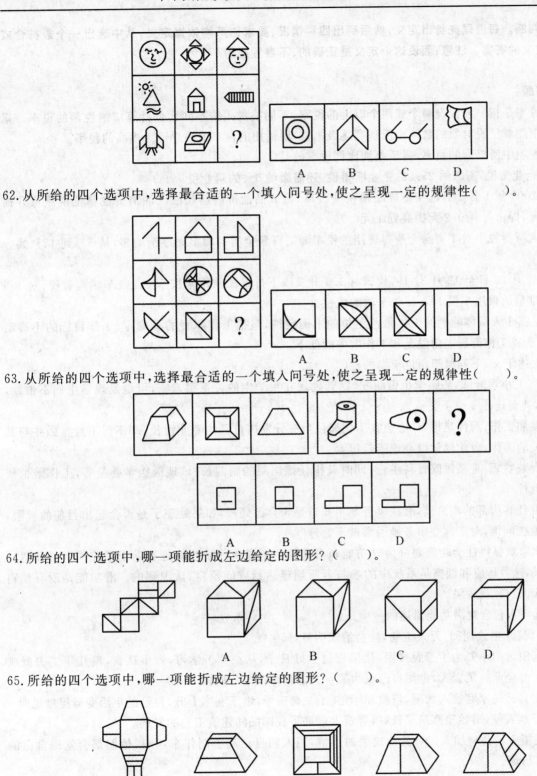

62.从所给的四个选项中,选择最合适的一个填入问号处,使之呈现一定的规律性( )。

63.从所给的四个选项中,选择最合适的一个填入问号处,使之呈现一定的规律性( )。

64.所给的四个选项中,哪一项能折成左边给定的图形?( )。

65.所给的四个选项中,哪一项能折成左边给定的图形?( )。

二、定义判断。每道题先给出定义,然后列出四种情况,要求你严格依据定义,从中选出一个最符合或最不符合该定义的答案。注意:假设这个定义是正确的,不容置疑的。

请开始答题:

66.差别比例税率是指一种税设两个或两个以上的税率,不同纳税人按不同比例计算应纳税额的税率。累进税率是指随着征税对象的数额由低到高逐级累进,所适用的税率也随之逐级提高的税率。

下列各项中所提到的税率,属于差别比例税率的是( )。

A.对于某企业来说,需缴纳 25% 的企业所得税,还需缴纳 5% 的营业税

B.我国自 2009 年 1 月 1 日起实施成品油税费改革,将成品油价内征收的汽油消费税单位税额每升提高 0.8 元,即由每升 0.2 元提高到 1 元

C.我国个人所得税中对工资薪金所得适用的税率随工资薪金所得增多而逐渐增多,从 5% 到 45% 共分为九档

D.2009 年 1 月 20 日至 12 月 31 日,我国对 1.6 升及以下排量的乘用车按 5% 征收车辆购置税,对 1.6 升以上排量的乘用车按 10% 征收车辆购置税

67.角色模糊是指个人所体验到的工作角色定位的不确定性,包括工作职责的不确定、工作目标的不确定等,因此常造成工作流程上的混乱和工作效率的低下。

根据上述定义,下列属于角色模糊的是( )。

A.小陈刚当上小学老师,想跟学生做朋友,尽管她现在跟学生的关系很亲密,可她发现学生们不怕她,不听话,甚至连作业也不交

B.小张刚参加工作,满怀热情,一心想在工作岗位上充分发挥自己的专业特长,却不得不经常做些与其专业无关的工作,因此他觉得心理落差很大

C.张大夫身兼数职,是某医院骨科主任,同时又担任该医院的副院长、该地区医学委员等,工作繁忙使他日渐憔悴

D.苏丽刚升任客服部的副总监,有些事务她不知道是否自己处理,如果处理了是否会超出目前的权限,也不知道去问谁,对于这些事务她通常就不处理

68.美国社会学家默顿将社会功能划分为显功能和潜功能两个层次。显功能是有助于系统的调整和适应的客观后果,这种适应和调整是系统中的参与者所期望达到或能预料、认识到的。潜功能是没有预料也没有被认识的客观后果。

下列选项不包含对潜功能描述的一项是( )。

A.电视剧《渴望》播放期间,万人空巷,社会治安明显好转

B.来自偏远山区的小刘为了摆脱贫困,让父母过上好日子,从小刻苦学习,做事认真,没几年工夫就成为一家大型企业的负责人,也使自己成为家乡父老教育孩子的榜样

C.张某根据自己的家庭收入状况,贷款 30 万买了一套房子,由于利率上升,自己的生活变得捉襟见肘

D.为抵御外族入侵,秦始皇修筑了长城,客观上促进了我国民间建筑工艺的发展

69.宜家效应是指劳动会增加人们对劳动成果的感情,当人们自己动手制作东西时,他们都会觉得自己的创作特别有价值。

根据上述定义,下列最能体现宜家效应的是( )。

A.某公司为方便人们制作蛋糕,推出方便蛋糕粉,使蛋糕的制作方法变得非常简单

B.甲某让人们亲手做折纸,然后连同他人做的折纸放在一起竞价,结果大家都愿意为自己做的折纸出更高的价钱

C.学校鼓励学生自己动手制作各种教具,不仅锻炼了学生的动手能力,还节约了教学成本

D.某家具生产商生产的家具需要顾客买回家后,按照产品说明书来完成家具的拼装组合工作

70.生态入侵是指人们有意识或无意识地把某种生物带入适宜其栖息和繁衍的地区,使得该生物种群不断扩大,分布区不断稳定地扩展,从而危害当地的生产和生活,改变当地生态环境的过程。

根据上述定义,下列属于生态入侵的是( )。

A.某地发生大面积放射性核素泄漏,使某种植物发生变异,其繁殖力超强,逐渐取代了该地域内的其他植物

B.某实验室由于管理不当将试验用的致病性结核菌株散播了出去,造成结核病在周围居民中流行

C.产于南美洲的凤眼莲花朵艳丽,曾经作为观赏植物被我国引进,致使云南滇池因为凤眼莲花的疯狂蔓延而使鱼虾绝迹

D.美国科学家将从我国引进的野生大豆与当地品种杂交,培育出抗大豆萎黄病的优良品种,该品种现已彻底取代了美国传统大豆

71.证实性偏见是指过于关注支持自己决策的信息。当我们在主观上认为某种观点正确的时候,往往倾向于寻找那些能够支持这一观点的信息,而忽略掉那些可能推翻这一观点的信息。

根据上述定义,下列属于证实性偏见的是( )。

A.自从小王产生辞职的念头以后,总觉得经理处处刁难他,甚至看不起他,就连经理和他开个玩笑,都认为是对他的嘲笑

B.小林今年未考上重点大学,他明知是因为自己实力不够,但他总是对同学说:"要不是考试前患了感冒,我肯定考得更好。"

C.小张总觉得室友最近的表现很反常,好像出什么事了,第二天公安局的人找小张询问情况,证实了他的猜测,室友被牵扯进了一起盗窃案中

D.小张前天夜里梦见自己的钱包被偷,昨天钱包真的被偷了;昨晚他又梦见自己被车撞,结果今天一整天没敢出门

72.存疑时有利于被告原则是指在刑事诉讼中遇到事实无法查清或查清事实所需成本过高的情况,依照有利于被告的原则判决。

根据上述定义,下列表现符合该原则的是( )。

A.检察机关认为被告人犯罪情节显著轻微,决定免予起诉

B.法院在认定被告人犯有数罪或一罪之间存在疑问时,发回公安机关补充侦查

C.因缺少直接证据证实被告人有罪,法院对被告人做出无罪判决

D.无法确信某犯罪行为是否超过追诉时效时,应当追诉

73.同类群体影响力是指人们对他人(尤其是类似群体)的行为总会做出某种反应,类似程度越高,影响力就越大。比如对某种良好行为规范大力宣传,往往会成为所谓的"磁心",吸引人们仿效。

下列做法中不会带来同类群体影响力的是( )。

A.老师在墙报上贴小红花,表扬那些完成作业好、守纪律的小学生

B.某酒店在房间内放置标语,提醒客人大多数客人都不是每天要更换毛巾

C.某森林公园设置告示牌,告知偷盗林木者将受到高出林木价钱10倍的罚款

D.某地节水办告知那些用水量高的用户,他们的用水量明显高出了周围的邻居

74.蓄积器官是毒物在体内的蓄积部位,毒物在蓄积器官内的浓度高于其他器官,但对蓄积器官不一定显示毒作用。这种毒作用也可以通过某种病理生理机制,由另一个器官表现出来,这种器官叫做效应器官。

根据上述定义,下列判断正确的是( )。

A.沉积于网状内皮系统的放射性核素对肝、脾损伤较重,引起中毒肝炎,所以网状内皮系统是蓄积器官

B.大气污染中的二氧化硫经人体的上呼吸道和气管吸入人体,并直接刺激上呼吸道和气管,所以上呼吸道和气管是蓄积器官

C.大气污染物中的铅经肺吸收后可转移并积存于人的骨骼中,损害骨骼造血系统,所以铅的蓄积器官是肺

D.有机磷酸酯农药作用于神经系统,会造成神经突触处乙酰胆碱蓄积,使人产生流涎、瞳孔缩小等症状,所以神经系统是有机磷酸酯的效应器官

75.偶然防卫是指在客观上被害人正在或即将对被告人或他人的人身进行不法侵害,但被告人主观上没有认识到这一点,出于非法侵害的目的而对被害人使用了武力,客观上起到了人身防卫的效果。

根据上述定义,下列行为不属于偶然防卫的一项是( )。

A.甲正准备枪杀乙时,丙在后面对甲先开了一枪,将其打死。而丙在开枪时并不知道甲正准备杀乙,纯粹是出于报复泄愤的目的杀甲,结果是保护了乙的生命

B.甲与乙积怨很深,某日发生冲突后,甲回家拿了手枪打算去杀乙,两人在路上正好碰上,甲先开枪杀死了乙,但开枪时不知乙的右手抓住口袋中的手枪正准备对其射击

C.甲身穿警服带着电警棍,冒充警察去"抓赌",甲抓住乙搜身时,乙将甲打伤后逃离,甲未能得手

D.甲与乙醉酒后发生激烈冲突,两人相互厮打至马路上,正当甲要捡起路边砖头击打乙时,围观人群中有人喊"警察来啦",甲受惊吓不慎跌落路边河沟溺水身亡,乙安全无事

三、类比推理。每道题先给出一组相关的词,要求你在备选答案中找出一组与之在逻辑关系上最为贴近、相似或匹配的词。

请开始答题:

76.身份证:身份

A.毕业证:学位   B.房产证:房屋

C.结婚证:配偶   D.执业证:资格

77.茶壶:紫砂:雕刻

A.房门:木材:油漆   B.夹克:布料:制作

C.电线:金属:生产   D.马路:柏油:铺设

78.骨骼对于( )相当于( )对于房屋。

A.人体　梁柱   B.上肢　窗户

C.关节　钢筋   D.肌肉　电梯

79.( )对于大脑相当于资料对于( )。

A.智力　书籍   B.记忆　硬盘

C.细胞　图书馆   D.学习　阅读

80.( )对于建筑相当于计划对于( )。

A.设计　成果   B.图纸　工作

C.材料　战略   D.施工　目标

四、逻辑判断。每题给出一段陈述,这段陈述被假设是正确的,不容置疑的。要求你根据这段陈述,选择一个答案。注意:正确的答案应与所给的陈述相符合,不需要任何附加说明即可从陈述中直接推出。

请开始答题:

81.海洋中珊瑚的美丽颜色来自于其体内与之共存的藻类生物,其中虫黄藻是最重要的一类单细胞海藻,二者各取所需,相互提供食物。全球气候变暖造成的海水升温导致虫黄藻等藻类大量死亡,进而造成珊瑚本身死亡,引发珊瑚礁白化现象,然而研究发现,珊瑚能通过选择耐热的其他藻类生物等途径,来

应对气候变暖带来的挑战。

以下哪项如果为真,将削弱这一研究发现?(　　)

A. 一些虫黄藻能够比耐热的其他藻类耐受更高的海水温度

B. 有些藻类耐热性的形成需要一个长期的过程

C. 有些虫黄藻逐渐适应了海水温度的升高并存活下来

D. 有些已白化的珊瑚礁中也发现了死去的耐热藻类生物

82. 有医学研究显示,吃维生素和矿物质补充剂对人体没有显著帮助,有时甚至会对人体造成伤害。一些医生给出劝告,不要再吃维生素和矿物质补充剂了,而应该通过均衡的饮食来补充人体所需的维生素和矿物质。

以下哪项如果为真,最能削弱上述研究结果?(　　)

A. 一项对 3 万名妇女进行的 7 年追踪调查发现,服用维生素 D 加上钙补充剂并没有给她们的身体造成伤害

B. 一项对 1 万名男性展开的 8 年追踪调查显示,不服用维生素和矿物质补充剂并没有增加他们患病的风险

C. 一项对 1 万名发达地区和欠发达地区老年人的对照调查显示,他们的健康状况差异不显著

D. 一项对 2 万名儿童展开的 3 年追踪调查显示,不服用维生素和矿物质补充剂的儿童,营养缺乏的发生率较高

83. 甲、乙、丙、丁四人的车分别为白色、银色、蓝色和红色。在问到他们各自车的颜色时,甲说:"乙的车不是白色。"乙说:"丙的车是红色的。"丙说:"丁的车不是蓝色的。"丁说:"甲、乙、丙三人中有一个人的车是红色的,而且只有这个人说的是实话。"

如果丁说的是实话,那么以下说法正确的是(　　)。

A. 甲的车是白色的,乙的车是银色的

B. 乙的车是蓝色的,丙的车是红色的

C. 丙的车是白色的,丁的车是蓝色的

D. 丁的车是银色的,甲的车是红色的

84. 在一次考古发掘中,考古人员在一座唐代古墓中发现多片先秦时期的夔文(音 kuí,一种变体的龙文)陶片。对此,专家解释说,由于雨水冲刷等原因,这些先秦时期的陶片后来被冲至唐代的墓穴中。

以下哪项如果为真,最能质疑上述专家的观点?(　　)

A. 在这座唐代古墓中还发现多件西汉时期的文物

B. 这座唐代古墓保存完好,没有漏水、毁塌迹象

C. 并非只有先秦时期才使用夔文,唐代文人以书写夔文为能事

D. 唐代的墓葬风俗是将墓主生前喜爱的物品随同墓主一同下葬

85. 以下是一则广告:

本网络文学培训班有着其他同类培训班所没有的特点,除了传授高超的写作技巧、帮助同学打开认识世界的多维视角和宏观视野、丰富学员的文化知识和艺术涵养外,还负责向毕业班学员提供切实有效的就业咨询。去年进行咨询的毕业班学员,100％都找到了工作。为了在网络文学创作事业上开创一片天地,欢迎加入我们的行列。

为了确定该广告的可信任度,以下相关问题必须询问清楚的是(　　)。

Ⅰ. 去年共举办了多少期这类培训班,共有多少学员毕业?

Ⅱ. 去年有多少毕业班学员进行了就业咨询?

Ⅲ. 对于找到工作的学员,就业咨询究竟起到了什么作用?

Ⅳ. 咨询者找到的是否都是网络文学创作工作?

A. Ⅰ、Ⅱ、Ⅲ和Ⅳ　　　　　　　　　　B. Ⅰ、Ⅱ和Ⅲ

C. Ⅱ、Ⅲ和Ⅳ　　　　　　　　　　　D. Ⅲ和Ⅳ

86. 在由发展中国家向经济发达国家前进的过程中,大量资本支持是必不可少的条件,而高储蓄率是获得大量资本的必要条件。就目前来说,中国正处于经济起飞时期,因此,储蓄率高是当前经济发展中的一种正常而合理的现象。

　　由此可以推出(　　　)。

A. 有了大量的资本支持,就可以实现由发展中国家向发达国家的跨越

B. 有了高储蓄率,就可以获得大量的资本支持

C. 如果没有获得大量的资本支持,说明储蓄率不高

D. 如果没有高储蓄率,就不能实现向发达国家的转变

87. 当代知名的动漫设计大师,绝大部分还没有从动漫设计学校毕业就已经离开学校,开始自己的动漫设计生涯。因此,有人认为动漫设计的专业学习对学生们今后的职业发展并没能提供有力的帮助。

　　以下哪项如果为真,能够最有力地反驳以上推论?(　　　)

A. 动漫设计大师都承认,他们学习了动漫设计学校的基础课程

B. 知名动漫公司在招聘设计师时,很看重应聘人员的毕业院校

C. 调查显示,动漫设计学校毕业生的平均年收入要显著高于同类院校其他专业的毕业生

D. 在动漫设计行业中职业发展比较好的从业者,基本都毕业于动漫设计学校

88. 以往,境内企业进出口只能以美元或第三方货币结算,在合同签约至合同执行完毕期间汇率的变化会使企业的实际盈收出现波动,现在银行推出了人民币结算业务。由于人民币是境内企业的本币,合同计价和企业运营的主要货币相一致,境内企业在合同签订前能够切实了解交易的成本和收入,从而防范了汇率风险。因经,使用跨境贸易人民币结算业务的企业必定会增多。

　　以下哪项为真,是作为上述论证的最佳前提条件?(　　　)

A. 有了跨境贸易人民币结算业务,开展对外贸易的企业数量会越来越多

B. 在与国内企业发展贸易时,由于人民币币值保持稳定,境外企业愿意使用人民币作为结算货币

C. 有了跨境贸易人民币结算业务,国内企业可以更方便地将跨境贸易开展到世界各地

D. 由于国内巨大的市场空间,越来越多的境外企业愿意与国内企业开展贸易往来

89. 某国人口总量自2005年起开始下降,预计到2100年,该国人口总数将只有现在的一半。为此该国政府出台了一系列鼓励生育的政策。但到目前为止该国妇女平均只生育1.3个孩子,远低于维持人口正常更新的水平(2.07个)。因此有人认为该国政府实施的这些鼓励生育的政策没有达到预期效果。

　　以下哪项如果为真,最能反驳上述论断?(　　　)

A. 该国政府实施的这些鼓励生育的政策是一项长期国策,短时间内看不出效果

B. 如果该国政府没有出台鼓励生育政策,该国儿童人口总数会比现在低很多

C. 如果该国政府出台更加有效的鼓励生育政策,就可以提高人口数量

D. 近年来该国人口总数呈缓慢上升的趋势

90. 甲国生产了一种型号为su-34的新型战斗机,乙国在是否要引进这种战斗机的问题上出现了两种不同的声音:支持者认为su-34较以往引进的su-30有更加强大的对地攻击作战能力。

　　以下哪项如果为真,最能削弱支持者的声音?(　　　)

A. 目前市场上有比su-34性能更好的其他型号战斗机

B. su-30足以满足对地攻击的需要,目前乙国需要提升的是对空攻击作战能力

C. 目前还没有实际数据显示su-34是否有比其他战斗机更加强大的对地攻击作战能力

D. 甲、乙两国目前在双边贸易中存在诸多摩擦,引入su-34会有很多实际困难

第三部分结束,请继续做第四部分!

第四部分　资料分析

（共 25 题，参考时限 25 分钟）

在所给出的图、表、文字或综合性资料后均有若干个问题要你回答，你应根据资料提供的信息进行分析、比较、计算和判断处理。

请开始答题：

一、根据以下资料，回答 91～95 题。

中国汽车工业协会发布的 2009 年 4 月份中国汽车产销数据显示，在其他国家汽车销售进一步疲软的情况下，国内乘用车销量却持续上升，当月销量已达 83.1 万辆，比 3 月份增长 7.59％，同比增长 37.37％。

乘用车细分为基本型乘用车（轿车）、多功能车（MPV）、运动型多用途车（SUV）和交叉型乘用车。其中，轿车销量比 3 月份增长 8.3％，同比增长 33.04％；MPV 销量比 3 月份下降 3.54％，同比下降 4.05％；SUV 销量比 3 月份增长 19.27％，同比增长 22.55％；交叉型乘用车销量比 3 月份增长 3.62％，同比增长 70.66％。轿车、MPV、SUV 和交叉型乘用车销量占 4 月份乘用车总销量的比重分别为 71％、2％、6％ 和 21％。

91. 与上年同期相比，2009 年 4 月份乘用车销量约增长了多少万辆？（　　）

　　A. 13.2　　　　　　B. 22.6　　　　　　C. 31.1　　　　　　D. 40.4

92. 2009 年 3 月份轿车销量约为多少万辆？（　　）

　　A. 64　　　　　　B. 59　　　　　　C. 54　　　　　　D. 50

93. 2008 年 4 月，SUV 销量比 MPV 销量约（　　）。

　　A. 少 2.3 万辆　　　　　　　　　　B. 多 2.3 万辆

　　C. 少 3.4 万辆　　　　　　　　　　D. 多 3.4 万辆

94. 关于 2009 年 3 月份各种车型销量在总销量中所占比重的描述，以下正确的是（　　）。

　　A. 交叉型乘用车低于 21％　　　　　B. SUV 超过 6％

　　C. MPV 超过 2％　　　　　　　　　D. 轿车超过 71％

95. 关于 2009 年 4 月乘用车销量的描述不正确的是（　　）。

　　A. 轿车销量比上年同期增加了 20 万辆以上

　　B. SUV 以外车型销量占乘用车总销量比重比上月有所下降

　　C. MPV 车型当时不受市场追捧

　　D. 同比增长率最高的是交叉型乘用车

二、根据以下资料，回答 96～100 题。

2008 年，某省农产品进出口贸易总额为 7.15 亿美元，比上年增长 25.2％。其中，出口额为 5.02 亿美元，增长 22.1％；进口额为 2.13 亿美元，增长 33.2％。农产品进出口贸易额占全省对外贸易总额的4.5％。出口额居前 5 位的产品为蔬菜、畜产品、水果、粮食和茶叶，而绿茶出口额占茶叶出口额的 3/4。全省农产品对东欧、非洲、拉美等国家和地区的市场进一步开拓，出口额比上一年进一步增长。其中，对美国的出口额增长 16.0％；对日本的出口额增长 7.3％；对韩国的出口额增长 59.8％；对东盟的出口额增长 58.6％。

96. 2008 年，该省的对外贸易总额约为多少亿美元？（　　）

　　A. 158.89　　　　　　B. 134.66　　　　　　C. 91.78　　　　　　D. 79.25

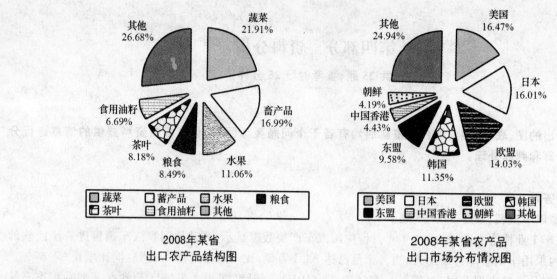

2008年某省
出口农产品结构图

2008年某省农产品
出口市场分布情况图

97. 2008年,该省的绿茶出口额约为多少万美元?(   )

A. 4387   B. 3080   C. 2255   D. 1307

98. 2008年,该省农产品外贸顺差比上年增长了(   )。

A. 5%   B. 15%   C. 25%   D. 35%

99. 与2007年相比,2008年该省出口韩国的农产品总额约增加了多少万美元?(   )

A. 5100   B. 4500   C. 3200   D. 2100

100. 能够从上述资料中推出的是(   )。

A. 2008年,该省蔬菜的出口额超过1亿美元

B. 2008年,该省出口日本的农产品总额接近8000万美元

C. 2008年,该省的粮食出口额比上年有所增长

D. 2007年,该省对东亚及东南亚地区的农产品出口占总出口额的一半以上

三、根据以下资料,回答101~105题。

2007年部分国家(地区)国民生产总值

国家(地区)	人均国民生产总值(美元)	国民生产总值(亿美元)
中国内地	2360	32801
中国香港	31610	2067
韩国	19690	9698
哥斯达黎加	5560	252
美国	46040	138112
新加坡	32470	1613
多米尼加	3550	367
俄罗斯	7560	12910
日本	37670	43767
越南	790	712

2007 年部分国家(地区)幸福指数与失业率

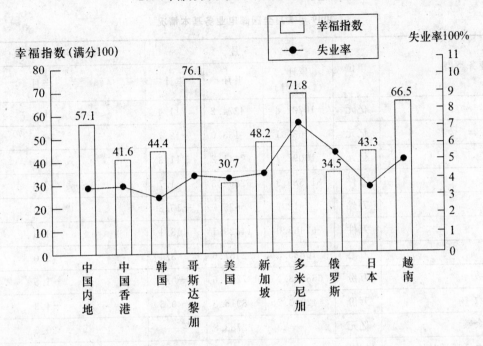

101. 2007 年,下列国家(地区)中人口最少的是(　　)。

A. 中国香港　　　　　　　　　　　B. 哥斯达黎加

C. 新加坡　　　　　　　　　　　　D. 多米尼加

102. 资料中失业率最高与最低的国家(地区),其幸福指数相差(　　)。

A. 22.1　　　　　B. 28.5　　　　　C. 27.4　　　　　D. 31.4

103. 资料中人均国民生产总值和幸福指数均排名前五的国家(地区)有几个?(　　)

A. 1 个　　　　　B. 2 个　　　　　C. 3 个　　　　　D. 4 个

104. 能够从上述资料中推出的是(　　)。

A. 资料中只有一个亚洲国家(地区)的失业率高于美国

B. 美国的失业人口少于俄罗斯

C. 人均国民生产总值排名第二的国家(地区),幸福指数排名第八

D. 资料中人均国民生产总值越高的国家失业率越低

105. 下列说法与资料相符的有几个?(　　)

(1)国民生产总值小于 1000 亿美元的国家(地区),幸福指数均高于其他国家(地区)

(2)人口过亿的国家(地区)失业率越低,幸福指数越高

(3)比中国内地失业率低的国家(地区),幸福指数均低于中国内地

(4)人均国民生产总值超过 2 万美元的国家(地区),幸福指数均低于其他国家地区

A. 0 个　　　　　B. 1 个　　　　　C. 2 个　　　　　D. 3 个

四、根据以下资料,回答106～110题。

2009年5月全国邮电业务基本情况

业务类型	单位	5月			比去年同期增长(%)
		累计 (1～5月)	当月	累计	当月
邮电业务总量	亿元	10722.8	4274.2	11.4	11.6
邮政业务总量	亿元	630.1	133.0	12.7	16.4
电信业务总量	亿元	10092.7	2141.2	11.3	11.4
函件总数	万件	311389.3	62864.3	1.7	2.8
包裹	万件	2912.7	625.0	−15.8	−5.3
快递	万件	67468.0	14829.1	18.1	21.9
汇票	万笔	10825.3	2487.6	3.4	3.0
订销报纸累计数	万份	668388.1	137278.6	−0.1	−1.5
订销杂志累计数	万份	42900.2	8916.3	−0.5	−4.3
邮政储蓄期末余额	亿元	——	22788.8		20.5
固定传统长途电话通话时长	亿分钟	352.1	72.4	−4.6	−0.8
移动电话通话时长合计(含本地)	亿分钟	13770.2	2961.3	17.6	16.4
移动电话长途通话时长	亿分钟	895.2	200.6	28.4	24.0
IP电话通话时长	亿分钟	500.0	103.9	−16.8	−20.3
移动短信业务量	亿条	3195.4	643.2	11.2	10.4

106. 2009年1～5月,邮电系统平均每月订销报纸、杂志约多少亿份?( )

　　A.13.7亿份　　　　B.14.2亿份　　　　C.14.6亿份　　　　D.17.8亿份

107. 按2009年5月业务同比增长率从高到低排列,以下正确的是( )。

　　A. 函件—包裹—快递　　　　　　　　B. 汇票—包裹—快递

　　C. 快递—汇票—函件　　　　　　　　D. 函件—汇票—包裹

108. 2008年1～5月,移动电话长途通话时长约是固定传统长途电话通话时长的多少倍?( )

　　A.3.4倍　　　　B.2.5倍　　　　C.1.9倍　　　　D.0.5倍

109. 假如平均每条移动短信的业务费用为0.1元,则2009年5月移动短信业务总量占当月电信业务总量的比重约为( )。

　　A.2.8%　　　　B.3.0%　　　　C.3.2%　　　　D.6.4%

110. 能够从上述资料中推出的是( )。

　　A.2009年5月,各项电信业务与去年同期相比均有所增长

　　B.2009年5月,各项邮政业务营业状况均好于1～4月平均水平

　　C.2009年5月,移动电话长途通话占移动电话通话总时长的10%以上

　　D.2009年1～5月,电信业务同比增长率高于邮政业务

五、根据以下资料,回答111～115题。

新中国成立后,经过60年特别是改革开放以来的建设,我国公共卫生体系初步建立,卫生服务能力明显增强。2008年全国共有卫生机构27.8万个,比1949年增加约75倍;卫生技术人员为503万人,比1949

年增加 9.0 倍;医院和卫生院床位数为 374.8 万张,比 1949 年增加 45.9 倍;每千人口医院、卫生院床位数为 2.8 张,远高于 1949 年 0.15 张的水平。

1949～2008 年公共卫生体系发展状况统计表

年份	卫生机构数(个)	床位数(万张)	卫生技术人员数(万人)
1949	3670	8	51
1957	122954	30	104
1962	217985	69	141
1965	224266	77	153
1978	169732	185	246
1985	200866	223	341
1990	208734	259	390
2000	324771	291	449
2005	298997	314	446
2008	278337	375	503

111. 1949～2008 年,我国卫生机构平均每年约增加( )。

    A. 4736 个   B. 4655 个   C. 4578 个   D. 4397 个

112. 新中国成立以来,我国医院和卫生院床位数年平均增长率最高的时期为( )。

    A. 1957～1962 年   B. 1962～1965 年

    C. 1965～1978 年   D. 1978～1985 年

113. 与 1978 年相比,2008 年平均每个卫生机构的卫生技术人员数约增加了( )。

    A. 5%   B. 15%   C. 25%   D. 35%

114. 2008 年,每万人口拥有的卫生机构数量约是 1949 年的多少倍?( )

    A. 3 倍   B. 8 倍   C. 15 倍   D. 30 倍

115. 能够从上述资料中推出的是( )。

    A. 1957 年,我国卫生技术人员总数首次超过百万

    B. 1949 年,我国每千人口拥有的卫生技术人员数不足 1 人

    C. 2005～2008 年,医院和卫生院床位数年均增长率超过 10%

    D. 20 世纪 80 年代后期,我国卫生机构的数量呈现负增长态势

第四部分结束,请继续做第五部分!

第五部分 常识判断

(共 25 题,参考时限 10 分钟)

根据题目要求,在四个选项中选出一个恰当答案。

请开始答题:

116.关于新中国成立 60 周年取得的成就,下列说法不正确的是( )。

A. 截至 2008 年末,我国已成为世界第三大经济体

B. 截至 2008 年末,我国进出口贸易总额已跃居世界第一

C. 2008 年,我国国民平均受教育年限已提高到 8.7 年,相当于初中文化程度

D. 我国人均期望寿命由新中国成立前的不足 40 岁上升到 70 多岁

117.改革开放以来,我国主要区域政策经历了不同的阶段:①以经济特区为中心的沿海地区优先发展阶段;②以缩小区域差距为导向的西部大开发阶段;③以浦东开发为龙头的沿江沿边地区重点发展阶段;④以区域协调发展为导向的共同发展阶段。这四个阶段按时间顺序排列应为( )。

A.①②③④ B.①③②④

C.②③①④ D.②①③④

118.关于我国重大工程与建设项目,下列说法不正确的是( )。

A. 三峡工程是目前世界上建筑规模最大的水利工程

B. "嫦娥一号"是中国自主研发的首个月球探测卫星

C. 2008 年建成通车的杭州湾跨海大桥是目前世界上最长的桥梁

D. 2006 年全线通车的青藏铁路是目前世界上海拔最高的铁路

119.下列关于国际组织的表述不正确的是( )。

A. 蒙古国是上海合作组织的成员国之一

B. 国际货币基金组织是联合国的专门机构

C. 博鳌亚洲论坛是第一个总部设在中国的国际会议组织

D. 石油输出国组织通过实行石油生产配额制维护石油生产国利益

120.在经济衰退时期,有利于扩大内需的政策措施是( )。

A. 提高税率 B. 提高存款准备金率

C. 降低税率 D. 缩减财政支出

121.衡量一个国家经济总量的指标不包括( )。

A. 国内生产总值 B. 国民总收入

C. 外汇储备 D. 货币总量

122.下列关于中国近现代史上的事件表述不正确的是( )。

A. 北洋水师是 19 世纪末中国建立的第一支近代海军舰队

B. 第五次反"围剿"失败后,中国工农红军开始长征

C. 中国人民解放军第二炮兵组建于 20 世纪 60 年代中期

D. 日军在东北发动的"七七事变"标志着全面侵华战争的开始

123.关于我国的湖泊,下列叙述正确的是( )。

A. 海拔最低的湖在四川　　　　　　　B. 海拔最高的湖在新疆

C. 最大的淡水湖在江西　　　　　　　D. 最大的咸水湖在西藏

124. 一艘油轮自科威特港驶往大连,其最短航线为(　　　)。

　　A. 波斯湾→红海→马六甲海峡→南海→黄海→东海

　　B. 波斯湾→阿拉伯海→马六甲海峡→南海→东海→黄海

　　C. 红海→阿拉伯海→孟加拉湾→南海→东海→黄海

　　D. 红海→孟加拉湾→马六甲海峡→南海→黄海→东海

125. 下列对哲学家及其思想的认定不正确的是(　　　)。

　　A. 老子早于庄子,庄子早于韩非子

　　B. 亚里士多德师从柏拉图,柏拉图师从苏格拉底

　　C. 毛泽东的实践观同于列宁,列宁的实践观同于马克思

　　D. 尼采的非理性主义源于叔本华,叔本华的非理性主义源于培根

126. "四书五经"中的"四书"指的是(　　　)。

　　A.《诗经》《孟子》《孝经》《尔雅》　　　　B.《周易》《尚书》《礼记》《春秋》

　　C.《大学》《中庸》《论语》《孟子》　　　　D.《尚书》《周易》《论语》《孝经》

127. 下列有关现代科技的说法中,正确的是(　　　)。

　　A. 高温超导体是指其超导临界温度在零摄氏度以上

　　B. 纳米材料是指结构单元的尺度达到纳米级而原有性能保持不变的材料

　　C. 杂交水稻是通过基因重组改变水稻的基因来提高产量的

　　D. 转基因食品是指转移动物的基因并加以改变,制造出具备新特征的食品

128. 下列有关能源的表述正确的是(　　　)。

　　A. 目前核电站对核能的利用方式分为核聚变和核裂变两种

　　B. 氢气是一种可实现二氧化碳零排放的能源

　　C. 太阳能电池的工作原理是光化学转换

　　D. 可燃冰是一种稀缺的能源资源

129. 下列对人物及其贡献的表述,错误的一项是(　　　)。

　　A. 凯恩斯撰写了《国富论》,使经济学成为一门独立学科

　　B. 孟德尔发现了遗传学定律,为遗传因子理论奠定了框架基础

　　C. 冯·诺依曼开创了现代计算机理论,其体系结构沿用至今

　　D. 法拉第发现电磁感应定律,并据此发明了早期的发电机

130. 下列关于武器装备的说法不正确的是(　　　)。

　　A. 核潜艇的主要装备是核武器

　　B. "歼十"战斗机是国产飞机

　　C. 弩是中国最早发明的

　　D. AK－47 是前苏联研制的一种自动步枪

131. 我国社会主义民族关系的基本特征是:平等、团结、互助、(　　　)。

　　A. 合作　　　　　B. 繁荣　　　　　C. 友爱　　　　　D. 和谐

132. 如果父亲和孩子都是 A 型血,那么孩子母亲的血型有几种可能?(　　　)

　　A. 四种　　　　　B. 三种　　　　　C. 二种　　　　　D. 一种

133. 关于宇宙的起源,最具代表性、影响最大的理论是(　　　)。

　　A. 黑洞理论　　　　　　　　　　　　B. 大爆炸理论

C. 暗物质学说   D. 能量守恒定律

134. 下列关于医学知识的说法不正确的是（   ）。

A. 肝脏的主要功能之一是分解排除血液中的毒素

B. 放疗中要使用放射线进行照射

C. 砒霜在中药里可以入药

D. 针灸中的"灸"是指用针扎刺人体穴位

135. 下列有关生活常识的叙述正确的是（   ）。

A. 空调工作的时候有水流出而冰箱没有，由此可判断常见的家用空调和冰箱的制冷原理不同

B. 鸡蛋带壳在微波炉中加热比较好，这样受热更快更均匀

C. 液晶电视机与等离子电视机的成像原理相同

D. 使用无磷洗衣粉是因为磷易造成环境水体富营养化，破坏水质

136. 下列关于我国上下级部门之间的关系的说法正确的是（   ）。

A. 上下级人民政府之间是领导与被领导的关系

B. 上下级人民政府部门之间是业务指导与被指导的关系

C. 上下级人民代表大会之间是领导与被领导的关系

D. 上下级人民法院之间是领导与被领导的关系，上下级人民检察院之间是监督与被监督的关系

137. 下列关于国家行政机关的说法正确的是（   ）。

A. 各级国家行政机关都有权实施行政处罚

B. 行政诉讼实行举证责任倒置原则，因此，行政机关承担全部举证责任

C. 国家行政机关公务员被判处刑罚的，给予开除处分

D. 国务院的法定会议形式为国务院常务会议、国务院全体会议、国务院办公会议

138. 下列做法符合《政府信息公开条例》的是（   ）。

A. 甲县规定，乡、镇的政府信息统一由县政府负责公开

B. 乙省不允许本省内各级行政机关提供政府信息时收取任何费用

C. 丙区规定行政机关应当编制、公布政府信息公开指南或政府信息公开目录并及时更新

D. 丁市政府在图书馆设置政府信息查阅场所并配备相应的设备，为公民、法人或者其他组织获取政府信息提供便利

139. 根据《食品安全法》，下列说法正确的是（   ）。

A. 对食品生产、食品流通实施监督的部门分别为质量监督部门、工商行政管理部门

B. 食品安全监督管理部门在进行抽样检验时，不需购买样品

C. 名人在虚假广告中向消费者推荐食品，使消费者的合法权益受到损害的，应由食品生产经营者和销售者承担连带责任

D. 食品安全监督管理部门可以对食品实施免检

140. 下列说法正确的是（   ）。

A. 肖某明知自己的自行车车闸不好使，却自以为技术过硬而飞速行驶，当行至一交叉路口时，将一幼儿当场撞死。肖某的行为属于间接故意犯罪

B. 某单位犯行贿罪，应依法对单位判处罚金，并对直接负责的主管人员和其他直接责任人员判刑

C. 吴某被取保候审，在此期间吴某不得行使选举权

D. 某公司承诺向灾区捐款，该公司可以在交付捐款前撤销承诺

全部测验到此结束！

2009 年中央国家机关公务员录用考试

《行政职业能力测验》试卷

说　明

这项测验共有五个部分,140 道题,总时限为 120 分钟。各部分不分别计时,但都给出了参考时限,供你参考以分配时间。

请在机读答题卡上严格按照要求填写好自己的姓名、报考部门,涂写准考证号。

请仔细阅读下面的注意事项,这对你获得成功非常重要。

1.题目应在答题卡上作答,不要在试题本上作任何记号。

2.监考人员宣布考试开始时,你才可以开始答题。

3.监考人员宣布考试结束时,你应立即放下铅笔,将试题本、答题卡和草稿纸都留在桌上,然后离开。

如果你违反了以上任何一项要求,都将影响你的成绩。

4.在这项测验中,可能有一些试题较难,因此你不要在一道题上思考时间太久,遇到不会答的题目,可先跳过去,如果有时间再去思考。否则,你可能没有时间完成后面的题目。

5.试题答错不倒扣分。

6.特别提醒你注意,涂写答案时一定要认准题号。严禁折叠答题卡!

第一部分　常识判断

（共25题，参考时限10分钟）

请开始答题：

1. 北京奥运会开幕式上展示的巨大的"和"字,其蕴含的思想源自(　　)。
   A. 墨家　　　　　　　B. 道家　　　　　　　C. 儒家　　　　　　　D. 法家

2. 2008年是改革开放三十周年,三十年前我国的经济体制改革始于(　　)。
   A. 上海　　　　　　　B. 安徽　　　　　　　C. 广东　　　　　　　D. 浙江

3. 经济学上所推崇的"橄榄形"收入分配结构,是指低收入和高收入相对较少、中等收入占绝大多数的分配结构。我国正在采取措施,实施"提低、扩中、调高、打非、保困"的方针,使收入分配朝着"橄榄形"方向发展。这主要是为了促进(　　)。
   A. 生产的发展
   C. 社会的公平
   B. 效率的提高
   D. 内需的扩大

4. 新中国成立以后,我国政府制定了"两弹一星"的战略决策,这一战略目标的实现是在(　　)。
   A. 20世纪50—60年代
   C. 20世纪60—70年代
   B. 大跃进时期
   D. 文革时期

5. 从2006年元旦起我国政府正式取消了延续2600年的农业税。我国农业税的征收始于(　　)。
   A. 春秋时期鲁国的初税亩
   C. 秦朝的按亩纳税
   B. 战国时期的商鞅变法
   D. 西汉的编户齐民

6. 地热资源、太阳能、水能资源均丰富的地区是(　　)。
   A. 青藏高原
   C. 塔里木盆地
   B. 海南岛
   D. 四川盆地

7. 下列表述错误的一项是(　　)。
   A. 神舟七号载人航天飞行圆满成功,标志着我国成为世界上第二个独立掌握空间出舱关键技术的国家
   B. 2008年5月12日发生的四川汶川特大地震,是新中国成立以来破坏性最强、波及范围最广、救灾难度最大的一次地震
   C. 党的十七大报告明确指出,要更好地实施科教兴国战略、人才强国战略、可持续发展战略
   D. 科学发展观,第一要义是发展,核心是以人为本,基本要求是全面协调可持续,根本方法是统筹兼顾

8. 晚于欧洲文艺复兴运动(14至15世纪)的历史大事是(　　)。
   A. 成吉思汗统一蒙古
   C. 英国工业革命
   B. 哥白尼提出"日心说"
   D. 毕昇发明活字印刷术

9. 我国领导人多次表示,西藏事务完全是中国内政。"西藏问题"的实质是(　　)。
   A. 主权问题
   C. 人权问题
   B. 宗教问题
   D. 民族问题

10. 以下节气按时间顺序正确的是(　　)。
    A. 立冬、小雪、小寒、冬至
    C. 小暑、大暑、处暑、立秋
    B. 白露、秋分、寒露、霜降
    D. 立春、惊蛰、雨水、春分

11. 下列历史事件时间排序正确的一组是（   ）。

　　A. 司马迁修《史记》→文景之治→王莽篡汉

　　B. 杯酒释兵权→岳飞抗金→王安石变法

　　C. 齐桓公称霸→商鞅变法→秦统一天下

　　D. 玄武门之变→黄巢起义→安史之乱

12. 关于中国改革开放30周年成就的描述,下列符合实际的是（   ）。

　　A. 人均GDP已接近中等发达国家水平

　　B. 国内生产总值年均增长速度接近10%

　　C. 已成为世界贸易第一大国

　　D. 主要污染物排放总量逐年减少

13. 下列做法在日常生活中可行的是（   ）。

　　A. 医用酒精和工业酒精的主要成分相同,都可用于伤口消毒

　　B. 喝牛奶、豆浆等富含蛋白质的食品可有效缓解重金属中毒现象

　　C. 由于淀粉有遇碘变蓝的特性,可利用淀粉检验加碘食盐的真假

　　D. 低血糖症状出现时,吃馒头要比喝葡萄糖水见效快

14. 美国次贷危机中的"次"是指（   ）。

　　A. 贷款人的第二次贷款

　　B. 贷款人的收入较低、信用等级较低

　　C. 贷款机构的实力和规模较小

　　D. 贷款机构的信用等级较低

15. 关于气象,下列说法正确的是（   ）。

　　A. 沙尘暴发源于蒙古高原

　　B. 厄尔尼诺现象是由温室气体增多引发的

　　C. 美国西海岸有暖流、东海岸有寒流通过

　　D. 飓风指的是在大西洋上生成的热带气旋

16. 下列对CPI(消费者物价指数)的认识正确的是（   ）。

　　A. CPI反映一定时期内居民所购生活消费品的价格程度的绝对数

　　B. CPI用来分析消费品非零售价对居民生活费用支出的影响程度

　　C. CPI反映居民所购生活消费品的价值和服务项目的价格变动趋势

　　D. CPI是采用指数商品加权平均方法算出来的

17. 下列陈述中错误的是（   ）。

　　A. 隐形飞机机身涂料的主要作用是吸收电磁波

　　B. 混沌理论在很多研究领域有重要应用

　　C. U盘格式化后,信息不可恢复

　　D. 土星环是圆的

18. 下列能够依次展示美国、英国、法国和日本影响力的文化符号是（   ）。

　　A. 感恩节、巨石阵、卢浮宫、浮士绘

　　B. 硅谷、哈佛大学、白金汉宫、东照宫

　　C. 爵士乐、金色大厅、圣女贞德、新干线

　　D. 劳斯莱斯、芭比娃娃、巴尔扎克、桂离宫

19. 下列关于法律与道德关系的表述中,错误的是（   ）。

A. 法律和道德都属于社会规范的范畴,均具有规范性

B. 法律由国家强制力保障实施,而道德主要通过社会舆论和内心自律得以实施

C. 违法行为一定是违反道德的,但违反道德的行为不一定都违法

D. 法律和道德可以互为促进

20. 根据我国有关法律的规定,下列哪一行为是不合法的?(　　)

A. 某乡人民代表大会选举产生乡长、副乡长

B. 国务院某部门制定规章设定行政许可

C. 国务院发布《关于加强市县政府依法行政的决定》

D. 全国人民代表大会常务委员会批准 2008 年中央预算调整方案

21. 下列机构中,有权依法制定政府规章的是(　　)。

A. 某直辖市人民代表大会　　　　　　　B. 某省人民政府的工作部门

C. 某自治区人民代表大会常务委员会　　D. 某省人民政府所在地的市人民政府

22. 行政处罚是指行政机关依法对违反行政管理秩序的公民、法人或其他组织给予制裁的行政行为。据此,下列属于"行政处罚"的是(　　)。

A. 暂扣违章司机的机动车驾驶证

B. 对醉酒的人约束至酒醒

C. 对严重违反《公务员法》的公务员给予开除处分

D. 对到期不缴纳税款的纳税人,按日加收滞纳税款万分之五的滞纳金

23. 下列行为中构成犯罪的是(　　)。

A. 赵某,30 岁,醉酒驾车撞死路人

B. 刘某,13 岁,盗窃价值人民币 50 万元的财物

C. 张某,20 岁,遇人抢劫奋起反击,将对方打成重伤

D. 王某,30 岁,为了躲避仇人追杀,抢了路人的摩托车逃跑

24. 甲被车撞伤倒地,行人乙拦下一辆出租车,将甲送往医院,乙支付了车费,其间,甲的手机丢失。下列表述中正确的是(　　)。

A. 车费由甲承担,甲手机丢失的损失由乙赔偿

B. 车费不由甲承担,甲手机丢失的损失由乙赔偿

C. 车费由甲承担,甲手机丢失的损失不由乙赔偿

D. 车费不由甲承担,甲手机丢失的损失不由乙赔偿

25. 根据《突发事件应对法》的规定,下列说法正确的是(　　)。

A. 突发事件即为紧急状态

B. 突发事件的预警级别从高到低依次用红色、橙色、蓝色和黄色来标示

C. 突发事件包括自然灾害、事故灾难、公共卫生事件和社会安全事件

D. 突发事件发生后,发生地县级人民政府应立即采取措施控制事态发展,并立即向上一级人民政府报告,不得越级上报

第一部分结束,请继续做第二部分!

第二部分　言语理解与表达

（共 40 题，参考时限 35 分钟）

本部分包括表达与理解两方面的内容,请根据题目要求,在四个选项中选出一个最恰当的答案。

请开始答题:

26. 一方水土养一方人,一方人筑一方城。边地城市风貌的千姿百态,原本就是_____的事情。

　　　填入划横线部分最恰当的一项是(　　)。

　　A. 水到渠成　　　B. 司空见惯　　　C. 顺其自然　　　D. 顺理成章

27. 很多大学生希望毕业后找到一份工作,稳步发展,可是也有很多人不愿_____。他们有相对稳定的家庭背景,有工作能力,却在寻找生活的另一种可能性。

　　　填入划横线部分最恰当的一项是(　　)。

　　A. 按部就班　　　B. 墨守成规　　　C. 人云亦云・　　　D. 步人后尘

28. 柏克和阿伦特等思想家把博爱和同情视为感伤主义,是滥情、不理智的表现,认为结果会_____,达不到改善弱者境遇的效果。贫困等问题的解决还是要靠政治,而非部分人的善心。

　　　填入划横线部分最恰当的一项是(　　)。

　　A. 适得其反　　　B. 事与愿违　　　C. 南辕北辙　　　D. 雪上加霜

29. 我从不怀疑“城市车”概念的_____性,因为这是全世界都需要的东西:干净、简洁、低能源消耗。我们不是在_____让“城市车”概念成真,而是必须让它实现。

　　　填入划横线部分最恰当的一项是(　　)。

　　A. 超前　梦想　　　　　　　　　B. 可行　尝试

　　C. 实用　期待　　　　　　　　　D. 科学　努力

30. 互联网并非_____、整齐划一的技术革命的产物,而是在各种混乱、争论和复杂的利益纠葛中发展成今天的规模和影响力。正是一个个小的草根网络,最终汇集成一个_____的大潮流。

　　　填入划横线的部分最恰当的一项是(　　)。

　　A. 一呼百应　铺天盖地　　　　　B. 自上而下　不可逆转

　　C. 有条不紊　举世瞩目　　　　　D. 运筹帷幄　波涛汹涌

31. 如果我们继续让市场决定命运,让政府在稀缺石油和食品上互相_____,资源将会成为全球经济增长的瓶颈,但如果世界各国在研究、开发以及传播节能技术和可再生能源上进行_____,快速的经济增长就有可能成为现实。

　　　填入划横线部分最恰当的一项是(　　)。

　　A. 争夺　支持　　　　　　　　　B. 制约　分工

　　C. 竞争　合作　　　　　　　　　D. 抑制　改革

32. 实践表明,_____良善的制度设计,住房保障已不再是政府的财政包袱,相反,它还是经济增长的_____。住房保障本身已表现出一种强大的、可持续的生命力,并成为能够产生稳定回报的投资品。

　　　填入划横线部分最恰当的一项是(　　)。

　　A. 基于　机遇　　　　　　　　　B. 处于　动力

　　C. 由于　前提　　　　　　　　　D. 鉴于　表现

33. 作家、出版社、图书零售商依然依靠传统的纸质书利润分成系统获取各自最主要的收入,网络盗版被视为_____这一系统利益的首害。2000 年曾_____于电子出版的许多出版社后来都放缓了推出电子化新书的脚步,主要原因便是担心这样会加快网络盗版的速度,减少图书的销售量。

填入划横线部分最恰当的一项是( )。

A. 冲击 争先恐后　　　　　　　　B. 侵蚀 跃跃欲试

C. 破坏 摩拳擦掌　　　　　　　　D. 分割 踌躇满志

34. 什么是人才,可谓_____。在全球化和信息化时代,人才应该具备的几点基本素质倒是_____的,很多大企业认为,引领未来企业发展的,也是企业最缺乏的人才必须具备三大条件:领导才能、谈判能力和全球思维。

填入划横线部分最恰当的一项是( )。

A. 众说纷纭 统一　　　　　　　　B. 莫衷一是 固定

C. 见仁见智 共通　　　　　　　　D. 因人而异 公认

35. 托马斯·弗里德曼认为获取信息的_____性改变了人类的思考方式,就好像计算器发明以后计算好的人不再占明显优势,记忆力好也不再作为评判人聪明的_____标准。

填入划横线部分最恰当的一项是( )。

A. 便捷 必然　　　　　　　　　　B. 公平 客观

C. 对称 绝对　　　　　　　　　　D. 广泛 首要

36. 看过许多名人访谈,他们无不谈到过去某段时期的迷茫与困惑,低调与失败。此时,如果他们向命运低头,他们就是失败者。只有冷静下来,摆正心态,才有_____、赢取辉煌的可能。可见,平日的积累与锻炼固然重要,但关键时刻的_____与爆发力却能成就一个真正的王者。

填入划横线部分最恰当的一项是( )。

A. 背水一战 表现　　　　　　　　B. 反败为胜 勇气

C. 逆水行舟 速度　　　　　　　　D. 反戈一击 突破

37. 城市的_____化发展使城市的文化个性正在逐渐消解,并失去城市的文化竞争能力,每个城市都试图以摩天大楼林立、水泥立交纵横作为现代化城市的_____,但不容忽视的问题是,城市的文化品格和文化生态也正在悄然消解。

填入划横线部分最恰当的一项是( )。

A. 单一 目标　　　　　　　　　　B. 机械 符号

C. 模式 标志　　　　　　　　　　D. 无序 要素

38. 判断一家公司是否具有成长性,这家公司的产品或服务有没有市场_____至关重要。有些公司可能有几年时间保持了较快的增长,但是如果所从事的行业空间有限,就注定了高增长只是_____。

填入划横线部分最恰当的一项是( )。

A. 份额 过眼云烟　　　　　　　　B. 需求 无源之水

C. 前景 空中楼阁　　　　　　　　D. 潜力 昙花一现

39. 今天的汉语变化之快,已经是字典的改版_____的了,而所有的这些背后,是一个_____的社会。

填入划横线部分最恰当的一项是( )。

A. 鞭长莫及 纷繁复杂　　　　　　B. 望尘莫及 日新月异

C. 难以企及 欣欣向荣　　　　　　D. 措手不及 瞬息万变

40. 在消费品领域,人们的审美观、价值观念是非常_____的,什么是高雅的,什么是大众的,人们在不同的时代、不同的情境下,会有不同的理解。如果让西方饮茶习惯去_____茶饮料领域,他们不习惯的绿茶就永远出不了顶级品牌。

填入划横线部分最恰当的一项是（　　　　）。

A. 时尚　改变 　　　　　　　　　　　　B. 灵活　占领

C. 主观　主导 　　　　　　　　　　　　D. 多元　适应

41. 如今每年出版的长篇小说已经超过千部，但与这种发展相_____的还有人们"力作乏陈"的呼喊声。在我看来，中国文学目前的整个发展缺乏一种_____性，对诺贝尔奖的看重，可能缘于一种在茫然中寻找航向的期待。

　　　　填入划横线部分最恰当的一项是（　　　　）。

A. 矛盾　独立 　　　　　　　　　　　　B. 始终　超越

C. 冲突　规划 　　　　　　　　　　　　D. 伴随　方向

42. 也许是看到了"群体智慧"所爆发的惊人力量，很多风险投资开始重新_____"人"的作用。与_____的新搜索技术相比，他们更愿意将赌注压在混合型搜索引擎上，一个_____的名字：社会型搜索。

　　　　填入划横线部分最恰当的一项是（　　　　）。

A. 关注　天花乱坠　动听 　　　　　　　B. 重视　层出不穷　奇特

C. 估量　眼花缭乱　时髦 　　　　　　　D. 考虑　变幻莫测　贴切

43. 就如同那些古典音乐爱好者批驳播放器在玷污耳朵一样，喜欢闻书香的人更_____，太多人无法想象没有书架的家居污染，无法接受电子文字_____纸质书籍所拥有的心理感情空间，尽管他们都_____电子纸张是一场未来十年注定将要发生的大趋势。

　　　　填入划横线部分最恰当的一项是（　　　　）。

A. 挑剔　代替　承认 　　　　　　　　　B. 偏执　挤占　明白

C. 保守　填充　认为 　　　　　　　　　D. 高雅　侵占　觉得

44. 在上世纪 90 年代之前，中国的粮食进口量从没有_____供应量的 5%，但是，随着畜牧业的发展，特别是工厂式畜牧业的_____，商品饲料的需求量大为增加，这种状况会_____中国粮食自给的基础政策。

　　　　填入划横线部分最恰当的一项是（　　　　）。

A. 达到　兴盛　动摇 　　　　　　　　　B. 低于　扩大　冲击

C. 超过　兴起　挑战 　　　　　　　　　D. 大于　扩充　违法

45. 历史是前进的历史，历史是革命的历史、辉煌的历史、悲哀的历史。人民总会在_____之后，认认真真地_____历史的是非功过。然而，无论什么样的历史，什么样时段的历史，当它面对一个人的时候，总是会毫不留情地_____他的灵魂。

　　　　填入划横线部分最恰当的一项是（　　　　）。

A. 时过境迁　评价　拷问 　　　　　　　B. 尘埃落定　回顾　净化

C. 痛定思痛　检验　感化 　　　　　　　D. 物是人非　反省　触动

46. 旅行是什么？德波顿并不想急于提供答案；旅行为了什么？德波顿似乎也不热心去考求。释卷之后，相信每个读者都会得到一种答案——这答案，既是思辨的，也是感性的；既酣畅淋漓，又难以言说。因为它更像是一种情绪，令人沉醉而不自知。

　　　　这段文字表达的主要意思是（　　　　）。

A. 德波顿给了读者宝贵的精神享受

B. 读者读后会得到模糊不清的答案

C. 读者领略到了德波顿的淡然无味

D. 德波顿没有解答读者提出的问题

47. 一种经济理论或者经济模型是对经济现象的某些方面的描述,它要比其描述的现实简单。理论要舍弃不重要的东西。至于什么重要,什么不重要,取决于经济学家的假设,假设不同,提出的理论也不一样。经济学家们对同一现象往往有很多的理论解释,主要是因为强调的东西常常不一样。因此,理论不等同于真理,可以争辩,可以错,也可以被推翻。

这段文字意在说明(　　)。

A. 如何发展经济理论　　　　　　　B. 经济理论的内在本质

C. 经济理论的主要功能　　　　　　D. 如何看待经济理论

48. 跟电影中创意以导演为中心不同,电视行业创意的中心是编剧。编剧在电视行业中之所以重要,是因为小画框给视觉发挥的空间没那么大,语言艺术就显得特别重要。情景剧还有故事情节作为吸引力,而喜剧秀就完全靠演员表现和语言的魅力了;又都是在棚里拍,从拍摄上讲是纯技术活儿,创新都在于对话和表演。

对这段文字的主旨概括最准确的是(　　)。

A. 比较电视与电影行业创意上的差异

B. 强调语言魅力对电视行业的重要性

C. 分析电视行业各种构成要素之间的关系

D. 解释电视行业创意以编剧为中心的原因

49. 随着全球肉类产量的进一步增加,畜牧业对全球温室效应的影响也会增长。目前,畜牧业用地已经占到地球土地面积的30%。作为农业增长最为迅速的一个门类,畜牧业还会占用更多的土地来生产饲料和放牧。在拉丁美洲,为给牧场腾出空间,已经有70%的森林遭到砍伐。目前畜牧业对全球825个陆地生态区中的306个造成了威胁,并且威胁到1699个濒危物种。

这段文字意在说明(　　)。

A. 应严格控制畜牧业发展　　　　　B. 畜牧业造成的污染严重

C. 畜牧业发展面临的瓶颈　　　　　D. 发展畜牧业的环境代价

50. 詹姆斯·乔伊斯的《尤利西斯》手稿在拍卖会上露面时,考虑到手稿并不完整,只是其中一个章节,拍卖行保守给出60万至90万美元的估价,最终成交价却高达150万美元。《尤利西斯》是爱尔兰的文学国宝,第一次公开出版在巴黎,手稿也一直留在国外,几十年来爱尔兰人都以此为憾事。得到手稿拍卖的消息,爱尔兰国家图书馆便决定不惜代价把手稿买回都柏林,最终的高价,文学价值和民族感情各占一半。

这段文字主要说明(　　)。

A.《尤利西斯》手稿为什么拍出高价

B. 爱尔兰人具有强烈的民族感情

C. 文学手稿的价值有时难以估量

D.《尤利西斯》手稿深受爱尔兰人喜爱

51. 尽管黄金的地位已今不如昔,但魔力依然不减。纸币在通货膨胀面前无能为力,而黄金天生具备保值功能,在通货膨胀时代尤为耀眼。美元和黄金价格犹如跷跷板的两端,在美元持续贬值的背景下,黄金价格会自然走高。在股市风险加大时,黄金市场会成为避风港。最近国际市场金价走高,和美国次贷危机引发的股市震荡不无关系。

这段文字的主旨概括最准确的是(　　)。

A. 预测黄金市场未来的走势　　　　B. 说明影响金价的各种因素

C. 解释黄金受到追捧的原因　　　　D. 分析黄金投资的国际环境

52. 心理矫治作为一项专业性、科学性很强的教育改造手段,其意义不仅在于促进服刑人员改造,也在于降低服刑人员出狱后重复犯罪的几率。当然,由于我国心理学学科建设尚未成熟,心理矫治工作虽然在监狱管理系统中已初见成效,但在监狱系统中大范围运用还需假以时日。

这段文字主要是说心理矫治(　　)。

A. 在监狱管理中发挥着重要作用

B. 亟待在监狱系统中进行大范围运用

C. 是一种处于发展中的有效教育改造手段

D. 发展有赖于心理学学科建设的发展成熟

53.一个小女孩趴在窗台上,看窗外的人正埋葬她心爱的小狗,不禁泪流满面,悲恸不已。她的外祖父见状,连忙引她到另一个窗口,让她欣赏他的玫瑰花园。果然小女孩的心情顿时明朗。老人托起外孙女的下巴说:"孩子,你开错了窗户。"

老人说:"你开错了窗户"是想要告诉小女孩(　　)。

A. 看世界的角度不同,心境也会不同

B. 环境对人的情绪状态有很大的影响

C. 通过转化视角,能摆脱失败和痛苦

D. 人应该懂得从不同的角度看待问题

54.随着"谁主张,谁举证"这一司法原则的强化,能否搜集到有力的证据,成为民事诉讼的关键。目前,虽然人们的调查取证意识增强了,但搜集、保存和运用证据的能力还较弱,许多当事人往往只好委托律师或其他人员进行调查取证,因此民事类调查取证的需求越来越大。

这段文字意在说明(　　)。

A. 民事诉讼中调查取证的主要途径

B. 当事人取证意识与取证能力之间的差距

C. 民事诉讼调查取证需求增大的原因

D. 搜集证据成为诉讼胜败关键的法律依据

55.云南地处世界两大生物多样性热点地区的交界处,高海拔的青藏高原在云南迅速过渡到低海拔的马来半岛。云南的大部分河流都是南北走向,热带动植物随着北上的是热空气,一直深入到云南的大部分地区。因此,云南在 4% 的国土面积上拥有全国 50% 以上的植物种类、70% 以上的动物种类和 80% 以上的植被类型。

这段文字意在强调(　　)。

A. 云南的地形与生物多样性的关系

B. 云南生物多样性的特点很突出

C. 云南具有特殊的自然地理条件

D. 云南的气候与特征多样性的联系

56.北京天坛祈年殿、阛丘的各层组排,均是以天阳之数"九"及其倍数呈扇环形展开的,即由内层至外层分别为九、一十八、三十六……这个天阳之数"九"来源于《易经》乾卦的"九",如《易经·乾》"上九,亢龙有悔",即言"九"为阳数之极,此时为阳之亢极。神圣的祈年大殿以"九"及其倍数排列,寓含着崇尚天阳的信息,这是《易经》符号学在古代建筑中的体现。

这段文字意在说明(　　)。

A. 我国古代建筑体现着功用、审美的特点

B. 我国古代建筑蕴藏着一种数字符号信息

C.《易经》与我国古代建筑中的符号信息

D. 我国建筑艺术的最高境界暗含符号信息

57. 今天,人们往往以为老虎一直都生活在山上,并不知道它们从平原退出的历史。唐宋时期,随着经济文化中心从黄河流域转移到长江流域,北方人口大量南迁,华南虎彻底退出平原地区。之后出现的"调虎离山"、"放虎归山"、"坐山观虎斗"等成语,表明当时人们已经误认为老虎是山地物种,并不知道老虎是因为人类活动的侵犯而"被逼上山"的。

   　对这段文字的主旨概括最准确的是（　　）。

   A. 描述老虎随人类活动退向山区的历史

   B. 澄清人们对老虎生活区域的认识误区

   C. 说明了老虎"被逼上山"的时代背景

   D. 分析人类活动对老虎生存环境的影响

58. 周庄旅游收入已连续多年超亿元大关。在苏南,与周庄媲美的文化古镇虽不在少数,但旅游收入却只能望周庄而兴叹。当地的一位老人说,上世纪70年代陈逸飞画了这里的双桥,此画在美国展出时获奖并被石油大亨哈默斥巨资收藏。1979年邓小平访美时,哈默将此画赠给他,并说这是中国上海附近的一个小镇。如今,浏览江南古镇,周庄已成为首选。

   　对这段文字理解最准确的是（　　）。

   A. 文化传播可以成为城镇发展的重要契机

   B. 旅游是城镇经济快速发展的突破口

   C. 文化交流是国际交流的重要内容

   D. 文化是促进经济发展的重要力量

59. 近年来,全球的纸价持续上涨,据分析,纸浆的价格会越来越高,而出于环保的原因,全球的纸浆生产却在减弱。油价的上涨会让问题变得更糟糕,而据预测,这一上涨趋势并不会在短期内逆转。当纸价上涨到一定程度,必然反映到书价上,即使不考虑买书人会因为额外支出而减少购买,增加的占用资金也会令书店的经营风险增加。

   　对这段文字的主旨概括最准确的是（　　）。

   A. 说明书价必然上涨的诸多原因

   B. 分析未来图书零售业的发展趋势

   C. 指示能源问题与图书行业的关系

   D. 预测图书零售业将面临经营困境

60. 西方学者提出的"日常生活审美化"理论,从其产生的客观基础而论,它是在科技飞速发展、物质生活质量逐渐提高、人们日益从物质需求向精神需求过渡的前提下而出现的一种理论现实的回应,这种回应的出现,一方面是客观现实对理论的要求,另一方面也是西方哲学、美学及文学艺术理论发展的必然规律。

   　这段文字意在说明"日常生活审美化"理论（　　）。

   A. 出现的时代背景及理论基础

   B. 已获得了各方面的广泛认可

   C. 主要满足了人们的精神需求

   D. 与百姓的日常生活密切相关

61. 随着科学的进步与基因治疗方法的建立,基因兴奋剂的使用已成为可能,但检测运动员是否使用过基因兴奋剂则非常困难。虽然可以通过蛋白质组学检测发现其踪迹,但检测基因一般需要运动员身体组织样本,这涉及是否尊重运动员的问题。另外,目前的检测技术还无法跟上基因改造的步伐,世界反兴奋剂机构除了将基因兴奋剂列入禁止目录外,也在吸纳世界上最优秀的基因技术专家为自己服务,希望开发出基因兴奋剂检测技术,取得相关前沿成果。

这段文字说明基因兴奋剂检测（　　）。

A. 需要不断完善技术手段　　　　　B. 遭遇的困境与解困思路

C. 需建立完备的检测体系　　　　　D. 面临的道德与技术难题

62. 专家在研究"威廉斯综合征"时意外地发现,有着音乐、数字天赋的人其实是他们的基因排列失常造成的,而且同样的基因失序也可能会导致精神分裂症等精神病,大多数人一出生就患有"威廉斯综合征",他们体内的7号染色体错排了20个基因,在全球每两万人当中,就有一人会出现这种情况。

作者接下来最有可能着重介绍的是（　　）。

A. 什么是"威廉斯综合征"　　　　　B. 7号染色体对人类的重要意义

C. "威廉斯综合征"的典型病例　　　D. 基因失序与天才

63. 面对繁忙的交通,我们总觉得它是无序的,一旦拨云见日,会发现在这"混乱"之下依然存在着群体协作:每一辆车都有其目标,每一个驾驶员都努力避免交通事故,这是个体行为;在路上行驶时,汽车首尾相接,车距狭小但并不碰撞,车距加大时就加速,车距小时就减速,这就是群体协作。如果拒绝协作,马路将会成为废铜烂铁的堆积地,有趣的是,这主要并不是交警指挥的结果,而是每一位驾驶员追求自身目标后的无意结果。

这段文字意在强调（　　）。

A. 个体行为是群体协作的基础

B. 个体行为与群体协作并不矛盾

C. 群体协作是人类社会生活中非常重要的因素

D. 群体协作是个体实现目标时自然体现的结果

64. 设计美术馆向来是建筑师莫大的机遇,他们会因此得到可以尽情施展最炫目华彩技法的舞台。而在梵高美术馆,从最初设计草图的里特维尔德,到负责设计配楼的黑川纪章,再加上为他们拾遗补缺的凡·古尔,都不约而同地采取了非常低调内敛的姿态,绝无半分喧宾夺主的企图,是不是该猜测,他们面对着如此特殊的对象,都明了自己的使命就是不要用华丽去玷污了梵高?就把绚丽全都留给画笔下那如焰火般旋转的星空吧!

对这段文字的主旨概括最准确的是（　　）。

A. 说明梵高具有璀璨的艺术成就

B. 探讨梵高美术馆风格朴素的缘由

C. 三位建筑师独特的设计风格

D. 梵高美术馆统一风格形成的背景

65. 过去20年中,美国玉米年产量一直在全球产量的40%左右波动,2003～2004年度占到41.8%,玉米出口曾占到世界粮食市场的75%。美国《新能源法案》对玉米乙醇提炼的大规模补贴,使得20%的玉米从传统的农业部门流入工业部门,粮食市场本来就紧绷的神经拉得更紧。由于消费突涨,2006～2007年度全球玉米库存出现历史低位,比2005～2006年度剧减了2800万吨。难怪一年中全球粮油生产区的任何地方出现持续干旱或洪涝灾害,全球期货现货市场都会出现强烈反应。

这段文字意在表明（　　）。

A. 全球粮食市场正面临着库存紧张的严重危机

B. 美国在世界玉米市场中占有举足轻重的地位

C. 美国生物能源业的发展影响全球粮食供求关系

D. 对玉米乙醇提炼的补贴是一个不合时宜的举措

第二部分结束,请继续做第三部分!

第三部分　判断推理

（共35题，参考时限35分钟）

一、图形推理。请按每道题的答题要求作答。

请开始答题：

66.请从所给的四个选项中，选择最合适的一个填入问号处，使之呈现一定的规律性（　　）。

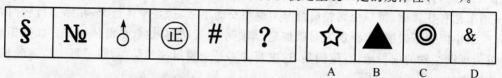

67.请从所给的四个选项中，选择最合适的一个填入问号处，使之呈现一定的规律性（　　）。

68.请从所给的四个选项中，选择最合适的一个填入问号处，使之呈现一定的规律性（　　）。

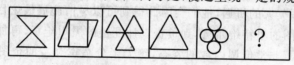

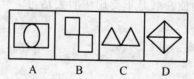

69.请从所给的四个选项中，选择最合适的一个填入问号处，使之呈现一定的规律性（　　）。

70.下面四个所给的选项中,哪一项能折成左边给定的图形?( )

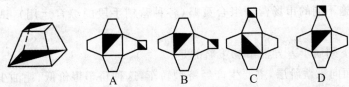

二、定义判断。每道题先给出一个定义,然后列出四种情况,要求你严格依据定义,从中选出一个最符合或最不符合该定义的答案。注意:假设这个定义是正确的,不容置疑的。

请开始答题:

71.广义而言,集体记忆即是一个具有自己特定文化内聚性和统一性的群体对自己过去的记忆。这种群体可以是一个政治宗教集团、一个地区文化共同体,也可以是一个民族或是一个国家。这种记忆可以是分散的、零碎的、口头的,也可以是集中的、官方的、文字的,可以是对最近一个事件的回忆,也可以是对远古祖先事迹的追溯。

根据上述定义,下列属于集体记忆的是( )。

A.我国广泛流传的大禹治水的传说

B.某市宣传地方旅游资源的纪录片

C.某政府机构关于某项工作的文件汇编

D.我国某大学内介绍邻国历史的教材

72.隐性广告是指将产品或品牌及其代表性的视觉性符号甚至服务性内容策略性地融入电影、电视剧或其他电视节目及其他传播内容中(隐藏于载体并与载体融为一体),使观众在接受传播内容的同时,不自觉地接受商品或品牌信息,继而达到广告主所期望的传播目的。

根据上述定义,下列属于隐性广告的是( )。

A.电视台在转载世界杯足球比赛中场休息时播放的某知名饮品的广告

B.某知名运动品牌赞助奥运会某国家体育代表运动员的领奖服

C.某电子产品生产商赞助拍摄电影,电影放映前播放该产品广告

D.某电视台知名女主播穿着某品牌提供的服装参加亲戚的婚礼

73.缺陷补偿是指个体在充当社会角色时不可能事事成功,当自我角色目标失败时,常常可能会对相关的社会角色的重要性做重新评价,从而进行自我定义以补偿自己的角色缺陷。

根据上述定义,下列属于补偿缺陷的是( )。

A.小王认为评上优秀员工是晋升的关键,因此当评选失利后决定在下一次评选中再接再厉

B.小张有份很不错的工作,他参加公务员考试是抱着试试看的态度,所以当他得知自己没有通过考试时并未觉得太遗憾

C.袁女士离婚后全身心投入工作,取得了很大的成绩,她认为事业成功比婚姻幸福更为重要

D.黄某大学毕业后求职不顺利,他觉得这是由于自己不是名牌大学毕业生,否则就业会容易得多

74.职业社会化是指个体按社会需求选择职业,掌握从事某种职业的知识和技能,以及从事某种职业后进行知识、技能更新再训练的过程。

根据上述定义,下列属于职业社会化的是( )。

A.食堂管理员张某看到很多领域急需翻译人才,利用业余时间学习并取得翻译资格证后到某公司任职

B.青年张某参军后被分配至汽车班,学得精湛的修车技艺,退役后自己开了一间修理部

C.某公司会计李某热爱厨艺,业余时间参加了一个培训班,学习营养知识,提高烹饪技艺

D.下岗女工陈某在抚育孩子期间,积累了丰富的知识和经验,后来在朋友建议下开办了一所幼儿园

75. 差异性市场策略是指企业在对整体市场细分的基础上,针对每个细分市场的需求特点,设计和生产不同的产品,制定并实施不同的市场营销组合策略(各种营销手段的综合运用),试图以差异性的产品满足差异性的市场需求。

根据上述定义,下列属于差异性市场策略的是( )。

A. 某汽车生产企业面向工薪阶层,主要生产经济型轿车,这种轿车售价低、耗油少,深受工薪阶层欢迎

B. 某超市推行会员制,根据会员积分的多少,赠予不同档次的礼品

C. 某企业生产的电脑在市场上销路很好,为拓宽市场,又开始研发手机

D. 某化妆品生产企业针对不同年龄阶段的消费者生产、销售不同种类的润肤露

76. 现在统计中常用的人均可支配收入由四部分构成,分别是:工资性收入、转移性收入、经营性收入和财产性收入。财产性收入一般是指家庭拥有的动产(如银行存款、有价证券等)、不动产(如房屋、车辆、土地、收藏品等)所获得的收入。它包括出让财产使用权所获得的利息、租金、专利收入等,以及财产营运所获得的红利收入、财产增值收益等。

根据上述定义,下列属于财产性收入的是( )。

A. 王某家传的青花瓷器在展览会上被专家估价为 200 万元

B. 李某买了一辆载重 10 吨的货车跑运营,每年收入 8 万元以上

C. 赵某为公司作出了重大贡献,公司给予 10 万元的奖励

D. 高某在闹市有一间房屋,某厂家在房顶上安放了广告牌,并支付给他一定费用

77. 有一些植物需经过低温后才能开花并成长结实。通过低温诱导促使植物开花结实的作用称为春化作用。

根据上述定义,下列未利用春化作用原理的是( )。

A. 洋葱开花影响其品质,因此在春季种植前高温处理越冬贮藏的鳞茎,以降低其感受低温的能力,从而得到较大的鳞茎

B. 使用赤霉素,二年生天仙子、白菜、甜菜和胡萝卜等不经低温处理就可以开花

C. 将萌发的冬小麦种子装在罐中,放在冬季的低温下 40 至 50 天后在春季播种,可获得和秋播同样的收成

D. 在第一年将二年生药用植物当归的块根挖出,贮藏在高温下,以减少第二年的抽薹率而获得较好的块根

78. 产品召回是指生产商将已经送到批发商、零售商或最终用户手上的产品收回。产品召回的典型原因是所售出的产品被发现存在缺陷。产品召回制度是针对厂家原因造成的批量性问题而出现的,其中,对于质量缺陷的认定和厂家责任的认定是最关键的核心。

根据上述定义,下列属于产品召回的是( )。

A. 某商家作出承诺,产品有问题可以无条件退货

B. 某超市发现卖出的罐头已过期变质,及时告知消费者前来退货或更换

C. 因质检把关不严,某厂一批次品流入市场,厂家告知消费者前来退货

D. 某玩具厂因某种玩具有害物质超标,向提起诉讼的部分消费者退货赔偿

79. 环境影响评价指拟定开发计划或建设项目时,事前对该计划或项目将给大气、水体、土壤、生物以及由它们组成的环境系统造成什么影响,这些影响的结果又将对人类的健康和生活环境以及自然环境和经济、文化、历史环境造成什么影响所进行的调查、预测与评价,以及据此制定出防止或减少环境污染和破坏的对策与措施。

根据上述定义,下列属于环境影响评价的行为是( )。

A. 某市在建设污染水处理厂之前,请专家根据城市规模对该厂日处理污水能力进行调查、预测与评价

B.某市建高架桥后,附近几栋楼的居民反映该桥严重影响了采光,市政府组织相关部门进行评估以决定如何处理

C.某市在治理一条古老的河道前,请专家考证该河道的历史,以开发旅游资源

D.某市在建设机场前,预测飞机噪声并提出机场周围土地利用控制性建议

80.政府采购是指国家各级政府为从事日常的政务活动或为了满足公共服务的目的,利用国家财政性资金和政府借款购买货物、工程和服务的行为。政府采购不仅是指具体的采购过程,而且是采购政策、采购程序、采购过程及采购管理的总称,是一种对公共采购进行管理的制度。

　　根据上述定义,下列不属于政府采购的是(　　)。

A.某市政府规定,单笔超过一定金额的办公用品必须报有关部门集中采购

B.某市政府为方便市民出行,租用电信公司的短信平台给市民发送免费短信

C.某县政府为改善当地教育条件,拨专项资金给某小学翻修校舍,并规定必须严格按招标程序进行

D.某市政府通过公开竞标方式选择一家酒店作为指定接待酒店

三、类比推理。每道题先给一组相关的词,要求你在备选答案中选出一组与之在逻辑关系上最为贴近、相似或匹配的词。

请开始答题:

81.杂志对于(　　)相当于(　　)对于农民。

A.编辑　蔬菜　　　　　　　　　　B.书刊　农村

C.传媒　农业　　　　　　　　　　D.报纸　果农

82.(　　)对于行动相当于(　　)对于航行。

A.目标　灯塔　　　　　　　　　　B.信心　风帆

C.激情　桅杆　　　　　　　　　　D.毅力　水手

83.寡对于(　　)相当于利对于(　　)。

A.孤　弊　　　　B.众　钝　　　　C.多　益　　　　D.少　害

84.(　　)对于手机相当于交流对于(　　)。

A.电视　文学　　　　　　　　　　B.电脑　文化

C.信号　文字　　　　　　　　　　D.通讯　语言

85.签约:解约

A.结婚:离婚　　　　　　　　　　B.订货:收货

C.上班:下班　　　　　　　　　　D.借款:货款

86.冠心病:传染病

A.熊猫:哺乳动物　　　　　　　　B.鲤鱼:两栖动物

C.京剧:豫剧　　　　　　　　　　D.细菌:病毒

87.考古:文物:博物馆

A.培训:员工:社会　　　　　　　B.耕种:庄稼:土地

C.贸易:商品:工厂　　　　　　　D.教育:人才:企业

88.电梯:大厦:城市

A.肥皂:浴室:客厅　　　　　　　B.水草:小溪:山谷

C.飞禽:走兽:森林　　　　　　　D.奶牛:牛奶:超市

89.图书:印刷厂:出版社

A.桌椅:家具厂:木材厂　　　　　B.水果:经销商:种植户

C.电影：制片厂：剧作家 D.房子：建筑商：开发商

90.打折：促销：竞争

    A.奖金：奖励：激励 B.日食：天体：宇宙

    C.娱乐：游戏：健康 D.京剧：艺术：美感

四、逻辑判断。每道题给出一段陈述，这段陈述被假设是正确的，不容置疑的，要求你根据这段陈述，选择一个答案。注意：正确的答案应与所给的陈述相符合，不需要任何附加说明即可以从陈述中直接推出。

请开始答题：

91.有的人即便长时间处于高强度的工作压力下，也不会感到疲劳，而有的人哪怕干一点活也会觉得累。这除了体质或习惯不同之外，还可能与基因不同有关。英国格拉斯哥大学的研究小组通过对50名慢性疲劳综合征患者基因组的观察，发现这些患者的某些基因与同年龄、同性别健康人的基因是有差别的。

    以下哪项如果为真，最能支持该研究成果应用于慢性疲劳综合征的诊断和治疗？（　　）

    A.基本鉴别已在一些疾病的诊断中得到应用

    B.科学家们鉴别出了导致慢性疲劳综合征的基因

    C.目前尚无诊断和治疗慢性疲劳综合征的方法

    D.在慢性疲劳综合征患者身上有一种独特的基因

92.有三个骰子，其中红色骰子上2、4、9点各两面，绿色骰子上3、5、7点各两面，蓝色骰子上1、6、8点各两面，两个人玩骰子的游戏，游戏规则是两人先各选一个骰子，然后同时掷，谁的点数大谁获胜。

    那么，以下说法正确的是（　　）。

    A.先选骰子的人获胜的概率比后选骰子的人高

    B.选红色骰子的人比选绿色骰子的人获胜概率高

    C.没有任何一种骰子的获胜概率能同时比其他两个高

    D.获胜概率的高低与选哪种颜色的骰子没有关系

93.某国家先后四次调高化肥产品出口关税以抑制化肥产品出口。但是，该国化肥产品的出口仍在增加，在国际市场上仍然具有很强的竞争力。

    以下不能解释这一情况的是（　　）。

    A.国际市场上化肥产品处于供不应求的状态

    B.该国化肥产品的质量在国际市场上口碑很好

    C.该国化肥产品的价格在关税提高后仍然比其他国家低

    D.该国化肥产品的产量仍在不断增加

94.当受到害虫侵袭时，大豆和其他植物会产生一种叫做茉莉酸盐的荷尔蒙，从而启动一系列化学反应，合成更多蛋白酶抑制剂，增强自身的抵抗力。害虫吃下这种化合物以后，其消化功能会受到抑制。植物生物学家德鲁西亚发现高浓度二氧化碳会导致植物丧失分泌茉莉酸盐的能力，整个"防御通道"由此将被关闭，于是大豆类作物的抗虫害能力便随着二氧化碳含量的增多而逐渐减弱。

    由此可以推出（　　）。

    A.大豆产量会受到空气状况的影响

    B.茉莉酸盐的主要作用是抵抗害虫

    C.不能产生茉莉酸盐的植物将很难抵御害虫

    D.减少空气中的二氧化碳会增加大豆的抗虫害能力

95. 二氧化硫是造成酸雨的主要原因。某地区饱受酸雨困扰,为改善这一状况,该地区 1~6 月份累计减排 11.8 万吨二氧化硫,同比下降 9.1%。根据监测,虽然本地区空气中的二氧化硫含量降低,但是酸雨的频率却上升了 7.1%。

　　以下最能解释这一现象的是( )。

A. 该地区空气中的部分二氧化硫是从周边地区飘移过来的

B. 虽然二氧化硫的排放得到控制,但其效果要经过一段时间才能实现

C. 机动车的大量增加加剧了氮氧化物的排放,而氮氧化物也是造成酸雨的重要原因

D. 尽管二氧化硫的排放总量减少了,但二氧化硫在污染物中所占的比重没有变

96. "东胡林人"遗址是新石器时代早期的人类文化遗址,在遗址中发现的人骨化石经鉴定属两个成年男性个体和一个少年女性个体。在少女遗骸的颈部位置有用小螺壳串制的项链,腕部佩戴有牛肋骨制成的骨镯。这说明在新石器时代早期,人类的审美意识已开始萌动。

　　以下哪项如果为真,最能削弱上述判断?( )

A. 新石器时代的饰品通常是石器

B. 出土的项链和骨镯都十分粗糙

C. 项链和骨镯的作用主要是表示社会地位

D. 两个成年男性遗骸的颈部有更大的项链

97. 甲、乙和丙,一位是山东人,一位是河南人,一位是湖北人。现在只知道:丙比湖北人年龄大,甲和河南人不同岁,河南人比乙年龄小。

　　由此可以推知( )。

A. 甲不是湖北人　　　　　　　　　　B. 河南人比甲年龄小

C. 河南人比山东人年龄大　　　　　　D. 湖北人年龄最小

98. 有关专家指出,月饼高糖、高热量,不仅不利于身体健康,甚至演变成了"健康杀手"。月饼要想成为一种健康食品,关键要从工艺和配料两方面进行改良,如果不能从工艺和配料方面进行改良,口味再好,也不能符合现代人对营养方面的需求。

　　由此不能推出的是( )。

A. 只有从工艺和配料方面改良了月饼,才能符合现代人对营养方面的需求

B. 如果月饼符合了现代人对营养方面的需求,说明一定从工艺和配料方面进行了改良

C. 只要从工艺和配料方面改良了月饼,即使口味不好,也能符合现代人对营养方面的需求

D. 没有从工艺和配料方面改良月饼,却能符合现代人对营养方面需求的情况是不可能存在的

99. 所有的恐龙都是腿部直立地"站在"地面上的,这不同于冷血爬行动物四肢趴伏在地面上;恐龙的骨组织构造与温血哺乳动物的骨组织相似;恐龙的肺部结构和温血动物非常相近;在现代的生活系统中(例如非洲草原),温血捕食者(例如狮子)与被捕食者(例如羚羊)之间的比值是一个常数,对北美洲恐龙动物群的统计显示,其中捕食者和被捕食者之间的比例与这个常数近似。这些都说明恐龙不是呆头呆脑、行动迟缓的冷血动物,而是新陈代谢率高、动作敏捷的温血动物。

　　以下哪项如果为真,最不能反驳上述推理?( )

A. 有些海龟骨组织构造和哺乳动物类似,却是冷血动物

B. 鲸类等海生哺乳动物并不是直立的,却是温血动物

C. 关于北美洲恐龙动物群捕食者和被捕食者比例的统计有随意性

D. 冷血动物和温血动物生理结构上的主要差别在于心脏结构而非肺部结构

100. 生物化学家们宣布,他们已掌握了有效控制植物体内拟南芥酶的技术,使用这种技术,人类就可以改变蔬菜和水果的气味。拟南芥酶是两种物质的综合体,包括二烯氧化物和过氧化氢酶,它能产生茉莉

味和绿叶挥发物 GLV,后者决定了蔬菜和水果的芳香特点。

　　由此可以推出( )。

A. 茉莉花中含有的拟南芥酶比其他花多

B. 在掌握这项技术之前,人类无法改变植物的气味

C. 如果去掉了拟南芥酶,蔬菜和水果将改变气味

D. 决定蔬菜和水果气味的是二烯氧化物和过氧化氢酶

第三部分结束,请继续做第四部分!

第四部分　数量关系

(共 20 题,参考时限 20 分钟)

一、数字推理。给你一个数列,但其中缺少一项,要求你仔细观察数列的排列规律,然后从四个供选择的选项中选择你认为最合理的一项来填补空缺项,使之符合数列的排列规律。

请开始答题:

101. 5,12,21,34,53,80,( )

　　A. 121 　　　　B. 115 　　　　C. 119 　　　　D. 117

102. 7,7,9,17,43,( )

　　A. 119 　　　　B. 117 　　　　C. 123 　　　　D. 121

103. 1,9,35,91,189,( )

　　A. 361 　　　　B. 341 　　　　C. 321 　　　　D. 301

104. 0,1/6,3/8,1/2,1/2,( )

　　A. 5/13 　　　　B. 7/13 　　　　C. 5/12 　　　　D. 7/12

105. 153,179,227,321,533,( )

　　A. 789 　　　　B. 919 　　　　C. 1229 　　　　D. 1079

二、数学运算。在这部分试题中,每道试题呈现一段表述数字关系的文字,要求你迅速、准确地计算出答案,你可以在草稿纸上运算。

请开始答题:

106. 当第 29 届奥运会于北京时间 2008 年 8 月 8 日 20 时正式开幕时,全世界和北京同一天的国家占( )。

　　A. 全部 　　　　B. 1/2 　　　　C. 1/2 以上 　　　　D. 1/2 以下

107. 小王忘记了朋友手机号码的最后两位数字,只记得倒数第一位是奇数,则他最多要拨号多少次才能保证拨对朋友的手机号码?( )

　　A. 90 　　　　B. 50 　　　　C. 45 　　　　D. 20

108. 用 6 位数字表示日期,如 980716 表示的是 1998 年 7 月 16 日。如果用这种方法表示 2009 年的日期,则全年中六个数字都不相同的日期有多少天?( )

　　A. 12 　　　　B. 29 　　　　C. 0 　　　　D. 1

109. 已知甲、乙两人共有 260 本书,其中甲的书 13% 是专业书,乙的书有 12.5% 是专业书,问甲有多少本

非专业书?( )

  A. 75   B. 87   C. 174   D. 67

110. 一条隧道,甲单独挖要 20 天完成,乙单独挖要 10 天完成。如果甲先挖 1 天,然后乙接替甲挖 1 天,再由甲接替乙挖 1 天……两人如此交替工作,那么,挖完这条隧道共用多少天?( )

  A. 14   B. 16   C. 15   D. 13

111. 甲、乙两人卖数量相同的萝卜,甲打算卖 1 元 2 个,乙打算卖 1 元 3 个。如果甲、乙两人一起按 2 元 5 个的价格卖掉全部的萝卜,总收入会比预想的少 4 元钱。问两人共有多少个萝卜?( )

  A. 420   B. 120   C. 360   D. 240

112. 甲买了 3 支签字笔、7 支圆珠笔和 1 支铅笔,共花了 32 元;乙买了 4 支同样的签字笔、10 支圆珠笔和 1 支铅笔,共花了 43 元。如果同样的签字笔、圆珠笔、铅笔各买一支,共用多少钱?( )

  A. 21 元   B. 11 元   C. 10 元   D. 17 元

113. 一种溶液,蒸发掉一定量的水后,溶液的浓度为 10%;再蒸发掉同样多的水后,溶液的浓度变为 12%;第三次蒸发掉同样多的水后,溶液的浓度将变为多少?( )

  A. 14%   B. 17%   C. 16%   D. 15%

114. 某公司甲、乙两个营业部共有 50 人,其中 32 人为男性。已知甲营业部的男女比例为 5:3,乙营业部的男女比例为 2:1,问甲营业部有多少名女职员?( )

  A. 18   B. 16   C. 12   D. 9

115. 要求厨师从 12 种主料中挑选出 2 种,从 13 种配料中挑选出 3 种烹饪某道菜肴,烹饪的方式共有 7 种,那么该厨师最多可以做出多少道不一样的菜肴?( )

  A. 131204   B. 132132   C. 130468   D. 133456

116. 如右图所示,X、Y、Z 分别是面积为 64、180、160 的三张不同形状的纸片。它们部分重叠放在一起盖在桌面上,总共盖住的面积为 290。且 X 与 Y、Y 与 Z、Z 与 X 重叠部分面积分别为 24、70、36。问阴影部分的面积是多少?( )

  A. 15   B. 16   C. 14   D. 18

117. 甲、乙、丙、丁四个队共同植树造林,甲队造林的亩数是另外三个队造林总亩数的 1/4,乙队造林的亩数是另外三个队造林总亩数的 1/3,丙队造林的亩数是另外三个队造林总亩数的一半。已知丁队共造林 3900 亩,问甲队共造林多少亩?( )

  A. 9000   B. 3600   C. 6000   D. 4500

118. 100 人参加 7 项活动,已知每个人只参加一项活动,而且每项活动参加的人数都不一样。那么,参加人数第四多的活动最多有几人参加?( )

  A. 22   B. 21   C. 24   D. 23

119. 一个水库在年降水量不变的情况下,能够维持全市 12 万人 20 年的用水量,在该市新迁入 3 万人之后,该水库只够维持 15 年的用水量,市政府号召节约用水,希望能将水库的使用寿命提高到 30 年。那么,该市市民平均需要节约多少比例的水才能实现政府制定的目标?( )

  A. 2/5   B. 2/7   C. 1/3   D. 1/4

120. 某校按字母 A 到 Z 的顺序给班级编号,按班级编号加 01、02、03……给每位学生按顺序定学号,若 A～K 班级人数从 15 人起每班递增 1 名,之后每班按编号顺序递减 2 名,则第 256 名学生的学号是多少?( )

  A. M12   B. N11   C. N10   D. M13

第四部分结束,请继续做第五部分!

第五部分 资料分析

（共 20 题，参考时限 20 分钟）

所给出的图、表、文字或综合性资料均有若干个问题要你回答，你应根据资料提供的信息进行分析、比较、计算和判断处理。

请开始答题：

一、根据所给图表、文字资料回答 121～125 题。

在 2008 年 8 月 8 日至 24 日奥运会期间，北京市的空气质量不仅天天达标，而且有 10 天达到一级，全面兑现了对奥运会空气质量的承诺。下图是 2008 年 1～8 月北京市大气质量检测情况，图中一、二、三、四级是空气质量等级，一级空气质量最好，一级和二级都是质量达标天气。2008 年北京市的空气质量控制目标是全年达标天数累计达 256 天。

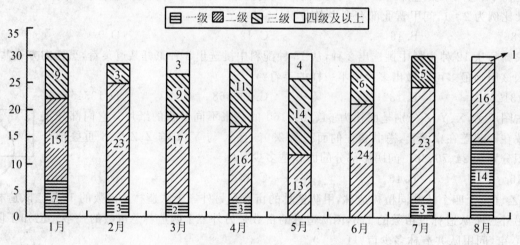

2008 年 1～8 月北京市天气质量检测情况

121. 1～8 月空气合格天数超过 20 天的月份有多少？（ ）

A. 4   B. 5   C. 6   D. 7

122. 1～8 月间，月平均空气质量合格天数约有多少天？（ ）

A. 22   B. 24   C. 26   D. 28

123. 若将空气质量达标任务平均分配到各月，截至 8 月末，全年 256 天空气质量达标的计划完成情况是（ ）。

A. 完成进度较慢   B. 完成进度正常

C. 完成进度提前   D. 无法判断

124. 第二季度与第一季度相比，空气达标天数的比重（ ）。

A. 上升了 3.3%   B. 下降了 3.3%

C. 上升了 12%   D. 下降了 12%

125. 下列关于 2008 年 1～8 月间北京空气质量的描述，不正确的是（ ）。

A. 3～5 月的空气质量较差

B.各月份空气质量相差不大

C.8月是空气质量最好的一个月

D.有一个月的空气质量达标天数少于15天

二、根据以下资料,回答126～130题。

2006年全国农村外出从业劳动力流向及从业情况统计表 （单位:%）

	全国	东部地区	中部地区	西部地区	东北地区
外出从业劳动力从业地区构成					
乡外县内	19.2	29.9	13.5	15.2	26.9
县外市内	13.8	18.4	9.9	12.4	31.5
市外省内	17.7	33.1	9.0	12.8	24.2
省外	49.3	18.6	67.6	59.6	17.4
外出从业劳动力产业构成					
第一产业	2.8	2.5	2.2	3.6	4.2
第二产业	56.7	55.8	57.1	58.4	44.3
第三产业	40.5	41.7	40.7	38.0	?

2006年,全国农村外出从业劳动力中,男性劳动力8434万人,占64%。从年龄构成上看,20岁以下的占16.1%;21～30岁的占36.5%,31～40岁的占29.5%;41～50岁的占12.8%;51岁以上的占5.1%。从文化程度看,文盲的占1.2%;小学文化程度的占18.7%;初中文化程度的占70.1%;高中文化程度的占8.7%;大专以及上文化程度的占1.3%。

126.全国农村外出从业的女性劳动力约有多少万人?（　　）

　　A.4744　　　　　　B.5397　　　　　　C.9901　　　　　　D.13178

127.表中"?"的数值应为（　　）。

　　A.41.6　　　　　　B.42.5　　　　　　C.51.5　　　　　　D.52.4

128.假设不同性别劳动力会在三大产业间均匀分布,则全国男性农村外出从业劳动力从事第二产业的约有多少万人?（　　）

　　A.3416　　　　　　B.3736　　　　　　C.4342　　　　　　D.4782

129.关于农村外出从业劳动力的描述,无法从上述资料中推出的是（　　）。

　　A.外出劳动力大多从事第二产业

　　B.东部和东北地区的劳动力大部分会留在省内

　　C.各地区的劳动力流向主要取决于本地的生活习惯

　　D.不同地区劳动力对从业地区选择的倾向性差异很大

130.关于农村外出从业劳动力的描述,能够从上述资料中推出的是（　　）。

　　A.东北地区劳动力对从业地的选择差异最小

　　B.超过7500万男性劳动力为高中以下文化程度

　　C.中西部地区劳动力大部分流向东部和东北地区

　　D.大专及以上文化程度的劳动力仅占1.3%,说明高学历的劳动力多数都在家从业

三、根据以下资料，回答131～135题。

某港口 2007 年生产统计表

月份	港口货物吞吐量（万吨）				港口集装箱吞吐量（万TEU）			
	本月份	累计			本月数	累计		
		本年	上年同期	比上年同期		本年	上年同期	比上年同期
1	872.1	872.1			8.4	8.4		
2	806.7	1678.8			5.9	14.3		
3	905.5	2584.3	2379.6	8.6%	7.5	21.8	15.6	39.7%
4	912.8	3497.1	3244.2	7.8%	8.6	30.4	21.8	39.4%
5	990.3	4487.4	4139.1	8.4%	8.4	38.8	27.1	43.2%
6	927.5	5414.9	4898.7	10.5%	8.9	47.7	33.0	44.5%
7	918.2	6333.1	5653.6	12.0%	8.8	56.5	39.1	44.5%
8	929.1	7262.2	6448.9	12.6%	9.8	66.3	45.5	45.7%
9	904.5	8166.7	7221.5	13.1%	9.9	76.2	53.2	43.2%
10	871.1	9037.8	8133.6	11.1%	10.1	86.3	62.0	39.2%
11	905.2	9943.0	9121.9	9.0%	9.8	96.1	71.8	33.8%
12	916.1	10859.1	10088.8	7.6%	9.6	105.7	80.0	32.1%

131. 2007 年该港口货物吞吐量最高的季度是（　　）。

    A. 第一季度　　　　　　　　　　　B. 第二季度

    C. 第三季度　　　　　　　　　　　D. 第四季度

132. 2006 年 4 月到 2007 年 12 月间，港口货物吞吐量高于 900 万吨的月份有多少个？（　　）

    A. 10　　　　　　B. 11　　　　　　C. 12　　　　　　D. 13

133. 2007 年 4～12 月间港口集装箱吞吐量同比增长率最高的月份是（　　）。

    A. 5 月　　　　　　B. 6 月　　　　　　C. 7 月　　　　　　D. 8 月

134. 2007 年，港口货物吞吐量和集装箱吞吐量均低于全年平均水平的月份有几个？（　　）

    A. 2　　　　　　B. 3　　　　　　C. 4　　　　　　D. 5

135. 能够从上述资料中推出的是（　　）。

    A. 2006 年第一季度，月均港口货物吞吐量超过 800 万吨

    B. 2007 年第一季度，港口集装箱吞吐量高于全年平均水平

    C. 2006 年 4～12 月间港口集装箱吞吐量低于 6 万 TEU 的月份有 3 个

    D. 2007 年第四季度的所有月份港口货物吞吐量均比上一年同期有所下降

四、根据以下资料，回答 136～140 题。

全国 2007 年认定登记的技术合同共计 220868 项，同比增长 7%，总成交金额 2226 亿元，同比增长

22.44％；平均每项技术合同成交金额突破百万元大关，达到 100.78 万元。

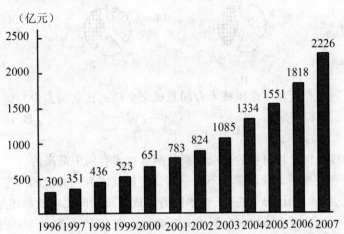

图 1　1996～2007 年全国技术合同成交金额

2007 年全国共签订技术开发合同 73320 项，成交金额 876 亿元，分别比上年增长13.5％和 22.2％；共签订技术转让合同 11474 项，成交金额 420 亿元，成交金额同比增长 30.8％；技术服务和技术咨询合同成交金额分别为 840 亿元和 90 亿元，分别比上年增长了 20.9％和 5.9％。

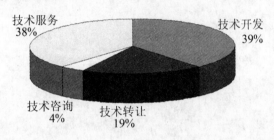

图 2　2007 年全国各类技术合同成交额构成

2007 年，在全国认定登记的技术合同中，涉及技术秘密、计算机软件、专利、集成电路、生物医院、动植物新品种等各类知识产权的技术合同共计 109740 项，成交金额 1477 亿元，较上年增长 23.5％。其中，技术秘密和计算机软件著作权的技术交易成交额分别居第一、第二，技术秘密合同成交 76261 项，成交金额 1008 亿元，较上年增长 29.2％。计算机软件著作权合同成交 27617 项，成交金额 255 亿元，较上年增长了 15.4％。

136. 2007 年平均每项技术合同成交金额同比增长率为多少？（　　　）

　　A. 8.15％　　　　　　B. 14.43％　　　　　　C. 25.05％　　　　　　D. 35.25％

137. 根据图 1 所提供的信息，以下关于全国合同成交金额的描述正确的是（　　　）。

　　A. 1997 年至 2007 年间，年增长率逐年提高

　　B. 1997 年至 2007 年间，年增长金额逐年递增

　　C. 1996 年至 2007 年的年平均成交金额约为 800 亿元

　　D. 2007 年的成交金额未能实现比 1996 年翻三番的目标

138. 下列关于 2006 年技术开发、技术转让、技术咨询和技术服务四类合同占全国成交金额比重的图形，描述正确的是（　　　）。

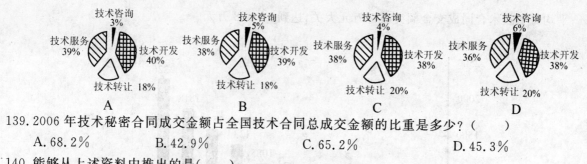

A　　　　　　　B　　　　　　　C　　　　　　　D

139.2006 年技术秘密合同成交金额占全国技术合同总成交金额的比重是多少？（　　）

A.68.2%　　　　B.42.9%　　　　C.65.2%　　　　D.45.3%

140.能够从上述资料中推出的是（　　）。

A.计算机软件著作权合同平均每项的成交金额是所有技术合同中最高的

B.2007 年技术服务和技术咨询合同总数不到全国认定的技术合同总数的一半

C.2007 年技术开发、技术转让、技术咨询、技术服务的成交金额同比增长都超过 10%

D.如果保持 2007 年的增速，全国技术合同成交总金额将在 2010 年突破 3500 亿元

全部测验到此结束！

2008 年中央国家机关公务员录用考试

《行政职业能力测验》试卷

说　明

　　这项测验共有五个部分，140 道题，总时限为 120 分钟。各部分不分别计时，但都给出了参考时限，供你参考以分配时间。

　　请在机读答题卡上严格按照要求填写好自己的姓名、报考部门，涂写准考证号。

　　请仔细阅读下面的注意事项，这对你获得成功非常重要。

　　1. 题目应在答题卡上作答，不要在试题本上作任何记号。

　　2. 监考人员宣布考试开始时，你才可以开始答题。

　　3. 监考人员宣布考试结束时，你应立即放下铅笔，将试题本、答题卡和草稿纸都留在桌上，然后离开。

　　如果你违反了以上任何一项要求，都将影响你的成绩。

　　4. 在这项测验中，可能有一些试题较难，因此你不要在一道题上思考时间太久，遇到不会答的题目，可先跳过去，如果有时间再去思考。否则，你可能没有时间完成后面的题目。

　　5. 试题答错不倒扣分。

　　6. 特别提醒你注意，涂写答案时一定要认准题号。严禁折叠答题卡！

第一部分　言语理解与表达

（共 40 题，参考时限 30 分钟）

本部分中每道题包含一段话或一个句子，后面是一个不完整的陈述，要求你从四个选项中选出一个来完成陈述。注意：答案可能是完成对所给文字主要意思的提要，也可能是满足陈述中其他方面的要求，你的选择应与所提要求最相符合。

请开始答题：

1. 在古典传统里，和谐的反面是千篇一律。"君子和而不同，小人同而不和"，所以和谐的一个条件是对于多样性的认同。中国人甚至在孔子之前就有了对于和谐的经典认识与体现。中国古代的音乐艺术很发达，特别是一些中国乐器，像钟、磬、瑟等各种完全不同的乐器按照一定的韵律奏出动听的音乐，但如果只有一种乐器就会非常单调。

对这段文字概括最准确的是（　　）。

A. 和谐观念源于中国古代音乐　　　　　　B. 差异是和谐的一个必要条件

C. 中国人很早就产生了和谐观念　　　　　D. 音乐是对和谐的经典认识与体现

2. "黑马"一词其实是从英语舶来的，原指体育界一鸣惊人的后起之秀，后指实力难测的竞争者或在某一领域独树一帜的人，无贬义或政治涵义。首先在英文中使用"黑马"的人，是英国前首相狄斯累利，他在一本小说中这样描写赛马的场面："两匹公认拔尖的赛马竟然落后了。一匹'黑马'以压倒性优势飞奔，看台上的观众惊呼：'黑马！黑马！'"从此，"黑马"便成了一个有特殊意义的名词。

这段文字的主要意思是（　　）。

A. 论证"黑马"词义的起源　　　　　　　　B. 阐释"黑马"一词的内涵

C. 分析"黑马"的词义演变　　　　　　　　D. 介绍"黑马"的感情色彩

3. 中国的沙漠为科学家提供了与火星环境最为相似的实验室。科学家们已经去过地球上最为寒冷的南极洲，也去过地球上最为干燥的智利阿塔卡马沙漠，但他们真正需要的是将这两者结合起来的极端环境。科学家相信，假如生命能够在地球上这些最极端的环境中生存，那么人们也有理由期待在外星球上发现生物。

这段文字意在说明（　　）。

A. 中国沙漠为外星研究提供了理想的场所

B. 中国沙漠比南极洲更适合进行生物研究

C. 科学家为何选择中国沙漠作为研究对象

D. 具有最极端的环境是中国沙漠的主要特点

4. 中国古人将阴历月的大月定为 30 天，小月定为 29 天，一年有 12 个月，即 354 天，比阳历年少了 11 天多。怎么办呢？在 19 个阴历年里加 7 个闰月，就和 19 个阳历年的长度几乎相等。这个周期的发明巧妙地解决了阴阳历调和的难题，比希腊人梅冬的发明早了 160 年。

这段文字主要阐明的是（　　）。

A. 中国古代阴历年中闰月设定的规律与作用

B. 中国古代的历法在当时具有世界先进水平

C. 阴阳历调和问题在古代是一个世界性难题

D. 中国古人如何解决调和阴阳历差异的问题

5. 湿地指的是陆地和水体之间的过渡带,和森林、海洋一起并称地球三大生态体系,在维护生物多样性、调节气候、抵御洪水等方面起着重要的作用,1998 年那次长江大洪水使人们终于意识到湿地(尤其是和长江相通的许许多多湖泊和沼泽地)能够对洪水起到缓冲的作用。可是,许多湖泊因为围湖造田的需要而被人为隔离了,只留下一个很少开启的水闸和长江相通。于是,这些自然形成的水网被拦腰斩断,遇到洪水便无能为力了。

   这段文字意在说明( )。

   A. 围湖造田是一项弊大于利的错误举措

   B. 占用湿地是造成长江洪水的重要因素

   C. 人类应该反省自身行为对环境的破坏

   D. 应该充分发挥湿地对洪水的缓冲作用

6. 作为一个拥有五千年不间断文明史的古国,我国拥有十分丰富的非物质文化遗产。这些活态的文化不仅构成了中华民族深厚的文化底蕴,也承载着中华民族文化渊源的基因。但随着我国现代化建设的加速,文化标准化以及环境条件的变化,尚有不计其数的文化遗产正处于濒危状态,它们犹如一个个影子,随时都可能消亡。

   对这段文字概括最准确的是( )。

   A. 文化遗产保护工作要有新思路

   B. 要重视现代化建设带来的新问题

   C. 新形势下亟需加强文化遗产保护

   D. 诸多因素威胁着文化遗产的生存状态

7. 能源价格高并非全是坏事,因为价格杠杆自会调节石油的流向,确保人类以剩下的石油找到更好的新能源,而不是全用到几十年前根本不存在的使夏天变凉爽的能源需求上。实际上,如果我们遵循价格杠杆,甚至无需教育消费者,人人都会做出理智的选择。那些价格杠杆不起作用的地方,多是机制本身有问题的地方,改进机制,才能使价格杠杆更有效。

   这段文字的核心观点是( )。

   A. 改革体制是充分发挥价格杠杆作用的前提

   B. 能源的无谓浪费问题应该受到应有的重视

   C. 提高能源价格有利于合理利用与节约能源

   D. 要充分发挥价格杠杆调节能源流向的作用

8. 商业设计也许越来越被赋予艺术创作和欣赏的价值,但它根本的出发点和落脚点永远是把产品的特质用艺术的方式展现给顾客。如果一项商业设计不能让人联想到产品并对之产生好感,即使它再精美、再具创意,也不能算是成功的设计。说到底,广告在创意之外最重要的还是关联性,我们不想被一个美轮美奂的作品吸引,结果却看不出它与所代言的商品之间存在任何联系。

   对这段文字概括最准确的是( )。

   A. 独特的创意并非是成就商业设计的绝对要素

   B. 对于设计来说,吸引顾客应该是第一位的

   C. 成功的设计必须能够艺术地展现产品特质

   D. 商业设计应尽量强调广告与产品的关联性

9. 中国消费信贷市场的现状,使得对中国银行业投入巨资的西方银行在信用卡业务上仍是投资,没有盈利。不过,外资银行对中国信用卡市场并没有失掉信心。虽然中国的消费者没有透支消费的习惯,而这个"硬币"的另一面是中国居民的个人负债率很低,中国内地的个人消费信用市场才刚刚开始发展,这对

外资银行是极具吸引力的。

　　这段文字中的"硬币"指代的是(　　　　)。

A. 中国银行业

B. 中国消费信贷市场

C. 中国消费者的消费习惯

D. 中国居民的经济状况

10. "缩略"是赶路人与时间搏斗的一种方式。也许,赶路人自有不得不缩略的苦衷,其中也许不乏积极因素。但从根本上说,所谓缩略,就是把一切尽快转化为物,转化为钱,转化为欲,转化为形式,直奔功利而去。缩略的标准是物质的而非精神的,是功利的而非审美的,是形式的而非内涵的。缩略之所以能够实现,其秘诀在于把精神性的水分一点点挤出去,像压缩饼干似的,卡路里倒是足够,滋味却没有了。对一次性的短暂人生来说,这不能不说是一种遗憾。

　　这段文字着重抒发怎样的感慨?(　　　　)

A. 急于实现目标,必然付出代价

B. 淹没在物欲中的人生是枯燥无味的

C. 人们只重目的,忽略了过程的享受

D. 时间可以转化为钱,却无法转化为美

11. 将以下 6 个句子重新排列组合:

①任何心理活动,任何创作,也许都具有"一次性"。

②揣度别人是很困难的。子非鱼,安知鱼之乐?

③作者的回顾,事后的创作谈,能在多大程度上与实际创作情状复合,是值得怀疑的。

④甚至揣度自己也未见得容易多少。

⑤人不能把脚两次伸进同一条河里。

⑥比方说这篇小说写过这么久了,尽管我现在能尽力回忆当时写作的心境,但时过境迁,当时的心境是绝对不可能再完整准确地重现了。

　　排列组合最连贯的是(　　　　)。

A. ③⑥⑤②④①

B. ⑤①⑥③②④

C. ①⑥③⑤②④

D. ②④⑥③⑤①

12. 歌德评价帕格尼尼"在琴弦上展现了火一样的灵魂"。巴黎人为他的琴声陶醉,忘记了当时正在流行的霍乱。在维也纳,一个盲人听到他的琴声,以为是一个乐队在演奏,当得知这只是一个叫帕格尼尼的意大利人用一把小提琴奏出的声音时,盲人大叫一声:"这是个魔鬼!"

　　这段文字意在强调帕格尼尼(　　　　)。

A. 火一样的激情

B. 魔鬼般的演奏

C. 超强的模仿力

D. 高超的表演力

13. 费孝通在反思一生学术研究时,提出"文化自觉论"。他说:"生活在一定文化中的人对其文化有'自知之明',明白它的来历、形成的过程、所具有的特色和它发展的趋向,自知之明是为了加强文化转型的自主能力,取得决定适应新环境、新时代文化选择的自主地位。"

　　根据这段文字,"文化自觉"的主要作用是(　　　　)。

A. 使文化的发展方向更为可控

B. 使人们能更加适应不断发展的文化

C. 使人们更深刻地了解文化的来源和特点

D. 使不同文化之间的融合和转变更为容易

14. 一个年轻人寄了许多份简历到一些广告公司应聘。其中有一家公司写了一封信给他:"虽然你自认为文采很好,但从你的来信中,我们发现了许多语法错误,甚至有一些错别字。"这个青年想如果这是真的,我应该感谢他们告诉我,然后改正。于是他给这个公司写了一封感谢信。几天后,他再次收到这家公司的信函,通知他被录用了。

这段文字主要想告诉我们( )。

A. 机会往往在不经意间获得

B. 公司招聘时更看重求职者的态度

C. 谦虚能获得更多知识和别人的尊重

D. 良好的文字功底是成功求职的前提

15. 气候变暖将会使中纬度地区因蒸发强烈而变得干旱,现在农业发达的地区将退化成草原,高纬度地区则会增加降水,温带作物将可以在此安家。但就全球来看,气候变暖对世界经济的负面影响是主要的,得到好处的仅是局部地区。

这段文字旨在说明气候变暖( )。

A. 会使全球降水总量减少

B. 对局部地区来说利大于弊

C. 将给世界经济带来消极影响

D. 将导致世界各国农业结构发生变化

16. 华盛顿国立气象研究所的墙上有这么一句话:"当我们做对了,没有人会记得;当我们做错了,没有人会忘记。"

气象研究所的墙上写这句话的目的是( )。

A. 希望人们多理解气象工作的困难和苦衷

B. 督促员工致力于杜绝工作中的任何差错

C. 劝勉员工甘于默默无闻,不计个人名利

D. 突出气象研究工作本身所具有的特殊性

17. 虽然黑猩猩和人类的进化史大约有99.5%是共同的,但大多数思想家把黑猩猩视为与人类毫不相干的怪物,而把自己看成是万物之主。对一个进化论者来说,情况绝非如此。认为某一物种比另一物种高尚是毫无客观依据的。不论是黑猩猩和人类,还是蜥蜴和真菌,都是经过长达30亿年的所谓自然选择这一过程进化而来的。

这段文字意在阐明( )。

A. 大多数思想家并不理解进化论的思想

B. 真正的思想家应对所有物种一视同仁

C. 所有物种事实上都是自然选择的结果

D. 黑猩猩与人类的进化史实际极为相似

18. 几次拿起《十字路口的顽童》这本书,几次又放下,因为不时会有画面打断我的思路,那是在我18年的教书生涯中遇到的一个个顽童的画面。有意思的是,其他学生凝固在我记忆中的是"图片"——形象;而他们却是"视频"——故事,他们所占据的老师"内存"实在是比其他孩子要大得多。

这段文字表达的主要意思是( )。

A. 漫长的教学生涯给"我"留下很多回忆

B. 顽童让"我"想起曾经发生的许多故事

C. 顽皮学生留给"我"的印象更为生动深刻

D. 这本书触动"我"对教学生涯的许多联想

19. 汽车是对环境影响较大的商品,汽车厂商支持环保事业、进行环保宣传,似乎是理所应当的。环保应当是汽车企业在发展中必须认真考虑的因素,但要求汽车企业没有利润甚至亏损来做环保,显然是不现

实的,而且也不会持久。汽车企业在发展的同时采取新的技术措施,尽量减少对环境的污染,符合社会发展大趋势,才是长久之策。

这段文字的核心观点是( )。

A. 环保与实现企业利润存在矛盾

B. 发展环保事业应该注重从实际出发

C. 技术革新是解决汽车影响环境问题的关键

D. 汽车企业应在发展的同时充分重视环境保护

20. 20世纪60年代以前,世界各国普遍注重防洪的工程措施,即通过修建大堤、水库等水利设施对洪水进行控制。但在60年代以后,世界各国在防洪规划中越来越重视非工程措施的运用,即通过洪水预警、灾情评估、洪灾保险等多种手段,结合各种工程措施,从而尽可能减少洪灾对人类经济、环境和社会发展的影响。

这段文字主要谈的是( )。

A. 世界各国防洪理念的转变

B. 世界各国控制洪水的新途径

C. 单纯重视防洪工程不能有效控制洪水

D. 非工程措施逐渐成为防洪规划的主导

21. 建设资源节约型、环境友好型社会要注意_____,目前要着重解决影响社会经济发展,特别是严重危害人民群众健康的水污染、空气污染加剧问题。

填入划横线部分最恰当的一项是( )。

A. 可持续性   B. 轻重缓急

C. 孰轻孰重   D. 先后次序

22. 对一篇规范的论文,因版面限制而去砍综述、删注释,实在是_____的不智之举。

填入划横线部分最恰当的一项是( )。

A. 削足适履   B. 扬汤止沸

C. 矫枉过正   D. 舍本逐末

23. 中华民族一直以其强烈的责任意识享誉世界,在建立市场经济体制的新的历史时期,尤其需要_____人们的责任意识,这既是构建社会主义和谐社会的必然_____,也是时代的呼唤。

填入划横线部分最恰当的一项是( )。

A. 增强 要求   B. 提高 结果

C. 加强 需要   D. 提升 途径

24. 中国古代数学家对"一次同余论"的研究有_____的独创性和继承性,"大衍求一术"在世界数学史上的崇高地位是不容_____的。正因为这样,在西方数学史著作中,一直公正地称求解一次同余组的剩余定理为"中国剩余定理"。

填入划横线部分最恰当的一项是( )。

A. 完全 否定   B. 明确 忽视

C. 绝对 动摇   D. 明显 怀疑

25. 随着广播、电视和报纸等大众传媒进入千家万户、覆盖城乡,其对社会舆论的影响力_____扩大,越来越成为广大群众的主要信息来源,在很大程度上_____着社会舆论。

填入划横线部分最恰当的一项是( )。

A. 日益 影响   B. 逐步 控制

C. 渐渐 干扰   D. 不断 引领

26. 近现代西方科学与人文两种文化经历了融合、冲突和消解三个时期,反映到教育理念上也相应地经历了科学教育与人文教育的相互_____、越走越远和共同反思三个阶段。这一历史发展表明,过分强调科学文化和科学教育,必然导致对人文的_____;而过分强调人文文化和人文教育,也会带来对科学技术的漠视。

　　　　填入划横线部分最恰当的一项是( )。

　　A. 渗透　排挤　　　　　　　　　　　　　B. 结合　无视

　　C. 渗透　轻视　　　　　　　　　　　　　D. 结合　限制

27. 20 世纪 60 年代,赞助商的美元滚滚而来,赛车水平和速度_____般地飞跃,同时飞跃的还有车手的_____性。从此,规则制定者的头号任务就是让赛车慢下来。

　　　　填入划横线部分最恰当的一项是( )。

　　A. 奇迹　技术　　　　　　　　　　　　　B. 闪电　危险

　　C. 魔术　冒险　　　　　　　　　　　　　D. 戏剧　重要

28. 企业到底是不是适合开展连锁经营?能不能开展连锁经营?面对这两个问题,一些企业往往_____,_____发展时机。

　　　　填入划横线部分最恰当的一项是( )。

　　A. 无所适从　贻误　　　　　　　　　　　B. 一筹莫展　痛失

　　C. 举棋不定　耽误　　　　　　　　　　　D. 优柔寡断　错过

29. 事实证明,自从资本市场诞生以来,股市从来就不是一个投资场所,_____上都是投机者在博弈。股票的价格从来就没有在经济学者理论上的_____价格驻足,更多的是在泡沫和负泡沫之间来回奔波。

　　　　填入划横线部分最恰当的一项是( )。

　　A. 实际　稳定　　　　　　　　　　　　　B. 基本　均衡

　　C. 事实　稳定　　　　　　　　　　　　　D. 本质　均衡

30. 由于古人视彗星出现为不祥,_____对其非常重视,几乎每一次出现都有比较_____的记录。

　　　　填入划横线部分最恰当的一项是( )。

　　A. 因此　隐晦　　　　　　　　　　　　　B. 加之　准确

　　C. 故而　详细　　　　　　　　　　　　　D. 反而　迷信

31. 一个从小吮吸母文化长大的人一旦来到异国他乡,往往会遭遇"文化冲击"(Culture Shock),有人更_____地译为"文化休克"。这种不适应所在地文化、怀念故国文化的现象,就是乡愁。为了排遣深深的乡思、尽快适应和融入新的环境,大多数人都采取了_____的态度。

　　　　填入划横线部分最恰当的一项是( )。

　　A. 巧妙　事在人为　　　　　　　　　　　B. 形象　兼容并蓄

　　C. 生动　入乡随俗　　　　　　　　　　　D. 夸张　顺其自然

32. 有了国内外巨大的价差,石油企业更愿意将成品油销往海外。同时,国际石油投机商也迅速抓住了这个机会,以来料加工为_____,将低价成品油大量出口到境外大赚一笔,这样的情况又造成国内成品油供应紧张,_____了国内油品市场。

　　　　填入划横线部分最恰当的一项是( )。

　　A. 手段　影响　　　　　　　　　　　　　B. 掩护　扭曲

　　C. 名义　抑制　　　　　　　　　　　　　D. 幌子　牺牲

33. 疯狂扩散的蓝藻起初并没有使人们感到_____。往年正常情况下,它顶多影响太湖的一些景观,不会带来什么骚乱。雨季一来,这些小生物会被大量的雨水冲刷稀释,人们会渐渐_____它,直到第二年的来临。还有一些农民把它们捞起来当肥料，_____地称之为"海油"。

　　填入划横线部分最恰当的一项是（　　）。

A. 焦虑　淡忘　亲切　　　　　　　　　B. 担忧　漠视　形象

C. 异样　适应　生动　　　　　　　　　D. 奇怪　习惯　幽默

34. 在当代，发展的竞争归根到底取决于人口素质。谁人口素质高、人力资本_____，谁就占据先机，就会走在发展的_____；谁人口素质低、人力资本_____不够，谁就会丧失发展的机遇，跟不上时代前进的步伐。

　　填入划横线部分最恰当的一项是（　　）。

A. 丰富　前沿　累积　　　　　　　　　B. 充足　前锋　积累

C. 强大　前端　聚集　　　　　　　　　D. 雄厚　前列　积聚

35. 水资源_____不是能够无限供给的，可持续发展的_____应当是建立污水回收系统，循环利用。多数城市的污水处理率还较低，污水处理费仅是自来水水费的一半左右，而仅凭_____我们就能判断，使污水重新进入城市水源循环的费用一定比采集清洁水的费用高得多。

　　填入划横线部分最恰当的一项是（　　）。

A. 自然　目标　想象　　　　　　　　　B. 既然　途径　观察

C. 显然　思路　直觉　　　　　　　　　D. 当然　基础　常识

36. 在为学（不管学什么）的道路上，_____来说，并不存在可以_____的"捷径"；但是，我们却_____避免或者少走弯路。这就需要有人给初学者指点门径，告诉他们正确的学习方法和步骤。

　　填入划横线部分最恰当的一项是（　　）。

A. 一般　一蹴而就　应该　　　　　　　B. 目前　一帆风顺　能够

C. 总体　平步青云　尽量　　　　　　　D. 客观　唾手可得　必须

37. 10年过去了，1997年泰铢大幅贬值诱发的东南亚金融危机给整个地区带来的痛楚和无奈似乎还_____。发生在泰国的危机竟然波及整个东南亚地区，对泰铢汇率的"矫正"迅速_____为地区性金融危机，至今仍让人_____。

　　填入划横线部分最恰当的一项是（　　）。

A. 记忆犹新　蔓延　扼腕叹息　　　　　B. 恍如昨日　扩展　谈虎色变

C. 历历在目　演变　心有余悸　　　　　D. 历久弥新　衍生　不寒而栗

38. 不同管理层次、不同岗位上的人员，不管其工作内容有多大的_____，均有其工作的目标和重点。我们必须_____目标，抓住重点，有所取舍，集中_____做属于我们该做的事。

　　填入划横线部分最恰当的一项是（　　）。

A. 差距　制定　物力　　　　　　　　　B. 差别　明确　精力

C. 区别　实现　财力　　　　　　　　　D. 差异　确定　人力

39. 在这种人才供需状况下，简单地把市场当时_____不了的东西弄到某种库房里暂时存放，_____它的上市时间，显然不是解决问题的办法，_____你能把它们在库房里放一辈子。问题的关键其实在于，你得能让这些人在出库时正好避开供大于求的行业，最好还落在供不应求的行业中。

　　填入划横线部分最恰当的一项是（　　）。

A. 接受　预测　似乎　　　　　　　　　B. 容纳　改变　或许

C. 转化　控制　既然　　　　　　　　　D. 消化　拖延　除非

40. 作为一个公司领导，不需要、也不可能事必躬亲，但一定要_____，能够在注重细节当中比他人观察得更细致、_____，在某一细节的操作上做出榜样，并形成_____，使每个员工都不敢马虎，无法_____。只有这样，企业的工作才能真正做细。

填入划横线部分最恰当的一项是（　　　　）。

A.明察秋毫　周密　威慑力　搪塞　　　　　B.明辨是非　周详　使命感　推脱

C.抓大放小　透彻　好习惯　塞责　　　　　D.高瞻远瞩　入微　内聚力　敷衍

第一部分结束,请继续做第二部分!

第二部分　数量关系

（共 20 题,参考时限 20 分钟）

一、数字推理。给你一个数列,但其中缺少一项,要求你仔细观察数列的排列规律,然后从四个供选择的选项中选择你认为最合理的一项,来填补空缺项,使之符合原数列的排列规律。

请开始答题:

41. 157,65,27,11,5,（　　　　）

　　A.4　　　　　　B.3　　　　　　　C.2　　　　　　　D.1

42.

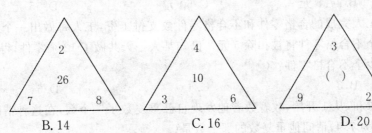

　　A.12　　　　　　B.14　　　　　　C.16　　　　　　D.20

43. $1,\dfrac{2}{3},\dfrac{5}{8},\dfrac{13}{21},$（　　　　）

　　A.$\dfrac{21}{33}$　　　　　B.$\dfrac{35}{64}$　　　　　C.$\dfrac{41}{70}$　　　　　D.$\dfrac{34}{55}$

44. 67,54,46,35,29,（　　　　）

　　A.13　　　　　　B.15　　　　　　C.18　　　　　　D.20

45. 14,20,54,76,（　　　　）

　　A.104　　　　　　B.116　　　　　　C.126　　　　　　D.144

二、数学运算。在这部分试题中,每道试题呈现一段表述数字关系的文字,要求你迅速、准确地计算出答案。你可以在草稿纸上运算。

请开始答题:

46. 若 x、y、z 是三个连续的负整数,并且 $x>y>z$,则下列表达式是正奇数的是（　　　　）。

　　A.$yz-x$　　　　　B.$(x-y)(y-z)$　　　　　C.$x-yz$　　　　　D.$x(y+z)$

47. 已知 $\dfrac{1}{1+\dfrac{1}{3+\dfrac{1}{x}}}=\dfrac{9}{11}$,那么 x 的值是（　　　　）。

A. $-\dfrac{2}{3}$ B. $\dfrac{2}{3}$ C. $-\dfrac{3}{2}$ D. $\dfrac{3}{2}$

48. $\{a_n\}$是一个等差数列，$a_3+a_7-a_{10}=8$，$a_{11}-a_4=4$，则数列前 13 项之和是（　　）。

A. 32   B. 36   C. 156   D. 182

49. 相同表面积的四面体、六面体、正十二面体及正二十面体，其中体积最大的是（　　）。

A. 四面体   B. 六面体   C. 正十二面体   D. 正二十面体

50. 一张面积为 $2m^2$ 的长方形纸张，对折 3 次后得到的小长方形的面积是（　　）。

A. $\dfrac{1}{2}m^2$ B. $\dfrac{1}{3}m^2$ C. $\dfrac{1}{4}m^2$ D. $\dfrac{1}{8}m^2$

51. 编一本书的书页，用了 270 个数字（重复的也算，如页码 115 用了 2 个 1 和 1 个 5，共 3 个数字），问这本书一共有多少页？（　　）

A. 117   B. 126   C. 127   D. 189

52. 5 年前甲的年龄是乙的三倍，10 年前甲的年龄是丙的一半。若用 y 表示丙当前的年龄，下列哪一项能表示乙的当前年龄？（　　）

A. $\dfrac{y}{6}+5$ B. $\dfrac{5y}{3}-10$ C. $\dfrac{y-10}{3}$ D. $3y-5$

53. 为节约用水，某市决定用水收费实行超额超收，月标准用水量以内每吨 2.5 元，超过标准的部分加倍收费。某用户某月用水 15 吨，交水费 62.5 元。若该用户下个月用水 12 吨，则应交水费多少钱？（　　）

A. 42.5 元   B. 47.5 元   C. 50 元   D. 55 元

54. 某零件加工厂按照工人完成的合格零件和不合格零件数支付工资，工人每做出一个合格零件能得到工资 10 元，每做出一个不合格零件将被扣除 5 元。已知某人一天共做了 12 个零件，得到工资 90 元，那么他在这一天做了多少个不合格零件？（　　）

A. 2   B. 3   C. 4   D. 6

55. 小华在练习自然数求和，从 1 开始，数着数着他发现自己重复数了一个数，在这种情况下他将所数的全部数求平均值，结果为 7.4，请问他重复数的那个数是（　　）。

A. 2   B. 6   C. 8   D. 10

56. 共有 100 个人参加某公司的招聘考试，考试的内容共有 5 道题，1～5 题分别有 80 人、92 人、86 人、78 人和 74 人答对。答对 3 道和 3 道以上的人员能通过考试，请问至少有多少人能通过这次考试？（　　）

A. 30   B. 55   C. 70   D. 74

57. 一张节目表上原有 3 个节目，如果保持 3 个节目的相对顺序不变，再添加进去 2 个新节目，有多少种安排方法？（　　）

A. 20   B. 12   C. 6   D. 4

58. 某商场促销，晚上八点以后全场商品在原来折扣的基础上再打 9.5 折，付款时满 400 元再减 100 元。已知某鞋柜全场 8.5 折，某人晚上九点多去该鞋柜买了一双鞋，花了 384.5 元，问这双鞋的原价为多少钱？（　　）

A. 550 元   B. 600 元   C. 650 元   D. 700 元

59. 甲、乙、丙、丁四个人去图书馆借书，甲每隔 5 天去一次，乙每隔 11 天去一次，丙每隔 17 天去一次，丁每隔 29 天去一次。如果 5 月 18 日他们四个人在图书馆相遇，问下一次四个人在图书馆相遇是几月几号？（　　）

A. 10 月 18 日   B. 10 月 14 日   C. 11 月 18 日   D. 11 月 14 日

60. 甲、乙、丙三种货物，如果购买甲 3 件、乙 7 件、丙 1 件需花 3.15 元，如果购买甲 4 件、乙 10 件、丙 1 件需花 4.20 元，那么购买甲、乙、丙各 1 件需花多少钱？（　　）

A．1.05元　　　　　B．1.4元　　　　　C．1.85元　　　　　D．2.1元

第二部分结束，请继续做第三部分！

第三部分　判断推理

（共35题，参考时限40分钟）

一、图形推理。请按每道题的答题要求作答。

请开始答题：

61.请从所给的四个选项中，选择最合适的一个填入问号处，使之呈现一定的规律性（　　　）。

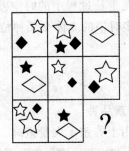　

　　　　　　　　　　　　　　A　　　B　　　C　　　D

62.请从所给的四个选项中，选择最合适的一个填入问号处，使之呈现一定的规律性（　　　）。

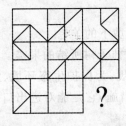　

　　　　　　　　　　　　　　A　　　B　　　C　　　D

63.请从所给的四个选项中，选出最符合左边五个图形一致性规律的选项（　　　）。

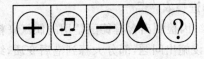　　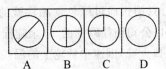

　　　　　　　　　　　　　　A　　　B　　　C　　　D

64.请从所给的四个选项中，选出最符合左边五个图形一致性规律的选项（　　　）。

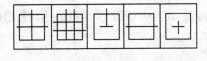　　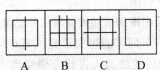

　　　　　　　　　　　　　　A　　　B　　　C　　　D

65.下面四个所给的选项中,哪一选项的盒子不能由左边给定的图形做成(　　　)。

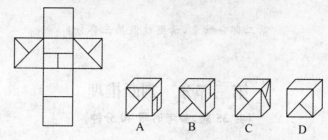

A　　　B　　　C　　　D

二、定义判断。每道题先给出一个概念的定义,然后分别列出四种情况,要求你严格依据定义,从中选出一个最符合或最不符合该定义的答案。注意:假设这个定义是正确的,不容置疑的。

请开始答题:

66.立体农业是指农作物复合群体在时空上的充分利用。根据不同作物的不同特性,如高秆与矮秆、富光与耐阴、早熟与晚熟、深根与浅根、豆科与禾本科,利用它们在生长过程中的时空差,合理地实行科学的间种、套种、混种、轮种等配套种植,形成多种作物、多层次、多时序的立体交叉种植结构。

根据上述定义,下列属于立体农业的是(　　　)。

A.甲在自己的玉米地里种植大豆

B.乙在自己承包的鱼塘里不但养鱼,还种植了很多莲藕

C.丙在南方某地区承包了十亩稻田,特意引种了高产的水稻新品种

D.丁前年承包了一座山,他在山上种植了大量苹果树,并在山上养殖了大量蜜蜂

67.天然孳息是指按照物质的自然生长规律而产生的果实与动物的出产物,与原物分离前,是原物的一部分。天然孳息,由所有权人取得;既有所有权人又有用益物权人的,由用益物权人取得。当事人另有约定的,按照约定。

根据上述定义,下列不属于天然孳息的是(　　　)。

A.送给他人的猫崽　　　　　　　　　B.从羊身上剪下的羊毛

C.牛被宰杀后发现的牛黄　　　　　　D.公园里的柿子树所结的果实

68.绿色壁垒是指一些国家和国际组织通过制定环境标准和法规,为保护生态环境、人类以及动植物生命安全与健康而直接或间接采取各种限制或者禁止贸易的措施,它是能对进出口贸易产生影响的一种非关税贸易壁垒。

根据上述定义,下列属于绿色壁垒行为的是(　　　)。

A.某大型连锁超市只销售通过绿色食品检验的进口农产品

B.一家纺织品进出口公司销往欧洲的10余吨棉纱因检测出含有德国禁用的偶氮染料而停止出口

C.某公司向国外出口大蒜,因途中货轮上的温控设施出问题,部分大蒜到港后变质,结果所有大蒜被退回

D.一家工厂生产的木质卧室家具在美国市场销售量非常可观,但由于美国提高了木质卧室家具的关税,其出口量大受影响

69.失语症是指由于神经中枢病损导致抽象信号思维障碍,而丧失口语、文字的表达和领悟能力的临床症候群。

根据上述定义,下列可能患失语症的是(　　　)。

A."狼孩"回归社会后无法与人进行言语交流

B.幼时高烧听力受损致使发音有极大缺陷,影响交流

C.因受刺激精神失常,造成言语理解和表达上困难

D.因车祸头部受创,虽能模仿他人言语但经常答非所问

70.职业枯竭是指人们在自己长期从事的工作重压之下,产生身心能量被工作耗尽的感觉。

　　根据上述定义,下列属于职业枯竭状态的是( )。

A. 老周不能胜任自己现有的工作,每天都会忙得焦头烂额

B. 刚参加工作的小李觉得这份工作太累,产生了跳槽的念头

C. 刘经理每天工作繁忙,缺乏充足的休息,情绪也越来越糟糕

D. 在从事过许多不同的职业之后,老王觉得所有工作都索然无味

71. 价格垄断行为是指经营者通过相互串通或者滥用市场支配地位,操纵市场调节价,扰乱正常的生产经营秩序,损害其他经营者或者消费者合法权益,或者危害社会公共利益的行为。

　　根据上述定义,下列不属于价格垄断行为的是( )。

A. 几家大型电视机生产企业通过协议联手操纵价格

B. 某商场为了吸引顾客将部分商品低于成本价销售

C. 拥有专利权的工厂凭借市场支配地位,在经销商提货时强制限定转售价格

D. 一家占市场份额 70% 的大企业以回扣、赠送等方式变相降价,致使商品市场价低于成本价

72. 生态移民是指为了保护某个地区特殊的生态或让某个地区的生态得到修复而进行的移民,也指因自然环境恶劣,不具备就地扶贫的条件而将当地人民整体迁出的移民。

　　根据上述定义,下列属于生态移民的是( )。

A. 贵州省某山区因土地出现石质化现象,该地区村民被迁往他乡

B. 几百年前,中原一带的居民为躲避战争,整体迁到南方,成为客家人

C. 某村落位于山谷中,交通十分不便,为更快致富,村民集体研究决定移居山外

D. 张三的父母家住三峡库区,由于修水库,其父母将家产变卖,来到上海与张三一起居住

73. 危机公关是指由于企业管理不善、同行竞争甚至遭遇恶意破坏或者是外界特殊事件的影响,而给企业或者品牌带来危机,企业针对危机所采取的一系列自救行动,包括消除影响、恢复形象等。

　　根据上述定义,下列属于危机公关的是( )。

A. 由于台风影响,某企业的户外广告牌被风吹倒,企业派员工前去修复

B. 某企业由于重要生产设备被盗,严重影响生产,高层领导召开紧急会议,研究对策

C. 某企业在行业竞争中失去领先地位,利润大幅下滑,企业高层领导决定转向新的领域

D. 某大型餐饮集团的一个连锁店由于卫生状况差被曝光后,该集团领导通过媒体向公众道歉,并借此机会发布新的企业卫生管理标准

74. 附加值是附加价值的简称,是在产品原有价值的基础上,通过生产过程中的有效劳动新创造的价值,即附加在产品原有价值上的新价值。

　　根据上述定义,以下行为提高了产品附加值的是( )。

A. 某明星为娱乐活动优胜者的奖品签名

B. 雨天商贩以高于市场价的价格在景区内销售雨具

C. 某生产饮料的厂家将产品由过去的罐装变为塑料包装

D. 个体商贩请人在白色 T 恤上画上各种漂亮的图案后出售

75. 流通加工是指物品在从生产地到使用地的过程中,根据需要施加包装、分割、计量、分拣、刷标志、贴标签、组装等简单作业的总称。

　　根据上述定义,下列属于流通加工的是( )。

A. 某工厂采购布匹、纽扣等材料,加工成时装并在市场上销售

B. 某运输公司在冷藏车皮中保存水果,使之在运到目的地时更新鲜

C. 杂货店将购进的西红柿按质量分成每斤 1 元和每斤 2 元两个档次销售

D. 某批发商在运输玻璃杯的过程中,为杯子加上防震外包装,以避免其碎裂

三、类比推理。先给出一组或多组相关的词,要求你在备选答案中找出一组与之在逻辑关系上最为贴近、相似或匹配的词。

请开始答题:

76. 法律:约束
   A. 新闻:广播
   C. 历史:借鉴
   B. 政策:规范
   D. 制度:学问

77. 京剧:芭蕾
   A. 指南针:火药
   C. 佛教:基督教
   B. 唐装:油画
   D. 武术:拳击

78. 安居乐业:颠沛流离
   A. 吸收:放弃
   C. 雪中送炭:雪上加霜
   B. 简单:杂乱
   D. 巧夺天工:鬼斧神工

79. 蛹:蝶
   A. 丑小鸭:白天鹅
   C. 种子:花朵
   B. 胚胎:婴儿
   D. 蝌蚪:青蛙

80. 窑:陶瓷
   A. 学校:学生
   C. 砖场:砖
   B. 烤箱:面包
   D. 整数:自然数

81. 国家:政府:行政
   A. 公司:经理部:经理
   C. 董事会:经理部:职员
   B. 野战军:作战部:参谋
   D. 总司令:军官:命令

82. 争议:仲裁:听证
   A. 诉讼:审判:旁听
   C. 突发事故:现场抢救:善后处理
   B. 通货膨胀:宏观调控:货币政策
   D. 交通安全:交通法规:交通警察

83. 岩石:矿物:成分
   A. 森林:树木:木材
   C. 器官:组织:功能
   B. 黏土:沙子:石头
   D. 酒精:饮料:果汁

84. (   )对于知识相当于分析对于(   )。
   A. 书本   理论
   C. 学问   研究
   B. 学习   结论
   D. 学生   研究员

85. 电子政务对于纸张相当于(   )对于(   )。
   A. 电子邮件   信封
   C. 网上购物   现金
   B. 网络歌手   歌迷
   D. 电脑游戏   软件

四、逻辑判断。每题给出一段陈述,这段陈述被假设是正确的,不容置疑的。要求你根据这段陈述,选择一个答案。注意,正确的答案应与所给的陈述相符合,不需要任何附加说明即可以从陈述中直接推出。

请开始答题:

86. 历史上一度盛行的古埃及、古巴比伦、古玛雅的语言文字已成历史尘埃,世界上现存的6000多种语言文字,平均每两周就消失一种。由此推算,到2050年,世界上将有90%的语言文字灭绝。
   以下哪项如果为真,最能反驳以上观点?(   )

A. 有许多语言学家正在研究这些语言文字

B. 古代语言文字往往是随着文明被征服而灭绝的

C. 许多濒危语言文字已经得到了重视和有效的保护

D. 现代的非文盲比例与古代相比有非常显著的降低

87. 史书记载,春秋战国时期的古滇国历时五百余年,在云南历史上的地位颇为重要。古滇国的青铜文化吸收和融合了不同地区和民族的文化精华,然而东汉以后,古滇国却神秘消失,唐代以后的史书上竟没留下任何记载。近年来,抚仙湖南岸江川县李家山墓葬群出土了数千件古滇青铜器,抚仙湖北岸相连晋宁石寨山曾出土滇王印。据此,考古学家推测云南抚仙湖水下古城就是神秘消失的古滇王城。

　　以下哪项如果为真,最能支持上述推测?(　　　)

　　A. 在抚仙湖水下古城,也发现了大量青铜器

　　B. 按考古常规看,王国都城附近都有墓葬群

　　C. 抚仙湖水下古城与史料记载的古滇国都位于今云南省境内

　　D. 据专家推测,抚仙湖水下古城与古滇国处于同一历史时期

88. 从 2005 年 7 月开始,敦煌研究院对莫高窟采用了预约参观办法。这一措施合理有效地调控和平衡了游客流量,一方面加强了洞窟的保护,另一方面给游客提供了更加优质的服务。实施预约参观办法以来,来莫高窟参观的人数逐年递增,年游客接待量由 2004 年的 45 万人次增加到 2006 年的 55 万人次。

　　由此可以推出(　　　)。

　　A. 莫高窟预约参观的办法为游客提供了便利

　　B. 合理配置人力、物力资源可以实现利益最大化

　　C. 预约参观办法实施前莫高窟的游客流量不均衡

　　D. 科学合理地利用自然和人文资源能创造更大的价值

89. 某小学向当地教育行政主管部门申请增购一辆校车,以加强对师生的接送能力。该教育行政主管部门否决了这项申请,理由是:校车的数量必须与学校规模和师生数量相配套。根据该校目前的师生数量和规模,现有的校车已经足够了。

　　以下哪一项假设最能支持教育行政主管部门的决定?(　　　)

　　A. 调查显示,租用校车比购买校车更经济

　　B. 该小学的校车中,至少近期不会有车辆报废

　　C. 该地区小学适龄儿童数量今后不会有大的增长

　　D. 该教育行政主管部门没有扩大该校师生规模的计划

90. 甲、乙、丙三名学生参加一次考试,试题一共十道,每道题都是判断题,每题 10 分,判断正确得 10 分,判断错误得零分,满分为 100 分。他们的答题情况下:

	1	2	3	4	5	6	7	8	9	10
甲	×	√	√	√	×	√	×	√	√	×
乙	×	×	√	×	√	√	×	×	×	√
丙	√	×	√	×	√	√	√	×	√	√

考试成绩公布后,三个人都是 70 分,由此可以推出,1~10 题的正确答案是(　　　)。

　　A. ×、×、√、√、√、√、×、√、√、√

　　B. ×、×、√、√、√、√、×、√、×

　　C. ×、×、√、√、√、√、√、√、×、×

D. ×、×、√、×、√、√、√、√、√、×

91. 有专家建议,为盘活土地资源,有效保护耕地,让农民像城市人一样住进楼房是个不错的选择,这样就可以将农民现有的住房"叠起来",从而节省大量土地资源。

　　以下哪项如果为真,最能削弱上述专家的观点?(　　)

A. 由于农民的生产生活习惯,他们大多表示不愿住楼房

B. 建楼房消耗的资源与建现有的农民住房消耗的资源差不多

C. 有农民表示,即使搬进楼房居住,他们也不会将现有的房子拆掉

D. 农民住进楼房后远离田地,影响农业生产,会从效益上降低土地资源的利用

92. 我国酸雨主要出现于长江以南,北方只有零星分布,这是因为北方常有沙尘天气,来自沙漠的沙尘和当地土壤都偏碱性。

　　由此可以推出(　　)。

A. 长江以北地区酸性污染物排放较少

B. 长江以南地区的土壤偏碱性的较少

C. 沙尘天气可有效降低酸雨出现的几率

D. 有酸雨的地区出现沙尘天气的几率较小

93. 有专家认为,家庭装修中使用符合环保标准的建材只能保证有害物质的含量符合相关行业要求,并不代表完全不含有害物质,因此在装修中大量甚至过度使用建材,仍会导致有害物质累积超标。

　　由此可以推出(　　)。

A. 建材行业应该进一步严格环保标准

B. 建材行业应努力降低产品的有害物质含量

C. 挑选好的建材可以有效避免室内空气质量不合格

D. 适量使用建材才能减少室内空气中的有害物质含量

94. 为适应城市规划调整及自身发展的需要,某商业银行计划对全市营业网点进行调整,拟减员3%,并撤销三个位于老城区的营业网点,这三个营业网点的人数正好占该商业银行总人数的3%。计划实施后,上述三个营业网点被撤销,整个商业银行实际减员1.5%。此过程中,该银行内部人员有所调整,但整个银行只有减员,没有增员。

　　据此可知,下列陈述正确的有(　　)。

Ⅰ. 有的营业网点调入了新成员

Ⅱ. 没有一个营业网点调入新成员的总数超出该银行原来总人数的1.5%

Ⅲ. 被撤销营业网点中的留任人员不超过该银行原来总人数的1.5%

A. 只有Ⅰ　　　　　　　　　　　　　　　B. 只有Ⅰ和Ⅱ

C. 只有Ⅱ和Ⅲ　　　　　　　　　　　　　D. Ⅰ、Ⅱ和Ⅲ

95. 最近一项调查显示,近年来在某市高收入人群中,本地人占70%以上,这充分说明外地人在该市获得高收入相当困难。

　　以下哪项如果为真,才能支持上述结论?(　　)

A. 外地人占该市总人口的比例高达40%

B. 外地人占该市总人口的比例不足30%

C. 该市中低收入人群中,外地人占40%

D. 该市中低收入人群中,本地人占不足30%

第三部分结束,请继续做第四部分!

第四部分 常识判断

（共 25 题，参考时限 10 分钟）

根据题目要求,在四个选项中选出一个正确答案。

请开始答题:

96. 下列关于法律体系的表述中,不正确的是(　　)。

A. 法律体系由法律部门组成

B. 我国社会主义法律体系尚不完备

C. 中华法系也即我国的社会主义法律体系

D. 法律体系是一国法律有机联系的统一体

97. 我国有权制定行政法规的主体,限于(　　)。

A. 国务院

B. 国务院和省级人民政府

C. 国务院及国务院各部、各委员会

D. 国务院和省级人民政府及较大市的人民政府

98. 某省人民政府的规章与国务院某一部门的规章不一致。按照法律规定,下列做法正确的是(　　)。

A. 由国务院裁决

B. 由最高人民法院裁决

C. 由国务院法制办公室裁决

D. 由全国人民代表大会常务委员会对违法的规章予以撤销

99. 我国对法律溯及力问题,实行的原则是(　　)。

A. 法在任何情况下均溯及既往

B. 法在任何情况下均不溯及既往

C. 法在一般情况下溯及既往,但为了更好地保护公民、法人或者其他组织的权利和利益而作的特别规定除外

D. 法在一般情况下不溯及既往,但为了更好地保护公民、法人或者其他组织的权利和利益而作的特别规定除外

100. 根据我国宪法和有关法律的规定,下列构成违宪或违法的行为是(　　)。

A. 国家主席代表中华人民共和国接受外国使节

B. 某自治州人民代表大会常务委员会制定本自治州的《自治条例》

C. 国务院某部发布《关于认真学习贯彻〈行政机关公务员处分条例〉的通知》

D. 国务院根据全国人民代表大会常务委员会的授权决定,对储蓄存款利息所得减征个人所得税

101. 下列人员中,通常由县级以上地方各级人民代表大会选举产生的是(　　)。

A. 局长、厅长、委员会主任

B. 副局长、副厅长、委员会副主任

C. 人民法院副院长、人民检察院副检察长

D. 副省长、副市长、副州长、副县长、副区长

102. 下列关于土地所有权的说法中正确的是（　　）。

    A. 土地全部属于国家所有

    B. 城市土地属于国家所有

    C. 土地全部属于集体所有

    D. 农村和城市郊区的土地，除由法律规定属于集体所有的以外，属于国家所有

103. "行政机关实施行政管理，应当依照法律、法规、规章的规定进行；没有法律、法规、规章的规定，行政机关不得作出影响公民、法人和其他组织合法权益或者增加公民、法人和其他组织义务的决定。"这主要体现了依法行政中的哪一项要求？（　　）

    A. 合法行政　　　　B. 合理行政　　　　　C. 程序正当　　　　　D. 诚实守信

104. 小王参加公务员录用考试被某机关录用，在试用期内因违反公务员纪律被取消录用，小王不服，他可以采取的正确做法是（　　）。

    A. 向人民政府申请行政复议

    B. 向人民法院提起行政诉讼

    C. 向公务员主管部门提出申诉

    D. 向人事争议仲裁委员会申请仲裁

105. 下列哪一情形，不在人民法院受理的行政诉讼案件的范围内？（　　）

    A. 税务机关对纳税人采取的强制执行措施

    B. 工商行政管理机关拒绝颁发企业法人营业执照

    C. 公安机关对现行犯或者重大嫌疑分子的刑事拘留

    D. 中国证券监督管理委员会对上市公司的罚款决定

106. 根据法律规定，以下属于行政裁决的是（　　）。

    A. 深圳仲裁委员会对民事纠纷的仲裁

    B. 山西省人民政府对污染环境企业的限期治理决定

    C. 某人事争议仲裁委员会对履行聘任合同争议的裁决

    D. 国家知识产权局专利复审委员会根据利害关系人申请，宣告某专利权无效

107. 按照《律师法》规定，申请领取律师执业证书，司法行政机关应当自收到申请之日起 30 日内作出是否颁发的决定，而按照《行政许可法》的规定，行政机关一般应当自受理行政许可申请之日起 20 日内作出行政许可决定。2004 年 7 月初，张某向省司法厅申请领取律师执业证书，司法厅的正确做法是（　　）。

    A. 依据《律师法》，在 30 日内作出是否颁发的决定

    B. 依据《行政许可法》，在 20 日内作出是否颁发的决定

    C. 因法律关于期限的规定不一致，报请全国人大常委会裁决后再作决定

    D. 可以选择依据《律师法》或者《行政许可法》关于期限的规定作出决定

108. 关于主动公开的政府信息，行政机关的下列哪一做法符合《政府信息公开条例》的规定？（　　）

    A. 甲县规定，乡、镇政府制作的政府信息，统一由县政府负责公开

    B. 乙市一项行政事业性收费的标准发生变动，在标准变动以后第 30 日予以公开

    C. 丙区规定，行政机关应当编制、公布政府信息公开指南或政府信息公开目录，并及时更新

    D. 丁市政府在市图书馆设置政府信息查阅场所，并配备相应的设备，为公民、法人或者其他组织获取政府信息提供便利

109. 卫生部和国家工商行政管理总局对某国有企业共同作出一项行政处罚，该企业不服，欲申请行政复议，应当如何处理？（　　）

    A. 该企业应当向国务院申请行政复议，由国务院作出行政复议决定

B. 该企业可以同时向两个机构申请行政复议,由国务院作出行政复议决定

C. 该企业可以同时向这两个机构申请行政复议,由作出具体行政行为的国务院机构共同作出行政复议决定

D. 该企业可以向其中任何一个机构申请行政复议,由作出具体行政行为的国务院机构共同作出行政复议决定

110. 对于完善依法行政的财政保障机制,下列做法正确的是( )。

A. 行政经费统一由财政纳入预算予以保障,并实行国库集中支付

B. 完善分散灵活的公共财政体制,逐步实现规范的部门预算,统筹安排和规范使用财政资金,提高财政资金使用效益

C. 清理和规范行政事业性收费等政府非税收入;统一行政机关工作人员工资和津贴补贴制度,迅速解决同一地区不同行政机关相同职级工作人员收入差距较大的矛盾

D. 行政机关不得设立任何形式的"小金库";严格执行"收支两条线"制度。行政事业性收费和罚没收入应当全部或部分上缴财政,允许在一定条件下返还

111. 王某与他人合作投资成立了一家有限责任公司,王某任法定代表人。后来公司倒闭,公司资产不足以偿还债务。公司的债权人要求王某偿还不足部分。下列说法正确的是( )。

A. 王某投资成立有限责任公司,王某无需承担公司债务

B. 王某是公司的投资人,公司的债权人可以要求王某偿还

C. 王某是公司的法定代表人,公司的债权人可以要求王某偿还

D. 王某与他人合作投资,王某应当按照出资比例对公司的债务承担偿还责任

112. 根据《国家赔偿法》的规定,国家赔偿的主要方式是( )。

A. 支付赔偿金   B. 返还财产

C. 消除影响   D. 恢复原状

113. 张某 11 周岁,是小学五年级学生,经常在其学校门口的一家小卖部买零食和一些学习用品,部分赊账,年终时共欠小卖部 340 元。小卖部老板拿着账单要求张某父亲付款,遭到张某父亲拒绝。下列说法正确的是( )。

A. 张某购买零食和学习用品的行为是无效的民事行为,其父亲作为监护人,无需赔偿

B. 张某购买零食和学习用品的行为是合法有效的民事行为,其父亲作为监护人,应当付款

C. 张某购买零食和学习用品的行为是无效的民事行为,其父亲作为监护人,应当赔偿

D. 张某购买零食和学习用品的行为是合法有效的民事行为,应当由其自己付款,不应当由其父亲付款

114. 方某在晚上牵狗散步时,狗突然挣脱绳索,奔向童某(3 岁),并咬伤童某。当时童某的父亲正在用手机给朋友打电话。关于本案,下列说法正确的是( )。

A. 方某应当负全部责任

B. 方某和童某父亲都要承担责任

C. 意外事件,方某不需要承担责任

D. 童某父亲没有看管好自己的孩子,应当负全部责任

115. 陈某与陆某是邻居,陈某家建房挖地基,导致陆某房屋墙面出现裂缝。陆某遂找陈某要求修缮,遭到陈某拒绝。关于本案,下列说法正确的是( )。

A. 陈某不可以挖地建房,因为挖地建房会损害邻居陆某的房屋

B. 陆某家墙面出现裂缝,属于意外事件,陈某不需要承担责任

C. 陈某可以挖地建房,但对邻居陆某房屋造成的损害应当给予赔偿

D. 陈某在自家的地基上建房,造成陆某家的墙面出现裂缝,不需要承担责任

116. 我国《合同法》对买卖合同中标的物风险的负担作出了较为详细的规定,下列有关风险负担的表述正确的是(   )。

    A. 特定物的风险在合同成立后即由买受人承担

    B. 需要运输的标的物,自交付给买受人后风险转移给买受人

    C. 在途货物的风险除另有约定外,自合同成立后即转移给买受人

    D. 在由于标的物存在质量瑕疵,买受人拒绝受领的情况下,风险转移给买受人

117. 关于国有资产管理,下列说法不正确的是(   )。

    A. 国家举办的事业单位对其直接支配的动产享有所有权

    B. 国家出资的企业,由国务院、地方人民政府依照法律、行政法规规定分别代表国家履行出资人职责,享有出资人权益

    C. 履行国有财产管理、监督职责的机构及其工作人员,应当促进国有财产保值增值

    D. 违反国有财产管理规定,在企业合并过程中,擅自对外提供担保造成国有财产损失的,应当依法承担法律责任

118. 甲欲杀死乙,在乙饭碗里投放毒药,不料朋友丙分食了乙的饭菜,甲为了杀死乙,没有阻止丙,结果导致乙和丙均中毒死亡。甲对丙死亡所持的心理态度是(   )。

    A. 过于自信的过失   B. 疏忽大意的过失

    C. 间接故意   D. 直接故意

119. 王某持匕首抢劫张某,在争斗中王某头部撞击墙角昏迷倒地,匕首掉在地上,张某见状,捡起匕首往王某心脏部位猛刺数下,导致王某死亡。对于张某用匕首刺死王某的行为,下列说法正确的是(   )。

    A. 属于正当防卫,不负刑事责任

    B. 属于意外事件,不负刑事责任

    C. 属于防卫过当,应当负刑事责任

    D. 属于故意杀人,应当负刑事责任

120. 下列关于共同犯罪的说法,正确的是(   )。

    A. 被胁迫的人,在身体受到强制、完全丧失意志自由时实施某种危害行为的,也是胁从犯

    B. 乙组织妇女卖淫,丙为其寻找卖淫女、联系嫖客,但从不直接参与管理活动。对丙应当以乙组织卖淫罪的共犯论处

    C. 甲是某国有控股公司的财务人员,在某晚故意不关财务室窗子、不锁保险柜,然后指使中学生乙(16周岁)潜入财务室窃取甲保管的公款,甲乙构成贪污罪共犯

    D. 丁是某国有保险机构工作人员,唆使投保人戊将自己投保的汽车烧毁后向保险公司理赔,然后利用自己办理理赔的职务便利为丁理赔8万元,二人平分。丁戊构成贪污罪共犯

第四部分结束,请继续做第五部分!

第五部分 资料分析

（共 20 题，参考时限 20 分钟）

所给出的图、表、文字或综合性资料均有若干个问题要你回答。你应根据资料提供的信息进行分析、比较、计算和判断处理。

请开始答题：

一、根据所给图表、文字资料回答 121～126 题。

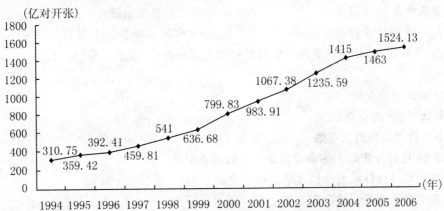

图 1 1994～2006 年全国报纸印刷量增长曲线

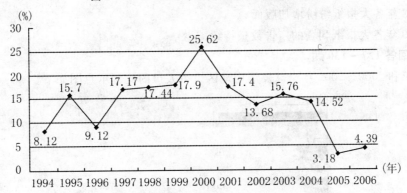

图 2 1994～2006 年全国报纸印刷量增长率曲线

在 1994～2006 年间，全国报纸印刷总量持续增长。

以 2004 年为例，年印刷量在 10 亿对开张以上的企业有 30 家，其中印刷量增长的企业占 90％，而且全部增长 5％以上，增长率达两位数的企业占 66.67％。年印刷量在 5 亿～10 亿对开张之间的企业有 26 家，其中印刷量增长的有 25 家，增长率达到两位数的有 19 家。

到了 2005 年，年印刷量在 10 亿对开张以上的企业有 29 家，其中印刷量增长的有 17 家，增长 5％以上的有 11 家，而保持两位数增长的有 8 家。印刷量减少的企业有 11 家。年印刷量在 5 亿～10 亿对开张之间的企业有 31 家，其中印刷量增长的有 20 家，增长 5％以上的有 16 家，保持两位数增长的有 13 家，印刷量减少的企业有 10 家。

再看 2006 年，年印刷量在 10 亿对开张以上的企业有 31 家，其中印刷量增长的有 19 家，增长 5％以上

95

的有 14 家,保持两位数增长的有 10 家。印刷量减少的企业有 11 家。年印刷量在 5 亿～10 亿对开张之间的企业有 28 家,其中印刷量增长的有 20 家,增长 5％以上的有 14 家,保持两位数增长的有 7 家。印刷量减少的企业有 8 家。

121. 2004 年印刷量增长率在 5％以上的企业有多少家?(　　)

　　A. 19　　　　　　　B. 49　　　　　　　C. 55　　　　　　　D. 无法判断

122. 2005 年,年印刷量在 5 亿对开张以上的企业中,印刷量增长率为负的企业所占的比例是(　　)。

　　A. 16.6％　　　　　B. 32.3％　　　　　C. 35.0％　　　　　D. 38.3％

123. 2006 年,年印刷量在 10 亿对开张以上的企业中,印刷量增长 5％以上且低于 10％的企业有多少家?

　　(　　)

　　A. 3　　　　　　　B. 4　　　　　　　C. 5　　　　　　　D. 8

124. 以下关于 1994 年～2006 年年印刷量、年增长率的说法中,正确的是(　　)。

　　A. 年平均增长率在 10％以上　　　　　B. 年增长量最多的是 2001 年

　　C. 年增长率大于 10％的有 8 个年份　　D. 1998 年的年增长量不到 2002 年的一半

125. 2005 年与 2006 年相比,年印刷量在 5 亿对开张以上的企业中,以下正确的一行是(　　)。

	2005	2006
A. 年印刷量减少的企业数	11	11
B. 年增长率低于 5％的企业数	33	31
C. 年增长率保持两位数的企业数	13	10
D. 年印刷量 10 亿对开张以上的企业占企业总数的百分比	49％	50％

126. 根据资料,下列可以解释报纸印刷量增长率变化的事例是(　　)。

　　A. 1994 年各大报纸的发行量出现萎缩

　　B. 2003～2005 年出现电子报纸等新媒体

　　C. 2000～2002 年各大报纸纷纷增加版面

　　D. 1997～1999 年各大报纸刊登的广告数量持续减少

二、根据下图回答 127～130 题。

1990～1992 年和 2000～2002 年全球发展中地区饥饿人口的比例示意图如下。

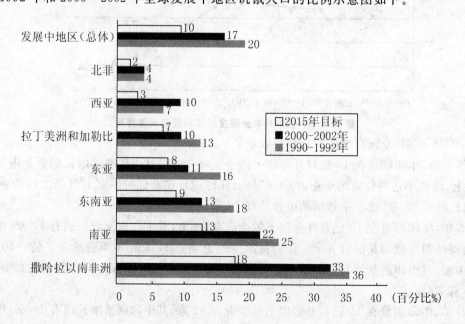

127. 1990～2002 年间，当地人民食物获取状况恶化的地区是（　　）。

    A. 拉丁美洲和加勒比　　　　　　　　　　B. 南亚

    C. 撒哈拉以南非洲　　　　　　　　　　　D. 西亚

128. 按 1990～2002 年间的发展趋势，有几个地区将能够达到或超过 2015 年发展中地区（总体）的目标水平？（　　）

    A. 3 个　　　　　　B. 4 个　　　　　　C. 5 个　　　　　　D. 6 个

129. 若南亚地区 1992 年总人口数为 15 亿，该地区平均人口年增长率为 2%，那么 2002 年南亚地区饥饿人口总量为多少亿人？（　　）

    A. 3.30　　　　　　B. 3.96　　　　　　C. 4.02　　　　　　D. 4.82

130. 下列说法中，不能从图示信息中获得支持的是（　　）。

    Ⅰ. 1992～2002 年间，北非饥饿人口的数量并没有因人口总量的变化而变化

    Ⅱ. 1992～2002 年间，东南亚和南亚地区的饥饿人口比例基本能反映发展中地区的总体状况

    Ⅲ. 1992～2002 年间，发展中地区的饥饿人口主要集中在南亚地区和撒哈拉以南非洲地区

    Ⅳ. 1992～2002 年间，东亚地区在改善人民饥饿状况的工作方面最为突出

    A. Ⅰ　　　　　　B. Ⅱ和Ⅲ　　　　　　C. Ⅰ和Ⅲ　　　　　　D. Ⅰ和Ⅳ

三、根据以下文字说明、表 1 和表 2 回答 131～135 题。

某市 2005 年就该市城镇居民和农民参加体育锻炼及其影响因素，开展了一项调查。调查结束后按城乡、性别分别进行了统计，统计结果如表 1 和表 2 所示。

表 1　2005 年某市城镇居民和农民参加体育锻炼项目情况统计

项目	城镇	农村	男	女
武术健身气功	6.0%	2.1%	4.7%	5.9%
健身操舞秧歌	12.8%	8.0%	3.8%	20.1%
健美力量练习	7.3%	5.8%	8.5%	5.4%
自行车	23.8%	21.0%	24.7%	21.8%
登山	14.9%	10.4%	14.4%	13.8%
球类	31.6%	16.8%	37.9%	19.9%
步行	63.7%	72.3%	57.9%	72.7%
游泳	17.6%	4.1%	16.4%	13.9%
跑步	23.8%	25.9%	29.2%	19.1%
其他	13.3%	9.5%	11.9%	13.3%

表 2　2005 年某市城镇居民和农民参加体育锻炼的影响因素

影响因素	城镇	农村	男	女
缺乏组织	8.8%	3.6%	7.0%	7.4%
缺乏指导	7.8%	4.7%	7.1%	6.8%
缺乏场地设施	13.2%	8.0%	12.1%	14.1%
工作忙，缺少时间	21.8%	21.5%	32.7%	24.6%
家务忙，缺少时间	9.2%	20.8%	17.6%	10.5%
体力工作多，不用参加	3.4%	15.9%	7.8%	11.8%
惰性	4.9%	7.5%	15.9%	6.7%
没兴趣	1.4%	9.1%	6.8%	6.1%

131. 在各体育项目的普及程度上,农村与城镇相比(　　)。

　　A. 登山高于城镇　　　　　　　　　　B. 步行低于城镇

　　C. 自行车高于城镇　　　　　　　　　D. 健身操舞秧歌低于城镇

132. 与男性相比,在女性中更普及的两个体育项目是(　　)。

　　A. 球类　步行　　　　　　　　　　　B. 跑步　游泳

　　C. 步行　健身操舞秧歌　　　　　　　D. 健身操舞秧歌　跑步

133. 根据表2,在被调查的全体人群中,选择"缺乏组织"的人占全体人群的比例可能是(　　)。

　　A. 5.2%　　　　　B. 6.2%　　　　　C. 7.1%　　　　　D. 8.2%

134. 无法从表2中获得支持的判断是(　　)。

　　A. 家务过多成为影响男性参加体育锻炼的第二大因素

　　B. 惰性对女性参加体育锻炼的影响小于对男性的影响

　　C. 无论城镇或农村,兴趣都是影响人们参加体育锻炼的最重要因素之一

　　D. 无论城镇或农村、男或女,工作忙已成为影响人们参加体育锻炼的第一大因素

135. 无法从表1、表2中获得支持的判断是(　　)。

　　A. 农民对体育锻炼的不恰当看法和认识更普遍一些

　　B. 与城镇居民相比,农民参加体育锻炼的项目比较单调

　　C. 在全民健身方面,培养农民参加体育锻炼的兴趣可能比城镇居民更迫切

　　D. 男性因工作压力放弃体育锻炼的更多一些,而女性因家务压力放弃体育锻炼更多一些

四、根据下面表1、表2回答136～140题。

表1　2001～2005年世界主要国家和地区经济增长率比较　　　　　　(单位:%)

国家和地区	2001年	2002年	2003年	2004年	2005年	2001～2005年平均增长率
世界总计	2.4	3.0	4.1	5.3	4.9	4.0
发达国家和地区	1.2	1.5	1.9	3.2	2.6	2.1
美国	0.8	1.6	2.5	3.9	3.2	2.4
欧盟	2.0	1.3	1.4	2.4	1.8	1.8
日本	0.2	−0.3	1.8	2.3	2.6	1.4
发展中国家和地区	4.1	4.8	6.7	7.7	7.4	6.3
中国	7.5	8.3	10.0	10.1	10.2	9.5
印度	3.9	4.7	7.2	8.0	8.5	6.4
俄罗斯	5.1	4.7	7.3	7.2	6.4	6.1
巴西	1.3	1.9	0.5	4.9	2.3	2.2
马来西亚	0.3	4.4	5.5	7.2	5.2	4.5
亚洲四小龙						
中国香港	0.5	1.9	3.2	8.6	7.3	4.3
中国台湾	−2.2	4.2	3.4	6.1	4.1	3.1
韩国	3.8	7.0	3.1	4.7	4.0	4.5
新加坡	−1.9	3.2	2.9	8.7	6.4	3.9

表 2　2001～2005 年国内生产总值居世界前十位国家比较　　　　（单位:亿美元）

位次	2001 年			2005 年		
	国家和地区	国内生产总值	占世界的比重（%）	国家和地区	国内生产总值	占世界的比重（%）
	世界总计	315750	100	世界总计	443849	100
1	美国	100759	31.9	美国	124551	28.1
2	日本	41624	13.2	日本	45059	10.2
3	德国	18913	6.0	德国	27819	6.3
4	英国	14313	4.5	中国	22289	5.0
5	法国	13398	4.2	英国	21926	4.9
6	中国	13248	4.2	法国	21102	4.8
7	意大利	10904	3.5	意大利	17230	3.9
8	加拿大	7051	2.2	西班牙	11237	2.5
9	墨西哥	6221	2.0	加拿大	11152	2.5
10	西班牙	6084	1.9	巴西	7941	1.8

136.2005 年和 2001 年相比较,国内生产总值占世界比重变化幅度最大的国家是(　　)。

　　A.美国　　　　　　B.日本　　　　　　　　C.中国　　　　　　　D.法国

137.2001～2005 年间,完全符合下列曲线所显示的经济发展趋势的国家和地区有(　　)。

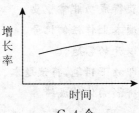

　　A.2 个　　　　　　B.3 个　　　　　　　　C.4 个　　　　　　　D.5 个

138.下面描述不正确的是(　　)。

　　A.从 2001 年开始,我国国内生产总值及其占世界的比重一直在上升

　　B.大部分国家和地区经济增速在 2001～2004 年不断加快,2005 年有所减缓

　　C.从 2001 年开始,发达国家经济增长速度一般低于主要发展中国家和地区

　　D.2001～2005 年间,中国香港经历了比中国台湾、新加坡更加剧烈的经济波动和发展

139.下列说法正确的是(　　)。

　　Ⅰ.2001～2005 年间,与主要发展中国家相比,亚洲四小龙的经济增长相对放慢

　　Ⅱ.2001～2005 年间,日本经济开始摆脱"停滞"状态,经济形势逐渐好转

　　Ⅲ.2001～2005 年间,国内生产总值在世界排名的变化趋势和其占世界比重的变化趋势是一致的

　　A.Ⅰ　　　　　　B.Ⅱ　　　　　　　　C.Ⅰ和Ⅱ　　　　　　D.Ⅱ和Ⅲ

140.能从表 1、表 2 中获得支持的说法是(　　)。

　　Ⅰ.整个世界的财富越来越集中到少数几个发达国家中

　　Ⅱ.传统的世界经济强国在世界经济中的排名和地位已经发生了根本性变化

　　Ⅲ.主要的发展中国家在世界经济中扮演着越来越重要的角色

　　A.Ⅰ　　　　　　B.Ⅱ　　　　　　　　C.Ⅲ　　　　　　　　D.Ⅰ和Ⅱ

全部测验到此结束!

2007 年中央国家机关公务员录用考试

《行政职业能力测验》试卷

说　明

　　这项测验共有五个部分,140 道题,总时限为 120 分钟。各部分不分别计时,但都给出了参考时限,供你参考以分配时间。

　　请在机读答题卡上严格按照要求填写好自己的姓名、报考部门,涂写准考证号。

　　请仔细阅读下面的注意事项,这对你获得成功非常重要。

　　1.题目应在答题卡上作答,不要在试题本上作任何记号。

　　2.监考人员宣布考试开始时,你才可以开始答题。

　　3.监考人员宣布考试结束时,你应立即放下铅笔,将试题本、答题卡和草稿纸都留在桌上,然后离开。

　　如果你违反了以上任何一项要求,都将影响你的成绩。

　　4.在这项测验中,可能有一些试题较难,因此你不要在一道题上思考时间太久,遇到不会答的题目,可先跳过去,如果有时间再去思考。否则,你可能没有时间完成后面的题目。

　　5.试题答错不倒扣分。

　　6.特别提醒你注意,涂写答案时一定要认准题号。严禁折叠答题卡!

第一部分　言语理解与表达

（共 40 题，参考时限 30 分钟）

　　每道题包含一段话或一个句子，后面是一个不完整的陈述，要求你从四个选项中选出一个来完成陈述。注意：答案可能是完成对所给文字主要意思的提要，也可能是满足陈述中其他方面的要求，你的选择应与所提要求最相符合。

　　请开始答题：

1. 法国语言学家梅耶说："有什么样的文化，就有什么样的语言。"所以，语言的工具性本身就有文化性。如果只重视听、说、读、写的训练或语音、词汇和语法规则的传授，以为这样就能理解英语和用英语进行交际，往往会因为不了解语言的文化背景，而频频出现语词歧义、语用失误等令人尴尬的现象。

　　这段文字主要说明（　　　）。

A. 语言兼具工具性和文化性　　　　　　　B. 语言教学中文化教学的特点

C. 语言教学中文化教学应受到重视　　　　D. 交际中出现各种语用错误的原因

2. 在今天的商业世界中，供过于求是普遍现象。为了说服顾客购买自己的产品，大规模竞争就在同类商品的生产企业之间展开了，他们得经常设法向消费者提醒自己产品的名字和优等的质量，这就需要靠广告。

　　对这段文字概括最恰当的是（　　　）。

A. 广告是商业世界的必然产物　　　　　　B. 各商家之间用广告开展竞争

C. 广告就是要说服顾客买东西　　　　　　D. 广告是经济活动中供过于求的产物

3. 空间探索自开始以来一直受到指责，但我们已经成功地通过卫星进行远程通信、预报天气、开采石油。空间探索项目还会有助于我们发现新能源和新化学元素，而那些化学元素也许会帮助我们治愈现在的不治之症。

　　这段文字主要告诉我们，空间探索（　　　）。

A. 利弊并存　　　　　　　　　　　　　　B. 可治绝症

C. 很有争议　　　　　　　　　　　　　　D. 意义重大

4. 行为科学研究显示，工作中的人际关系通常不那么复杂，也宽松些，可能是由于这种人际关系更有规律，更易于预料，因此也更容易协调，因为人们知道他们每天都要共同努力、相互协作，才能完成一定的工作。

　　这段文字主要是在强调（　　　）。

A. 普通的人际关系缺乏规律　　　　　　　B. 工作人员之间的关系比较简单

C. 共同的目标使工作人员很团结　　　　　D. 维系良好的人际关系要靠共同努力

5. 政府每出台一项经济政策，都会改变某些利益集团的收益预期。出于自利，这些利益集团总会试图通过各种行为选择，来抵消政策对他们造成的损失。此时如果政府果真因此而改变原有的政策，其结果不仅会使政府出台的政策失效，更严重的是使政府的经济调控能力因丧失公信力而不断下降。

　　这段文字主要论述了（　　　）。

A. 政府制定经济政策遇到的阻力　　　　　B. 政府要对其制定的政策持续贯彻

C. 制定经济政策时必须考虑到的因素　　　D. 政府对宏观经济的调控能力

6. 在新一轮没有硝烟的经济战场上，经济增长将主要依靠科技进步。而解剖中国科技创新结构，可以看出，在中国并不缺乏研究型大学、国家实验室，最缺乏的是企业参与的研究基地以及研究型企业。企业资助、共建、独资创立的科研机构，像美国的贝尔实验室，就是这种研究基地。

   这段文字的主旨是（   ）。

   A. 要充分发挥企业在科技创新中的重要作用

   B. 中国不缺乏研究型大学，缺的是研究型企业

   C. 加强企业参与的研究基地建设是中国经济腾飞的必经之路

   D. 企业资助、共建、独资创立的科研机构是提高企业效益的关键

7. 某公司的经验充分显示出，成功的行销运作除了有赖专门的行销部门外，还需要有优异的产品，精密的市场调研，更少不了专业的业务部门、公关部门、擅长分析的财物部门以及物流后勤等部门的全力配合与支持。如果行销部门独强而其他部门弱，或是行销部门与其他部门不合，或是公司内部无法有效地整合，都会让行销运作无法顺利有效进行，难以发挥应有的强大威力。

   这段文字主要强调的是（   ）。

   A. 该公司各个部门的有效整合是其成功的关键

   B. 注重团队合作是该公司取得成功的宝贵经验

   C. 成功的行销运作可以给企业带来巨大的经济效益

   D. 行销部门只有与相关部门紧密配合才能更好地发挥作用

8. 中国很早就有鲛（jiāo）人的传说。魏晋时代，有关鲛人的记述渐多渐细，在曹植、左思、张华的诗文中都提到过鲛人，传说中的鲛人过着神秘的生活。干宝《搜神记》载："南海之外，有鲛人，水居，如鱼，不废织绩。其眼，泣，则能出珠。"虽然不断有学者做出鲛人为海洋动物或人鱼之类的考证，我个人还是认为他们是在海洋中生活的人类，其生活习性对大陆人而言很陌生，为他们增添了神秘色彩。

   作者接下来最有可能主要介绍的是（   ）。

   A. 关于鲛人的考证   B. 鲛人的神秘传说

   C. 有关鲛人的诗文   D. 鲛人的真正居处

9. 信息时代，信息的存在形式与以往的信息形态不同，它是以声、光、电、磁、代码等形态存在的。这使它具有"易转移性"，即容易被修改、窃取或非法传播和使用，加之信息技术应用日益广泛，信息技术产品所带来的各种社会效应也是人们始料未及的。在信息社会，人与人之间的直接交往大大减少，取而代之的是间接的、非面对面的、非直接接触的新式交往。这种交往形式多样，信息相关人的行为难以用传统的伦理准则去约束。

   作为一篇文章的引言，这段文字后面将要谈论的内容最可能是（   ）。

   A. 信息存在形式的更新   B. 信息社会与信息伦理

   C. 人际交往形式的多样化   D. 信息技术产品与生活方式

10. 虽然世界因发明而辉煌，但发明家个体仍常常寂寞地在逆境中奋斗。市场只认同具有直接消费价值的产品，很少有人会为发明家的理想"埋单"。世界上有职业的教师和科学家，因为人们认识到教育和科学对人类的重要性，教师和科学家可以衣食无忧地培育学生，探究宇宙；然而，世界上没有"发明家"这种职业，也没有人付给发明家薪水。

   这段文字主要想表达的是（   ）。

   A. 世界的发展进步离不开发明   B. 发明家比科学家等处境艰难

   C. 发明通常不具有直接消费价值   D. 社会应对发明家提供更多保障

11. 为什么领导者不愿意承担管理过程中的"教练"角色？为什么很多领导者不愿意花时间去教别人？一方面是因为辅导员工要花去大量的时间，而领导者的时间本来就是最宝贵的资源；另一个原因则在于

对下属的辅导是否能够收到预期的效果,是一件很难说清楚的事情,因为有很多知识和方法是"只可意会,不可言传"的,而从更深的层次来说,"教练"角色要求领导者兼具心理学家和教育专家的素质,这也是一般人难以具备的。

最适合做本段文字标题的是( )。

A. 效率低下,领导之过   B. 团结意识,亟待增强

C. 员工培训,岂容忽视   D. 做领导易,做"教练"难

12. 在一天八个小时的工作时间里,真正有效的工作时间平均约六个小时左右。如果一个人工作不太用心,则很可能一天的有效工作时间只有四个小时;但如果另一个人特别努力,绝大部分心思都投注在工作上,即便下班时间,脑子里还不断思考工作上的事情,产生新的创意,思索问题的解决方案等,同样一天下来,可能可以累积相当于十二个小时的工作经验。长期如此,则两个人同样工作十年之后,前者可能只累积了相当于六七年的工作经验,但后者却已经拥有了相当于二十年的工作经验。

这段文字主要强调的是( )。

A. 习惯   B. 方法   C. 态度   D. 经验

13. 英国科学家指出,在南极上空,大气层中的散逸层顶在过去 40 年中下降了大约 8 公里。在欧洲上空,也得出了类似的观察结论。科学家认为,由于温室效应,大气层可能会继续收缩。在 21 世纪,预计二氧化碳浓度会增加数倍,这会使太空边界缩小 20 公里,使散逸层以上区域热电离层的密度继续变小,正在收缩的大气层至少对卫星会有不可预料的影响。

这段文字的主要意思是( )。

A. 太空边界缩小的幅度会逐渐加大

B. 温室效应会使大气层继续收缩

C. 大气层中的散逸层顶会不断下降

D. 正在收缩的大气层对卫星的影响不可预料

14. 即使社会努力提供了机会均等的制度,人们还是会在初次分配中形成收入差距。由于在市场经济中资本也要取得报酬,拥有资本的人还可以通过拥有资本来获取报酬,就更加拉大了初次分配中的收入差距,所以当采用市场经济体制后,为了缩小收入分配差距,就必须通过由国家主导的再分配过程来缩小初次分配中所形成的差距,否则,就会由于收入分配差距过大,形成社会阶层的过度分化和冲突,导致生产过剩的矛盾。

这段文字主要谈论的是( )。

A. 收入均衡难以实现   B. 再分配过程必不可少

C. 分配差距源于制度   D. 收入分配体制必须改革

15. 调查显示,新闻记者的职业和网络关系密切,但只占上网人数的 1.8%,与大量青少年学生网民(占总数的 19.3%)相比,教师和党政企事业单位的领导干部上网太少(分别占网民总数的 5% 和 3.4%);与每月收入 500 元以下和 500 元~1000 元的人群(分别占总数的 21% 和 29%)相比,收入较高的人们的上网比例并没有很大提高;从事商贸活动的人员上网人数只占总数的 5.8%。

与这段文字文意相符的是( )。

A. 职业与上网没有直接关系

B. 网络成为现代人获取信息的主要来源

C. 电子商务没有在中国获得真正的发展

D. 收入越高,上网人数的比例越高

16. 电子产品容易受到突然断电的损害,断电可能是短暂的,才十分之一秒,但对于电子产品可能是破坏性的。为了防止这种情况发生,不间断电源被广泛用于计算机系统、通讯系统以及其他电子设备。不间

断电源把交流电转变成直流电,再对蓄电池充电。这样,在停电时,蓄电池即可弥补断电的间歇。

这段文字主要谈论的是（　　）。

A.断电对电子产品的损害 　　　　　　B.如何用蓄电池防止断电损害

C.防止断电损害电子产品的办法 　　　D.不间断电源的工作原理及功能

17.城市竞争力的高低,从本质上讲,不仅仅取决于硬环境的好坏——基础设施水平的高低、经济实力的强弱、产品结构的优劣、自然环境是否友好等,还取决于软环境的优劣。软环境是由社会秩序、公共道德、文化氛围、教育水准、精神文明等诸多人文元素组成的。而这一切主要取决于市民的整体素质。

这段文字意在说明（　　）。

A.人文元素组成了城市竞争力的软环境

B.软环境取决于市民的整体素质的高低

C.城市竞争力由硬环境和软环境共同决定

D.提高市民整体素质有助于提高城市竞争力

18.许多国家的首脑在就职前并不具有丰富的外交经验,但这并没有妨碍他们做出成功的外交决策。一个人,只要有高度的政治敏锐性、准确的信息分析能力和果断的勇气,就能很快地学会如何做出成功的外交决策。对于一个缺少以上三种素养的外交决策者来说,丰富的外交经验并没有什么价值。

这段文字意在说明（　　）。

A.外交经验无助于作出正确的外交决策

B.外交经验来自于经年累月的外交实践

C.成功的外交决策因人而效果有所不同

D.外交决策者的素质比外交经验更重要

19.以制度安排和政策导向方式表现出来的集体行为,不过是诸多个人意愿与个人选择的综合表现。除非我们每一个人都关心环境,并采取具体的行动,否则,任何政府都不会有动力（或压力）推行环保政策。即使政府制定了完善的环保法规,但如果每个公民都不主动遵守,那么,再好的环保法规也达不到应有的效果。

这段文字主要支持的一个观点是（　　）。

A.政府有责任提高全民的环保意识

B.完善的环保法规是环保政策成败的关键

C.政府制定的环保法规应该体现公民的个人意愿

D.每个公民都应当提高自己的环保意识

20.科学家发现大脑灰质内部的海马体能充当记忆储存箱的功能,但是这个储存区域的分辨能力并不强,对相同的大脑区域的刺激,可以让它产生真实的和虚假的记忆。为了把真实记忆从虚假记忆中分离出来,研究人员提出了通过背景回忆来加强记忆的方法。如果某些事情没有真正发生过,就很难通过这种方法加强人脑对它的记忆。

这段文字主要讲述的是（　　）。

A.真实记忆和虚假记忆的关系 　　　　B.分辨真实记忆和虚假记忆的方法

C.大脑灰质内部海马体的作用 　　　　D.虚假记忆是如何产生的

21.忠实与通顺,作为翻译的标准,应该是统一的整体,不能把两者割裂开来。与原意_____的文字,不管多么通顺,都称不上是翻译;同样,译文词不达意也起不到翻译的作用。

填入划横线部分最恰当的一项是（　　）。

A.不谋而合 　　　　　　　　　　　　B.截然相反

C.如出一辙 　　　　　　　　　　　　D.大相径庭

22.新古典经济学以市场为导向的主张在西方环境政策的形成中起到了重要作用,但其研究方法也受到广泛的_____。有人认为,完全市场化的环境政策其结果会适得其反,由人类活动引起的环境损害将有增无减。

　　填入划横线部分最恰当的一项是(　　)。

A.批评　　　　　　B.怀疑　　　　　　C.关注　　　　　　D.批判

23.人们一般都认为艺术家是"神经质"的,他们的行为像 16 个月大的婴儿,这种观点是_____的。事实上"发疯"的艺术家是很_____的。我所遇到的许多艺术家都是极具组织头脑、非常成熟的个体。

　　填入划横线部分最恰当的一项是(　　)。

A.正确　普遍　　　　　　　　　　B.片面　稀少

C.偏颇　稀缺　　　　　　　　　　D.错误　少见

24._____今天的人类居住在一个空间探索和虚拟现实的完全现代化的世界里,但他们的活动和石器时代的狩猎者的活动基于_____的智力本质,例如,在受到威胁时进行对抗的本能,以及交换信息和分享秘密的动力。

　　填入划横线部分最恰当的一项是(　　)。

A.其实　不同　　　　　　　　　　B.尽管　同样

C.虽然　不同　　　　　　　　　　D.尽管　类似

25.当体育界、工业界和其他领域中的一些领导者将他们的成功归因于一种高度的_____意识时,一个社会还是应该更好地为那些即将成为领导者的年轻人灌输一种_____的意识。

　　填入划横线部分最恰当的一项是(　　)。

A.竞争　合作　　　　　　　　　　B.大局　协作

C.协作　分工　　　　　　　　　　D.危机　团队

26.虽然很多员工觉得很难控制工作中的压力,但是至少当他们回到家时是_____的。然而,随着工作本质的改变,家也已经不再是曾经的避难所了。

　　填入划横线部分最恰当的一项是(　　)。

A.愉快　　　　　　B.清闲　　　　　　C.悠闲　　　　　　D.轻松

27.据说泰山是古代名匠鲁班的弟子,天资聪颖,心灵手巧,干活总是_____,但往往耽误了鲁班的事,于是惹恼了鲁班,被撵出了"班门"。

　　填入划横线部分最恰当的一项是(　　)。

A.巧夺天工　　　　　　　　　　　B.别出心裁

C.尽善尽美　　　　　　　　　　　D.任劳任怨

28.节约其实就是这样的_____行为,表现在我们的日常生活中,就是空调开多少度之类的细枝末节的问题,就是买大排量还是小排量轿车之类的问题,就是是否选择一次性卫生筷之类的问题。

　　填入划横线部分最恰当的一项是(　　)。

A.简单　　　　　　B.琐碎　　　　　　C.日常　　　　　　D.普通

29.在一个如此欧洲化的地方,欧盟宪法理所当然成为当地的一个焦点话题。令人感到_____的是,这里不是赞成的声音最响亮的地方,而是反对者的天下。

　　填入划横线部分最恰当的一项是(　　)。

A.遗憾　　　　　　B.扫兴　　　　　　C.惊奇　　　　　　D.意外

30.《拾穗者》本来描写的是农村夏收劳动的一个极其_____的场面,可是它在当时所产生的艺术效果却远不是画家所能_____的。

填入划横线部分最恰当的一项是( )。

A. 热闹　　设想
B. 平凡　　意料
C. 火热　　控制
D. 忙碌　　想象

31. 去世100年后,挪威最伟大的文学家_____是易卜生,他给挪威民族带来的荣誉,比别的任何挪威人都要多。然而,这个人生前从不_____自己是挪威人——他是他自己的祖国和上帝。

填入划横线部分最恰当的一项是( )。

A. 已经　　知道
B. 始终　　认为
C. 依然　　承认
D. 公认　　希望

32. 美元贬值可以有效提高美国企业的国际竞争力,同时打击其他国家对美出口能力,而促使美元贬值的有效手段就是推高市场的原油价格,使人们对经济前景持_____态度,_____美元下跌。

填入划横线部分最恰当的一项是( )。

A. 悲观　　带动
B. 观望　　遏制
C. 怀疑　　阻止
D. 乐观　　导致

33. 钧瓷以其古朴的_____,精湛的_____,复杂的配釉,湖光山色、云霞雾霭,人兽花鸟虫鱼等变化无穷的图形色彩和奇妙的韵味,被列为中国宋代"五大名瓷"之首。

填入划横线部分最恰当的一项是( )。

A. 造型　　技术
B. 外形　　工艺
C. 外形　　技术
D. 造型　　工艺

34. 我在繁忙的工作之余,时常拿起相机,游走于城市的大街小巷,去探寻城市中那些_____的古迹和古迹后面那些有韵味的老故事。

填入划横线部分最恰当的一项是( )。

A. 闻名遐迩
B. 门庭冷落
C. 鲜为人知
D. 人迹罕至

35. 由于疏于_____,院里的房屋大多十分陈旧,与旁边修建的簇新的正乙祠戏楼相比要_____得多,不过在院中我们依稀还可以看到正乙祠当年的身影。

填入划横线部分最恰当的一项是( )。

A. 修饰　　寒酸
B. 修葺　　逊色
C. 管理　　破败
D. 维护　　杂乱

36. 发展与壮大文化产业,既要盯着市场做文章,_____文化生产部门的自我生存能力,最大限度地让文化产品增值;又不唯市场是从,一味_____市场的低层次需求,让那些格调不高的文化产品大行其道。

填入划横线部分最恰当的一项是( )。

A. 扩大　　限制
B. 维护　　满足
C. 提高　　降低
D. 增强　　迎合

37. 人在知觉过程中,不是_____地把知觉对象的特点登记下来,而是以过去的知识经验为依据,力求对知觉对象做出某种解释,使它具有一定的意义。

填入划横线部分最恰当的一项是( )。

A. 被动
B. 主观
C. 积极
D. 简单

38. 心理学家发现,手势和话语在交流时具有同样的丰富性,手和嘴_____表达着说话人的意思。人们听故事时,如果在听到声音的同时能够看见讲故事人的手势,他们对故事理解的准确度要比听到声音时增加10%。

填入划横线部分最恰当的一项是( )。

    A.分别   单纯   B.共同   单纯

    C.独立   单独   D.一致   单独

39.白话文、英文、德文并不一定代表_____，文言文也不一定代表_____。在文言文的世界里，我们可以发现太多批判的精神，太多超越现代的观念，太多先进的思想。

    填入划横线部分最恰当的一项是( )。

    A.开放   守旧   B.现代   传统

    C.现代   落后   D.高雅   庸俗

40.法制要真正产生作用，还有赖于权力体系内外均衡力量格局的培育：当具体法规的执行人面对足以_____他的力量时，他必须担心任何微小的违规与失误；而当客观上不存在足以制衡他的力量时，设计再精密的法规也可能被他任意_____、歪曲，甚至视若无物。

    填入划横线部分最恰当的一项是( )。

    A.约束   理解   B.约束   解释

    C.监督   理解   D.监督   解释

第一部分结束，请继续做第二部分！

第二部分 数量关系

（共 20 题，参考时限 20 分钟）

一、数字推理。给你一个数列，但其中缺少一项，要求你仔细观察数列的排列规律，然后从四个供选择的选项中选择你认为最合理的一项，来填补空缺项，使之符合原数列的排列规律。

请开始答题：

41.2,12,36,80,( )

    A.100   B.125   C.150   D.175

42.1,3,4,1,9,( )

    A.5   B.11   C.14   D.64

43.0,9,26,65,124,( )

    A.165   B.193   C.217   D.239

44.0,4,16,40,80,( )

    A.160   B.128   C.136   D.140

45.0,2,10,30,( )

    A.68   B.74   C.60   D.70

二、数学运算。在这部分试题中，每道试题呈现一段表述数字关系的文字，要求你迅速、准确地计算出答案。你可以在草稿纸上运算。

请开始答题：

46.某高校 2006 年度毕业学生 7650 名，比上年度增长 2%，其中本科生毕业数量比上年度减少 2%，而研究生毕业数量比上年度增加10%,那么,这所高校今年毕业的本科生有( )。

A.3920 人　　　　　　B.4410 人　　　　　　C.4900 人　　　　　　D.5490 人

47.现有边长 1 米的一个木质正方体,已知将其放入水里,将有 0.6 米浸入水中。如果将其分割成边长 0.25 米的小正方体,并将所有的小正方体都放入水中,直接和水接触的表面积总量为( )。

A.3.4 平方米　　　　　　　　　　　　　B.9.6 平方米

C.13.6 平方米　　　　　　　　　　　　D.16 平方米

48.把 144 张卡片平均分成若干盒,每盒在 10 张到 40 张之间,则共有( )种不同的分法。

A.4　　　　　　B.5　　　　　　C.6　　　　　　D.7

49.从一副完整的扑克牌中,至少抽出( )张牌,才能保证至少 6 张牌的花色相同。

A.21　　　　　　B.22　　　　　　C.23　　　　　　D.24

50.小明和小强参加同一次考试,如果小明答对的题目占题目总数的3/4,小强答对了27道题,他们两人都答对的题目占题目总数的2/3。那么两人都没答对的题目共有( )。

A.3 道　　　　　　B.4 道　　　　　　C.5 道　　　　　　D.6 道

51.学校举办一次中国象棋比赛,有10名同学参加,比赛采用单循环赛制,每名同学都要与其他9名同学比赛一局。比赛规则,每局棋胜者得 2 分,负者得 0 分,平局两人各得 1 分。比赛结束后,10 名同学的得分各不相同,已知:

(1)比赛第一名与第二名都是一局都没有输过;

(2)前两名的得分总和比第三名多 20 分;

(3)第四名的得分与最后四名的总得分相等。

那么,排名第五名的同学的得分是( )。

A.8 分　　　　　　B.9 分　　　　　　C.10 分　　　　　　D.11 分

52.某班男生比女生人数多 80%,一次考试后,全班平均成绩为 75 分,而女生的平均分比男生的平均分高 20%,则此班女生的平均分是( )。

A.84 分　　　　　　B.85 分　　　　　　C.86 分　　　　　　D.87 分

53.A、B 两站之间有一条铁路,甲、乙两列火车分别停在 A 站和 B 站,甲火车 4 分钟走的路程等于乙火车 5 分钟走的路程。乙火车上午 8 时整从 B 站开往 A 站,开出一段时间后,甲火车从 A 站出发开往 B 站,上午 9 时整两列火车相遇,相遇地点离 A、B 两站的距离比是 15∶16。那么,甲火车在( )从 A 站出发开往 B 站。

A.8 时 12 分　　　　　　B.8 时 15 分　　　　　　C.8 时 24 分　　　　　　D.8 时 30 分

54.32 名学生需要到河对岸去野营,只有一条船,每次最多载 4 人(其中需 1 人划船),往返一次需 5 分钟。如果 9 时整开始渡河,9 时 17 分时,至少有( )人还在等待渡河。

A.16　　　　　　B.17　　　　　　C.19　　　　　　D.22

55.一名外国游客到北京旅游,他要么上午出去游玩,下午在旅馆休息;要么上午休息,下午出去游玩,而下雨天他只能一天都呆在屋里。期间,不下雨的天数是 12 天,他上午待在旅馆的天数为 8 天,下午待在旅馆的天数为 12 天,他在北京共呆了( )。

A.16 天　　　　　　B.20 天　　　　　　C.22 天　　　　　　D.24 天

56.甲、乙两个容器均有 50 厘米深,底面积之比为 5∶4,甲容器中水深 9 厘米,乙容器中水深 5 厘米,再往两个容器各注入同样多的水,直到水深相等,这时两容器中的水深是( )。

A.20 厘米　　　　　　B.25 厘米　　　　　　C.30 厘米　　　　　　D.35 厘米

57.一篇文章,现有甲、乙、丙三人,如果由甲、乙两人合作翻译,需要 10 小时完成;如果由乙、丙两人合作翻译,共需要 12 小时完成。现在先由甲、丙两人合作翻译 4 小时,剩下的再由乙单独去翻译,共需 12 小时才能完成,则这篇文章如果全部由乙单独翻译,需要( )小时能够完成。

A.15   B.18   C.20   D.25

58. 共有 20 个玩具交给小王手工制作完成。规定,制作的玩具每合格一个得 5 元,不合格一个扣 2 元,未完成的不得不扣。最后小王共收到 56 元,那么他制作的玩具中,不合格的共有( )个。

A.2   B.3   C.5   D.7

59. 一个车队有三辆汽车,担负着五家工厂的运输任务,这五家工厂分别需要 7、9、4、10、6 名装卸工,共计 36 名。如果安排一部分装卸工跟车装卸,则不需要那么多装卸工,而只需要在装卸任务较多的工厂再安排一些装卸工就能完成装卸任务,那么在这种情况下,总共至少需要( )名装卸工才能保证各厂的装卸需求。

A.26   B.27   C.28   D.29

60. 有一食品店某天购进了 6 箱食品,分别装着饼干和面包,重量分别为 8、9、16、20、22、27 公斤。该店当天只卖出了一箱面包,在剩下的 5 箱中饼干的重量是面包的两倍,则当天食品店购进了( )公斤面包。

A.44   B.45   C.50   D.52

第二部分结束,请继续做第三部分!

第三部分 判断推理

(共 35 题,参考时限 40 分钟)

一、图形推理。请从所给的四个选择项中,选择最适合的一个填在问号处,使之呈现一定的规律性。

请开始答题:

61.

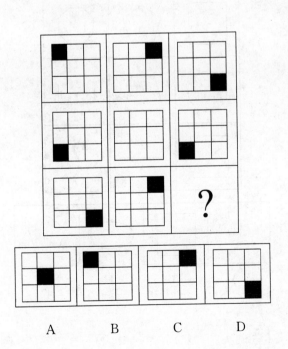

A   B   C   D

62.

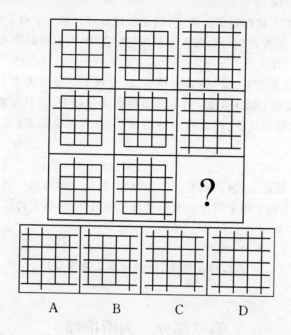

63.

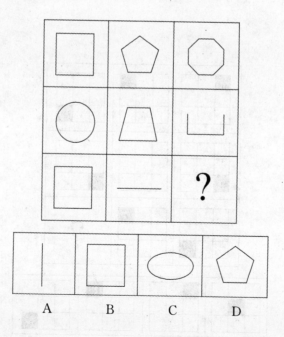

64.

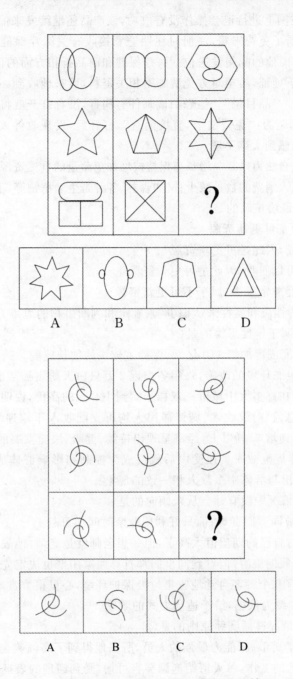

65.

二、定义判断。每道题先给出一个概念的定义,然后分别列出四种情况,要求你严格依据定义,从中选出一个最符合或最不符合该定义的答案。注意:假设这个定义是正确的,不容置疑的。

请开始答题:

66.Email 营销是指在用户事先许可的前提下,通过电子邮件的方式向目标用户传递有价值信息的一种网络营销手段。Email 营销有三个基本要素:基于用户许可、通过电子邮件传递信息、信息对用户是有价值的。三个要素缺少一个,都不能称之为有效的 Email 营销。

根据上述定义,下列属于有效的 Email 营销的一项是(　　　　)。

A. 小王 2002 年成为某品牌产品的会员,该产品定期给他用电子邮件发送电子刊物,入会期满一年后,

小王决定退会,但他在网上进行退会操作没有成功,该产品还继续发来信息

　　B. 小李在某门户网站注册了免费邮箱,注册时注明愿意接收有关医疗保健和体育比赛方面的信息,使用邮箱后,该网站经常向他的邮箱发送包括医疗保健和商品折扣方面的信息

　　C. 小赵曾经给某厂商留下地址,希望对方免费邮寄相关资料,后来他收到一封电子邮件,没有发件人姓名、地址、身份,标题是"产品目录"。他恐怕该邮件有病毒,没有打开就将其删除了

　　D. 小高收到一封邮件,标题为:"免费赠卡,直接消费",打开后,发现收件人一栏只有一个地址,但却不是自己的邮箱地址,他感到大惑不解

67. 可更新资源是指能够通过自然力以某一增长率保持或增加蕴藏量的自然资源,如太阳能、大气、水等,当代人消费的数量不会使后代人消费的数量减少;又如森林、各种野生动植物等,不人为破坏基本上持续稳定。

　　　根据上述定义,下列说法正确的是(　　)。

　　A. 春风吹绿了草原,草原是可更新资源

　　B. 煤由太阳能转化而形成,因此是可更新资源

　　C. 很多金属机械报废后可以回收,因此是可更新资源

　　D. 地球上的淡水资源已经非常稀少,属于不可更新资源

68. 定性思维是指根据事物的性质和属性来认识事物、确定和判断事物的思维方法。

　　　根据上述定义,下列属于定性思维的是(　　)。

　　A. 2005年某省信息产业完成增加值110亿元,保持了较快的增长速度

　　B. 由于循环经济带来了生态环境的改善,每年冬季近2万只白天鹅飞临某市

　　C. 某镇做大做强织袜业,在许多大中城市一双袜子卖到100元的高价,说明其质量优良、品牌过硬

　　D. 某市"十五"期间生产总值、财政收入、城镇居民人均可支配收入年均递增25%以上,进出口贸易总额、海关"两税"收入年递增35%以上,经济呈现出持续、健康、快速发展的良好势头

69. 社会从众倾向是指当群体规范被成员接受以后就会成为控制和影响群体成员的手段,使成员在知觉、判断、信念和行为上表现出与群体中多数人相一致的现象。

　　　根据上述定义,下列情况中没有社会从众倾向的是(　　)。

　　A. 小李因工作进度慢而被同事们责难,他只好利用业余时间加班赶上

　　B. 学生小李认为张老师对自己的期望值太高了,但一想老师就是老师,他表面上还是接受了

　　C. 春节长假前,小王准备假期旅游,但看到同事们都打算回家团聚也决定先回家团聚

　　D. 刘先生在旅游时看到有几个游客自觉地收集垃圾保护环境,心里很赞赏,但自己却不好意思做

70. 实绩原则就是以下属的实绩为依据,给予适当方式的激励。

　　　根据上述定义,下列情况遵循实绩原则的是(　　)。

　　A. 因为小赵是实验室里学历最高、能力最强的人员,所以他得到了高额奖金

　　B. 酒店员工小刘喜爱自己的工作,每天情绪饱满笑容可掬,受到经理的表扬

　　C. 推销员李小姐工作认真负责、兢兢业业,虽然销售额一般,但客户访问量远高于其他同事,因而被提拔

　　D. 某连锁洗衣店虽然收费较高,但因质量一流、服务周到取得了同行中的最好利润,受到总公司的奖励

71. 危机管理策划是指为防止爆发危机或者危机发生后为减少、消除危机带来的风险与损失,通过策划手段使人更有效地掌握事物和社会舆论的一些办法与措施的综合过程。

　　　根据上述定义,下列不属于危机管理策划的一项是(　　)。

　　A. 听到海啸警报后,海边的游客飞快地向高处撤离

　　B. 李平参加考试时,特意带了两支铅笔以备万一

　　C. 面对突如其来的地震,小张被震倒在地,所幸躲过一劫

　　D. 某企业因负债累累,无力清偿到期债务,向法院提出破产申请

72. 企业信息化是指企业利用现代信息技术,通过深化开发和广泛利用信息资源,不断提高生产、经营、管理、决策效率和水平的过程。

　　根据上述定义,下列不属于企业信息化的是(　　)。

A. 学校建立计算机网络平台使校内信息资源得到充分利用

B. 将全部企业业务乃至全部企业管理实现信息化的计算机集成制造系统

C. 将离散型和流程型生产的质量、设施、控制、数据和通信等结合起来,实现广泛的管理信息集成

D. 制订原材料零部件采购加工计划,以保证能在规定的时间、地点得到需要的物料数量,并引进计算机进行辅导管理

73. 印象管理是指一个人通过一定的方式影响别人形成对自己的印象的过程。它是自我调节的一个重要方面,也包括了与他人的社会互动,是自我认知观点的核心。人类的一种基本动机是,不论个体在组织内部还是组织外部都渴望被别人积极看待,避免被别人消极看待,试图使别人积极看待自己的努力叫获得性印象管理;而尽可能弱化自己的不足或避免使别人消极地看待自己的防御性措施是保护性印象管理。

　　根据上述定义,下列属于保护性印象管理的是(　　)。

A. 林处长平易近人,总是以身作则。最近单位为灾区募捐,他捐的钱物最多

B. 小张新来单位,对老员工孟某的意见总是虚心接受,并常常表示自己很佩服他

C. 小李工作后朋友很少,但他对同事说,他在大学读书时,学习和体育非常好,朋友也很多

D. 公司领导分配给小王一项任务,小王很久没有完成,领导催促他时,他说:"这段时间我很忙,我会尽快做。"

74. 借口就是承认活动本身是错的,但是当事人否认他应当承担责任。辩解则是承认应当对活动承担责任,但是当事人否认这项活动是错的。面对失败的事件时,人们使用借口以尽可能地减轻自己应当承担的责任;而人们使用辩解的目的是试图重新界定有争议的行动,使之看起来不至于太差。

　　根据上述定义,下列属于辩解的是(　　)。

A. 小李失去了一笔业务,给公司造成了一定损失。他说,这是由于他腿伤发作迟到了半个小时造成的

B. 某部门工作出现失误,其负责人说:"他们做决定时根本就没有征求我的意见,我对此一无所知。"

C. 某国消费者对在包装中加入一氧化碳使肉类看起来红润新鲜的做法表示质疑,但该国食品管理局称这种做法"总体上"是安全的

D. 某公司产品出现质量问题,声明说这是由于他们使用了其他公司生产的不合格部件造成的

75. 行政征用是指行政机关为了公共利益和公共目的,依法强制获得公民、法人财产的使用权或所有权,并给予其合理补偿的一种行政法律制度。

　　根据上述定义,下列不属于行政征用的是(　　)。

A. 两年前镇里建的一个经济开发园区用了杨军家的承包地,杨军经多次努力,终于拿到了合理的补偿

B. 某公安机关在破案时,由于情况紧急,使用了王某的摩托车,后来支付给王某一些费用

C. 一项国家重点工程项目需占用某市农民的土地,当地政府给予被征用土地的农民各种补偿费用与安置费,并对多余的劳动力进行了安置

D. 某地发生洪灾,为了抗洪,政府从几个建筑公司调集了沙子,给予他们一定的补偿

三、类比推理。先给出一对相关的词,要求你在备选答案中找出一对与之在逻辑关系上最为贴近或相似的词。

请开始答题:

76. 太空:卫星

　　A. 铁轨:火车　　　　　　　　　　　　　　B. 公路:自行车

        C. 机场：直升机　　　　　　　　　　　　　D. 城市：公共汽车

77. 阳光：紫外线
　　A. 电脑：辐射　　　　　　　　　　　　　　B. 海水：氯化钠
　　C. 混合物：单质　　　　　　　　　　　　　D. 微波炉：微波

78. 正方形：边长
　　A. 矩形：对角线　　　　　　　　　　　　　B. 菱形：高
　　C. 圆形：半径　　　　　　　　　　　　　　D. 三角形：底边

79. 盐：咸
　　A. 花：香　　　　　　　　　　　　　　　　B. 丝：棉
　　C. 光：亮　　　　　　　　　　　　　　　　D. 墨：臭

80. 七夕：织女
　　A. 除夕：晚会　　　　　　　　　　　　　　B. 清明：先烈
　　C. 重阳：茱萸　　　　　　　　　　　　　　D. 端午：屈原

81. 时钟：手表
　　A. 电脑：鼠标　　　　　　　　　　　　　　B. 火车：飞机
　　C. 电视机：遥控器　　　　　　　　　　　　D. 录音机：收音机

82. 窗帘：隐私
　　A. 文件：机密　　　　　　　　　　　　　　B. 日记：心情
　　C. 消防栓：火警　　　　　　　　　　　　　D. 防护栏：安全

83. 家父：父亲
　　A. 老媪：老伴　　　　　　　　　　　　　　B. 鼻祖：祖宗
　　C. 作者：笔者　　　　　　　　　　　　　　D. 鄙人：自己

84. 消毒：手术
　　A. 动员：开会　　　　　　　　　　　　　　B. 生产：销售
　　C. 启动：驾驶　　　　　　　　　　　　　　D. 彩排：演出

85. 枪：子弹
　　A. 汽车：汽油　　　　　　　　　　　　　　B. 门：窗户
　　C. 桌子：椅子　　　　　　　　　　　　　　D. 表带：手表

　　四、逻辑判断。 每题给出一段陈述，这段陈述被假设是正确的，不容置疑的。要求你根据这段陈述，选择一个答案。注意，正确的答案应与所给的陈述相符合，不需要任何附加说明即可以从陈述中直接推出。

　　请开始答题：

86. 许多上了年纪的老北京都对小时候庙会上看到的各种绝活念念不忘。如今，这些绝活有了更为正式的称呼——民间艺术。然而，随着社会现代化进程的加快，中国民俗文化正面临着前所未有的生存危机。城市环境不断变化，人们的兴趣及爱好快速分流和转移，加上民间艺术人才逐渐流失，这一切都使民间艺术的发展面临困境。
　　　　从这段文字可以推出（　　　）。
　　A. 市场化是民间艺术的出路　　　　　　　　B. 民俗文化需要抢救性保护
　　C. 城市建设应突出文化特色　　　　　　　　D. 应提高民间艺术人才的社会地位

87. 盛世兴收藏。随着物质生活的改善，人们精神需求更加丰富，神州大地兴起了收藏热。然而，由于过多地掺入了功利色彩，热得多少有些浮躁，热得缺少点文化的灵魂。最近，北京举办了几次"鉴宝"活动，请专家为民间收藏者鉴别藏品。挟"宝"而来者甚众,真正淘到真品的,寥寥无几;一些人耗资数万、数十万,却看走眼了,得到的却是赝品。

　　　　从这段文字可以推出( )。

A.收藏需要具备专业知识　　　　　　　　B.收藏需要加以正确引导

C.收藏市场亟需一批专业"鉴宝"人才　　　D."鉴宝"活动有利于净化收藏市场

88.公司有人建议,只要员工都在承诺书上签字承诺不迟到,公司就取消上下班打卡制度,如果有人迟到那么所有员工的当月奖金均被扣除。公司采纳了建议,结果还是有员工迟到,但是员工小刘仍拿到了当月奖金。

　　　　从这段文字可以推出( )。

A.小刘从未迟到过　　　　　　　　　　　B.其他员工没有拿到奖金

C.公司有人没在承诺书上签字　　　　　　D.迟到的人不是该公司的正式员工

89.研究发现,人类利用婴儿和成人之间形态上的典型差异作为重要的行为线索,幼年的特征可以唤起成年人慈爱和养育之心。许多动物的外形和行为具有人类婴儿的特征,人们被这样的动物所吸引,把它们培养成宠物。

　　　　这一结论最适宜用来解释的现象是( )。

A.某些对童年时代过分留恋的人会在穿衣打扮方面表现出明显幼稚化的倾向

B.子女长大成人离开家庭后,老人们喜欢养宠物,寄托抚爱之情,打发寂寞时光

C.长期以来,迪斯尼的艺术家赋予温良可爱的卡通形象米老鼠越来越年轻化的外形

D.在生活方面被过度照顾的孩子,心理成长会受到一定影响,往往表现得比较脆弱

90.在许多鸟群中,首先发现捕食者的鸟会发出警戒的叫声,于是鸟群散开。有一种理论认为,发出叫声的鸟通过将注意力吸引到自己身上而拯救了同伴,即为了鸟群的利益而自我牺牲。

　　　　最能直接削弱上述结论的一项是( )。

A.许多鸟群栖息时,会有一些鸟轮流担任警戒,危险来临时发出叫声,以此增加群体的生存机会

B.喊叫的鸟想找到更为安全的位置,但是不敢擅自打破原有的队形,否则捕食者会发现脱离队形的单个鸟

C.危险来临时,喊叫的鸟和同伴相比可能处于更安全的位置,它发出喊叫是为了提醒它的伴侣

D.鸟群之间存在亲缘关系,同胞之间有相同的基因,喊叫的鸟虽然有可能牺牲自己,但却可以挽救更多的同胞,从而延续自己的基因

91.读者上网阅读各类网络小说已成为阅读新时尚,"点击率小说"在网络小说的基础上脱颖而出,成为一种新的出版模式。网络上的作品因为高点击率走红出版,网络写手可以获得版税,网站因为人气赚取高点击率;出版社因为高点击率和人气判断市场,赢得市场销售业绩。为了获得更高的点击率,有的专业写手甚至根据出版商的需要来写书。

　　　　根据这段文字,无法推出的是( )。

A.网络阅读将逐步取代传统的阅读模式

B.点击率小说受到网站和出版商的大力欢迎

C.网络写手必须满足读者需求,作品才会有较高的点击率

D.点击率小说使网络写手、网站与出版社建立起"三赢"的出版模式

92.一本仅用十几万字写出中国上下五千年文明史的普及读物《中国读本》,继在我国创下累计发行1000余万册的骄人成绩后,又开始走出中国走向世界。

　　　　根据这段文字,可以推出的是( )。

A.历史图书应该走普及化、大众化道路

B. 越来越多的外国人对中国历史感兴趣

C.《中国读本》可能授权国外出版商出版

D. 越是大众的、越是民族的,越容易走向世界

93. 水上滑板风驰电掣,五彩缤纷,受到人们的广泛欢迎。它能把一只小船驶向任何地方,年轻人对此颇为青睐。这一项目的日益普及产生了水上滑板的管理问题。在这个问题上,我们不能不倾向于对之进行严格管制的观点。

　　根据这段文字,可以推出的是(　　)。

A. 水上滑板的普及带来了管理难题

B. 年轻人是水上滑板管理的主要对象

C. 水上滑板如何管理目前尚无定论

D. 严格管制将进一步推动水上滑板的普及

94. 信任离不开互相尊重,信任是保持长期人际关系的基础。但是某些私人关系的维持,例如友谊,还需要有共同的爱好。长期的友谊离不开互相尊重和共同爱好的支持。

　　根据这段文字,可以知道(　　)。

A. 在长期的人际关系中,相互尊重意味着信任

B. 仅由信任和互相尊重支撑的友谊不会持续太久

C. 建立在共同爱好基础上的友谊会比其他关系更持久

D. 由互相尊重和共同爱好支持的私人关系总会持续很久

95. 2004年,在全球范围内,笔记本电脑的销售量为4900万台,几乎是2000年销售量的2倍,在市场上的占有率从20.3%上升到28.5%。与此同时,成本从每台2126美元下降到1116美元。分析人士预测,到2008年,笔记本电脑的销售量将会超过台式电脑的销售量。

　　最能支持上述论断的一项是(　　)。

A. 新型的台式电脑即将问世

B. 中国已成为笔记本电脑的消费大国

C. 市场对笔记本电脑的需求仍将持续上升

D. 价格已成为影响笔记本电脑销售的重要因素

第三部分结束,请继续做第四部分!

第四部分　常识判断

(共25题,参考时限10分钟)

根据题目要求,在四个选项中选出一个正确答案。

请开始答题:

96. 民族区域自治制度和特别行政区制度是我国宪法制度中具有自身特色的两项制度。下列对这两项制度的表达不正确的是(　　)。

A. 民族自治地方包括自治区、自治州、自治县

B. 自治区可以制定自治条例、单行条例,报全国人大常委会批准后生效

C.特别行政区行政长官在当地通过选举或协商产生,由中央人民政府任命

D.特别行政区的高度自治权包括立法权、行政管理权、独立的司法权和终审权、独立的外交权

97.小李是某市工商局副局长,因工作需要派到某国有企业担任一定职务,在该国有企业工作时间为一年,工作期间,其人事行政关系仍在原单位,这种公务员交流的形式称为(　　　)。

　　A.调任　　　　　　　　B.转任　　　　　　　　C.轮岗　　　　　　　　D.挂职锻炼

98.我国《宪法》规定了公民的基本权利和义务,公民在法律面前一律平等。下列关于我国公民基本权利的表述,不正确的是(　　　)。

　　A.国家培养和选拔妇女干部,实行男女同工同酬

　　B.年满18周岁,未被剥夺政治权利的中国公民均享有选举权和被选举权

　　C.社会、经济、文化教育方面的权利不包括公民年老、疾病、丧失劳动能力时的物质帮助权

　　D.国家保护华侨的正当权益,保护归侨和侨眷的合法权益

99.某市政府所属 A 行政机关作出行政处罚决定后被撤销,其职能由市政府所属 B 行政机关继续行使。受到行政处罚的公民不服,准备提起行政复议。此时他应以(　　　)为行政复议被申请人。

　　A.A 机关　　　　　　　B.B 机关　　　　　　　C.市政府　　　　　　　D.省政府

100.下列规范性文件中不得设定行政许可的是(　　　)。

　　A.法律　　　　　　　　B.县级政府的决定　　　C.行政法规　　　　　　D.地方性法规

101.孙某委托吴某为代理人购买一批货物,吴某的下列行为中,违反法律规定的是(　　　)。

　　A.吴某生重病,停止了购买货物事宜,并通知了孙某

　　B.及时将购买货物过程中的情况报告给孙某

　　C.经孙某同意,另行委托林某,办理购买货物事宜

　　D.与陆某恶意串通,以明显不合理的高价购入一批货物

102.我国刑法对完全刑事责任年龄的规定是(　　　)。

　　A.14 周岁　　　　　　　B.16 周岁　　　　　　　C.18 周岁　　　　　　　D.20 周岁

103.下列关于肖像权的表述中,不正确的是(　　　)。

　　A.法人也有肖像权

　　B.公民的肖像权受到侵害的,有权请求精神损害赔偿

　　C.使用公民的肖像,应当按照合同约定的用途和期限进行

　　D.公民享有肖像权,未经本人同意,不得以营利为目的使用公民的肖像

104.按照我国有关的法律规定,遗产继承的第一顺序继承人为(　　　)。

　　A.配偶　子女　父母　　　　　　　　　　　　B.兄弟　配偶　子女

　　C.子女　父母　兄弟　　　　　　　　　　　　D.父母　兄弟　配偶

105.赵某与黄某 2003 年 1 月结婚,2005 年 10 月协议离婚,但在财产分配上发生争议。下列不属于夫妻共同财产的是(　　　)。

　　A.2004 年 8 月黄某出版一部小说所获得的稿费 1 万元

　　B.2005 年 3 月赵某因车祸受伤所获得的医疗费赔偿 2 万元

　　C.2003 年 6 月赵某父母赠与赵某、黄某一幢房屋,价值 25 万元

　　D.2004 年 12 月赵某与黄某共同购置的一套高档家具,价值 4 万元

106.下列关于有限责任公司的监事会的表述,不正确的是(　　　)。

　　A.公司的董事长、总经理可以兼任监事

　　B.监事会应当包括股东代表和适当比例的职工代表

　　C.监事须忠实履行义务,维护公司利益,不得利用职权谋取私利

D. 股东人数较少或规模较小的有限责任公司可设一至二名监事,不设监事会

107. 关于股份和股票的以下表述,不正确的是(   )。

A. 股票可以流通并可以设置质押

B. 股票是证明股东权利的有价证券

C. 股票是股份的存在形式,股份是股票的价值内容

D. 股票的形式、记载事项可以由发行股票的公司自行决定

108. 如果两个以上行政机关共同作出同一具体行政行为,当事人对该具体行政行为如何提起行政诉讼?(   )

A. 必须以作出具体行政行为的行政机关的共同上级行政机关为被告

B. 可以以共同作出具体行政行为的任何一个行政机关为被告

C. 必须以作出具体行政行为的行政机关为共同被告

D. 可以以作出具体行政行为的行政机关的共同上级行政机关为被告

109. 根据我国《商标法》的有关规定,不可以作为商标申请注册的是(   )。

A. 数字   B. 三维标志   C. 颜色组合   D. 音乐

110. 下列关于诉讼程序的选项中,可以适用简易程序审理的是(   )。

A. 发回重审的案件

B. 共同诉讼中,原告一方有 50 人

C. 甲起诉乙,要求乙返还借款 3000 元,但起诉时乙下落不明

D. 甲起诉乙合同违法,当事人双方对争议的事实陈述基本一致,无原则分歧

111. 甲和乙因合同纠纷诉至法院,诉讼过程中发现下列情形,不应回避的是(   )。

A. 证人刘某,是乙的妻子

B. 审判员王某,是甲的哥哥

C. 合议庭审判员于某与该案的审理结果有利害关系

D. 合议庭组成人员中的陪审员周某,是甲的弟弟

112. 某人因犯罪被判处剥夺政治权利一年。在此期间,他依法可以行使下列哪些权利或实施哪些行为?(   )

A. 选举权和被选举权

B. 担任国家机关公务员

C. 担任某公办大学的普通教师

D. 言论、集会、出版、结社、游行、示威自由的权利

113. 下列人员中,可暂予监外执行的是(   )。

A. 马某被判拘役,其声称女儿正在读小学,需要其接送

B. 周某被判无期徒刑,在狱中多次自杀未遂,致使生活不能自理

C. 刘某被判有期徒刑 3 年,服刑过程中患有严重疾病需要保外就医

D. 韩某被判有期徒刑 5 年,其声称丈夫在外地工作,老母病重,儿子年幼,需要其照顾

114. 在对外贸易过程中,不是保护国内产业的合法手段的一项是(   )。

A. 反倾销措施   B. 反补贴措施   C. 保障措施   D. 拒绝进口

115. 我国《保守国家秘密法》将国家秘密的密级分为(   )。

A. 二级   B. 三级   C. 四级   D. 五级

116. 某大学在学校内进行道路整修,施工中没有设置道路整修警示标志,致使过路学生受伤,对此,由(   )承担责任。

A. 该学校   B. 受害人自己

C. 该学校和受害人   D. 该学校的上级主管部门

117. 在我国,下列所得中,可以免纳个人所得税的是(　　)。

A. 保险赔款   B. 利息、股息、红利所得

C. 偶然所得   D. 财产转让所得

118. 根据我国相关法律的规定,(　　)的行政处罚只能由法律加以设定。

A. 责令停产停业   B. 吊销企业营业执照

C. 限制人身自由   D. 没收非法财产

119. 按照我国有关仲裁的法律规定,属于双方当事人之间仲裁得以进行的必要条件的是(　　)。

A. 双方争议必须是经济纠纷   B. 双方当事人都同意进行仲裁

C. 由人民法院决定仲裁   D. 当事人一方到仲裁庭立案

120. 下列财产中,不能用于抵押的是(　　)。

A. 抵押人所有的机器

B. 抵押人依法有权处分的交通运输工具

C. 抵押人依法有权处分的国有的土地使用权

D. 抵押人所有的房屋,但因没有及时归还银行贷款被暂时查封

第四部分结束,请继续做第五部分!

第五部分　资料分析

(共 20 题,参考时限 20 分钟)

　　所给出的图、表或一段文字均有 **5** 个问题要你回答。你应根据资料提供的信息进行分析、比较、计算和判断处理。

请开始答题:

一、根据所给文字资料回答 121~125 题。

　　2006 年 5 月份北京市消费品市场较为活跃,实现社会消费品零售额 272.2 亿元,创今年历史第二高。据统计,1~5 月份全市累计实现社会消费品零售额 1312.7 亿元,比去年同期增长 12.5%。

　　汽车销售继续支撑北京消费品市场的繁荣。5 月份,全市机动车类销售量为 5.4 万辆,同比增长 23.9%。据对限额以上批发零售贸易企业统计,汽车类商品当月实现零售额 32.3 亿元,占限额以上批发零售贸易企业零售额比重的 20.3%。

　　据对限额以上批发零售贸易企业统计,5 月份,家具类、建筑及装潢材料类销售延续了 4 月份的高幅增长,持续旺销,零售额同比增长了 50%。其中,家具类商品零售额同比增长 27.3%,建筑及装潢材料类商品零售额同比增长 60.8%。同时由于季节变换和节日商家促销的共同作用,家电销售大幅增长,限额以上批发零售贸易企业家用电器和音像器材类商品零售额同比增长 13.6%。

121. 北京市 2006 年 5 月份限额以上批发零售贸易企业社会消费品零售额占社会消费品零售总额的百分比约为(　　)。

    A. 50.5%   B. 58.5%   C. 66.5%   D. 74.5%

122.若保持同比增长不变,预计北京市 2007 年前 5 个月平均每月的社会消费品零售额(   )。

A.将接近 255 亿元

B.将接近 280 亿元

C.将接近 300 亿元

D.将突破 300 亿元

123.2006 年 5 月份,限额以上批发零售贸易企业中,家具类商品零售额占家具类和建筑及装潢材料类商品零售额的比例是(   )。

A.27.4%   B.29.9%   C.32.2%   D.34.6%

124.下列说法正确的是(   )。

Ⅰ.2006 年 1~5 月份北京市每月平均社会消费品零售额比去年同期增长 12.5%

Ⅱ.2006 年 5 月份家具类、建筑及装潢材料类、家电类限额以上批发零售贸易企业零售额的增长率相比较,建筑及装潢材料类增长最快

Ⅲ.2005 年,北京市机动车类销售量约为 4.36 万辆

A.仅Ⅰ   B.仅Ⅱ   C.Ⅰ和Ⅱ   D.Ⅰ、Ⅱ和Ⅲ

125.下列说法肯定正确的是(   )。

A.2006 年前 5 个月中,5 月份的社会消费品零售额最高

B.2006 年 5 月,几类商品的零售额都比前 4 个月高

C.2006 年 5 月,限额以上批发零售贸易企业零售额比前 4 个月都高

D.至少存在一类商品,其 2006 年前 5 个月的零售额同比增长不高于 12.5%

二、根据下表提供的信息回答 126~130 题。

某一年份引黄各省(区、市)地表水分行业利用情况统计表   (单位:亿立方米)

省份	项目	农田灌溉	林牧渔畜	工业	城镇公共	居民生活	生态环境	合计
青海	取水量	12.45	1.87	0.2	/	0.43	/	14.95
	耗水量	8.63	1.58	0.13	/	0.28	/	10.62
四川	取水量	0.09	0.1	0.05	0.01	0.04	/	0.29
	耗水量	0.09	0.1	0.03	0.01	0.03	/	0.26
甘肃	取水量	21.16	2.1	10.56	0.96	2.91	0.12	37.81
	耗水量	17.11	1.79	7.34	0.81	2.17	0.11	29.33
宁夏	取水量	57.95	9.59	0.96	/	0.16	0.32	68.98
	耗水量	28.67	8.08	0.46	/	0.14	0.32	37.67
内蒙古	取水量	57.58	5.01	3.65	0.23	0.44	0.1	67.01
	耗水量	49.03	3.61	2.98	0.23	0.44	0.1	56.39
陕西	取水量	16.68	2.45	2.87	0.62	1.88	0.42	24.92
	耗水量	14.69	2.11	1.89	0.56	1.24	0.42	20.91
山西	取水量	8.09	0.57	1.91	0.29	0.77	0.04	11.67
	耗水量	7.44	0.52	1.3	0.26	0.51	0.04	10.07
河南	取水量	20.48	0.82	4.03	0.4	1.63	0.51	27.87
	耗水量	19.66	0.7	3.39	0.38	1.48	0.46	26.07
山东	取水量	40.64	0.44	4.81	1.11	2.47	0.97	50.44
	耗水量	40.17	0.39	4.59	1.1	2.36	0.96	49.57
河北、天津	取水量	/	/	2.14	0.4	1.3	4.24	8.08
	耗水量	/	/	2.14	0.4	1.3	4.24	8.08
合计	取水量	235.12	22.95	31.18	4.02	12.03	6.72	312.02
	耗水量	185.49	18.88	24.25	3.75	9.95	6.65	248.97

说明:地表水取水量是指直接从黄河干、支流引(提)的水量;地表水耗水量是指地表水取水量扣除其回归到黄河干、支流河道的水量后的水量。

126. 下列行业中,每单位取水量中耗水量最少的是( )。

    A. 林牧渔畜   B. 工业

    C. 居民生活   D. 生态环境

127. 下列省份中,每单位耗水量所需取水量最少的是( )。

    A. 青海   B. 宁夏   C. 河南   D. 山东

128. 内蒙古的地表水取水量与耗水量分别占全河地表水取水量与耗水量的比重约为( )。

    A. 19.1% 与 26.3%   B. 21.5% 与 22.6%

    C. 19.1% 与 22.6%   D. 21.5% 与 26.3%

129. 引黄各省(区、市)中地表水取水量最大的三个省份的取水量之和与最小的三个省份的取水量之和,分别占全河地表水取水量的比重分别约为( )。

    A. 59.7% 与 2.4%   B. 59.7% 与 2.7%

    C. 61.7% 与 2.4%   D. 61.7% 与 2.7%

130. 下列说法正确的是( )。

    A. 宁夏农田灌溉地表水耗水量高于其他省份

    B. 引黄各省(区、市)地表水取水量均高于地表水耗水量

    C. 陕西省居民生活地表水耗水量占该省总耗水量的比重高于山东省

    D. 地表水取水量最多的省份,其取水量占全河地表水取水量的比例不到 20%

三、根据所给文字资料回答 131～135 题。

2005 年全国专利审查与专利代理业务研讨会宣布,预计在"十一五"期间,我国专利申请总量将达 346 万件,其中发明专利申请总量将达到 140 万件,实用新型专利申请总量将达到 89 万件,外观设计专利申请总量将达到 117 万件。

据介绍,我国专利审批总体能力在"十五"期间大幅提高,审查周期大幅缩短。发明专利人均待审量由"十五"初期(2001 年)的 154 件下降到"十五"末期(2005 年)的 85 件,平均结案周期从"十五"初期的 53 个月缩短至"十五"末期的 24 个月。

改革开放以来,我国专利申请量和授予量增长速度迅猛。1985 年 4 月 1 日至 2005 年 8 月 31 日,我国受理的三类专利申请总量达到 258.5 万件,其中前 100 万件历时 15 年整,而第二个 100 万件历时仅 4 年零 2 个月;至 2005 年 8 月 31 日,三种专利的授予总量达到 140.38 万件。其中,2004 年共受理专利申请 35.38 万件,同比增长 14.7%;2004 年共授予专利 19.02 万件,同比增长 4.4%。我国的实用新型专利、外观设计专利和商标的年申请量已经跃居世界第一,其中 90% 以上为国内申请。

131. 与 2003 年相比,2004 年我国专利的授予比例(授予比例=专利申请授予量/专利申请受理量)( )。

    A. 提高了 5.3 个百分点   B. 降低了 5.3 个百分点

    C. 提高了 9.5 个百分点   D. 降低了 9.5 个百分点

132. 1985 年 4 月 1 日至 2005 年 8 月 31 日,我国受理的专利申请中,最后约 58.5 万件专利的受理历时( )。

    A. 15 个月   B. 14 个月   C. 10 个月   D. 8 个月

133. 与 1985 年 4 月 1 日至 2000 年 4 月 1 日间专利申请平均受理时间相比,2000 年 4 月 1 日至 2004 年 6 月 1 日间专利申请的平均受理时间下降了( )。

    A. 64%   B. 68%   C. 72%   D. 82%

134. 下列说法正确的有( )。

    ① 预计"十一五"期间,外观设计专利申请总量将占到专利申请总量的 1/3

    ② "十五"末期平均结案周期不到"十五"初期的一半

③1985年4月1日至2005年8月31日间,我国专利的授予比例超过了50％

④1985年4月1日至2005年8月31日间,我国受理的专利申请中,第二个100万件所用时间不到总时间的20％

A. 1项   B. 2项   C. 3项   D. 4项

135. 下列说法正确的是(　　)。

    A. 我国的专利审批总体能力已居世界前列

    B. 目前我国的各项专利年申请量均已跃居世界第一

    C. "十五"末期,我国的专利在提交申请后两年内都可完成审查

    D. 若同比增长不变,2005年全年我国的专利申请量将超过40万件

四、根据下列图提供提供信息回答136～140题。

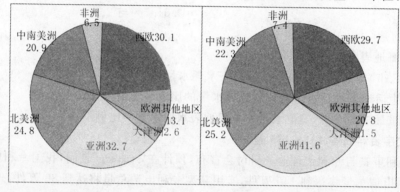

1998年世界啤酒消费量　　2004年世界啤酒消费量　(单位:十亿升)

136. 从1998年到2004年,美洲地区啤酒消费量占世界啤酒消费总量的比重(　　)。

    A. 下降了3个百分点   B. 下降了2个百分点

    C. 下降了1个百分点   D. 上升了1个百分点

137. 1998年至2004年啤酒消费量增长最快的两个地区,其啤酒消费量2004年占世界啤酒消费量的比重约是(　　)。

    A. 20.8％   B. 35.0％

    C. 42.0％   D. 62.4％

138. 与亚洲相比,整个欧洲的啤酒消费量(　　)。

    A. 绝对量多于亚洲,2004年相对于1998年的增长快于亚洲

    B. 绝对量多于亚洲,2004年相对于1998年的增长慢于亚洲

    C. 绝对量少于亚洲,2004年相对于1998年的增长快于亚洲

    D. 绝对量少于亚洲,2004年相对于1998年的增长慢于亚洲

139. 关于啤酒消费量,下列说法错误的是(　　)。

    A. 六年来世界啤酒消费总量的增长超过了10％

    B. 北美洲和西欧啤酒消费量的差距在六年间缩小了

    C. 亚洲的啤酒消费量始终占到了世界啤酒消费总量的四分之一强

    D. 无论是啤酒消费绝对量还是占世界啤酒消费总量的比重,北美都有所增长

140. 若中国1998年的啤酒消费量为205亿升,2004年的啤酒消费量为291亿升,则下列说法一定正确的是(　　)。

    A. 中国的啤酒消费量增长率亚洲最高

B. 中国的啤酒消费增长占到亚洲啤酒消费增长的 90％以上

C. 除中国外,任一亚洲国家,其六年来的啤酒消费量增长不可能超过 3 亿升

D. 中国六年间啤酒消费增长量比 2004 年非洲和大洋洲的啤酒消费量的总和还要多

全部测验到此结束!

2006 年中央国家机关公务员录用考试

《行政职业能力测验(一)》试卷

说　明

这项测验共有五个部分,135 道题,总时限为 120 分钟。各部分不分别计时,但都给出了参考时限,供你参考以分配时间。

请在机读答题卡上严格按照要求填写好自己的姓名、报考部门,涂写准考证号。

请仔细阅读下面的注意事项,这对你获得成功非常重要。

1.题目应在答题卡上作答,不要在试题本上作任何记号。

2.监考人员宣布考试开始时,你才可以开始答题。

3.监考人员宣布考试结束时,你应立即放下铅笔,将试题本、答题卡和草稿纸都留在桌上,然后离开。

如果你违反了以上任何一项要求,都将影响你的成绩。

4.在这项测验中,可能有一些试题较难,因此你不要在一道题上思考时间太久,遇到不会答的题目,可先跳过去,如果有时间再去思考。否则,你可能没有时间完成后面的题目。

5.试题答错不倒扣分。

6.特别提醒你注意,涂写答案时一定要认准题号。严禁折叠答题卡!

第一部分 言语理解与表达

（共 30 题，参考时限 30 分钟）

　　每道题包含一段话或者一个句子，后面是一个不完整的陈述，要求你从四个选项中选出一个来完成陈述。注意：答案可能是完成对所给文字主要意思的提要，也可能是满足陈述中其他方面的要求，你的选择应与所提要求最相符合。

　　【例题】钢铁被用来建造桥梁、摩天大楼、地铁、轮船、铁路和汽车等，被用来制造几乎所有的机械，还被用来制造包括农民的长柄大镰刀和妇女的缝衣针在内的成千上万的小物品。

　　这段话主要支持了这样一种观点，即（　　）。

　　A. 钢铁具有许多不同的用途

　　B. 钢铁是所有金属中最坚固的

　　C. 钢铁是一种反映物质生活水平的金属

　　D. 钢铁是唯一用于建造摩天大楼和桥梁的物质

　　【解析】答案为 A。

请开始答题：

1. 在公路发展的早期，它们的走势还能顺从地貌，即沿河流或森林的边缘发展。可如今，公路已无所不在，狼、熊等原本可以自由游荡的动物种群被分割得七零八落。与大型动物的种群相比，较小动物的种群在数量上具有更大的波动性，更容易发生杂居现象。

　　这段话主要讲述的是（　　）。

　　A. 公路发展的趋势　　　　　　　　　　B. 公路对动物的影响

　　C. 动物生存状态的变化　　　　　　　　D. 不同动物的不同命运

2. 在国外，很多遗传、传染类疾病属于公民隐私范畴，而在我国，有些机构随意披露公民这些隐私的现象还相当普遍，法律对此还缺乏相关的规定和有效的保护，导致这些隐私被披露后无法获得司法救济。

　　通过这段话，作者想表达的是（　　）。

　　A. 我国有关机构应严格保护公民病情隐私

　　B. 我国公民的个人隐私保护意识还比较薄弱

　　C. 我国有关保护个人隐私的法律制度亟待完善

　　D. 在医疗方面，我国和其他国家还有一定差距

3. 关于台风预报的准确率，尽管我国这几年在探测设备方面投入较大，数值预报也开始起步，但国外一些发达国家在这两方面仍处于领先地位。不过，由于国外的预报员经常换岗，而我国拥有一支认真负责、具有多年实践经验的预报员队伍，弥补了探测设备和数值预报方面的不足。

　　通过这段话，我们可以知道（　　）。

　　A. 国外的预报员不如我国的预报员工作认真

　　B. 探测设备和数值预报决定了台风预报的准确率

　　C. 台风预报的准确率也受预报员本身情况的影响

　　D. 我国的台风预报准确率与发达国家相比还有很大差距

4. 听莫扎特的音乐能够提高智商，这被称为"莫扎特效应"。无论"莫扎特效应"有无这样的神奇效果，音

乐在陶冶情操,抚慰心灵上的作用正在逐步显现出来。人类离不开音乐也是显而易见的事实。

　　通过这段话,可以知道的是(　　　)。

A. 作者认同"莫扎特效应"

B. 作者认为音乐能提高智商

C. 看不出作者是否认同"莫扎特效应"

D. 音乐在大脑的开发方面起关键作用

5. 在平板电视大行其道的今天,一种比其薄十厘米,仿其外形的超薄显像管电视出现在家电卖场中。但由于价格比平板电视贵近千元,这种超薄显像管电视一上市就遭遇了销售尴尬。

　　这段话想说明的是(　　　)。

A. 平板电视将继续占据电视市场的主流

B. 目前超薄显像管电视的市场定位不够明晰

C. 跟平板电视相比,超薄显像管电视不具有竞争优势

D. 跟超薄显像管电视相比,平板电视更符合消费者的现实需求

6. 专家认为,如果汽车技术行业经过长年的研发能降低3%的油耗,就可以算是非常显著的研究成果了;但即使是能降低3%的油耗,对实际生活中的消费者来说也不太明显。而且汽车生产厂家在不影响加速动力性的情况下,已经在尽量省油,目前生产的汽车在节油和动力方面的效果已经达到了最佳配置比。

　　根据这段话,以下说法正确的是(　　　)。

A. 汽车消费者对能否节约3%的汽油不在乎

B. 目前生产的汽车已经达到了最佳的制动效果

C. 无论汽车技术怎么发展,节油效果都不会很显著

D. 在节油和动力的最佳配置比方面再寻求突破难度很大

7. 《米莉茉莉丛书》是吉尔·比特专为4～8岁的儿童编写的读物,其创作灵感来自个人的生活体验及对儿童早期教育的独特理解。她以米莉、茉莉这两个肤色不同的小女孩为主人公,讲述了她们的成长故事。丛书中每一个故事都有独立的主题,蕴涵对孩子潜移默化的教育目的。作者吉尔·比特认为书中传达的这些个性和素质,对于地球上任何国家任何肤色的孩子都是适用的。

　　这段话主要介绍了(　　　)。

A. 谁适合读《米莉茉莉丛书》

B.《米莉茉莉丛书》的特点

C.《米莉茉莉丛书》作者对该书的评价

D.《米莉茉莉丛书》的主要内容

8. 我们不能简单地认为词典的编纂者不对,他们对词汇的用法做出的改动不会是随意的,想必经过了认真的研究推敲。不过,词典编纂者不能忽视一个基本事实以及由此衍生的基本要求:语言文字是广大人民群众共同使用的,具有极为广泛的社会性,因此语言文字的规范工作不能在象牙塔里进行,而一定要走群众路线。

　　这段话中的"基本要求"指的是(　　　)。

A. 词典编纂者不能对词汇的用法随意改动

B. 词典编纂者应该熟悉词典编纂的具体过程

C. 语言文字的规范工作要为广大人民群众服务

D. 语言文字的规范工作应由广大人民群众来决定

9. 有关权威人士表示,13亿人口规模的到来,使我国人口和计划生育工作面临新的严峻挑战。现在是人口低增长率、高增长量并存的时期,人口规模庞大的基本国情没有变,目前的低生育水平并不稳定,出生人口性别比持续升高,流动人口、老龄人口将进入高峰期,劳动力人口剧增给充分就业增添了明显压力。

　　根据这段话,可以得出的结论是(　　　)。

A. 近年来我国人口增长率持续升高

B. 近年来我国人口增长量持续升高

C. 我国老龄人口占总人口的比例将增加

D. 我国人口持续增长的趋势将得以改变

10. 运动损伤后,经过一段时间的治疗和休息,肿胀、疼痛症状逐渐消失,许多人以为完全康复了,其实不然。在损伤恢复的后期,仍要在不加重疼痛的前提下,加强受伤部位的功能性锻炼,防止受伤部位因长期代谢障碍而引起组织变形或功能改变,只有这样才能彻底康复。

根据这段话,理解正确的是( )。

A. 运动损伤后要经过长时间的治疗和休息

B. 功能性锻炼是运动损伤的辅助治疗手段

C. 损伤恢复后期是进行功能性锻炼的最佳阶段

D. 根据疼痛症状是否消失可以确定病人是否康复

11. 书是读不尽的,即使读尽也是无用的,许多书都没有读的价值。多读一本没有价值的书,便丧失了读一本有价值的书的时间和精力。

作者想要表达的观点是( )。

A. 读书要少而精   B. 读书须慎加选择

C. 读书多了无益处   D. 读书常会得不偿失

12. 李广是西汉名将,号称飞将军。关于他射石一事见于《史记》,现抄录如下:"广出猎,见草中石,以为虎而射之,中石没镞。视之,石也。因复更射之,终不能复入石矣。"虽然都是全力而为结果却大不一样,这其中的道理不难理解。李广开始误把石头当成老虎,由于关系到生死,体内的潜能全部被激发出来,所以他能把箭射入石头中。待到他弄清那只是一块石头而不是老虎后,心态已经发生变化,所以不管他再如何用力,射出的箭"终不能复入石矣"。

这段话告诉我们( )。

A. 人的潜能是无穷的

B. 李广把箭射入石头是侥幸

C. 只要努力没有办不成的事

D. 激发潜能有利于取得更大的成就

13. 这是最好的城际竞技场。每一次申办承办,都是一次巧妙的城市公关。对于新生显贵而言,这的确是千载难逢的登堂入室的绝好台阶。国际奥委会委员们在每一张选票上,并不是单纯的打钩划叉,他们亦在谱绘世界风云榜上城际间的升跌走势图。

这段话意在表明( )。

A. 国际奥委会委员们投票决定承办奥运会的城市

B. 公关工作是申办和承办奥运会成功的关键所在

C. 申办和承办奥运会是世界城市之间互相较量实力的体现

D. 申办和承办奥运会是新兴城市进入国际舞台的绝好契机

14. 如果把地球的历史浓缩为一个小时,至最后15分钟时,生命方粉墨登场。在还剩下6分钟的时候,陆地上开始闪现动物的身影,而当第58分钟到来时,一切大局已定。

这段话意在表明( )。

A. 地球的历史很长

B. 地球生命的历史很长

C. 地球生命出现的时间是相当晚的

D. 地球的历史如一个小时一样短暂

15. 作为整体,中国在世界上举足轻重;但作为个人,不少中国人还觉得自己一无所有。国家之强和个人之弱使一些人心理失衡,觉得自己还是像半殖民地时代受人家欺负的受害者。正因如此,我们更需要对自己生存的状态有理性的认识,克服狭隘的"受害者情结"。否则,崛起的中国将难以担当与自己的国际地位相称的责任。

这段话谈论的核心意思是( )。

A. 中国急需提高国民的个人地位

B. 中国人需要调整自己的心理状态

C. 中国人为什么有"受害者情结"

D. 崛起的中国要承担相应的国际地位

16. 经过百年的衰落,南水北调工程也许是大运河的最后一次机遇,倒流的长江水再次串联起大运河的主要部分,生气就此显现。一百年来大运河只是在等待一次让它融入新的文明中的机会。大运河已经有两千五百年的历史,它并不害怕改变,但是如何改变却掌握在现代人的手中。

这段话的主旨是( )。

A. 倒流的长江水再次使大运河呈现生机

B. 历史悠久的大运河已经衰落了一百年

C. 大运河如何改变掌握在现代人的手中

D. 南水北调工程是改变大运河命运的重要契机

17. 幽默使人如沐春风,也能解除尴尬;一个懂得幽默的人,会知道如何化解眼前的障碍。我们有时无意中让紧张代替了轻松,让严肃代替了平易,一不小心就变成了无趣的人。

对这段话,理解不准确的是( )。

A. 紧张的生活需要幽默调剂

B. 许多人在生活中不擅长使用幽默

C. 生活中,幽默可以化解许多难堪

D. 有情趣的生活,是因为有了幽默

18. 晚清时期,封闭的清政府开始设立"同文馆",聘请外国人教授英语等外语,其目的主要是在与列强签订不平等条约时尽可能少受蒙骗。但这种最初严格限定在技术层面的语言修习,却突进到科技、文化、思想乃至意识形态领域,最终引致中国"千年未有之大变局"。语言的交流往往会带来意外的收获,这让人们有了更多的期待。

对这段话,理解不准确的是( )。

A. 天真的初衷,意外的结果

B. 坏事有时也会变成好事

C. 语言交流能促进社会进步

D. 掌握一门外语如同打开一扇窗户

19. 每个人都有命运不公平和身处逆境的时候,这时我们应该相信:_____。许多事情刚开始时,丝毫看不见结果,更谈不上被社会所承认。要想成功就应付诸努力,既不要烦恼,也不要焦急,踏踏实实地工作就会得到快乐。而一味盯着成功的果实,肯定忍受不了苦干的寂寞,到头来只会半途而废,甚至一无所获。

填入横线上最恰当的是( )。

A. 好事多磨

B. 一分耕耘一分收获

C. 冬天已来临,春天还会远吗

D. 道路是曲折的,前途是光明的

20. 蚂蚁是所有动物中最爱寻衅和好战的物种,尤其是以肉食为主的"狩猎蚁"。"狩猎蚁"的外交政策是永无休止地侵犯,武力争夺地盘,以及尽其所能地消灭邻近群体。由于其数量庞大,所以打起仗来,常常争得你死我活,场面十分壮观。特别是在食物短缺时,与其他群体的冲突则会达到高潮。早春时节当群体开始发育的时期,"狩猎蚁"还会袭击其他种类的蚂蚁,争斗的结果总是以"狩猎蚁"的胜利而告终。

    这段话直接支持这样一种观点,即(　　　)。

A. 狭路相逢勇者胜　　　　　　　　　　B. 枪杆子里面出政权

C. 弱肉强食,适者生存　　　　　　　　D. 进攻是最有效的防守

21. 自然资源稀缺,产权就非常重要。因为产权明确,人们再也不会超负荷放牧。到发达国家农牧业地区看过的人都知道,分割牧场使用的都是铁丝网,这完全是君子界线,堵不住小人。但是在一个法制的社会,这种防君子不防小人的界线,是具有法律权威的。难怪有一本书说铁丝是十九世纪人类社会十大发明之一。

    下面不符合这段话所表达的意思的是(　　　)。

A. 产权的划分要有法律来保障

B. 铁丝网只有在法制社会才起作用

C. 法律能约束君子但不能约束小人

D. 产权明确可以防止自然资源的过度开发

22. 有时候律师的辩护很可能开脱了凶手,有损公共道德,但他们"完美"的法律服务没错。因为法治之法是中性的,它超越道德;而"平等对抗"的诉讼程序,须保证被告人享有他所购买的一切法律服务。即使被告人真是凶手,律师帮他胜诉获释,正义受挫,从法制或"程序之治"的长远利益来看,这也还是值得的,失败了的正义可以在本案之外。

    对这段话的正确理解是(　　　)。

A. 法制与道德是相互对立的

B. 在一个单一的案件中找不到正义

C. 维护法制程序的意义大于一时的伸张正义

D. 为了保证法制程序的实施,律师常常不得已而为之

23. 改革开放以来,确实出现了富豪阶层。然而,这个阶层与广大的人民群众相比,毕竟是凤毛麟角。中国的奢侈品消费增长点主要还是在"中产阶级"身上,是他们的超前消费,支撑了奢侈品市场。而中国目前的"中产阶级",无论从收入水平、消费能力还是消费结构上看,都远不能与发达国家的中产阶级相比。

    这段话想表达的主要观点是(　　　)。

A. 富豪不是我国消费者的主体

B. 我国的"中产阶级"引导着消费潮流

C. 我国的"中产阶级"不同于发达国家

D. 我国的"奢侈品时代"还远没有到来

24. 逆差与顺差,应当辩证地看,贸易平衡永远是相对的、动态的。中美经贸关系是双赢而非零和,经济互补性注定了美对华逆差将是一个长期问题。今后,中美两国参与全球化和产品内分工的程度会继续加深,只要不改变现行统计方法,美对华逆差仍将持续,而中美经贸规模也仍将不断扩大。

    这段话表达的核心观点是(　　　)。

A. 中美经济是互补的

B. 逆差还是顺差要看使用的统计方法

C. 美对华贸易逆差不会改变

D.美对华贸易逆差不应影响中美经贸关系

25.时代的场景变化太大了,要让年青一代真正记住历史,不能停留在概念式的说教上。真正完整有效的历史教育,是应当融汇在生活之中的。它不应当仅仅是在纪念馆里才能看到,只是在书本中才能读到,它还应当以丰富、适当的形式渗透到我们居住的街区和生活的种种场景之中,这样才能在耳濡目染中化为整个民族的"集体记忆"。

　　对这段话的准确概括是(　　)。

A.历史教育的重要意义　　　　　　　　B.历史教育的形式应当生活化

C.历史教育随时随地都可以获得　　　　D.历史存在于民族的集体记忆中

26.在八国峰会召开前夕,英国媒体认为这次八国会议,在温室气体排放问题上,欧美都将争取中国的支持。中国现在是仅次于美国的全球第二大温室气体排放国,其温室气体排放量约占全球排放总量的15%,而且这个数字仍在上升。在联合国发起的《京都议定书》中,中国被归类为发展中国家,因此不受该条约中减少温室气体排放要求的约束。

　　对欧美要争取中国支持的原因,表述最准确的是(　　)。

A.中国的温室气体排放量居世界第二,并逐年增加

B.中国具有较大世界影响力,但尚未加入《京都议定书》

C.中国在发展中国家中经济最有潜力,对欧美国家经济影响巨大

D.中国排放温室气体量大,但不受《京都议定书》中的条约约束

27.现代社会似乎热衷谈论"大师",越没有"大师"的时代越热衷于谈论"大师",这也符合物以稀为贵的市场原则。但"大师",尤其是人文类的"大师",一定是通人,而不仅仅是"专家"。但人为的学科分割,根本不可能产生"大师",只能产生各科"专家"。学术文化真正的全面继承与发展,靠的是"大师"而不是"专家"。"专家"只是掌握专门知识之人,而"大师"才是继往开来之人。缺乏"大师",是学术危机的基本征象。

　　这段话支持的观点是(　　)。

A.没有"大师",社会就不可能进步

B.社会关注错位,并不存在所谓的"大师"

C.人为的学科分割导致了社会缺乏"专家"和"大师"

D."专家"不一定是"大师",而"大师"必定是一个"专家"

28.今年,11名高考"状元"因面试成绩不理想被香港大学拒之门外。这与内地高校追逐高分考生、为招收到"状元"而津津乐道,各地大捧高考"状元"等现象形成了鲜明的对比。此举引来轩然大波,媒体纷纷将矛头指向"应试教育"。笔者认为,香港大学招生和"应试教育"并没有太大的直接关系,他们只是按照自己的要求录取学生,这种标准只是香港的标准,至于是否最优秀或是否适合内地情形,那就是见仁见智了。

　　作者支持的观点是(　　)。

A.香港大学的录取标准并不是挑选学生的最佳标准

B.香港大学有自主招生的权利,媒体不应过多批评

C.香港大学选择学生的标准并不与内地现有情形相符

D.香港大学不录取"状元"的原因是他们不符合该校的录取标准

29.人文教育从表面上看,好像只是传授文史哲方面的知识,尤其是在现在的学科体制下,一切教育似乎都可以量化为客观知识和能力,如英语的等级考试。实际上人文教育是通过对文史哲的学习,通过对人类千百年积累下来的精神成果的吸纳和认同,使学生有独立的人格意志,有丰富的想象力和创造性,有健全的判断能力和价值取向,有高尚的趣味和情操,有良好的修养和同情心,对个人、家庭、国家、天下

有一种责任感,对人类的命运有一种担待。

这段话表达的主要观点是(   )。

A. 英语的等级考试是为大众所熟悉的一种人文教育

B. 人文教育的主要内容是传授文史哲方面的知识

C. 在目前的学科体制下,人文教育可以量化为客观知识和能力

D. 人文教育的目的包括人性境界提升、人格塑造以及个人与社会价值的实现

30. 数字图书馆是计算机技术、多媒体技术、网络技术和其他相关技术发展的产物,有着传统图书馆无法比拟的优势和特征,其服务的范围大大超出图书馆的围墙。凡网络所联之地,均可使用,可实现全天候、全自动、智能化的服务。近年来,数字图书馆的建设和研究在国内取得了很大的发展,包括公共图书馆、高校图书馆以及各类情报机构等,相继开展了各类不同规模的数字图书馆建设,为用户提供形式多样的服务。

这段话概括最准确的一项是(   )。

A. 数字图书馆代表了未来图书馆的发展方向

B. 数字图书馆具有很多优势,在国内发展很快

C. 国内数字图书馆的建设和研究取得了很大发展

D. 数字图书馆具有传统图书馆无法比拟的优势和特征

第一部分结束,请继续做第二部分!

第二部分 数量关系

(共 20 题,参考时限 20 分钟)

本部分包括两种类型的试题:

一、数字推理。共 5 题。给你一个数列,但其中缺少一项,要求你仔细观察数列的排列规律,然后从四个供选择的选项中选择你认为最合理的一项,来填补空缺项,使之符合原数列的排列规律。

【例题】1, 3, 5, 7, 9, (   )

　A. 7　　　　　　　　　B. 8　　　　　　　　　C. 11　　　　　　　　　D. 未给出

【解析】答案是 11。原数列是一个等差数列,公差为 2,故应选 C。

请开始答题:

31. 102, 96, 108, 84, 132, (   )

　A. 36　　　　　　　　　B. 64　　　　　　　　　C. 70　　　　　　　　　D. 72

32. 1, 32, 81, 64, 25, (   ), 1

　A. 5　　　　　　　　　B. 6　　　　　　　　　C. 10　　　　　　　　　D. 12

33. -2, -8, 0, 64, (   )

　A. -64　　　　　　　　B. 128　　　　　　　　C. 156　　　　　　　　D. 250

34. 2, 3, 13, 175, (   )

　A. 30625　　　　　　　B. 30651　　　　　　　C. 30759　　　　　　　D. 30952

35. 3, 7, 16, 107, (   )

　A. 1707　　　　　　　　B. 1704　　　　　　　　C. 1086　　　　　　　　D. 1072

二、数学运算。共 15 题。在这部分试题中,每道试题呈现一段表述数字关系的文字,要求你迅速、准确地计算出答案。你可以在草稿纸上运算。

【例题】甲、乙两地相距 42 公里,A、B 两人分别同时从甲、乙两地步行出发,A 的步行速度为 3 公里/小时,B 的步行速度为 4 公里/小时,问 A、B 步行几小时后相遇?

A.3　　　　　　　　　B.4　　　　　　　　　C.5　　　　　　　　　D.6

【解析】答案为 D。你只要把 A、B 两人的步行速度相加,然后被甲、乙两地间距离相除即可得出答案。

请开始答题:

36.从 0、1、2、7、9 五个数字中任选四个不重复的数字,组成的最大四位数和最小四位数的差是(　　)。

A.8442　　　　　　　　B.8694　　　　　　　　C.8740　　　　　　　　D.9694

37.一块试验田,以前这块地所种植的是普通水稻。现在将该试验田的 1/3 种上超级水稻,收割时发现该试验田水稻总产量是以前总产量的 1.5 倍,如果普通水稻的产量不变,则超级水稻的平均产量与普通水稻的平均产量之比是(　　)。

A.5:2　　　　　　　　B.4:3　　　　　　　　C.3:1　　　　　　　　D.2:1

38.人工生产某种装饰用珠链,每条珠链需要珠子 25 颗,丝线 3 条,搭扣 1 对,以及 10 分钟的单个人工劳动。现有珠子 4880 颗,丝线 586 条,搭扣 200 对,4 个工人,则 8 小时最多可以生产珠链(　　)。

A.200 条　　　　　　　B.195 条　　　　　　　C.193 条　　　　　　　D.192 条

39.A、B 两地以一条公路相连。甲车从 A 地,乙车从 B 地以不同的速率沿公路匀速相向开出。两车相遇后分别掉头,并以对方的速率行进。甲车返回 A 地后又一次掉头以同样的速率沿公路向 B 地开动。最后甲、乙两车同时到达 B 地。如果最开始时甲车的速率为 X 米/秒,则最开始时乙车的速率为(　　)。

A.4X 米/秒　　　　　　B.2X 米/秒　　　　　　C.0.5X 米/秒　　　　　D.无法判断

40.有甲、乙两个项目组。乙组任务临时加重时,从甲组抽调了甲组四分之一的组员。此后甲组任务也有所加重,于是又从乙组调回了重组后乙组人数的十分之一。此时甲组与乙组人数相等。由此可以得出结论(　　)。

A.甲组原有 16 人,乙组原有 11 人　　　　　B.甲、乙两组原组员人数之比为 16:11

C.甲组原有 11 人,乙组原有 16 人　　　　　D.甲、乙两组原组员人数之比为 11:16

41.某市居民生活用电每月标准用电量的基本价格为每度 0.50 元,若每月用电量超过标准用电量,超出部分按基本价格的 80% 收费,某户九月份用电 84 度,共交电费 39.6 元,则该市每月标准用电量为(　　)。

A.60 度　　　　　　　　B.65 度　　　　　　　C.70 度　　　　　　　D.75 度

42.现有 50 名学生都做物理、化学实验,如果物理实验做正确的有 40 人,化学实验做正确的有 31 人,两种实验都做错的有 4 人,则两种实验都做正确的有(　　)。

A.27 人　　　　　　　　B.25 人　　　　　　　C.19 人　　　　　　　D.10 人

43.有关部门要连续审核 30 个科研课题方案,如果要求每天安排审核的课题个数互不相等且不为零,则审核完这些课题最多需要(　　)。

A.7 天　　　　　　　　B.8 天　　　　　　　　C.9 天　　　　　　　　D.10 天

44.一个五位数,左边三位数是右边两位数的 5 倍,如果把右边的两位数移到前面,则所得新的五位数要比原来的五位数的 2 倍还多 75,则原来的五位数是(　　)。

A.12525　　　　　　　　B.13527　　　　　　　C.17535　　　　　　　D.22545

45.从 12 时到 13 时,钟的时针与分针可成直角的机会有(　　)。

A.1 次　　　　　　　　B.2 次　　　　　　　　C.3 次　　　　　　　　D.4 次

46.四人进行篮球传接球练习,要求每人接球后再传给别人。开始由甲发球,并作为第一次传球,若第五次传球后,球又回到甲手中,则共有传球方式( )。

A.60 种   B.65 种   C.70 种   D.75 种

47.为了把 2008 年北京奥运办成绿色奥运,全国各地都在加强环保,植树造林。某单位计划在通往两个比赛场馆的两条路的(不相交)两旁栽上树,现运回一批树苗,已知一条路的长度是另一条路长度的两倍还多 6000 米,若每隔 4 米栽一棵,则少 2754 棵;若每隔 5 米栽一棵,则多 396 棵,则共有树苗( )。

A.8500 棵   B.12500 棵   C.12596 棵   D.13000 棵

48.在一条公路上每隔 100 公里有一个仓库,共有 5 个仓库,一号仓库存有 10 吨货物,二号仓库存有 20 吨货物,五号仓库存有 40 吨货物,其余两个仓库是空的。现在要把所有的货物集中存放在一个仓库里,如果每吨货物运输 1 公里需要 0.5 元运输费,则最少需要运费( )。

A.4500 元   B.5000 元   C.5500 元   D.6000 元

49.某原料供应商对购买其原料的顾客实行如下优惠措施:①一次购买金额不超过 1 万元,不予优惠;②一次购买金额超过 1 万元,但不超过 3 万元,给九折优惠;③一次购买金额超过 3 万元,其中 3 万元九折优惠,超过 3 万元部分八折优惠。某厂因库容原因,第一次在该供应商处购买原料付款 7800 元,第二次购买付款 26100 元,如果他一次购买同样数量的原料,可以少付( )。

A.1460 元   D.1540 元   C.3780 元   D.4360 元

50.一个三位数除以 9 余 7,除以 5 余 2,除以 4 余 3,这样的三位数共有( )。

A.5 个   B.6 个   C.7 个   D.8 个

第二部分结束,请继续做第三部分!

第三部分 判断推理

(共 45 题,参考时限 40 分钟)

本部分包括四种类型的试题:

一、图形推理。共 10 题。包括两种类型的题目:

(一)请从所给的四个选择项中,选择最适合的一个填在问号处,使之呈现一定的规律性。请看例题:

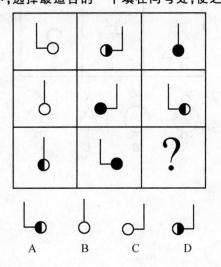

A   B   C   D

【解析】此题的正确答案是C。

请开始答题：

51.

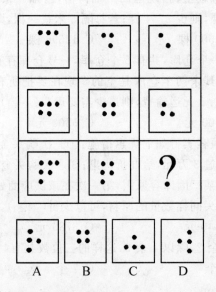

52.

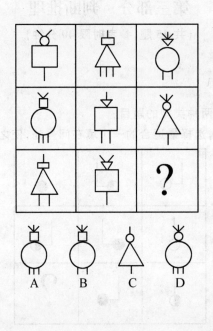

53.

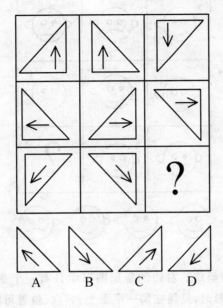

54.

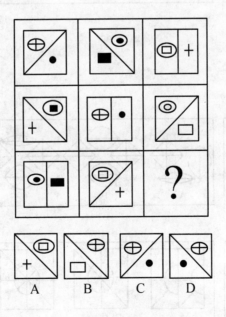

55.

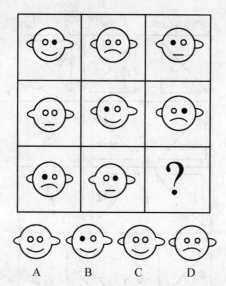

(二)左边的图形由若干个元素组成。右边的备选图形中只有一个是由组成左边图形的元素组成的,请选出这一个。注意,组成新的图形时,只能在同一平面上,方向、位置可能出现变化。请看例题:

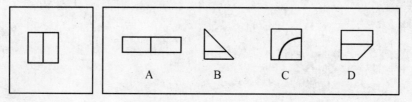

【解析】此题的正确答案是A。

请开始答题:

56.

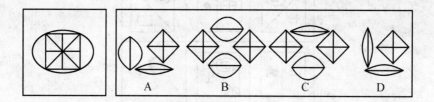

57.

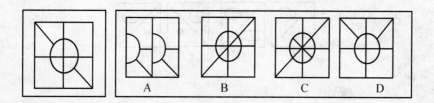

58.

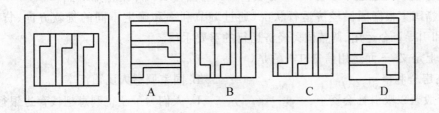

59.

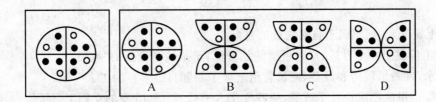

60.

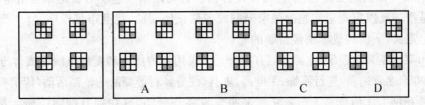

二、定义判断。共**10**题。每道题先给出一个概念的定义,然后分别列出四种情况,要求你严格依据定义,从中选出一个最符合或最不符合该定义的答案。注意:假设这个定义是正确的,不容置疑的。

请开始答题:

61. 第三者责任险负责赔偿保险车辆因意外事故,致使第三者遭受人身伤亡或财产的直接损失。所谓第三者是指被保险人及其财产和保险车辆上所有人员与财产以外的他人、他物。所谓"所有人员"指车上的驾驶员和所有乘坐人员。但这些人下车后除驾驶员外,均可视为第三者。

根据以上定义,下列属于第三者责任险赔偿范围的是(　　)。

A. 甲驾驶自己的私人车辆出行,途中车辆发生故障。甲下车修理,车辆突然向后滑行,甲被车辆轧断脚掌,本次事故中甲的医疗费用共计 5000 元

B. 甲驾驶卡车向某市运送货物,由于雪天路滑,在避让行人时,发生了翻车事故。经核查,本次事故中车辆损毁及货物损毁费用共计 19000 元

C. 甲为某长途汽车司机。在车辆的行驶过程中,车厢内突然起火。乘客乙被烧伤,财物被烧光。乙要求甲赔偿医疗费用及财物损毁费用共计 10000 元

D. 甲驾驶大巴车送一批游客去参观名胜古迹。到达旅游地点,甲倒车时将在车后绕行的乘客乙撞伤,后乙向甲索赔 20000 元

62. 专家系统是一个电脑系统,其具有某专业领域的特定知识,可以解决该领域的问题或给予建议,是人工智能领域较成功的例子。

根据以上定义,以下属于专家系统的是(　　)。

A. 网上银行系统。通过这个系统,用户可以在网上对自己的账户进行管理

B. 办公自动化系统。以电子计算机为中心,把文字处理机、传真机、打印机等办公设备有机地结合起来,用作日常办公

C. 深蓝系统。IBM 公司专门为国际象棋竞赛所开发的电脑系统

D. 公交查询系统。通过这个系统,用户可以查询到各路公交汽车的停靠站点

63. 信贷杠杆是指国家根据国民经济运行状况,通过调节利率和确定不同的贷款方向、贷款数量、贷款成本,以控制和引导资金运用、调整国民经济运行的重要手段。

　　根据以上定义,下面运用信贷杠杆的是( )。

A. 国家提高房贷利率
B. 国家调整人民币汇率
C. 公司发行股票以吸引社会资金
D. 人们为了获得利息把钱存进银行

64. 自然失业是由于经济中一些难于克服的原因所引起的失业,它是任何经济都难以避免的失业,也是正常的失业。

　　根据以上定义,下列不属于自然失业的是( )。

A. 张某在某工厂试工一个月后,嫌老板给的工资低,于是炒了老板的"鱿鱼"

B. 某地发大水,冲毁了厂房和设备,厂长含泪遣散了跟随自己多年的工人

C. 某企业根据市里的要求进行了改制,一些文化水平低、年满45岁的女职工下了岗

D. 李某因哥们义气帮朋友要债,失手将欠债人打伤。公司以李某违反劳动纪律为由将李某开除

65. 非法经营罪是指违反国家规定实施的国家限制或者禁止经营的、扰乱市场秩序、情节严重的倒卖行为。

　　根据以上定义,下面构成非法经营罪的是( )。

A. 浙江省某市某区王某注册了"鑫源经贸有限公司",采用销售提成和发展下线提成等方式,组织、吸收全国各地9800余名营销员,进行服饰、保健品、皮具、健身器材等商品的传销活动,传销额达千万余元

B. 东北的杨某在网上注册成立了一家化妆品批发及零售公司,现在拥有网上注册会员1万多名,这些会员大都在网上订货,并通过银行转账方式交款提货

C. 北京的陈某和李某,通过在商场及街头散发传单等宣传方式,为一家并不存在的美容院做广告宣传,骗取200多名女性成为他们的会员,通过收取入会费获利18000元

D. 学校图书馆的老师,私自将国外捐赠的珍贵图书拿出去卖,获利8000多元

66. 创伤后应激障碍是一种极度的灾难的持续效果,即经历了创伤以后,出现的持续的、不必要的、无法控制的障碍。

　　根据以上定义,下列不属于创伤后应激障碍的是( )。

A. 从伊拉克战场回来的美国兵,大多患上了失眠、焦虑甚至严重的精神疾病

B. 扬扬小时候在邻居张阿姨家被狗咬过一口,从此再也不想去张阿姨家了

C. 小张曾经被困在电梯里五个多小时,当时感觉自己没救了,最后化险为夷,但从此小张常常做被困在电梯里的梦,而且以后再也不敢乘坐电梯了

D. 目睹了儿子阿毛被野兽叼走的一幕,失魂落魄的祥林嫂见了人就说:"我真傻,真的,我单知道下雪的时候,野兽在山坳里没有食吃,会到村里来,我不知道春天也会有……"

67. 教唆犯是指故意唆使他人实施犯罪意图的犯罪分子。其突出特点是本人不亲自实施犯罪,而是故意唆使他人产生犯罪意图、决定实施犯罪的犯罪分子。

　　根据以上定义,下列属于教唆犯的是( )。

A. 林某在一次闲聊中,对刘某说自己特想杀掉丁某。于是,刘某就出面雇用马某将丁某杀害

B. 郑某生病,请卢某为其"镇鬼"。卢某胡言说是某坟地有问题,于是郑某在卢某的指点下将一个铁棒钉在坟上,后被坟主拔掉。后来郑某又生病,怀疑又是那个坟在作怪,便决定杀死坟主,为自己消灾。于是郑某将坟主骗至坟边,用菜刀将其杀死

C. 在计算机课上,谈到学校的计算机安全系统,老师随意对学生说,这个设计非常完美,如果谁能进入这个安全系统,厂商会有奖金。结果一个15岁的孩子真的进入了这个安全系统,并迫使它瘫痪

D. 王某指使自己的儿子(14岁)和邻居家孩子豆豆(15岁)偷盗电线及其他输电设备,然后转卖。被人

发现后,王某全然不理,继续让儿子和豆豆偷盗电线,致使线路短路,造成多个村庄停电,并使输电线路处于危险状态

68. 物证是指能够证明案件真实情况的物质痕迹和物品。物证的特征是它的外形、质量、特性和所在的位置等,反映了某些案件事实,人们可以此来证明案件的事实真相。

　　根据以上定义,下列属于物证的是( )。

A. 高速公路上发生一起交通事故,交通警察勘测现场时拍摄的现场照片

B. 在审理一起恶性的杀人案件中,因目击证人担心遭到报复,不愿出庭作证,而提供的记录证言的录音带

C. 某地警方在打击盗窃机动车的行动中追缴回来的被盗车辆

D. 根据警方在盗窃现场提取的指纹,鉴定人员所做的指纹鉴定报告

69. 器官移植分为:①自体移植,指移植物取自受者自身;②同系移植,指移植物取自遗传基因与受者完全相同或基本相似的供者;③同种移植,指移植物取自同种但遗传基因有差异的另一个体;④异种移植,指移植物取自异种动物。

　　根据以上定义,同卵双生姐妹之间的肾移植属于( )。

A. 自体移植　　　　　B. 同系移植　　　　　C. 同种移植　　　　　D. 异种移植

70. 行政授权是指法律、法规将行政职权及行政职责的一部分或全部授给非行政机关的社会组织来行使的法律行为。

　　根据以上定义,下列属于行政授权的是( )。

A. 《植物检疫条例》规定,县级以上地方各级农业部门所属的植物检疫机构负责行使植物检疫权

B. 某县政府文件规定,县自来水公司行使节约用水、计划用水的行政执法权

C. 宪法规定国务院行使省、自治区、直辖市范围内部分地区的戒严权

D. 县环保局局长要求一副局长代行其外出期间的局长职务

三、类比推理。共 10 题。先给出一对相关的词,要求你在备选答案中找出一对与之在逻辑关系上最为贴近或相似的词。

【例题】义工:职员

A. 球迷:球员　　　　　　　　　　　　B. 学生:老师

C. 初学者:生手　　　　　　　　　　　D. 志愿者:雇员

【解析】此题的正确答案为 D。

请开始答题:

71. 费解:理解

A. 难看:漂亮　　　　　　　　　　　　B. 组合:合并

C. 坚固:塌陷　　　　　　　　　　　　D. 疏忽:忽略

72. 海:水

A. 写作:小说　　　　　　　　　　　　B. 太阳:光

C. 画家:图画　　　　　　　　　　　　D. 旋律:音符

73. 温度计:摄氏度

A. 体积:立方米　　　　　　　　　　　B. 秒表:秒

C. 考试:成绩　　　　　　　　　　　　D. 天平:重量

74. 军装:士兵

A. 套装:女人　　　　　　　　　　　　B. 服装:场合

C.警服：警察　　　　　　　　　　　　　　D.制服：邮递员

75.麦克风：话筒

　　A.巧克力：糖果　　　　　　　　　　　　B.炒鱿鱼：解雇

　　C.引擎：发动机　　　　　　　　　　　　D.买单：结账

76.比喻：拟人

　　A.报纸：课本　　　　　　　　　　　　　B.冰箱：洗衣机

　　C.金丝猴：香蕉　　　　　　　　　　　　D.月球：月亮

77.电脑：鼠标

　　A.水壶：茶杯　　　　　　　　　　　　　B.手机：短信

　　C.船：锚　　　　　　　　　　　　　　　D.录音机：磁带

78.食物中毒：蘑菇

　　A.矿难：煤炭　　　　　　　　　　　　　B.高血压：血压计

　　C.球场骚乱：警察　　　　　　　　　　　D.海啸：地震

79.阅读：技能

　　A.种瓜：技巧　　　　　　　　　　　　　B.焊接：技术

　　C.浏览：才华　　　　　　　　　　　　　D.做诗：天赋

80.灯光：黑暗

　　A.财富：贫困　　　　　　　　　　　　　B.墨镜：光明

　　C.笤帚：卫生　　　　　　　　　　　　　D.小草：绿化

四、演绎推理。共15题。每题给出一段陈述，这段陈述被假设是正确的,不容置疑的。要求你根据这段陈述,选择一个答案。注意,正确的答案应与所给的陈述相符合,不需要任何附加说明即可以从陈述中直接推出。

【例题】对于穿鞋来说,正合脚的鞋子比大一些的鞋子好。不过,在寒冷的天气,尺寸稍大点的毛衣与一件正合身的毛衣差别并不大。这意味着(　　　)。

　　A.不合脚的鞋不能在冷天穿

　　B.毛衣的大小只不过是式样的问题,与其功能无关

　　C.不合身的衣物有时仍然有使用价值

　　D.在买礼物时,尺寸不如用途那样重要

【解析】只有C是可以从陈述中直接推出的,应选C。

请开始答题：

81.《能源效率标识管理办法》规定,能效五级是最低的能效标准,是产品上市的最低要求,低于这个要求就不许生产销售。而节能标识和能效标识是两个不同的概念。目前节能空调和节能冰箱的认证标准是能效二级,所有的节能产品必须达到二级能效标准以上。但这也并不是说所有标有二级或一级能效标识的产品就是节能产品,这样的产品只有再经过认证才能决定是否属于节能产品。

　　　根据以上信息,下列结论正确的是(　　　)。

　　A.节能产品肯定标有二级或一级能效标识

　　B.所有贴有能效标识的产品都是节能产品

　　C.达到二级能效标准就可以认为是节能产品了

　　D.能效五级的产品是质量合格的产品,也是节能产品

82.一般病菌多在温室环境中生长繁殖,在低温环境中停止生长,仅能维持生命。而耶尔森氏菌却恰恰相

反,不但不怕低温寒冷,而且只有在 0℃ 左右才大量繁殖。冰箱里存储的食物,使耶尔森氏菌处于最佳生长状态。

　　由此可以推出(　　)。

A. 耶尔森氏菌在室温环境中无法生存

B. 一般病菌生长的环境也适合耶尔森氏菌生长

C. 耶尔森氏菌的最佳生长温度不适合一般病菌

D. 0℃ 环境下,冰箱里仅存在耶尔森氏菌

83. 在同一侧的房号为 1、2、3、4 的四间房里,分别住着来自韩国、法国、英国和德国的四位专家。有一位记者前来采访他们,

　　①韩国人说:"我的房号大于德国人,且我不会说外语,也无法和邻居交流";

　　②法国人说:"我会说德语,但我却无法和我的邻居交流";

　　③英国人说:"我会说韩语,但我只可以和一个邻居交流";

　　④德国人说:"我会说我们这四个国家的语言"。

　　那么,按照房号从小往大排,房间里住的人的国籍依次是(　　)。

A. 英国　德国　韩国　法国

B. 法国　英国　德国　韩国

C. 德国　英国　法国　韩国

D. 德国　英国　韩国　法国

84. 规定汽车必须装安全带的制度是为了减少车祸伤亡,但在安全带保护下,司机将车开得更快,事故反而增加了。司机有安全带保护,自身伤亡减少了,而路人伤亡增加了。

　　这一事实表明(　　)。

A. 对实施效果考虑不周的制度往往事与愿违

B. 安全带制度必须与严格限速的制度同时出台

C. 汽车装安全带是通过牺牲路人利益来保护司机的措施

D. 制度在产生合意结果的同时也会产生不合意的结果

85. 航天局认为优秀宇航员应具备三个条件:第一,丰富的知识;第二,熟练的技术;第三,坚强的意志。现有至少符合条件之一的甲、乙、丙、丁四位优秀飞行员报名参选,已知:

　　①甲、乙意志坚强程度相同;

　　②乙、丙知识水平相当;

　　③丙、丁并非都是知识丰富;

　　④四人中三人知识丰富、两人意志坚强、一人技术熟练。

　　航天局经过考察,发现其中只有一人完全符合优秀宇航员的全部条件。他是(　　)。

A. 甲　　　　　　　B. 乙　　　　　　　C. 丙　　　　　　　D. 丁

86. 在农业发展初期,很少遇到昆虫问题。这一问题是随着农业的发展而产生的——在大面积土地上仅种一种谷物,这样的种植方法为某些昆虫的猛增提供了有利条件。很明显,一种食麦昆虫在专种麦子的农田里比在其他农田里繁殖起来要快得多。

　　上述论断不能解释下列哪种情况?(　　)

A. 一种由甲虫带来的疾病扫荡了某城市街道两旁的梧桐树

B. 控制某一种类生物的栖息地的适宜面积符合自然发展规律的格局

C. 迁移到新地区的物种由于逃离了其天敌对它的控制而蓬勃发展起来

D. 杨树的害虫在与其他树木掺杂混种的杨树林中的繁殖速度会受到限制

87. 在就业者中存在一种"多元的幻觉":认为在这个多元开放的时代,每个人对自己的未来负责,对未来之路的选择是多元的、自由的。但看看现实就知道,这种选择下的目标指向是一元的,大家都一窝蜂地流向了城市,盯住了高薪白领职位,以为是个性选择,实际都汇合进同一条河流;以为是多元,实际被同化为一元;以为是自由的追求,实际都被一种封闭的思想禁锢——这便是"多元的幻觉"。

    由此可以推出的是( )。

    A. 高薪职位的竞争将更加激烈

    B. 多元的选择客观上是不存在的

    C. 就业者实际上没有自由选择的权利

    D. 社会并没有给就业者提供多元的选择

88. 有报告指出,今年上半年,国内手机累计销售超过 6000 万部,其中国产品牌手机共销售 2800 万部。因此,有媒体判断国产手机复苏了。

    以下哪一选项如果为真,将有力地支持上述判断?( )

    A. 手机销量统计不包括水货手机,而水货手机的销量巨大

    B. 今年上半年,国家采取措施,限制国外品牌手机进入中国市场

    C. 今年下半年,国产手机销量远高于其他品牌手机,并继续保持这一势头

    D. 手机销量是依据进网许可证发放数量来统计的,但这些手机可能并未全部进入用户手中

89. 很多人以为只有抽烟的老人才会得肺癌,但某国一项最新的统计显示:近年来该国肺癌导致的女性死亡人数比乳腺癌、子宫内膜癌和卵巢癌三种癌症加起来还多,而绝大多数的妇女们根本没有意识到这一点。

    由此无法推出的是( )。

    A. 肺癌是导致该国人口死亡的首要原因,应当得到极大的重视

    B. 普遍认为男性比女性更容易患肺癌的观点,可能是片面的

    C. 烟草并不是肺癌的唯一致病源,还有很多因素也参与到肺癌的发病过程中

    D. 肺癌未引起广大女性的重视,是因为她们认为自己不抽烟,不可能得肺癌

90. 维生素 E 是抗氧化剂,能够清除体内的自由基。于是,保健品商家把维生素 E 作为提高免疫力、抗癌、抗衰老的灵丹妙药来宣传。科学家通过实验发现:如果食物中维生素 E 的含量为每毫升 5 微克,能显著延长果蝇的寿命,但是如果维生素 E 的含量增加到每毫升 25 微克,果蝇的寿命反而缩短了。其实,细胞中的自由基参与了许多重要的生命活动,比如细胞增殖、细胞间通讯、细胞凋亡、免疫反应等。

    由此推论不正确的是( )。

    A. 自由基有其独特的作用,对机体而言是不可或缺的

    B. 科学家对果蝇的实验揭示了"过犹不及"的道理

    C. 维生素 E 的含量超过 25 微克时,会危及人的生命

    D. 维生素是维持人体生命的必要物质,但过量服用时也会威胁生命

91. 未来深海水下线缆的外皮将由玻璃制成,而不是特殊的钢材或铝合金。因为金属具有颗粒状的微观结构,在深海压力之下,粒子交界处的金属外皮容易断裂。而玻璃看起来虽然是固体,但在压力之下可以流动,因此可以视为液体。

    由此可以推出( )。

    A. 玻璃没有颗粒状的微观结构

    B. 一切固体几乎都可以被视为缓慢流动的液体

    C. 玻璃比起钢材或铝合金,更适合做建筑材料

    D. 与钢材相比,玻璃的颗粒状的微观结构流动性更好

92. 遇到高温时,房屋建筑材料会发出独特的声音。声音感应报警器能够精确探测这些声音,提供一个房

屋起火的早期警报,使居住者能在被烟雾困住之前逃离。由于烟熏是房屋火灾人员伤亡最通常的致命因素,所以安装声音感应报警器将会有效地降低房屋火灾的人员伤亡。

下列哪一个假设如果正确,最能反驳上面的论述?( )

A. 声音感应报警器广泛使用的话,其高昂成本将下降

B. 在完全燃烧时,许多房屋建筑材料发出的声音在几百米外也可听见

C. 许多火灾开始于室内的沙发坐垫或床垫,产生大量烟雾却不发出声音

D. 在一些较大的房屋中,需要多个声音感应报警器以达到足够的保护

93. 一份关于酸雨的报告总结说,"大多数森林没有被酸雨损害。"而反对者坚持应总结为,"大多数森林没有显示出明显的被酸雨损害的症状,如不正常的落叶、生长速度的减慢或者更高的死亡率。"

下面哪项如果正确,最能支持反对者的观点?( )

A. 目前该地区的一些森林正在被酸雨损害

B. 酸雨造成的损害程度在不同森林之间具有差异

C. 酸雨可能正在造成症状尚未明显的损害

D. 报告没有把酸雨对此地区森林的损害与其他地区相比较

94. 一家飞机发动机制造商开发出了一种新型发动机,安全性能要好于旧型发动机。在新旧两种型号的发动机同时销售的第一年,旧型发动机的销量超过了新型发动机,该制造商于是得出结论认为安全性并非客户的首要考虑。

下面哪项如果正确,会最严重地削弱该制造商的结论?( )

A. 新型发动机和旧型发动机没有特别大的价格差别

B. 新型发动机可以被所有的使用旧型发动机的飞机使用

C. 私人飞机主和航空公司都从这家飞机发动机制造商这里购买发动机

D. 客户认为旧型发动机在安全性方面比新型号好,因为他们对旧型发动机的安全性了解更多

95. 粮食可以在收割前在期货市场进行交易。如果预测水稻产量不足,水稻期货价格就会上升;如果预测水稻丰收,水稻期货价格就会下降。假设今天早上,气象学家们预测从明天开始水稻产区会有适量降雨。因为充分的潮湿对目前水稻的生长非常重要,所以今天的水稻期货价格会大幅下降。

下面哪项如果正确,最严重地削弱以上的观点?( )

A. 农业专家们今天宣布,一种水稻病菌正在传播

B. 本季度水稻期货价格的波动比上季度更加剧烈

C. 气象学家们预测明天的降雨很可能会延伸到谷物产区以外

D. 在关键的授粉阶段没有接受足够潮湿的谷物不会取得丰收

第三部分结束,请继续做第四部分!

第四部分　常识判断

（共20题，参考时限10分钟）

根据题目要求，在四个选项中选出一个正确答案。

请开始答题：

96. 城市铁路桥的铁道两边往往留有一定宽度，足够一个人行走。但是铁路桥是严禁行人通行的。禁止行人通行的主要原因是（　　）。

    A. 担心行人被高速行进中的火车上的突出物刷到

    B. 由于铁路桥的护栏间隙较大，行人容易从护栏间隙中坠落

    C. 高速行驶的火车扰动空气，气流改变造成向外的推力，有将附近物体推下桥的危险

    D. 高速行驶的火车扰动空气，气流改变造成向内的吸力，有将附近物体卷入的危险

97. 夏日雷雨过后，人们会感到空气特别清新。其主要原因是（　　）。

    A. 雷雨过后，空气湿度增加

    B. 雷雨过程中气温快速下降

    C. 雷雨过程中雷电导致空气中的臭氧分子增加

    D. 雷雨过程中空气中的灰尘随雨水降落到地面

98. 船只在海上发生事故后，饮用水缺乏常常是幸存者面临的首要问题。海水不可以饮用的原因是（　　）。

    A. 海水中含有大量电解质，与人体的电解质构成有很大差异，海水进入人体后会造成人体电解质紊乱，甚至造成死亡

    B. 海水中含有大量电解质，渗透压远远大于人体细胞内液，海水进入人体后会造成人体细胞脱水，甚至造成死亡

    C. 海水中含有大量电解质，某些电解质对于人体而言是有毒的，海水进入人体后会造成中毒，甚至造成死亡

    D. 海水中含有大量电解质，味道又咸又涩，难以下咽

99. 人们很早就已经发现，鳄鱼在吃掉捕获的食物前，往往会流出几滴眼泪，于是"鳄鱼的眼泪"被人们用于形容伪善。鳄鱼流泪的原因是（　　）。

    A. 眼泪均匀覆盖眼球，使眼睛保持良好视力

    B. 鳄鱼的肾脏发育不完全，需要靠眼睛附近的腺体排除盐分

    C. 鳄鱼的眼泪可以发出特殊的气味，召唤同类前来捕食猎物

    D. 鳄鱼进化不完善，唾液腺分泌和泪腺分泌的神经控制系统未完全分离

100. 红绿色盲是一种常见的遗传性疾病。在生活中可以发现，男性患者的人数远远多于女性患者。出现这种现象的原因是（　　）。

    A. 控制红绿色盲的基因位于X染色体上。如果一条X染色体上携带致病基因，而另一条染色体相应位置上携带正常基因，个体并不会发病。而Y染色体上没有相应的基因

    B. 控制红绿色盲的基因位于Y染色体上，随Y染色体进行传递

    C. 控制红绿色盲的基因位于X染色体上。由于男性缺乏一种女性独有的激素，在发育过程中容易受

到多种诱因的影响而发病

    D. 男女两性的实际患病率是相同的,只是由于两性在日常生活中偏重的领域有所不同,男性患者容易被辨认,而女性患者不易被辨认

101. 熊在地球上分布极为广泛,但是南极洲是没有熊的。其原因是( )。

    A. 在熊这个物种出现之前,南极洲就已与其他大陆板块脱离

    B. 南极洲的气候条件极为恶劣,熊不能适应,无法生存

    C. 南极洲生物构成不能为熊提供足够的食物,因而熊无法生存

    D. 南极洲曾发生过重大的地质变化,造成南极洲熊的灭绝

102. 二战期间,英国伦敦曾长期停止播报天气预报。战争结束后,伦敦天气预报重新开始播报,被视为一个历史事件而记入史册。二战期间伦敦停止播报天气预报最主要的原因是( )。

    A. 二战期间,因紧张备战,没有时间和精力进行天气预报工作

    B. 二战期间,军民关注战事,并不关心天气变化,没有必要进行天气预报

    C. 天气对人的心理有很大的影响。二战期间,伦敦被德国空军长期空袭,军民情绪紧张,为了不增加人们的心理负担,所以不播报天气预报

    D. 二战期间,伦敦被德国空军长期空袭。为了避免德国人了解伦敦的天气情况,所以不播报天气预报

103. 我国《行政处罚法》规定,行政机关在调查或进行检查时,执法人员不得少于两人,并应当向当事人或有关人员出示证件。这体现了行政处罚程序中的( )。

    A. 调查制度   B. 告知制度

    C. 表明身份制度   D. 说明理由制度

104. 某市甲区卫生局委托该区内某商场对在该商场内随地吐痰的人处以罚款。如该商场某次罚款违法,则负责赔偿的机关是( )。

    A. 该商场   B. 市卫生局

    C. 甲区卫生局   D. 该商场的上级单位

105. 在行政复议中可作为复议依据,在行政诉讼中则只能作为审判参照的是( )。

    A. 行政规章   B. 地方性法规

    C. 行政法规   D. 单行条例,自治条例

106. 甲和乙共同出资购买了一间房并出租给丙,租房期间甲欲转让自己的份额,乙和丙均表示愿意购买,应( )。

    A. 在同等条件下由乙优先购买

    B. 在同等条件下由丙优先购买

    C. 在同等条件下由甲决定卖给谁

    D. 在同等条件下由乙、丙共同购买,各享有一份份额,形成共有关系

107. 有关海啸,下列说法错误的是( )。

    A. 海啸来临时,海水可能会突然先退下去几十米甚至几百米

    B. 只有水下地震这种大地活动可能引起海啸

    C. 海啸发生时掀起的海浪高度可达几米至几十米不等,形成"水墙"

    D. 海啸发生时,从海底到海面整个水体在波动,所含的能量惊人

108. 某市公安机关经检察机关批准逮捕一个体户许某(先已拘留5天),认定其犯有制作、组织播放淫秽录像罪。公安机关在侦查过程中还扣押了许某的四台录像机,并擅自将这四台录像机作为公物四处借用。许某被羁押11个月后,检察机关查明其确无犯罪行为,决定撤销案件。公安机关遂归还了这四台录像机,但均已破旧不堪,其中两台已无法使用。许某若提出赔偿要求,则下列说法正确的

是（　　）。

A. 本案的赔偿义务机关是公安机关

B. 本案的赔偿义务机关是检察机关

C. 许某只能就拘留、逮捕或录像机损坏中任选一项提出赔偿要求

D. 许某可以同时提出两项赔偿要求，即赔偿因人身自由受到侵犯所遭受的损害以及赔偿被损录像机的价款

109. 有关人权，下列表述错误的是（　　）。

A. 人权是一个社会历史的范畴，不同社会、不同阶级有不同的人权观

B. 人权的本质特征是自由和平等，其实质内容和目标是人的生存与发展

C. 享有人权的主体是所有的人，不仅包括单个的人，也包括人的结合

D. 人权就是"人的权利"，是天赋的，和公民权是一回事

110. 下列不属于县市级以上行政机关政务公开内容的是（　　）。

A. 主要领导成员的履历、分工

B. 政府以监管为目的对监管对象的调查信息

C. 在制定发展战略、规划、政策过程中形成的记录、报告、咨询意见等

D. 政务公开服务机构的名称、办公地址、办公时间及联系方式

111. 公务员在涉外活动中，要特别注意国际礼仪。以下不符合国际礼仪的是（　　）。

A. 一起乘坐电梯及上车时请女士先行

B. 闲谈时询问美国客人前一段得了什么病

C. 接待来访的外国客人时，请客人坐右边的座位

D. 在德国，提前抵达访问地点后等到了约定时间再敲门

112. 工人孙某休假回村，一日主动携带邻居家的 6 岁小孩进入村旁林深路险、豺狼出没的山林中狩猎玩。走入山林约 5 公里的时候，两人失散。孙某继续独自狩猎，之后既不寻找小孩，也没返村告知小孩家人，便径直回县城工作单位。4 日后，林中发现被野兽咬伤致死的小孩尸体。孙某的行为属于（　　）。

A. 故意杀人

B. 意外事件

C. 过失杀人

D. 不构成犯罪

113. 受理申请宣告公民失踪或死亡的机关是（　　）。

A. 民政机关

B. 司法行政机关

C. 人民法院

D. 公证机关

114. 下列属于管制性行政指导的是（　　）。

A. 禁止在公共场合吸烟

B. 提倡晚婚晚育

C. 建议科学种田

D. 抑制物价暴涨

115. 某市甲区居民徐某未经批准在乙区非规划区内建房，被乙区城建局勒令拆除。徐某不予理睬，乙区城建局欲申请法院强制拆除，应向（　　）提出申请。

A. 甲区法院

B. 乙区法院

C. 该市法院

D. 甲区和乙区法院均可

第四部分结束，请继续做第五部分！

第五部分 资料分析

(共 20 题,参考时限 20 分钟)

　　所给出的图、表或一段文字均有 5 个问题要你回答。你应根据资料提供的信息进行分析、比较、计算和判断处理。

请开始答题:

一、根据下表回答 116～120 题。

2000～2004 年全国大中型工业企业部分科技指标情况表

	单位	2000 年	2001 年	2002 年	2003 年	2004 年
企业总数	个	22276	21776	22904	23096	22276
设有科技机构企业的比重	%	32	28.4	26.2	25.3	24.9
科技人员	万人	145.4	138.7	136.8	136.7	141.1
科技人员占从业人员的比例	%	4.6	4.78	4.88	5	4.5
科技经费	亿元	665.4	922.81	1046.65	1213.03	1588.61
科技经费占销售额的比例	%	1.35	1.65	1.67	1.73	1.65

116. 2004 年全国大中型工业企业的销售额约为(　　　)。

　　A. 96279 亿元　　　　　　　　　　　　B. 80241 亿元

　　C. 10375 亿元　　　　　　　　　　　　D. 10026 亿元

117. 2004 年,全国大中型工业企业平均每个从业人员创造的销售额约为(　　　)。

　　A. 30.7 万元　　　　　　　　　　　　B. 60.7 万元

　　C. 382.7 万元　　　　　　　　　　　　D. 682.3 万元

118. 全国大中型工业企业的从业人员数量最多的年份是(　　　)。

　　A. 2001 年　　　　　B. 2002 年　　　　　C. 2003 年　　　　　D. 2004 年

119. 全国设有科技机构的企业数量的变化趋势是(　　　)。

　　A. 一直上升　　　　　　　　　　　　B. 一直下降

　　C. 先上升后下降　　　　　　　　　　D. 先下降后上升

120. 下列说法正确的是(　　　)。

　　A. 全国大中型工业企业的从业人员数量呈现逐年上升趋势

　　B. 全国大中型工业企业的科技人员的减少幅度从 2000～2003 年一直低于其他从业人员的减少幅度

　　C. 全国大中型工业企业的科研经费的增长幅度从 2000～2004 年五年来一直高于销售额的增长幅度

　　D. 以上说法都不对

二、根据下图回答 121～125 题。

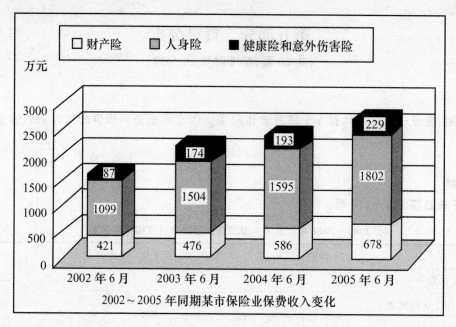

2002～2005 年同期某市保险业保费收入变化

121. 该市 2005 年 6 月的总保费收入比去年同期约增长了(　　)。

A. 14.1% B. 24.1% C. 34.1% D. 68,5%

122. 该市 2005 年 6 月人身险保费收入占总保费收入的比重与 2003 年同期相比(　　)。

A. 约增加了 3% B. 约减少了 3%

C. 约增加了 6% D. 约减少了 6%

123. 与上一年同期相比增幅最大的是(　　)。

A. 2004 年 6 月财产险保费收入 B. 2004 年 6 月人身险保费收入

C. 2005 年 6 月财产险保费收入 D. 2005 年 6 月人身险保费收入

124. 2003 年 6 月,该市哪一种保险的保费收入占总保费收入的比重相对于 2002 年 6 月有最大增长?(　　)

A. 财产险 B. 人身险

C. 健康险和意外伤害险 D. 无法判断

125. 根据四年来该市保费收入的变化,可以推出(　　)。

[1]该市的人均收入有较大增长

[2]人们的保险和理财意识不断增强

[3]人们对于人身险的投入明显高于对于其他险种的投入

A. [1] B. [3]

C. [1]与[2] D. [2]与[3]

三、根据下表回答 126～130 题。

2004 年广播、电视宣传基本情况表

项目	节目套数(套)	播出时间(小时/日)	自办节目时间(小时/日)	新闻节目	专题节目	教育节目	文艺节目	服务性节目
无线广播合计	2064	26489	17986	2403	3917	930	6709	2316
中央台和国际台	11	529	529	200	183	15	116	8
地方台	2053	25960	17457	2203	3734	915	6593	2308
电视播映合计	2262	27499	20455	1785	2422	487	11618	1899
中央台	14	280	280	64	80	9	88	27
地方台	2248	27219	20175	1721	2342	478	11530	1872

126. 2004 年,所有无线广播自办节目中,新闻节目和专题节目所占比例分别为(　　)。

    A. 13.36%,21.78%　　　　　　　　　　B. 37.81%,34.59%

    C. 37.81%,21.78%　　　　　　　　　　D. 13.36%,34.59%

127. 从上表数据可以看出,无线广播中新闻节目时间占自办节目时间的比例约是电视播映中新闻节目时间占自办节目时间的比例的(　　)。

    A. 1.93 倍　　　　　B. 1.53 倍　　　　　C. 1.03 倍　　　　　D. 0.97 倍

128. 中央电视台与地方电视台平均每套节目的自办时间之比约为(　　)。

    A. 20∶9　　　　　B. 12∶9　　　　　C. 1∶72　　　　　D. 1∶160

129. 在电视自办节目时间中占比例最大的节目种类是(　　)。

    A. 新闻节目　　　　　B. 专题节目　　　　　C. 文艺节目　　　　　D. 服务性节目

130. 根据上表所列数据,下列说法错误的是(　　)。

    A. 中央电视台只播自办节目

    B. 地方电视台播自办节目的时间占总播出时间的 70% 以上

    C. 地方电视台 2004 年全年平均每套节目播出自办教育节目 0.213 小时

    D. 地方无线广播电台 2004 年平均每天每套节目播出自办教育节目 0.446 小时

四、根据下列文字回答 131～135 题。

2003 年国家财政科技拨款额达 975.5 亿元,比上年增加 159.3 亿元,增长 19.5%,占国家财政支出的比重为 4.0%。在国家财政科技拨款中,中央财政科技拨款为 639.9 亿元,比上年增长 25.2%,占中央财政支出的比重为 8.6%;地方财政科技拨款为 335.6 亿元,比上年增长 10%,占地方财政支出的比重为 1.9%。分执行部门看,各类企业科技活动经费支出为 960.2 亿元,比上年增长 21.9%;国有独立核算的科研院所科技活动支出 399.0 亿元,比上年增长 13.6%;高等学校科技活动经费支出 162.3 亿元,比上年增长 24.4%,高等学校科技活动经费支出占国全国总科技活动经费支出的比重为 10.5%。各类企业科技活动经费支出占全国总科技活动经费支出的比重比上年提高了 1.2 个百分点。

131. 2003 年国家财政支出总额为(　　)。

    A. 24387.5 亿元　　　　　　　　　　B. 5002.6 亿元

    C. 3979.6 亿元　　　　　　　　　　D. 816.3 亿元

132. 2003 年中央财政支出与地方财政支出之比约为(　　)。

    A. 1∶6.87　　　　　B. 6.87∶1　　　　　C. 1∶2.37　　　　　D. 2.37∶1

133. 与 2002 年相比,2003 年科技活动经费支出绝对增长量最大的执行部门是(　　)。

A. 各类企业　　　　　　　　　　　　　　B. 国有独立核算的科研院所

C. 高等学校　　　　　　　　　　　　　　D. 无法得知

134. 2003 年国家财政科技拨款额约占全国总科技活动经费支出的（　　）。

A. 43.1％　　　　　B. 63.1％　　　　　C. 77.1％　　　　　D. 83.1％

135. 根据文中划线部分内容,可以求出的选项为（　　）。

[1]2002 年各类企业科技活动经费支出

[2]2003 年全国总科技活动经费支出

[3]2002 年全国总科技活动经费支出

A. [1]　　　　　　　　　　　　　　　　B. [1]与[2]

C. [2]与[3]　　　　　　　　　　　　　　D. [1]、[2]与[3]

全部测验到此结束！

2006 年中央国家机关公务员录用考试

《行政职业能力测验（二）》试卷

说　明

这项测验共有五个部分，135 道题，总时限为 120 分钟。各部分不分别计时，但都给出了参考时限，供你参考以分配时间。

请在机读答题卡上严格按照要求填写好自己的姓名、报考部门，涂写准考证号。

请仔细阅读下面的注意事项，这对你获得成功非常重要。

1. 题目应在答题卡上作答，不要在试题本上作任何记号。

2. 监考人员宣布考试开始时，你才可以开始答题。

3. 监考人员宣布考试结束时，你应立即放下铅笔，将试题本、答题卡和草稿纸都留在桌上，然后离开。

如果你违反了以上任何一项要求，都将影响你的成绩。

4. 在这项测验中，可能有一些试题较难，因此你不要在一道题上思考时间太久，遇到不会答的题目，可先跳过去，如果有时间再去思考。否则，你可能没有时间完成后面的题目。

5. 试题答错不倒扣分。

6. 特别提醒你注意，涂写答案时一定要认准题号。严禁折叠答题卡！

第一部分 言语理解与表达

（共 25 题，参考时限 25 分钟）

每道题包含一段话或一个句子。后面是一个不完整的陈述，要求你从四个选项中选出一个来完成陈述。注意：答案可能是完成对所给文字主要意思的提要，也可能是满足陈述中其他方面的要求，你的选择应与所提要求最相符合。

【例题】钢铁被用来建造桥梁、摩天大楼、地铁、轮船、铁路和汽车等，被用来制造几乎所有的机械，还被用来制造包括农民的长柄大镰刀和妇女的缝衣针在内的成千上万的小物品。

这段话主要支持了这样一种观点，即（   ）。

    A. 钢铁具有许多不同的用途

    B. 钢铁是所有金属中最坚固的

    C. 钢铁是一种反映物质生活水平的金属

    D. 钢铁是唯一用于建造摩天大楼和桥梁的物质

【解析】答案为 A。

请开始答题：

1. 幽默使人如沐春风，也能解除尴尬。一个懂得幽默的人，会知道如何化解眼前的障碍。我们有时无意中让紧张代替了轻松，让严肃代替了平易，一不小心就变成了无趣的人。

    对这段话，理解不准确的是（   ）。

A. 紧张的生活需要幽默调剂   B. 许多人在生活中不擅长使用幽默

C. 生活中，幽默可以化解许多难堪   D. 有情趣的生活，是因为有了幽默

2. 有时候律师的辩护很可能开脱了凶手，有损公共道德，但他们"完美"的法律服务没错。因为法治之法是中性的，它超越道德；而"平等对抗"的诉讼程序，须保证被告人享有他所购买的一切法律服务。即使被告人真是凶手，律师帮他胜诉获释，正义受挫，从法制或"程序之治"的长远利益来看，这也还是值得的，失败了的正义可以在本案之外。

    对这段话的正确理解是（   ）。

A. 法制与道德是相互对立的

B. 在一个单一的案件中找不到正义

C. 维护法制程序的意义大于一时的伸张正义

D. 为了保证法制程序的实施，律师常常不得已而为之

3. 时代的场景变化太大了，要让年青一代真正记住历史，不能停留在概念式的说教上。真正完整有效的历史教育，是应当融汇在生活之中的。它不应当仅仅是在纪念馆里才能看到，只是在书本中才能读到，它还应当以丰富、适当的形式渗透到我们居住的街区和生活的种种场景之中，这样才能在耳濡目染中化为整个民族的"集体记忆"。

    对这段话的准确概括是（   ）。

A. 历史教育的重要意义   B. 历史教育的形式应当生活化

C. 历史教育随时随地都可以获得   D. 历史存在于民族的集体记忆中

4. 社会似乎热衷谈论"大师"，越没有"大师"的时代越热衷于谈论"大师"，这也符合物以稀为贵的市场原

则。但"大师",尤其是人文类的"大师",一定是通人,而不仅仅是"专家"。但人为的学科分割,根本不可能产生"大师",只能产生各科"专家"。学术文化真正的全面继承与发展,靠的是"大师"而不是"专家"。

"专家"只是掌握专门知识之人,而"大师"才是继往开来之人。缺乏"大师",是学术危机的基本征象。

这段话支持的观点是(　　)。

A. 没有"大师",社会就不可能进步

B. 社会关注错位,并不存在所谓的"大师"

C. 人为的学科分割导致了社会缺乏"专家"和"大师"

D. "专家"不一定是"大师",而"大师"必然是一个"专家"

5. 人文教育从表面上看,好像只是传授文史哲方面的知识,尤其是在现在的学科体制下,一切教育似乎都可以量化为客观知识和能力,如英语的等级考试。实际上人文教育是通过对文史哲的学习,通过对人类千百年积累下来的精神成果的吸纳和认同,使学生有独立的人格意志,有丰富的想象力和创造性,有健全的判断能力和价值取向,有高尚的趣味和情操,有良好的修养和同情心,对个人、家庭、国家、天下有一种责任感,对人类的命运有一种担待。

这段话表达的主要观点是(　　)。

A. 英语的等级考试是为大众所熟悉的一种人文教育

B. 人文教育的主要内容是传授文史哲方面的知识

C. 在目前的学科体制下,人文教育可以量化为客观知识和能力

D. 人文教育的目的包括人性境界提升、人格塑造以及个人与社会价值实现

6. 在公路发展的早期,它们的走势还能顺从地貌,即沿河流或森林的边缘发展。可如今,公路已无所不在,狼、熊等原本可以自由游荡的动物种群被分割得七零八落。与大型动物的种群相比,较小动物的种群在数量上具有更大的波动性,更容易发生杂居现象。

这段话主要讲述的是(　　)。

A. 公路发展的趋势　　　　　　　　　　B. 公路对动物的影响

C. 动物生存状态的变化　　　　　　　　D. 不同动物的不同命运

7. 如何寻找兴趣和激情呢,首先你要把兴趣和才华分开。做自己有才华的事,容易出成果,但不要因为自己做得好,就认为那是你的兴趣所在。

这段话的主要意思是(　　)。

A. 只有喜欢才能干好　　　　　　　　　B. 干得好不一定就喜欢

C. 不要做自己不喜欢的事　　　　　　　D. 成果越多越能激发兴趣

8. 任何目标都必须是实际的、可衡量的,不能只是停留在口号或空话上。制定目标的目的是为了进步,不去衡量,你就无法知道自己是否取得了进步。所以你必须把抽象的、无法实施的、不可衡量的大目标简化成为实际的、可衡量的小目标。

这段话的核心意思是(　　)。

A. 制定目标后必须付诸实施　　　　　　B. 没有小目标就没有大目标

C. 小目标才有实际意义　　　　　　　　D. 目标要能衡量、可实施

9. 在单独的一次博弈中存在较大的机会主义,也就是只要有可能,每个人都倾向于利用自身的优势为自己谋求最大化的利益,这就可能给对方带来损失,而对方也是同样的人,只要有机会也会这么做,于是双方都要采取措施来防范对方,白白增加了很多"交易成本"。

这段话的核心意思是(　　)。

A. 怎样避免"交易成本"　　　　　　　　B. 单次博弈中存在"交易成本"

C. 在博弈活动中必须抢先抓住机会　　　D. 博弈双方都不可能达到利益最大化

10. 某些疾病其实就是自然的一种表现,因此不必非得除之而后快。但这是需要勇气的,因为这样做表面上是低估了科学,但事实上是尊重科学,客观科学地看待科学。科学不是万能的,人的探索也是有限的。只有这样才不会在科学无法治疗疾病的时候迁怒于科学,并转而投向迷信的怀抱。

这段话的主题是(　　)。

A. 科学的作用　　　　　　　　　　　B. 科学的有限性

C. 相信科学,反对迷信　　　　　　　　D. 看待科学的正确态度

11. 我们都是求索之人,求知欲牵着我们的神魂,就让我们从一个点到另一个点地移动我们的神灯吧。随着一小片一小片的面目被认识清楚,人们最终也许能将整体画面的某个局部拼制出来。

这段话强调的主要意思是(　　)。

A. 探索是无穷的　　　　　　　　　　B. 人类的认识非常缓慢

C. 有求知欲人类才有进步　　　　　　D. 人类最终能认识整个世界

12. 对待春运铁路涨价方案,选择回家的外地人不外乎两种态度——要么是烂熟于胸、精打细算;要么是一种习以为常的无所谓。但方案所产生的结果却只有一种,那就是,很少人会因为 15％ 或 20％ 的涨价而停止归乡的步伐。

通过这段话,可以得知(　　)。

A. 通过涨价来调节运力的初衷,难以变成现实

B. 对外地人来说,回不回家是个两难的选择

C. 回家过年的人不在乎车票涨价

D. 车票涨价不会产生任何影响

13. 经济增长率,代表的发展速度是相对数,不等于经济发展,不同地方 GDP 增长 1％,基数小的比基数大的要省力得多,经济状况差的比经济状况好的要费力得多。

对这段话,理解不正确的是(　　)。

A. 不能过于相信增长率　　　　　　　B. 增长率高并不代表经济状况好

C. GDP 总数越大经济增长率越高　　　D. 经济发展比经济增长率的内涵大

14. 作为整体,中国在世界上举足轻重;但作为个人,不少中国人还觉得自己一无所有。国家之强和个人之弱使一些人心理失衡,觉得自己活得还是像在半殖民地时代受人家欺负的受害者。正因如此,我们更需要对自己生存的状态有理性的认识,克服狭隘的“受害者情结”。否则,崛起的中国将难以担当与自己的国际地位相称的责任。

这段话谈论的核心意思是(　　)。

A. 中国急需提高国民的个人地位　　　B. 中国人需要调整自己的心理状态

C. 中国人为什么有“受害者情结”　　　D. 崛起的中国要承担相应的国际地位

15. 经济优势往往造就文化强势,文化强势则借助经济优势向经济相对落后的地区辐射,这是文化传播的一个规律。在这一过程中,会存在泥沙俱下的问题,把一些不好的东西也学了过来。

根据这段话,可以知道(　　)。

A. 经济状况影响文化传播的方向　　　B. 经济上有优势文化也就先进

C. 经济落后的地区会择善而从　　　　D. 经济基础决定上层建筑

16. 环保总局叫停环保违规项目,正是公共服务型政府的职能归位。相比建设钢铁厂、发电站和汽车生产线,政府更应当干的事情是保护环境、投资教育和建立健全社会保障体制等。众所周知,前者正面临着过度投资后的全面过剩,而后者却有数以万亿计的财政窟窿等待填补。

对这段话,概括准确的是(　　)。

A. 环保总局转变了政府职能

B.环保总局叫停环保违规项目

C.政府应该向公共服务型政府方向转变

D.当前急需投资的是环境、教育和社会保障领域

17.假如现有房地产"业态"处在坚持交易公平、利润率合理、制造富翁的速度和数量合理的水平和状态,想必其"经济性"应当最佳。最理想的一种趋势或结果应该是:合作建房这种新"业态"仅仅充当了一块"敲门砖"或一种"催化剂",其萌生和存在的意义,仅仅是打破现有房地产业的暴利和不公的现状。

这段话的核心意思是( )。

A.希望合作建房在规范房地产方面发挥作用

B.希望合作建房能成为房地产业的新形式

C.房地产业应该交易公平、利润率合理

D.房地产业未来的发展趋势和方向

18.运动损伤后,经过一段时间的治疗和休息,肿胀、疼痛症状逐渐消失,许多人以为完全康复了,其实不然。在损伤恢复的后期,仍要在不加重疼痛的前提下,加强受伤部位的功能性锻炼,防止受伤部位因长期代谢障碍而引起组织变形或功能改变,只有这样才能彻底康复。

根据这段话,理解正确的是( )。

A.运动损伤后要经过长时间的治疗和休息

B.功能性锻炼是运动损伤的辅助治疗手段

C.损伤恢复后期是进行功能性锻炼的最佳阶段

D.根据疼痛症状是否消失可以确定病人是否康复

19.最近科学考察结果表明,北冰洋历史上曾经是一个很温暖的地方,物种非常丰富。此外,根据对海底沉积岩层的取样分析认为,北冰洋海底也许是一个巨大的石油储藏地。根据科学家的研究发现,围绕北冰洋周边,从美国阿拉斯加州的北端到欧洲北部的大陆架,都可能有丰富的石油储藏。

对这段话,理解不准确的是( )。

A.北冰洋是否有石油储藏目前还没有确定

B.科学家对北冰洋的历史状况进行了深入分析

C.研究表明,欧洲北部大陆架有丰富的石油储藏

D.北冰洋可能会成为其周边国家关注能源的一个热点地区

20.高尔夫球运动刚刚兴起时,有个奇怪现象:几乎所有的高尔夫球手都喜欢用旧球,特别是有划痕的球。原来,有划痕的球比光滑的新球有着更优秀的飞行能力。于是,根据空气动力学原理,科学家设计出了表面有凹点的高尔夫球。这些凹点,让高尔夫球的平稳性和距离性比光滑的球更有优势。从此,_____。

填入横线上最恰当的是( )。

A.高尔夫球手不再喜欢使用旧球

B.高尔夫球运动迈入了一个新的阶段

C.有凹点的高尔夫球成为比赛的统一用球

D.越来越多的厂家生产出带凹点的高尔夫球

21.一次,去新疆旅游,晚上住在一户牧民家。牧民家养了一头骆驼,骆驼前放着一大堆干草。我问牧民,为什么骆驼不吃鲜润的青草而吃苦涩的干草?牧民说,骆驼是种忧患心理很强的动物,它害怕主人第二天就让它穿越沙漠,而胃中的干草要比青草耐饥,一头成年骆驼一晚可以慢慢吃掉几十斤干草。

对这段话,理解正确的是( )。

A.牧民没有青草只好喂干草

B. 骆驼不喜欢吃新鲜的青草

C. 骆驼主要是在晚上进食

D. 骆驼对主人有防备心理

22. 我们无论做任何事情,或做出任何决定,都必须考虑到在不同方面求取平衡。当然,不同的人平衡技巧和"功力"各不相同,但关键在于做任何事情时,千万别让自己陷入盲目的追逐潮,以至于迷失自己,错过人生美好的事物。

对这段话,理解不准确的是(　　)。

A. 做任何事情都会面临成功和失败　　　　B. 人们的平衡技巧存在着个性差异

C. 追逐潮流是每个人应有的权利　　　　D. 无论做任何事情都不要追逐潮流

23. 过去,我们把人体内的病毒都视为致病病毒,其实,这是一种片面的看法。实际上,在人体内的所有病毒中,致病病毒只占少数,绝大多数病毒能够与人类和平共处、相安无事。

对这段话,理解不准确的是(　　)。

A. 病毒有很多种,只有少部分对人体有害

B. 普通老百姓对病毒的认识和了解存在片面性

C. 对于体内的非致病病毒人们完全可以置之不理

D. 身体的健康与否与体内病毒的多少没有多大关系

24. 通过社会的认可获得对自身价值的实现,这原本无可厚非。但在一个浮躁的时代里,过多的一夜成名被认同为最快捷的成功方式,现实的浮躁在某种程度上也纵容了一些年轻人的冒险心理。对于还没有来得及面对生离死别的年轻人来说,还很难真正理解生命的责任。但一个生命的产生和消失,对于一个家庭的意义却十分深远,所以说,_____。

填入横线上最恰当的是(　　)。

A. 年轻人不能无所顾忌地外出冒险

B. 没有家庭的团圆就没有社会的安定

C. 珍惜生命是对社会应尽的责任和义务

D. 没有人可以随意将生命置于无谓的牺牲

25. 无论懒惰者还是勤勉者,养金鱼都不成问题。勤勉者可以每天换一次水,懒惰者尽可以一月一换。只是如果突然改变换水的习惯,变一天为一月,或变一月为一天,金鱼都可能莫名其妙地暴亡。勤勉者据此得出结论:金鱼必须一天一换水;懒惰者得出完全相反的结论:金鱼只能一月一换水。

本文作者通过这段话最想传达给读者的观念是(　　)。

A. 无论做什么都需要更新观念

B. 勤勉者和懒惰者的做法都是错误的

C. 要想养好金鱼,必须了解和熟悉金鱼的习性

D. 生活必须流变和传承,固守与撕裂同样是危险的

第一部分结束,请继续做第二部分!

第二部分 数量关系

(共 20 题,参考时限 20 分钟)

本部分包括两种类型的试题:

一、数字推理。共 5 题。给你一个数列,但其中缺少一项,要求你仔细观察数列的排列规律,然后从四个供选择的选项中选择你认为最合理的一项,来填补空缺项,使之符合原数列的排列规律。

【例题】1, 3, 5, 7, 9, ( )

    A. 7   B. 8   C. 11   D. 未给出

【解析】答案是 11。原数列是一个等差数列,公差为 2,故应选 C。

请开始答题:

26. 102,96,108,84,132,( )

    A. 36   B. 64   C. 70   D. 72

27. 1,32,81,64,25,( ),1

    A. 5   B. 6   C. 10   D. 12

28. −2,−8,0,64,( )

    A. −64   B. 128   C. 156   D. 250

29. 2,3,13,175,( )

    A. 30625   B. 30651   C. 30759   D. 30952

30. 3,7,16,107,( )

    A. 1707   B. 1704   C. 1086   D. 1072

二、数学运算。共 15 题。在这部分试题中,每道试题呈现一段表述数字关系的文字。要求你迅速、准确地计算出答案。你可以在草稿纸上运算。

【例题】甲、乙两地相距 42 公里,A、B 两人分别同时从甲乙两地步行出发,A 的步行速度为 3 公里/小时,B 的步行速度为 4 公里/小时,问 A、B 步行几小时后相遇?

    A. 3   B. 4   C. 5   D. 6

【解析】答案为 D。你只要把 A、B 两人的步行速度相加,然后被甲、乙两地间距离相除即可得出答案。

请开始答题:

31. 人工生产某种装饰用珠链,每条珠链需要珠子 25 颗,丝线 3 条,搭扣 1 对,以及 10 分钟的单个人工劳动。现有珠子 4880 颗,丝线 586 条,搭扣 200 对,4 个工人,则 8 小时最多可以生产珠链( )。

    A. 200 条   B. 195 条   C. 193 条   D. 192 条

32. 某市出租汽车的车费计算方式如下:路程在 3 公里以内(含 3 公里)为 8.00 元;达到 3 公里后,每增加 1 公里收 1.40 元;达到 8 公里以后,每增加 1 公里收 2.10 元,增加不足 1 公里按四舍五入计算。某乘客乘坐该种出租车交了 44.4 元车费,则此乘客乘该出租车行驶的路程为( )。

    A. 22 公里   B. 24 公里   C. 26 公里   D. 29 公里

33. 如果 4 个矿泉水空瓶可以换一瓶矿泉水,现有 15 个矿泉水空瓶,不交钱最多可以喝矿泉水( )。

    A. 3 瓶   B. 4 瓶   C. 5 瓶   D. 6 瓶

34.一个三位数除以9余7,除以5余2,除以4余3,这样的三位数共有( )。

A.5个　　　　　　　　B.6个　　　　　　　　C.7个　　　　　　　　D.8个

35.有粗细不同的两支蜡烛,细蜡烛的长度是粗蜡烛长度的2倍,点完细蜡烛需要1小时,点完粗蜡烛需要2小时。有一次停电,将这样两支蜡烛同时点燃,来电时,发现两支蜡烛所剩长度一样,则此次停电共停了( )。

A.10分钟　　　　　　B.20分钟　　　　　　C.40分钟　　　　　　D.60分钟

36.为了把2008年北京奥运办成绿色奥运,全国各地都在加强环保,植树造林。某单位计划在通往两个比赛场馆的两条路的(不相交)两旁栽上树,现运回一批树苗,已知一条路的长度是另一条路长度的两倍还多6000米,若每隔4米栽一棵,则少2754棵;若每隔5米栽一棵,则多396棵,则共有树苗( )。

A.8500棵　　　　　　B.12500棵　　　　　　C.12596棵　　　　　　D.13000棵

37.在一条公路上每隔100公里有一个仓库,共有5个仓库,一号仓库存有10吨货物,二号仓库存有20吨货物,五号仓库存有40吨货物,其余两个仓库是空的。现在要把所有的货物集中存放在一个仓库里,如果每吨货物运输1公里需要0.5元运输费,则最少需要运费( )。

A.4500元　　　　　　B.5000元　　　　　　C.5500元　　　　　　D.6000元

38.电视台要播放一部30集电视连续剧,如果要求每天安排播出的集数互不相等,该电视剧最多可以播( )。

A.7天　　　　　　　　B.8天　　　　　　　　C.9天　　　　　　　　D.10天

39.四人进行篮球传接球练习,要求每人接球后再传给别人。开始由甲发球,并作为第一次传球,若第五次传球后,球又回到甲手中,则共有传球方式( )。

A.60种　　　　　　　　B.65种　　　　　　　　C.70种　　　　　　　　D.75种

40.有甲、乙两个项目组。乙组任务临时加重时,从甲组抽调了甲组四分之一的组员。此后甲组任务也有所加重,于是又从乙组调回了重组后乙组人数的十分之一,此时甲组与乙组人数相等。由此可以得出结论( )。

A.甲组原有16人,乙组原有11人　　　　　　B.甲、乙两组原组员人数之比为16：11

C.甲组原有11人,乙组原有16人　　　　　　D.甲、乙两组原组员人数之比为11：16

41.100名男女运动员参加乒乓球单打淘汰赛,要产生男、女冠军各一名,则要安排单打赛( )。

A.90场　　　　　　　　B.95场　　　　　　　　C.98场　　　　　　　　D.99场

42.某服装厂有甲、乙、丙、丁四个生产组,甲组每天能缝制8件上衣或10条裤子;乙组每天能缝制9件上衣或12条裤子;丙组每天能缝制7件上衣或11条裤子;丁组每天能缝制6件上衣或7条裤子。现在上衣和裤子要配套缝制(每套为一件上衣和一条裤子),则7天内这四个组最多可以缝制衣服( )。

A.110套　　　　　　　B.115套　　　　　　　C.120套　　　　　　　D.125套

43.某工作组有12名外国人,其中6人会说英语,5人会说法语,5人会说西班牙语;有3人既会说英语又会说法语,有2人既会说法语又会说西班牙语,有2人既会说西班牙语又会说英语;有1人这三种语言都会说。则只会说一种语言的人比一种语言都不会说的人多( )。

A.1人　　　　　　　　B.2人　　　　　　　　C.3人　　　　　　　　D.5人

44.5人的体重之和是423斤,他们的体重都是整数,并且各不相同,则体重最轻的人,最重可能重( )。

A.80斤　　　　　　　　B.82斤　　　　　　　　C.84斤　　　　　　　　D.86斤

45.从12时到13时,钟的时针与分针可成直角的机会有( )。

A.1次　　　　　　　　B.2次　　　　　　　　C.3次　　　　　　　　D.4次

第二部分结束,请继续做第三部分!

第三部分　判断推理

(共 40 题,参考时限 40 分钟)

本部分包括四种类型的试题:

一、图形推理。共 10 题。包括两种类型的题目:

(一)请从所给的四个选择项中,选择最适合的一个填在问号处,使之呈现一定的规律性。请看例题:

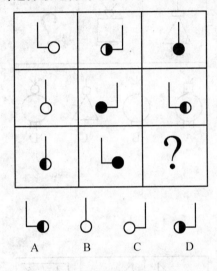

【解析】此题的正确答案是 C。

请开始答题:

46.

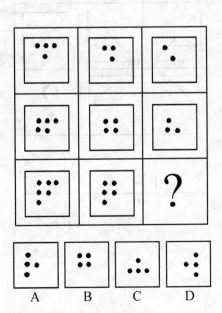

47.

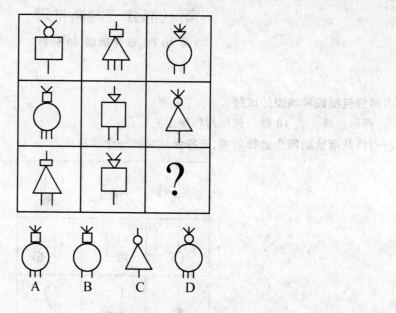

48.

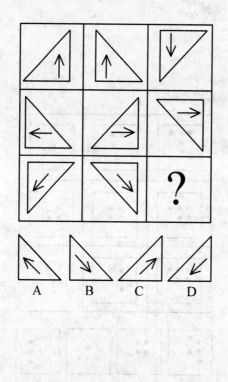

49.

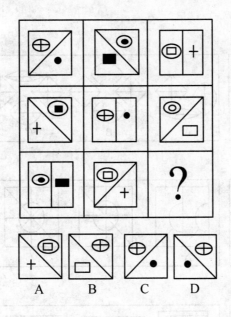

50.

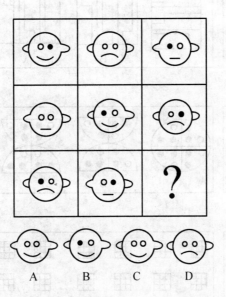

(二)左边的图形由若干个元素组成。右边的备选图形中只有一个是由组成左边图形的元素组成的,请选出这一个。注意,组成新的图形时,只能在同一平面上,方向、位置可能出现变化。请看例题:

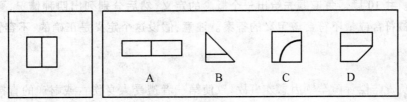

【解析】此题的正确答案是A。

请开始答题：

51.

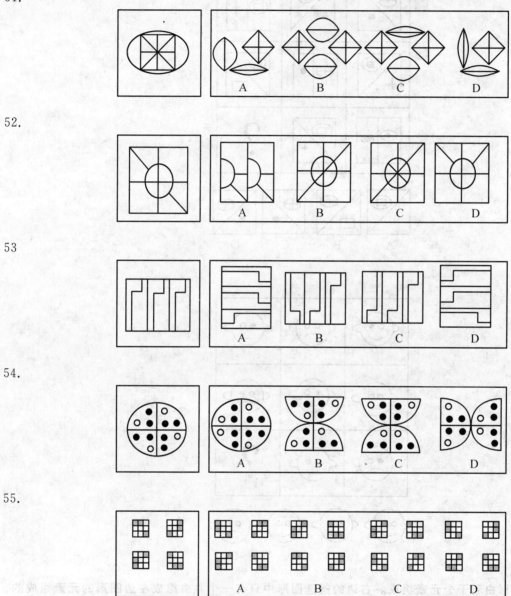

52.

53

54.

55.

二、定义判断。共 **10** 题。每道题先给出一个概念的定义，然后分别列出四种情况，要求你严格依据定义，从中选出一个最符合或最不符合该定义的答案。注意：假设这个定义是正确的，不容置疑的。

请开始答题：

56.第三者责任险负责赔偿保险车辆因意外事故，致使第三者遭受人身伤亡或财产的直接损失。所谓第三者是指被保险人及其财产和保险车辆上所有人员与财产以外的他人、他物。所谓"所有人员"指车上的驾驶员和所有乘坐人员。但这些人下车后除驾驶员外，均可视为第三者。

　　根据以上定义，下列属于第三者责任险赔偿范围的是（　　　　）。

A.甲驾驶自己的私人车辆出行，途中车辆发生故障。甲下车修理，车辆突然向后滑行，甲被车辆轧断脚

掌,本次事故中甲的医疗费用共计 5000 元

  B.甲驾驶卡车向某市运送货物,由于雪天路滑,在避让行人时,发生了翻车事故。经核查,本次事故中车辆损毁及货物损毁费用共计 1 万 9 千元

  C.甲为某长途汽车司机,在车辆的行驶过程中,车厢内突然起火。乘客乙被烧伤,财物被烧光。乙要求甲赔偿医疗费用及财物损毁费用共计 1 万元

  D.甲驾驶大巴车送一批游客去参观名胜古迹。到达旅游地点,甲倒车时将在车后绕行的乘客乙撞伤,后乙向甲索赔 2 万元

57.物证是指能够证明案件真实情况的物质痕迹和物品。物证的特征是它的外形、质量、特性和所在的位置等,反映了某些案件事实,人们可以此来证明案件的事实真相。

    根据以上定义,下列属于物证的是(   )。

  A.高速公路上发生一起交通事故,交通警察勘测现场时拍摄的现场照片

  B.在审理一起恶性的杀人案件中,因目击证人担心遭到报复,不愿出庭作证,而提供的记录证言的录音带

  C.某地警方在打击盗窃机动车的行动中追缴回来的被盗车辆

  D.根据警方在盗窃现场提取的指纹,鉴定人员所做的指纹鉴定报告

58.器官移植分为:①自体移植,指移植物取自受者自身;②同系移植,指移植物取自遗传基因与受者完全相同或基本相似的供者;③同种移植,指移植物取自同种但遗传基因有差异的另一个体;④异种移植,指移植物取自异种动物。

    根据以上定义,同卵双生姐妹之间的肾移植属于(   )。

  A.自体移植   B.同系移植   C.同种移植   D.异种移植

59.价格歧视是指企业以不同的价格把同样的物品卖给不同的顾客,尽管对每个顾客的生产成本是相同的。

    根据以上定义,下面不属于价格歧视的是(   )。

  A.厂家在报刊上赠送折扣券   B.买两个同样的商品打八折

  C.电影票对儿童和老人优惠   D.厂家低价销售次品

60.现场笔录是法定的行政诉讼证据形式之一,是指行政机关工作人员在执行公务的过程中对行政违法行为当场进行调查、给予处罚或者处理而制作的文字记载资料,包括行政机关对违反行政法规的当事人进行讯问所作的笔录。现场笔录适用的情形包括:①在证据难以保全的情况下;②在事后难以取证的情况下;③不可能取得其他证据或者其他证据难以证明案件的真实时。

    根据以上定义,以下不适用现场笔录的是(   )。

  A.交警对骑自行车闯红灯的人进行处罚

  B.卫生部门进行检查,发现餐馆有不洁的餐具

  C.工商部门检查小卖部,发现有变质的饮料

  D.税务部门发现某公司在一宗大型交易中偷税

61.泛化是指某种特定刺激的条件反应形成后,另外一些类似的刺激,也会诱发同样的条件反应。新刺激越近似于原刺激,条件反应被诱发的可能性就越大。

    根据以上定义,以下可以称为泛化现象的是(   )。

  A.杯弓蛇影   B.草木皆兵

  C.四面楚歌   D.一朝被蛇咬,十年怕井绳

62.预备犯罪是指为了实行犯罪事先准备工具、制造条件的行为。表现形式主要有两种:①准备工具。任何工具只要同犯罪行为联系在一起,就成为犯罪工具。②制造条件。如谋划行动方案、勾结共同犯罪

人等。

根据以上定义,下列描述未构成预备犯罪的是(　　)。

A. 刘军因为私人问题与老板积怨。一天,他遇老板外出,正巧天降暴雨,毁坏交通。刘军准备制造车祸假象,想致老板意外死亡

B. 丁某欠王老板 20 余万元,王老板多次索要,丁某总是躲避或拒绝。一天,有人告诉丁某,王老板正在训练"打手",准备对付丁某。后来,丁某查证,所谓的"打手",是王老板新招的保安

C. 梁某觊觎邻居家新买的摩托车,意欲据为己有,并悄悄准备好了一把万能钥匙,想趁邻居不在家时入室偷窃

D. 张胜扬言要杀吴天,并买了一把三棱刮刀,准备伺机行动

63. 持续犯又称继续犯,是指犯罪行为在一定时间内处于持续不间断状态的犯罪。持续犯的犯罪行为同不法状态同时继续,而不只是不法状态的继续,如果只是犯罪行为所造成的不法状态处于继续之中,而犯罪行为已经结束,并不处于持续状态,那就不是持续犯。

根据以上定义,下列行为未构成持续犯的是(　　)。

A. 田某依靠网络,将青少年诱骗至其家中,并先后杀害 5 名少年

B. 谢某虽然有妻子,却仍然同意与王某结婚,婚后一直与王某生活在一起

C. 张某私自购买了若干枪支弹药,并将其藏在自家地窖里

D. 某村支书因为村民韩某没有按照村里规定完成务工,便私自将韩某拘禁

64. 无因管理是指当事人无法律上的根据,也未受到他人的委托而管理他人事物。无因管理行为是一种自发性的行为,无因管理人有义务进行适当管理,对于无因管理行为人的合法权益,应及时给予保护。

根据以上定义,下列描述符合无因管理规定的是(　　)。

A. 王某经常引诱一些宠物至自家饲养,并向主人索取饲养费

B. 韩某因公出国半年,临行前将自己价值 5000 元的宠物委托邻居保管饲养

C. 小金拾到一只别人的小狗,久等不见主人。后将其带回家饲养,事后将狗返还其主人,并向主人索取饲养费

D. 张某将自行车放在路边锁上就办事去了。附近看车的王某怕影响交通就把车推到自己存车处,结果车子被盗,王某可以不进行赔偿

65. 行政合同是指行政主体为了行使行政职能、实现特定的行政管理目标,而与公民、法人或其他组织,经过协商一致所达成的协议。

根据以上定义,下列合同中不属于行政合同的是(　　)。

A. 计划生育合同

B. 全民所有制工业企业承包合同

C. 国有土地使用权出让合同

D. 税务局委托法院拍卖其留置船舶的委托合同

三、类比推理。共 **10** 题。先给出一对相关的词,要求你在备选答案中找出一对与之在逻辑关系上最为贴近或相似的词。

【例题】义工:职员

A. 球迷:球员　　　　　　　　　　　B. 学生:老师

C. 初学者:生手　　　　　　　　　　D. 志愿者:雇员

【解析】此题的正确答案为 D。

请开始答题：

66. 费解：理解（　　）
　　A. 难看：漂亮　　　　　　　　　　B. 组合：合并
　　C. 坚固：塌陷　　　　　　　　　　D. 疏忽：忽略

67. 白衣天使：护士（　　）
　　A. 雷锋：助人为乐　　　　　　　　B. 橄榄枝：和平
　　C. 钢铁长城：军人　　　　　　　　D. 母亲：祖国

68. 二氧化碳：温室效应（　　）
　　A. 石油：煤炭　　　　　　　　　　B. 公路：汽车
　　C. 洪水：水灾　　　　　　　　　　D. 投资：风险

69. 比喻：拟人（　　）
　　A. 报纸：课本　　　　　　　　　　B. 冰箱：洗衣机
　　C. 金丝猴：香蕉　　　　　　　　　D. 月球：月亮

70. 模仿：摩擦（　　）
　　A. 鹦鹉：问好　　　　　　　　　　B. 音乐会：侵权
　　C. 复制：官司　　　　　　　　　　D. 复印：卡纸

71. 淹没：水（　　）
　　A. 监禁：牢房　　　　　　　　　　B. 埋葬：泥土
　　C. 结冰：冰箱　　　　　　　　　　D. 围攻：部队

72. 自恋：爱（　　）
　　A. 敌意：批评　　　　　　　　　　B. 沉思：思想
　　C. 内疚：谴责　　　　　　　　　　D. 贪婪：欲望

73. 七巧板：拼图（　　）
　　A. 夹子：手镯　　　　　　　　　　B. 瓷砖：镶嵌
　　C. 暗示：对话　　　　　　　　　　D. 秘密：神秘

74. 侵蚀：削弱（　　）
　　A. 压缩：服从　　　　　　　　　　B. 联合：净化
　　C. 增加：扩大　　　　　　　　　　D. 坚持：改进

75. 学习：掌握（　　）
　　A. 弥漫：包围　　　　　　　　　　B. 收集：赢得
　　C. 寻找：发现　　　　　　　　　　D. 积累：提高

四、演绎推理。共 10 题。每题给出一段陈述,这段陈述被假设是正确的,不容置疑的。要求你根据这段陈述,选择一个答案。注意,正确的答案应与所给的陈述相符合,不需要任何附加说明即可以从陈述中直接推出。

【例题】对于穿鞋来说,正合脚的鞋子比大一些的鞋子好。不过,在寒冷的天气,尺寸稍大点的毛衣与一件正合身的毛衣差别并不大。这意味着:
　　A. 不合脚的鞋不能在冷天穿
　　B. 毛衣的大小只不过是式样的问题,与其功能无关
　　C. 不合身的衣物有时仍然有使用价值
　　D. 在买礼物时,尺寸不如用途那样重要

【解析】只有 C 是可以从陈述中直接推出的,应选 C。

请开始答题:

76.有文章指出,婴儿对音乐或歌声的反应要比话语更强烈。对于 6 个月大的婴儿,母亲的歌声是最容易让其入眠的。同时,音乐旋律能够反映人体自身的韵律,比如心跳和呼吸的节律。

　　根据这段话,以下做法合理的是(　　)。

A. 用音乐为婴儿治疗生理性疾病

B. 用音乐进行胎教,锻炼胎儿的四肢

C. 用音乐调节婴儿的情绪和反应

D. 用儿童喜欢的音乐旋律推测其身体状况

77.自然界的水因与大气、土壤、岩石等接触,所以含有多种"杂质",如钙,镁、钾、钠、铁、氟等。现代人趋向于饮用越来越纯净的水,如蒸馏水、纯水、太空水等。殊不知,长期饮用这种超纯净的水,会不利于健康。

　　下列选项最能支持上述论断的是(　　)。

A. 人们对饮食卫生越注重,人体的健康就会越脆弱

B. 只有未经处理的自然界的水,才符合人体健康的需要

C. 超纯净水之所以大受欢迎,是因为它更加卫生、口感更好

D. 自然界水中的所谓"杂质",可能是人体必需微量元素的重要来源

78.未来深海水下线缆的外皮将由玻璃制成,而不是特殊的钢材或铝合金。因为金属具有颗粒状的微观结构,在深海压力之下,粒子交界处的金属外皮容易断裂。而玻璃看起来虽然是固体,但在压力之下可以流动,因此可以视为液体。

　　由此可以推出(　　)。

A. 玻璃没有颗粒状的微观结构

B. 一切固体几乎都可以被视为缓慢流动的液体

C. 玻璃比起钢材或铝合金,更适合做建筑材料

D. 与钢材相比,玻璃的颗粒状的微观结构流动性更好

79.遇到高温时,房屋建筑材料会发出独特的声音。声音感应报警器能够精确探测这些声音,提供一个房屋起火的早期警报,使居住者能在被烟雾困住之前逃离。由于烟熏是房屋火灾人员伤亡最通常的致命因素,所以安装声音感应报警器将会有效地降低房屋火灾的人员伤亡。

　　下列哪一个假设如果正确,最能反驳上面的论述?(　　)

A. 声音感应报警器广泛使用的话,其高昂成本将下降

B. 在完全燃烧时,许多房屋建筑材料发出的声音在几百米外也可听见

C. 许多火灾开始于室内的沙发坐垫或床垫,产生大量烟雾却不发出声音

D. 在一些较大的房屋中,需要多个声音感应报警器以达到足够的保护

80.一般来说,科学家在进行科学研究时,容易被与其目标一致的其他科学家所接受,作为他们的同事。而当某位科学家作为向大众解释科学的人获得声誉时,大多数其他科学家会认为他不能再被视为一位真正的同事了。

　　以上论断所基于的假设是(　　)。

A. 严肃的科学研究不是一项个人的活动,而是要依赖一群同事的积极协作

B. 从事研究的科学家们不把他们所嫉妒的有名的科学家们视为同事

C. 一位科学家可以在没有完成任何重要研究的情况下成为一位知名人士

D. 从事研究的科学家们认为那些科学名人没有动力去从事重要的新研究

81. 对那些很少刷牙的人来说,罹患口腔癌的危险性更高。为了能在早期发现这些人的口腔癌,某市卫生部门向该市居民散发了小册子,上面描述了如何进行每周口腔的自我检查以发现口腔内的肿瘤。

下面哪个选项如果正确,最能质疑上述做法的效果?(   )

A. 口腔癌在成年人中比在儿童中更为普遍

B. 这份小册子被散发到该市的所有居民手中

C. 很少刷牙的人不大可能每周对他们的口腔进行检查

D. 许多牙病症状是不能在每周自我检查中被发现的

82. 有三位男生张强、赵林、王刚和三位女生李华、秦珊、刘玉暑假外出旅游,可能去上海、杭州、青岛和大连。条件是:①每人只能去一个地方;②凡是男生去的地方就必须有女生去;③凡是有女生去的地方就必须有男生去;④李华去上海或者杭州,赵林去大连。

如果上述断定都为真,则去杭州的人中不可能同时包含(   )。

A. 张强和王刚　　　　　　　　　　B. 王刚和刘玉

C. 秦珊和刘玉　　　　　　　　　　D. 张强和秦珊

83. 在一种插花艺术中,对色彩有如下要求:①使用橙黄或者使用墨绿;②如果使用橙黄,则不能使用天蓝;③只有使用天蓝,才使用铁青;④墨绿和铁青只使用一种。

由此可见在该种插花艺术中(   )。

A. 不使用墨绿,使用天蓝　　　　　B. 不使用橙黄,使用铁青

C. 不使用铁青,使用墨绿　　　　　D. 不使用天蓝,使用橙黄

84. 如果生产下降或浪费严重,那么将造成物资匮乏。如果物资匮乏,那么或者物价暴涨,或者人民生活贫困。如果人民生活贫困,政府将失去民心。事实上物价没有暴涨,而且政府赢得了民心。

由此可见(   )。

A. 生产下降但是没有浪费严重　　　B. 生产没有下降但是浪费严重

C. 生产下降并且浪费严重　　　　　D. 生产没有下降并且没有浪费严重

85. 航天局认为优秀宇航员应具备三个条件:第一,丰富的知识;第二,熟练的技术;第三,坚强的意志。现有至少符合条件之一的甲、乙、丙、丁四位优秀飞行员报名参选,已知:①甲、乙意志坚强程度相同;②乙、丙知识水平相当;③丙、丁并非都是知识丰富;④四人中三人知识丰富、两人意志坚强、一人技术熟练。

航天局经过考察,发现只有一人完全符合优秀宇航员的全部条件。他是(   )。

A. 甲　　　　　　B. 乙　　　　　　C. 丙　　　　　　D. 丁

第三部分结束,请继续做第四部分!

第四部分 常识判断

（共 30 题，参考时限 15 分钟）

根据题目要求，在四个选项中选出一个正确答案。

请开始答题：

86. 相传我国古代大诗人白居易每次做完诗后，都会读给一位目不识丁的老太太听。白居易这样做的目的是（　　）。

    A. 检查作品的韵律是否朗朗上口　　　　　　　B. 检查作品的内容是否通俗易懂

    C. 检查作品的主题是否符合大众兴趣　　　　　D. 在普通大众中推广自己的作品

87. 人每天都会眨眼无数次，有时是有意识的动作，有时则是"自动"进行的。这些"自动"进行的眨眼动作的主要目的是（　　）。

    A. 阻挡灰尘等异物进入眼睛　　　　　　　　　B. 防止眼部肌肉僵直、疲劳

    C. 习惯性动作，没有什么目的　　　　　　　　D. 使眼泪均匀覆盖眼球，保持眼球湿润

88. 法国国旗由蓝、白、红三条纵向的色带组成。实际测量发现，三条色带中蓝色带最宽，白色带最窄，红色带宽度居中。出现这种现象的原因是（　　）。

    A. 国旗上的三色代表法国的三大区域，色带宽度和区域面积相对应

    B. 国旗上三色代表建国时三大党派，色带宽度和当时的党派力量对比有关

    C. 国旗来源于当地某古老部族的旗帜，为什么设计成这样，已经无法考证

    D. 三种颜色给人造成的主观体验不同，为了让三条色带看上去等宽，实际宽度不能相同

89. 罚款、没收违法所得或者没收非法财物拍卖所得的款项，应（　　）。

    A. 必须全部上缴国库

    B. 交处罚决定机关作办公经费

    C. 交本级政府财政部门，列为本级政府财政收入

    D. 扣除行政处罚决定机关为此支付的费用后，剩余部分上缴国库

90. 对于情况复杂，不能在规定期限内作出行政复议决定的复议案件，经行政机关负责人批准，可以适当延长。对于这类案件，自复议机关受理申请之日起必须作出行政复议决定的最长时间是（　　）。

    A. 80 日　　　　　　　B. 15 日　　　　　　　C. 60 日　　　　　　　D. 90 日

91. 下列各项中，属于行政处罚的是（　　）。

    A. 罚金　　　　　　　B. 拘役　　　　　　　C. 责令停产停业　　　　D. 管制

92. 在行政复议中可作为复议依据，在行政诉讼中则只能作为审判参照的是（　　）。

    A. 行政规章　　　　　　　　　　　　　　　　B. 地方性法规

    C. 行政法规　　　　　　　　　　　　　　　　D. 单行条例、自治条例

93. 国家机关及其工作人员作出下列何种行为造成损害的，受害人有权取得国家赔偿？（　　）

    A. 违反国家规定征收财物　　　　　　　　　　B. 行政裁决不当

    C. 制定的法规、规章错误　　　　　　　　　　D. 行政机关建房侵占他人用地

94. 居住在甲市甲区的公民，因走私被位于乙市乙区的海关扣留，该公民不服，应向下列哪个单位提起行政诉讼？（　　）

A. 甲市或乙市中级人民法院　　　　　　　　B. 甲区或乙区人民法院

C. 甲区人民法院　　　　　　　　　　　　　D. 乙区人民法院

95. 有关人权,下列表述错误的是( )。

　　A. 人权是一个社会历史的范畴,不同社会、不同阶级有不同的人权观

　　B. 人权的本质特征是自由和平等,其实质内容和目标是人的生存与发展

　　C. 享有人权的主体是所有的人,不仅包括单个的人,也包括人的结合

　　D. 人权就是"人的权利",是天赋的,和公民权是一回事

96. 下列不属于县市级以上行政机关政务公开内容的是( )。

　　A. 主要领导成员的履历、分工

　　B. 政府以监管为目的对监管对象的调查信息

　　C. 政务公开服务机构的名称、办公地址、办公时间及联系方式

　　D. 在制定发展战略、规划、政策过程中形成的记录、报告、咨询意见等

97. 提出联合国安理会扩大决议草案的"四国联盟"包括( )。

　　A. 日本、法国、巴西、印度　　　　　　　　B. 日本、德国、巴西、印度

　　C. 日本、法国、德国、巴西　　　　　　　　D. 日本、法国、德国、印度

98. 有关海啸,下列说法错误的是( )。

　　A. 只有水下地震这种大地活动可能引起海啸

　　B. 海啸来临时,海水可能会突然先退下去几十米甚至几百米

　　C. 海啸发生时掀起的海浪高度可达几米至几十米不等,形成"水墙"

　　D. 海啸发生时,从海底到海面整个水体在波动,所含的能量惊人

99. 工人孙某休假回村,一日主动携带邻居家的6岁小孩进入村旁林深路险、豺狼出没的山林中狩猎玩。走入山林约5公里的时候,两人失散。孙某继续独自狩猎,之后既不寻找小孩,也没返村告知小孩家人,便径直回县城工作单位。4日后,林中发现被野兽咬伤致死的小孩尸体。孙某的行为属于( )。

　　A. 故意杀人　　　　　　　　　　　　　　B. 意外事件

　　C. 过失杀人　　　　　　　　　　　　　　D. 不构成犯罪

100. 拖拉机厂电工张某,自恃技术熟练,在检修电路时不按规定操作,造成电路着火,部分设备被烧毁,损失十多万元,张某的行为构成( )。

　　A. 失火罪　　　　　　　　　　　　　　　B. 玩忽职守罪

　　C. 破坏集体生产罪　　　　　　　　　　　D. 重大责任事故罪

101. 某地区高新技术产业开发区办公室主任王某,急于引进外资,对于前来投资的"外商"甲某等人盲目轻信,未认真审查其主体资格、资信状况,就签订引资合作协议,由高新技术产业开发区先期打入对方账户400万元,结果,先期打入的资金被悉数骗走,给国家造成了严重损失,王某的行为已经构成了( )。

　　A. 玩忽职守罪　　　　　　　　　　　　　B. 滥用职权罪

　　C. 国家工作人员签订、履行合同失职罪　　　D. 尚未构成犯罪

102. 当劳动争议发生时,当事人的下列做法中不正确的是( )。

　　A. 当事人直接向人民法院起诉

　　B. 当事人向本单位劳动争议调解委员会申请调解

　　C. 当事人直接向劳动争议仲裁委员会申请仲裁

　　D. 当事人所在单位劳动争议调解委员会调解不成的,当事人可向劳动争议仲裁委员会申请仲裁

103. 现行宪法规定,自治区的自治条例和单行条例的审批权属于( )。

　　A. 全国人民代表大会　　　　　　　　　　B. 全国人大常委会

C. 国务院　　　　　　　　　　　　D. 本级人民代表大会

104. 作品被收集、出版、发行的9岁小画家是（　　）。

A. 无民事行为能力人　　　　　　　B. 限制民事行为能力人

C. 完全民事行为能力人　　　　　　D. 视为完全民事行为能力人

105. 根据《宪法》和法律的规定，享有人身特别保护权的人大代表包括（　　）。

A. 各级人大代表　　　　　　　　　B. 全国人大代表

C. 省级以上人大代表　　　　　　　D. 县级以上人大代表

106. 下列可以单独作为认定案件事实的依据的是（　　）。

A. 未成年人作出的各类证言

B. 当事人李某的妻子向法院作出的有利于李某的证言

C. 原告提出的字迹清晰的合同文书复印件，但原件已丢失，且被告否认有该合同文件

D. 原告王某向法院提供的其采取偷录的方法获取的证明被告杨某借其人民币2000元的录音带，但有些关键内容不清楚

107. 受理申请宣告公民失踪或死亡的机关是（　　）。

A. 民政机关　　　　　　　　　　　B. 司法行政机关

C. 人民法院　　　　　　　　　　　D. 公证机关

108. 赶赴火场的消防队及其消防车辆、物资需要铁路和轮船运输时，铁路和航运部门应当免费优先载运。这体现了行政主体享有（　　）。

A. 行政特权　　　　　　　　　　　B. 行政收益权

C. 获得社会协助权　　　　　　　　D. 先行处置权

109. 根据我国现行《宪法》和《立法法》的规定，下列行为构成违法的是（　　）。

A. 全国人大常委会撤销某直辖市人大常委会批准的单行条例

B. 全国人大常委会修改全国人大制定的法律

C. 全国人大改变其常委会批准的自治条例

D. 全国人大常委会通过的法律由国家主席签署主席令予以公布

110. 某县技术监督局委托该县农业技术推广站对贩卖假种子的单位和个人行使处罚权，技术推广站应以下列哪个单位的名义行使处罚权？（　　）

A. 县技术监督局　　　　　　　　　B. 农业技术推广局

C. 农业技术推广局执法站　　　　　D. 县人民政府

111. 甲教师完成一部学术专著，现有以下人员主张自己也是该专著的作者。其中符合著作权法规定的理由是（　　）。

A. 乙说："我曾经为这个课题申请经费，而且主持过这个课题的研讨会。"

B. 丙说："我曾经为这个课题查过资料，还帮他抄写过一部分手稿。"

C. 丁说："我曾经撰写过书的两章，尽管甲教师对这两章进行了较大的修改，但基本保持了原稿的结构和内容。"

D. 戊说："甲教师在研究这个课题时，我提出的一些意见被他采纳。"

112. 有权对人民法院生效的民事判决和裁定抗诉的检察机关是（　　）。

A. 同级人民检察院　　　　　　　　B. 各级人民检察院

C. 上一级人民检察院　　　　　　　D. 上级人民检察院

113. 甲向银行取款时，银行工作人员因点钞失误多付给1万元。甲以这1万元作为本钱经商，获利5000元，其中2000元为其劳务管理费用成本。1个月后银行发现了多付款的事实，要求甲退回，甲不同意。

下列有关该案的表述中正确的是( )。

　　A.甲应返还银行多付的 1 万元

　　B.甲无须返还,因系银行自身失误所致

　　C.甲应返还银行多付的 1 万元,同时还应返还 1 个月的利息

　　D.甲应返还银行多付的 1 万元,同时还应返还 1 个月的利息及 3000 元利润

114.有限责任公司与股份有限公司最主要的区别是( )。

　　A.后者必须以股东大会为权力机构,前者则不然

　　B.前者以其全部资产对公司债务承担责任,后者则不然

　　C.后者的全部资本分为等额股份并采取股票的形式,前者则不然

　　D.前者的股东有人数限制即 2 人以上 50 人以下,后者则不然

115.在以死亡为给付条件的人身保险中,被保险人死亡以后,如果受益人也先于被保险人死亡,又没有其他受益人的,保险人应当向谁履行给付保险金的义务?( )

　　A.投保人指定的人　　　　　　　　　　　B.被保险人的继承人

　　C.受益人的继承人　　　　　　　　　　　D.国家

第四部分结束,请继续做第五部分!

第五部分　资料分析

（共 20 题,参考时限 20 分钟）

　　所给出的图、表或一段文字均有 5 个问题要你回答。你应根据资料提供的信息进行分析、比较、计算和判断处理。

　　请开始答题:

　　一、根据下列文字资料回答 116～120 题。

　　2003 年国家财政科技拨款额达 975.5 亿元,比上年增加 159.3 亿元,增长 19.5%,占国家财政支出的比重为 4.0%。在国家财政科技拨款中,中央财政科技拨款为 639.9 亿元,比上年增长 25.2%,占中央财政支出的比重为 8.6%;地方财政科技拨款为 335.6 亿元,比上年增长 10%,占地方财政支出的比重为 1.9%。分执行部门看,各类企业科技活动经费支出为 960.2 亿元,比上年增长 21.9%;国有独立核算的科研院所科技活动经费支出 399.0 亿元,比上年增长 13.6%;高等学校科技活动经费支出 162.3 亿元,比上年增长 24.4%,高等学校科技活动经费支出占全国总科技活动经费支出的比重为 10.5%。各类企业科技活动经费支出占全国总科技活动经费支出的比重比上年提高了 1.2 个百分点。

116.2003 年国家财政支出总额为( )。

　　A.24387.5 亿元　　　　　　　　　　　　B.5002.6 亿元

　　C.3979.6 亿元　　　　　　　　　　　　D.816.3 亿元

117.2003 年中央财政支出与地方财政支出之比约为( )。

　　A.1：6.87　　　　　　　　　　　　　　B.6.87：1

　　C.1：2.37　　　　　　　　　　　　　　D.2.37：1

118.与 2002 年相比,2003 年科技活动经费支出绝对增长量最大的执行部门是( )。

　　A.各类企业　　　　　　　　　　　　　　B.国有独立核算的科研院所

171

C.高等学校   D.无法得知

119.2003年国家财政科技拨款额约占全国总科技活动经费支出的(　　)。

A.43.1%   B.63.1%

C.77.1%   D.83.1%

120.根据文中划线部分内容,可以求出的选项为(　　)。

[1]2002年各类企业科技活动经费支出

[2]2003年全国总科技活动经费支出

[3]2002年全国总科技活动经费支出

A.[1]   B.[1]与[2]

C.[2]与[3]   D.[1]、[2]与[3]

二、根据下图回答121～125题。

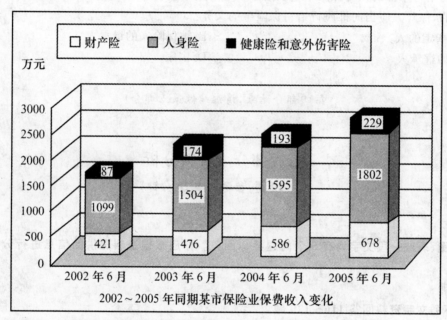

2002～2005年同期某市保险业保费收入变化

121.该市2005年6月的总保费收入比去年同期约增长了(　　)。

A.14.1%   B.24.1%   C.34.1%   D.68.5%

122.该市2005年6月人身险保费收入占总保费收入的比重与2003年同期相比(　　)。

A.约增加了3%   B.约减少了3%

C.约增加了6%   D.约减少了6%

123.与上一年同期相比增幅最大的是(　　)。

A.2004年6月财产险保费收入   B.2004年6月人身险保费收入

C.2005年6月财产险保费收入   D.2005年6月人身险保费收入

124.2003年6月,该市哪一种保险的保费收入占总保费收入的比重相对于2002年6月有最大增长?(　　)

A.财产险   B.人身险

C.健康险和意外伤害险   D.无法判断

125.根据四年来该市保费收入的变化,可以推出(　　)。

[1]该市的人均收入有较大增长

[2]人们的保险和理财意识不断增强

[3]人们对于人身险的投入明显高于对于其他险种的投入

A.[1]   B.[3]   C.[1]与[3]   D.[2]与[3]

三、根据下列表格回答 126～130 题。

2004 年广播、电视宣传基本情况表

项目	节目套数 (套)	播出时间 (小时/日)	自办节目时间 (小时/日)	新闻 节目	专题 节目	教育 节目	文艺 节目	服务性 节目
无线广播合计	2064	26489	17986	2403	3917	930	6709	2316
中央台和国际台	11	529	529	200	183	15	116	8
地方台	2053	25960	17457	2203	3734	915	6593	2308
电视播映合计	2262	27499	20455	1785	2422	487	11618	1899
中央台	14	280	280	64	80	9	88	27
地方台	2248	27219	20175	1721	2342	478	11530	1872

126.2004 年,所有无线广播自办节目中,新闻节目和专题节目所占比例分别为( )。

    A.13.36%,21.78%   B.37.81%,34.59%

    C.37.81%,21.78%   D.13.36%,34.59%

127.从上表数据可以看出,无线广播中新闻节目时间占自办节目时间的比例约是电视播映中新闻节目时间占自办节目时间的比例的( )。

    A.1.93 倍   B.1.53 倍   C.1.03 倍   D.0.97 倍

128.中央电视台与地方电视台平均每套节目的自办时间之比约为( )。

    A.20∶9   B.12∶9   C.1∶72   D.1∶160

129.在电视自办节目的时间中占比例最大的节目种类是( )。

    A.新闻节目   B.专题节目   C.文艺节目   D.服务性节目

130.根据上表所列数据,下列说法错误的是( )。

    A.中央电视台只播自办节目

    B.地方电视台播自办节目的时间占总播出时间的 70%以上

    C.地方电视台 2004 年全年平均每套节目播出自办教育节目 0.213 小时

    D.地方无线广播电台 2004 年平均每天每套节目播出自办教育节目 0.446 小时

四、根据下表回答 131～135 题。

1997～2003 年某国货币供应量情况表   (单位:万亿元)

年份	货币和准货币	货币	流通中的现金	活期存款	准货币
1997	9.10	3.48	1.02	2.46	5.62
1998	10.45	3.90	1.12	2.77	6.55
1999	11.99	4.58	1.35	3.24	7.41
2000	13.46	5.31	1.47	3.85	8.15
2001	15.83	5.99	1.57	4.42	9.84
2002	18.50	7.09	1.73	5.36	11.41
2003	22.12	8.41	1.97	6.44	13.71

131. 1998 年,流通中的现金约占货币和准货币的(   )。

    A. 10.0%   B. 10.7%   C. 13.2%   D. 37.3%

132. 从 1997 至 2003 年间,货币量相对上一年的绝对增量最大的年份是(   )。

    A. 1999 年   B. 2000 年   C. 2002 年   D. 2003 年

133. 占当年货币和准货币的比例最高的是(   )。

    A. 2002 年货币   B. 2003 年货币   C. 2002 年准货币   D. 2003 年准货币

134. 从 1997 至 2003 年间,增长最快的项目是(   )。

    A. 流通中的现金   B. 货币   C. 货币和准货币   D. 活期存款

135. 根据上表所列数据,下列说法不正确的是(   )。

    A. 并不是每一年,准货币都超过活期存款

    B. 2000 年活期存款是流通中的现金的 2.5 倍以上

    C. 与 1997 年相比,2003 年活期存款占货币量的比例有所增加

    D. 准货币在货币和准货币中的比例均高于货币在货币和准货币中的比例

全部测验到此结束!

2005 年中央国家机关公务员录用考试

《行政职业能力测验(一)》试卷

说　明

　　这项测验共有五个部分,135 道题,总时限为 120 分钟。各部分不分别计时,但都给出了参考时限,供你参考以分配时间。

　　请在机读答题卡上严格按照要求填写好自己的姓名、报考部门,涂写准考证号。

　　请仔细阅读下面的注意事项,这对你获得成功非常重要。

　　1.题目应在答题卡上作答,不要在试题本上作任何记号。

　　2.监考人员宣布考试开始时,你才可以开始答题。

　　3.监考人员宣布考试结束时,你应立即放下铅笔,将试题本、答题卡和草稿纸都留在桌上,然后离开。如果你违反了以上任何一项要求,都将影响你的成绩。

　　4.在这项测验中,可能有一些试题较难,因此你不要在一道题上思考时间太久,遇到不会答的题目,可先跳过去,如果有时间再去思考。否则,你可能没有时间完成后面的题目。

　　5.试题答错不倒扣分。

　　6.特别提醒你注意,涂写答案时一定要认准题号。严禁折叠答题卡!

第一部分　言语理解与表达

（共 25 题，参考时限 25 分钟）

　　每道题包含一段文字或一个句子，后面是一个不完整的陈述，要求你从四个选项中选出一个来完成陈述。注意：答案可能是完成对所给文字主要意思的提要，也可能是满足陈述中其他方面的要求，你的选择应与所提要求最相符合。

　　【例题】钢铁被用来建造桥梁、摩天大楼、地铁、轮船、铁路和汽车等，被用来制造几乎所有的机械，还被用来制造包括农民的长柄大镰刀和妇女的缝衣针在内的成千上万的小物品。

　　这段话主要支持了这样一种观点，即（　　）。

　　A. 钢铁具有许多不同的用途

　　B. 钢铁是所有金属中最坚固的

　　C. 钢铁是一种反映物质生活水平的金属

　　D. 钢铁是唯一用于建造摩天大楼和桥梁的物质

　　【解析】答案为 A。

　　请开始答题：

1. 我们的一些科普文章常常激不起公众的兴趣，原因之一便是枯燥。要把科普文章写得"郁郁乎文哉"，就需要作家的笔。科学的飞速发展，为文学写作提供了一座富矿。相信有眼光的文学家一旦领略科学题材的广阔富饶，便会陶醉在它的无限风光中乐而忘返。

　　这段文字谈论的是（　　）。

　　A. 科普文章对作家的依赖

　　B. 科学和文学的互相激励作用

　　C. 科学和文学互相依赖的关系

　　D. 科学发展为文学提供了丰富的素材

2. 在我国加入世界贸易组织、农业科技迅猛发展的形势下，农业面临的竞争首先是科技竞争。只有尽快提高农民的文化素质和科技意识，才能不断推广大批先进实用的农业科技成果，为农业和农村经济的发展提供有力的科技支撑。我国将继续推进农业和农村经济结构调整，大力发展优势农产品和特色产业，将在粮食主产区推广 50 个优质、高产、高效品种和 10 项关键技术。这些品种和技术的推广和运用都需要高素质的农民。为此，国家已经决定大力发展农村成人教育，在全国普遍开展农村实用技术培训，每年将培训农民超过 1 亿人次。

　　这段文字的意思是在强调（　　）。

　　A. 农民亟需提高科学文化素质

　　B. 国家加大农业和农村经济结构调整

　　C. 发展科技才能提高我国农业的竞争力

　　D. 每年有大量农民接受农村实用技术培训

3. 群众的眼睛是雪亮的，但如果缺乏足够的引导和约束，这种"雪亮"有可能变成一种偏执，一种没有方向的自负。而建立在"多数人"压过"少数人"基础上的制度安排，很可能走进片面和偏狭的陷阱中。"上级"评议，官员面对的是"一个人"，"公众"评议，官员面对的是"一群人"，只有在"顶天"的压力和"立地"

的责任互相补充下才能真正起到足够的监督作用。自上而下与自下而上的监督力量有机地结合,才可能在博弈中避免"一个人"的片面和"一群人"的片面。

这段文字的主旨是(   )。

A. 质疑群众评议的合理性

B. 群众的意志要得到合理的引导和约束

C. 如何对官员进行有效的监督

D. 怎样在群众和上级间达到平衡

4. 有一种看法,认为结构游戏只不过是幼儿拼拼凑凑、搬搬运运而已,无需教师过多的参与。其实,结构游戏如能进行得好,不但能培养幼儿的搭配能力、空间想象能力和思维能力,而且能促进幼儿手、脑、眼协调一致的能力和培养幼儿对造型艺术的审美能力。但要使结构游戏发挥出如此的作用,教师不仅要参与,更要不失时机地示范、指导和点拨,否则,便不可能有这样的效果。

这段文字的主旨是(   )。

A. 幼儿的健康发展离不开结构游戏

B. 幼儿教师与幼儿能力的形成有很大关系

C. 合格的幼儿教师应掌握结构游戏的教法

D. 幼儿对造型艺术的审美能力有赖于结构游戏

5. 无论什么文章,一旦选进语文教材,就不再是原来意义上的、独立存在的作品,而是整个教材系统中一个有机组成部分,是"基本功训练的凭借"。

"基本功训练的凭借"是(   )。

A. 收入语文教材中的各类作品

B. 那些保持原来意义、独立存在的作品

C. 整个教材系统中的一个有机组成部分

D. 那些不再是原来意义上的、独立存在的作品

6. 上海零点市场调查公司将上海、北京、广州三地家庭的子女教育与养成费用支出情况做了一个比较,发现三地家庭为子女教育支付给学校的费用水平,以北京为最低;而在其他教育支出方面,上海家庭的支出水平显著较低;就总体水平而论,上海孩子所获得的零花钱和所需家长承担的生活费用也低于京、穗。

通过这段文字我们可以知道,广州家庭(   )。

A. 给孩子的零花钱少于北京

B. 为子女教育支出总体水平高于上海

C. 在其他教育方面的支出水平介于北京、上海之间

D. 为子女教育支付给学校的费用水平介于北京、上海之间

7. 有一种很流行的观点,即认为中国古典美学注重美与善的统一。言下之意则是中国古典美学不那么重视美与真的统一。笔者认为,中国古典美学比西方美学更看重美与真的统一。它给美既赋予善的品格,又赋予真的品格,而且真的品格大大高于善的品格。概而言之,中国古典美学在对美的认识上,是以善为灵魂而以真为最高境界的。

通过这段文字我们可以知道,作者的观点(   )。

A. 正确而不流行   B. 流行而不正确

C. 新颖而不流行   D. 流行而不新颖

8. 在西斯廷礼拜堂的天花板上,文艺复兴时期的艺术巨匠米开朗基罗把他笔下的人物描绘得如此雄壮、有力。在意大利,每当我们看到这些魁伟强劲、丰满秀美的人体艺术作品时,就会深深地感到人类征服自然、改造自然的勇气和力量,使我们对文艺复兴运动与现代体育的渊源有了更深刻的理解。

这段文字是在谈文艺复兴运动与( )。

    A. 意大利   B. 现代体育   C. 人体艺术   D. 米开朗基罗

9. 去工作而不要以挣钱为目的;去跳舞而不管是否有他人关注;去唱歌而不要想着有人在听;去爱而忘记所有别人对你的不是;去生活就像这世界是天堂。

    这段文字意在告诉我们( )。

    A. 幸福其实就在一念之间   B. 生活需要多一些想象

    C. 走自己的路,让别人说去吧   D. 做事情不要有太强的目的性

10. 人们不喜欢丢掉自己的原有"地盘",不喜欢丢面子。他们往往陷入一种思想陷阱,也就是经济学家所说的"沉没成本",它指一种时间和金钱的投资,只有在产品销售成功后才可顺利回收。在英语国家中,也被称为"将钱掉进排水沟里"。

    这段文字意在告诉我们( )。

    A. 很多人有怀旧情绪,不善于放弃

    B. 所有金钱和时间上的投资都会得到回报

    C. 计算投资成本时,应该把"沉没成本"也加进去

    D. 当决定是否进行投资的时候,必须忘掉自己过去的投资

11. 随着宏观经济调控政策的逐步落实,我国经济增速会适度放缓,对石油、天然气资源的需求有所减少,供求矛盾在一定程度上将得到缓解。根据国际能源署的最新预测,今年我国原油产量将达 1.75 亿吨,比去年增长 1%;而原油消费量将有可能突破 3 亿吨,比去年增长 12% 左右;进口将会超过 1 亿吨,有可能接近 1.2 亿吨,比去年增长 30% 左右。

    根据这段文字,我们可以知道( )。

    A. 我国原油供给紧张   B. 我国原油消费主要靠进口

    C. 我国对进口原油的依赖加大   D. 我国对能源的需求会越来越少

12. 假如法庭陪审员过于专业化,他可能因强烈的专业视角而丧失一个普通人的正常视野。法律是为普通人制定的,也需要普通人来遵守才有效力,同样,司法过程也需要普通人制度化的参与。

    这段文字是针对什么问题阐述观点的?( )。

    A. 外人干预法庭审理过程   B. 法庭审理案件的程序

    C. 法律怎样才会得到有效的遵守   D. 由专业人员担当法庭陪审员

13. 设立最低工资的初衷是维护低收入的贫穷工人,但到头来这些人却找不到工作。有最低工资的规定,雇主当然是选聘生产力较高或较"可爱"的了。在美国,最低工资增加了种族歧视——支持这种结论的研究很多。

    最低工资制度让一些人找不到工作的原因是( )。

    A. 一些雇主有种族歧视   B. 工资太低不能维持生活

    C. 没有了报酬上的就业优势   D. 生产力不能满足雇主的要求

14. 人,就是想探寻宇宙奥秘,觅其所未见,因之为探天险而丧生者已为数众多。人类必须征服自然,将金沙江之类的天堑改变成通途,事关国计民生,造福当今后世。不意缆车之发明却大大发展了旅游事业,大量赚钱,满足了弱者也能登临天险的好奇心,后果却摧毁了人间天险。

    对这段文字的主旨最准确的概括是( )。

    A. 缆车的发明可以使自然界的天险变成通途

    B. 缆车即使旅游业赚钱,也满足了游客探险的愿望

    C. 缆车可以让弱者登临天险而不必担心有生命危险

    D. 缆车满足了人的好奇心,也限制了人对自然的探寻

15. 从哲学的角度看,不可否认原始儒家思想中存在很多人性的光辉,而从历史的角度看,儒家思想世俗化之后建构的传统文化,最明显的缺陷就在于没有提供一种包含起码的人道主义精神的底线伦理。当我们批判传统文化和创造新文化的时候,应该在人道主义的框架内建立一种起码的道德底线。

   这段文字的主旨是( )。

   A. 提倡建立底线文明　　　　　　　　　　B. 批判儒家思想的缺陷

   C. 批判地继承儒家思想　　　　　　　　　　D. 应创造什么样的新文化

16. 根据现行的法律、法规,所有与用人单位形成劳动关系的劳动者,不管是签订劳动合同的,还是存在事实劳动关系的,不管是原有的所谓编内职工,还是所谓的"非正式人员",如农民工、临时工,都是企业的正式员工,所不同的只是进单位迟早不同或劳动合同长短有别而已。

   由此可知劳动者之间没有差别的一方面是( )。

   A. 身份　　　　　　　　　　　　　　　　　B. 待遇

   C. 权利　　　　　　　　　　　　　　　　　D. 与企业的关系

17. 一家饭店有这样一副对联:为名忙,为利忙,忙中偷闲,且喝一杯茶去;劳心苦,劳力苦,苦中作乐,再斟两壶酒来。

   这副对联意在强调( )。

   A. 现代人争名夺利,沉迷于物质　　　　　　B. 人们生活艰辛,幸福来之不易

   C. 现代人应该适当放慢生活节奏　　　　　　D. 人们应劳逸结合,会享受生活

18. 长期以来,在传统观念的影响下,对于司法机关在执法过程中侵害公民、法人和其他组织的合法权益的行为,缺乏有效可行的保障机制来恢复和弥补被侵权人的权利。遭受侵害的当事人不知道怎样保护自己的合法权益,更没有一条光明、可靠的渠道来支持这种保护。

   这段文字的主旨是( )。

   A. 司法机关执法受到传统观念的深刻影响

   B. 司法机关的执法过程也应有法可依、有法必依

   C. 目前缺少保障机制来弥补被司法机关侵犯的权利

   D. 制定规范和约束司法机关执法过程的法律势在必行

19. 夏天少数人为贪图凉爽,早餐以冷饮代替豆浆和牛奶,这种做法在短时间内不会对身体产生影响,但长期如此会伤害"胃气"。在早晨,身体各系统器官还未走出睡眠状态,过多食用冰冷的食物,会使体内各个系统出现挛缩及血流不顺的现象。所以早饭时应首先食用热稀饭、热豆浆等热食,然后吃蔬菜、面包、水果和点心等。

   这段文字主要谈的是( )。

   A. 夏天吃早餐的重要性　　　　　　　　　　B. 夏天早餐喝冷饮的危害

   C. 夏天早餐应吃什么食物　　　　　　　　　D. 夏天吃早餐的注意事项

20. 近日,有能源专家指出,目前全国不少城市搞"光彩工程",在当前国内普遍缺电的形势下这是不适宜的。按照上海电力部门的测算,上海的灯光工程全部开启后,耗电量将达到 20 万千瓦时,占整个城市总发电量的 2%,相当于三峡电厂目前对上海的供电容量。

   这段文字的主旨是( )。

   A. 搞光彩工程对国家和人民无益　　　　　　B. 现在不宜在各地推广光彩工程

   C. 上海整个城市的总发电量不高　　　　　　D. 上海的灯光工程耗电量惊人

21. 俄罗斯防病毒软件供应商——卡斯佩尔斯基实验室于 6 月 15 日宣布,一个名为 29a 的国际病毒编写小组日前制造出了世界上首例可在手机之间传播的病毒。卡斯佩尔斯基实验室说,29a 小组于 15 日将这个名叫"卡比尔"的蠕虫病毒的代码发给了一些反病毒厂商,后者确认该病毒具备在手机之间传播的

功能。

　　该段文字作为一则报纸上的新闻,最适合做该段文字题目的是(　　)。

A."卡比尔"蠕虫病毒在俄诞生

B.29a 的国际病毒编写小组的新贡献

C.世界首例在手机之间传播的病毒诞生

D.反病毒厂商确认手机之间可传播病毒

22.现代心理学研究认为,当一个人感到烦恼、苦闷、焦虑的时候,他身体的血压和氧化作用就会降低,而当他心情愉快时整个新陈代谢就会改善。

　　根据这段文字我们知道(　　)。

A.人们可以通过调节心情来调节血压

B.心情好坏与人的身体健康存在密切关系

C.血压和氧化作用降低说明该人心情不好

D.只要心情愉快就可以改善整个新陈代谢

23.颐和园附近要建的电塔工程,在一片反对的声浪中进入环保听证程序。事件到此并没有画上句号,它不仅考验着市民维护家园的决心和城市决策者的智慧,还关系到类似颐和园的众多风景名胜资源和文物的命运。

　　根据这段文字我们不能推出的是(　　)。

A.电塔工程至此还没有正式开工

B.电塔工程不是一个错误的决策

C.多数市民维护家园的决心比较强

D.受到此种威胁的景点不止是颐和园

24.世界遗产公约规定,世界遗产所在地国家必须保证遗产的真实性和完整性。世界遗产的功能,第一层是科学研究,第二层是教育功能,最后才是旅游功能。目前很多地方都在逐步改正,但还有诸多不尽如人意的地方。

　　从这段文字我们不能推出的是(　　)。

A.世界遗产所在地国家应该妥善保护世界遗产

B.世界遗产最宝贵的价值是其科学研究价值

C.目前仍有不少违反世界遗产公约的行为存在

D.所有世界遗产所在地国家都过分注重其旅游功能

25."人造美女"是最近非常抢眼的一个词。爱美之心人皆有之,丑小鸭变成白天鹅的梦想,通过整形美容手术就可以在短时间内成为现实,对每一位爱美女性来说,都是一种诱惑。目前,整形美容已成为诸多爱美女性增加个人靓丽指数的时尚选择。与此同时,也有许多女性为此付出了惨痛的代价……

　　作为文章的引言,该文章最有可能谈的是(　　)。

A.整形美容的方法、原理和效果

B.整形美容受到众多女性的青睐

C.整形美容给女性生活带来的变化

D.失败的整形美容所带来的痛苦

第一部分结束,请继续做第二部分!

第二部分　数量关系

(共 25 题,参考时限 25 分钟)

本部分包括两种类型的试题:

一、数字推理。共 **10 题**。给你一个数列,但其中缺少一项,要求你仔细观察数列的排列规律,然后从四个供选择的选项中选择你认为最合理的一项,来填补空缺项,使之符合原数列的排列规律。

【例题】1, 3, 5, 7, 9, (　　)

　A. 7　　　　　　　　　B. 8　　　　　　　　　C. 11　　　　　　　　　D. 未给出

【解析】答案是 11。原数列是一个等差数列,公差为 2,故应选 C。

请开始答题:

26. 2, 4, 12, 48, (　　)

　A. 96　　　　　　　　　B. 120　　　　　　　　　C. 240　　　　　　　　　D. 480

27. 1, 1, 2, 6, (　　)

　A. 21　　　　　　　　　B. 22　　　　　　　　　C. 23　　　　　　　　　D. 24

28. 1, 3, 3, 5, 7, 9, 13, 15, (　　), (　　)

　A. 19,21　　　　　　　　B. 19,23　　　　　　　　C. 21,23　　　　　　　　D. 27,30

29. 1, 2, 5, 14, (　　)

　A. 31　　　　　　　　　B. 41　　　　　　　　　C. 51　　　　　　　　　D. 61

30. 0, 1, 1, 2, 4, 7, 13, (　　)

　A. 22　　　　　　　　　B. 23　　　　　　　　　C. 24　　　　　　　　　D. 25

31. 1, 4, 16, 49, 121, (　　)

　A. 256　　　　　　　　　B. 225　　　　　　　　　C. 196　　　　　　　　　D. 169

32. 2, 3, 10, 15, 26, (　　)

　A. 29　　　　　　　　　B. 32　　　　　　　　　C. 35　　　　　　　　　D. 37

33. 1, 10, 31, 70, 133, (　　)

　A. 136　　　　　　　　　B. 186　　　　　　　　　C. 226　　　　　　　　　D. 256

34. 1, 2, 3, 7, 46, (　　)

　A. 2109　　　　　　　　B. 1289　　　　　　　　C. 322　　　　　　　　　D. 147

35. 0, 1, 3, 8, 22, 63, (　　)

　A. 163　　　　　　　　　B. 174　　　　　　　　　C. 185　　　　　　　　　D. 196

二、数学运算。共 **15 题**。在这部分试题中,每道试题呈现一道算术式,或是表述数字关系的一段文字,要求你迅速、准确地计算出答案。你可以在草稿纸上运算。遇到难题,可以跳过暂时不做,待你有时间再返回解决它。

【例题】甲、乙两地相距 42 公里,A、B 两人分别同时从甲乙两地步行出发,A 的步行速度为 3 公里/小时,B 的步行速度为 4 公里/小时,问 A、B 步行几小时后相遇?(　　)

　A. 3　　　　　　　　　B. 4　　　　　　　　　C. 5　　　　　　　　　D. 6

【解析】答案为 D。你只要把 A、B 两人的步行速度相加,然后被甲、乙两地间距离相除即可得出答案。

请开始答题:

36. 分数 $\frac{4}{9}$,$\frac{17}{35}$,$\frac{101}{203}$,$\frac{3}{7}$,$\frac{151}{301}$ 中最大的一个是( )。

    A. $\frac{4}{9}$ B. $\frac{17}{35}$ C. $\frac{101}{203}$ D. $\frac{151}{301}$

37. $(8.4\times2.5+9.7)\div(1.05\div1.5+8.4\div0.28)$ 的值为( )。

    A. 1   B. 1.5   C. 2   D. 2.5

38. 1999^{1998} 的末位数字是( )。

    A. 1   B. 3   C. 7   D. 9

39. 有面值为 8 分、1 角和 2 角的三种纪念邮票若干张,总价值为 1 元 2 角 2 分,则邮票至少有( )。

    A. 7 张   B. 8 张   C. 9 张   D. 10 张

40. 某市现有 70 万人口,如果 5 年后城镇人口增加 4%,农村人口增加 5.4%,则全市人口将增加 4.8%,那么这个市现有城镇人口( )。

    A. 30 万   B. 31.2 万   C. 40 万   D. 41.6 万

41. 2003 年 7 月 1 日是星期二,那么 2005 年 7 月 1 日是( )。

    A. 星期三   B. 星期四   C. 星期五   D. 星期六

42. 甲、乙、丙三人沿着 400 米环形跑道进行 800 米跑比赛,当甲跑 1 圈时,乙比甲多跑 $\frac{1}{7}$ 圈。丙比甲少跑 $\frac{1}{7}$ 圈。如果他们各自跑步的速度始终不变,那么,当乙到达终点时,甲在丙前面( )。

    A. 85 米   B. 90 米   C. 100 米   D. 105 米

43. 某船第一天顺流航行 21 千米又逆流航行 4 千米,第二天在同一河道中顺流航行 12 千米,逆流航行 7 千米,结果两次所用的时间相等。假设船本身速度及水流速度保持不变,则顺水船速与逆水船速之比是( )。

    A. 2.5:1   B. 3:1   C. 3.5:1   D. 4:1

44. 小红把平时节省下来的全部五分硬币先围成一个正三角形,正好用完,后来又改围成一个正方形,也正好用完。如果正方形的每条边比三角形的每条边少用 5 枚硬币,则小红所有五分硬币的总价值是( )。

    A. 1 元   B. 2 元   C. 3 元   D. 4 元

45. 对某单位的 100 名员工进行调查,结果发现他们喜欢看球赛、电影和戏剧。其中 58 人喜欢看球赛,38 人喜欢看戏剧,52 人喜欢看电影,既喜欢看球赛又喜欢看戏剧的有 18 人,既喜欢看电影又喜欢看戏剧的有 16 人,三种都喜欢看的有 12 人,则只喜欢看电影的有( )。

    A. 22 人   B. 28 人   C. 30 人   D. 36 人

46. 一个快钟每小时比标准时间快 1 分钟。一个慢钟每小时比标准时间慢 3 分钟。如将两个钟同时调到标准时间,结果在 24 小时内,快钟显示 10 点整时,慢钟恰好显示 9 点整。则此时的标准时间是( )。

    A. 9 点 15 分   B. 9 点 30 分   C. 9 点 35 分   D. 9 点 45 分

47. 商场的自动扶梯匀速由下往上行驶,两个孩子嫌扶梯走得太慢,于是在行驶的扶梯上,男孩每秒钟向上走 2 个梯级,女孩每 2 秒钟向上走 3 个梯级。结果男孩用 40 秒钟到达,女孩用 50 秒钟到达。则当该扶梯静止时,可看到的扶梯梯级有( )。

    A. 80 级   B. 100 级   C. 120 级   D. 140 级

48. 从 1,2,3,4,5,6,7,8,9 中任意选出三个数,使它们的和为偶数,则共有( )种不同的选法。

    A. 40   B. 41   C. 44   D. 46

49.甲对乙说:当我的岁数是你现在岁数时,你才4岁。乙对甲说:当我的岁数到你现在岁数时,你将有67岁。甲乙现在各有(   )。

A.45岁,26岁　　　　　　B.46岁,25岁　　　　　　C.47岁,24岁　　　　　　D.48岁,23岁

50.在一次国际会议上,人们发现与会代表中有10人是东欧人,有6人是亚太地区的,会说汉语的有6人。欧美地区的代表占了与会代表总数的$\frac{2}{3}$以上,而东欧代表占了欧美代表的$\frac{2}{3}$以上。由此可见,与会代表人数可能是(   )。

A.22人　　　　　　　　B.21人　　　　　　　　C.19人　　　　　　　　D.18人

第二部分结束,请继续做第三部分!

第三部分　判断推理

(共45题,参考时限40分钟)

本部分包括四种类型的试题:

一、图形推理。共10题。包括三种类型的题目:

(一)每道题目的左边4个图形呈现一定的规律性。你需要在右边所给出的备选答案中选出一个最合理的正确答案。每道题只有一个正确答案。

请看例题:

【例题1】

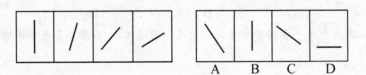

【例题2】

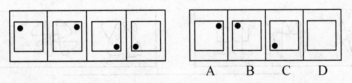

【解析】在例题1中,最左边的图形中的直线是向上直立的,其后图形中的直线逐渐向右倒下。第5个图形中的直线应该恰好倒下。故选D。

在例题2中,黑点在正方形中顺时针移动。在第5个图形中,应该正好移动到左上角。故选B。

请开始答题:

51.

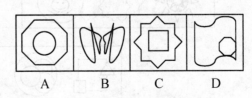

52.

53.

54.

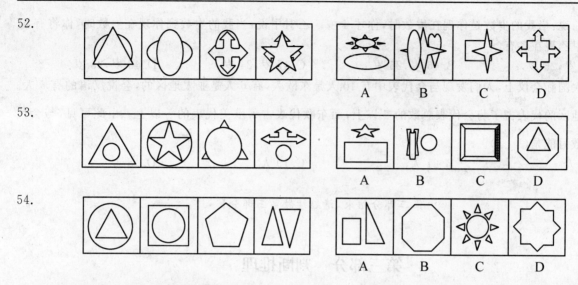

（二）每道题包含两套图形和可供选择的**4**个图形。这两套图形具有某种相似性，也存在某种差异。要求你从四个选项中选择你认为最适合取代问号的一个。正确的答案应不仅使两套图形表现出最大的相似性，而且使第二套图形也表现出自己的特征。

【例题】

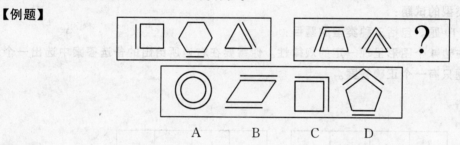

【解析】答案为C。因为在第一套图形中多边形均有一条边双线，在第二套图形中均有二条相邻的边双线。

请开始答题：

55.

56.

57.

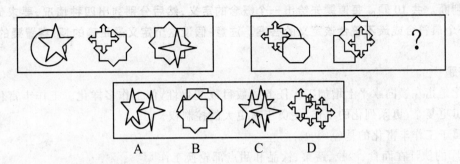

(三)在右面的 **4** 个图形中,只有一个是由左边的纸板折叠而成的,你需要选出正确的一个。

【例题】

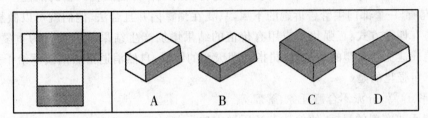

【解析】在例题中,只有 D 可以由左边的纸板折叠而成。因此,正确答案是 D。

请开始答题:

58.

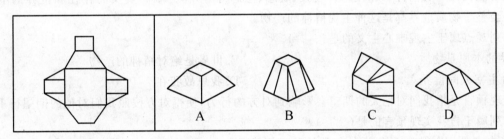

59.

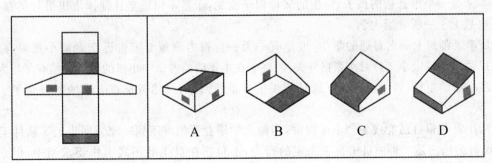

60.

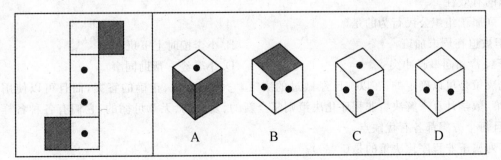

二、定义判断。共10题。每道题先给出一个概念的定义,然后分别列出四种情况,要求你严格依据定义从中选出一个最符合或最不符合该定义的答案。注意:假设这个定义是正确的,不容置疑的。

请开始答题:

61. 工作扩大化是指在横向水平上增加工作任务的数目或变化性,使工作多样化。工作丰富化是指从纵向上赋予员工更复杂、更系列化的工作,使员工有更大的控制权。

下列属于工作丰富化的是( )。

A. 自助餐厅的伙计在面食、沙拉、蔬菜、饮品和甜点部轮换工作

B. 邮政部门的员工从原来只专门分捡邮件增加到也负责分送到各邮政部门

C. 在某传输数据系统公司,员工可以经常提出自己喜欢的工作并随后转入新的岗位

D. 在一家研究所,一个部门主管告诉她的下属,只要在预算内并且合法,他们就可以做想做的任何研究

62. 组织行为塑造有四种方式:正强化指应用有价值的结果增加产生结果的这种行为重复出现的可能性;负强化指取消或避免不希望的结果;惩罚指处理厌恶的结果;自然消退指撤回或不给予强化的结果。

下列属于负强化的是( )。

A. 对员工批评、斥骂、分派不合意任务、解雇等

B. 给员工设置无法实现的目标,使他从未经历过成功

C. 管理者为某个行为有所改善的员工解除察看处分

D. 赋予充满乐趣、富于挑战性或内容丰富的工作

63. 主观唯心主义把主观精神(人的感觉、经验、观念、意志等等)作为唯一真实的存在和世界的本原,客观事物以至整个物质世界都是这种主观精神的产物。

下列观点属于主观唯心主义的是( )。

A. 世界的本原是物质　　　　　　　B. 世界是绝对精神的产物

C. 天命主宰人间世界　　　　　　　D. 我思故我在

64. 自我实现预言是指我们对他人的期望会影响到对方的行为,使得对方按照我们对他的期望行事。

下列属于自我实现预言的是( )。

A. 小张本来是一个很普通的孩子,但他的父母望子成龙,于是不惜重金让他读市里最好的高中,但最终小张也只上了一所普通大学

B. 小张是李老师班上一名普通的学生,可是有一天一位智力测量专家告诉李老师小张很有数学天分,于是以后数学课上李老师对小张格外关注,终于在半年后的考试中小张的数学成绩有了很大的提高

C. 今天是小红的生日,她希望爸爸下班时能买生日蛋糕回来,果然爸爸在下班的时候买了一大盒生日蛋糕

D. 小李从小就希望自己能成为一个工程师,当他大学毕业后他终于到一家公司当上了软件工程师

65. 组织公民行为指的是一种由员工自主决定的行为,不包括在员工的正式工作要求当中,但它无疑会促进组织的有效性。

下列属于组织公民行为的是( )。

A. 小李被迫在周末加班　　　　　　B. 小李按时上下班

C. 小李经常和同事起冲突　　　　　D. 小李经常帮助同事

66. 程序化决策是可以确定的、在以前已经做过的决策,它们有客观、正确的答案,而且可以使用简单的规则、政策、数学计算来解决。非程序化决策则是全新的、复杂的、无章可循的,它们有各种各样的解决方案,而且每个方案都各有优缺点。

下列属于非程序化决策的是( )。

A. 建筑工人施工　　　　　　　　　B. 医院接收病人的步骤

C. 企业中定期记录存货　　　　　　D. 制定公司发展战略

67. 高峰体验指的是人在追求自我实现的历程中,历经基本需求的追寻并获满足之后,在追求自我实现时所体验到的一种臻于顶峰而又超越时空与自我的心灵满足感与完美感,这种感觉只可意会不能言传。

　　　下列不属于高峰体验的是(　　　)。

　　A. 运动员登上奥运冠军领奖台时的心理体验

　　B. 科学家获得诺贝尔奖时的心理体验

　　C. 观众见证人类首次踏上月球时的心理体验

　　D. 通过十年寒窗苦读,收到理想的大学录取通知时的心理体验

68. 特设性修改是指为了使某个科学理论免遭被否证的危险,对该理论进行修改或者增加一些新的假定,使该理论不具有可否证性或者可检验性。

　　　下列属于特设性修改的是(　　　)。

　　A. 托勒密体系的学者为了使"地心说"符合观察到的天体运行数据,不断增加本轮的数目。到16世纪,托勒密体系的本轮总数一直增加到80个

　　B. 亚里士多德的信徒为了坚持"一切天体都是完美球体"的学说,提出月球上存在的不可检测的物质充满了凹处,使得月球仍然保持完美球体形状

　　C. 爱因斯坦为了研究特别大和特别快的物体,修改了牛顿的绝对时空体系,提出了相对时空体系,其中包括光速不变论和质量可变论

　　D. 黎曼等通过修改欧氏几何的第五条公理,创造出了非欧几何学,把数学向前推进了一大步

69. 行政许可是指行政机关根据公民、法人或者其他组织的申请,经依法审查,准予其从事特定活动的行为。

　　　下列属于行政许可的是(　　　)。

　　A. 烟草专卖局为方便市民、扩大市场,特邀请该市数家有影响的商家增设香烟销售业务,并向他们颁发了烟草专卖许可证

　　B. 某网吧因违规经营被吊销营业执照转营其他业务

　　C. 某人为提高专业技能,特向单位申请参加研究生学习,单位领导同意了其申请,并同意在其毕业后为他报销部分学习费用

　　D. 某人为从事运输,去学习驾驶技术。其考核合格并申请后,公安车辆管理部门为其核发了机动车驾驶证

70. 民法规定,一项允诺可以通过明示或默示方法作出。所谓明示是行为人直接将自主决定的意思表示于外的允诺方法,包括口头明示和书面明示。

　　　下列不属于明示范畴的是(　　　)。

　　A. 用户以通话形式申请提供服务　　　　B. 用户到营业厅办理信用卡手续

　　C. 开车到收费停车场停车　　　　　　　D. 授权朋友办理服务申请

　　三、事件排序。共10题。每道题给出五个事件,每个事件是以简短语句表述的,接着给出表示事件的四种假定发生顺序的四个数字序列,请你选择其中最合乎逻辑的一种事件顺序。

　　【例题】(1)收集书籍　　　(2)购买材料　　　(3)打造书架

　　　　　　(4)雇用木工　　　(5)排列书籍

　　　　A. 4—3—1—2—5　　　　　　　　　B. 1—4—2—3—5

　　　　C. 4—3—2—1—5　　　　　　　　　D. 3—2—1—4—5

　　【解析】此题正确答案为B。收集书籍(1)—雇用木工(4)—购买材料(2)—打造书架(3)—排列书籍(5),这一顺序相对于其他顺序而言最为合理。

请开始答题：

71. (1)考古挖掘　　　　(2)绘制壁画　　　　(3)建造陵墓
　　(4)拼接图案　　　　(5)盗墓取宝
　　A.3－5－1－2－4　　　　　　　　B.3－2－5－1－4
　　C.2－3－4－5－1　　　　　　　　D.2－3－5－1－4

72. (1)救治无效,家属告状　　　　(2)身患重病,借款购药
　　(3)企业胜诉,报社致歉　　　　(4)药品鉴定,真伪不同
　　(5)记者撰文,药厂蒙冤
　　A.2－4－1－5－3　　　　　　　　B.5－2－4－1－3
　　C.2－1－5－4－3　　　　　　　　D.5－4－2－1－3

73. (1)绿叶葱葱,森林茂密　　　　(2)厂房林立,马达轰鸣
　　(3)钻机飞转,原油滚滚　　　　(4)燃气发电,远程送电
　　(5)阳光明媚,百花齐放
　　A.3－4－5－1－2　　　　　　　　B.5－4－1－2－3
　　C.1－2－3－4－5　　　　　　　　D.5－1－3－4－2

74. (1)融入异族自谋出路　　　　(2)一支残部向西突围
　　(3)跨过界河向北征战　　　　(4)战火熄灭回国通商
　　(5)青年男子被征入伍
　　A.3－5－2－1－4　　　　　　　　B.3－2－1－4－5
　　C.5－2－3－4－1　　　　　　　　D.5－3－2－1－4

75. (1)嫌疑人聚焦在印刷厂一名职工身上　　　　(2)死者所穿衣服完好无损
　　(3)工作服前襟上有一块补丁　　　　(4)检测碎布片中有油墨成分
　　(5)现场拾到一块衣服碎片
　　A.2－5－1－4－3　　　　　　　　B.2－5－4－3－1
　　C.5－2－4－1－3　　　　　　　　D.5－2－3－4－1

76. (1)大量有机物积聚　　　　(2)形成石油
　　(3)复杂的化学变化　　　　(4)剧烈地质变化
　　(5)古浮游生物残骸沉积海底
　　A.1－5－3－4－2　　　　　　　　B.5－4－1－2－3
　　C.3－1－2－5－4　　　　　　　　D.5－1－4－3－2

77. (1)诸葛亮显示出卓越的军事才华　　　　(2)三顾茅庐
　　(3)刘备拜诸葛亮为军师　　　　(4)赤壁之战大败曹军
　　(5)提出三分天下战略
　　A.1－4－5－2－3　　　　　　　　B.5－4－3－2－1
　　C.2－5－3－4－1　　　　　　　　D.1－2－3－4－5

78. (1)商品经济出现　　　　(2)资本主义生产方式产生
　　(3)生产力发展　　　　(4)资本原始积累
　　(5)社会分工扩大
　　A.1－5－3－4－2　　　　　　　　B.3－4－2－5－1
　　C.3－5－1－4－2　　　　　　　　D.1－2－3－5－4

79. (1)生命单体　　　　(2)原始水生物　　　　(3)生物大分子

(4)简单有机物　　　(5)地球生物圈

A. 4—1—2—3—5　　　　　　　　　　B. 3—2—4—5—1

C. 4—3—1—2—5　　　　　　　　　　D. 3—4—2—1—5

80. (1)工人失业增多　　　(2)自由竞争　　　　(3)劳动生产率提高

(4)贫富差距加大　　　(5)采用先进生产技术

A. 5—3—2—4—1　　　　　　　　　　B. 2—5—3—1—4

C. 5—2—3—4—1　　　　　　　　　　D. 1—2—5—3—4

四、演绎推理。共15题。每题给出一段陈述,这段陈述被假设是正确的,不容置疑的。要求你根据这段陈述,选择一个答案。注意:正确的答案应与所给的陈述相符合,不需要任何附加说明即可以从陈述中直接推出。

【例题】对于穿鞋来说,正合脚的鞋子比大一些的鞋子好。不过,在寒冷的天气,尺寸稍大点的毛衣与一件正合身的毛衣差别并不大。这意味着(　　)。

A. 不合脚的鞋不能在冷天穿

B. 毛衣的大小只不过是式样的问题,与其功能无关

C. 不合身的衣物有时仍然有使用价值

D. 在买礼物时,尺寸不如用途那样重要

【解析】只有 C 是可以从陈述中直接推出的,应选 C。

请开始答题:

81. 作家在其晚期的作品中没有像其早期那样严格遵守小说结构的成规。由于最近发现的一部他的小说的结构像他早期的作品一样严格地遵守了那些成规,因此该作品一定创作于他的早期。

上面论述所依据的假设是(　　)。

A. 作家在其创作晚期比早期更不愿意打破某种成规

B. 随着创作的发展,作家日益意识不到其小说结构的成规

C. 在其职业生涯晚期,该作家是其时代唯一有意打破小说结构成规的作家

D. 作家在其创作生涯的晚期没有写过任何模仿其早期作品风格的小说

82. 尽管新制造的国产汽车的平均油效仍低于新制造的进口汽车,但它在1996年到1999年间却显著地提高了。自那以后,新制造的国产汽车的平均油效没再提高,但新制造的国产汽车与进口汽车在平均油效上的差距却在逐渐缩小。

如以上论述正确,那么基于此也一定正确的一项是(　　)。

A. 新制造的进口汽车的平均油效从1999年后逐渐降低

B. 新制造的国产汽车的平均油效从1999年后逐渐降低

C. 1999年后制造的国产汽车的平均油效高于1999年后制造的进口汽车的平均油效

D. 1996年制造的进口汽车的平均油效高于1999年制造的进口汽车的平均油效

83. 在1970年到1980年之间,世界工业的能源消耗量在达到顶峰后下降,1980年虽然工业总产出量有显著提高,但工业的能源总耗用量却低于1970年的水平。这说明,工业部门一定采取了高效节能措施。

最能削弱上述结论的是(　　)。

A. 1970年前,许多工业能源的使用者很少注意节约能源

B. 20世纪70年代一大批能源密集型工业部门的产量急剧下降

C. 工业总量的增长1970年到1980年间低于1960至1970年间的增长

D. 20世纪70年代,许多行业从使用高价石油转向使用低价的替代物

84. 在某国,10年前放松了对销售拆锁设备的法律限制后,盗窃案发生率急剧上升。因为合法购置的拆锁设备被用于大多数盗窃案,所以重新引入对销售该设备的严格限制将有助于减少该国的盗窃发生率。

　　　最有力地支持以上论述的一项是(　　　)。

A. 该国的总体犯罪率在过去10年中急剧增加了

B. 5年前引进的对被控盗窃的人更严厉的惩罚对该国盗窃率没什么影响

C. 重新引入对拆锁设备的严格限制不会阻碍执法部门对这种设备的使用

D. 在该国使用的大多数拆锁设备是易坏的,通常会在购买几年后损坏且无法修好

85. 如果一个人增加日进餐次数并且不显著增加所摄入的食物总量,那么他的胆固醇水平会有显著下降。然而,大多数增加日进餐次数的人同时也摄入了更多的食物。

　　　上面陈述支持的观点是(　　　)。

A. 对大多数人而言,胆固醇的水平不受每天吃的食物量的影响

B. 对大多数人而言,每顿饭吃的食物的量取决于吃饭的时间

C. 对大多数人而言,增加每天吃饭的次数将不会导致胆固醇水平显著下降

D. 对大多数人而言,每天吃饭的总量不受每天吃饭次数的影响

86. 政府对基本商品征收的一种税是对出售的每一罐食用油征税两分钱。税务纪录显示,尽管人口数量保持稳定且税法执行有力,食用油的税收额在税法生效的头两年中还是显著下降了。

　　　如果正确,最有助于解释食用油的税收额下降的一项是(　　　)。

A. 很少家庭在加税后开始生产他们自己的食用油

B. 商人在税法实施后开始用比以前更大的罐子售油

C. 在食用油税实行后的两年,政府开始在许多其他基本商品上征税

D. 食用油罐传统上被用作结婚礼物,税法实施后,用食用油做礼物增多了

87. 与新疆的其他城市一样,库尔勒直至20世纪80年代初物价都是很低的,自它成为新疆的石油开采中心以后,它的物价大幅上涨,这种物价上涨可能来自这场石油经济,这是因为新疆那些没有石油经济的城市仍然保持着很低的物价水平。

　　　最准确地描述了上段论述中所采用的推理方法的一项是(　　　)。

A. 鉴于条件不存在的时候现象没有发生,所以认为条件是现象的一个原因

B. 鉴于有时条件不存在的条件下现象也会发生,所以认为条件不是现象的前提

C. 由于某一特定事件在现象发生前没有出现,所以认为这一事件不可能引发现象

D. 试图说明某种现象是不可能发生的,而某种解释正确就必须要求这种现象发生

88. 针对某种溃疡,传统疗法可在6个月内将44%的患者的溃疡完全治愈。针对这种溃疡的一种新疗法在6个月的试验中使治疗的80%的溃疡取得了明显改善,61%的溃疡得到了痊愈。由于该试验只治疗了那些病情比较严重的溃疡,因此这种新疗法显然在疗效方面比传统疗法更显著。

　　　为更好地对比两种疗法的效果,还需要补充的证据是(　　　)。

A. 这两种疗法使用的方法有何不同

B. 这两种疗法的使用成本是否存在很大差别

C. 在6个月中以传统疗法治疗的该种溃疡的患者中,有多大比例取得了明显改善

D. 在参加6个月的新疗法试验的患者中,有多大比例的人对康复的比例不满意

89. 当一名司机被怀疑饮用了过多的酒精时,检验该司机走直线的能力与检验该司机血液中的酒精水平相比,是检验该司机是否适于驾车的更可靠的指标。

　　　如果正确,能最好地支持上述观点的一项是(　　　)。

A. 观察者们对一个人是否成功地走了直线不能全部达成一致

B. 用于检验血液酒精含量水平的测试是准确、低成本和易于实施的

C. 一些人在血液酒精含量水平很高时,还可以走直线,但却不能完全驾车

D. 由于基因的不同和对酒精的抵抗能力的差别,一些人血液酒精含量水平很高时仍能正常驾车

90. 桌上放着红桃、黑桃和梅花三种牌,共20张:

[1]桌上至少有一种花色的牌少于6张

[2]桌上至少有一种花色的牌多于6张

[3]桌上任意两种牌的总数将不超过19张

上述论述中正确的是(　　　)。

A.[1]、[2]　　　　　　　　　　　　B.[1]、[3]

C.[2]、[3]　　　　　　　　　　　　D.[1]、[2]和[3]

91. 小王:从举办奥运会的巨额耗费来看,观看各场奥运比赛的票价应该要高得多。是奥运会主办者的广告收入降低了票价。因此,奥运会的现场观众从奥运会拉的广告中获得了经济利益。

小李:你的说法不能成立。谁来支付那些看来导致奥运会票价降低的广告费用?到头来还不是消费者,包括作为奥运会现场观众的消费者。因为厂家通过提高商品的价格把广告费用摊到了消费者的身上。

下列能够有力地削弱小李对小王反驳的一项是(　　　)。

A. 奥运会的票价一般要远高于普通体育比赛的票价

B. 奥运会的举办带有越来越浓的商业色彩,引起了普遍的不满

C. 利用世界性体育比赛做广告的厂家越来越多,广告费用也越来越高

D. 各厂家的广告支出总体上是一个常量,只是在广告形式上有所选择

92. 北京市是个水资源严重缺乏的城市,但长期以来水价格一直偏低。最近北京市政府根据价值规律拟调高水价,这一举措将对节约使用该市的水资源产生重大的推动作用。

若上述结论成立,下列哪些项必须是真的?(　　　)

[1]有相当数量的用水浪费是因为水价格偏低造成的

[2]水价格的上调幅度足以对浪费用水的用户产生经济压力

[3]水价格的上调不会引起用户的不满

A.[1]、[2]　　　　　　　　　　　　B.[1]、[3]

C.[2]、[3]　　　　　　　　　　　　D.[1]、[2]和[3]

93. 西方发达国家的大学教授几乎都是得到过博士学位的。目前,我国有些高等学校也坚持在招收新教师时,有博士学位是必要条件,除非是本校的少数优秀硕士毕业生留校。

从这段文字中可以推出的是(　　　)。

A. 在我国,有些高等学校的新教师都有了博士学位

B. 在我国,有些高等学校得到博士学位的教师的比例在增加

C. 大学教授中得到博士学位的比没有得到博士学位的更受学生欢迎

D. 在我国,大多数大学教授已经获得了博士学位,少数正在读在职博士

94. 环境学家关注保护濒临灭绝的动物的高昂费用,提出应通过评估各种濒临灭绝的动物对人类的价值,以决定保护哪些动物。此法实际不可行,因为,预言一种动物未来的价值是不可能的,评价对人类现在做出间接但很重要贡献的动物的价值也是不可能的。

从这段文字中可以推出的是(　　　)。

A. 保护对人类有直接价值的动物远比保护有间接价值的动物重要

B. 保护没有价值的濒临灭绝的动物比保护有潜在价值的动物更重要

C. 尽管保护所有濒临灭绝的动物是必须的,但在经济上却是不可行的

D. 由于判断动物对人类价值高低的方法并不完善,在此基础上做出的决定也不可靠

95. 研究人员对75个胎儿进行了跟踪调查,他们中的60个偏好吸吮右手,15个偏好吸吮左手。在这些胎儿出生后成长到10到12岁时,研究人员发现,60个在胎儿阶段吸吮右手的孩子习惯用右手;而在15个吸吮左手的胎儿中,有10个仍旧习惯用左手,另外5个则变成了"右撇子"。

从这段文字中,不能推出的是( )。

A. 大部分人是"右撇子"

B. 人的偏侧性随着年龄的增长不断改变

C. 大多数人的偏侧性在胎儿时期就形成了

D. "左撇子"可能变成"右撇子",而"右撇子"很难变成"左撇子"

第三部分结束,请继续做第四部分!

第四部分　常识判断

(共 20 题,参考时限 10 分钟)

根据题目要求,在四个选项中选出一个正确答案。

请开始答题:

96. 在我国,"公民"一词的含义是指( )。

A. 年满 18 周岁具有我国国籍的人　　　　B. 具有我国国籍的人

C. 享有政治权利的人　　　　　　　　　　D. 出生在我国的人

97. 下列行为中,没有违反《中华人民共和国妇女权益保障法》的是( )。

A. 某单位辞退了怀孕的小李

B. 某单位招收了一位年满 17 周岁的未成年女工

C. 由于家庭生活困难,老王让自己正在上小学的女儿辍学回家干活

D. 某公司未经王女士同意,以营利为目的,将其肖像印发在广告画上

98. 下列行为中,没有违反《中华人民共和国未成年人保护法》的是( )。

A. 父母逼迫 19 周岁的女儿嫁给一外地人

B. 某小学将学习成绩垫底的王某开除

C. 某网吧负责人让 16 岁的小明进网吧玩游戏

D. 由于家庭生活困难,老王不让自己 10 岁的儿子上学

99. 在我国,乡、民族乡、镇的人民政府与村民委员会、居民委员会的关系是( )。

A. 领导与被领导关系　　　　　　　　　　B. 委托与被委托关系

C. 监督与被监督关系　　　　　　　　　　D. 指导与被指导关系

100. 按照我国现行《宪法》规定,有权制定和发布行政法规的国家机关是( )。

A. 全国人大常委会　　　　　　　　　　　B. 全国人大法律委员会

C. 国务院各部、委　　　　　　　　　　　D. 国务院

101. 2003年1月1日,《中华人民共和国政府采购法》正式开始生效。所谓的政府采购,本质上是( )。

    A. 政府直接购买商品和劳务

    B. 政府依法购买商品和劳务

    C. 政府委托民营企业为其购买商品和劳务

    D. 政府在购买商品和劳务的过程中,引入竞争性的招投标机制

102. 根据现代统计学的研究成果,"关键的事情总是少数,一般的事情常常是多数。"这意味着管理工作最应该重视( )。

    A. 灵活、及时、适度   B. 客观、精确、具体

    C. 突出重点,强调例外   D. 协调计划和组织工作

103. 组织的领导者应该学会"弹钢琴",这种说法指的是( )。

    A. 领导者要全面地看问题

    B. 领导者要集中精力于领导和决策工作

    C. 领导者应该是懂行的专家

    D. 领导者应该具有开放型的性格

104. 作为调节社会经济运行的一种重要经济杠杆,提高税率通常将( )。

    A. 提高政府的财政收入   B. 抑制投资,有利于防止经济过热

    C. 刺激消费   D. 提高税收管理的效率

105. 在社会经济运行中,当通货膨胀率上升时,一般会导致( )。

    A. 失业率上升   B. 失业率保持稳定不变

    C. 失业率下降   D. 失业率波动不定

106. 中央和地方的国家机构职权的划分,所遵循的原则是( )。

    A. 在中央的统一领导下,充分发挥地方的主动性、积极性

    B. 在中央的统一领导下,充分发挥地方的主动性、创造性

    C. 在中央的统一领导下,充分发挥地方的自主性、积极性

    D. 在中央的统一领导下,充分发挥地方的自主性、创造性

107.《中华人民共和国对外贸易法》不适用于( )。

    A. 货物进出口   B. 技术进出口

    C. 香港地区货物进出口   D. 国际服务贸易

108. 李某将与其有私仇的王某打昏在地后逃跑,此时张某路过,见王某不省人事,遂将其所戴手表、钱物偷走。本案中( )。

    A. 李某、张某构成共同犯罪

    B. 李某构成故意伤害罪,张某构成盗窃罪

    C. 李某构成故意伤害罪,张某构成抢劫罪

    D. 李某、张某共同构成故意伤害罪、盗窃罪

109. 我国在今后将逐步推开( ),重大违法违规案件、因盲目决策造成的资源浪费和国有资产流失、单纯追求速度而片面提供优惠政策造成国家和人民群众利益受到重大损害等三大领域将成为审计的重点。

    A. 民主审计   B. 依法审计   C. 审计风暴   D. 绩效审计

110. 在全国人大闭会期间,全国人大常委会根据国务院总理的提名,有权决定的人选不包括( )。

    A. 秘书长   B. 审计长   C. 财政部部长   D. 国务委员

111. 张某家住北京市东城区,在朝阳区有一处商业用房,市拆迁办(在西城区)决定对其房屋拆迁,张某不

服,诉至法院,应由(　　　)受理。

A. 朝阳区法院　　　　　　　　　　　B. 东城区法院

C. 西城区法院　　　　　　　　　　　D. 以上三个法院都可以

112. 现行《宪法》规定,国务院对各部、各委员会发布的不适当命令、指示和规章有权(　　　)。

A. 改变　　　　　B. 发回　　　　　C. 改变或者撤销　　　　　D. 撤销

113. 法律规范生效的时间,如无明文规定,依照惯例应该是(　　　)。

A. 通过三个月后　　　　　　　　　　B. 批准之日

C. 公布之日　　　　　　　　　　　　D. 公布三个月后

114. 中国摄影协会所属的法人类别是(　　　)。

A. 机关法人　　　　　B. 事业单位法人　　　　　C. 社会团体法人　　　　　D. 企业法人

115. 我国最基层人民政府是(　　　)。

A. 乡(镇)人民政府　　　　B. 街道办事处　　　　C. 县人民政府　　　　D. 村民委员会

第四部分结束,请继续做第五部分!

第五部分　资料分析

(共 20 题,参考时限 20 分钟)

所给出的图、表或一段文字均有 5 个问题要你回答。你应根据资料提供的信息进行分析、比较、计算和判断处理。

请开始答题:

一、根据下表回答 116～120 题。

2001 年、2002 年全国高等学校各学科学生数　　　　　(单位:千人)

学科	2001 年		2002 年	
	毕业生	在校生	毕业生	在校生
哲学	0.9	5.4	1.0	6.6
经济学	57.3	359.9	65.9	466.4
法学	61.5	387.9	80.0	474.8
教育学	52.6	374.5	79.8	470.3
文学	157.8	1059.3	198.5	1368.3
历史学	10.2	53.4	11.7	55.6
理学	115.8	716.3	131.5	852.2
工学	349.1	2491.2	459.8	3085.0
农学	28.5	186.0	36.3	216.0
医学	62.6	529.4	79.5	656.6
管理学	139.9	1027.5	193.2	1381.7
合计	1036.2	7190.8	1337.2	9033.5

116. 2002 年的在校生中,工学学生所占的比例约是(　　　)。

A. 15%　　　　　B. 20%　　　　　C. 34%　　　　　D. 40%

117. 2002 年与 2001 年相比,毕业生增长率最大的学科是(   )。

    A. 教育学   B. 经济学   C. 管理学   D. 医学

118. 2002 年与 2001 年相比,在校生增长率超过 20% 的学科有(   )。

    A. 3 个   B. 8 个   C. 10 个   D. 11 个

119. 如果数据中的在校生不包括毕业生,那么 2002 年高校共约招了(   )。

    A. 50 万人   B. 184 万人   C. 318 万人   D. 472 万人

120. 2002 年,非新生的在校生占在校生比例最大的学科是(   )。

    A. 哲学   B. 历史学   C. 法学   D. 经济学

二、根据下列文字资料回答 121～125 题。

环渤海经济区正逐步成为引人注目的经济增长第三极,而京津冀在环渤海经济区占有举足轻重的位置。但以北京、天津为核心的京津冀城市群分布比较散乱,彼此间的空间联系松散且薄弱,重复建设问题比较严重,资源浪费现象普遍存在。2003 年,北京、天津两市人均 GDP 分别超过或接近 3 万元,城镇居民可支配收入均高于全国平均水平,而河北人均 GDP 刚刚突破 1 万元,城镇居民可支配收入 7239 元,比全国平均水平低 14.6%,比北京市低近一半;从市场开放度看,京津两市由于享受开放城市、沿海城市、开放区、开发区等优惠政策较早,在引进资金、扩大出口等方面占据了绝对优势。相比之下,河北省的开放步伐虽然也在不断加快,但在利用外资、外贸出口等方面能力差距较大。

2003 年京津冀的经济实力比较

地区	人均 GDP(元)	经济增长率(%)	城镇人均可支配收入(元)	三个产业结构比	固定资产投资增长率(%)	进出口增长率(%)
北京市	36613	10.5	13883	2.60:36.0:61.4	18.9	30.4
天津市	28574	14.5	10313	3.70:50.8:45.5	20.9	28.7
河北省	10513	11.6	7239	15.0:51.5:33.5	22.9	34.7

121. 从上述材料中无法得知的是(   )。

    A. 京津冀的产业联系不紧密   B. 京津冀的城市布局不合理

    C. 京津冀的重复建设严重   D. 京津冀的经济水平落差大

122. 京津冀三个地区中,2003 年城镇人均可支配收入占人均 GDP 的比例由大到小排序正确的是(   )。

    A. 北京市、天津市、河北省   B. 北京市、河北省、天津市

    C. 河北省、天津市、北京市   D. 河北省、北京市、天津市

123. 如果天津市 2002 年的固定资产投资为 5000 万元,且 2004 年的固定资产投资和 2003 年保持同比增长,则天津市在 2004 年的固定资产投资额约为(   )。

    A. 6200 万元   B. 6800 万元

    C. 7300 万元   D. 7900 万元

124. 就河北省而言,要想加快京津冀经济一体化进程,河北省单方面无法做到的是(   )。

    A. 尽快提高经济实力   B. 合理形成各区域的职能分工

    C. 大力发展工业制造业   D. 尽快发展壮大民间投资

125. 北京市城镇人均可支配收入约比全国平均水平高(   )。

    A. 15%   B. 22%   C. 64%   D. 102%

三、根据下列表格回答 126～130 题。

1993～2003 年某国国内生产总值指数

年　份	国民生产总值	国内生产总值	第一产业	第二产业	第三产业	人均国内生产总值
1993	108.7	108.7	102.0	115.8	104.9	106.8
1994	98.4	98.4	98.2	97.5	100.4	96.9
1995	107.6	107.6	97.8	113.3	109.5	106.2
1996	111.7	111.7	104.1	115.0	113.7	110.2
1997	107.6	107.6	106.1	108.2	107.8	106.1
1998	107.8	107.8	98.5	113.6	105.9	106.5
1999	105.2	105.2	107.0	101.9	110.4	103.9
2000	109.3	109.1	111.5	105.6	113.0	107.5
2001	111.1	110.9	108.3	110.4	115.2	109.3
2002	115.3	115.2	112.9	114.5	119.4	113.7
2003	113.2	113.5	101.8	118.6	118.3	111.9

说明:本题中指数的计算方法为,当年的数值与上一年数值的比乘以 100。举例来说,假设第一年的数值为 m,第二年的数值为 n,则第二年的指数为 $100 \times (n/m)$。

126. 假设 1995 年的国内生产总值为 200 亿,那么 1996 年的国内生产总值为(　　)。

　　A.179.1 亿　　　　　　B.207.6 亿　　　　　　C.215.2 亿　　　　　　D.223.4 亿

127. 与上一年相比,人均国内生产总值增长最快的年份是(　　)。

　　A.1994 年　　　　　　B.1996 上　　　　　　C.2002 年　　　　　　D.2003 年

128. 第三产业的生产总值超过人均国内生产总值的年份有(　　)。

　　A.5 个　　　　　　　B.7 个　　　　　　　C.9 个　　　　　　　D.11 个

129. 2003 年与 2001 年相比,人均国内生产总值增长了(　　)。

　　A.25.6%　　　　　　B.27.2%　　　　　　C.6.5%　　　　　　D.24.3%

130. 下面不正确的叙述是(　　)。

　　A.1995 年的国民生产总值比 1993 年高

　　B.1995 年的第二产业生产总值比 1994 年高

　　C.1994 年的第三产业生产总值比 1993 年高

　　D.1996 年的农(林、牧、副、渔)业生产总值比 1993 年高

四、根据下图回答 131～135 题。

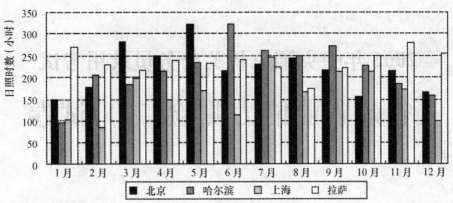

2003 年部分城市日照时数

131.北京的日照时数超过 200 小时的月份有(   )。

　　A.8 个　　　　　　　　B.9 个　　　　　　　　C.10 个　　　　　　　　D.11 个

132.哈尔滨日照最多和最低月份的日照时数的比值最接近(   )。

　　A.2.5　　　　　　　　B.3.0　　　　　　　　C.3.2　　　　　　　　D.3.8

133.在 5 月至 7 月的三个月中,日照时数之和最大的城市是(   )。

　　A.北京　　　　　　　　B.哈尔滨　　　　　　　　C.上海　　　　　　　　D.拉萨

134.上海日照时数相差最大的两个月是(   )。

　　A.1 月和 3 月　　　　　　　　　　　　B.2 月和 5 月

　　C.2 月和 7 月　　　　　　　　　　　　D.10 月和 12 月

135.针对上图日照数据,下面说法不正确的是(   )。

　　A.拉萨日照最高月份的日照时数少于哈尔滨最高月份的日照时数

　　B.上海 6 月份的日照时数少于北京 4 月份的日照时数

　　C.上述四城市中,每月日照时数差别最小的是拉萨

　　D.10 月份各个城市的日照时数差别最小

全部测验到此结束!

2005 年中央国家机关公务员录用考试

《行政职业能力测验（二）》试卷

说　明

　　这项测验共有五个部分，135 道题，总时限为 120 分钟。各部分不分别计时，但都给出了参考时限，供你参考以分配时间。

　　请在机读答题卡上严格按照要求填写好自己的姓名、报考部门，涂写准考证号。

　　请仔细阅读下面的注意事项，这对你获得成功非常重要。

　　1.题目应在答题卡上作答，不要在试题本上作任何记号。

　　2.监考人员宣布考试开始时，你才可以开始答题。

　　3.监考人员宣布考试结束时，你应立即放下铅笔，将试题本、答题卡和草稿纸都留在桌上，然后离开。如果你违反了以上任何一项要求，都将影响你的成绩。

　　4.在这项测验中，可能有一些试题较难，因此你不要在一道题上思考时间太久，遇到不会答的题目，可先跳过去，如果有时间再去思考。否则，你可能没有时间完成后面的题目。

　　5.试题答错不倒扣分。

　　6.特别提醒你注意，涂写答案时一定要认准题号。严禁折叠答题卡！

第一部分　言语理解与表达

（共 25 题，参考时限 25 分钟）

　　每道题包含一段文字或一个句子，后面是一个不完整的陈述，要求你从四个选项中选出一个来完成陈述。注意：答案可能是完成对所给文字主要意思的提要，也可能是满足陈述中其他方面的要求，你的选择应与所提要求最相符合。

　　【例题】钢铁被用来建造桥梁、摩天大楼、地铁、轮船、铁路和汽车等，被用来制造几乎所有的机械，还被用来制造包括农民的长柄大镰刀和妇女的缝衣针在内的成千上万的小物品。

　　　　这段话主要支持了这样一种观点，即（　　　　）。

　　A. 钢铁具有许多不同的用途

　　B. 钢铁是所有金属中最坚固的

　　C. 钢铁是一种反映物质生活水平的金属

　　D. 钢铁是唯一用于建造摩天大楼和桥梁的物质

　　【解析】答案为 A。

请开始答题：

1. 我们的一些科普文章常常激不起公众的兴趣，原因之一便是枯燥。要把科普文章写得"郁郁乎文哉"，就需要作家的笔。科学的飞速发展，为文学写作提供了一座富矿。相信有眼光的文学家一旦领略科学题材的广阔富饶，便会陶醉在它的无限风光中乐而忘返。

　　　　这段文字谈论的是（　　　　）。

　　A. 科普文章对作家的依赖　　　　　　　　　　B. 科学和文学的互相激励作用

　　C. 科学和文学互相依赖的关系　　　　　　　　D. 科学发展为文学提供了丰富的素材

2. 在我国加入世界贸易组织、农业科技迅猛发展的形势下，农业面临的竞争首先是科技竞争。只有尽快提高农民的文化素质和科技意识，才能不断推广大批先进实用的农业科技成果，为农业和农村经济的发展提供有力的科技支撑。我国将继续推进农业和农村经济结构调整，大力发展优势农产品和特色产业，将在粮食主产区推广 50 个优质、高产、高效品种和 10 项关键技术。这些品种和技术的推广和运用都需要高素质的农民。为此，国家已经决定大力发展农村成人教育，在全国普遍开展农村实用技术培训，每年将培训农民超过 1 亿人次。

　　　　这段文字的意思是在强调（　　　　）。

　　A. 农民亟需提高科学文化素质

　　B. 国家加大农业和农村经济结构调整

　　C. 发展科技才能提高我国农业的竞争力

　　D. 每年有大量农民接受农村实用技术培训

3. 中国老百姓无论怎样穷，怎样苦，也往往要从牙缝里挤出钱来，供孩子上学念书。他们很清楚只有这样才可能从根本上改变命运，才可能拥有未来。运用到国家政策层面，毫无疑问，教育只应该是公益事业，是烧钱的事业。

　　　　这句话中"烧钱的事业"可以理解为（　　　　）。

　　A. 教育是一项非常费钱的事业　　　　　　　　B. 对教育应该投资而不应从中谋利

C. 对教育的投资可能无法收回成本　　　　　D. 国家应该增加教育投资力度

4. 有一种看法,认为结构游戏只不过是幼儿拼拼凑凑、搬搬运运而已,无需教师过多的参与。其实,结构游戏如能进行得好,它不但能培养幼儿的搭配能力、空间想象能力、思维能力,而且能促进幼儿手、脑、眼协调一致的能力和培养幼儿对造型艺术的审美能力。但要使结构游戏发挥出如此的作用,教师不仅要参与,更要不失时机地示范、指导、点拨,否则,便不可能有这样的效果。

　　　通过这段文字我们可以知道( )。

A. 幼儿的健康发展离不开结构游戏

B. 幼儿教师与幼儿能力的形成有很大关系

C. 合格的幼儿教师应掌握结构游戏的教法

D. 幼儿对造型艺术的审美能力有赖于结构游戏

5. 上海零点市场调查公司将上海、北京、广州三地家庭的子女教育与养成费用支出情况做了一个比较,发现三地家庭为子女教育支付给学校的费用水平,以北京为最低;而在其他教育支出方面,上海家庭的支出水平显著较低;以总体水平而论,上海孩子所获得的零花钱和所需家长承担的生活费用也低于京、穗。

　　　通过这段文字我们可以知道,广州家庭( )。

A. 给孩子的零花钱少于北京

B. 为子女教育支出总体水平高于上海

C. 在其他教育方面的支出水平介于北京、上海之间

D. 为子女教育支付给学校的费用水平介于北京、上海之间

6. 有一种很流行的观点,即认为中国古典美学注重美与善的统一。言下之意则是中国古典美学不那么重视美与真的统一。笔者认为,中国古典美学比西方美学更看重美与真的统一。它给美既赋予善的品格,又赋予真的品格,而且真的品格大大高于善的品格。概而言之,中国古典美学在对美的认识上,是以善为灵魂而以真为最高境界的。

　　　通过这段文字我们可以知道,作者的观点( )。

A. 正确而不流行　　　　　　　　　　　　B. 流行而不正确

C. 新颖而不流行　　　　　　　　　　　　D. 流行而不新颖

7. 在西斯廷礼拜堂的天花板上,文艺复兴时期的艺术巨匠米开朗基罗把他笔下的人物描绘得如此雄壮、有力。在意大利,每当我们看到这些魁伟强劲、丰满秀美的人体艺术作品时,就会深深地感到人类征服自然、改造自然的勇气和力量,使我们对文艺复兴运动与现代体育的渊源有了更深刻的理解。

　　　这段文字是在谈文艺复兴运动与( )。

A. 现代体育　　　　　B. 人体艺术　　　　　C. 意大利　　　　　D. 米开朗基罗

8. 目前,针对禽流感的特效药泰米氟氯在越南还没有通过卫生部的登记,因此很难在越南广泛流通。

　　　这句话的意思是( )。

A. 越南紧缺治疗禽流感的药

B. 越南买不到治疗禽流感的药

C. 禽流感特效药在越南广为流通尚需时日

D. 越南卫生部应该赶紧对泰米氟氯进行登记

9. 这些像尘土一样卑微的人们,他们的身影出现在我的视线里,他们的精神沉淀在我的心灵里,他们常常让我感觉到这个平凡的世界是那么可爱,这个散淡的世界其实是那么默契,而看起来如草芥一样的生命种子,其实是那么坚韧和美丽。

　　　最符合这段文字中心思想的是( )。

A. 生命不平凡但美丽　　　　　　　　　　B. 生命因平凡而美丽

C. 生命既平凡又美丽   D. 生命的平凡和美丽

10. 人们不喜欢丢掉自己的原有"地盘",不喜欢丢面子。他们往往陷入一种思想陷阱,也就是经济学家所说的"沉没成本",它指一种时间和金钱的投资,只有在产品销售成功后才可顺利回收。在英语国家中,也被称为"将钱掉进排水沟里"。

  这段文字意在告诉我们(　　)。

  A. 很多人有怀旧情绪,不善于放弃

  B. 所有金钱和时间上的投资都会得到回报

  C. 计算投资成本时,应该把"沉没成本"也加进去

  D. 当决定是否进行投资的时候,必须忘掉自己过去的投资

11. 假如法庭陪审员过于专业化,他可能因强烈的专业视角而丧失一个普通人的正常视野。法律是为普通人制定的,也需要普通人来遵守才有效力,同样,司法过程也需要普通人制度化的参与。

  这段文字是针对什么问题阐述观点的?(　　)。

  A. 外人干预法庭审理过程   B. 法庭审理案件的程序

  C. 法律怎样才会得到有效的遵守   D. 由专业人员担当法庭陪审员

12. 设立最低工资的初衷是维护低收入的贫穷工人,但到头来这些人却找不到工作。有最低工资的规定,雇主当然是选聘生产力较高或较"可爱"的了。在美国,最低工资增加了种族歧视——支持这种结论的研究很多。

  最低工资制度让一些人找不到工作的原因是(　　)。

  A. 一些雇主有种族歧视   B. 工资太低不能维持生活

  C. 没有了报酬上的就业优势   D. 生产力不能满足雇主的要求

13. 正常儿童一时专注于一种或两种事情是常见的现象,比如学某部广告片里面的叮当声,或者要用某种米老鼠碗吃麦片。一般来说,这些临时的狂热最终都会过去。有些正常儿童天生就不爱表示热诚,不喜欢人抱,这并不说明他们就一定有孤独症。

  根据这段文字,可以推出的是(　　)。

  A. 孤独症儿童喜欢叮当声或米老鼠   B. 不喜欢人抱的儿童容易患孤独症

  C. 异常专注与冷漠是孤独症的表现   D. 广告片有可能成为孤独症的诱因

14. 危机处理是指突如其来的一个事件爆发以后,政府怎么处理,怎么应对。危机管理则更全面,不仅包含了针对危机爆发期、持续期和消退期的处理方法,甚至包括了针对潜伏期的处理,就是当危机还没有产生的时候,政府应具有一种预警的能力,然后再具备危机处理应变的能力。

  根据这段文字,正确的一项是(　　)。

  A. 危机处理更关键   B. 危机管理包含危机处理

  C. 危机处理是危机管理的核心   D. 危机管理可以预防危机事件发生

15. 古人曾经说过,当坚硬的牙齿脱落时,柔软的舌头还在。柔软胜过坚硬,无为胜过有为。

  这段文字主要想说明的是(　　)。

  A. 古人的思想深邃精深   B. 柔软的东西强于坚硬的

  C. 以柔克刚是最好的选择   D. 人生应适当保持"低姿态"

16. 长期以来,在传统观念的影响下,对于司法机关在执法过程中侵害公民、法人和其他组织的合法权益的行为,缺乏有效可行的保障机制来恢复和弥补被侵权人的权利。遭受侵害的当事人不知道怎样保护自己的合法权益,更没有一条光明、可靠的渠道来支持这种保护。

  这段文字的主旨是(　　)。

  A. 司法机关执法受到传统观念的深刻影响

B.司法机关的执法过程也应有法可依、有法必依

C.目前缺少保障机制来弥补被司法机关侵犯的权利

D.制定规范和约束司法机关执法过程的法律势在必行

17.夏天少数人为贪图凉爽,早餐以冷饮代替豆浆和牛奶,这种做法在短时间内不会对身体产生影响,但长期如此会伤害"胃气"。在早晨,身体各系统器官还未走出睡眠状态,过多食用冰冷的食物,会使体内各个系统出现挛缩及血流不顺的现象。所以早饭时应首先食用热稀饭、热豆浆等热食,然后再吃蔬菜、面包、水果和点心等。

这段文字主要谈的是(　　)。

A.夏天吃早餐的重要性　　　　　　　　B.夏天早餐喝冷饮的危害

C.夏天早餐应吃什么食物　　　　　　　D.夏天吃早餐的注意事项

18.对于外人来说,武陵源有着难以描述的神奇与秀丽。而在当地土家族人眼中,每座形态各异的石峰,都能演绎出一个神奇古老的传说。

通过这段文字我们可以知道(　　)。

A.居住在武陵源的人都是土家族人

B.武陵源在当地人眼中并不怎么秀丽

C.外人对武陵源的古老传说大多不怎么了解

D.武陵源无论对外人还是对当地人都是有魅力的

19.我们虽然不难从中国的政治文化中找到"引咎辞职"的历史渊源,但目前我们推行的引咎辞职主要还是受到现代西方政治文明影响的结果。

这段文字表明(　　)。

A.中国政治文化中很早就存在"引咎辞职"

B.中西的"引咎辞职"之间存在很大差异

C.目前我国的"引咎辞职"与古代完全不同

D.中国的政治受到现代西方政治文明的影响

20.生命是一场充满意外收获的伟大历险,看上去难以掌握,其实机会无处不在。如果你从不犯错,或者从没有人批评过你,那么你肯定没进行过任何大胆的尝试。如果一个人这样生活,那么他肯定无法发挥出所有潜力,当然也就很难真正享受到生活的乐趣。

这段文字主要是想说明(　　)。

A.人生要勇于尝试　　　　　　　　　　B.生活的乐趣在于冒险

C.生活中机会无处不在　　　　　　　　D.一个人不可能从不犯错误

21.一些招工单位提出的用人条件,动辄就是大本以上学历,本来有些工种普通技工即可胜任,可招工单位非要招本科生、研究生装点门面。在现有的人才概念中,技术工人常常被排斥在人才的范畴之外,或者提起来重要,排队来次要;关键岗位需要,而盘点"功名"时则觉得他们没必要。

这段文字是针对下面哪种现象谈的?(　　)

A.用人单位哄抬学历　　　　　　　　　B.没有做到人尽其用

C.技工没受到足够的重视　　　　　　　D.对人才概念的错误认识

22.古人有"事死如事生"的传统,所以生前的必需品必得件件具备,自然金钱是不可或缺的。从这段文字我们可以推断出(　　)。

A.古人一定非常重视金钱　　　　　　　B.古人会给死者一些金钱

C.古人墓中可能留有金钱　　　　　　　D.死者的金钱应全部陪葬

23.思想从来都是个人的思想,一个思想家决不能去控制、操纵其他人的灵魂,每一个人生来都是平等独立

的。因此,思想家的使命,只在于表述以他自己的眼光、角度对世界的认识和解释,而不在于改造世界,改造世界是一切人共同的事。

　　对这段文字,表述正确的一项是(　　)。

A. 思想家都有局限性　　　　　　　　　　B. 思想家都是个人主义者

C. 思想家只能传达自己的思想　　　　　　D. 思想家对世界不会产生影响

24. 家丑问题的存在是个客观事实,并非不亮出来就不存在。问题的关键不在该不该亮,而是有了家丑到底想不想真正解决。不亮,问题不仅存在,而且还有恶化成不治之症的可能;亮了,正是显示出有解决问题的把握和能力,是一种信心的表现,让人们看到了彻底根治的希望。

　　对这段文字理解正确的一项是(　　)。

A. 遮盖"家丑"就是欲盖弥彰　　　　　　B. 尽可能把问题消灭在萌芽状态

C. 有足够的把握后再把问题亮出来　　　　D. "负面新闻"可以取得正面效果

25. 教育的目标不是教学生如何执行别人为自己制定的规范,而是帮助他们了解规范应该如何形成,自己如何参与创造合理的社会规范。换句话说,我们不应该教他们如何听话,而是教他们学会如何自己管理自己,如何挑战不合理的社会规范,创造新的制度。

　　这段文字最可能批判的是(　　)。

A. 阻碍学生进行创新　　　　　　　　　　B. 一味地要求学生循规蹈矩

C. 不为学生提供社会实践的机会　　　　　D. 不注重提高学生的自我管理能力

第一部分结束,请继续做第二部分!

第二部分　数量关系

(共 25 题,参考时限 25 分钟)

本部分包括两种类型的试题:

一、数字推理。共 10 题。给你一个数列,但其中缺少一项,要求你仔细观察数列的排列规律,然后从四个供选择的选项中选择你认为最合理的一项,来填补空缺项,使之符合原数列的排列规律。

【例题】1,3,5,7,9,(　　　)

A. 7　　　　　　　　　B. 8　　　　　　　　　C. 11　　　　　　　　　D. 未给出

【解析】答案是 11。原数列是一个等差数列,公差为 2,故应选 C。

请开始答题:

26. 27,16,5,(　　　),$\frac{1}{7}$

A. 16　　　　　　　　B. 1　　　　　　　　　C. 0　　　　　　　　　D. 2

27. $\frac{1}{6}$,$\frac{2}{3}$,$\frac{3}{2}$,$\frac{8}{3}$,(　　　)

A. $\frac{10}{3}$　　　　　　B. $\frac{25}{6}$　　　　　　C. 5　　　　　　　　　D. $\frac{35}{6}$

28. 1,1,3,7,17,41,(　　　)

A. 89　　　　　　　　B. 99　　　　　　　　C. 109　　　　　　　　D. 119

29.1，0，－1，－2，（   ）

    A.－8   B.－9   C.－4   D.3

30.1，2，2，3，4，6，（   ）

    A.7   B.8   C.9   D.10

31.$\sqrt{2}-1$，$\dfrac{1}{\sqrt{3}+1}$，$\dfrac{1}{3}$，（   ）

    A.$\dfrac{\sqrt{5}-1}{4}$ B.2   C.$\dfrac{1}{\sqrt{5}-1}$ D.$\sqrt{3}$

32.1，1，8，16，7，21，4，16，2，（   ）

    A.10   B.20   C.30   D.40

33.0，4，18，48，100，（   ）

    A.140   B.160   C.180   D.200

34.3，4，6，12，36，（   ）

    A.8   B.72   C.108   D.216

35.1，4，3，5，2，6，4，7，（   ）

    A.1   B.2   C.3   D.4

二、数学运算。共15题。在这部分试题中，每道试题呈现一道算术式，或是表述数字关系的一段文字，要求你迅速、准确地计算出答案。你可以在草稿纸上运算。遇到难题，可以跳过暂时不做，待你有时间再返回解决它。

【例题】甲、乙两地相距42公里，A、B两人分别同时从甲乙两地步行出发，A的步行速度为3公里/小时，B的步行速度为4公里/小时，问A、B步行几小时后相遇？（   ）

    A.3   B.4   C.5   D.6

【解析】答案为D。你只要把A、B两人的步行速度相加，然后被甲、乙两地间距离相除即可得出答案。

请开始答题：

36.$2004\times(2.3\times47+2.4)\div(2.4\times47-2.3)$的值为（   ）。

    A.2003   B.2004   C.2005   D.2006

37.分数$\dfrac{4}{9}$，$\dfrac{17}{35}$，$\dfrac{101}{203}$，$\dfrac{3}{7}$，$\dfrac{151}{301}$中最大的一个是（   ）。

    A.$\dfrac{4}{9}$ B.$\dfrac{17}{35}$ C.$\dfrac{101}{203}$ D.$\dfrac{151}{301}$

38.$173\times173\times173-162\times162\times162=$（   ）。

    A.926183   B.936185   C.926187   D.926189

39.一种打印机，如果按销售价打九折出售，可盈利215元，如果按八折出售，就要亏损125元。则这种打印机的进货价为（   ）。

    A.3400元   B.3060元   C.2845元   D.2720元

40.某人在公共汽车上发现一个小偷向相反方向步行，10秒钟后他下车去追小偷，如果他的速度比小偷快一倍，比汽车慢$\dfrac{4}{5}$，则此人追上小偷需要（   ）。

    A.20秒   B.50秒   C.95秒   D.110秒

41.乘火车从甲城到乙城，1998年初需要19.5小时，1998年火车第一次提速30%，1999年第二次提速25%，2000年第三次提速20%。经过二次提速后，从甲城到乙城乘火车只需要（   ）。

A. 8.19 小时   B. 10 小时   C. 14.63 小时   D. 15 小时

42. 张先生向商店订购某种商品 80 件,每件定价 100 元。张先生向商店经理说:"如果你肯减价,每减 1 元,我就多订购 4 件。"商店经理算了一下,如果减价 5%,由于张先生多订购,仍可获得与原来一样多的利润。则这种商品每件的成本是(　　)。

  A. 75 元   B. 80 元   C. 85 元   D. 90 元

43. 某船第一天顺流航行 21 千米又逆流航行 4 千米,第二天在同一河道中顺流航行 12 千米,逆流航行 7 千米,结果两次所用的时间相等。假设船本身速度及水流速度保持不变,则顺水船速与逆水船速之比是(　　)。

  A. 2.5：1   B. 3：1   C. 3.5：1   D. 4：1

44. 小红把平时节省下来的全部五分硬币先围成一个正三角形,正好用完,后来又改围成一个正方形,也正好用完。如果正方形的每条边比三角形的每条边少用 5 枚硬币,则小红所有五分硬币的总价值是(　　)。

  A. 1 元   B. 2 元   C. 3 元   D. 4 元

45. 外语学校有英语、法语、日语教师共 27 人,其中只能教英语的有 8 人,只能教日语的有 6 人,能教英、日语的有 5 人,能教法、日语的有 3 人,能教英、法语的有 4 人,三种都能教的有 2 人,则只能教法语的有(　　)。

  A. 4 人   B. 5 人   C. 6 人   D. 7 人

46. 有一只钟,每小时慢 3 分钟,早晨 4 点 30 分的时候,把钟对准了标准时间,则钟走到当天上午 10 点 50 分的时候,标准时间是(　　)。

  A. 11 点整   B. 11 点 5 分   C. 11 点 10 分   D. 11 点 15 分

47. 商场的自动扶梯以匀速由下往上行驶,两个孩子在行驶的扶梯上上下走动,女孩由下往上走,男孩由上往下走,结果女孩走了 40 级到达楼上,男孩走了 80 级到达楼下。如果男孩单位时间内走的扶梯级数是女孩的 2 倍。则当该扶梯静止时,可看到的扶梯梯级有(　　)。

  A. 40 级   B. 50 级   C. 60 级   D. 70 级

48. 2003 年 8 月 1 日是星期五,那么 2005 年 8 月 1 日是(　　)。

  A. 星期一   B. 星期二   C. 星期三   D. 星期四

49. 甲对乙说:当我的岁数是你现在岁数时,你才 4 岁。乙对甲说:当我的岁数到你现在岁数时,你将有 67 岁。甲、乙现在各有(　　)。

  A. 45 岁,26 岁   B. 46 岁,25 岁   C. 47 岁,24 岁   D. 48 岁,23 岁

50. 现有 21 朵鲜花分给 5 人,若每个人分得的鲜花数各不相同,则分得鲜花最多的人至少分得(　　)朵鲜花。

  A. 7   B. 8   C. 9   D. 10

第二部分结束,请继续做第三部分!

第三部分 判断推理

（共 45 题，参考时限 40 分钟）

本部分包括四种类型的试题：

一、图形推理。共 **10** 题。包括三种类型的题目：

（一）每道题目的左边 **4** 个图形呈现一定的规律性。你需要在右边所给出的备选答案中选出一个最合理的正确答案。每道题只有一个正确答案。

请看例题：

【例题 1】

【例题 2】

【解析】在图例 1 中，最左边的图形中的直线是向上直立的，其后图形中直线逐渐向后倒下。第 5 个图形中的直线应该恰好倒下。故选 D。

在例题 2 中，黑点在正方形中顺时针移动，在第 5 个图形中，应该正好移动到左上角。故选 B。

请开始答题：

51.

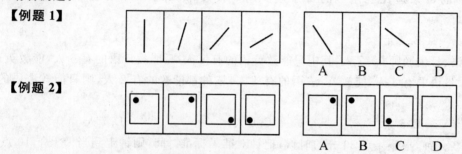

52.

53.

54.

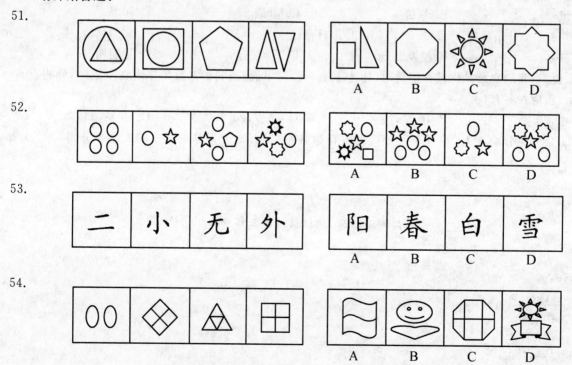

(二)每道题包含两套图形和可供选择的 **4** 个图形。这两套图形具有某种相似性,也存在某种差异。要求你从四个选项中选择你认为最适合取代问号的一个。正确的答案应不仅使两套图形表现出最大的相似性,而且使第二套图形也表现出自己的特征。

【例题】

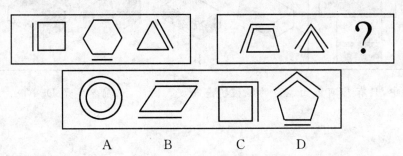

【解析】答案为 C。因为在第一套图形中多边形均有一条边双线,在第二套图形中的有两条相邻的边双线。

请开始答题:

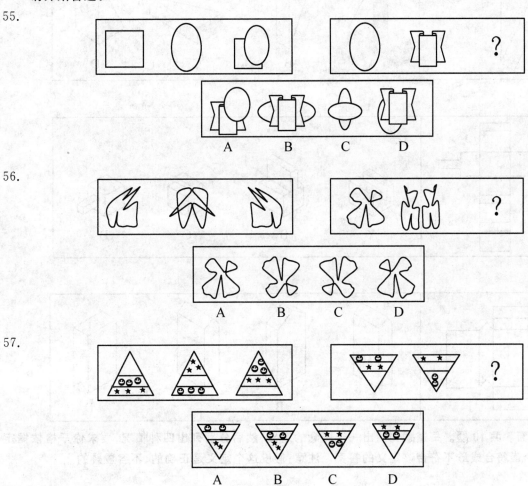

（三）在右面的**4**个图形中，只有一个是由左边的纸板折叠而成的，你需要选出正确的一个。

【例题】

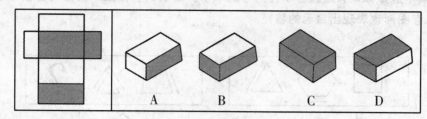

【解析】在例题中，只有 D 可以由左边的纸板折叠而成。因此，正确答案是 D。

请开始答题：

58.

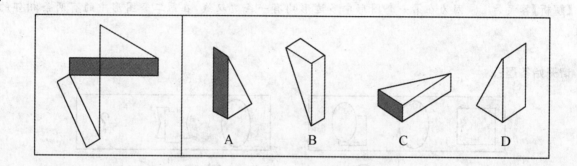

59.

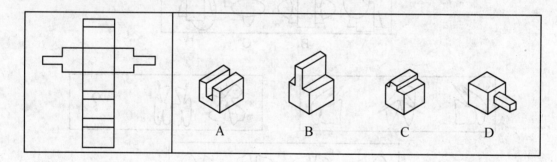

60.

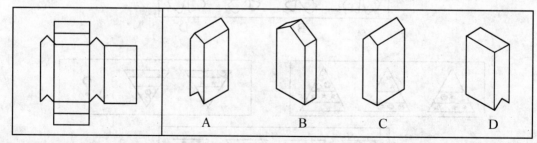

二、定义判断。共 **10** 题。每道题先给出一个概念的定义，然后分别列出四种情况，要求你严格依据定义从中选出一个最符合或最不符合该定义的答案。注意：假设这个定义是正确的，不容置疑的。

请开始答题：

61.赫兹伯格的双因素理论区分了两大类影响人们工作的因素，一类是与工作环境和条件相关的保健因素，这些因素处理不好，员工就会感到不满，即使解决了也只是没有不满而已；一类是与工作本身有关的激励因素,表现为工作的性质、实际的责任、个人成长和获得认可的机会以及成就感等,这些因素具备了,就可以对员工产生激励。

下列属于激励因素的是( )。

A. 人际关系
B. 技术监督系统
C. 公司的政策与行政管理
D. 上级对个人工作的认同

62. 前馈控制是以未来为导向的,它的目标是在偏差发生之前阻止其发生。

下列属于前馈控制的是( )。

A. 管理者可以根据连续化的业务数据流更新预算
B. 实际发生的费用与季度预算进行比较
C. 银行要求在发放贷款前签订一系列的文件、备忘录并必须经过主管审批
D. 监控系统可以实时跟踪每台机器的运行指标,以便管理者及时修正差错

63. 基本归因错误是指人们经常把他人的行为归因于人格或态度等内在特质上,而忽视他们所处情境的重要性。

下列属于基本归因错误的是( )。

A. 小张考试没有考好,他觉得自己真是太笨了
B. 小张考试没有考好,他认为不是自己没有学好,而是老师出的题太偏了
C. 小李上街丢了钱包,回来后很后悔自己的粗心大意,而他的同学小张安慰他说只是那个地方太乱了,本来小偷就很多
D. 小李考试没有考好,小张认为一定是小李平时不努力,而实际上小李最近家里出了点事,对他的情绪有些影响

64. 自我实现预言是指我们对他人的期望会影响到对方的行为,使得对方按照我们对他的期望行事。

下列属于自我实现预言的是( )。

A. 小张本来是一个很普通的孩子,但他的父母望子成龙,于是不惜重金让他读市里最好的高中,但最终小张也只上了一所普通大学
B. 小张是李老师班上一名普通的学生,可是有一天一位智力测量专家告诉李老师小张很有数学天分,于是以后数学课上李老师对小张格外关注,终于在半年后的考试中小张的数学成绩有了很大的提高
C. 今天是小红的生日,她希望爸爸下班时能买生日蛋糕回来,果然爸爸在下班的时候买了一大盒生日蛋糕
D. 小李从小就希望自己能成为一个工程师,当他大学毕业后他终于到一家公司当上了软件工程师

65. 认知失调是指由于做了一项与态度不一致的行为而引发的不舒服的感觉。

下列属于认知失调的是( )。

A. 小李和自己喜欢的女孩一起郊游
B. 小李在宴会上不理睬与自己有过节的小张
C. 小李很不喜欢上司的夸夸其谈,但为了面子而不得不恭维他
D. 小李正在戒烟,他的同事给他香烟的时候被他婉言拒绝了

66. 程序化决策是可以确定的、在以前已经做过的决策,它们有客观正确的答案,而且可以使用简单的规则、政策、数学计算来解决。非程序化决策则是全新的、复杂的、无章可循的,它们有各种各样的解决方案,而且每个方案都各有优缺点。

下列属于非程序化决策的是( )。

A. 建筑工人施工
B. 医院接收病人的步骤
C. 企业中定期记录存货
D. 制定公司发展战略

67.高峰体验指的是人在追求自我实现的历程中,历经基本需求的追寻并获满足之后,在追求自我实现时所体验到的一种臻于顶峰而又超越时空与自我的心灵满足感与完美感,这种感觉只可意会不能言传。

　　下列不属于高峰体验的是（　　）。

A.运动员登上奥运冠军领奖台时的心理体验

B.科学家获得诺贝尔奖时的心理体验

C.观众见证人类首次踏上月球时的心理体验

D.通过十年寒窗苦读,收到理想的大学录取通知时的心理体验

68.特设性修改是指为了使某个科学理论免遭被否证的危险,对该理论进行修改或者增加一些新的假定,使该理论不具有可否证性或者可检验性。

　　下列属于特设性修改的是（　　）。

A.托勒密体系的学者为了使"地心说"符合观察到的天体运行数据,不断增加本轮的数目。到16世纪,托勒密体系的本轮总数一直增加到80个

B.亚里士多德的信徒为了坚持一切天体都是完美球体的学说,提出月球上存在的不可检测的物质充满了凹处,使得月球仍然保持完美球体形状

C.爱因斯坦为了研究特别大和特别快的物体,修改了牛顿的绝对时空体系,提出了相对时空体系,其中包括光速不变论和质量可变论

D.黎曼等通过修改欧氏几何的第五条公理,创造出了非欧几何学,把数学向前推进了一大步

69.行政许可是指行政机关根据公民、法人或者其他组织的申请,经依法审查,准予其从事特定活动的行为。

　　下列属于行政许可的是（　　）。

A.烟草专卖局为方便市民、扩大市场,特邀请该市数家有影响的商家增设香烟销售业务,并向他们颁发了烟草专卖许可证

B.某网吧因违规经营被吊销营业执照转营其他业务

C.某人为提高专业技能,特向单位申请参加研究生学习,单位领导同意了其申请,并同意在其毕业后为他报销部分学习费用

D.某人为从事运输,去学习驾驶技术。其考核合格并申请后,公安车辆管理部门为其核发了机动车驾驶证

70.《民法》规定,一项允诺可以通过明示或默示方法作出。所谓明示是行为人直接将自主决定的意思表示于外的允诺方法,包括口头明示和书面明示。

　　下列不属于明示范畴的是（　　）。

A.用户以通话形式申请提供服务　　　　B.用户到营业厅办理信用卡手续

C.开车到收费停车场停车　　　　D.授权朋友办理服务申请

　　三、事件排序。共10题。每道题给出五个事件,每个事件是以简短语句表述的,接着给出表示事件的四种假定发生顺序的四个数字序列,请你选择其中最合乎逻辑的一种事件顺序。

　　【例题】(1)收集书籍　　　　(2)购买材料

　　　　　　(3)打造书架　　　　(4)雇用木工

　　　　　　(5)排列书籍

　　　　　　A.4—3—1—2—5　　　　B.1—4—2—3—5

　　　　　　C.4—3—2—1—5　　　　D.3—2—1—4—5

　　【解析】答案为B。收集书籍(1)—雇用木工(4)—购买材料(2)—打造书架(3)—排列书籍(5),这一顺序相对于其他顺序而言最为合理。

请开始答题:

71. (1)绿叶葱葱,森林茂密   (2)厂房林立,马达轰鸣
    (3)钻机飞转,原油滚滚   (4)燃气发电,远程送电
    (5)阳光明媚,百花齐放
    A.3—4—5—1—2   B.5—4—1—2—3
    C.1—2—3—4—5   D.5—1—3—4—2

72. (1)融入异族自谋出路   (2)一支残部向西突围
    (3)跨过界河向北征战   (4)战火熄灭回国通商
    (5)青年男子被征入伍
    A.3—5—2—1—4   B.3—2—1—4—5
    C.5—2—3—4—1   D.5—3—2—1—4

73. (1)嫌疑人聚焦在印刷厂一名职工身上   (2)死者所穿衣服完好无损
    (3)工作服前襟上有一块补丁   (4)检测碎布片中有油墨成分
    (5)现场拾到一块衣服碎片
    A.2—5—1—4—3   B.2—5—4—3—1
    C.5—2—4—1—3   D.5—4—3—1—2

74. (1)"红绿灯"节目作了报道   (2)现场拾到一只破碎灯罩
    (3)对同一型号车辆逐一排查   (4)确定为某品牌汽车零件
    (5)受伤者被送到医院
    A.2—1—5—3—4   B.2—5—1—3—4
    C.5—2—1—4—3   D.5—1—2—4—3

75. (1)申请专利   (2)研制出新产品
    (3)起诉索赔   (4)发现仿制品
    (5)败诉
    A.3—5—2—4—1   B.1—2—4—3—5
    C.2—1—3—4—5   D.2—4—3—5—1

76. (1)林凯到电视台做实习记者   (2)采访在华外国留学生
    (3)暑期学校开展社会实践活动   (4)林凯结交了很多外国朋友
    (5)林凯感到自己的英语不好
    A.3—1—2—5—4   B.3—5—4—1—2
    C.1—2—5—3—4   D.3—4—5—1—2

77. (1)创作电影插曲   (2)接到配音任务
    (3)歌曲被广为传唱   (4)到基层体验生活
    (5)电影取得成功
    A.2—4—1—3—5   B.1—3—2—5—4
    C.2—4—1—5—3   D.2—1—5—4—3

78. (1)有机物裂解   (2)天然气形成
    (3)细菌耗氧   (4)残骸沉积
    (5)浮游生物死亡
    A.1—2—3—5—4   B.5—4—1—2—3

C. 3—1—5—4—2   D. 5—4—3—1—2

79. (1)商品经济出现   (2)资本主义生产方式产生

    (3)生产力发展   (4)资本原始积累

    (5)社会分工扩大

    A. 1—5—3—4—2   B. 3—4—2—5—1

    C. 3—5—1—4—2   D. 1—2—3—5—4

80. (1)生命单体   (2)原始水生物

    (3)生物大分子   (4)简单有机物

    (5)地球生物圈

    A. 4—1—2—3—5   B. 3—2—4—5—1

    C. 4—3—1—2—5   D. 3—4—2—1—5

四、演绎推理。共 15 题。每题给出一段陈述，这段陈述被假设是正确的，不容置疑的。要求你根据这段陈述，选择一个答案。注意，正确的答案应与所给的陈述相符合，不需要任何附加说明即可以从陈述中直接推出。

【例题】对于穿鞋来说，正合脚的鞋子比大一些的鞋子好。不过，在寒冷的天气，尺寸稍大点的毛衣与一件正合身的毛衣差别并不大。这意味着（   ）。

A. 不合脚的鞋不能在冷天穿

B. 毛衣的大小只不过是式样的问题，与其功能无关

C. 不合身的衣物有时仍然有使用价值

D. 在买礼物时，尺寸不如用途那样重要

【解析】只有 C 是可以从陈述中直接推出的，应选 C。

请开始答题：

81. 甲：儿时进行大量阅读会导致近视眼——难以看清远处景物。

    乙：我不同意，近视眼与阅读之间的关联都来自以下事实：观看远处景物有困难的孩子最有可能选择那些需要从近处观看物体的活动，如阅读。

    乙对甲的反驳是通过（   ）。

A. 运用类比来说明甲推理中的错误

B. 指出甲的声明是自相矛盾的

C. 说明如果接受甲的声明，会导致荒谬的结论

D. 论证甲的声明中某一现象的原因实际上是该现象的结果

82. 小王：从举办奥运会的巨额耗费来看，观看各场奥运比赛的票价应该要高得多。是奥运会主办者的广告收入降低了票价。因此，奥运会的现场观众从奥运会拉的广告中获得了经济利益。

    小李：你的说法不能成立。谁来支付那些看来导致奥运会票价降低的广告费用？到头来还不是消费者，包括作为奥运会现场观众的消费者。因为厂家通过提高商品的价格把广告费用摊到了消费者的身上。

    下列能够有力地削弱小李对小王反驳的一项是（   ）。

A. 奥运会的票价一般要远高于普通体育比赛的票价

B. 奥运会的举办带有越来越浓的商业色彩，引起了普遍的不满

C. 利用世界性体育比赛做广告的厂家越来越多，广告费用也越来越高

D. 各厂家的广告支出总体上是一个常量，只是在广告形式上有所选择

83. 北京市是个水资源严重缺乏的城市，但长期以来水价格一直偏低。最近北京市政府根据价值规律拟调

高水价,这一举措将对节约使用该市的水资源产生重大的推动作用。

若上述结论成立,下列哪些项必须是真的?(　　)

[1]有相当数量的用水浪费是因为水价格偏低造成的

[2]水价格的上调幅度足以对浪费用水的用户产生经济压力

[3]水价格的上调不会引起用户的不满

A.[1]、[2]　　　　　B.[1]、[3]　　　　　C.[2]、[3]　　　　　D.[1]、[2]和[3]

84.西方发达国家的大学教授几乎都是得到过博士学位的。目前,我国有些高等学校也坚持在招收新老师时,有博士学位是必要条件,除非是本校的少数优秀硕士毕业生留校。

从这段文字中,我们可以得知(　　)。

A.在我国,有些高等学校的新教师都有了博士学位

B.在我国,有些高等学校得到博士学位的教师的比例在增加

C.大学教授中得到博士学位的比没有得到博士学位的更受学生欢迎

D.在我国,大多数大学教授已经获得了博士学位,少数正在读在职博士

85.在一次实验中,研究人员将大脑分为若干个区域,然后扫描并比较了每个人大脑各区域的脑灰质含量。结果显示,智商测试中得分高的人与得分低的人相比,其大脑中有 24 个区域灰质含量更多,这些区域大都负责人的记忆、反应和语言等各种功能。

从这段文字中,我们可以推出(　　)。

A.智商低的人大脑中不含灰质

B.大脑中灰质越多的人,智商越高

C.聪明的人在大脑 24 个区域中含有灰质

D.智商高的人,记忆、反应和语言能力都强

86.所有居住在某市的人在到达 65 岁以后都有权得到一张卡,保障他们对该市的大多数公共交通服务享有折扣。1990 年的人口普查记录显示,该市有 2450 名居民在那一年到了 64 岁,然而在 1991 年的时候,有超过 3000 人申请并合理地得到了折扣卡。因此,显而易见,1990 至 1991 年间该市的人口增长肯定部分来源于六十多岁的流向该市的移民。

上面论述所基于的假设是(　　)。

A.该市 1990 年的人口普查记录有问题

B.该市的人口总规模在 1990 年期间增长不止 500 人

C.1991 年申请并得到折扣卡的人在那一年是第一次有权申请该卡

D.1991 年移居该市的 65 岁或以上的人中,没有人没有申请过折扣卡

87.一项研究发现,1970 年调查的孩子中有 70% 曾经有过虫牙,而在 1985 年的调查中,仅有 50% 的孩子曾经有过虫牙。研究者们得出结论,在 1970 年至 1985 年这段时间内,孩子们中的牙病比率降低了。

如果为真,最能削弱研究者们上面得出的结论的一项是(　　)。

A.被调查的孩子来自不同收入背景的家庭

B.虫牙是孩子们可能得的最普通的一种牙病

C.1985 年调查的孩子要比 1970 年调查的孩子的平均年龄要小

D.被调查的孩子是从那些与这些研究者们进行合作的老师的学生中选取的

88.具有大型天窗的百货商场的经验表明,商场内射入的阳光可增加销售额。该百货商场的大天窗可使商场的一半地方都有阳光射入,这样可以降低人工照明需要,商场的另一半地方只有人工照明。从该商场两年前开张开始,天窗一边的各部门的销售量要远高于其他各部门的销售量。

如果正确,最能支持上面论述的一项是(　　)。

A. 除了天窗,商场两部分的建筑之间还有一些明显的差别

B. 在某些阴天里,商场中大窗下面的部分需要更多的人工灯光来照明

C. 在商场夜间开放的时间里,位于商场中天窗下面部分的各部门的销售额不比其他部门高

D. 位于商场天窗下面部分的各部门,在该商场的其他一些连锁店中也是销售额最高的部门

89. 为保护海边建筑物免遭海洋风暴的袭击,海洋度假地在海滩和建筑物之间建起了巨大的防护墙。这些防护墙不仅遮住了一些建筑物的海景,而且使海岸本身也变窄了。这是因为在风暴从水的一边对沙子进行侵蚀的时候,沙子不再向内陆扩展。

上述信息最支持的一项论断是( )。

A. 为后代保留下海滩应该是海岸管理的首要目标

B. 防护墙最终不会被风暴破坏,也不需要昂贵的维修和更新

C. 由于海洋风暴的猛烈程度不断加深,必须在海滩和海边建筑物之间建立起更多高大的防护墙

D. 通过建筑防护墙来保护海边建筑的努力,从长远看作用是适得其反的

90. 玛雅遗址挖掘出一些珠宝作坊,这些作坊位于从遗址中心向外辐射的马路边上,且离中心有一定的距离。由于贵族仅居住在中心地区,考古学家因此得出结论,认为这些作坊制作的珠宝不是供给贵族的,而是供给中等阶级的,他们一定已足够富有,可以购买珠宝。

对在这些作坊工作的手工艺人,考古学家在论断时做的假设是( )。

A. 他们住在作坊附近

B. 他们不提供送货上门的服务

C. 他们自己本身就是富有的中等阶级的成员

D. 他们的产品原料与供贵族享用的珠宝所用的原料不同

91. 交管局要求司机在通过某特定路段时,在白天也要像晚上一样使用大灯,结果发现这条路上的年事故发生率比从前降低了 15%。他们得出结论说,在全市范围内都推行该项规定会同样地降低事故发生率。

最能支持上述论断的一项是( )。

A. 该测试路段在选取时包括了在该市驾车时可能遇见的多种路况

B. 由于可以选择其他路线,因此所测试路段的交通量在测试期间减少了

C. 在某些条件下,包括有雾和暴雨的条件下,大多数司机已经在白天使用了大灯

D. 司机们对在该测试路段使用大灯的要求的了解来自于在每个行驶方向上的三个显著的标牌

92. 某画家从来不在其作品上标注日期,其作品的时间顺序现在才开始在评论文献中形成轮廓。最近将该画家的一幅自画像的时间定位为 1930 年一定是错误的,1930 年该画家已经 63 岁了,然而画中年轻、黑发的男子显然是画家本人,但却绝不是 63 岁的男子。

上面结论所依据的假设是( )。

A. 画家画过几幅显示他 60 岁以后的样子的自画像

B. 画家在 63 岁时,不可能在画中将自己画成年轻时的样子

C. 在该画家远未到 60 岁以前,他没画过明确标注日期的自画像

D. 通过不给其作品标注日期,画家试图使针对其作品的评论抛开时间因素

93. 地球表面大部分是海洋。只有用比现在更为精密的仪器才可能对海底进行广泛的研究。因此科学家对海底环境的了解一定比对地球上其他环境了解的少。

如果正确,最能支持上面结论的一项是( )。

A. 许多山脉完全在海平面下,然而新的水下探测设备产生的三维图像如地面上的山脉的三维图像一样精确

B. 强大的水流在海底循环,但是它们运动的总体形态不像气流在陆地上运动的形态那样易于理解

C. 与大多数陆地环境相反,海平面的温度条件通常是稳定和一致的,因为太阳光不能穿透到极深的海平面下

D. 非常少的人看过详细的海底延伸区域图,即使这样的图在几乎所有的大图书馆中都可以得到

94. 在最近一部以清朝为背景的电影中,有男主角抽香烟的镜头,而香烟在那个年代尚未出现。然而因为看电影的人明显对这些不在意,因此对于大多数电影观众来说,这一错误显然不会影响该电影在其他方面所揭示的任何历史真实性。

如果正确,最能削弱上述结论的一项是( )。

A. 尽管电影描述了许多未经历史证实的事件,但它因为描述历史事件合乎情理而受到了赞扬

B. 表现男主角抽香烟的电影场景是对于该电影情节至关重要的场景,并且部分场景在倒叙中被第二次放映

C. 历史电影的制作者,通常在历史的真实性和保持素材让现代观众可接受的需要之间做妥协,就像演员们的说话方式一样

D. 在这之前的一部描绘唐朝时代的影片展现了一个官员抽香烟的场景,这一历史性错误被许多大众性的影评文章所嘲讽

95. 如果一个人增加日进餐次数并且不显著增加所摄入的食物总量,那么他的胆固醇水平会有显著下降。然而,大多数增加日进餐次数的人同时也摄入了更多的食物。

上面陈述支持的观点是( )。

A. 对大多数人而言,胆固醇的水平不受每天吃的食物量的影响

B. 对大多数人而言,每顿饭吃的食物的量取决于吃饭的时间

C. 对大多数人而言,增加每天吃饭的次数将不会导致胆固醇水平显著下降

D. 对大多数人而言,每天吃饭的总量不受每天吃饭的次数影响

第三部分结束,请继续做第四部分!

第四部分　常识判断

(共20题,参考时限10分钟)

根据题目要求,在四个选项中选出一个正确答案。

请开始答题:

96. 在我国,"公民"一词的含义是指( )。

　　A. 年满18周岁具有我国国籍的人　　　　　　B. 享有政治权利的人

　　C. 具有我国国籍的人　　　　　　　　　　　　D. 出生在我国的人

97. 下列行为中,没有违反《中华人民共和国未成年人保护法》的是( )。

　　A. 幼儿园教师在给孩子们上课时吸烟

　　B. 父母逼迫19周岁的女儿嫁给一外地人

　　C. 某营业性舞厅领班让17周岁的小明进入舞场

　　D. 由于家庭生活困难,老王不让自己10岁的儿子上学

98.下列行为中,没有违反《中华人民共和国妇女权益保障法》的是(　　)。

A.某单位辞退了怀孕的小李

B.某单位招收了一位年满17周岁的未成年女工

C.由于家庭生活困难,老王让自己正在上小学的女儿辍学回家干活

D.某公司未经王女士同意,以营利为目的,将其肖像印发在公司广告画上

99.村民委员会和居民委员会的性质是(　　)。

A.基层行政机关　　　　　　　　　　　B.基层政权机关的派出机关

C.基层群众性自治组织　　　　　　　　D.基层群众性组织

100."政府的主要作用是掌舵,而不是划桨。"这一说法是指(　　)。

A.政府应该强化集权　　　　　　　　　B.政府的主要作用是决策,而不是执行

C.政府应该加强自身组织的建设　　　　D.政府应该成为现代社会的导航员

101.2003年1月1日,《中华人民共和国政府采购法》正式开始生效。所谓的政府采购,本质上是(　　)。

A.政府直接购买商品和劳务

B.政府依法购买商品和劳务

C.政府委托民营企业为其购买商品和劳务

D.政府在购买商品和劳务的过程中,引入竞争性的招投标机制

102.根据现代统计学的研究成果,"关键的事情总是少数,一般的事情常常是多数。"这意味着管理工作最应该重视(　　)。

A.灵活、及时、适度　　　　　　　　　B.客观、精确、具体

C.突出重点,强调例外　　　　　　　　D.协调计划和组织工作

103.组织的领导者应该学会"弹钢琴",这种说法指的是(　　)。

A.领导者要全面地看问题　　　　　　　B.领导者要集中精力于领导和决策工作

C.领导者应该是懂行的专家　　　　　　D.领导者应该具有开放型的性格

104.作为调节社会经济运行的一种重要经济杠杆,提高税率通常将(　　)。

A.提高政府的财政收入　　　　　　　　B.抑制投资,有利于防止经济过热

C.刺激消费　　　　　　　　　　　　　D.提高税收管理的效率

105.中央和地方的国家机构职权的划分,所遵循的原则是(　　)。

A.在中央的统一领导下,充分发挥地方的主动性、积极性

B.在中央的统一领导下,充分发挥地方的主动性、创造性

C.在中央的统一领导下,充分发挥地方的自主性、积极性

D.在中央的统一领导下,充分发挥地方的自主性、创造性

106.现行《宪法》规定,国务院对各部、各委员会发布的不适当命令、指示和规章有权(　　)。

A.改变　　　　　　　B.发回　　　　　　C.改变或者撤销　　　　　D.撤销

107.《中华人民共和国对外贸易法》不适用于(　　)。

A.货物进出口　　　　　　　　　　　　B.技术进出口

C.我国香港地区货物进出口　　　　　　D.国际服务贸易

108.甲与乙签订了一份合同,约定由丙向甲履行债务,现丙履行债务的行为不符合合同的约定,甲有权(　　)。

A.请求乙承担违约责任　　　　　　　　B.请求乙和丙共同承担违约责任

C.请求丙承担违约责任　　　　　　　　D.请求乙或丙承担违约责任

109.我国在今后将逐步推开(　　　　),重大违法违规案件、因盲目决策造成的资源浪费和国有资产流失、单

纯追求速度而片面提供优惠政策造成国家和人民群众利益受到重大损害等三大领域将成为审计的重点。

  A. 民主审计   B. 依法审计   C. 审计风暴   D. 绩效审计

110. 在全国人大闭会期间,全国人大常委会根据国务院总理的提名,有权决定的人选不包括( )。

  A. 秘书长   B. 审计长   C. 财政部部长   D. 国务委员

111. 张某家住北京市东城区,在朝阳区有一处商业用房,市拆迁办(在西城区)决定对其房屋拆迁,张某不服,诉至法院,应由( )受理。

  A. 东城区法院   B. 朝阳区法院

  C. 西城区法院   D. 以上三个法院都可以

112. ( )没有权力制定规章。

  A. 国家发展和改革委员会   B. 国务院办公厅

  C. 人事部   D. 审计署

113. 按照现行《宪法》规定,地方各级人民法院对( )负责。

  A. 上级人民法院   B. 本级人大常委会

  C. 本级人民代表大会   D. 本级人大及其常委会

114. "月落乌啼霜满天,江枫渔火对愁眠。姑苏城外寒山寺,夜半钟声到客船。"这首诗歌中的"愁"字是指( )。

  A. 仕途失意   B. 思乡之苦   C. 贫病交加   D. 寒意袭人

115. "印者,信也。"从印章问世时起,作为一种工具,印章的主要功能是( )。

  A. 封存物品   B. 递送物件   C. 信用凭证   D. 办理结算

第四部分结束,请继续做第五部分!

第五部分 资料分析

(共 20 题,参考时限 20 分钟)

  所给出的图、表或一段文字均有 **5** 个问题要你回答。你应根据资料提供的信息进行分析、比较、计算和判断处理。

  请开始答题:

  一、根据下表回答 116~120 题。

2001 年、2002 年全国高等学校各学科学生数   (单位:千人)

学科	2001 年		2002 年	
	毕业生	在校生	毕业生	在校生
哲学	0.9	5.4	1.0	6.6
经济学	57.3	359.9	65.9	466.4
法学	61.5	387.9	80.0	474.8
教育学	52.6	374.5	79.8	470.3
文学	157.8	1059.3	198.5	1368.3

续表

学科	2001 年		2002 年	
	毕业生	在校生	毕业生	在校生
历史学	10.2	53.4	11.7	55.6
理学	115.8	716.3	131.5	852.2
工学	349.1	2491.2	459.8	3085.0
农学	28.5	186.0	36.3	216.0
医学	62.6	529.4	79.5	656.6
管理学	139.9	1027.5	193.2	1381.7
合计	1036.2	7190.8	1337.2	9033.5

116. 2002 年的在校生中,工学学生所占的比例约是(　　　)。

　　A.15% 　　　　　　B.20% 　　　　　　C.34% 　　　　　　D.40%

117. 2002 年与 2001 年相比,毕业生增长率最大的学科是(　　　)。

　　A. 教育学 　　　　B. 经济学 　　　　C. 管理学 　　　　D. 医学

118. 2002 年与 2001 年相比,在校生增长率超过 20% 的学科有(　　　)。

　　A.3 个 　　　　　B.8 个 　　　　　　C.10 个 　　　　　D.11 个

119. 如果数据中的在校生不包括毕业生,那么 2002 年高校共约招了(　　　)。

　　A.50 万人 　　　　B.184 万人 　　　　C.318 万人 　　　　D.472 万人

120. 2002 年,非新生的在校生占在校生比例最大的学科是(　　　)。

　　A. 哲学 　　　　　B. 历史学 　　　　　C. 法学 　　　　　D. 经济学

二、根据下列文字资料回答 121～125 题。

甘肃省酒泉市是我国最适宜种植棉花的地区之一。2004 年全市棉花种植面积达到 66.06 万亩,占农作物总播种面积的 35%。棉花已成为带动酒泉农村经济发展的支柱产业,已成为农民致富奔小康的主要手段,已成为促进县域经济发展、增加财政收入的重要组成部分。改革开放以来,全市棉花生产有了较快发展。棉花种植面积由 1983 年的 10.54 万亩发展到 2003 年的 58.74 万亩,增长 4.57 倍,占农作物总播种面积比重由 1983 年的 6.45% 上升到 2003 年的 30.8%;棉花总产量(皮棉)由 1983 年的 0.65 万吨增加到 2003 年的 6.67 万吨,增长 9.26 倍。通过多次更新更换优良品种,大力推广地膜覆盖、双株双层、化学调控、病虫害防治等技术,有效地促进了棉花单产的提高。1983 年棉花平均单产为 61.67 公斤/亩,1993 年为 76.62 公斤/亩,2003 年达到 113.55 公斤/亩。20 世纪 80 年代初,全市五个农业县(市)有 40 多个乡(镇)种植棉花。随着种植结构不断调整,棉花生产逐步向气候条件适宜、种植基础好、产量水平高的优势区域集中。2003 年,金塔、敦煌、安西三个植棉县(市)的棉花种植面积之和分别占全市和全省棉花种植面积的 92.53% 和 75.02%,总产量分别占全市和全省棉花总产量的 91.25% 和 77.02%。

121. 酒泉市 2004 年农作物总播种面积比 1983 年约(　　　)。

　　A. 少 25 万亩 　　　　　　　　　　B. 少 45 万亩

　　C. 多 25 万亩 　　　　　　　　　　D. 多 45 万亩

122. 根据上述资料,下列说法不正确的是(　　　)。

　　A. 2004 年酒泉市全市棉花种植面积高于 2003 年

　　B. 1983 年至 2003 年间,酒泉市棉花平均单产增长接近 1 倍

　　C. 2004 年酒泉市全市农作物总播种面积低于 2003 年

　　D. 金塔、敦煌、安西三个植棉县(市)的棉花平均单产高于酒泉全市的棉花平均单产

123. 2003 年,甘肃省全省棉花总产量约为(　　　)。

A.8 万吨   B.9 万吨

C.10 万吨   D.11 万吨

124.根据上述资料,不是酒泉市的棉花生产特点的是(   )。

    A.种植面积扩大,产量增加

    B.科技投入增加,单产增高

    C.布局逐步优化,集中度提高

    D.品种不断增加,品质不断改善

125.1998 年至 2003 年间,酒泉市增长速度最快的是(   )。

    A.棉花种植面积

    B.棉花种植面积占农作物总播种面积比重

    C.棉花总产量

    D.棉花平均单产

三、根据下列文字资料回答 126～130 题。

2003 年从事高新技术产品出口的企业共计 1.65 万家,比 1999 年翻了一番。各类企业在数量上保持了增长态势,其中国有企业数量比 1999 年增长 11%,合资企业数量增长 23%,外商与港澳台商独资企业数量增长了 1.5 倍,集体企业数量增长了 1.2 倍,私营企业数量增长了 30 倍。

外商独资企业除了数量跃居首位,其产品出口额也以接近 50%的速度增长,并成为我国高新技术产品出口额的主要提供者。2003 年,外商与港澳台商独资企业出口金额达到 683 亿美元,是 1996 年出口额的 16 倍,年均增长 49%,占高新技术产品出口总额的 62%;中外合资与港澳台合资企业 2003 年出口金额为 236 亿美元,年均增加 28%,占总额 21%;国有企业出口额从 1996 年的 37 亿美元增至 2003 年的 115 亿美元,年均增长率 17%,但 2003 年仅占总份额的 10%。私营企业出口 25 亿美元,是 1996 年 9 万美元的近 3 万倍,年均增长率高达 331%。

1996 年,外商与港澳台商独资企业、中外合资与港澳台合资企业和国有企业在高新技术产品出口额中所占比重都在 30%左右,目前,外商与港澳台商独资企业在我国高技术产品出口方面已居主导地位。

126.根据上述资料,下列说法不正确的是(   )。

    A.外商与港澳台商独资企业逐渐主导了我国高新技术产品出口

    B.私营企业已成为高新技术产品出口的一只不可忽视的新生力量

    C.1996～2003 年间,国有企业出口额在逐年下降

    D.1999～2003 年间,我国从事高新技术产品出口的企业数量迅猛增加

127.1996 年,我国高新技术产品的出口总额大约为(   )。

    A.37 亿美元   B.62 亿美元

    C.128 亿美元   D.236 亿美元

128.1996 至 2003 年间,从事高新技术产品出口的企业数量增长最快的是(   )。

    A.国有企业   B.私营企业

    C.合资企业   D.集体企业

129.如果 2003 年相对于 2002 年的企业出口额增长率等于年均增长率,则 2002 年合资和独资企业的出口额是国有企业的倍数为(   )。

    A.6.6 倍   B.4.6 倍   C.2.6 倍   D.1.6 倍

130.1996 年至 2003 年间,关于各种企业在高新技术产品出口额所占的比重,下列说法正确的是(   )。

    A.私营企业所占比重几乎没有变化

    B.集体企业所占比重下降了近 20 个百分点

    C.外商与港澳台商独资企业所占比重增加了 15 个百分点

D. 中外合资与港澳台合资企业所占比重下降了 15 个百分点

四、根据下图回答 131～135 题。

2002 年 SCI(科学引文索引)收录各国论文数

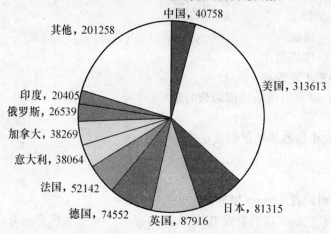

131. 图中所列国家为 SCI 的前十名,我国排名(   )。

　　A. 第 4 　　　　　　　B. 第 5 　　　　　　　C. 第 6 　　　　　　　D. 第 7

132. 总数前三的国家的论文总数约占所有国家论文总数的(   )。

　　A. 45% 　　　　　　　B. 50% 　　　　　　　C. 55% 　　　　　　　D. 60%

133. 2002 年 SCI 收录文章中,美国占 32.17%,则我国约占(   )。

　　A. 2% 　　　　　　　B. 3% 　　　　　　　C. 4% 　　　　　　　D. 5%

134. 日本比英国的论文数少(   )。

　　A. 5% 　　　　　　　B. 8% 　　　　　　　C. 10% 　　　　　　　D. 12%

135. 从上图可以推出的结论是(   )。

　　Ⅰ. 法国和中国的论文数量相差最少

　　Ⅱ. 前十之外的其他国家的论文数量多于德、法、意三国论文数量之和

　　Ⅲ. 在排名前十的国家中,后七名国家的论文数量之和仍然小于美国

　　A. 只有Ⅰ 　　　　　　B. 只有Ⅱ 　　　　　　C. 只有Ⅲ 　　　　　　D. 只有Ⅱ和Ⅲ

全部测验到此结束!

参考答案及专家点评

2011 年中央国家机关公务员录用考试《行政职业能力测验》试卷

第一部分　常识判断

1. C【专家点评】西部大开发的面积为 685 万平方公里，占全国面积的 71.4%。其范围包括陕西省、甘肃省、青海省、宁夏回族自治区、新疆维吾尔自治区、四川省、重庆市、云南省等 12 个省、自治区、直辖市，C 项表述错误。故选 C。

2. C【专家点评】二十国集团的亚洲发展中国家除中国外，还包括印度尼西亚、印度和沙特阿拉伯等，A 项错误；2009 年，我国的出口贸易额在"金砖四国"中居第一位，B 项错误；我国还未与邻国不丹建立正式的外交关系，D 项错误。故选 C。

3. D【专家点评】我国煤炭储藏量居世界第一位，煤炭资源总量远远超过石油和天然气资源。我国石油资源极其匮乏，现在我国一半左右的石油都依靠进口，所以我国能源资源的特点是富煤、缺油、少气。故选 D。

4. B【专家点评】根据《国务院关于开展第六次全国人口普查的通知》，我国第六次人口普查的标准时点是 2010 年 11 月 1 日零点，A 项错误；人口普查取得的数据不得作为任何部门和单位对各级行政管理工作实施考核、奖惩的依据，不得作为对普查对象实施处罚的依据，B 项正确；第六次全国人口普查采用按现住地登记的原则，C 项错误；人口普查所需经费，由中央和地方各级人民政府共同负担，并列入相应年度的财政预算，D 项错误。故选 B。

5. D【专家点评】党的十七大报告提出要加快推进以改善民生为重点的社会建设，其基本要求是：积极解决好教育、就业、收入分配、社会保障、医疗卫生和社会管理等直接关系人民群众根本利益和现实利益的问题，努力推动和谐社会建设。从中可看出 D 项不属于社会建设范畴。故选 D。

6. A【专家点评】1947 年 7 月 17 日，中共中央在河北省平山县西柏坡村召开全国土地会议。辽沈战役开始于 1948 年 9 月 12 日，1948 年 11 月 2 日结束；淮海战役开始于 1948 年 11 月 6 日，1949 年 1 月 10 日结束；平津战役开始于 1948 年 11 月 29 日，1949 年 1 月 31 日结束。党的七届二中全会于 1949 年 3 月 5 日至 13 日在河北省平山县西柏坡举

行，故选 A。

7. D【专家点评】《中华人民共和国村民委员会组织法》第十五条规定，有登记参加选举的村民过半数投票，选举有效；候选人获得参加投票的村民过半数的选票，始得当选。D 项中王某所得的选票不足全村所有有选举权的村民的二分之一，不符合法律规定，须有人获得超过 150 票方可当选。故选 D。

8. C【专家点评】根据 2010 年 2 月 26 日颁布的《中华人民共和国国防动员法》第八条规定："国家的主权、统一、领土完整和安全遭受威胁时，全国人民代表大会常务委员会依照宪法和有关法律的规定，决定全国总动员或者局部动员；国家主席根据全国人民代表大会常务委员会的决定，发布动员令。"故选 C。

9. D【专家点评】2010 年修改的选举法规定："全国人民代表大会代表名额，由全国人民代表大会常务委员会根据各省、自治区、直辖市的人口数，按照每一代表所代表的城乡人口数相同的原则，以及保证各地区、各民族、各方面都有适当数量代表的要求进行分配。"D 项表述错误。故选 D。

10. A【专家点评】苏联于 1962 年 8 月 12 日发射东方 4 号飞船，该飞船与东方 3 号在太空实现首次交会飞行，A 项正确；苏联的航天员列昂诺夫于 1965 年 3 月 18 日首次进行太空行走，B 项错误；人类成功向宇宙发射的首颗人造卫星，C 项错误；美国载人飞船"阿波罗 11 号"于 1969 年 7 月在月球着陆，阿姆斯特朗成为登陆月球第一人，D 项错误。故选 A。

11. B【专家点评】中国数学家陈景润于 1966 年证明"1+2"，使哥德巴赫猜想有了重要的突破，A 项错误；我国于解放前就已经提出陆相生油理论，中国科学院原子能研究所王淦昌领导的实验组于 1959 年发现了反西格马负超子，B 项错误；我国于 1965 年 9 月 17 日人工合成结晶牛胰岛素，D 项错误。故选 B。

12. A【专家点评】士兵军衔肩章版面底色有棕绿色、天蓝色、黑色三种，分别为陆、海、空三军士兵的肩章颜色，A 项正确。我国现行军衔制度分为三等十级：一等为将官，包括上将、中将、少将；二等为校官，包括大校、上校、中校、少校；三等为尉官，包括上尉、中尉、少尉。我国现行军衔制度不设帅和士，B 项错误。粟裕为十大将之首，不是元帅，C 项错误。中国人民解放军 1955 年首次实行军衔制，D 项错误。故选 A。

13. A 【专家点评】根据国道的地理走向可将其分为三类：一是以北京为中心的首都放射性国道，其编号由一位标识码"1"和两位路线顺序号构成；二是南北纵向国道，其编号由一位标识码"2"和两位路线顺序号构成；三是东西横向国道，其编号由一位标识码"3"和两位路线顺序号构成，没有以"4"为开头的编号。故选A。

14. D 【专家点评】货币升值是指一国的货币相对于他国货币价值增加，能购买更多他国的商品，货币升值有利于进口，不利于出口，所以会促进贸易逆差增长。故选D。

15. C 【专家点评】我国的原油进口量在2009年已经超过日本，成为世界第二大原油进口国，对石油进口的依存度已超过50%。故选C。

16. B 【专家点评】1990年8月，江泽民同志视察新疆时指出："我们伟大的中华民族，是由五十六个民族构成的，在我们祖国的大家庭里，各民族之间的关系是社会主义的新型关系，汉族离不开少数民族，少数民族离不开汉族，少数民族之间也相互离不开。"故选B。

17. D 【专家点评】2010年6月18日，重庆两江新区正式挂牌，成为中国第三个副省级新区。故选D。

18. A 【专家点评】震源浅，波及范围会小一些，但在受影响范围内的强度极大；震源深，影响面积会较大，但造成的破坏相对较少。故选A。

19. C 【专家点评】人们习惯上称戏班、剧团为"梨园"，而不是"杏园"，A项错误；京剧行当中的"净"又称花脸，一般是指成年男性角色，B项错误；"梅派"唱腔创始人是京剧艺术大师梅兰芳先生，C项正确；《梁山伯与祝英台》是越剧经典曲目，D项错误。故选C。

20. A 【专家点评】湖南长沙马王堆汉墓出土了重量仅49克的素纱禅衣，A项正确；河南安阳出土了大量殷商时期刻有文字的龟甲和兽骨，B项错误；越王勾践剑是春秋时期兵器冶炼技术的杰出成果，C项错误；洛阳出土的唐三彩以黄、白、绿为基本颜色，D项错误。故选A。

21. A 【专家点评】《最后的晚餐》、雕塑"思想者"、雕塑"大卫"均为欧洲文化遗产，A项正确；胡夫金字塔和狮身人面像是非洲文化遗产，帕特农神庙为欧洲文化遗产，B项错误；《百年孤独》为南美洲文化遗产，《老人与海》为北美洲文化遗产，《海底两万里》为欧洲文化遗产，C项错误；《飞鸟集》和《源氏物语》为亚洲文化遗产，《高老头》为欧洲文化遗产，D项错误。故选A。

22. B 【专家点评】东晋书法家王羲之被誉为"书圣"，A项错误；"楷书四大家"指的是唐代的欧阳询、颜真卿、柳公权和元朝的赵孟頫，B项正确；《真书千字文》是隋代僧人智永所写，C项错误；"苏、黄、米、蔡"指的是宋代书法四家，分别为苏轼、黄庭坚、米芾、蔡襄，D项错误。故选B。

23. B 【专家点评】人类历史上第一台天文望远镜是伽利略发明的，A项错误；世界最早的哈雷彗星记录是《春秋》中的"秋七月，有星孛入于北斗"，C项错误；月食是地球的影子遮住月球，地球居于太阳、月亮的中间，D项错误。故选B。

24. D 【专家点评】煤气泄漏会导致空气中煤气浓度过大，打电话时会产生微弱电流，遇到煤气可能发生爆炸，所以家中遇到煤气泄漏事件使用房间的电话报警是不正确的。故选D。

25. C 【专家点评】昆明纬度低，哈尔滨纬度高，前者阳光照射角度高，后者阳光照射角度低，所以前者的楼间距可以比后者的更小。故选C。

第二部分　言语理解与表达

26. A 【专家点评】第一个空填的词语是用来修饰"令人目眩的科技"和"大师们浩瀚的经典"的，不能用"重大"和"难得"来修饰这些，排除B、D项。第二个空中是对权力的修饰，而"束缚"常用来形容人，排除C项。故选A。

27. C 【专家点评】根据文中的"然而这些博物馆却很寂寞"这句话可知来博物馆的人少，"门可罗雀"形容宾客稀少，十分冷落，符合文中的意思。第二个空形容"话题"，"生僻"与"突兀"都不与话题搭配，"超前"不符合语境，因此第二个空填"遥远"。故选C。

28. D 【专家点评】结合语境可知，消费时用现金我们能具体地感觉到钱包变空了，而刷卡就感觉不到钱包的变化，因此"抽象"符合语境，"信用卡却把交易行为抽象化了"。后面解释人们为什么用信用卡付账感觉不到痛苦，"麻醉"更符合语境。故选D。

29. A 【专家点评】"固执"和"保守"用于形容人的性格，用在这里不合适，排除B、C项。从"他们总是用同一系列颜色表现同一类主题"中分析"新意"比"理想"更符合语境。故选A。

30. A 【专家点评】第一个空用于修饰信贷业，修饰某种产业不能用"频繁"和"发达"，排除B、D项。第二句是一个转折句，后面的意思要与前面相反，前面说"破产"，后面就要选择与之相反的意思，"有利可图"意为有利益可求，符合语境。故选A。

31. A 【专家点评】根据文段可知，作者强调的是学习要勤奋而且不能间断，这样只有A项符合语境，"孜孜不倦"指工作或学习勤奋不知疲倦。故选A。

32. D 【专家点评】从"每个人都能说上几句"可推断出这个话题每个人都知道，但是没有说明这个话题有争议，因此排除A、B项。由"可意会不可言传"可知，此处用"妙处"搭配最合适，其余各项均不符合语境。故选D。

33. A 【专家点评】文段主要说明怎样解决孩子上幼儿园难的问题，根据文意B项首先被排除，"首当其冲"比喻最先受到攻击或遭遇灾害，不符合语境。上幼儿园难属于公共问题，一般公共问题都是国家急于解决的问题，只有"当务之急"含有此意。"当务之急"指当前任务中最急需要办的事情。故选A。

34. B 【专家点评】分析第一个空可知,"忙碌"与"误解"都不符合文意,所以排除A、C项,再根据"每天都面临着彻底消失的命运"一句可以推断出"漠视"符合文意,"麻木"表达的程度过于浓重。故选B。

35. D 【专家点评】文段主要讲的是城市历史与新元素之间的关系,根据文意可知,城市历史与新元素之间不是"此消彼长"的关系,因此排除C项。"融会贯通"是指把各方面的知识、道理融合贯穿,从而得到全面、透彻的理解;"兼收并蓄"是指把不同内容、不同性质的东西收下来,保存起来;"相辅相成"是指两件事物互相配合,缺一不可。由此可以看出"相辅相成"符合语境。故选D。

36. D 【专家点评】材料说的是"对经典的质疑",而不是将其全盘否定,所以"一文不值"和"百无一用"放在第一个空词义程度都过重,应首先排除。"缺陷"是指某一方面的缺失,"瑕疵"是指微小的毛病、缺点,很显经典中可能存在的是"瑕疵","缺陷"用在此处词义也过重。故选D。

37. A 【专家点评】材料中出现了"不是……,而是……"字样,说明填入第一个空的词语一定是与"长达600年以上"意思相反的。"一蹴而就"比喻事情轻而易举,一下子就成功,与"长达600年以上"意思刚好相反。600年是一个漫长的、未知的过程,所以第二个空应填入"摸索"一词,有试探着向前的意思。故选A。

38. D 【专家点评】第一个空,"世界大势"是不可以"运筹"的,首先可以排除A项。应是以历史的眼光"洞察世界大势",意为发现世界大势内在的内容或意义。"战略家"应是"谋划"未来,意为按步骤地筹划未来。"推进"有推动与促进之意,所以第三个空填"推进"也较合适。故选D。

39. A 【专家点评】先看第二个空,新航道出现后,环北极地区国家提出对北极地区的主权主张的行为不应该是"合法"的,所以首先可以排除C项。掌控了北极地区的"主权",就有权对于其他国家的考察和活动进行查问和参与,"限制"和"介入"两个词词意明显过重,环北极地区国家还不应该有这么大的权力,因此第三个空应填"干预"更为合理。故选A。

40. B 【专家点评】人们平时不存在"刻意"或"直接"锻炼大脑的问题,所以首先可以排除C、D两项。由于"右手拉弓弦"相对"左手按压琴弦"要"简单",所以第二个空应填入词义与"简单"相对的词。因此可以排除"紧张"而选择"繁琐"。故选B。

41. B 【专家点评】掩耳盗铃:比喻自己欺骗自己,明明掩盖不住的事情偏偏要想法子掩盖;昙花一现:比喻美好的事物或景象出现了一下,很快就消失;名实不符:指名声与实际不符;浮光掠影:比喻观察不细致,学习不深入,印象不深刻。结合材料我们可以发现,前面所描述的现象应属于"昙花一现"。故选B。

42. D 【专家点评】由"体验普通人生活在令人敬畏的大自然"一句可以看出,第二个空应填入与"敬畏"词义相一致的词,所以应选择"敬意"一词。故选D。

43. A 【专家点评】阅读材料可以判断,第一个空应填入与"艰涩"词义相反的词,"妙趣横生"的意思最符合。故选A。

44. B 【专家点评】"吸收"是把外界其他物质的有益成分都吸收到自己内部。皮影戏的发展显然是"吸收"了各自地方戏曲、曲艺、民间小调的精华。故选B。

45. A 【专家点评】"不齿"表示极端鄙视,不愿意提到。"苦恼"常用来表示痛苦烦恼。第一个空应填入与"羞愤"同义的词,因此首先可以排除B、D两个选项。"无济于事"指对事情没有什么帮助或益处,比喻解决不了的事情;"徒劳无益"指付出了劳动,但获得不到任何有益之处。很显然第三个空应填入"徒劳无益"更合适。故选A。

46. B 【专家点评】阅读材料很容易可以看出,文段为"分—总"式结构,前面所论述的内容是为本文的中心内容做铺垫的,关联词"因此"后面的内容才是全段的中心内容,即"咏史"之作。很显然本文的主旨是介绍咏史诗诞生的社会政治背景。故选B。

47. C 【专家点评】材料首先介绍了美国著名学者伊顿预言:我们国家的最高经济利益,将主要取决于我们同胞的创造才智。后面又用现今世界的现实情况对其预言进行证明,意在强调国民创新能力对国家发展的重要性,A、B、D三项显然都偏离了"创造能力"这个主题,只有C项准确表达了此观点。故选C。

48. B 【专家点评】材料从豆浆本身的口味以及市场价格分析,主要阐明"豆浆在西方不够受欢迎的主要原因",B项概括最为准确。故选B。

49. A 【专家点评】材料主要是讲癌症、食品等相关问题越来越"吸引眼球"。如果指出这种"致癌的食物"跟现代技术有关,那么就会"更容易得到公众的普遍认同"。故选A。

50. D 【专家点评】阅读材料我们可以发现,"信息"一词是本材料的关键词,所有的内容都是围绕着"信息"一词来论述的,如"信息时代里的企业就像一个完整的人"、"如果信息可以一路顺畅,整个企业就能用一个大脑思考"等,因此本材料意在强调信息系统对企业的重要作用。故选D。

51. A 【专家点评】此材料可以分成三个部分,第一个分句讲的是诗的形成;第二个分句讲的是诗经由知音的理解,其意象才得以浮现出来并且得到深化;第三个分句讲的是诗可以跨越时空影响后人的精神面貌。由此可以看出这段文字的关键词是诗、知音、意向。故选A。

52. B 【专家点评】材料中没有提及光照吸收率与植物生长的关系,故A项错误;材料中没有提及甜菜、车前草和梨树的生长环境,所以不同的生长环境造成了植物叶片生长的差异的表述也是错误的,故B项错误;材料以甜菜、车前草、梨树为例说明了暗合数学规律的叶片结构对植物生长有利,所以B、D两项中,B项更符合文意。故选B。

53.B【专家点评】材料首先以音乐为例,说明了黑、白两种不同文化的融合模式,接着又提出牙买加由于其特殊的地理位置成为这种模式最大的受益者,并成功将其推广到田径领域,成就了牙买加田径运动的辉煌。因此本材料主要谈论的是文化融合给牙买加带来的好处。故选B。

54.D【专家点评】通过阅读材料我们可以发现"只有……才"引导的语句是本材料的中心句,即"强农惠农政策是当前我国转变经济发展方式的必然要求"。故选D。

55.C【专家点评】由"我国名优绿茶主要分布在山区,拥有丰富的农村劳动力资源和较低的劳动力成本,发展绿茶产业具有明显的优势"一句可以看出,C项表述正确。材料中没有提及"供过于求",A项属于无中生有。B项表述不正确。D项,原材料中说的是"以上三国从20世纪70年代开始'红改绿'",因此"国际茶叶市场上出现'红改绿'的趋势"表述也不正确。故选C。

56.B【专家点评】从"老百姓"和"政府"两个角度来看,货币国际化都有好处,所以"许多国家的货币都'争先恐后'地走向国际化"。故选B。

57.C【专家点评】材料主要是说我国在对外传播和交往时,"提出的'和平崛起'、'和谐世界'等战略框架和口号",这些战略框架和口号"不太贴近群众,在视觉触摸感和情感想象力上,还总让人感到有些缺憾",因此C项"我国在对外传播和交往中存在的误区"是本材料探讨的核心问题。故选C。

58.C【专家点评】材料没有提及"文人艺术家的鉴赏水平落后于他们的创作水平",A项表述错误;材料中为"许多优秀的非文人艺术家都因为文人的偏见而未能获得应有的认可",因此B项表述错误;由材料首句可推知,C项与材料相符;D项材料中没有提及,属无中生有。故选C。

59.A【专家点评】材料最后一句为关键句,即"因此,将整个社会监督的'希望'全部寄托在媒体身上,既不科学,也不现实"。因此这段文字针对的主要问题是"目前媒体监督被赋予过多的期望"。故选A。

60.A【专家点评】本则材料主要谈论金鱼是世界上养殖最普遍的宠物鱼类,以及它被人类驯养的过程。因此我们可以确定②一定是本则材料的首句,可排除D项。再观察A、B、C三项,可知③①应为一组,⑥④应为一组,由③中的关联词"不过"可知,其后内容与前面内容应形成转折关系,因此④应在③前边,故选A。

61.A【专家点评】观察四个选项,首先可以排除B项,"当然"常用于在前面已有观点的基础上又提出补充论述,因此④不能做首句。再观察A、B、D三项,可确实⑥②一定相邻,⑤①一定相邻,因此我们现在只需确定③和④的位置。③⑤①谈论的内容都是"总量意义",且③明显应在⑤①之前,因此可排除D项。④是对"总量意义"的补充论述,因此它前面应对"总量意义"的否定,所以④应该放在⑤①之后。故选A。

62.B【专家点评】此则材料中有明显的时间线索,所以我们根据"仰韶文化"、"商代文化"、"此后"三个时间词可以很容易判断出②①⑤的排序。故选B。

63.C【专家点评】材料首先提出文明和文化是不同的,接着又比较了两者的不同之处,转折词"但是"之后的内容才是作者的主要观点,"我们又希望文明不要压倒文化,'同一'不要消灭'差异'",即强调城市化进程中保存文化的必要性。故选C。

64.B【专家点评】材料主要讲了由于中小企业规模有限、力量较小,发展中小企业协会和服务组织对于中小企业的发展十分重要,因此中小企业应该意识到参与协会和组织的意义。故选B。

65.B【专家点评】材料主要讲了有些被宣称为"清热下火"的凉茶可能是里面的中草药成分正好对某些症状有效,可大众却误认为是凉茶的作用,因此质疑凉茶功效的言论都会招来大众的"现身说法"的攻击。本材料的关键句在转折关联词"但是"之后,意在说明很多消费者并不了解凉茶的实质。故选B。

第三部分　数量关系

66.B【专家点评】由题意可知,小王骑车、跑步、步行的速度比为4∶2∶1,所以设步行的速度为1,跑步的速度为2,骑车的速度为4,AB距离为S,则有$S/4+S/1=2$,$S/2=48$分钟。故选B。

67.A【专家点评】设甲队的工作效率为$6x$,乙队的工作效率为$5x$,丙队的工作效率为$4x$,丙队在A工程施工y天,则可列方程$6x×16+4xy=5x×16+4x(16-y)$,解得$y=6$。故选A。

68.B【专家点评】因为泳池的长度30米,那么如果两人相遇,他们所走的路程和应为$1×30=30$米,$3×30=90$米,$5×30=150$米,$7×30=210$米……由题意可知两人速度和为$(37.5+52.5)=90$米/分,则1分50秒两人共游了$90×11/6=165$米,所以两人在泳池可最多相遇了3次。故选B。

69.B【专家点评】根据题意可知今年男员工人数是去年的$1-6\%=94\%=47/50$,所以今年的男员工人数应是47的倍数,观察题干四个选项,B项符合题意。故选B。

70.A【专家点评】根据题意设原成本为15,则原材料涨价后成本变为16,设原材料价格为x,则有$(x+1)/16-x/15=2.5\%$,解得$x=9$,因此原材料上涨$\frac{1}{9}$。故选A。

71.C【专家点评】设商店按定价$x\%$销售本商品,则可列方程$10000(1+25\%)×30\%+10000×(1+25\%)×x\%×(1-30\%)=10000-1000$,解得$x=60$。故选C。

72.C【专家点评】根据"要求女职员的比重不得低于一半"可知,所选女职员数至少有2人。据此可分为三种情况:第一种情况为4女0男,只有1种选法;第二种情况为3女1男,有$C_4^3×C_4^1=16$种选法;2女2男:$C_4^2×C_4^2-2=34$

种选法。所以一共有 $1+16+34=51$ 种选法。故选 C。

73. B 【专家点评】根据题意可知，小赵休息 2 局即是小钱和小孙打了 2 局，则小钱和小赵打了 $8-2=6$ 局，小孙和小赵打了 $5-2=3$ 局，则一共打了 $2+6+3=11$ 局。在这 11 局中，小孙打了 5 局休息了 6 局，因为一个人不可能连续休息 2 局，所以小孙第 9 局休息，小赵和小钱打。故选 B。

74. D 【专家点评】本题属于集合问题，利用容斥原理公式：$A\cup B\cup C=A+B+C-A\cap B-B\cap C-A\cap C+A\cap B\cap C$，三项全部都合格的建筑防水卷材产品有 $(52-1)-[8+10+9-(7+1\times3)]=34$ 个。故选 D。

75. B 【专家点评】因为要切分为两个完全相同的部分，所以割面的是一个边长应为 $\sqrt{1-\left(\dfrac{1}{2}\right)^2}=\dfrac{\sqrt{3}}{2}$，底为 1 的等腰三角形，故面积就为 $\dfrac{\sqrt{2}}{4}$。故选 B。

76. C 【专家点评】本题可采用代入法解题，经代入可知 C 选项 11 排是正确的，这个班共有 52 个学生。故选 C。

77. B 【专家点评】设 B 管每分钟为 x 立方米，根据题意可知 A 管每分钟比 B 管多进水 $180\div90=2$ 立方米，则可列方程 $(x+x+2)\times90=160\times(x+2)$，解得 $x=7$。故选 B。

78. D 【专家点评】根据题意可知 A 区人口是全市人口的 5/17，则 B 区人口是全市人口的 $(2/5):(5/17)=2/17$，C、D、E 区总人口占全市人口的 $1-5/17-2/17=10/17$。因为 C 区人口是 D 区和 E 区人口总数的 5/8，则 C 区是全市人口的 $10/17\times(5/13)$。根据 A 区比 C 区多 3 万人可得，全市人口为 $3\div(5/17-10/17\times5/13)=44.2$ 万人。故选 D。

79. B 【专家点评】要想该月平均气温在 30 度及以上的日子最多，则需要高温尽可能接近 30 度，且低温尽可能低，假设其为 20 度，设高温有 x 天，则可列方程 $[30x+20(30-x)]/30=28.5$，解得 $x=25.5$。故选 B。

80. C 【专家点评】本题可采用十字交叉法，则可有：

A 部门：38   6
        30
B 部门：24   8

所以 A 部门人数：B 部门人数 $=6:8=3:4$；

B 部门：24   8
        34
C 部门：42   10

所以 B 部门人数：C 部门人数 $=8:10=4:5$，故 A、B、C 三个部门人数比为 $3:4:5$，该单位全体人员的平均年龄为 $(38\times3+24\times4+42\times5)\div12=35$ 岁。故选 C。

第四部分　判断推理

一、图形推理。

81. C 【专家点评】通过观察可以看出，题干中的小图中都有曲线，选项中只有 C 项有曲线。故选 C。

82. D 【专家点评】解此题我们需利用小图形的相邻关系，从展开图看，首先可以排除 A、B 两项，选项 C 的折叠方向错了，也排除。故选 D。

83. C 【专家点评】第一行中，第一个小图逆时针旋转 $90°$ 后，眼睛再单独发生翻转得到第二个小图；第二个小图逆时针旋转 $90°$ 后，嘴巴再单独发生翻转得到第三个图形。其他两行也遵循一样的规律。故选 C。

84. B 【专家点评】第一组图形中，组成第三个小图形的两部分都分别是前两个小图形的一部分。根据此规律，可知只有 B 项符合条件。故选 B。

85. C 【专家点评】第一组图形中，小图里面的图形线段要比外面图形的线段数量少，且后两个图形里外两个小图是相切的。第二组图形中，小图外面的线段要比里面图形的线段数量少，且后两个图形里外两个小图也应相切。符合条件的只有 C 项。故选 C。

86. C 【专家点评】通过观察可以看出，六个小图都有两个小黑点。①③④中，黑点所连接的线条与图形内部线条方向一致；②⑤⑥中，黑点所连接的线条与图形内部线条垂直。故选 C。

87. B 【专家点评】通过观察可以看出，六个小图都是轴对称图形，有的对称轴是一条竖线，有的对称轴是一条横线，因此对称轴竖着的图形为一组，对称轴横着的图形为一组。故选 B。

88. C 【专家点评】通过观察可以看出，六个小图中都有两个小黑点，①③④图中的小黑点在封闭区域内，②⑤⑥图中的小黑点不在封闭区域内。故选 C。

89. B 【专家点评】通过观察可以看出，六个小图中都包含四个元素，其中有两个元素是相同的，且相同的两个元素有的是相邻的，有的是隔开的，因此相同元素相邻的为一组，隔开的为一组。故选 B。

90. D 【专家点评】通过观察可以看出，六个小图中包含两个图形，有些图形中的两个图形是一样的，有些图形中的两个图形是不一样的。一样的为一组，不一样的为一组。故选 D。

二、定义判断。

91. A 【专家点评】"社会人"假设认为，良好的人际关系对于调动人的工作积极性起决定作用。"人际"是"社会人"假设的关键词。B、C、D 三项都没有提到工作中的人际，故不符合条件，A 项体现了上下级之间的关系，并且下级参与企业管理有利于培养工作环境中良好的人际关系，是基于"社会人"假设的管理方式。故选 A。

92. A 【专家点评】顺应的关键是"互动的双方或各方都调整自己的行为，以实现互相适应"。B 项中不存在调整行为的活动，C 项只有上级工商部门调整了行为，D 项只是王某一方调整了行为，A 项两公司都作出了调整行为。故选 A。

93. C 【专家点评】体验营销的核心是让消费者实际感

知产品或服务的品质或性能,从而达到促使顾客认知、喜好并购买的目的。A、B、D三项都没有产品体验,C项中新产品试用活动就是让顾客亲身体验产品,采用了体验营销方式。故选C。

94. D【专家点评】消费者协会不是行政主体,不符合行政指令的定义。故选D。

95. C【专家点评】政策性收益的关键是"政策、法规的变动"和"个体收益"。A项中"市相关部门联合整治经营环境"并不是政策、法规的变动,B项没有政策、法规的变动,D项中的收益主体是某县,不属于个体收益。故选C。

96. D【专家点评】反应性相倚关键是沟通双方都不按照原计划进行沟通。A项只有小明改变计划,B项中的王厂长和C项中的张老师没有根据职工和学生的行为作出反应,而是按原计划进行沟通。故选D。

97. C【专家点评】附款行政行为中附加的条件是将来不确定的事实和行为。A项中的附加条件是时间,是确定的事实;B项中"罚款1500元"是固定的,也是确定的事实;C项处罚是确定的,但滞纳金不是确定的事实,符合附款行政行为的定义;D项没有附加的条件。故选C。

98. D【专家点评】A项中影院的通告得到了预期效果,不属于反向诱导;B项中单位的要求最后不了了之,但也没有收到预期效果,但也没有导致与预期相反的社会现象大量出现;C项中电视台播放预防心理疾病的讲座起到了预期效果;D项中居民大量囤水,没有收到预期效果,反而导致了与预期相反的社会现象大量出现,使得相反的现象增加,属于反向诱导。故选D。

99. D【专家点评】结构仿生设计学定义的关键是"研究生物体和自然界物质存在的内部结构原理"。D项根据鸟巢发明"巢居",是根据鸟巢的结构进行的设计和应用,符合结构仿生设计学的定义;A项是对其作用原理的模仿,不属于结构仿生设计学;B项是以鱼类声音为研究对象,不是对结构的研究;C项是以变色龙的"色"为研究对象,也不属于结构的范畴。故选D。

100. D【专家点评】A、B两项中的人群是临时组成的,没有形成特定的关系结构,不属于非正式组织;C项中学生会文艺部属于正式组织;D项中老人曲艺社符合非正式组织的定义。故选D。

三、类比推理。

101. B【专家点评】飞机沿着航线飞行,且飞行不会偏离航线;房屋按照地基建筑,且建筑不会超过地基的范围。故选B。

102. A【专家点评】树根可做成根雕,纸张可做成剪纸,且二者都是艺术品。故选A。

103. B【专家点评】"亦步亦趋"是说自己没有主见,做事要效仿或依从别人,与"主见"成反意关系;题二中"优柔寡断"与"果断"也构成反意关系。故选B。

104. C【专家点评】导游须按照旅行社确定的行程带

着游客旅游;教师须按照学校安排的教学大纲对学生进行教学。故选C。

105. A【专家点评】汽车的基本作用是运输,车轮是汽车的组成部分;电话的基本作用是通话,听筒是电话的组成部分。故选A。

106. D【专家点评】患者在医院中治疗;罪犯在监狱中改造。故选D。

107. C【专家点评】屠夫用刀切肉;裁缝用剪刀剪布料。故选C。

108. D【专家点评】凤凰是吉祥的兆示,狼烟是入侵的信号。故选D。

109. C【专家点评】咖啡与绿茶都是饮料的一种,且二者为并列关系;音乐与绘画同属艺术的一种,二者也为并列关系。故选C。

110. A【专家点评】比喻是表达方式的一种,信件是沟通方式的一种。故选A。

四、判断推理。

111. B【专家点评】本题的论点是"未来楼价调控的压力还是很大的",论据是"2010年9月份第二周全国十大城市的商品房成交量总体呈上涨趋势,并且与8月份第二周相比上涨幅度更明显"。成交量的增长必然造成楼价的上涨,B项在"成交量"与"楼价"之间建立起必然的联系,最有可能是上述论证的前提假设。故选B。

112. C【专家点评】本题的论点是母亲在怀孕的头几个月接触杀虫剂较多,则出生的婴儿在智力上可能较差。论据是接触杀虫剂较多可能改变孕妇体内正在发育的胚胎大脑周围的环境。C项指出杀虫剂通过影响孕妇的甲状腺从而影响正在发育的胚胎大脑周围的环境,使胎儿的智力发育受到影响,加强了论据,能支持研究人员的观点。A、B项与论点无关,D项的调查不足以有力地证明本题的论点。故选C。

113. D【专家点评】题干可以做如下归纳:只有先了解了自己→才能了解别人;只有充分了解别人→才能值得别人信赖;只有充分了解自己→才能信赖自己。由以上三个命题可以推出:只有先了解了自己→才能得到自己及别人的信赖。将其做否定前件式推理可得:不了解自己→就不会被任何人信赖。A、C、D三项均无法推出。故选D。

114. D【专家点评】本题属于削弱质疑型题目的变形题。此题的论点是出土的恐龙死于慢性中毒。论据是与现代陆生动物相比,化石内的有毒元素要高出几百甚至上千倍。A项说恐龙化石附近土壤中的有毒元素会渗进化石,显然可以质疑本题的论点;B项说恐龙化石内还有很多相应的解毒元素,则说明恐龙可能不会中毒,也可质疑该论点;C项说这批恐龙化石都是老年恐龙,属于自然死亡,直接反驳题干中"恐龙死于慢性中毒"的论点;D项中,当地植物含毒量很少,但不能排除恐龙在他处食用有毒植物后,迁徙到当地后毒发死亡的可能,无法反驳论点。故选D。

115. A 【专家点评】对"如果一国或地区的经济保持着稳定的增长速度,大多数商品和服务的价格必然随之上涨"做否定后件式推理,可得出 A 项结论,即"如果大多数商品价格不上涨,说明该国经济没有保持稳定增长",B、C、D 三项均无法推出。故选 A。

116. B 【专家点评】此题可采用假设法。假设 A 项推测正确,则从今天算起,A、C 两车周六、周日、下周一、下周二都能行驶,下周三都要限行,则与题干中"保证每天至少有四辆车可以上路行驶"不符,因此 A 项推测错误;假设 B 项推测正确,则 A、C 车在周一、周二限行,B 车周三限行,E 车周四限行,符合题干的意思。故选 B。

117. D 【专家点评】本题属于削弱质疑型题目的变形题。本题的论点是原油价格的迅速攀升不是供求关系的变化引起的,而是国际投机资本在石油期货市场进行疯狂投机的结果。D 项中提到"投资石油期货也是风险巨大",但投机资本并不会因此而停止其疯狂投机的行为,此项不能质疑论点。故选 D。

118. C 【专家点评】本题的论点是经常喝酸奶会降低儿童患蛀牙的风险。C 项通过列举真实的数据说明了经常喝酸奶确实能降低儿童患蛀牙的风险,最能支持本题的论点。故选 C。

119. C 【专家点评】本题要解释的是 2000 年至 2010 年间 S 市接受义务教育的儿童总数与接种麻疹疫苗的儿童总数下降幅度不同的原因。"每年都有不在 S 市出生但已接种了麻疹疫苗的儿童在 S 市入学",因此接种麻疹疫苗的儿童总数下降幅度大于接受义务教育的儿童总数下降幅度。故选 C。

120. C 【专家点评】材料中专家的观点是极地浮冰中间夹杂的许多脏兮兮的黄色冰块是黄褐色的冰藻导致的,不是人类污染造成的。C 项说"在新生冰块上形成冰藻需要多年",而文中说"当年的新生冰块上"也出现了黄色现象,所以新生冰块上的黄色一定不是冰藻所致。C 项能够反驳专家的观点。故选 C。

第五部分　资料分析

121. C 【专家点评】2008 年全世界稻谷产量增加 $68501.3 \times 14.3\% \div (1+14.3\%)$ 万吨;小麦产量增加 $68994.6 \times 17.8\% \div (1+17.8\%)$;玉米产量增加 $82271.0 \times 39.1\% \div (1+39.1\%)$;大豆产量增加 $23095.3 \times 43.2\% \div (1+43.2\%)$,通过估算,很容易看出玉米产量最大。故选 C。

122. D 【专家点评】四种谷物,中国产量排名第一的为稻谷,相比 2000 年的增长率为 1.9%;美国产量排名第一的为玉米,增长率为 22.0%;印度产量排名第一的为稻谷,增长率为 16.3%;巴西产量排名第一的为大豆,增长率为 83.0%。故巴西的大豆增长率最高。故选 D。

123. D 【专家点评】2000 年中国稻谷产量为 $19335 \div (1$ $+1.9\%)$ 万吨,2000 年世界稻谷总产量为 $68501.3 \div (1+14.3\%)$ 万吨,所以 2000 年中国稻谷产量占世界稻谷产量的比重约为 $[19335 \div (1+1.9\%)] \div [68501.3 \div (1+14.3\%)] \approx 32\%$。故选 D。

124. C 【专家点评】2000 年中国的玉米产量为 $16604 \div (1+56.4\%)$ 万吨,印度的玉米产量为 $1929 \div (1+60.2\%)$ 万吨,美国的玉米产量为 $30738 \div (1+22.0\%)$ 万吨,巴西的玉米产量为 $5902 \div (1+85.1\%)$ 万吨。明显美国玉米产量最大,印度玉米产量最小,因此前者是后者的 $[30738 \div (1+22.0\%)] \div [1929 \div (1+60.2\%)] \approx 21$ 倍。故选 C。

125. A 【专家点评】根据材料,美国大豆产量为 8054 万吨,其余国家大豆产量约为 $23095.3-1555-905-8054-5992=6589.3<8450$ 万吨,则不可能有其他国家超过美国,因此 A 项正确;2008 年,巴西玉米产量占世界玉米总产量的比重为 $5902 \div 82271.0$,2000 年为 $5902 \div 82271.0 \times (1+39.1\%) \div (1+85.1\%)$,2008 年明显大于 2000 年,因此 B 项错误;与 2000 年相比,2008 年中国小麦产量增产 900 多万吨,不是亿吨,因此 C 项错误;2008 年印度稻谷产量是其小麦产量的 $14826 \div 7857<2$ 倍,因此 D 项错误。故选 A。

126. A 【专家点评】2010 年上半年全国原油产量比 2008 年同期约增长了 $(1+5.3\%) \times (1-1\%)-1 \approx 4.2\%$。故选 A。

127. B 【专家点评】2010 年上半年,全国成品油消费量同比增加了约 $10963-[10963 \div (1+12.5\%)] \approx 1218$ 万吨。故选 B。

128. D 【专家点评】2010 年 5 月份,布伦特原油的平均价格约为每桶 $75.28+1.75=77.03$ 美元。故选 D。

129. A 【专家点评】2009 年 1~5 月,石油天然气开采业利润占石油石化行业实现利润的比重约为 $[1319 \div (1+1.67)]/[1645 \div (1+76.4\%)] \approx 494 \div 933 \approx 53\%$。故选 A。

130. B 【专家点评】2009 年上半年,全国原油进口量为 $11797 \div (1+30.2\%) \approx 9060$ 万吨,原油产量为 $9848 \div (1+5.3\%) \approx 9352$ 万吨,所以全国原油进口量低于原油产量,因此 A 项错误;2009 年上半年,全国汽油产量同比增长率为 $6\%+7.9\%=13.9\%$,柴油产量同比增长率为 $28.1\%-15.8\%=12.3\%$,全国汽油产量同比增长率高于柴油,因此 B 项正确;C 项在材料中无法得出;2009 年上半年,全国天然气产量同比增长 $10.8\%-3.2\%=7.6\%$,因此 D 项错误。故选 B。

131. A 【专家点评】2010 年一季度,我国水产品出口额比上年同期约增长了 $26.5 \div (1+24.9\%) \approx 26.5 \div 1.25 = 21.2$,$26.5-21.2=5.3$ 亿美元。故选 A。

132. C 【专家点评】根据表 1 可知,进口量从小到大排序为挪威、日本、智利、美国、东盟、秘鲁、俄罗斯。故选 C。

133. C 【专家点评】2010 年一季度,我国与美国水产品进出口贸易额占我国水产品进出口贸易总额的比重约为 $(4.66+1.13) \div 40.9 \approx 14.2\%$。故选 C。

134. A【专家点评】从表 2 可以看出,2010 年一季度,我国对日本出口水产品的平均单价为 6.45÷13.24＞0.45,对美国出口水产品的平均单价为 4.66÷10.72＜0.45,对欧盟出口水产品的平均单价为 3.71÷10.68＜0.4,对韩国出口水产品的平均单价为 3.04÷10.30＜0.4,因此对日本出口水产品的平均单价最高。故选 A。

135. B【专家点评】从上述材料中,不能判断俄罗斯水产品的出口情况,因此 A 项错误;根据表 2 可知,2009 年一季度,日本进口我国水产品为 13.24÷(1＋8.27%)≈12.23,美国进口为 10.72÷(1＋3.05%)≈10.4,日本比美国进口了更多的我国水产品,因此 B 项正确;2010 年一季度,我国从秘鲁进口水产品的平均单价为 2.08÷15.16,上年同期为 2.08÷15.16×(1－15.63%)÷(1＋31.29%)＜2.08÷15.16,因此 C 项错误;2009 年一季度,我国对东盟水产品进口额为 1.20÷(1＋32.40%)≈0.91,出口额为 1.73÷(1＋19.43%)≈1.45,呈现贸易顺差,因此 D 项错误。故选 B。

2010 年中央国家机关公务员录用考试《行政职业能力测验》试卷

第一部分 言语理解与表达

1. A【专家点评】题干中"爱好古典诗歌的中国人指出'诗是不可译的,中国古典诗歌更是不可译的。'"其中,"爱好"一词即决定了其对诗歌产生的肯定是自豪之情,排除 B、C;这种自豪的感情在"然而"一词后进行了转折,即中国诗歌无法走向世界给他们带来了遗憾,所以排除 D,正确答案为 A。

2. C【专家点评】抓住题干的词眼,"'道'是指艺茶过程……"一般"贯穿"用于全过程中,所以排除 A、D。艺茶的过程中体味茶道,茶艺、茶道是相辅相成的,没有艺茶的过程就不会产生茶道,茶道和茶艺是分不开的,所以有道而无艺是"空洞"的,所以正确答案为 C。

3. A【专家点评】由"因为谁拥有专利……谁就能拥有今后基因开发的庞大市场"一句即可知道,美国等少数发达国家肯定是"抢先"申请专利,故排除 B、C、D,再将"垄断"一词带入题干,完全符合语境。所以正确答案为 A。

4. C【专家点评】根据题意,首先排除 A、D。如日中天,好像太阳就在天顶,比喻事物发展到了十分兴盛的阶段;名声大噪含贬义,所以二者都不符合题意。另外题干中指出景泰蓝名声迅速提高,但并未涉及其在国外的知名度,排除 B,所以正确答案为 C。

5. A【专家点评】由"逐步看到西方……开始怀疑资产阶级共和国的救国方案"一句可排除 B、D,因为任何社会都存在社会现象和社会矛盾。将 A、C 的词语带入空格中可知,"弊端"一词更符合题意,而"鉴别"一词也符合语境,故

正确答案为 A。

6. D【专家点评】首先排除 B、C,不符合题意。题干的意思是为减缓人类活动对气候的破坏,利用经济发展模式转换的机会推动低碳经济的发展,而 A、D 中,只有"契机"含有机会的意思,排除 A。故选 D。

7. D【专家点评】题干中"新生代的中国研究人员不愿意……希冀精确追溯……"其中,"希冀精确追溯"表示他们对古籍中的描写有所怀疑,所以前句中应该是他们不愿意全盘接受古籍中的描写,A、B、C 选项中的词语均不符合题意。故选 D。

8. B【专家点评】阅读题干,首先排除 A、C,因为其不符合题意。一石二鸟:扔一颗石子打到两只鸟,比喻做一件事情得到两样好处;正本清源:"正本"指从根本上整顿,"清源"指从源头上清理,整个成语比喻从根本上加以整顿清理。根据题干后半句话的语义,显然用"一石二鸟"比较符合题意,故正确答案为 B。

9. D【专家点评】由题干中"本能"一词可以排除 A、C,"独具匠心"和"兢兢业业"明显与题干意思不符。货真价实:货物不是冒牌的,价钱也是实在的,形容实实在在、一点不假,一般用于商品,胡蜂的巢用此词来形容不太合适,故正确答案为 D。

10. B【专家点评】用排除法,题干中"做人则是一门弹性极强的艺术,求的是无法量化和_____的分寸感",如果空格处填"把握"、"控制"或者"学习",则太绝对化,故排除 A、C、D,而题干前一句的空格处用"臻于佳境"也比较符合题意,故正确答案为 B。

11. C【专家点评】殊途同归:通过不同的途径,到达同一个目的地,比喻采取不同的方法而得到相同的结果;大同小异:大体相同,略有差异;异曲同工:"工"指细致、巧妙,"异"指不同,整个成语即指不同的曲调演得同样好,比喻话的说法不一而用意相同,或一件事情的做法不同而都能巧妙地达到目的;不谋而合:"谋"是商量的意思,"合"指相符,整个成语的意思是指事先没有商量过,意见或行动却完全一致。题干中"失之毫厘,谬以千里"与"蝴蝶效应"显然是"异曲同工",而后半句的空格处填"偏差"也比较符合题意,故正确答案为 C。

12. A【专家点评】阅读题干,"在岗位上磨炼,依托_____奠定未来事业的基础",填"同事"肯定不符合常理,故排除 C。"对大多数人来说……创建自己的事业"意思是大多数人得通过在岗位上历练,逐步提高自己这样一个过程才能创建自己的事业,而只有极少数人能够不用在岗位上历练而直接成就自己的事业,所以 A 项最符合题意。故正确答案为 A。

13. D【专家点评】蛛丝马迹:比喻与事情根源有联系的不明显的线索;一鳞半爪:原指龙在云中,东露一鳞,西露半爪,看不到它的全貌,比喻零星片段的事物;只言片语:个别的词句,片段的话语。题干的意思是说要收集尽量全的资

料,完整地反映一位文人学者的全貌,显然,"闲言细语"突出的是"闲"字,不符合题意,而"蛛丝马迹"又含有贬义,所以"只言片语"最符合题意。而前半句中,用"呈现"比用"还原"更符合题意,故正确答案为D。

14. B 【专家点评】用排除法。"深入彰显"或者"深入分析"新闻的理性力量,显然词语不搭配,故排除A、C。高屋建瓴:比喻居高临下,不可阻遏;由表及里:从表面现象看到本质。题干的意思是新闻工作者必须志高意远,写出具有历史和时代意义的作品,所以这里用"高屋建瓴"更符合题意,而发掘……的力量,词语搭配也正确。故选B。

15. A 【专家点评】题干中"媒介在被过度使用的过程中有时会脱离人的_____",一般应为脱离人的掌控或者控制,显然脱离人的"规划"或者"约束"不搭配也不符合语境,故排除B、D。"媒介的诞生是为了推动人类社会的发展,而人们使用媒介的独特性也是为了不断提升和完善自己的生活……"一句在说媒介的作用和人类利用媒介的目的,显然"侧重点"一词不符合语境,排除C,故正确答案为A。

16. B 【专家点评】细致:细密、精致;精准:非常准确、精确;精确:非常正确;合理:合乎道理或者事由。题干是说年表还有不尽如人意之处,用"细致"和"合理"显然不符合语境,而"精准"和"精确"相比,"精准"的准确程度更高,更加符合题意。空穴来风:比喻消息和谣言的传播不是完全没有原因的,也比喻流言会乘机传开来;虚无缥缈:若有若无的样子,形容空虚渺茫。显然这里用"虚无缥缈"更合适,故正确答案为B。

17. B 【专家点评】阅读题干,第一个空格处应该填名词,故排除D。成本过高是阻止可再生能源发展的一个因素,此处填"障碍"最符合题意,故正确答案为B。

18. C 【专家点评】题干中"企业的注意力……高额利润",由常识可知,企业的注意力和目的应该是取得高额利润,所以第二个空格应该填写和"取得"意思相近的词语,故排除A、B。谋取:设法取得;获取:猎取,对比两个词,"谋取"具有一定的策略性,更符合商业的性质,排除D,正确答案为C。

19. A 【专家点评】解答本题的突破点在于第三个空。"即使"是表示假设的让步,"即使对其楷书有些……昂然不可犯之色",是说米芾对楷书有异议,"微词"隐含批评和不满的话语,在这里最符合语境,再将A选项的其他两个词入空格处,也符合语境,故正确答案为A。

20. D 【专家点评】由"外面"一词可知,第一个空格处应为"封闭"。潜移默化:指人的思想、品性或习惯受到影响、感染而无形中发生变化,不符合村庄这一客观对象;"默不作声"与句意相去甚远;悄无声息:静悄悄,听不到任何声音,指非常寂静,与后面的"漠然不觉"形成对照。故选D。

21. A 【专家点评】题干的寓言中南风的方法比较得当,很轻易地获得了胜利,而北风一味地蛮干,最后却适得其反,很显然A选项最符合题干的寓意,故选A。

22. A 【专家点评】题干中"它们的存在对人类来说极其重要"、"一旦那些山坡的植被遭到破坏,就会引起诸如洪水和泥土坍塌等问题",很显然这是在呼吁人们重视对温带森林的保护,以避免过量砍伐破坏生态平衡。

23. C 【专家点评】"对无颜色的知识的追求,必定潜伏着一种有颜色的力量,在后面或底层加以推动。这一推动力量不仅决定一个人追求知识的方向与成果,也决定一个人对知识是否真诚。"由此句可知"这一推动力量"指代的是有颜色的力量,后面"知识"、"真诚"等词与选项中的"道德水准"有关联,故选C。

24. C 【专家点评】题干的最后一句话"这使得中国古代的科学技术没有向更高层次发展",很显然这是在说明中国古代的科技水平没有长足进步的根本原因,故正确答案为C。

25. C 【专家点评】题干中"数学家毕达哥拉斯揭示了音乐与数学之间的关系"和"索福克勒斯既是戏剧家也是音乐家",由此可以看出古希腊、古罗马时期的音乐与数学和戏剧是相联系的,很明显选项C符合题意。故选C。

26. D 【专家点评】题干中,前面提到传统的动物资源保护措施的不利之处,后面又提到了"试管、克隆、冷冻保存等生物技术新成果的问世,为动物遗传资源的保护和利用开辟了新途径",很显然D选项符合题意。故选D。

27. C 【专家点评】题干中"……小范围、低水平的科普活动已远不适应时代的发展,'理解科学'这个大'科普'便成为迫切需要全社会关注的重大课题",很显然是在说新时代的背景下必须重视科普工作,着力提升科普工作的水平。故选C。

28. C 【专家点评】本题很简单,题干中,"一只小型广告灯箱一年可以杀死约35万只昆虫。亮如白昼的夜晚还会严重影响昆虫特别是成虫的生命周期"和"昆虫是自然界食物链中的一个重要环节",仅由这两句就可以知道题干在说明光对生物的不利影响,从而影响了整个食物链,进而影响了自然生态平衡,故正确答案为C。

29. A 【专家点评】题干中"如果说布鲁斯音乐是很多音乐的根源,那么,上面所说的便是这个根源的根源",此句说明土著音乐是布鲁斯音乐的根源,但题干中并未涉及土著音乐产生的历史背景,所以下文最可能介绍的就是其历史背景,故正确答案为A。

30. B 【专家点评】题干最后一句"两者难以清晰地割裂开来",即说明经济领域的规则和道德领域的规则是相辅相成、不可分割的,很显然选项B符合题意,故选B。

31. C 【专家点评】"尽管我国服务业吸纳劳动就业的比重在不断上升……但与发达国家相比,它对劳动就业的贡献率还是太低。"语句中重点要强调的内容在"但"字后面。由此可见,题干是在说明我国服务业吸纳劳动力的能力还很有限,有待进一步提高,故正确答案为C。

32. B 【专家点评】首先排除A,题干始终在强调软实力,并未提及整体实力,故排除。题干这段话提及硬实力是在为软实力服务,并未说明软实力和硬实力各有侧重和相得益彰,排除C和D,因此正确答案为B。

33.A【专家点评】解答此类题最适合用排除法,找出两个前后联系最紧密的句子,然后排除不符合这两个句子前后顺序的选项。本题中④和⑥关系最紧密,由此可以排除B,D;⑤是一个总结性的句子,肯定是放在最后,故正确答案为A。

34.C【专家点评】本题解答方法和上一题相同。首先排除D,⑥中有指示代词"这",不可能将其放在第一句,这样就会出现指代不明,排除;⑤和③都涉及了大西洋暖流,二者的顺序肯定是挨着的,排除B;②中说冻土原始植物引来了驯鹿等动物,④中说动物吸引了猎人,故这两个句子也是前后相连的,排除A。所以正确答案为C。

35.D【专家点评】"但是,不许犯忌和害怕犯忌的双向心理并没有消除,避讳已演变为某些趋吉凶的习俗,在现实生活中的影响依然存在。"其中,"但是"是转折连词,其后面是所要强调的内容,很显然题干这段话是说,现今社会,避讳在现实生活中依然存在,故正确答案为D。

36.A【专家点评】题干的第一句话说明了炮制技术的重要性,紧接着"国外企业通常通过在我国开办饮片加工厂、聘请国内炮制专家'偷学'炮制技术……对此不管不顾"说明了国外企业利用国内政府管理方面的空白或者是一些地方政府为了经济指标而不管不顾,从而将炮制技术泄露出去,所以国家应该加强炮制技术的保密工作,故正确答案为A。

37.D【专家点评】题干用亚利桑那的纳瓦霍人以前和现在的生产方式,以及澳洲东南沿海地带的土著居民的以前和现在的生产方式为例,说明了地域不能决定人们的生产方式,故正确答案为D。

38.A【专家点评】由题干中"哲学从一开始就不是一种书面的研究,而是一种过日子的办法"一句即可知道,这是在说明哲学是来源于生活的,而不是一种书面研究。故选A。

39.A【专家点评】题干的最后一句话"而世界记忆工程关注的则是文献遗产,具体讲就是手稿、图书馆和档案馆保存的任何介质的珍贵文件,以及口述历史的记录等",由此可以看出,世界记忆工程强调的是记录,由此可以直接排除B,C,D,故正确答案为A。

40.A【专家点评】"与西方重视身体三维数据、要求服装紧窄合体的立体剪裁法不同……都指向了中国传统服装宽大适体的平面剪裁法。"这很明显地说出了礼制致使中国传统服装采用了平面剪裁法,故正确答案为A。

第二部分　数量关系

一、数字推理

41.C【专家点评】观察题干所给数字的规律可知,从第三项开始,后一项等于前两项的差再乘以4,如:$20=(6-1)$

$\times 4$,依此规律,所求项$=(144-56)\times 4=352$。故选C。

42.D【专家点评】本题为数量关系的常见题型,即每一项有规律地加或减一个常数,得出一个平方数列。观察题干所给数字,$3-2=1,2+2=4,11-2=9,14+2=16$…观察这组数字可以看出,这是一个平方数列,那么按此规律即可求出空缺项为$2+25=27$,故正确答案为D。

43.B【专家点评】本题有一些难度,首先用数列的后一项减去前一项可得:$1,4,9,25,64$…,分别是$1,2,3,5,8$的平方,而这组数又存在规律,相邻两项相加得第三项,所以下一项应该是$5+8=13$,故题干所求项为:$13^2+104=273$。故选B。

44.A【专家点评】该题也是常见题型之一,数字相对大一些,观察题干数字,$2^2+3=7,3^2+7=16,7^2+16=65$,则空缺项$=65^2+321=4546$。故选A。

45.B【专家点评】本题有一定难度,将所给项变形得:$\dfrac{1}{1}$、$\dfrac{2}{4}$、$\dfrac{6}{11}$、$\dfrac{17}{29}$、$\dfrac{46}{76}$,观察这个新数列,从第二项开始,分子是前一项分子和分母的和,从第三项开始,分母是前一项分母加上自身分子的和然后再加1。依此规律,所求项分子为:$46+76=122$,分母为:$76+122+1=199$,故正确答案为B。

二、数学运算

46.C【专家点评】共30份材料,发给3个部门,每个部门至少9份,则其发放方法可以是:$(9,9,12)$、$(10,10,10)$、$(9,10,11)$,因为3个部门是互不相同的,由此$(9,9,12)$有三种发放方法,$(10,10,10)$只有一种发放方法,$(9,10,11)$有6种发放方法,所以一共有$3+6+1=10$种发放方法,故正确答案为C。

47.A【专家点评】本题着重考查容斥原理,用文氏图即可解得答案,也可以用高中时学过的并集、交集定理来解答。设会计师考试人数为x人,依题干,$x=63$;英语六级考试人数为y人,则$y=89$;计算机考试人数为z人,则$z=47$,那么根据题意可得:$x\cap y\cap z=24,x\cap y+y\cap z+x\cap z=46+24\times 3=118$,则参加过考试人数为$x\cup y\cup z=x+y+z-(x\cap y+y\cap z+x\cap z)+x\cap y\cap z=105$人,则接受调查人数为$105+15=120$人。故选A。

48.D【专家点评】该题为典型的"鸡兔同笼"问题,依据题意,甲教室可以容纳50人,乙教室可以容纳45人,则依据总结的"鸡兔同笼"问题的公式可知甲教室举行的培训次数为:$(1290-45\times 27)\div(50-45)=15$,故正确答案为D。

49.A【专家点评】阅读题干,题干最后要问的是108元水费最多能用多少吨水,而实际用水时是尽量将总的用水量降到最低,这是问题的关键。由题干所给数据,两个月用10吨的费用为:$2(5\times 4+5\times 6)=100$,那么余下的8元正好是一吨水的价钱,所以108元水费最多用水量为21吨。故选A。

50.C【专家点评】阅读题干可知,该题相对简单,考查的是排列组合的相关知识,由题意可知这4名销售经理负责的区域个数为:$C_4^2=6$。故选C。

51. C【专家点评】用方程组来解此题。设上个月进价为 x，售价为 y，上个月的利润为 $z\%$，则有：

$$\begin{cases} x(1+z\%)=y \\ x(1-5\%)(1+z\%+6\%)=y \end{cases}$$

解得 $z=14$，故正确答案为 C。

52. B【专家点评】设这位老人 x 岁时符合题干条件，首先设定一下符合条件的区间，当 $x=40$ 时，$x^2=1600$ 不符合条件；当 $x=44$ 时，$x^2=1936$，则其出生年份 $=1936-44=1892$，符合题意，由此可以得出正确答案为 B。

53. D【专家点评】该题考查了平面几何的相关知识。根据构成三角形、四边形、五边形、六边形的相关原理，将题中的数字 1、3、6、12、24、48 分别计算可知，以这几个数字长度为边长的话，不可能构成三角形、四边形、五边形、六边形，也就是它们只可能围成一个无封闭曲线，所以至少钻 7 个孔，而且呈一条直线。

54. C【专家点评】这是公务员考试中出题率较高的水流问题，首先要弄清楚一个公式：船速＝(顺水速度－逆水速度)/2，由此可以把题干所给条件代入这个等式中，即可得出正确答案。故选 C。

55. C【专家点评】由题干条件可知及格的人为：$20×95\%=19$ 人，也就是 1 人不及格，要想使第十的人考分最低，那么其他人的分数应尽量高，所以不及格的人分数应该为 59 分，其他及格的 19 人总分应是 $20×88-59=1701$ 分，其他人分数尽量高，那么最高为 100，其他的依次为 99、98、…、92，则根据数列求和公式，10～19 名的总成绩为 $1701-[9×(100+92)/2]=837$，那么 10～19 名的成绩为 88、87、…、79 时，总分为 835，接近 837，由此可以计算出第十名的成绩为 90。故选 C。

第三部分　判断推理

一、图形推理

56. A【专家点评】观察所给图形的特点，每个图形中都含有三角形，而且个数依次为：3、4、5、6、7，显然这组数是等差数列，那么要选的图形三角形的个数应该为 8 个。故选 A。

57. D【专家点评】观察图形规律，所给图形都是轴对称图形，而且图二和图五只有一条纵向垂直对称轴，而图三和图四既有水平对称轴也有纵向垂直对称轴，图一只有水平对称轴，那么所求的图形也应该只有一条水平对称轴。故选 D。

58. D【专家点评】该题非常简单，一目了然，所给图中，两个图重合的黑色阴影部分的形状和外面大图的形状是统一的。故选 D。

59. B【专家点评】本题考查的是图形旋转问题，这类问题要注意图形旋转的方向和角度，题中的小图沿着大图的内或者外以 90°角旋转。故选 B。

60. C【专家点评】本题稍复杂一些，是两种图形有规律地移动和减少。观察题干所给图形，小黑点从左上角第一行开始以两个格为单位向右移动，而白点由最下方最后一行开始以一个格为单位减少，以此为规律得到下一个图形，由此可以推出，所求图形为 C。

61. B【专家点评】本题乍一看没什么规律，但仔细观察，第一行图形中都含有圆形，第二行都含有三角形，第三行前两个图形都包含平行四边形，所以所求图形也必须包含平行四边形，故正确答案为 B。

62. A【专家点评】本题是判断推理题的一种典型题型，即图形叠加，然后去同存异，很显然正确答案为 A。

63. D【专家点评】该题考查的是三视图问题，要求考生具有空间想象能力，正确答案为 D。

64. B【专家点评】该题也是判断推理的一种典型题型，解题的关键是找准给出的第一个平面图中的一个关键点，然后排除不符合要求的。本题关键是找准对角线的位置，正确答案为 B。

65. B【专家点评】此题与上一题类似，除了仔细观察外，还要有一定的空间想象能力。首先排除 D，顶面与有一条直线的面不可能相交，故排除；C 图中右侧面应该为两条横线所在的面，故排除；A 图有两个面看不到，不能确定正误，所以正确答案 B。

二、定义判断

66. D【专家点评】关键看差别比例税率的定义表述："一种税设两个或两个以上的税率，不同纳税人按不同比例计算应纳税额的税率。"A 选项涉及了两个税种，不符合定义表述，故排除；C 选项明显属累进税率，也排除；而 B 选项中的表述与题干无关，属于无关项，排除。故正确答案为 D。

67. D【专家点评】仔细阅读题干中的定义，用排除法解答此题，显然正确答案为 D。

68. B【专家点评】题干中考查的是对潜功能的描述，所以要找到描述潜功能的关键句子。根据"潜功能是没有预料也没有被认识的客观后果"这一句，A、C、D 选项都属于潜功能的范畴，而 B 选项属于小刘期望达到的效果，是显功能，故正确答案为 B。

69. B【专家点评】抓住题干定义的关键点，第一点："劳动会增加人们对劳动成果的感情"；第二点："自己动手制作时觉得自己的创作有价值"，A 选项不符合第一点，排除；C 选项两点都不符合，排除；D 选项不符合第二点，排除。故正确答案为 B。

70. C【专家点评】阅读题干关于生态入侵的定义，"有意识或无意识地把某种生物带入适宜其栖息和繁衍的地区"、"该生物种群不断扩大"、"危害当地的生产和生活"、"改变当地生态环境"，抓住这几个要点，依次排除，很显然正确答案为 C。

71. A【专家点评】根据题干的定义，符合证实性偏见的定义必须具备：第一，主观上认为某种观点正确；第二，倾向于寻找那些能够支持这一观点的信息,第三,忽略掉那些可能推翻这一观点的信息。B选项不满足第二点,排除;C选项不符合第三点,排除;D选项不符合第一点,排除。故选A。

72.C 【专家点评】"存疑时有利于被告原则是指在刑事诉讼中遇到事实无法查清或查清事实所需成本过高的情况,依照有利于被告的原则判决。"这个定义中,"事实无法查清或查清事实所需成本过高"是关键点,阅读选项,A、B、D选项都不涉及这个关键点,排除。故选C。

73.C 【专家点评】阅读题干找出最关键的语句,"人们对他人(尤其是类似群体)的行为总会做出某种反应",C项中不涉及他人。故选C。

74.A 【专家点评】"蓄积器官是毒物在体内的蓄积部位,毒物在蓄积器官内的浓度高于其他器官,但对蓄积器官不一定显示毒作用。"B选项中,二氧化硫直接作用于呼吸道和气管,没有蓄积的过程,排除;C选项中骨骼是蓄积器官,错误,排除;D选项中神经系统属于蓄积器官,排除。故正确答案为A。

75.D 【专家点评】仔细阅读题干关于偶然防卫的定义,关键点一:被害人正在或即将对被告人或他人的人身进行不法侵害;关键点二:被告人主观上没有认识到;关键点三:出于非法侵害的目的而对被害人使用了武力;关键点四:客观上起到了人身防卫的效果。D选项中围观群众不符合第一点和第三点。故选D。

三、类比推理

76.B 【专家点评】题干中的两个词语是证明与被证明的关系,身份证是用来证明身份的,B选项中房产证是证明房屋所有权的。故选B。

77.D 【专家点评】题干中最后一个词是动词,而A选项中最后一个词为名词,故排除。题干中依次由第三个词往前念,雕刻—紫砂—茶壶,可以形成一个句子,而备选答案中只有D选项才符合这个规律。故选D。

78.A 【专家点评】这道题很简单,很显然骨骼是用来支撑身体的,而梁柱是用来支撑房屋的。故选A。

79.B 【专家点评】记忆储存于大脑中,资料储存于硬盘中,很显然B选项为正确答案。

80.B 【专家点评】建筑之前要先设计图纸,然后才能按图纸搞建筑;工作之前要制定计划,然后按计划进行工作。故选B。

四、逻辑判断

81.D 【专家点评】此题属于削弱型题目。题干中主要是说由于气候变暖导致藻类死亡,最终出现了珊瑚礁白化现象,其中最重要的一句是"珊瑚能通过选择耐热的其他藻类生物等途径,来应对气候变暖带来的挑战",而D选项中说已经白化的珊瑚礁中发现了耐热藻类,也就是说选择耐热的藻类也不能阻止珊瑚礁白化现象,所以削弱了题干的结论。故选D。

82.D 【专家点评】此题仍旧是削弱型题目,解答此题的关键是找到题干的主要观点,然后在选项中找出能反驳题干说法的一项。题干要表达的观点是:"吃维生素和矿物质补充剂对人体没有显著帮助,有时甚至会对人体造成伤害。"而D项中"不服用维生素和矿物质补充剂的儿童,营养缺乏的发生率较高",即不服用维生素更容易营养不良,削弱了题干的观点。故选D。

83.C 【专家点评】题干中"甲、乙、丙三人中有一个人的车是红色的,而且只有这个人说的是实话",也就是有红色车的人说的是真话,由此乙不可能说的是真话,如果他说的是真话,那么他的车是红色的,同时丙的车也是红色的,此条件不成立。如果甲说的是真话,那么甲的车是红色的,其他人说的都是假话,则丁的车是蓝色的,丙的车是白色的,乙的车是银色的,故正确答案为C。

84.B 【专家点评】阅读题干,从选项中找出与题干观点相悖的观点即可削弱题干的说法。题干中"由于雨水冲刷等原因,这些先秦时期的陶片后来被冲至唐代的墓穴中",而B选项"这座唐代古墓保存完好,没有漏水、毁塌迹象"正好否定了题干的说法,故正确答案为B。

85.C 【专家点评】题干中着重在讲这个培训班的特别之处,即提供就业咨询,所以要确认其是否可信必须问清有关就业咨询的相关问题,而Ⅰ与就业咨询无关,排除,所以正确答案为C。

86.D 【专家点评】向经济发达国家转变必须有大量资本,而高储蓄率是获得资本的保证,所以,没有高储蓄率就没有充足的资本,也就不能成为发达国家,故正确答案为D。

87.D 【专家点评】该题仍属于衰弱型题目。题干中"有人认为动漫设计的专业学习对学生们今后的职业发展并没能提供有力的帮助"一句是主要表达的观点,而D选项"在动漫设计行业中职业发展比较好的从业者,基本都毕业于动漫设计学校"恰好有力地反驳了题干的观点,故正确答案为D。

88.B 【专家点评】题干中说了境内企业乐于用人民币作为结算货币,但如果境外企业不愿意用人民币结算也不可能实现,而B选项正好是题干成立的前提条件,故正确答案为B。

89.A 【专家点评】该题仍旧属于削弱型题目。题干中说该国出台鼓励生育的政策,但目前仍旧没有达到维持正常人口更新的水平,即这项政策没有效果,要反驳这一观点只要说明这项政策有效即可。故选A。

90.B 【专家点评】这是一个削弱型题目。题干中主要观点为,"支持者认为su-34较以往引进的su-30有更加强大的对地攻击作战能力",所以要引进,而B选项中说"su-30足以满足对地攻击的需要,目前乙国需要提升的是对空攻击作战能力"正好反驳了题干中支持者的观点,由此正确答案为B。

第四部分　资料分析

91. B【专家点评】根据题干所给资料,设 2008 年 4 月份的销量为 x 万辆,则 $x(1+37.37\%)=83.1$,解得 $x\approx60.5$,而 2009 年 4 月份的产量为 83.1,所以,同比增长为:$83.1-60.5=22.6$ 万辆。故选 B。

92. C【专家点评】由题干资料所给数据可知:2009 年 4 月份轿车的销量为:$83.1\times71\%\approx59$ 万辆,设 3 月份轿车的销量为 x 万辆,则:$x(1+8.3\%)=59$,解得 $x\approx54$ 万辆,故正确答案为 C。

93. B【专家点评】根据题干所给的数据,2008 年 4 月 SUV 的销量为:$(83.1\times6\%)/(1+22.55\%)\approx4.0$ 万辆,MPV 的销量为:$(83.1\times2\%)/(1-4.05\%)\approx1.7$ 万辆,故正确答案为 B。

94. C【专家点评】2009 年 3 月交叉型乘用车销量占总销量的比重为:$[(83.1\times21\%)/(1+3.62\%)]\div[83.1/(1+7.59\%)]\approx21.8\%>21\%$,故 A 选项错误;

2009 年 3 月 SUV 销量占总销量的比重为 $[(83.1\times6\%)/(1+19.27\%)]\div[83.1/(1+7.59\%)]\approx5.41\%<6\%$,故 B 选项错误;

2009 年 3 月 MPV 销量占总销量的比重为 $[(83.1\times2\%)/(1-3.54\%)]\div[83.1/(1+7.59\%)]\approx2.22\%>2\%$。故选 C。

95. A【专家点评】轿车的销量比上期增加了 $[(83.1\times71\%)/(1+33.04\%)]\times33.04\%\approx14.65<20$ 万辆。故选 A。

96. A【专家点评】由题干所给数据,设对外贸易总额为 x 亿美元,由题意可得 $x\times4.5\%=7.15$,解得 $x=158.89$ 亿美元,故正确答案为 A。

97. B【专家点评】根据题意可知:茶叶的出口额为:$5.02\times8.18\%\approx0.4106$ 亿美元;绿茶的出口额为:$0.4106\times3/4\approx0.3080$ 亿美元 ≈3080 万美元,故正确答案为 B。

98. B【专家点评】2007 年的进口额为:$2.13/(1+33.2\%)\approx1.6$ 亿美元;2007 年的出口额为:$5.02/(1+22.1\%)\approx4.11$ 亿美元;2007 年的贸易顺差为:$4.11-1.6=2.51$ 亿美元;2008 年的贸易顺差为:$5.02-2.13=2.89$ 亿美元。

则 2008 年的贸易顺差同比增长为:$(2.89-2.51)/2.51=15\%$,故正确答案为 B。

99. D【专家点评】由题干资料可知:2008 年出口韩国的农产品占出口总额的 11.35%,则 2008 年出口韩国的农产品总额为:$5.02\times11.35\%\approx0.57$ 亿美元,2007 年出口韩国的农产品总额为:$0.57/(1+59.8\%)\approx0.36$ 亿美元,则 2008 年比 2007 年出口农产品的增长额为:$0.57-0.36\approx0.21$ 亿美元 ≈2100 万美元。故正确答案为 D。

100. A【专家点评】由题干资料可知:2008 年蔬菜出口额为:$5.02\times21.91\%\approx1.099>1$ 亿美元,故正确答案为 A。

101. B【专家点评】由资料中的数据可知:中国香港的人口总数为 $2067\div31610=0.065$ 亿人;哥斯达黎加的人口总数为 $252\div5560=0.045$ 亿人;新加坡的人口总数为 $1613\div32470=0.050$ 亿人;多米尼加的人口总数为 $367\div3550=0.103$ 亿人,人口最少的为哥斯达黎加。故正确答案为 B。

102. C【专家点评】根据题干所给的柱状图可以直接看出失业率最高的为多米尼加,失业率最低的为韩国,二者的幸福指数相差:$71.8-44.4=27.4$,故正确答案为 C。

103. A【专家点评】本题比较简单,可以直接从表格和所给图形中找到相关数据。由表格可知,人均国民生产总值排名前五的国家或地区为:美国、日本、新加坡、中国香港、韩国;由柱状图可以直接看出幸福指数排名前五的国家和地区为:哥斯达黎加、多米尼加、越南、中国内地、新加坡,由此可知新加坡为两项指标均排名前五的国家(地区)。故选 A。

104. D【专家点评】用排除法解答此题。由柱状图可以直接看出失业率高于美国的亚洲国家或地区为新加坡和越南,故 A 选项错误,排除;由题中所给资料可知:美国的人口为 $138112\div46040\approx3.0$ 亿人,俄罗斯的人口为 $12910\div7560\approx1.71$ 亿人,美国的失业人口为 $3\times4\%\approx0.12$ 亿人,俄罗斯的失业人口为 $1.71\times6\%\approx0.1026$ 亿人,由此可以看出 B 选项说法错误;人均国民生产总值排名第二的为日本,而其幸福指数排名第七,所以 C 选项错误。故选 D。

105. C【专家点评】美国的人口超过亿人,失业率低,但其幸福指数是最低的,故(2)说法是错误的。人均国民生产总值超过 2 万美元的有中国香港、美国、新加坡、日本,而新加坡的幸福指数高于韩国和俄罗斯,(4)说法错误。只有(1)、(3)说法正确,故选 C。

106. B【专家点评】由表格中的数据可得:2009 年前五个月,邮电系统订销报纸为 668388.1 万份,订销杂志为 42900.2 万份,故报纸和杂志的订销总数为 $668388.1+42900.2=711288.3$ 万份,所以五个月的平均数为 $711288.3\div5=142257.66$ 万份 ≈14.2 亿份。故选 B。

107. C【专家点评】由表中所给数据依次进行计算,最后可知正确答案为 C。

108. C【专家点评】由表格中的数据可得:移动电话长途通话时长为 $895.2/(1+28.4\%)\approx697.2$ 亿分钟;固定传统长途电话通话时长为 $352.1/(1-4.6\%)\approx369.08$ 亿分钟。由此得知:移动电话长途通话时长是固定传统长途电话通话时长的 $697.2/369.08\approx1.9$ 倍。故选 C。

109. B【专家点评】由表格中的数据可得:2009 年 5 月移动短信的业务量占当月业务总量的:$643.2\times0.1\div2141.2\times100\%=3\%$,故选 B。

110. B【专家点评】此题比较烦琐,根据表格中的数据一一进行细心运算即可,由计算可知 A、C、D 都是错误的。

111. B【专家点评】1949～2008 年卫生机构增加的数量为:$278337-3670=274667$ 个,1949～2008 共 59 年,所以每年平均增加的数量为 $274667\div59\approx4655$ 个,故选 B。

112.A【专家点评】本题的计算量很大,根据表格中所给的数据仔细计算即可得得 A 选项正确。

113.C【专家点评】1978 年平均每个卫生机构的卫生技术人员数为 $246×10^4÷169732≈14.5$ 人;2008 年平均每个卫生机构的卫生技术人员数为 $503×10^4÷278337≈18.07$ 人。则 2008 年平均每个卫生机构的卫生技术人员数比 1978 增长了 $(18.07-14.5)÷14.5×100\%=25\%$,故选 C。

114.D【专家点评】由题干所给资料可得:2008 年每万人口拥有卫生机构的数量为 $28×27.8337÷375≈2.08$ 个;1949 年每万人口拥有卫生机构的数量为 $0.15×3670÷8=68.8125$ 个。所以,2008 年每万人口拥有卫生机构的数量是 1949 年的 $2078.2496÷688.125≈30$ 倍。故选 D。

115.B【专家点评】题干表格中没有给出 1950~1956 年的卫生技术人员数,所以不能确定 1957 年的卫生人员数,A 选项错误;1949 年,我国每千人拥有的卫生技术人员数为:$51÷8×0.15≈0.96<1$,故选 B。

第五部分 常识判断

116.B【专家点评】根据经济常识可知,截至 2008 年末,我国进出口贸易总额位于世界第二位。

117.B【专家点评】此题考查考生经济方面的实事知识。关于一些实事要记清年份,我国于 1979 年提出经济特区的概念,1990 年浦东综合开发,2000 年提出西部大开发。故选 B。

118.C【专家点评】杭州湾跨海大桥是目前世界上最长的跨海大桥。世界上最长的桥梁为路易斯安那的庞恰特雷恩湖堤道,故选 C。

119.A【专家点评】蒙古国不是合作组织的成员国,而是观察员国,故选 A。

120.C【专家点评】此题非常简单,降低税率可以减轻个人和企业的负担,有助于刺激消费、拉动内需,故选 C。

121.C【专家点评】国内生产总值、国民总收入、货币总量都可以用来衡量一个国家的经济总量,而外汇储备只是构成经济总量的一部分,不能作为衡量经济总量的指标。

122.D【专家点评】本题考查考生历史常识,"七七事变"发生在华北的卢沟桥,不在东北。

123.C【专家点评】关于一些常识,考生必须熟练记忆。我国海拔最低的湖是位于新疆的艾丁湖;我国海拔最高的湖位于西藏的纳木错;我国最大的咸水湖是位于青海的青海湖;我国最大的淡水湖是位于江西的鄱阳湖。

124.B【专家点评】由科威特港出发的船只,首先要经过波斯湾;要到达大连港,应该抵达我国的黄海,因此综合两个条件只有 B 选项正确。

125.D【专家点评】本题是对有关哲学家及其各自思想的考查,叔本华是现代非理性主义的开创者,并不是源于培根。

126.C【专家点评】四书指《论语》、《孟子》、《大学》、《中庸》四部经典著作。

127.D【专家点评】高温超导体指的是超导临界温度高于热力学温度 77K 的材料,而非零摄氏度;纳米材料结构单元的尺度达到纳米级,但物理性质和化学性质发生较大改变;杂交水稻是指用两个遗传上有一定差异,同时它们的优良性状又能互补的水稻品种进行杂交,生成具有杂种优势的第一代杂交种,用于生产。

128.B【专家点评】核电站对核能的利用方式只有核裂变一种;太阳能电池的工作原理包括光电效应和光化学转换两种,而且以前者为主;可燃冰在地球上含量非常大;氢气燃烧只生成水,因此可实现二氧化碳的零排放。

129.A【专家点评】《国富论》的作者是亚当·斯密,书中首次提出了全面系统的经济学说,为该领域的发展打下了良好的基础。因此完全可以说《国富论》是现代政治经济学研究的起点。

130.A【专家点评】本题考查的是军事常识,核潜艇不一定装备核武器,也有不装备核武器的。

131.D【专家点评】本题主要考查我国社会主义民族关系基本特征的演变趋势。20 世纪 80 年代为:平等、团结、互助;20 世纪 90 年代为:平等、互助、团结、合作;新世纪新阶段为:平等、团结、互助、和谐。故选 D。

132.A【专家点评】本题考查的是血液常识,高中的生物课程就已经有所涉及,只要父亲的血型中具有 A 型血的显性基因,孩子就有可能是 A 型血,因此母亲的血型可能是 A、B、AB、O 四种。

133.B【专家点评】关于宇宙起源,最具代表性、影响最大的理论是大爆炸理论,认为宇宙是由一个奇点不断膨胀到现在的状态的,并且这一理论已经被哈勃望远镜的观测所证实。

134.D【专家点评】针灸是中医的一种治疗方法,"灸"是用燃烧的艾绒熏烤一定的穴位。

135.D【专家点评】磷元素在水中大量聚集会造成水体富营养化,形成"赤潮"等现象,对水质造成破坏,因此目前各地都在大力推广无磷洗衣粉。

136.A【专家点评】我国上下级政府部门之间也是领导与被领导的关系;上下级人民代表大会之间是监督与被监督的关系;上下级法院之间是监督与被监督的关系,上下级检察院之间是领导与被领导的关系。

137.C【专家点评】该题重在考查《行政机关公务员处罚条例》的相关内容。根据我国《行政处罚法》的规定,只有享有法定权限的法定机关或经过法律、法规授权的组织才可以实施行政处罚;行政诉讼中的举证责任倒置是指在通常情况下由行政机关承担举证责任,但并不代表原告人不承担任何举证责任;国务院法定会议只包括常务会议和全体会议,不包括办公会议。故选 C。

138.D【专家点评】该题考查《政府信息公开条例》的

内容。A选项,各乡、镇都应该对政府信息进行公开;B选项,行政机关在进行信息公开时可以适当收取成本费用;C选项,政府信息公开指南和政府信息公开目录都必须被编制、公布。

139.A【专家点评】该题考查法律常识的内容,属于识记内容。B选项,县级以上食品安全监督管理部门在进行抽样检验时,需要购买样品,但不收取检验费和其他费用;C选项,名人在虚假广告中推荐食品造成损害的,名人也要共同承担连带责任;D选项,食品安全监督管理部门不得对任何食品实施免检。

140.B【专家点评】A选项中,肖某已构成交通肇事罪,交通肇事罪的主观方面是过失,即行为人对自己的行为所产生的后果应当预见,由于其大意而没有预见,轻信能够避免,以致造成了严重后果,本案中,肖某主观是过于自信的过失。《刑法》第393条规定,单位为谋取不正当利益而行贿,或者违反国家规定,给予国家工作人员以回扣、手续费,情节严重的,对单位判处罚金,并对其直接负责的主管人员和其他直接责任人员处五年以下有期徒刑或者拘役。C选项,正在取保候审的人准予行使选举权。D选项,不可以撤销捐赠。

2009年中央国家机关公务员录用考试《行政职业能力测验》试卷

第一部分　常识判断

1.C【专家点评】"和"是儒家思想的一个重要价值体现,北京奥运会开幕式上展示的巨大的"和"字,就是来源于儒家。故选C。

2.B【专家点评】我国经济体制改革始于1978年十一届三中全会,改革的目标是建立社会主义市场经济体制,从安徽小岗村开始实行土地承包经营责任制。故选B。

3.C【专家点评】"提低",就是提高低收入者收入水平;"扩中",就是扩大中等收入者比重,合理分配收入格局;"调高",就是有效调节过高收入;"打非",就是坚决取缔非法收入;"保困",就是保障困难群众的基本生活。十七大报告中明确提出合理的收入分配制度是社会公平的重要体现。故选C。

4.C【专家点评】"两弹一星"最初是指原子弹、氢弹和人造卫星,后来原子弹演变为原子弹和氢弹的合称;另一弹是指导弹;"一星"是指人造地球卫星。20世纪50～60年代,以毛泽东同志为核心的第一代党中央领导集体,根据当时的国际形势,高瞻远瞩,果断地做出了独立自主研制"两弹一星"的战略决策。1964年10月16日我国第一颗原子弹爆炸成功,1967年6月17日我国第一颗氢弹空爆试验成

功,1970年4月24日我国第一颗人造卫星发射成功,标志着中国"两弹一星"计划的成功实现。故选C。

5.A【专家点评】据史料记载,农业税始于春秋时期鲁国的"初税亩",到汉初形成制度。新中国成立以后,第一届全国人大常委会第九十六次会议于1958年6月3日颁布了农业税条例,并实施至今,已延续了2600年。故选A。

6.A【专家点评】青藏高原海拔高、空气稀薄,利于阳光的照射、辐射与吸收,能源非常丰富,主要是太阳能、地热能和水能。这里太阳辐射强,日照时间长,是我国太阳能资源最充足的地区;这里还是我国大陆上地热资源最丰富的地区之一,主要分布在雅鲁藏布江谷地;这里地下有大量的热水和蒸汽,形成众多的温泉、热泉、蒸汽泉和热水湖,例如羊八井。故选A。

7.A【专家点评】神舟七号载人航天飞行圆满成功,标志中国已成为继俄罗斯、美国之后,世界上第三个独立掌握空间出舱技术的国家。A选项表述错误,其他选项表述正确。故选A。

8.C【专家点评】铁木真带领队伍打败了四周的部落,1206年,蒙古各部落首领在斡难河召开大会,建立蒙古政权,推举铁木真为"成吉思汗",标志着蒙古的统一。1543年,波兰天文学家哥白尼发表《天体运行论》,实际上在公元前300多年赫拉克里特和阿里斯塔克就已经提到过太阳是宇宙的中心,地球围绕太阳运动。一般认为英国工业革命是18世纪发源于英格兰中部地区的工业革命,1765年珍妮纺纱机的发明标志着第一次工业革命的开始。北宋中期,布衣毕昇总结历代雕版印刷的丰富经验,经过反复试验,在宋仁宗庆历年间(公元1041～1048年)制成了胶泥活字,实行排版印刷,完成了印刷史上一项重大的革命。文艺复兴运动是指14世纪在意大利各城市兴起,于15世纪在欧洲盛行的一场思想文化运动。故选C。

9.A【专家点评】所谓"西藏问题",其实质就是达赖集团为了少数人的利益迎合西方国家的需要分裂祖国的问题,是西方帝国主义势力培植、支持西藏地方分裂分子,企图将西藏从中国分裂出去的问题,归根结底是主权问题。故选A。

10.B【专家点评】二十四节气依时间顺序为:立春、雨水、惊蛰、春分、清明、谷雨、立夏、小满、芒种、夏至、小暑、大暑、立秋、处暑、白露、秋分、寒露、霜降、立冬、小雪、大雪、冬至、小寒、大寒。A、C、D选项错误,B选项正确。故选B。

11.C【专家点评】司马迁修《史记》是在公元前104年,文景之治是在公元前203～公元前141年,王莽篡汉是在公元前1年,A选项错误;杯酒释兵权发生在北宋初期,王安石变法是北宋中期1069年左右,岳飞抗金发生于南宋高宗年间,岳飞抗金晚于王安石变法,B选项错误;齐桓公称霸的标志是公元前651年的葵丘盟会,商鞅变法是分两次进行的,第一次开始于公元前359年,第二次开始于公元前350年,秦始皇统一天下的时间是公元前221年,C选项正确;玄

武门之变发生于唐高祖武德九年(公元626年),黄巢起义发生于唐末(公元875年),安史之乱发生于唐玄宗天宝十四年(公元755年)至唐代宗宝应元年(公元762年),D选项错误。故选C。

12. B 【专家点评】我国人均GDP在国际上还处于较低水平,主要污染物排放随着经济发展始终在增多,世界贸易第一大国是美国。故选B。

13. B 【专家点评】医用酒精是用淀粉类植物经糖化再发酵经蒸馏制成,是植物原料产品,不能饮用,但可接触人体医用;工业酒精是提炼石油或煤焦油裂化过程的制成品,是矿物原料产品,含有很多对人可能致毒或癌的成分,不能接触人体皮肤,不可医用,A选项错误。淀粉只和碘起反应,而加碘盐中含的是碘酸钾(KIO_3),不和淀粉反应,C选项错误。馒头都是面粉制作的,要经过消化才能变成糖,这个过程大约要经过20~30分钟的时间,而葡萄糖水能够以最快的速度缓解低血糖的症状,D选项错误。喝牛奶、豆浆等富含蛋白质的食品可有效缓解重金属中毒现象,B选项正确。故选B。

14. B 【专家点评】次贷危机又称次级房贷危机,也译为次债危机。它是指一场发生在美国,因次级抵押贷款机构破产、投资基金被迫关闭、股市剧烈震荡引起的金融风暴。其中的"次"是指贷款人的收入较低、信用等级较低。故选B。

15. D 【专家点评】从全球范围来看,沙尘暴天气多发生在内陆沙漠地区,发源地主要有非洲的撒哈拉沙漠、北美中西部和澳大利亚,我国西北地区由于独特的地理环境,也是沙尘暴频繁发生的地区,A选项错误;厄尔尼诺现象又称厄尔尼诺海流,是太平洋赤道带大范围内海洋和大气相互作用后失去平衡而产生的一种气候现象,B选项错误;美国西海岸有加利福尼亚寒流,东海岸有佛罗里达暖流,C选项错误;飓风是指在大西洋上生成的热带气旋,D选项正确。故选D。

16. C 【专家点评】消费者物价指数(Consumer Price Index),英文缩写为CPI,是反映与居民生活有关的商品及劳务价格统计出来的物价变动指标,通常作为观察通货膨胀水平的重要指标。CPI的计算公式是:CPI=一组固定商品按当期价格计算的价值/一组固定商品按基期价格计算的价值×100%。所以,A、B、D选项错误,C选项正确。故选C。

17. D 【专家点评】土星周围的环平面内有数百条到数千条环,大小不等,形状各异。大部分环是对称地绕土星转的,也有不对称的,有完整的、比较完整的、残缺不全的。环的形状有锯齿形的,有辐射状的,D选项错误。故选D。

18. A 【专家点评】哈佛大学位于美国,B选项错误;金色大厅位于奥地利首都维也纳,C选项错误;芭比娃娃起源于美国,D选项错误。故选A。

19. C 【专家点评】"违反道德的行为不一定都违法"是

正确的,但违法行为也不一定都违反道德,例如正当防卫过当违反法律,要负相应的刑事责任,但并不违反道德,所以C选项错误。故选C。

20. B 【专家点评】行政许可,是指行政机关根据公民、法人或者其他组织的申请,经依法审查,准予其从事特定活动的行为。依据行政许可法规定,只有全国人民代表大会及其人大常委会,省、自治区、直辖市的人大或人大常委会以及同级的人民政府才可以设立行政许可事项,而且省、自治区、直辖市设立的行政许可事项有效期只有一年,如果满一年需要继续施行的,必须提请同级的人大机关立法通过才可以。国务院各部委无权设立行政许可,B选项错误。故选B。

21. D 【专家点评】《中华人民共和国立法法》第七十三条规定:省、自治区、直辖市和较大的市的人民政府,可以根据法律、行政法规和本省、自治区、直辖市的地方性法规,制定规章。故选D。

22. A 【专家点评】行政处罚,也称"行政罚",是行政主体为了维护公共利益和社会秩序,保护公民、法人或者其他组织的合法权益,对违反行政管理秩序,依法应当给予行政处罚的行政管理相对人所给予的法律制裁。A选项中,违章司机违反交通管理秩序,严重危害了他人的人身财产安全和公共交通秩序,为维护公共利益和社会秩序,保护公民、法人或者其他组织的合法权益,交通执法人员可以依照《行政处罚法》暂扣违章司机的驾驶证,这种手段是典型的行政处罚手段。而对于选项B所述,由于并未对醉酒人进行实质意义上的法律制裁,所以不属于行政处罚;选项C所述是典型的行政处分;选项D中,对于税收滞纳金的性质存有争议,但一般认为滞纳金属于一种经济补偿性质的补偿手段,不归属于行政处罚。故选A。

23. A 【专家点评】刑法学意义上的犯罪,刑法典规定的一切危害国家主权、领土完整和安全,分裂国家、颠覆人民民主专政的政权和推翻社会主义制度,破坏社会秩序和经济秩序,侵犯国有财产或者劳动群众集体所有的财产,侵犯公民私人所有的财产,侵犯公民的人身权利、民主权利和其他权利,以及其他危害社会的行为,依照法律应当受刑罚处罚的,都是犯罪,但是情节显著轻微危害不大的,不认为是犯罪。A选项中赵某的行为危害了他人的生命安全,属于犯罪;B选项中刘某属于未成年人,他的行为不构成犯罪;C选项中张某的行为属于正当防卫,不属于犯罪;D选项中王某的行为是紧急避险,也不属于犯罪。故选A。

24. C 【专家点评】此题考查民法中的无因管理制度,乙并无法定或约定义务,为了甲的利益而送甲去医院,构成无因管理,车费是无因管理之债,乙享有求偿权。乙对甲手机的丢失并无过错,无赔偿义务。故选C。

25. C 【专家点评】突发事件包括自然灾害、事故灾难、公共卫生事件和社会安全事件。根据《突发事件应对法》第三条规定:"本法所称突发事件,是指突然发生,造成或者可能造成严重社会危害,需要采取应急处置措施予以应对的自然灾害、事故灾难、公共卫生事件和社会安全事件。"所以A选项错误,C选项正确。根据《突发事件应对法》第四十二条第二款规定:"可以预警的自然灾害、事故灾难和公共卫生事件的预警级别,按照突发事件发生的紧急程度、发展势态和可能造成的危害程度分为一级、二级、三级和四级,分别用红色、橙色、黄色和蓝色标示,一级为最高级别。"所以B选项错误。根据《突发事件应对法》第四十六条规定:"对即将发生或者已经发生的社会安全事件,县级以上地方各级人民政府及其有关主管部门应当按照规定向上一级人民政府及其有关主管部门报告,必要时可以越级上报。"所以D选项错误。故选C。

第二部分 言语理解与表达

26.D【专家点评】水到渠成,指水流到的地方自然形成一条水道,比喻条件成熟,事情自然会成功。司空见惯,指某事常见,不足为奇;司空,古代官名。顺其自然,指听之任之,不发挥人的积极主动性,纯粹只让其自身发展。顺理成章,指写文章或做事情顺着条理就能做好,也比喻某种情况自然产生某种结果。边地城市的风貌应该是自然产生的结果,用"顺理成章"修饰比较恰当。故选D。

27.A【专家点评】按部就班,指按照一定的步骤、顺序进行,也指按老规矩办事,缺乏创新精神。墨守成规:墨守指战国时墨翟善于守城,成规指现成的或久已通行的规则、方法,墨守成规指思想保守,守着老规矩不肯改变。人云亦云,指人家怎么说,自己也跟着怎么说,比喻没有主见,只会随声附和。步人后尘,指跟在人家后面走,比喻追随模仿,学人家的样子,没有创造性。题中的意思应该是很多大学生不愿意按照老规矩找稳定的工作,希望寻找新的生活,所以用"按部就班"修饰比较恰当。故选A。

28.B【专家点评】适得其反,指恰恰得到与预期相反的结果。事与愿违,事实与愿望相反,指原来打算做的事没能做到。南辕北辙,想往南而车子却向北行,比喻行动和目的正好相反。雪上加霜,比喻接连遭受灾难,损害愈加严重。题目表达的意思是柏克和阿伦特等思想家认为结果达不到改善弱者境遇的效果,原来打算做的事没能做到,用"事与愿违"比较恰当。故选B。

29.B【专家点评】超前,指超越目前正常条件的;可行,指行得通、可以实行;实用,指有实际使用价值的;科学,指发现、积累并公认的普遍真理或普遍定理的运用,已系统化和公式化了的知识。梦想,指大胆的想象,不一定会实现,只是一个美好的期望;尝试,指试一试、试验;期待,指期盼、等待;努力,指把力量尽量使出来,可用于学习、工作等。题目第一个用"可行"比较合适,第二个空要填与"努力实现"相对的词,用"尝试"比较合适。故选B。

30.B【专家点评】一呼百应,指一个人呼喊,马上有很多人响应;自上而下,指从上到下;有条不紊,形容做事、说

话有条有理,丝毫不乱;运筹帷幄,指在后方决定作战策略,也泛指策划机要的事。铺天盖地,指来势猛烈,到处都是;不可逆转,指无法改变;举世瞩目,指全世界的人都注视着,比喻事关重大;波涛汹涌,水势腾涌的样子,形容波浪又大又急。第一个空填的词语应该与"整齐规划"相关联,"自上而下"比较合适;第二个空用"不可逆转"恰当,表示互联网的发展速度和影响力之大。故选B。

31.C【专家点评】争夺,指竞争、抢夺;制约,一种事物的存在、变化是另一种事物存在、变化的先决条件,则前者制约后者;竞争,指为了自己的利益而跟人争胜;抑制,指约束、压制。支持,指支撑、勉强维持、应付、支援等;分工,指劳动分工,即各种社会劳动的划分和独立化。合作,指二人或多人一起工作以达到共同目的,联合作战或操作,给别人帮助,通常指自愿如此;改革,指改掉旧的、不合理的部分,使更合理完善。题目中,第一个空和第二个空应该是意思相反的两个词,根据题意,应该是"竞争"与"合作"。故选C。

32.A【专家点评】基于,指鉴于、根据;处于,指居于某种地位或状态;由于,指因为;鉴于,指关于、考虑到。机遇,指机会、好的境遇;动力,比喻推动事业前进的力量;前提,指事物的先决因素;表现,指表示出来的行为、作风或言论等,对内心需要做反映时呈现的态度。题中第一个空表达的意思是根据,填"基于"恰当;第二个空与"包袱"相对,填"机遇"合适。故选A。

33.B【专家点评】冲击,指风借水势冲撞碰击,也指肉搏战斗的冲杀进击,或痛苦的打击;侵蚀,指逐渐侵害,使受消耗或损害,或是暗中逐渐侵占;破坏,指摧毁、毁坏,使受到损害,变革、破除、违反;分割,指把一个整体或有联系的事物强行分开。争先恐后,指争着往前,唯恐落后;跃跃欲试,指心情急切,迫切想进行尝试;摩拳擦掌,比喻精神振奋,准备出力、展示技能或动武;踌躇满志,指悠然自得,心满意足。题中的"利益"应该用"侵蚀"来修饰,许多出版社应该是先跃跃欲试,再放缓步伐。故选B。

34.C【专家点评】众说纷纭,指存在着各种各样的说法;莫衷一是,指意见分歧,难有一致的定论;见仁见智,比喻见解因人而异;因人而异,指因人的不同而有所差异。统一,指一致,没有分歧,没有差别;固定,指使不改变、不移动,也指使处在特定位置,不能移动;共通,通于或适于各方面;公认,指公众所承认,大家一致地承认。根据题意,人才具备的素质应该是共同的,是可以通用的,第二个空应填"共通";第一个空表达的应该是对于人才的解释每个人都不同,填"见仁见智"合适。故选C。

35.A【专家点评】便捷,指便当、直接,形容动作迅速敏捷;公平,指公正、不偏不倚,合理;对称,指图形或物体两对或两边的各部分,在大小、形状和排列上具有一一对应的关系;广泛,指通常情况有更大的权力、能力、范围或余地,也指包罗万象,具有综合性,还指范围广大。必然,表示事情一定是这样;客观,指在意识之外,不依赖精神而存在的,

不依人的意志为转移的,也指按事物本来面目去考查,与一切个人感情、偏见或意见都无关;绝对,无条件的、不受任何限制的,必定、肯定;首要,指以极大的重要性、意义或影响为特征的,第一位的。根据文意,应该是信息的"便捷"性改变了人类的思考方式,记忆力好也不是评判人聪明与否的"必然"标准。故选A。

36.B【专家点评】背水一战,比喻决一死战,死里求生;反败为胜,是一种作战思想,意为打了败仗不泄气,重整旗鼓,利用敌人松懈麻痹的思想去进攻,就能变失败为胜利;逆水行舟,即顶着水流行船,比喻不努力向前进就要往后退,也比喻做事有阻力;反戈一击,比喻掉转枪口,攻击自己原来所属的营垒,也指作战中的一种情况,意为作战中掉转矛头,向自己原来所在的部队进攻。根据题意,前面说的是失败,第一个空应该是"反败为胜";第二个空选择"勇气"更符合文意。故选B。

37.C【专家点评】根据题意,"每个城市都试图以摩天大楼林立、水泥立交纵横作为现代化城市的"应该是"标志",再看前面的空,出现这种现象的原因是城市的"规模"化发展,使个性文化逐渐消解。故选C。

38.D【专家点评】过眼云烟,指从眼前迅速掠过的云彩和烟雾,比喻身外之物不必看重或比喻很容易消失的事物;无源之水,比喻没有基础的事物;空中楼阁,指悬于半空之中的城市楼台,比喻虚构的事物或不现实的理论、方案等;昙花一现,指印度的一种优昙钵花开放之后很快就谢萎,比喻世事没有生命力或人物经不起历史考验,偶现即逝。根据题意选择D。

39.B【专家点评】鞭长莫及,本意为马鞭虽长,但打不到马肚子上,比喻虽有力,力量却达不到,后用来比喻力不能及;望尘莫及,指远望前面车马飞扬的尘土而追赶不上,比喻远远落后;难以企及,指没有希望达到,形容远远赶不上;措手不及,指来不及动手应付,形容事出意外,一时无法对付。纷繁复杂,形容多而杂乱,没有条理;日新月异,每天都在更新,每月都有变化,形容发展或进步迅速,不断出现新事物、新气象;欣欣向荣,形容草木长得茂盛,比喻事业蓬勃发展,兴旺昌盛;瞬息万变,指在极短的时间内就有很多变化,形容变化很多很快。根据文意,汉语变化速度很快,字典改版远远落后,第一个空选择"望尘莫及";与此相关,社会应该用"日新月异"修饰。故选B。

40.C【专家点评】根据题意,在消费品领域,人们的审美观和价值观念在不同时代、不同的情境下不同,所以应该选择"主观";第二个空,西方饮茶习惯只能是"主导"茶饮料领域,不能"改变",也不可能"占领","适应"用在这里也不合适。故选C。

41.D【专家点评】根据文意,每年出版的长篇小说已经超过千部,第一个空的词语应该表达的是与这种发展一起产生的现象,所以"伴随"比较合适;根据文意,中国文学对诺贝尔奖的看重缘于在茫然中寻找航向,所以应该是缺乏

"方向"性。故选D。

42.C【专家点评】此题第一个空备选的四个近义词,可以暂时放下。第二个空的备选词中,"天花乱坠"形容说法夸张,不合实际,推理过度;"眼花缭乱"强调出现的量多,比较合适;"层出不穷"强调出现的连续性,也符合常识;"变幻莫测"强调无法分辨,用在此处不合适。故可排除A、D选项。第三个空的B、C选项备选词中,"时髦"比"奇特"用在这里更贴切。故选C。

43.A【专家点评】根据题意,第一个空,爱书者比古典音乐爱好者更进一步,他们更"挑剔";第二个空,与"挑剔"的程度对应,"代替"比"侵占"、"挤占"和"填充"更无法让他们忍受;第三个空,"认为"、"觉得"和"明白"都有一些不自觉的意味,"承认"更合适。故选A。

44.C【专家点评】根据题意,第一空后面是转折的语句,所以应该与后面的文意相反,排除A、B选项;第二空,随着畜牧业的发展,工厂式畜牧业应该是"兴起",表示从无到有或从弱到强;第三空,这种状况"挑战"中国粮食自给的政策。故选C。

45.A【专家点评】时过境迁,指随着时间推移,境况随之发生变化;尘埃落定,尘埃虽然在空中飘浮,最终却要落到地面,比喻事情经过许多变化,终于有了结果,或经过一阵混乱后将结果确定下来;痛定思痛,指事后追忆痛苦的往事,痛苦更甚;物是人非,指景物依然,人事已非。根据题意,第一个空填"时过境迁"更合适;第二个空选择"评价"更恰当;前面说的"无论什么样的历史",所以应该有好有坏,用"拷问"更合适。故选A。

46.A【专家点评】根据文意,德波顿并没有明确给出读者旅行的目的,而是让读者自己去体会和感受,读者可以从中自己得到精神上的享受。故选A。

47.D【专家点评】根据题意,这段文字主要在于强调对经济理论的看法,经济学家的假设不同,提出的理论也不同,题中没有涉及经济理论的本质和功能,也没有提及如何发展经济理论。故选D。

48.D【专家点评】题目首先提出电视行业创意的中心是编剧,然后围绕这个话题,具体讲述编剧之所以是中心的原因。故选D。

49.D【专家点评】题目首先提出了畜牧业对全球温室效应的影响,接着具体阐述畜牧业的发展会占用更多的土地,以拉丁美洲为例,70%的森林遭到砍伐,同时也会对生态造成危害,这些总体来说都是对环境的影响,所以这段文字旨在说明发展畜牧业的环境代价。故选D。

50.A【专家点评】这段文字首先提出《尤利西斯》手稿在拍卖会上以高价成交,接下来具体解释为什么会出现这种现象,所以这段文字主要说明《尤利西斯》手稿为什么拍出高价。故选A。

51.C【专家点评】这段文字先提出黄金在通货膨胀形势下受到人们的追捧,紧接着具体阐述出现这种现象的具

体原因。故选C。

52.C【专家点评】这段文字首先提出心理矫治作为一种专业性、科学性很强的教育改造手段的现实意义,接着意思转折,重点说由于我国心理学科的建设还不成熟,这种教育改造的手段也需要不断发展。故选C。

53.D【专家点评】题目中的小女孩看窗外的人埋葬自己的小狗,觉得心情悲恸,外祖父引他到另外一个窗口,看到一片玫瑰园,她的心情也明朗起来。外祖父的话是想告诉她,人要学会从不同的角度去看待问题,A、B、C选项的内容都不是题目想要表达的主要意思。故选D。

54.C【专家点评】题目先提出两个观点"证据是民事诉讼胜败的关键"、"由于人们搜集、保存和运用证据的能力还较弱,许多当事人只好委托律师或其他人员进行调查取证",最后得出结论"因此,民事类调查取证的需求越来越大"。所以,题干想要说明的是"民事诉讼调查取证需求增大的原因"。故选C。

55.A【专家点评】题中的文字是因果关系,强调的内容是结果,即云南的地形与生物多样性的关系。故选A。

56.C【专家点评】题中的文字资料先描述北京天坛祈年殿,最后一句话得出结论"这是《易经》符号学在古代建筑中的体现"。因此这个论证意在说明《易经》与我国古代建筑中的符号信息的关系。故选C。

57.B【专家点评】题目中的第一句话提出观点:老虎是从平原退出,才生活在山上的。后面的内容是对这一观点进行证明,也就是对人们产生老虎一直生活在山上这种错误认识进行分析。故选B。

58.A【专家点评】题中的文字主要是围绕周庄这个江南小镇的发展展开的,其发展的主要原因是陈逸飞的一幅画在美国的展出,也就是"文化传播可以成为城镇发展的重要契机"。故选A。

59.D【专家点评】题中的文字是因果关系,首先说明纸价和油价越来越高的现象,接着阐述"纸价上涨必然会反映到书价上",最后在结论中预测"书店的经营风险将增加"。所以,题干的主旨是"预测图书零售业将面临经营困境"。故选D。

60.A【专家点评】题中的文字可以分成两个层次,第一句阐述"日常生活审美化"理论出现的时代背景,第二句阐述其理论基础。故选A。

61.D【专家点评】题中先提出基因兴奋剂检测非常困难,接着从面临的道德问题和技术难题进行具体阐述。故选D。

62.D【专家点评】题中文字只是对"威廉斯综合征"概述,接下来作者应该详细阐述基因失序与天才形成的关系,其实是一个总分关系。故选D。

63.D【专家点评】这段文字是因果关系,"群体协作"是结果,"个体追求自身目标"是原因。故选D。

64.B【专家点评】题干首先说梵高美术馆的几任设计

者都"非常低调内敛"、"绝无半分喧宾夺主的企图",接着分析原因:"他们面对着如此特殊的对象,都明了自己的使命就是不要用华丽玷污了梵高,就把绚丽全都留给画笔下那如焰火般旋转的星空吧!"所以,题中文字的主旨是"探讨梵高美术馆风格朴素的缘由"。故选B。

65.C【专家点评】题中的文字是因果关系,原因是美国发展生物能源业(玉米乙醇提炼),引起了玉米的大规模消耗,最终的结果是影响全球粮食供求。故选C。

第三部分 判断推理

一、图形推理

66.A【专家点评】观察左边五个图形,都是封闭的非实心图形。故选A。

67.D【专家点评】观察左边的图形,图中一个五角星代表三个圆圈,换算后圆圈的数量依次为:4、5、6、7、8,接下来应该是9,只有D选项符合。故选D。

68.D【专家点评】观察左边的图形,题干中图形1、3、5是通过点连接的,2、4是通过线连接的,所以第6个图形也应是通过线连接的。故选D。

69.A【专家点评】观察左边的图形,由直线组成的图形在上,曲线组成的图形在下。故选A。

70.B【专家点评】观察图形可知,两个阴影三角形的方向是相同的,只有B选项符合这个规律。故选B。

二、定义判断

71.A【专家点评】分析定义可知,要归类于"集体记忆",必须符合以下条件:群体、对自己过去的记忆。B项,"地方旅游资源纪录片"不属于过去的记忆;C选项,"某项工作的文件汇编"也不属于过去的记忆;D选项,"邻国历史的教材"不属于"自己的"范畴。只有A选项符合定义。故选A。

72.B【专家点评】题中隐性广告的定义的关键语句是"隐藏于载体并与载体融为一体",A、C选项都不是隐藏于载体之中,D选项中"女主播参加亲戚的婚礼"是私人活动,不属于传播内容。故选B。

73.C【专家点评】分析题中给出的定义,"缺陷补偿"必须符合以下条件:当自我角色目标失败时,对相关的社会角色的重要性做重新评价。A、B、D三选项,在"自我角色目标失败时",都没有"对相关的社会角色的重要性做重新评价",不符合定义的要求。只有C选项所说的"袁女士离婚后"隐含自我角色目标失败,"认为事业成功比婚姻幸福更为重要"隐含对相关的社会角色的重要性做重新评价,符合"缺陷补偿"的定义要求。故选C。

74.A【专家点评】分析题中的定义,职业化是个体按社会需求选择职业,B选项是分配的,C选项是因为自己热爱,D选项是因为自己积累了丰富的知识和经验以及朋友的建议,都不符合定义的要求,A选项符合定义要求。故选A。

75.D【专家点评】根据题中的定义,差异性市场策略是根据不同的市场需求生产不同的产品,运用不同的销售策略。"生产经济型轿车",不符合"以差异性的产品满足差异性的市场需求";"赠予不同档次的礼品",也不是"差异性的产品","又开始研发手机"也排除。只有"某化妆品企业针对不同年龄阶段的消费者生产、销售不同种类的润肤露",表明是企业针对每个细分市场的需求特点,设计和生产不同的产品,符合"差异性市场策略"的定义。故选D。

76. D 【专家点评】根据题干的定义,A选项的"专家估价"并不是实际收入,不属于财产性收入;B选项不仅有货车的收入还有自己的劳动收入,不是单纯的财产性收入;C选项的"10万元的奖励"也不属于财产性收入;D选项的收入是不动产中房屋的收入,属于财产性收入。故选D。

77. B 【专家点评】春化作用是通过低温诱导促使植物开花结实的作用,关键词是"低温诱导",而B选项是"使用赤霉素",未通过"低温处理",不属于春化作用。故选B。

78. C 【专家点评】定义中的关键词是"生产商"、"厂家原因"、"批量性问题"。A、B选项是超市问题,不属于"厂家原因";D选项是某种产品有害物质超标,向提起诉讼的部分消费者退货赔偿,不属于"批量性问题"。C选项是由于质量问题,厂家对一批流入市场的产品告知消费者退货,属于产品召回。故选C。

79. D 【专家点评】A选项没有"制定出对策与措施",B选项不是"事前",C选项不是"环境影响",都不符合题中给出的定义要求。只有D选项符合环境影响评价的行为的定义。故选D。

80. C 【专家点评】分析各选项,C选项中的"某县政府"把维修资金拨给了"某小学",维修过程中的采购行为由"某小学"完成,而不是由"某县政府"完成,因此C选项中的采购主体不是"政府",而是"学校",不属于"政府采购"。故选C。

三、类比推理

81. A 【专家点评】有些编辑的工作是编杂志,有些农民的工作是种蔬菜,都是生产者与产品的关系。故选A。

82. A 【专家点评】目标是行动的方向,灯塔是航行的方向。故选A。

83. B 【专家点评】寡和众是对立的关系,利和钝也是对立的关系。故选B。

84. D 【专家点评】手机的功能是通讯,语言的功能是交流。后者是工具,前者是工具的作用。故选D。

85. A 【专家点评】签约和解约是矛盾关系,并且前者是后者的前提,只有结婚和离婚也是这种关系。故选A。

86. B 【专家点评】冠心病是一种疾病,但不是传染病,两者是同一范畴,但不是相交的关系。鲤鱼是一种动物,但不是两栖动物,与题干表达的关系一样。故选B。

87. D 【专家点评】考古发现文物,博物馆保管、展览文物;教育培养人才,企业培养、使用人才,与题干表达的关系一样。故选D。

88. B 【专家点评】电梯在大厦中,大厦在城市中;水草在小溪中,小溪在山谷中,与题干表达的关系一样,故选B。

89. D 【专家点评】出版社需要去印刷厂印刷图书,开发商要找建筑商建筑房子,两者表达的关系一样。故选D。

90. A 【专家点评】打折是一种促销,目的是为了竞争;奖金是一种奖励,目的是为了激励他人,与题干表达的关系一样,故选A。

四、逻辑判断

91. B 【专家点评】要把题干中的研究成果应用于"慢性疲劳综合征的诊断和治疗",必须把"慢性疲劳综合征患者的某些基因与同年龄、同性别健康人的基因是有差别的"这个条件与"慢性疲劳综合征的诊断和治疗"联系起来。"科学家们鉴别出了导致慢性疲劳综合征的基因",能够使二者紧密地联系起来,B选项正确。故选B。

92. C 【专家点评】本题考查相对概率的知识,相比较而言,各种颜色的骰子的点数大小分别为:绿>红,红>蓝,蓝>绿,所以没有任何一种骰子的获胜概率能同时比其他两个高。故选C。

93. D 【专家点评】题干要求解释虽然某国四次调高化肥产品的出口关税,抑制出口,可是该国的化肥出口量仍然增加,有很强的竞争力。A选项解释的是"出口仍在增加",B、C选项解释的是"具有很强的竞争力",只有D选项不能解释这两个问题。故选D。

94. A 【专家点评】题目要求根据题干给出的现象,推出与之相关的一个结论。B选项的"主要作用"不能由题干推出;C选项表述不正确;D选项的结论忽略了文中所说的"高浓度二氧化碳",也不可以推出。故选A。

95. C 【专家点评】题目要求解释酸雨频率上升的原因。根据题意,虽然空气中的二氧化硫含量已经降低,但是酸雨的频率却上升了,所以必然有其他原因导致这一现象,只有"机动车的大量增加加剧了氮氧化物的排放,而氮氧化物也是造成酸雨的重要原因"能解释这一现象。故选C。

96. C 【专家点评】题干表达的意思是因为有项链和骨镯,说明审美意识开始萌芽。C选项表达的意思是项链和骨镯的作用只是身份的象征,没有指出审美效果,能削弱题干的判断。故选C。

97. D 【专家点评】分析题意,根据"甲和河南人不同岁"和"河南人比乙年龄小"可以推出丙是河南人。由"河南人(丙)比乙年龄小"、"丙比湖北人年龄大"可知,三个人的年龄关系为:乙>丙>湖北人,所以D选项正确。故选D。

98. C 【专家点评】题干中专家的观点是一个充分条件假言命题,转换为必要条件假言命题表述为:只有从工艺和配料方面进行改良,才能符合现代人对营养方面的需求。而C选项用了错误的连接词"只要……也",不符合逻辑推理。故选C。

99. B 【专家点评】根据题意可推出恐龙不是冷血动物而是温血动物的前提是:一,恐龙都是直立的;二,恐龙的骨组织构造与温血哺乳动物的骨组织构造相似;三,恐龙的肺部结构和温血动物非常相近;四,在现代的生态系统中,温血的捕食者与被捕食者之间的比值常数,与北美洲恐龙动物群中捕食者和被捕食者之间的比例近似。A选项是对前提二的反驳;C选项是对前提四的反驳;D选项是对前提三的反驳;B选项不能对上述前提进行反驳。故选B。

100. C【专家点评】分析题干,A选项的内容在题干中没有涉及;B选项与"使用这种技术,人类就可以改变蔬菜和水果的气味"相悖,不一定成立。根据题干可知,"绿叶挥发物GLV"决定了蔬菜和水果的芳香特点,因此D选项错误。只有C选项可从题干中推出。故选C。

第四部分　数量关系

一、数字推理

101. D【专家点评】这是一个三级等差数列。

故选D。

102. C【专家点评】

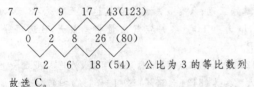

故选C。

103. B【专家点评】观察题目可以得出以下规律:$1=0^3+1^3$,$9=1^3+2^3$,$35=2^3+3^3$,$91=3^3+4^3$,$189=4^3+5^3$,$5^3+6^3=(341)$。故选B。

104. C【专家点评】观察各项,原数列可以整理为:0/5,1/6,3/8,6/12,10/20。分子的后项减前项为一自然数列:1$-$0$=$1,3$-$1$=$2,6$-$3$=$3,10$-$6$=$4,(15)$-$10$=$5;分母的后项减前项为一公比为2的等比数列:6$-$5$=$1,8$-$6$=$2,12$-$8$=$4,20$-$12$=$8,(36)$-$20$=$16。所以所求项是15/36,即5/12。故选C。

105. D【专家点评】

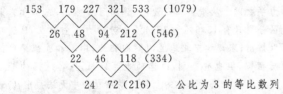

故选D。

二、数学运算

106. A【专家点评】全球分为东西各12个时区。按照东加西减的原理,向西走,每过一个时区,就要把表拨慢1小时;向东走,每过一个时区,就要把表拨快1小时。北京的时区为东8区,当北京时间2008年8月8日20时奥运会

正式开幕时,东12区的时间应该是8日夜里24时,而西12区时间则应该是8日的凌晨零点。所以,该时段内,全世界的所有国家都和北京在同一天。故选A。

107. B【专家点评】根据题意可知,手机号码的倒数第一位是奇数,则可能的数为1,3,5,7,9,共5个;倒数第二位可以是0至9中的任意一个数字,共10个。由此可知,手机号码最后两位的组合形式共有5×10=50种。所以,小王最多要拨打50次才能保证拨通朋友的电话。故选B。

108. C【专家点评】根据题意可知,表示2009年的日期,前两个数字表示年份,必然为09;中间的两个数字表示月份,表示前10个月都必须用到0,与表示年份的数字相重复,排除;表示11月必须用到两个1,自身重复,排除;所以,中间的两个数字只能为12。最后的两个数字表示天数,要表示一个月中31天的每一天,其数字中必然含有0、1、2中的一个,从而必然与表示年份、月份的数字重复。由此可知,全年中六个数字都不同的日期一个也没有。故选C。

109. B【专家点评】根据常识,图书的本数必然为整数。根据题意,甲的专业图书占13%,那么甲的图书总数乘以13%必须是整数,乘以13%等于整数的数只能是整百数,由此可知,甲的图书总数只能为100或者200。这样,乙的图书总数就只能为60或者160。60×12.5%=7.5,7.5不是整数,排除。由此可知,乙的图书总数只能为160。因此,甲的图书总数只能为100本,甲的非专业书为:100×(1$-$13%)=87本。故选B。

110. A【专家点评】根据题意,甲用20天的时间可以挖完,说明甲每天完成工程总量的1/20;乙用10天的时间可以挖完,那么乙每天完成工程总量的1/10。甲、乙两人各挖1天,共完成:1/20$+$1/10$=$3/20。所以,6次交替工作后,可以完成工程总量的18/20,则还剩余2/20。甲再挖一天完成1/20,还剩余1/20,乙再挖半天才能完成。因此共需要6×2$+$1$+$1=14天。

111. D【专家点评】根据题意,设甲、乙各有萝卜x个,又因为甲原来每个萝卜的单价为1/2元,乙原来每个萝卜的单价为1/3元,混合后每个萝卜的单价为2/5元,则可列方程:

$$\frac{1}{2}x+\frac{1}{3}x=\frac{2}{5}\times 2x+4$$

解得$x=120$,所以甲、乙共有萝卜120×2=240个。故选D。

112. C【专家点评】根据题意,设签字笔、圆珠笔、铅笔的单价分别为x、y、z,则可以列方程组:

$3x+7y+z=32$ ①
$4x+10y+z=43$ ②
①×3,可得:$9x+21y+3z=96$ ③
②×2,可得:$8x+20y+2z=86$ ④
③$-$④,可得:$x+y+z=10$。

所以,同样的签字笔、圆珠笔、铅笔各一支共用10元。故选C。

113. D 【专家点评】溶质的量不变,设溶液量为 X,蒸发掉的水为 Y,所求的浓度为 M,根据题意,则有方程 $(X-Y)\times 10\% = (X-2Y)\times 12\% = (X-3Y)\times M$,求得 $M=15\%$,故选 D。

114. C 【专家点评】该题要用整除法。甲营业部的人数可以整除 8,乙营业部的人数可以整除 3,所以可以有两种情况:一、甲营业部的人数为 8 人,乙营业部的人数为 42 人,则男性共有 $5+28=33$ 人,不符合题目给出的情况;二、甲营业部有 32 人,乙营业部的人数为 18 人,则男性共有 $20+12=32$ 人,符合题目的情况。所以,甲营业部有女性 $32\times(3/8)=12$ 人。故选 C。

115. B 【专家点评】这是排列组合题。该厨师做菜肴需要三个步骤:第一步,在 12 种主料中任意选 2 种,有 C_{12}^2 种挑选方法;第二步,在 13 种配料中任意选 3 种,有 C_{13}^3 种挑选方法;第三步,在 7 种烹饪方式中任意选一种,有 C_7^1 种挑选方法。根据乘法原理可知,该厨师最多可以做出不一样的菜肴有:
$C_{12}^2\times C_{13}^3\times C_7^1=132132$ 种。故选 B。

116. B 【专家点评】设阴影部分的面积为 S,根据图形的重叠情况,减去重叠部分的面积,可知:$X+Y+Z-24-70-36+S=290$,即 $64+180+160-24-70-36+S=290$,解得 $S=16$。故选 B。

117. B 【专家点评】根据题意,把植树的总亩数看作单位 1,则甲、乙、丙植树亩数分别占总亩数的 1/5、1/4、1/3,那么丁植树亩数占总亩数的 $1-(1/5+1/4+1/3)=13/60$,所以植树总亩数为 $3900/(13/60)=18000$ 亩,甲的植树亩数为 $18000\times(1/5)=3600$ 亩。故选 B。

118. A 【专家点评】根据题意,要使参加人数第四多的活动参加人数尽可能多,那么就需要安排参加其他活动的人数尽可能地少。参加人数占第五、六、七位的三项活动,其人数最少可以为 1 人、2 人、3 人,则还剩 94 人。设参加人数第四多的活动参加人数为 x 人,则参加人数占第一、二、三位的三项活动的人数最少可以为 $(x+3)$ 人、$(x+2)$ 人、$(x+1)$ 人。则
$x+(x+3)+(x+2)+(x+1)=94$,解得 $x=22$。故选 A。

119. A 【专家点评】本题属于牛吃草问题。设水库水量增长的速度为 x,居民平均需要节约用水量的比例为 y,则可列方程:$(12-x)\times 20=(15-x)\times 15=[15(1-y)-x]\times 30$
解得 $x=3$,$y=2/5$。故选 A。

120. D 【专家点评】根据题意,K 是第 11 个字母,则 K 班的人数为 $15+(11-1)=25$ 人,A~K 班总学生数为:$n(a_1+a_n)/2=11\times(15+25)/2=220$ 人,则剩下的人数为 36 人。因为 K 班后每班人数减 2,所以 L 班有学生 $25-2=23$ 人,M 班学生数为 $23-2=21$ 人,$256-220-23=13$,所以第 256 名学生的学号为 M13。故选 D。

第五部分　资料分析

121. B 【专家点评】一级和二级都是质量合格天气,观察统计图可以看出,1 月质量合格天气 22 天,2 月 26 天,6 月 24 天,7 月 26 天,8 月 30 天,这 5 个月的空气合格天数均超过了 20 天。故选 B。

122. A 【专家点评】观察统计图可以看出,1~8 月间每个月的空气质量合格的天数分别为:22、26、19、19、13、24、26、30。求这 8 个数的平均数为 $(22+26+19+19+13+24+26+30)\div 8\approx 22$ 天。故选 A。

123. C 【专家点评】结合第 122 题,2008 年北京市的空气质量控制目标是全年达标天数累计达 256 天。如果把全年的空气质量达标天数平均分配到各月,则 2008 年北京市每个月的空气质量达标天数为 $256/12\approx 21$ 天,因此完成进度提前。故选 C。

124. D 【专家点评】第一季度空气质量达标天数的比重为 $(22+26+19)/(31+29+31)=67/91$,第二季度空气质量达标天数的比重为 $(19+13+24)/(30+31+30)=56/91$,第二季度与第一季度相比,空气达标天数的比重下降了 $67/91-56/91=11/91\approx 12\%$。故选 D。

125. B 【专家点评】根据材料所给内容,3~5 月份空气达标天数均不到 20 天,A 选项正确;8 月份只有一天不达标,C 选项正确;只有 5 月份的空气达标天数是 13 天,小于 15 天,D 选项正确;各月空气质量相差很大,B 选项错误。故选 B。

126. A 【专家点评】根据题意可得,外出从业的女性劳动力人数约为 $(8434\div 64\%)\times(1-64\%)\approx 4744$ 万人。故选 A。

127. C 【专家点评】根据题意,从事第一产业、第二产业、第三产业的人相加起来恰好为 100%,因此,"?"的数值应为 $100-4.2-44.3=51.5$。故选 C。

128. D 【专家点评】如果不同性别的劳动力在三大产业间均匀分布,那么男性农村外出从业劳动力从事第二产业的人数占男性总人数的百分比为 56.7%。因此男性农村外出从业劳动力从事第二产业的人数为 $8434\times 56.7\%\approx 4782$ 万人。故选 D。

129. C 【专家点评】根据材料可知,从全国来看,外出劳动力半数以上从事第二产业,A 选项可以推出;东部和东北地区分别只有 18.6% 和 17.4% 的劳动力出省打工,B 选项可以推出;东部和东北地区的倾向相似,中部和西部地区的倾向相似,但也有差别,D 选项也可以推出;各地区的劳动力流向是否取决于本地的生活习惯在材料中无法推出,C 选项无法确定。故选 C。

130. A 【专家点评】根据材料可知,东北地区劳动力对从业地的选择差异最小,A 选项正确;高中以下文化程度的劳动力比例为 $1-8.7\%-1.3\%=90\%$,但是材料没有给出男性劳动者高中以下文化程度的劳动力比例,所以不能得出高中以下文化程度的男性劳动者人数,B 选项错误;题干

资料中没有体现出中西部地区的劳动力大部分流向东部和东北地区,C项错误;高学历的劳动力占全部劳动力的比重比较小,D选项不能确定。故选A。

131.B【专家点评】根据表格资料可知,第二季度的货物吞吐量均高于910万吨,且该年度的最大吞吐量也在该季度。故选B。

132.C【专家点评】根据表格资料可知,2007年,3、4、5、6、7、8、9、11、12月共9个月的港口货物吞吐量高于900万吨。2006年4月到2007年1月间,10月、11月、12月的港口货物吞吐量分别为:8133.6−7221.5=912.1万吨、9121.9−8133.6=988.3万吨、10088−9121.9=966.9万吨,其他月均低于900万吨,所以共有9+3=12个月的港口货物吞吐量高于900万吨。故选C。

133.A【专家点评】解答此题必须计算出2006年5、6、7、8月份的集装箱吞吐量。2006、2007两年5月份港口集装箱吞吐量分别为:27.1−21.8=5.3万TEU和8.4万TEU;6月份分别为:33.0−27.1=5.9万TEU和8.9万TEU;7月份分别为:39.1−33.0=6.1万TEU和8.8万TEU;8月份分别为:45.5−39.1=6.4万TEU和9.8万TEU。比较可知,5月份的港口集装箱吞吐量同比增长率最高。故选A。

134.A【专家点评】港口货物吞吐量的全年平均水平为10859.1/12≈904.9万吨,集装箱吞吐量的全年平均水平是105.7/12≈8.8万TEU。因此,只有1月和2月港口货物吞吐量和集装箱量均低于全年的平均水平。

135.D【专家点评】根据材料给出的内容,2006年前三个月的累计港口货物吞吐量为2379.6万吨,月均吞吐量不到800万吨,A选项不能推出;2007年第一季度,集装箱吞吐量都低于全年平均水平,B选项不能推出;2006年4~12月间,只有5月和6月的港口集装箱吞吐量低于6万TEU,C选项不能推出;2007年第四季度的所有月份港口货物的吞吐量均比上一年同期有所下降,D选项可以推出。故选D。

136.B【专家点评】2007年平均每项技术合同成交金额为100.78万元,2006年平均每项技术合同成交金额为$1818×10^8/[220868/(1+7\%)]≈88.07×10^4=88.07$万元,所以同比增长率为$(100.78−88.07)/88.07×100\%≈14.43\%$。故选B。

137.D【专家点评】根据材料可知,2001年比上一年的增长金额高于2002年,则增长率也大于2002年,A、B选项错误;1996~2007年,平均成交金额约为995亿元,C选项错误;2007年的成交金额为1477亿元,未能实现比1996年翻三番的目标,D选项正确。故选D。

138.B【专家点评】观察各个选项,只需要计算出技术咨询所占的百分比即可。根据材料可得,2006年技术咨询占全国成交金额比重为$[90/(1+5.9\%)]/1818×100\%≈5\%$。故选B。

139.B【专家点评】根据材料可得,2006年技术秘密合同成交金额为$1008/(1+29.2\%)=780.2$亿元,占全国技术合同总成交额的比重是$780.2/1818×100\%≈42.9\%$。故选B。

140.D【专家点评】根据材料可知,计算机软件著作权合同平均每项的成交金额不足100万元,小于全部技术合同的平均每项成交金额,所以计算机软件著作权合同平均每项的成交金额不可能是最高的,A选项不能推出;技术咨询和技术服务的合同总数为220868−73320−11474=136074项,多出总数的一半,B选项不能推出;技术咨询和技术服务成交金额的同比增长为5.9%,低于10%,C选项也不能推出。故选D。

2008年中央国家机关公务员录用考试《行政职业能力测验》试卷

第一部分 言语理解与表达

1.B【专家点评】题干中的内容主要强调了事物之间的"差异"对和谐的重要作用,所举的例子也是为了强调说明不同乐器能够共同达到和谐的结果。

2.A【专家点评】题干中首先介绍了"黑马"一词的含义,用"原指……"、"后指……",表明了"黑马"一词的演变过程。但其主要意思并不在此,题干大篇幅地述说了"黑马"一词的来源,细读看来,"演变"是为"起源"服务的,所以选A。

3.A【专家点评】题干表明了科学家需要的是将寒冷和干燥这两者结合起来的极端环境,而中国的沙漠与火星的环境最为相似,因此,中国的沙漠为外星研究提供了理想的场所。

4.D【专家点评】题干中在阐述阴阳历关系上,提出了怎么办的问题,接着又回答了问题。因此材料主要强调的是中国古代是如何解决这个问题的。

5.D【专家点评】材料中主要说明了湿地的重要作用,尤其是防洪方面的作用,故选D。A选项的说法是错误的;B选项绝对化;C选项太宽泛。

6.C【专家点评】材料中的叙述以"但"作为转折,强调后一部分,即文化遗产正处于濒危状态亟需加强保护。

7.D【专家点评】题干中的第一句话就表明了"价格杠杆自会调节石油的流向",故选D。A选项偏离主体;B选项文中没有涉及;C选项片面理解了文字的主旨。

8.C【专家点评】题干中第一句话的后半句就强调了商业设计应该"把产品的特质用艺术的方式展现给顾客",故选C。

9.B【专家点评】这是一道典型的词语理解题。"硬币"本意就是我们日常的货币,而这里却因语境的变化而增添了新的内涵。我们在本词出现的前后文去找,就能很容易地发现,它的一面是指"中国的消费者没有透支消费的习惯",这面决定了对中国银行业投入巨资的西方银行在信用卡业务上仍是投资,没有盈利;另一面是指"中国居民的个人负债率很低",这面决定了信用卡业务的发展潜力。这两面都是围绕着中国消费信用市场来说的,所以正确答案为 B。

10.B 【**专家点评**】我们要弄清楚作者抒发的"感慨是什么",而不是"对什么发出感慨",这样结合文中的最后一句话就可以选出 B 选项。A 选项中"必须付出代价"在材料中没有体现;C 选项是感慨的对象而不是内容;D 选项主体不对。

11.D 【**专家点评**】本题采用排除法,通读后,可以根据句意分析出②④、⑥③、⑤①应该是两两一组的,因此可以排除 A、B、C 选项。

12.D 【**专家点评**】无论是歌德、巴黎人还是维也纳的盲人,都被帕格尼尼的琴声所征服,体现了他小提琴高超的表演力,故选 D。

13.A 【**专家点评**】"文化自觉"的作用主要是指对文化的作用,对文化发展的作用。结合材料可以看出,"文化自觉"最主要的作用是使文化的发展方向可以自主控制,故选 A。

14.C 【**专家点评**】材料中这个青年人的故事的核心是:在别人指出他的错误和缺点后,他能谦虚地改正,使他获得了别人的认可,故选 C。A 选项的"不经意"文中没有体现;B 选项的主体不对,材料主要体现的不是公司招聘时要怎么样;D 选项与材料不符。

15.C 【**专家点评**】材料中这转折连词"但"后面是材料的重点部分,强调了气候变暖所带来的负面影响是主要的。

16.B 【**专家点评**】这句话主要是从对错两方面对比,强调的是错的方面。

17.C 【**专家点评**】材料明确反对所谓"某一物种比另一物种高尚"的观点,认为"不论是黑猩猩和人类,还是蜥蜴和真菌,都是经过长达 30 亿年的所谓自然选择这一过程进化而来的",所有物种都是自然选择的结果。

18.C 【**专家点评**】题干叙述的主要内容是关于顽皮学生和其他学生之间的比较,顽皮学生在老师的记忆中占有更多的"内存",以"视频"形象出现,体现了他们的形象更为生动深刻这一观点。

19.C 【**专家点评**】材料的最后一句是关键句,强调汽车企业要采用新技术,减少对环境的污染。故选 C。

20.A 【**专家点评**】文中主要分为 20 世纪 60 年代之前和之后两个阶段,重点强调后一阶段"越来越重视非工程措施的运用"理念,这表明防洪理念的转变。

21.B 【**专家点评**】从题干中"着重解决影响……发展"一句可判断出答案为 B;"孰重孰轻"含有比较意味,句子的后半部分没有比较的意思,排除 C 选项;"先后次序"侧重于步骤而非重要性。

22.A 【**专家点评**】综述和注释是文章的有机组成部分,因为版面的限制而砍掉、删掉是典型的削足适履,故选 A。削足适履原指因为鞋小脚大,就把脚削去一块来凑合鞋的大小,比喻不合理地迁就、凑合外在的条件,不懂得变通,而使事物的根本受损;扬汤止沸是说把锅里开着的水舀起来再倒回去,使它凉下来不沸腾,比喻办法不彻底,不能从根本上解决问题;矫枉过正是说想把弯的东西扳正,却又使它歪到了另一边,比喻纠正错误超过了应有的限度;舍本逐末为舍弃农耕,从事工商(古以农耕为本,工商为末),抛弃根本,而追求枝节,比喻做事不注意根本,只抓细枝末节。比较之下就能推断出 A 选项最为合适。

23.A 【**专家点评**】本题可以采用排除法。与"意识"相搭配的词不能是"提高"或"提升",故排除 D。"要求"更加明确强烈,与"呼唤"感情色彩一致,故选 A。

24.D 【**专家点评**】题干中"独创性和继承性"是明显的、确定的,因此第一个空填"明显",A、C 选项语气过于绝对。

25.A 【**专家点评**】从文中的第二个空来看,媒体对社会舆论的作用应该是"影响"。B、D 选项夸大了媒介的作用,将其作为主导显然是不合适的,而"干扰"有抑制倾向,故选 A。

26.C 【**专家点评**】根据文意,第一个空对应前文的"融合","结合"一词在此不合适,因此填"渗透";第二个空对应后面的"漠视",而"排挤"、"无视"、"限制"都有过分夸大或减小科学对人文的作用之嫌,因此填"轻视"。

27.B 【**专家点评**】题干着重强调的是随着赞助商赞助金额的增加,赛车水平和速度的飞跃之快,用"闪电"来形容最为合适。同时这也是后面"危险性"的潜在影响因素。

28.A 【**专家点评**】做事情不知道怎么办才好,没有确定答案,最贴切的是"无所适从";"贻误"与"时机"搭配最恰当。

29.B 【**专家点评**】题干中并没有绝对地说股市都是投机者,因此选择"基本";而"在泡沫和负泡沫上来回奔波"不仅体现了不稳定,还体现了价格与正常价值关系失衡,因此填"均衡"。

30.C 【**专家点评**】第一个空的前后文之间是明显的因果关系,故而从 A、C 选项中选;而"隐晦"、"详细"表达了两种完全不同的态度,根据前句可知古人应是非常重视这一现象的,因此记录十分"详细"。故选 C。

31.C 【**专家点评**】把"文化冲击"表述为"文化休克"更加生动形象,因此第一个空填"生动"或"形象";"入乡随俗"对应"尽快适应和融入新的环境"。

32.B 【**专家点评**】投机商用"来料加工"作为"掩护",这种行为又使国内的石油市场变得不正常而"扭曲"了。

33.A 【**专家点评**】本题比较容易选的是第三个空,材料并没有描述蓝藻的形态特征,因而不能用"形象"、"生动"来形容;"淡忘"对应"稀释"。

34.D【专家点评】"资本"用"雄厚"来形容比较恰当,应该是走在队伍的"前列","人力资本"是靠"积聚"的。也可用排除法解题:"资本"不能用"丰富"来形容,排除A选项;"走在发展的"之后不能为"前锋",排除B选项;"人力资本"不能用带有瞬间动作性的"聚集"修饰,排除C选项。故选D。

35.C【专家点评】第一个空若选择"既然"则搭配不当,排除B选项;可持续发展的目标不会是建立污水回收系统,排除A选项;第三个空若选择"常识"则过于理性,排除D选项。故选C。

36.A【专家点评】运用排除法,"一蹴而就"对应"捷径"。

37.C【专家点评】题干中强调东南亚金融危机的影响时强调的是其影响巨大,"恍如昨日"与此意相反;"历久弥新"常带有褒义色彩,在此不适合;"扼腕叹息"多带有较浓厚的感情色彩,与题干叙述内容不符,故选C。

38.B【专家点评】"差距"和"区别"修饰"工作内容"均不适合,排除A和C选项;而要完成目标,仅仅集中"人力"是远远不够的,因此D选项也排除,故选B。

39.D【专家点评】最后一句话是关键,这是一种不可能的假设,因此用"除非"最恰当;"时间"是不能被"预测"、"改变"、"控制"的,只能用"拖延"。故选D。

40.A【专家点评】从第一个空与后文联系看,强调的是观察细致,因此填"明察秋毫";第二个空与"细致"相结合共同作为"观察"的补语,最恰当的是"周密";第三个空,领导形成了"威慑力",员工自然就无法"搪塞"。故选A。

第二部分 数量关系

一、数字推理

41.D【专家点评】第一项等于第二项乘以2加第三项,以此类推,即$11=2\times5+x$,$x=1$。

42.C【专家点评】仔细观察图可知,数字的运算规律是:$(7+8-2)\times2=26$;$(3+6-4)\times2=10$;所以,第三个图中的数字是$(9+2-3)\times2=16$。故选C。

43.D【专家点评】前一项的分母加分子等于后一项的分子;前一项的分母的2倍加分子等于后一项的分母。

44.D【专家点评】该题是平方数及其变形,其规律为:$67+54=121$;$54+46=100$;$46+35=81$;$35+29=64$,所以,括号中应填的数字( )$+29=49$,故选D。

45.C【专家点评】14、20、54、76分别为3、5、7、9的平方,单项的加5,双项的减5。则第五项应为$11^2+5=126$。

二、数学运算

46.B【专家点评】可假设三个数值进行计算,B选项的结果是1,符合题意,故选B。

47.B【专家点评】用两种方法能得到正确结果:解方程,或者用带入求解。求解的时候注意计算不要出错。

48.C【专家点评】$a_7=8+4=12$,而这13个数的平均

值又恰好为正中间的数字a_7,因此这13个数的和为$12\times13=156$。

49.D【专家点评】等表面积的所有空间图形当中,越接近球体的几何体,其体积越大。故选D。

50.C【专家点评】通过想象可以得知,对折三次后长方形的面积是原来长方形面积的1/8。因此,每个小长方形的面积为$(1/4)m^2$。

51.B【专家点评】页码为一位数的书用1~9个页码,页码为两位数的书用90个页码,用了180个数。题干中的书用了270个数,可知书的最后一页是三位数。$270-(180+9)=81$,可以推出,三位数的页码为$81\div3=27$个,所以本书的总页码为$9+90+27=126$页。

52.A【专家点评】这是一个有关年龄的题目,可以设定甲乙当年的年龄分别是A、B,由题可知,$A-5=3(B-5)$;$A-10=(y-10)/2$。两个式子进行联立,可得出$B=y/6+5$。故选A。

53.B【专家点评】如果该用户15吨水全部都交5元/吨,则他应当交75元水费,比实际缴纳额少了12.5元。少缴纳的12.5元是因为未超出标准用水量的部分每吨少缴纳2.5元,因此标准水量为$12.5\div2.5=5$吨。无论是15吨还是12吨,都已经超过了标准水量,所以用水12吨时,应当比水15吨少缴纳$3\times5=15$元。用水量为12吨时,应缴纳水费$62.5-15=47.5$元。

54.A【专家点评】该题可用方程解答。设定不合格的零件为x个,合格的则有$(12-x)$个,根据题干可知,$10(12-x)-5x=90$,解得$x=2$。

55.B【专家点评】此题可用等差数列的求和公式和代入法来解答。$1+2+3+\cdots+14=105$,其平均数为7.5,如果重复了一个数,平均数变为7.4,把选项代入可知,重复加6后,平均数为7.4。

56.C【专家点评】从题意可知,$100-80=20$,$100-92=8$,$100-86=14$,$100-78=22$,$100-74=26$,分别是1、2、3、4、5题答错的次数。共计$20+8+22+14+26=90$次。由题可知,$90/3=30$,所以通过考试的人员为$100-30=70$人。

57.A【专家点评】三个节目有四个间隔,把两个节目放入四个间隔中。分两步,第一步,把两个节目放在一起,有8种方法;第二步,把两个节目分开放,有$P_4^2=4\times3=12$种方法。所以,一共有$8+12=20$种方法。故选A。

58.B【专家点评】按照常规思路$384.5+100=484.5$元,这个价格是相继进行了8.5折以及9.5折之后的价格,因此原价为600元。

59.D【专家点评】此题为最小公倍数问题,考查的是6、12、18、30的最小公倍数,即180。三人在180天后再次相遇。根据每月30天计算,应该是11月18日相遇,但是考虑到5、7、8、10月都是31天,所以相遇的日子应该提前四天,即11月14日。

60. A【专家点评】假设甲、乙、丙三种货物的单价分别是 x、y、z，根据题意可知 $\begin{cases} 3x+7y+z=3.15 & ① \\ 4x+10y+z=4.20 & ② \end{cases}$

①×3－②×2，得 $x+y+z=1.05$。故选 A。

第三部分　推理判断

一、图形推理

61. D【专家点评】每一行的三个图形看作一组，它们中的大小空心五角星各一个、实心小五角星一个、空心大菱形一个、黑色方块两个。因而第三行的一组图形中缺少的是一个实心的黑色方块。

62. D【专家点评】每一行的三个图形看作一组，每一组第一个图形和最后一个图形重合的部分不显示，从而得出中间的一个图形，据此可推出答案为 D。

63. D【专家点评】题干中无论圆内的图形是什么，都没有将圆分割为不同的空间，故选 D。

64. B【专家点评】正方形中的竖线没有突破正方形的底线，且每一个图形中又最少有一根横线，故选 B。

65. C【专家点评】根据展开的图形可以看出：展开的图形中两翼不可能在圈成正方体之后成为相邻的两个面。故选 C。

二、定义判断

66. A【专家点评】材料定义的"立体农业"要点是：种植结构和复合群体，故选 A。D 选项中的苹果树和蜂蜜之间不符合题干有关"时空差"的定义。

67. A【专家点评】此题的核心解题点是"与原物分离前"，A 选项中送给他人意味着与原物分离，故选 A。

68. B【专家点评】运用排除法排除 C 和 D 选项，A 选项中的主体"大型连锁超市"不符合"一些国家和国际组织"的定义。

69. D【专家点评】此题的核心解题点是"由于神经中枢病损"，运用排除法排除 A、B、C 选项。

70. C【专家点评】材料主要强调的是"自己"、"长期"、"工作重压"。A 选项不符合"工作耗尽的感觉"；B 选项不符合"长期"；D 选项不符合"工作重压"，故选 C。

71. B【专家点评】B 选项中的"某商场"不符合题干中经营者拥有市场支配地位的定义。故选 B。

72. A【专家点评】可用排除法。生态移民的前提是"为保护生态或自然环境恶劣"。B、C、D 三个选项均不符合这个前提，排除。

73. D【专家点评】D 选项中主体的"卫生状况差被曝光"正是危机公关关于"企业管理不善"的表述内容，此后其道歉和公布新标准也与危机公关的定义相符合，故选 D。

74. D【专家点评】此题比较简单，对照定义之后就可以很容易地选择出正确答案。

75. D【专家点评】首先主体应该是物品，客体和行为在这里并不重要或者不需要，我们重点分析其构成条件。A

选项不符合要求；B 选项没有对物品进行加工；C 选项也不是在从生产地到使用地的过程中，只有 D 选项最符合定义要求。

三、类比推理

76. B【专家点评】法律可以起到约束作用，制度可以起到规范行为的作用。

77. D【专家点评】京剧和武术都是国粹，芭蕾和拳击都是舶来品。

78. C【专家点评】题干中的两者是反义词的关系，与此相似的是 C 选项。C 选项中，雪中送炭表示及时、变好，雪上加霜则表示情况更加恶化，两者都是成语。

79. D【专家点评】题干中前者是后者的初期形态，与此相对的是 D 选项中蝌蚪和青蛙之间的关系。故选 D。

80. B【专家点评】首先分析题干两个词之间的逻辑关系，"窑"是烤制"陶瓷"的场所，B 选项中的两个词之间的逻辑关系与此相似。故选 B。

81. B【专家点评】政府是国家的权力机构之一，行使行政权。作战部是野战军的权力机构之一，职责是参谋。

82. A【专家点评】题干中争议的出现需要仲裁，仲裁需要听证的监督。A 选项中的诉讼出现之后需要审判，审判需要旁听的监督，之间的关系和题干相似。

83. C【专家点评】岩石一般包括矿物，器官一般大于组织；分析矿物的成分，了解组织的功能。

84. B【专家点评】将四个选项都带入并进行比较，选择 B 选项，学习为了得到知识，而分析为了得到结论，两者都属于目的关系。

85. A【专家点评】题干中电子政务与纸张的关系是对立的，与此相似的是 A 选项。具有迷惑性的是 C 选项，事实上，网上购物并不是不需要现金，只是延迟支付而已。

四、逻辑判断

86. C【专家点评】题干主要是说明世界上现存的语言种类正在减少。可以推断，如果许多濒危的语言文字已经得到了重视和有效保护，那么文字消失的速度就会减慢，题干中对于 2050 年语言文字灭绝比率的预测就不成立了。

87. B【专家点评】此题是典型的加强支持型逻辑判断题。前提是抚仙湖周围的墓葬群出土古滇青铜器，结论是抚仙湖底的古城就是古滇王城。B 选项联系起了墓葬群和古代王城的关系，既然墓葬群里有古滇出土的文物，而古代王城又在墓葬群附近，那么墓葬群周围的水下古城就是古滇王城。A、C、D 选项都未能联系前提和结论进行解释，不能起到支持作用。

88. B【专家点评】题干中分别叙述了莫高窟采用了预约参观法之后获得了多方面的利益，这其中主要原因是由于资源的合理配置。

89. B【专家点评】此题是一道假设题目，设问的主要意思是"如果教育行政主管部门的决定正确，所基于的假设是……"。根据材料知道了目前该校师生规模不会扩大，所以要使校车真正足够的话,还有一个条件就是必须保证校车不减少。故选 B。

90. B【专家点评】本题属于逻辑类的题目。此题采取代入法即可,将答案代入进行检验,得到正确选项为 B。

91. C【专家点评】专家的建议是建立在农民住房挤占耕地这一事实基础之上的,那么如果农民搬进楼房之后也不拆掉现有的房子,也就直接打击了专家立论的基础,故选 C。

92. C【专家点评】根据材料可得,沙尘天气导致酸雨的减少,故选 C。D 选项因果倒置,A、B 选项没有根据。

93. D【专家点评】题干中专家强调的是:即使建材的有害物质含量符合标准也可能因为过量使用建材导致有害物质的累积,因此只有适量使用才是题干材料的意思。

94. A【专家点评】题干的意思是除了提及的三个营业网点之外,别的网点也可以减员,因此第二、三个说法过于绝对化。"有的营业网点调入了新成员"是必然的,否则就必须将裁撤的三个营业网点中所有人都裁员,显然与题干不符。

95. A【专家点评】本题属支持类题目。通过阅读题干可知:前提是高收入人口中 70% 以上是本地人,结论是外地人获得高收入困难。找到前提和结论的差异所在进行补充说明,发现 A 选项联系起了前提和结论,只有高收入人口中 70% 以上是本地人,同时外地人在城市总人口中占有较大比重(大于 40%),才能更好地说明外地人获得高收入困难。否则如果外地人很少的话,高收入中有超过 70% 的是本地人也属于正常现象,也就无从谈起外地人获得高收入困难。B 选项与 A 选项意思相反,不是支持反而是削弱;C、D 选项谈到了中低收入人口的比重,与原文无关。

第四部分　常识判断

96. C【专家点评】法律体系,也称为部门法体系,是指一国的全部现行法律规范,按照一定的标准和原则,划分为不同的法律部门而形成的内部和谐一致、有机联系的整体。法律体系反映一国法律的现实状况,它不包括历史上废止的已经不再有效的法律,而中华法系是指中国的封建法律和亚洲一些仿效这种法律的国家法律的总称,故 C 选项错误。

97. A【专家点评】行政法规是由国务院依法制定的规范性法律文件,是国家行政机关体系中效力最高的规范性文件。故选 A。

98. A【专家点评】《立法法》规定:"地方性法规、规章之间不一致时,由有关机关依照下列规定的权限作出裁决:(一)同一机关制定的新的一般规定与旧的特别规定不一致时,由制定机关裁决;(二)地方性法规与部门规章之间对同一事项的规定不一致,不能确定如何适用时,由国务院提出意见,国务院认为应当适用地方性法规的,应当决定在该地方适用地方性法规的规定;认为应当适用部门规章的,应当

提请全国人民代表大会常务委员会裁决;(三)部门规章之间、部门规章与地方政府规章之间对同一事项的规定不一致时,由国务院裁决。"故选 A。

99. D【专家点评】此题考查的是法律的溯及力原则。作为一项法治原则,法是不具有溯及既往的效力的。但如果法律的规定是减轻行为人的责任或增加公民的权利,也可以具有溯及力。故选 D。

100. B【专家点评】宪法第八十一条规定:"中华人民共和国主席代表中华人民共和国,进行国事活动,接受外国使节;根据全国人民代表大会常务委员会的决定,派遣和召回驻外全权代表,批准和废除同外国缔结的条约和重要协定。"故 A 选项是合法的。根据我国《立法法》的规定,自治州的人大有权制定自治条例,人大常委会无权制定,故 B 选项错误。C 选项中,国务院某部发布关于认真学习贯彻某条例的行为,是其内部行为,是合法的。《中华人民共和国个人所得税法》第十二条规定,对储蓄存款利息所得征收个人所得税的开征时间和征收办法由国务院规定,故 D 选项正确。

101. D【专家点评】A、B 选项不需要人民代表大会选举;《法官法》第十一条规定,地方各级人民法院院长由地方各级人民代表大会选举和罢免,副院长、审判委员会委员、庭长、副庭长和审判员由本院院长提请本级人民代表大会常务委员会任免,C 选项错误。故选 D。

102. B【专家点评】我国《物权法》第四十七条规定:"城市的土地,属于国家所有。法律规定属于国家所有的农村和城市郊区的土地,属于国家所有。"

103. A【专家点评】依法行政首要的和必然的要求是行政合法。行政合法性原则的基本内容主要有五点,其中第二点是,行政机关实施行政行为必须依照和遵守法律、法规等法律规范。它要求每一个行政机关既要依法管理行政相对人,又应在其他行政机关的管理中遵守法律、法规和规章。行政机关不得享有法律以外的特权。

104. C【专家点评】《公务员法》第九十条规定:"公务员对涉及本人的下列人事处理不服的,可以自知道该人事处理之日起三十日内向原处理机关申请复核;对复核结果不服的,可以自接到复核决定之日起十五日内,按照规定向同级公务员主管部门或者作出该人事处理的机关的上一级机关提出申诉;也可以不经复核,自知道该人事处理之日起三十日内直接提出申诉:(一)处分;(二)辞退或者取消录用;(三)降职;(四)定期考核定为不称职;(五)免职;(六)申请辞职、提前退休未予批准;(七)未按规定确定或者扣减工资、福利、保险待遇;(八)法律、法规规定可以申诉的其他情形。"可见,应向公务员主管部门提出申诉。

105. C【专家点评】本题考查的是"行政诉讼案件"的受案范围,C 选项涉及刑事犯罪,显然不属于行政诉讼案件的范围。

106. D【专家点评】行政裁决指行政机关依法律、法规

授权,对当事人之间发生的,与行政管理活动有关,与行政合同有关的民事纠纷进行审查,并作出裁决的行为。A选项中仲裁委员会不属于行政机关,故不是行政裁决。B选项属于行政机关对行政相对人做出的行政处罚,不属于行政裁决。C选项属于行政确认。

107.A【专家点评】依据特别法优于普通法原则,应依据《律师法》的规定。故选A。

108.D【专家点评】A选项中,乡镇政府制作的政府信息应由乡镇政府公开。《中华人民共和国政府信息公开条例》第十八条规定,属于主动公开范围的政府信息,应当自该政府信息形成或者变更之日起20个工作日内予以公开。第四条中规定,政府信息公开工作机构的具体职责有:组织编制本行政机关的政府信息公开指南、政府信息公开目录和政府信息公开工作年度报告。第十六条规定:"各级人民政府应当在国家档案馆、公共图书馆设置政府信息查阅场所,并配备相应的设施、设备,为公民、法人或者其他组织获取政府信息提供便利。行政机关可以根据需要设立公共查阅室、资料索取点、信息公告栏、电子信息屏等场所、设施,公开政府信息。"

109.D【专家点评】《行政复议法实施条例》第二十三条规定:"申请人对两个以上国务院部门共同作出的具体行政行为不服的,依照《行政复议法》第十四条的规定,可以向其中任何一个国务院部门提出行政复议申请,由作出具体行政行为的国务院部门共同作出行政复议决定。"《行政复议法》第十四条规定:"对国务院部门或者省、自治区、直辖市人民政府的具体行政行为不服的,向作出该具体行政行为的国务院部门或者省、自治区、直辖市人民政府申请行政复议。对行政复议决定不服的,可以向人民法院提起行政诉讼;也可以向国务院申请裁决,国务院依照本法的规定作出最终裁决。"

110.A【专家点评】完善依法行政的财政保障机制的内容是:完善集中统一的公共财政体制,逐步实现规范的部门预算,统筹安排和规范使用财政资金,提高财政资金使用效益;清理和规范行政事业性收费等政府非税收入;完善和规范行政机关工作人员工资和津贴补贴制度,逐步解决同一地区不同行政机关相同职级工作人员收入差距较大的矛盾;行政机关不得设立任何形式的"小金库";严格执行"收支两条线"制度,行政事业性收费和罚没收入必须全部上缴财政,严禁以各种形式返还;行政经费统一由财政纳入预算予以保障,并实行国库集中支付。

111.A【专家点评】我国《公司法》规定,有限责任公司以公司资产承担有限责任,王某及其他股东无需以个人资产承担责任。

112.A【专家点评】我国《国家赔偿法》第二十五条规定:"国家赔偿以支付赔偿金为主要方式,能够返还财产或者恢复原状的,予以返还财产或者恢复原状。"

113.B【专家点评】材料中张某11周岁,属于限制民事

行为能力人,我国《民法通则》规定,限制民事行为能力人订立的合同,经法定代理人追认后,该合同有效,但纯获利益的合同或者其年龄、智力、精神健康状况相适应而订立的合同,不必经法定代理人追认。张某的购买零食和学习用品的行为是与其年龄、智力、精神健康状况相适应而订立的合同,是合法的民事行为,其父亲作为监护人应当付款。

114.A【专家点评】我国《民法通则》第一百二十七条规定:"饲养的动物造成他人损害的,动物饲养人或者管理人应当承担民事责任;由于受害人的过错造成损害的,动物饲养人或者管理人不承担民事责任;由于第三人的过错造成损害的,第三人应当承担民事责任。"据此规定,本案中,狗主人方某应承担主要责任。但由于受害人童某的父亲作为监护人因疏忽大意而未尽到监护责任,故也应承担部分责任。

115.C【专家点评】陈某可以在自家挖地基,但无权损害他人财产,应对损害他人财产的行为,承担损害赔偿责任。《民法通则》第八十三条规定:"不动产的相邻各方,应当按照有利生产、方便生活、团结互助、公平合理的精神,正确处理截水、排水、通行、通风、采光等方面的相邻关系。给相邻方造成妨碍或者损失的,应当停止侵害,排除妨碍,赔偿损失。"《物权法》第九十一条规定:"不动产权利人挖掘土地、建造建筑物、铺设管线以及安装设备等,不得危及相邻不动产的安全。"陆某应当停止挖掘地基,并赔偿陈某损失。

116.C【专家点评】《合同法》第一百四十二条规定:"标的物毁损、灭失的风险,在标的物交付之前由出卖人承担,交付之后由买受人承担,但法律另有规定或者当事人另有约定的除外。"故A选项错误。第一百四十五条规定:"标的物需要运输的,出卖人将标的物交付给第一承运人后,标的物毁损、灭失的风险由买受人承担。"故B选项错误。第一百四十五条规定:"出卖人出卖交由承运人运输的在途标的物,除当事人另有约定的以外,毁损、灭失的风险自合同成立时起由买受人承担。"故C选项正确。第一百四十八条规定:"因标的物质量不符合质量要求,致使不能实现合同目的的,买受人可以拒绝接受标的物或者解除合同。买受人拒绝接受标的物或者解除合同的,标的物毁损、灭失的风险由出卖人承担。"故D选项错误。

117.A【专家点评】《物权法》第五十四条规定,国家举办的事业单位对其直接支配的不动产和动产,享有占有、使用以及依照法律和国务院的有关规定收益、处分的权利,该财产权利不是所有权。

118.C【专家点评】本题考查考生对故意与过失、直接故意与间接故意之间关系的界定。《刑法》规定:"明知自己的行为会发生危害社会的结果,并且希望或者放任这种结果发生,因而构成犯罪的,是故意犯罪。"故意犯罪分为直接故意和间接故意。直接故意是积极追求危害结果发生,而间接故意则是放任结果发生。本案中甲对丙的死亡显然是属于故意犯罪,虽然不是持积极追求的态度,但也没有阻

止,而是放任结果发生,因此属于间接故意。

119.D【专家点评】正当防卫是指为了使国家、公共利益、本人或他人的人身、财产和其他权利免受正在进行的不法侵害,而采取的制止不法侵害的行为,对不法侵害人造成损害。正当防卫的时间条件,是指正当防卫只能在不法侵害正进行时实行,不能在事前防卫或事后防卫。王某已昏迷在地,张某又将其杀害,不属于正当防卫,是故意杀人。故选D。

120.D【专家点评】《刑法》规定"共同犯罪是指二人以上共同故意犯罪。"共同犯罪必须具备三个条件:(1)犯罪主体必须是两个以上达到刑事责任年龄、具有刑事责任能力的人;(2)具有共同的犯罪故意;(3)具有共同的犯罪行为。三个条件缺一不可。D选项中的丁作为国有保险机构的工作人员骗保属于贪污罪,而戊与丁勾结,伙同贪污,构成贪污罪。

第五部分　资料分析

121.D【专家点评】无法计算印刷量在5亿至10亿对开张之间,印刷量增长率在5%～10%之间的企业有多少家,因此无法判断。

122.C【专家点评】所占的比例为$(11+10)/(29+31)$ $=35\%$。

123.B【专家点评】$14-10=4$家。

124.A【专家点评】根据图表,1994～2006年间大部分年份的增长率都在10%以上,年平均增长率也在10%以上。经简单计算可知B、C、D选项错误。

125.B【专家点评】由题可知,年印刷量减少的企业2005年有$11+10=21$家,2006年有$11+8=19$家,故A选项错误;年增长率低于5%的企业数,2005年为$(29-11)+$ $(31-16)=33$家,2006年为$(31-14)+(28-14)=31$家,故B选项正确;年增长率保持两位数的企业,2005年有$8+13$ $=21$家,2006年有$10+7=17$家,C错误;年印刷量10亿对开以上的企业占企业总数的百分比,2005年为$29/(29+31)$ $=48.3\%$,2006年为$31/(31+28)=52.5\%$,故D选项错误。

126.B【专家点评】2003～2005年间,印刷量的增长率大幅下跌,B项可以解释这一现象。

127.D【专家点评】由图直接观察可得出,只有西亚地区饥饿人口比例上升了。

128.A【专家点评】由图直接观察不难看出,只有拉丁美洲和加勒比、东亚、东南亚三个地区有希望实现目标。

129.C【专家点评】$15\times(1+2\%)^{10}\times22\%\approx4.02$亿人,故选C。

130.C【专家点评】北非的饥饿人口比例没变,但随着人口总量的变化,饥饿人口的数量也变化了,Ⅰ错误;从图中我们无法得知南亚和撒哈拉以南非洲的人口总数量,因而无法得出这两个地区饥饿人口数量占发展中地区人口

量的比例,Ⅲ错误。

131.D【专家点评】此题比较简单,由统计表可直接知道答案。

132.C【专家点评】观察图表可知,女性从事健身操舞秧歌和步行的人数比例均大于男性。

133.C【专家点评】应该介于7.0%与7.4%之间,故选C。

134.C【专家点评】兴趣显然不是影响人们参加体育锻炼的重要因素之一。

135.D【专家点评】根据表2可知,女性也是因为工作压力而放弃体育锻炼的多一些。

136.A【专家点评】根据表2可知,美国下降了31.9%－28.1%＝3.8%,下降幅度最高。

137.B【专家点评】根据表1可知,只有美国、马来西亚和中国香港符合曲线。

138.D【专家点评】根据图观察可知,香港的经济波动显然没有中国台湾和新加坡的波动剧烈。

139.C【专家点评】从表1中可以看出亚洲四小龙的平均增长率比主要发展中国家低,能够得到Ⅰ这个结论;日本在2001、2002两年经济增长率在0%左右徘徊,从2003年开始经济增长率逐渐增大,经济形势逐渐好转,故Ⅱ正确;Ⅲ说法不正确,英国、法国国内生产总值的世界排名均下降,但是其占世界的比重均上升。

140.C【专家点评】根据表2可知,发达国家国内生产总值所占的比例有所下降,故Ⅰ错误;传统的世界经济强国的排名和地位并没有发生根本性变化,因而Ⅱ也错误,故选C。

2007年中央国家机关公务员录用考试 《行政职业能力测验》试卷

第一部分　言语理解与表达

1.C【专家点评】材料中用一个假设句来强调文化教学在语言教学中的重要作用。A选项没有弄清这段文字的重点在于文化性;B选项在文中没有体现;D选项不是文中所强调的内容。故选C。

2.D【专家点评】材料主要介绍广告出现的原因。A选项的说法过于绝对,排除;B和C选项只是论及了表面的现象,排除;D选项符合材料所要表达的内容,故选D。

3.D【专家点评】材料中用转折复句来强调空间探索的重大意义,A、C选项不是文中所要强调的内容,可排除;B选项只指出了意义的一个方面,不够全面;D选项恰当地概括了文意,故选D。

4.C【专家点评】材料主要说明工作中人际关系简单宽

松是因为他们有共同的目标。A、D选项不符合材料所强调的内容;而B选项只是指出了事实现象,这不是材料强调的重点;C选项符合文意,故选C。

5.B【专家点评】此题是典型的主旨题。材料重点说明了政府因受某些利益集团影响而改变原有的政策所带来的严重后果,故政府要对其制定的政策持续贯彻。A、C、D选项都不是材料所论述的重点,故选B。

6.A【专家点评】此题找到中心句是关键。仔细阅读材料可知中心句为:"最缺乏的是企业参与的研究基地以及研究型企业。"这表明了材料所强调的是企业对科技创新的作用。B选项的表述不够全面;C选项也不全面,少了"研究型企业";D选项的表述是有错误的。故选A。

7.D【专家点评】此题相对较容易。材料大部分内容都在分析行销部门和相关部门的关系。A、B选项与文中谈到的主题不符,排除;C选项在文中没有提到,只有D选项符合材料主旨,故选D。

8.A【专家点评】材料当中已经提到了有关鲛人的传说、诗文和居处,并且文中的最后一句话提到了学者在进行考证,而作者又有自己的看法,接下来要谈论的内容应该就是对鲛人的考证问题。故选A。

9.B【专家点评】材料所要强调的是文中的最后一句话"信息相关人的行为难以用传统的伦理准则去约束",那么后面将谈论新的伦理准则,即B选项所要谈论的内容,故选B。

10.D【专家点评】材料用一个转折句来强调"世界上没有'发明家'这种职业,也没有人付给发明家薪水"来说明发明家的权益尚未得到保障,由此可知材料主要想表达的是社会应对发明家提供更多保障。A、B、C选项皆不符合文意,故选D。

11.D【专家点评】此题是典型的标题型题目。关键是要把握材料要体现的核心观点,准确概括。材料主要介绍了领导不愿意做"教练"的原因,根据文意,标题的重点应该强调做"教练"的不易,故选D。

12.C【专家点评】材料用"不太用心"、"特别努力",绝大部分心思都投注在工作上"来强调两种不同的工作态度,意在说明好的工作态度是积累工作经验的关键。故选C。

13.B【专家点评】材料的主旨句是"由于温室效应,大气层可能会继续收缩",后面又进行了补充说明。故选B。

14.B【专家点评】此题较容易。材料主要强调了再分配过程的必要性,"否则,就会由于收入分配差距过大,形成社会阶层的过度分化和冲突,导致生产过剩的矛盾",A、C、D选项都不是文段谈论的重点,故选B。

15.A【专家点评】材料主要是通过不同职业的上网人数比例来证明两者之间有无直接关系。B、C选项在文中没有涉及;而D选项的表述有错误。故选A。

16.D【专家点评】材料针对断电对电子产品的损害,建议应用不间断电源,并介绍了不间断电源的工作原理与

功能。A选项较为片面;B选项缩小了范围;而C选项范围又过于宽泛。故选D。

17.D【专家点评】材料中用递进句来强调"软环境"的重要性,而软环境又主要取决于市民的整体素质,故可以得到一个结论:提高市民的整体素质有助于提高城市的竞争力。故选D。

18.D【专家点评】材料强调的是外交经验和个人素质与外交决策之间的关系。文段对前者采取了贬抑,对后者采取了赞赏的态度,认为素质比外交经验更重要。A选项说法不够恰当;B、C选项在材料当中没有涉及。故选D。

19.D【专家点评】材料的最后一句话用了转折,强调的是"但"后面的内容。每个公民都应当主动遵守环保法规,关心环境。A、B、C选项强调的都是政府的责任,而忽视了材料强调的主体——每个公民,与题干不符。故选D。

20.B【专家点评】材料首先介绍了真实记忆和虚假记忆的产生机制,之后又介绍了将二者区分开来的方法。重点强调的是后者,A、C、D选项都不是材料讲述的重点,故选B。

21.D【专家点评】由题干可知,空格处填入的应当是"忠实"的反义词。"不谋而合"是指事先没有商量而彼此的做法或者观点一致;"截然相反"是指事物之间界限分明,全然相反;"如出一辙"比喻两种事物非常相似;"大相径庭"是指彼此相差很远。根据题意排除A、C选项,B选项与D选项相比表达太过,不符合文意,故选D。

22.A【专家点评】根据后面转折句的表述,前面应该选择表示否定的词语。"批评"是对优缺点进行分析;"批判"的语义过于严重。故选A。

23.D【专家点评】由题干"事实上"所引导的转折句来看,后面的内容是对前面的否定。"错误"一词合适;"稀缺"一般用来形容资源,不恰当;"少见"是一种客观性的表述,是不常见的意思,与题意相符合。故选D。

24.B【专家点评】由转折词"但"可以选择"虽然"或"尽管"与之搭配;由题目最后一句"例如……"可知,后面一空填入"同样"比较恰当。故选B。

25.A【专家点评】根据题意,应该选择两个意义相对的词。选项中只有"竞争"与"合作"的意义相对,符合题意。故选A。

26.D【专家点评】此题较为容易。根据题意,空格处应填入与"压力"相反的词。"轻松"与"压力"是相反的,排除A、B、C三项。故选D。

27.B【专家点评】"巧夺天工"是指精巧的人工胜过天然,形容极其精巧;"别出心裁"是指独创一格,与众不同;"尽善尽美"是指非常完美,没有缺陷;"任劳任怨"是指做事不辞劳苦,不怕别人埋怨。根据题干的意思应选择能够与后面形成转折关系的成语,故选B。

28.D【专家点评】空格处填入的词应当与后面"就是……就是……就是……"所描述内容的程度相符合,这种描

述强调的是"简单"。"琐碎"是指细小而繁多；"日常"与后面重复。故选A。

29.D 【专家点评】材料前面提到了"理所当然"，接着又出现具有转折意味的句子，显然空格处应填入与"理所当然"相对的词，"意外"最贴切，而其他的都不符合文意，故选D。

30.B 【专家点评】拾穗是夏收劳动的一个极其平凡的场面，但所产生的艺术效果超出了画家的想象，远不是画家所能意料的。文中又出现了转折的意思，故从搭配与语义上分析，B选项最为合适。

31.C 【专家点评】此题较为容易。由"去世100年后"可以推断，第一个空应选择具有时间延续意味的词，排除A、D选项；易卜生当然知道自己是挪威人，只是他并不认可而已，选"承认"最准确。故选C。

32.A 【专家点评】根据题意，原油价格上涨只能使人们感到"悲观"，而不是"乐观"；题干所表达的意思是对美元下跌、贬值持肯定态度的，选择"带动"最为恰当。故选A。

33.D 【专家点评】此题考查近义词的辨析和词语的搭配。"外形"是一种物体自身的外在形态，一般用"优美"之类的词形容；"造型"是物体经过加工后外在的形态，"古朴"与"造型"搭配；"工艺"一般形容艺术品的加工技术和方法，"精湛"与"工艺"搭配；而"技术"是指经验、技巧，一般用"高超"来修饰。故选D。

34.C 【专家点评】"闻名遐迩"是指远近闻名；"门庭冷落"是指来往的人很少；"鲜为人知"是指很少被人知道；"人迹罕至"是指荒凉偏僻，很少有人到达。由材料可知，"探寻"的一般是尚未被人所知的，所以A选项排除，而"门庭冷落"修饰"古迹"不合适，既然是在"城市中"自然不会"人迹罕至"，故选C。

35.B 【专家点评】此题较为容易。对房屋的修缮一般都是用"修葺"来修饰，而"与……相比"后接的应该是表示比较的词，"逊色"最符合文意，故选B。

36.D 【专家点评】此题较为容易。"扩大"、"维护"、"提高"与"能力"均搭配不当，应是"增强能力"；又根据"唯市场是从"可知，后一个空格处应填入"迎合"，故选D。

37.A 【专家点评】根据"不是……而是……"推断出该句在句型上是并列的关系，但文中所表达的意思是转折的，后面是强调主观能动性的，因此前面应该选择与此相对的"被动"。故选A。

38.B 【专家点评】由题干可知：手和嘴可以同时表达说话人的意思，排除A、C选项；"共同"比"一致"更好地形容了手和嘴之间既有所分工又协调统一；"单纯"比"单独"更好地描述了只听到声音时的状态。故选B。

39.C 【专家点评】此题比较难。由题干中的"并不……也不……"可知空格处应当填入一对反义词，因为"在文言文的世界里"可以发现"太多超现代的观念，太多先进的思想"，与"先进"相对的文言文也不一定代表"落后"，而那些用

白话文、英文、德文并不一定代表"现代"，故选C。

40.D 【专家点评】"监督"是指察看、督促；"约束"是指限制、使不超出范围。由材料可知，第一个空格填入的词应当与后面出现的"制衡"相对应，故填入"监督"。"解释"一般是指对某事物的含义、原因等的说明；"理解"的含义是懂得、了解，填入"解释"更合适，故选D。

第二部分　数量关系

一、数字推理

41.C 【专家点评】由题干数列可知，$2＝1×1×2$；$12＝2×2×3$；$36＝3×3×4$；$80＝4×4×5$，故未知项为$5×5×6＝150$。故选C。

42.D 【专家点评】本数列的规律为前两项之差的平方等于第三项。$(3-1)^2＝4$，$(4-3)^2＝1$，$(1-4)^2＝9$，故未知项为$(9-1)^2＝64$。故选D。

43.C 【专家点评】本题属于立方数列的变式，数列的规律为每项数的立方加减1，具体为$0＝1^3-1$，$9＝2^3+1$，$26＝3^3-1$，$65＝4^3+1$，$124＝5^3-1$，故未知项为$217＝6^3+1$。故选C。

44.D 【专家点评】本题属于三级等差数列。相邻两项做差得到数列$4,12,24,40,(60)$，再做差得到数列$8,12,16,(20)$，故原数列的未知项为$80+60＝140$。

45.A 【专家点评】本题属于立方数列的变式，具体为$0＝0^3+0$，$2＝1^3+1$，$10＝2^3+2$，$30＝3^3+3$，故未知项为$68＝4^3+4$。故选A。

二、数学运算

46.C 【专家点评】根据题意，假设今年本科生毕业人数为x人，研究生毕业人数为$(7650-x)$人，则$x/(1-2\%)+(7650-x)/(1+10\%)＝7650/(1+2\%)$，解得$x＝4900$人，故选C。

47.C 【专家点评】本题属于面积问题。边长1米的正方体可以分割为$4×4×4＝64$个边长为0.25米的小正方体，则可以计算出其中一个分割后的正方体木块与水的接触面积为：$0.25×0.6×0.25×4+0.25×0.25＝0.85×0.25$平方米，故和水接触的表面积总量为$64×0.85×0.25＝13.6$平方米。

48.B 【专家点评】本题实质上属于公约数问题。因为$144＝2×2×2×2×3×3$，又因为均分到每盒中的卡片个数在10~40之间，则有以下几种情况满足条件：$36×4,24×6$，$18×8,16×9,12×12$，即满足条件的方法共有5种。故选B。

49.C 【专家点评】根据抽屉原理，考虑最差的情况，四种花色各抽出5张，大王、小王各抽出1张，再抽出任意1张就能保证有6张花色相同的，所以有$5×4+2+1＝23$张。故选C。

50.D 【专家点评】本题可以根据容斥原理计算。设总共有x道题，两人都没有答对的题目为y道，则两人都答对

的部分有$\frac{2}{3}x$道。由此可得：

$$\frac{3}{4}x-\frac{2}{3}x+27-\frac{2}{3}x+\frac{2}{3}x+y=x$$

化简得：$y=\frac{11}{12}x-27$，因为x，y均为正整数，所以x必须为12的倍数，而且由选项知$3\leqslant y\leqslant6$。

当$x=12$时，$y=-16$，不合题意；

当$x=24$时，$y=-5$，不合题意；

当$x=36$时，$y=6$，符合题意。

所以，两人都没答对的题目为6道。故选D。

51. D 【专家点评】根据题意，10人共进行45场比赛，每场比赛产生2分，故10人得的总分是90分。根据条件可知：第一名的成绩最多是17分，第二名最多是16分，第三名最多是13分；以此类推，七到十名的得分最多是12分。若第五名得不到11分，则第五名最多得10分，第六名最多得9分，此时所有人的得分和为：$17+16+13+12+10+9+12=89<90$分，不成立。故第五名的得分是11分。

52. A 【专家点评】本题属于比例（百分比）问题。设此班女生人数为x人，女生平均分为y，根据题意列出方程：$xy+[(1+80\%)x]\times(y/120\%)=(x+180\%x)\times75$，解得$y=84$。故选A。

53. B 【专家点评】本题属于行程问题。设乙火车的速度为x，则甲火车的速度为$\frac{5}{4}x$；再设甲火车在乙火车开出后y分钟开始出发，由题意可得：

$$[\frac{5x}{4}(60-y)]/(60x)=\frac{15}{16}$$

解得：$y=15$，即甲火车在8时15分开始发车。故选B。

54. C 【专家点评】由题意可知，当9时17分时，已经渡河的人数为9人，正在渡河人数为4人，故仍有$32-9-4=19$人还在等待渡河。故选C。

55. A 【专家点评】由题意可知，这名外国游客上午休息或是下午休息，故一共休了$8+12=20$个半天；在北京不下雨的天数是12天，故他一共出去玩了12个半天。由此可知，他在北京一共待了$20+12=32$个半天$=16$天。故选A。

56. B 【专家点评】本题属于体积问题。假设甲容器底面积为$5s$，乙容器底面积为$4s$，最终水深为x厘米。则根据所注入两个容器同样多的水可得：$5s(x-9)=4s(x-5)$，解得$x=25$。故选B。

57. A 【专家点评】本题属于工程问题。假设甲、乙、丙三人单独完成全部翻译分别需要x、y、z小时，总任务为1，列方程组为：

$$\begin{cases}\frac{1}{x}+\frac{1}{y}=\frac{1}{10}\\\frac{1}{y}+\frac{1}{z}=\frac{1}{12}\\4(\frac{1}{x}+\frac{1}{z})+12\frac{1}{y}=1\end{cases}$$

这是一个复杂的方程组，为了解题方便可以设$\frac{1}{x}=a$，$\frac{1}{y}=b$，$\frac{1}{z}=c$，则可得

$$\begin{cases}a+b=1/10\\b+c=1/12\\4a+4c+12b=1\end{cases}$$

由此可解得$b=\frac{1}{15}$，所以$y=15$，即乙单独完成全部翻译需要15小时。

58. A 【专家点评】本题属于做对或做错题问题。假设不合格产品为x个，则共扣除了$2x$元。合格的玩具一共获得了$(2x+56)$元，并且$(2x+56)$的值也一定可被5整除。代入四个选项，当$x=3$或$x=5$时不符合题意，而当$x=7$时，合格的玩具为$(2\times7+56)/5=14$个，则总数为$7+14=21$个，显然大于总数20个，故选A。

59. A 【专家点评】此题属于装卸工问题。根据题意，将所需人数最多的三个工厂同时卸货需要的人数相加即可，即$7+9+10=26$人。故选A。

60. D 【专家点评】本题使用代入法。首先可以计算得出6箱食品总重量为102公斤，当购进面包为44公斤时，情况只能是8、16、20，则饼干重量为$102-44=58$公斤，8、16、20三个数字中的任两个数之和均不可能是29，故不成立；当购进面包为45公斤时，则饼干重量为$102-45=57$公斤，57的一半为28.5，显然不成立；当购进面包为50公斤时，情况只能是8、20、22，则饼干重量为$102-50=52$公斤，8、20、22三个数字中的任两个数之和均不可能是26，故不成立；当购进面包为52公斤时，情况只能是9、16、27，则饼干重量为$102-52=50$，因为可以有等式$(16+9)\times2=50$，则说明此假设成立。故选D。

第三部分　判断推理

一、图形推理

61. B 【专家点评】观察图形可知，前四个小黑方格是围绕中心方格顺时针旋转的；后面的四个小黑方格应该围绕中心方格逆时针旋转，故选B。

62. A 【专家点评】仔细观察每个图形露出的线条，第一列所露出的线条数是5、3、1；第二列所露出的线条数是7、9、11，均是公差为2的等差数列。而第三列前两个图露出的线条数是17、15，第三个图应该露出的线条数是13。故选A。

63. D 【专家点评】观察图形，第一列的直线数是4、0、4，即$4-0=4$；第二列的直线数是5、4、1，即$5-4=1$；第三列的直线数是8、3、?，根据前两列的规律，$?=8-3=5$。故选D。

64. A 【专家点评】观察图形可知，每行所有图形的组成部分相加的和相同。第一行第一个图形有3个部分，第二个图形有2个部分，第三个图形有3个部分，$3+2+3=8$。

同理第二行的部分和是1+3+4=8。第三行为? ＝8－3－4＝1,故选 A。

65. A 【专家点评】本题为图形的翻转与旋转,并且是先翻转后旋转。每幅图由一条曲线和一个盘旋的线条组成。首先观察第一行,第一个图形经过翻转得到第二幅图,第一个图形经过逆时针旋转得到第三幅图。再观察第二行图形,第一个图形经过翻转得到第二幅图,第一个图形经过顺时针旋转90°得到第三个图形。最后观察第三行,第一个图形经过翻转后再顺时针旋转90°得到第二幅图,由前两行的规律可知第三行第三幅图应该由旋转得到。故选 A。

二、定义判断

66. B 【专家点评】由题干可知,Email营销有三个基本要素:基于用户许可、通过电子邮件传递信息、信息对用户是有价值的。采用排除法,A选项里的电子刊物在一年后对用户已不再有价值,排除;C项的邮件没有对用户发挥作用就被删除了,排除;D项不是基于用户许可的,排除;只有B选项符合三个基本要素,故选 B。

67. A 【专家点评】根据题干定义观察选项,煤和金属等资源使用完后需要很长的地质作用才能再生成,必定会使后世无法再使用,不符合定义,排除;D选项中,淡水是可再生资源,排除。故选 A。

68. C 【专家点评】定性思维就是对研究对象进行"质"的方面的分析,C选项正是运用定性思维分析得出的结论。定量思维是指运用概率、统计原理对社会现象的数量特征、数量关系和事物发展过程中的数量变化等方面进行的研究。定量研究可以使人们对社会现象的认识趋向精确化,并从量上对各种社会现象进行分析,是进一步准确把握事物发展内在规律的必要途径。A、D选项运用的是定量思维;B选项只是一个事实与例子。故选 C。

69. D 【专家点评】该定义的关键是"表现出与群体中多数人相一致"。A选项中,小李工作进度慢,所以利用业余时间加班,赶上大家的进度;B选项中,小李因为老师的期望大家都服从,所以他也接受了;C选项中,"同事们都……也……",表示与多数人相一致;D选项中,几个游客自觉收集垃圾并不是群体中多数,而且刘先生也并没有这么做,故选 D。

70. D 【专家点评】实绩原则强调的是"实绩"。A选项强调的是学历、能力;B选项强调的是工作态度;C选项强调工作认真,但销售额一般,不属于"实绩";D选项中"取得……最好利润"表明实绩好。故选 D。

71. C 【专家点评】关键是"为减少、消除危机带来的风险与损失"而采取措施。C选项中小张被震倒在地,只是一种被动的事实,属于自然行为,其他选项均符合定义。故选 C。

72. A 【专家点评】此题较为容易。由题干可知,关键是"利用现代信息技术,深化开发和广泛利用信息资源",企业信息化的主体是企业,一般来说,学校不属于企业。故选 A。

73. C 【专家点评】由材料可知,关键是"尽可能弱化自己的不足或避免使别人消极地看待自己的防御性措施是保护性印象管理。"而A、B选项属于获得性印象管理;D选项中小王没有采取任何措施改变别人对自己的印象;C选项中小李在工作中为了弱化自己的不足,告诉别人自己在大学时的情况,属于保护性印象管理。故选 C。

74. C 【专家点评】由题干定义可知,辩解的当事人否认活动是错的,试图重新界定有争议的活动;A、B、D选项都是借口,因为当事人都承认活动本身是错的,为减轻自己的责任而拒绝承担。C选项中,该国食品管理局称这种做法"总体上"是安全的,是典型的辩解。故选 C。

75. A 【专家点评】由定义可知,行政征用的主体是行政机关,给予补偿也是行政机关的主动行为。A选项中,杨军最终拿到的补偿是他"经多次努力"的结果,而不是行政机关的主动行为,排除;B、C、D选项均符合定义,故选 A。

三、类比推理

76. D 【专家点评】卫星在太空中运行,太空中除了卫星还有其他物质;D选项中的公共汽车在城市中行驶,城市中除了公共汽车还有其他事物;其他选项都不与题干最相似。故选 D。

77. B 【专家点评】题干属于包含性关系。阳光里含有紫外线,紫外线是太阳光光谱组成部分之一;海水里包含氯化钠,氯化钠是海水中各类化合物中的一种;其他选项中的两个词均不存在包含关系,排除。故选 B。

78. C 【专家点评】正方形的大小由边长决定,圆的大小由半径决定。故选 C。

79. C 【专家点评】题干是属性关系。盐是咸的,咸是盐的属性;光是亮的,亮是光的属性;而花未必都是香的,墨不一定是臭的,A、B、D选项都不正确。故选 C。

80. D 【专家点评】题干是节日与节日相关人物之间的关系。七夕是中国传统的节日,是为了纪念织女、牛郎鹊桥相会。观察选项,只有D选项中的端午节是人们为了纪念屈原而设立的节日,与题干最相似。故选 D。

81. B 【专家点评】题干中的两种事物都是计时工具,具备同样的功能。观察选项,A、C、D选项中的两种事物都具有不同的功能,故排除;B选项中火车与飞机都是交通工具,具备同样的功能。故选 B。

82. D 【专家点评】题干中的两个词是事物与其作用的关系。窗帘是为了保护住户的隐私不被窥视,而防护栏是为了保护路人的安全,其他选项中的词都不具备这种关系。故选 D。

83. D 【专家点评】题干中家父是对自己父亲的谦称。而鼻祖是创始人之意,与祖宗意思不同;老媪是指年老的妇女,与老伴意思不同;笔者是作者的自称,但并非谦称;只有D选项中鄙人是对自己的谦称,故选 D。

84. C 【专家点评】消毒是手术的必要条件,启动是驾驶的必要条件,而其他选项的两个词之间都不具备这种关系,故选C。

85. A【专家点评】枪有子弹才能射击,汽车有汽油才能行驶,而其他选项皆不符合题干关系,故选A。

四、逻辑判断

86. B【专家点评】推断结论类题型。材料中用"然而"引导一个转折句,强调民间艺术面临着生存危机的原因,指出了其发展的困境,意在呼吁对民间艺术进行保护。B选项符合文意;文段中并未提及市场化和城市建设的问题,排除A、C选项;题干只是说明民间艺术人才逐渐消失,至于消失的原因并未说明是地位低,排除D选项。故选B。

87. B【专家点评】材料中强调的是在"收藏热"中"过多地掺入了功利色彩,热得多少有些浮躁,热得缺少点文化的灵魂",由此可以推断材料的主旨是收藏需要加以正确引导。A、C、D选项皆属于主观推测,无法从材料中得出。故选B。

88. C【专家点评】由材料可知,"如果有人迟到那么所有员工的当月奖金均被扣除",前提是在承诺书上签字。虽然有人迟到,但是员工小刘仍拿到了奖金,那么前提应该被否定,即有人没有在承诺书上签字。题干只说明是该公司员工,并无正式与非正式员工之分,排除D选项。故选C。

89. B【专家点评】题干的第一句话就表明:"幼年的特征可以唤起成年人慈爱和养育之心",而许多动物具有这些特征,B选项正符合这一层意思,故选B。

90. B【专家点评】削弱类题型。材料意在说明鸟是出于利他的考虑而发出叫声,为了削弱这样的结论,需要证明鸟发出叫声不是为了拯救同伴而只是自我保护的一种手段。分析四个选项,只有B项符合自我保护的意图,而A、C、D选项都是出于"利他"的考虑,排除。故选B。

91. A【专家点评】材料说明的是阅读网络小说成为阅读新时尚,但它与传统的阅读模式相比只是一种不同的阅读方式而已,并未说明它们两者的优劣,因此不能推出网络阅读能否取代传统阅读模式。故选A。

92. C【专家点评】材料说明的是《中国读本》的发行量取得了骄人的成绩,又开始走向世界,所以最能推出的是它可能是外国出版商出版。A选项只是对国内的业绩进行了解释,不全面,排除;B、D选项无法从文段中推出,排除。故选C。

93. C【专家点评】材料说明的是对水上滑板的管理问题,"我们不能不倾向于对之进行严格管制",这只是一种倾向,并不是结论。A选项是转述文章的事实;B、D选项则不能从文中推出。故选C。

94. B【专家点评】材料所强调的是长期的友谊离不开信任、互相尊重和共同的爱好,三者都是"长期友谊"的必要条件。由"信任离不开互相尊重"推不出互相尊重意味着信任,A选项不正确;C、D选项不能推出。故选B。

95. C【专家点评】支持类题型。材料的论断是"到

2008年,笔记本电脑的销售量最终会超过台式电脑的销售量",所以"市场对笔记本电脑的需求持续上升"最能支持此论断。故选C。

第四部分　常识判断

96. D【专家点评】特别行政区依照《特区基本法》的规定,享有高度的自治权,但这种自治权不包括独立的外交权。故选D。特别行政区的自治权具体包括以下几方面。

(1)在行政管理方面,中央人民政府负责特区的外交、防务,特区政府可自行制定有关政策,处理特区政务,维护社会治安。特区可签发特区护照,自行管理出入境事务等。

(2)在立法权方面,除有关外交、防务和关于国家统一、主权的法律等必须由全国人大及其常委会制定以外,特区享有制定和修改民事、刑事、商事、诉讼程序等法律的权力。在特区实行的法律为特区基本法以及《特区基本法》第八条规定的澳门原有法律和特区立法机关制定的、并报全国人民代表大会常务委员会备案的法律。特区立法会可以在特区基本法许可范围内立法,或修改、废除法律。仅以涉及国防、外交和其他依法不属于自治范围内事务法律为限。

(3)在司法权方面,特区法院除对国防、外交等国家行为无管辖权外,对区内所有案件都可审理,并具有终审权,特区终审权属于特区特别行政区终审法院。

(4)在经济方面,特区拥有自己单独的财税制度、货币发行体系和金融政策决定权。特区收入自行支配,不上缴中央政府,中央政府也不在特区征税;澳门元、港元是特区的法定货币,货币发行权属于特区政府,并可自由兑换。

(5)在对外事务方面,特区依法可以"中国澳门"、"中国香港"的名义在经济、贸易、金融、航运、通讯旅游、文化、体育等领域单独同世界各国、有关国际组织保持和发展联系,签订和履行有关协议。

97. D【专家点评】由题干可知,材料中的公务员交流形式应该为挂职锻炼,因为小李的关系还保留在原单位。《国家公务员暂行条例》第五十五条规定,国家公务员既可以在各级国家行政机关内部进行交流,也可以与其他机关以及企业、事业单位的工作人员进行交流。国家公务员交流的形式,包括调任、转任、轮换和挂职锻炼这四种法定形式。

《国家公务员暂行条例》第五十七条规定:调任,是指国家行政机关以外的工作人员调入国家行政机关担任领导职务或者助理调研员以上非领导职务,以及国家公务员调出国家行政机关任职。转任,是指国家公务员因工作需要或者其他正当理由在国家行政机关内部的平级调动(包括跨地区、跨部门调动)。

《国家公务员职位轮换(轮岗)暂行办法》第二条规定:国家公务员的轮换亦称之为"职位轮换"或者"轮岗",是指国家行政机关对在同一政府工作部门内担任领导职务和某些工作性质特殊的非领导职务的国家公务员,有计划地调换职位任职。

《国家公务员暂行条例》第六十条规定:挂职锻炼,是指国家行政机关有计划地选派在职国家公务员,在一定时间内到基层机关或者企业、事业单位担任一定职务,经受锻炼,积累经验,增长才干。故选D。

98.C 【专家点评】《宪法》第四十五条规定:"中华人民共和国公民在年老、疾病或者丧失劳动能力的情况下,有从国家和社会获得物质帮助的权利。"国家为公民享受这些权利提供所需要的社会保险、社会救济和医疗卫生事业。公民的基本权利和义务是对于所有公民而言的,公民平等地享有权利和履行义务,故C选项错误。

99.B 【专家点评】对被撤销的行政机关在撤销前所作出的具体行政行为不服的,向继续行使其职权的行政机关申请行政复议。故选B。

100.B 【专家点评】行政许可作为一项重要的行政权力,直接涉及公民、法人和其他组织的合法权益,事关政府职能的转变和社会主义市场经济的发展。因此,在行政许可的设定权限上,只有法律、行政法规、地方性法规和省、自治区、直辖市人民政府规章可以设定行政许可,包括部门规章在内的其他规范性文件一律不得设定行政许可。也就是说行政许可的设定只能由全国人大及其常委会,国务院和省、自治区、直辖市及较大的市的人大及其常委会与省、自治区、直辖市人民政府行使(较大的市包括省会城市、经国务院批准的18个享有地方性法规制定权的较大的市以及经济特区所在地的市)。由此可知县级政府的决定是不得设定行政许可的,故选B。

101.D 【专家点评】由选项可知,"恶意串通"行为显然是没有按照委托人的要求办事,违反了合同规定。滥用代理权的行为是指代理人违法行使代理权的情况,其认定条件包括:(1)代理人拥有代理权;(2)代理人在违反法律有关代理权行使的规则、要求的情况下行使代理权;(3)已经或者可能损害被代理人的利益。可见,滥用代理权的行为均是代理人利用合法身份之便从事有损被代理人合法权益的行为,违背了代理适用的宗旨和目的,故为法律所禁止。D选项中吴某的行为有损被代理人的合法权益,因而属于滥用代理权的行为,违反了法律规定,其他选项都是为法律所许可的,故选D。

102.B 【专家点评】根据我国《刑法》第十七条第一款的规定,已满16周岁的人,对一切犯罪行为都须负完全刑事责任。故选B。

103.A 【专家点评】肖像权就是自然人享有的以其肖像所体现的人格利益为内容的权利。它的内容包括:肖像拥有权、制作权以及肖像的使用权等。《民法通则》第一百条规定:"公民享有肖像权,未经本人同意,不得以营利为目的使用公民的肖像。"由此可知,法人不具备肖像权,故A选项错误。

104.A 【专家点评】关于法定继承人的顺序,《中华人民共和国继承法》第十条明确规定:第一顺序为配偶、子女、父母,第二顺序为兄弟姐妹、祖父母、外祖父母。继承开始后,由第一顺序继承人继承,第二顺序继承人不继承。没有第一顺序继承人继承的,由第二顺序继承人继承。本法所说的子女,包括婚生子女、非婚生子女、养子女和有扶养关系的继子女。本法所说的父母,包括生父母、养父母和有扶养关系的继父母。本法说的兄弟姐妹,包括同父母的兄弟姐妹、同父异母或者同母异父的兄弟姐妹、养兄弟姐妹、有扶养关系的继兄弟姐妹。如果这两个顺序的继承人都放弃继承或没有这两个顺序的继承人的,遗产归国家所有;被继承人生前是集体组织成员的,遗产归集体组织所有。故选A。

105.B 【专家点评】《婚姻法》第十七条规定"夫妻在婚姻关系存续期间所得的下列财产,归夫妻共同所有:(一)工资、奖金;(二)生产、经营的收益;(三)知识产权的收益;(四)继承或赠与所得的财产,但本法第十八条第三项规定的除外;(五)其他应当归共同所有的财产。夫妻对共同所有的财产,有平等的处理权。"由此可知,A、C、D选项都属于夫妻共同财产,而B选项则是夫妻中一方因身体受到伤害获得的医疗费、残疾人生活补助费等费用,这部分属于受伤一方所有,故选B。

106.A 【专家点评】监事会是由股东大会从股东中选举产生和由公司职工从职工中民主选举产生组成,专事对公司经营活动进行监督的法定必设机构。《公司法》第五十二条规定:监事会由股东代表和适当比例的公司职工代表组成,有限责任公司设监事会,其成员不得少于三人。股东人数较少或者规模较小的有限责任公司,可以设一至二名监事,不设监事会。具体比例由公司章程规定。由此可知,B、C、D选项皆符合规定,唯有A选项错误,监事会由股东代表和职工代表组成,意在对公司经营活动进行监督,公司的董事长、总经理不得兼任监事。故选A。

107.D 【专家点评】股票是股份公司发给出资人的股份资本所有权书面凭证。股票的持有者就是股份公司的股东,股票详细阐述了公司与股东的约定关系,并阐明风险共担、收益共享和企业管理的责任与权利。它既是一种集资方式,又是企业产权的存在形式,代表着资产所有权。股票作为一种资本证券,是一种灵活有效的集资工具和有价证券,虽不能中途返还,但可以转让、抵押和买卖流通。股票是一种要式证券,应记载一定的事项,其内容应全面真实,这些事项往往通过法律形式加以规定。可见D选项是错误的,股票的形式、记载事项不能由发行股票的公司自行决定。故选D。

108.C 【专家点评】根据《行政诉讼法》第二十五条规定:"两个以上行政机关作出同一具体行政行为的,共同作出具体行政行为的行政机关是共同被告。"故选C。

109.D 【专家点评】《中华人民共和国商标法(2001年修正)》第八条规定:"任何能够将自然人、法人或者其他组织的商品与他人的商品区别开的可视性标志,包括文字、图形、字母、数字、三维标志和颜色组合,以及上述要素的组合,均可以作为商标申请注册。"由此可知,音乐不可以作为商标申请注册,故选D。

110. D 【专家点评】简易程序是基层人民法院及其派出法庭审理简单民事案件所适用的一种简便易行的诉讼程序。根据《中华人民共和国民事诉讼法》第一百四十二条规定,简易程序适用的范围包括两个方面:(1)适用简易程序的人民法院,仅限于基层人民法院和它的派出法庭,包括基层人民法院临时派出的审判组织,也包括基层人民法院在区、乡、镇常设的人民法庭。人民法庭是基层人民法院的组成部分,其审判活动以及所作出的判决、裁定与基层人民法院的审判活动及其作出的判决、裁定具有同等效力。(2)适用简易程序审理的民事案件,仅限于事实清楚、权利义务关系明确、争议不大的简单民事案件。事实清楚,是指双方当事人对争议的事实陈述基本一致,并能提供可靠的证据,无须人民法院调查搜集证据即可判明事实、分清是非。由此可知,D选项符合第二个方面,故选D。

111. A 【专家点评】《民事诉讼法》第四十五条规定的审判人员必须回避的情形有三种,当事人有权用口头或者书面方式申请他们回避:(1)是本案当事人或者当事人、诉讼代理人的近亲属;(2)与本案有利害关系;(3)与本案当事人有其他关系,可能影响对案件公正审理的。B、C、D选项中的审判人员都符合必须回避的情形,而A选项中的证人刘某并不是审判人员,不应回避,故选A。

112. C 【专家点评】剥夺政治权利,是剥夺公民参与国家管理和政治活动的下列权利:一、选举权和被选举权;二、言论、出版、结社、集会、游行、示威自由的权利;三、担任国家机关职务的权利;四、担任国有公司、企业、事业单位和人民团体领导职务的权利。可见A、B、D选项都与规定不符。担任普通教师,但是不担任领导职务,不违反规定,故选C。

113. C 【专家点评】《中华人民共和国刑法》第二百一十四条规定:"对于被判处有期徒刑或者拘役的罪犯,有下列情形之一的,可以暂予监外执行:(一)有严重疾病需要保外就医的;(二)怀孕或者正在哺乳自己婴儿的妇女。"故选C。

114. D 【专家点评】中国的贸易救济措施主要包括反倾销、反补贴和保障措施,这些是保护国内产业的合法手段,但是拒绝进口则是闭关锁国的做法,在全球化程度日益加深的今天无异于故步自封,不是保护国内产业的合法手段。故选D。

115. B 【专家点评】"国家秘密"是指关系国家安全和利益,依照法律的程序确定,在一定的时间内只限于一定范围内的人员知悉的事项。根据《保守国家秘密法》第九条规定,国家秘密的密级分为"绝密"、"机密"、"秘密"三级。故选B。

116. A 【专家点评】《中华人民共和国道路交通安全法》第三十五条规定:道路养护施工单位在道路上进行养护、维修时,应当按照规定设置规范的安全警示标志和安全防护设施。道路养护施工作业车辆、机械应当安装示警灯,喷涂明显的标志图案,作业时应当开启示警灯和危险报警闪光灯。由此可知,学校作为施工单位,由于在施工中的过失致使过路学生受伤,对此,学校应当承担责任。故选A。

117. A 【专家点评】《中华人民共和国个人所得税法》第四条第五款规定,保险赔款免纳个人所得税。故选A。

118. C 【专家点评】《行政处罚法》第九、十条规定,限制人身自由的行政处罚只能由法律加以设定,行政法规只能设定除限制人身自由以外的行政处罚。故选C。

119. B 【专家点评】《中华人民共和国仲裁法》第四条规定:当事人采用仲裁方式解决纠纷,应当双方自愿,达成仲裁协议。没有仲裁协议,一方申请仲裁的,仲裁委员会不予受理。故选B。

120. D 【专家点评】《担保法》第三十七条规定,下列财产不得抵押:(1)土地所有权。在我国,土地归国家所有和集体所有,而不能为私人财产。土地所有权不得抵押,也就是不能以国家或集体所有的土地抵押,否则抵押合同无效。(2)耕地、宅基地、自留地、自留山等集体所有的土地使用权,但是法律另有规定的除外。(3)学校、幼儿园、医院等以公益为目的的事业单位、社会团体的教育设施、医疗卫生设施和其他社会公益设施。(4)所有权、使用权不明或者有争议的财产。(5)依法被查封、扣押、监管的财产。(6)依法不得抵押的其他财产。包括违法、违章建筑、公司不得接受本公司的股票作为抵押权的标的等。由此可知,"依法被查封、扣押、监管的财产"不得用于抵押,因此没有及时归还银行贷款被暂时查封的抵押人所有的房屋不可用于抵押,故选D。

第五部分　资料分析

121. B 【专家点评】2006年5月份限额以上批发零售贸易企业社会消费品零售额为$32.3 \div 20.3\% \approx 159.1$亿元,又根据2006年5月实现社会消费品零售额272.2亿元,可得前者占后者的比重为$159.1 \div 272.2 \times 100\% \approx 58.45\%$,故选B。

122. C 【专家点评】要保持同比增长不变,则2007年前5个月的社会消费品总销售额为$1312.7 \times (1+12.5\%)$,那么平均每月的销售额为$1312.7 \times (1+12.5\%) \div 5 \approx 295.36$亿元,即接近300亿元。故选C。

123. A 【专家点评】设家具类商品零售额为a,建筑及装潢材料类商品零售额为b,根据题意有$\dfrac{a}{1+27.3\%} + \dfrac{b}{1+60.8\%} = \dfrac{a+b}{1+50\%}$,解得$\dfrac{a}{b} = 2.652$;所求答案为$\dfrac{a}{a+b} = \dfrac{1}{\dfrac{a+b}{a}} = \dfrac{1}{1+\dfrac{b}{a}} = \dfrac{1}{1+\dfrac{1}{2.652}} = 27.4\%$。故选A。

124. A 【专家点评】由材料可知,2006年1~5月份北京市累计社会消费品零售额比去年同期增长12.5%,Ⅰ说法错误;从资料中可直接看出Ⅱ说法正确;根据资料可得出

2005年5月份北京机动车类销售量约为5.4/(1+23.9%)＝4.36万辆，而不是全年4.36万辆，Ⅲ说法错误。故选A。

125. D【专家点评】A、B、C三项均不能从材料推出，D选项可参照第一段的后一句话，故选D。

126. B【专家点评】根据题意，每单位取水量中的耗水量即为耗水量与取水量的比值。林牧渔畜：18.88÷22.95≈0.823；工业：24.25÷31.18≈0.778；居民生活：9.95÷12.03≈0.827；生态环境：6.65÷6.72≈0.990，经比较可知每单位取水量中耗水量最少的是工业，故选B。

127. D【专家点评】本题是求取水量与耗水量的比值。青海：14.95÷10.62≈1.408；宁夏：68.98÷37.67≈1.831；河南：27.87÷26.07≈1.069；山东：50.44÷49.57≈1.018，经比较可知山东最小，故选D。

128. B【专家点评】内蒙古的地表水取水量比重为67.01÷312.02×100%≈21.48%，地表水耗水量比重为56.39÷248.97×100%≈22.65%，故选B。

129. B【专家点评】由表可知，取水量最大的三个省分别是宁夏、内蒙古、山东，所占全河地表取水量比重是(68.98＋67.01＋50.44)÷312.02×100%≈59.7%。取水量最小的三个省是河北、天津和四川，河北和天津在一个表格里，所以它们的取水量之和为8.08，故这三个省的取水量占全河地表取水量比重是(0.29＋8.08)÷312.02×100%≈2.7%，故选B。

130. C【专家点评】A选项不正确，内蒙古农田灌溉地表水耗水量高于宁夏；B选项也不正确，河北、天津取水量与耗水量相等；C选项正确，居民生活耗水量占总耗水量的比重，陕西为1.24÷20.91×100%≈5.93%，山东为2.36÷49.57×100%≈4.76%，陕西高于山东；D选项不正确，宁夏取水量最多，具取水量占全河长地表水取水量的比例为68.98÷312.02×100%≈22.1%，大于20%，故选C。

131. B【专家点评】2004年我国专利授予比例为19.02÷35.38×100%≈53.76%；2003年专利申请受理量应为35.38÷(1+14.7%)≈30.85；2003年专利申请授予量为19.02÷(1＋4.4%)≈18.22，2003年授予比例是18.22÷30.85×100%≈59.06%，因此2004年比2003年下降59.06%－53.76%＝5.3%，即下降了5.3个百分点，故选B。

132. A【专家点评】根据材料可知，从1985年4月1日到2005年8月31日共受理专利申请258.5万件，其中200万件历时共19年零2个月，即到2004年6月1日还有58.5万件未受理，则这些专利的受理时间为2004年6月1日至2005年8月31日，共15个月。故选A。

133. C【专家点评】根据材料，两段时间内都是受理了100万件专利，前100万件历时15年整；后100万件历时4年零2个月。故平均受理时间下降的百分比是
$\frac{15\times12-(4\times12+2)}{15\times12}=72.2\%$。故选C。

134. C【专家点评】①、③根据资料很容易得出，是正确说法；平均结案周期在"十五"末期已经不到"十五"初期的

一半，所以"十一五"末也肯定不到"十五"初期的一半，②的说法正确；1985年4月1日至2005年8月31日间，我国受理的专利申请中，第二个100万件用了50个月，总时间为180＋50＋15＝245个月，$\frac{50}{245}>20\%$，所以④的说法错误。故选C。

135. D【专家点评】从材料只可以知道我国专利审批能力在"十五"期间大幅提高，而没有说已居于世界第一，A选项不正确；B选项中，无法得知各项均已跃居世界第一，排除；C选项中，材料仅说"十五"末期平均结案周期为24个月，平均值并不代表全部，故排除；经计算，2005年我国专利申请最为35.38×(1+14.7%)≈40.58，大于40万件。故选D。

136. A【专家点评】据图所示数据计算，1998年全世界啤酒消费总量为20.9＋6.5＋30.1＋13.1＋2.6＋32.7＋24.8＝130.7十亿升，2004年全世界啤酒消费总量为22.3＋7.4＋29.7＋20.8＋1.5＋41.6＋25.2＝148.5十亿升。美洲地区啤酒消费量占世界啤酒消费量的比重，1998年为(20.9＋24.8)/130.7≈35%，2004年为(22.3＋25.2)/148.5≈32%，即下降了3个百分点。故选A。

137. C【专家点评】由图可直接看出，1998年至2004年啤酒消费量增长最快的两个地区是欧洲其他地区和亚洲，所占比重为(20.8＋41.6)÷148.5×100%≈42.0%，故选C。

138. B【专家点评】欧洲包括西欧和欧洲其他地区。据图所示数据计算，1998年欧洲消费量为30.1＋13.1＝43.2十亿升，亚洲为32.7十亿升；2004年欧洲消费量为29.7＋20.8＝50.5十亿升，亚洲为41.6十亿升。欧洲增长速度为(49.5－43.2)÷43.2×100%≈16.9%；亚洲增长速度为(41.6－32.7)÷32.7×100%≈27.2%，所以欧洲绝对量大于亚洲，但增长速度比亚洲慢，故选B。

139. D【专家点评】六年来世界啤酒消费总量的增长速度为(148.5－130.7)/130.7≈13.6%，A选项正确；1998年北美洲与西欧啤酒消费量的差距为30.1－24.8＝5.3十亿升，2004年北美洲与西欧啤酒消费量的差距为28.7－25.2＝3.5十亿升，B选项正确；亚洲啤酒消费量占世界啤酒消费量的比重，1998年为32.7/130.7≈1/4，2004年为41.6/147.5≈1/4，C选项正确；北美啤酒消费量占世界总量的比重，1998年为24.8/130.7≈19%，2004年为25.2/147.5≈17%，2004年相对1998年有所下降，故D选项错误。

140. B【专家点评】根据所给数据，无法得出中国与亚洲其他国家啤酒消费量的比较情况，故A选项错误；中国啤酒消费增长量为291－205＝86亿升，亚洲啤酒消费增长量为(41.6－32.7)×10＝89亿升，中国啤酒消费增长占亚洲啤酒消费增长的比重为86/89×100%≈96.6%>90%，B选项正确；除中国外，亚洲其他国家啤酒消费量有的可能下降，有的可能增长超过3亿升，C选项错误；中国啤酒消费六年间增长量为86亿升，2004年非洲和大洋洲啤酒消费总量

为$(7.4+1.5)×10＝89$亿升，比较得知 D 选项错误。故选 B。

2006 年中央国家机关公务员录用考试
《行政职业能力测验(一)》试卷

第一部分　言语理解与表达

1. B【专家点评】材料用"可"引导转折句，意在强调公路的发展对动物的影响。A、C、D 选项都比较片面，故选 B。

2. C【专家点评】材料的关键是"法律对此还缺乏相关的规定和有效的保护"和"无法获得司法救济"，可见作者关心的是法律制度的完善。故选 C。

3. C【专家点评】由材料的最后一句话可知，材料强调的是由于我国拥有认真负责、有多年实践经验的预报员队伍，这弥补了探测设备和数值预报方面的不足，说明台风预报的准确率受到预报员本身情况的影响。A、B 选项说法明显是错误的，D 选项比较片面。故选 C。

4. C【专家点评】材料中首先提到了什么是"莫扎特效应"，其次表达了作者的主观见解，即承认音乐在陶冶情操、抚慰心灵上的作用。但对"'莫扎特效应'有无这样的神奇效果"，作者并无明确表示是否认同，排除 A 选项；B、D 两项承认音乐在提高智商或大脑开发方面的观点是"莫扎特效应"所支持的，故排除 B、D 两项。故选 C。

5. D【专家点评】材料主要强调的是平板电视和超薄显像管电视的比较优势。A、B 选项不能从文中推导出来；由"比其薄十几厘米"，可知"超薄显像管电视不具有竞争优势"的说法不准确；由"遭遇了销售尴尬"，可知超薄显像管电视不符合消费者的现实需求。故选 D。

6. D【专家点评】此题比较容易。材料用递进句强调了"目前生产的汽车在节油和动力方面的效果已经达到了最佳配置比"，这说明再求突破难度将会很大。故选 D。

7. B【专家点评】此题比较容易。材料通过介绍《米莉茉莉丛书》的内容、作者创作的灵感来源、故事结构以及作者对该书的评价，来全面概括该书的特点。A、C、D 选项都比较片面，故选 B。

8. C【专家点评】材料的关键是最后一句话，"语言文字的规范工作……一定要走群众路线"，所谓群众路线，就是语言文字的规范工作要为广大人民群众服务。故选 C。

9. C【专家点评】本题属于结论类题型。"老龄人口将进入高峰期"指老龄人口占总人口的比例将不断增加并进入高峰。材料中已明确指出我国人口增长率比较低，排除 A 选项；增长率降低，则增长量降低，而材料中的"高增长量"是指中国人口规模大，即使增长率低，增长量也比较大，况且"低生育水平并不稳定"，因此增长或降低的趋势都不

会"持续"，排除 B 选项；整个材料主要在说人口问题的严峻性，即使增长率降低，总人口数也是在增加，排除 D 选项。故选 C。

10. B【专家点评】材料强调的是功能性锻炼的重要性，只有加强功能性锻炼，才能彻底康复，说明功能性锻炼是一种辅助治疗手段。A 选项中偷换了概念，是"一段时间"，并非"长时间"，排除；材料中没有提到功能性锻炼的最佳阶段，排除 C 选项；D 选项说法明显有误，排除。故选 B。

11. B【专家点评】此题比较容易。材料强调的是要有选择性地读有价值的书，并没有提到读"多少"的问题，排除 A 选项；C、D 选项的说法明显是错误的，排除。故选 B。

12. D【专家点评】材料用李广射石的例子说明一个道理，那就是人的潜力能够利于人取得成功。A、C 选项说法都太过绝对；B 选项与文意相矛盾，排除。故选 D。

13. C【专家点评】材料的第一句是主旨句，主要强调了申办和承办奥运会是世界城市之间的互相较量，而 A、B 项是对材料的误解；D 选项把着眼点放在新兴城市上，有所偏差。故选 C。

14. C【专家点评】此题比较容易。地球的历史若为 1 小时，到第 45 分钟时才出现生命，第 54 分钟时，才出现动物的身影，表明了地球生命出现的时间是相当晚的。故选 C。

15. B【专家点评】此题也比较容易，是典型的主旨题。材料强调了中国人个人心态需要调整，A、C 选项材料中没有涉及，排除；D 选项不是材料的重点，排除。故选 B。

16. D【专家点评】典型的主旨题，难度较大。A、B 选项与材料无关。此题的中心在于理解题干的首尾两句，C 选项并不是材料要强调的内容。故选 D。

17. D【专家点评】此题比较容易。材料主要强调幽默可以化解障碍，甚至增加生活情趣，但并不能推出"有情趣的生活，是因为有了幽默"。故选 D。

18. B【专家点评】由材料可知，设立"同文馆"、技术层面的语言修习，不能被认为是"坏事"。A、C、D 选项均容易推出。故选 B。

19. B【专家点评】根据"踏踏实实地工作就会得到快乐"和"到头来只会半途而废，甚至一无所获"可知，作者是在强调要付出努力，才能冲出困境，B 选项符合上下文的语境。故选 B。

20. C【专家点评】观点支持类题型。材料主要表达的内容是："狩猎蚁"的外交政策是永无休止的侵犯、武力争夺地盘以及尽其所能地消灭邻近群体，而结果总是以胜利而告终。所以这里谈的主要是弱肉强食，故选 C。

21. C【专家点评】根据材料可知，铁丝网暗喻明确产权的方法，这种方法只是对君子而言，对违法者而言是无效的，但是法律会对违法者予以制裁，因此君子遵守法律，小人违反法律，法律制裁小人，C 选项说法明显错误。故选 C。

22. C【专家点评】此题比较容易。A、B 选项的说法明显是错误的，排除；D 选项的说法材料中没有体现；根据"从

法制或'程序之治'的长远利益来看,这也还是值得的"可知,"维护法制程序的意义大于一时的伸张正义"。故选C。

23. D【专家点评】由材料可知,富豪只是奢侈消费品的主体,不是消费者的主体,但这并不是材料要表达的主要观点,排除A选项;B选项文中未提到,排除;C选项观点较片面,没有注意到中产阶级与奢侈品消费的关系;根据文段中第三、四句话可知,作者主要是想说明我国的"奢侈品时代"还远没有到来。故选D。

24. D【专家点评】材料的主题句是"贸易平衡永远是相对的、动态的"。由第二、三句话中"互补性注定了美对华逆差将是一个长期问题……美对华逆差仍将持续,而中美经贸规模也仍将不断扩大"可知,作者主要强调美对华贸易逆差不应影响中美经贸关系。故选D。

25. B【专家点评】材料的主题句是"真正完整有效的历史教育,是应当融汇在生活之中的",可知作者的主要观点是历史教育的形式应当生活化。故选B。

26. D【专家点评】材料的第一句话就表明"欧美都将争取中国的支持",之后是对其进行的解释说明。根据材料的最后两句就可以总结出答案:中国温室气体排放量大,但不受《京都议定书》的条约约束。故选D。

27. D【专家点评】典型的观点支持类题型。A选项的说法过于绝对,排除;B、C选项也与文中意思不符,排除。故选D。

28. D【专家点评】观点支持类题型。由材料可知,作者的观点是"香港大学招生是按照自己的要求录取学生"。作者只是从客观的角度对事实进行了分析,并没有发表谁对谁错的见解,排除A选项;作者对于媒体是否应过多批评并无表态,排除B选项;根据最后一句话,香港大学的招生标准是否与内地情形相符是见仁见智的,排除C选项。故选D。

29. D【专家点评】此题比较容易。材料主要介绍了人文教育的作用和价值。A、B、C选项都不是主要观点,而是为了论证而使用的正反论据。故选D。

30. B【专家点评】由材料可知,前半段主要描述数字图书馆的特征和优势,后半段主要描述国内数字图书馆的建设和研究所取得的发展。A选项在材料中没有涉及,排除;C、D选项的表述不够全面,排除。故选B。

第二部分　数量关系

一、数字推理

31. A【专家点评】原数列经分析可得出:$96-102=-6$,$108-96=12$,$84-108=-24$,$132-84=48$,即后一项减去前一项的差形成以-2为公比的等比数列,所以空缺处为$132-48\times2=36$。故选A。

32. B【专家点评】原数列为一个幂次数列。$1=1^6$,$32=2^5$,$81=3^4$,$64=4^3$,$25=5^2$,$1=7^0$,幂次数是公差为1的递减数列,故空缺处应为$6^1=6$。故选B。

33. D【专家点评】原数列可变为:$-2=2\times(-1)^3$,$-8=-1\times(-2)^3$,$0=0\times(-3)^3$,$64=-1\times(-4)^3$。故空缺处为$-2\times(-5)^3=250$。故选D。

34. B【专家点评】原数列为递推数列:$13=3^2+2\times2$,$175=13^2+3\times2$,故空缺处为$175^2+13\times2=30651$。故选B。

35. A【专家点评】原数列为递推数列:$16=3\times7-5$,$107=16\times7-5$,故空缺处为$107\times16-5=1707$。故选A。

二、数学运算

36. B【专家点评】5个数选出4个数,组成最大的四位数为9721,最小的四位数为1027,两者做差,$9721-1027=8694$。故选B。

37. A【专家点评】根据题意,假设超级水稻的平均产量是普通水稻的平均产量的x倍,则列方程:$2/3+x/3=1.5$,解出$x=2.5$,$2.5:1=5:2$。故选A。

38. D【专家点评】根据题意,珠子4880颗最多可以生产珠链$4880\div25\approx195$条,丝线586条最多可以生产珠链$586\div3\approx195$条,搭扣200对最多可以生产珠链200条,8小时共有48个10分钟,则4个工人最多可以生产珠链$4\times48=192$条。故选D。

39. B【专家点评】显然最初乙的速度较快,两车相遇后分别调头并以对方的速率前进,当甲车到达A地时就相当于以乙车的速率走了一遍全程,甲车到B地就相当于以乙车的速率走了两遍全程;同样,乙车到B地就相当于以甲车的速率走了一遍全程,即以甲车的速率走完一遍全程与以乙车的速率走了两遍全程所费时间相等,故乙车速率为甲车的2倍。

40. B【专家点评】根据题意,假设甲组原有x人,乙组原有y人,则有$(y+\frac{1}{4}x)\times\frac{9}{10}=\frac{1}{10}(y+\frac{1}{4}x)+\frac{3}{4}x$,所以$x:y=16:11$。故选B。

41. A【专家点评】假设该市每月标准用电量为x度,则$0.5x+(84-x)\times0.5\times80\%=39.6$,解得$x=60$度。故选A。

42. B【专家点评】集合容斥关系。总人数减去两种试验都做错的,即得出做对人数为46人,那么物理实验与化学试验都做对人数为$(40+31)-46=25$人。故选B。

43. A【专家点评】根据题意,每天审核的课题尽量少,才能保证审核课题时间最长。$1+2+3+\cdots+x=30$,因为$1+2+3+4+5+6+7=28$,所以最多需要7天。故选A。

44. A【专家点评】根据题意可列方程,假设该五位数右边两位数为x,则有$x\times1000+5x=75+2\times(5x\times100+x)$,解得$x=25$。故选A。

45. B【专家点评】从12时到13时是1个小时,1个小时内,分针转1圈,因此与时针构成直角的机会只有2次。故选B。

46. A【专家点评】先分析传球路径,第一次接球的人只能是非甲,第二、第三次接球的人可能是甲或非甲,第四次接球的人只能是非甲,第五次接球的人一定是甲,每次传球后接到球的人可分析如下：

第N次	1	2	3	4	5
第一种情况：	非甲	甲	非甲	非甲	甲
第二种情况：	非甲	非甲	甲	非甲	甲
第三种情况：	非甲	非甲	非甲	非甲	甲

根据题意可运用排列组合求解。经分析，传球过程分三种情况：第一种情况的传球方式有 $3×1×3×2×1＝18$ 种，第二种情况有 $3×2×1×3×1＝18$ 种，第三种情况有 $3×2×2×2×1＝24$ 种，$18＋18＋24＝60$ 种。故选A。

47.D【专家点评】栽树问题。根据题意，假设共有树苗 x 棵，则有 $(x+2754-4)×4＝(x-396-4)×5$，解得 $x＝13000$ 棵。故选D。

48.B【专家点评】根据题意，假设把所有货物都放到 x 号仓库 $(x≤5,且 x∈N)$，所以其运费为 $0.5×100×[10×(x-1)+20×(x-2)+40×(5-x)]＝0.5×100×(150-10x)＝50×(150-10x)$，所以要使其运费最少，则 x 要最大，所以最低运费为 $0.5×100×(150-10×5)＝5000$ 元。故选B。

49.A【专家点评】根据题意，某厂实际购买的原料价值为 $7800＋26100÷0.9＝36800$ 元，若一次性购买，需付款 $30000×0.9＋6800×0.8＝32440$ 元，则少付的部分为：$7800＋26100-32440＝1460$ 元。故选A。

50.A【专家点评】本题的规律是找出 $9、5、4$ 的最小公倍数180之后，根据余数可知，符合要求的只有 $187、367、547、727、907$ 这五个数字。故选A。

第三部分　判断推理

一、图形推理

51.A【专家点评】观察图形可知，每一行中的黑点数都是递减的，且递减规律是从上到下，依此可选出答案。故选A。

52.A【专家点评】观察图形可知，前两组图形的规律是其头和身分别由不同的图形构成，而其脚又分别为1、2或3，均不相同，符合这两个条件的只有A。故选A。

53.C【专家点评】此题属于图形的翻转。观察图形可知，三角形的规律是：前两个图形是对称的，第三个图形是由第一个图形旋转 $180°$ 得到的。故选C。

54.D【专家点评】观察图形可知，前两组图形的第一个规律是其分割正方形的线段为左上角至右下角、右上角至左下角和正中，排除C选项；第二个规律是正方形内较大圆圈中的图形分别为十字、小方块和小圆圈，排除A选项；第三个规律是无大圆圈包围的图形也分别为十字、小方块和小圆圈，排除B选项。故选D。

55.C【专家点评】观察图形可知，每一组图中的耳朵有左耳通、右耳通和左右均不通三种；眼睛有左实点、右实点和全圆圈三种；嘴巴有上弯、下弯和平直三种，由此分析可得答案。故选C。

56.C【专家点评】观察图形可知，可把原图拆成几个部

分，重新组合成一个新图形。A选项中不足8个三角形，排除；B、D选项中弧形图形均不能还原成原图。故选C。

57.C【专家点评】观察图形可知，只有C选项的组成元素与原图相同。A、D选项图形中的小圆内无线条或者少线条，排除；B选项中的小圆内多出线条，排除。故选C。

58.C【专家点评】观察图形可知，每个图形都由三个小图形组成。将C选项中左部分由两个小图形逆时针旋转 $180°$，即为左边给定图形。故选C。

59.B【专家点评】观察图形可知，将B选项中上下两个半圆的位置进行互换，则为左边给定的图形。故选B。

60.B【专家点评】观察图形可知，将B选项中上半部分两个正方形与下半部分两个正方形的位置进行互换，则为左边给定的图形。故选B。

二、定义判断

61.D【专家点评】定义的关键是"第三者"的概念。根据"这些人下车后除驾驶员外，均可视为第三者"，可知驾驶员即使下车后也不被视为第三者，排除A选项；B选项也不符合第三者责任险的范围；C选项中的乘客乙被烧伤时在车上，属于"保险车辆上所有人员"；只有D选项中乘客乙已下车，可被视为第三者。故选D。

62.C【专家点评】根据定义，办公自动化系统不是电脑系统，排除B选项；网上银行系统、公交查询系统的用户并不需特定领域的特定知识，就可以查询信息，排除A、D选项；深蓝系统是电脑系统，且具有国际象棋方面的知识，符合定义。故选C。

63.A【专家点评】由定义可知，信贷杠杆有两个基本条件：一是主体为国家，二是对利率进行调节。C、D选项的行为主体都不是国家；B选项中国家调整人民币汇率不在信贷杠杆的作用范围内，符合条件的只有A选项。故选A。

64.D【专家点评】定义的关键是"经济方面的原因"和"难以避免"。A、B、C选项符合定义；D选项不是因经济引起的，同时可以避免。故选D。

65.A【专家点评】定义的关键是"违反国家规定"、"倒卖行为"。观察选项，B选项中杨某的行为没有违规之处；C选项中的陈某和李某构成了诈骗罪，并非经营行为；D选项中某教师的行为也不是经营行为。故选A。

66.B【专家点评】观察选项，B选项中扬扬被狗咬后没有产生如创伤后应激障碍所叙的后果，不符合定义。故选B。

67.A【专家点评】本题的关键是理解教唆犯的突出特点："本人不亲自实施犯罪"，"故意唆使他人产生犯罪意图、决定实施犯罪"，其中最应当注意的是"故意唆使"。B选项中郑某是自己产生的犯罪意图，不是在他人的唆使下产生的犯罪意图；C选项中老师只是随意说说，无"故意唆使"；D选项仅凭定义本身无法直接判断，还须依据基本常识，即只有被教唆的对象达到刑事责任年龄(盗窃罪为16岁)具有刑事责任能力才可能构成教唆犯。王某的儿子(14岁)和邻居家孩子

豆豆(15岁)均未达到刑事责任年龄,王某不构成教唆犯而构成间接正犯。A选项中林某并不一定为教唆犯,但刘某一定为教唆犯。

68.C 【专家点评】此题比较容易。根据定义,A选项属于勘验笔录;B选项属于录音、录像;D选项属于鉴定结论;只有C选项符合物证的定义。故选C。

69.B 【专家点评】多定义题型。同卵双生姐妹是一个受精卵分化而成的,同卵双生姐妹具有相同的遗传基因,故同卵双生姐妹之间的肾移植属于同系移植。故选B。

70.A 【专家点评】根据定义观察选项,B、D选项均不符合"法律、法规"授权的要求;C选项是宪法为国务院设定行政职权,不属于行政授权。故选A。

三、类比推理

71.C 【专家点评】题干中两个词描述的状态是相反的,且分别为形容词和动词,C选项与其相似。故选C。

72.D 【专家点评】题干中的两个词属于构成关系。海是由水组成的,而旋律是由音符构成的。故选D。

73.B 【专家点评】题干中的两个词是事物与其计量单位的关系。温度计的计量单位为摄氏度,秒表的计量单位为秒。故选B。

74.C 【专家点评】题干中的两个词是人物与特定事物的关系。士兵穿的制服为军装,警察穿的制服为警服。故选C。

75.C 【专家点评】题干中的两个词是同一事物的不同称谓,且前者是音译外来词。C选项与其相似。故选C。

76.B 【专家点评】题干中的两个词属于并列关系。比喻和拟人都是修辞手法,而冰箱和洗衣机都是家用电器,其地位也是并列的。故选B。

77.C 【专家点评】题干中的两个词是整体与部分的关系,电脑包含鼠标这个部件,船包含锚。故选C。

78.A 【专家点评】题干中的两个词是因果关系。食物中毒可能是由于吃了(有毒的)蘑菇,而挖煤炭时可能产生矿难,故选A。D选项中,地震和海啸是直接关系,不需要间接推理,故不当选。

79.B 【专家点评】题干中的两个词是属种关系。阅读是一种技能,而焊接是一种技术。故选B。

80.A 【专家点评】灯光可以驱散黑暗,黑暗中需要灯光。而财富可以解除贫困,贫困也需要财富予以缓解。故选A。

四、演绎推理

81.A 【专家点评】结论推断类题型。由"所有的节能产品必须达到二级能效标准以上"可知,A选项正确;能效五级是最低的能效标准,节能产品必须达到二级能效标准以上,所以能效五级的产品虽然是质量合格的产品,却不是节能产品,D选项错误;由"但这也并不是说所有标有二级或一级能效标识的产品就是节能产品"可知,B、C选项错误。故选A。

82.C 【专家点评】由题干可知,一般病菌在低温环境停止生长,而耶尔森菌在冰箱存储的食物里即处于最佳生长状态,因此,耶尔森氏菌的最佳生长温度不适合一般病菌。故选C。

83.C 【专家点评】根据题干所给的多个条件,A选项中德国人和韩国人相邻,可以互相交流,不符合韩国人的说法;B选项同理排除;D选项中英国人可以和德国人及韩国人交流,不符合要求。故选C。

84.D 【专家点评】此题较容易。汽车装安全带的本意是减少车祸伤亡,但车祸伤亡对象应包括司机和路人,而装安全带的结果是司机伤亡少了,路人伤亡却增多了。故选D。

85.C 【专家点评】根据③可知丙、丁两人中必有一个人知识不够丰富,而根据②乙、丙知识相当,则丙必为知识丰富,否则会出现两人知识不够丰富的情况,违反④。设甲、乙两人都是意志坚强,则丙、丁两人不够坚强,即丁的知识不丰富,意志也不坚强,其一定是技术熟练,而且只有丁的技术熟练,那么就不可能选出优秀宇航员,因此只能是甲、乙两人意志不坚强,而丙、丁两人意志坚强,因为丁已经被排除,只有丙符合要求。故选C。

86.C 【专家点评】解释说明类题型。由材料可知,大面积种植同一种谷物,为某些昆虫的猛增提供了有利条件,故应当使其种植面积符合规律,这样才会控制某些昆虫的猛增。A、B、D三项符合此意。故选C。

87.B 【专家点评】材料中没有提到"高薪职位竞争是否激烈",所以A选项不能推出;从材料的总体来看,就业者是具有自由选择的权利,社会也给就业者提供了多元的选择,所以C、D选项不能推出;同时,材料意在强调"多元的幻觉"实际上是一元的选择。故选B。

88.C 【专家点评】典型的支持类题型。材料最后的判断是"国产手机复苏了"。观察选项,只有C选项所述表明国产手机不仅复苏了,而且销量持续增长,其他选项都不能证明这一点。故选C。

89.A 【专家点评】仔细阅读题干可知,材料只谈及肺癌致死的女性死亡人数较多,并没有说肺癌是导致该国人口死亡的首要原因,A项结论不能被推出。故选A。

90.C 【专家点评】材料只谈到食物中维生素E含量超过每毫升25微克时会危及果蝇的寿命,并没有提到维生素E含量超过25微克时会不会危害到人的生命。故选C。

91.A 【专家点评】阅读题干,根据"因为金属具有颗粒状的微观结构"可知,金属不适合做未来深海水下线缆的外皮。而玻璃合适,由此可以推导出玻璃没有颗粒状的微观结构。B、C、D选项都不能从材料中推出。故选A。

92.C 【专家点评】削弱类题型。由材料可知,结论的得出是基于声音会导致建筑材料发声这一前提,C选项中"许多火灾开始于室内的沙发坐垫或床垫,产生大量烟雾却不发出声音"可直接反驳这一前提。故选C。

93.C【专家点评】观点支持类题型。由材料可知,反对者的观点是:大多数森林正在被酸雨所损害,只不过没有显示出明显的症状。故反对者的主要论据是"森林没有显示出明显的被酸雨损害的症状",C选项起到了补充说明的作用。故选C。

94.D【专家点评】削弱类题型。由材料可知,题中的结论是:制造商认为安全性并非客户的首要考虑。如果客户对旧型发动机的安全性了解更多,认为旧型发动机在安全性方面比新型号好,因此倾向于购买旧型发动机,这说明客户并非不把安全性考虑放在首位。D选项从客户认知角度说明了安全性能仍是购机首选,直接反驳了题中的结论。故选D。

95.A【专家点评】此题也属于削弱类题型。材料得出的结论是水稻会丰收,要削弱这个结论必须是一个让水稻严重减产的消息,A选项符合,B、C、D选项都不符合。故选A。

第四部分　常识判断

96.D【专家点评】采用排除法。火车上不允许有足可以刮到人的突出物,因为这也会影响到火车的安全,排除A选项;护栏间隙较大是一个完全可以弥补的问题,不至于严禁行人通行,排除B选项;而火车扰动空气基本上不会造成向外的推力,排除C选项。列车在高速行驶时,车身周围空气减少,空气稀薄,空气压强变得很小,远处的空气就会压过来造成指向车身的空气流动,也就是向内的吸力。故选D。

97.C【专家点评】雷雨时的闪电会使空气中的氧气发生化学变化,变成臭氧,而臭氧能够净化空气,使空气清新,人们感到空气特别清新是因为臭氧分子增多的原因。故选C。

98.B【专家点评】海水进入人体后,不仅不能向身体提供水,反而还要夺取人体内的水分。饮用海水会导致细胞内外渗透压不同,导致脱水,危及生命。故选B。

99.B【专家点评】鳄鱼流泪的目的在于排泄体内多余的盐分。鳄鱼的肾功能不完善,无法排泄,也不可能通过出汗排泄,而是靠盐腺排泄,而鳄鱼的盐腺正在眼睛附近。故选B。

100.A【专家点评】此题考查的是生物学常识。控制性别的染色体中XX结合是女性,XY结合为男性。女性必须要两条X染色体都带有病基因才会是红绿色盲,而男性只有一条X染色体,只要该染色体携带致病基因,就会是红绿色盲。所以红绿色盲男性比女性多。故选A。

101.A【专家点评】此题比较容易。熊可以在北极生存,但南极洲没有熊,其合理的解释是在熊这个物种出现之前,南极洲就已与其他大陆板块脱离,使熊无法向南极迁移。故选A。

102.D【专家点评】A、B选项的说法显然是不正确的;C选项的说法不是重点,不播报天气预报是为了不给德国空军提供天气情报。故选D。

103.C【专家点评】表明身份制度是行政法上的一项重要原则,出示证件是表明身份的行为。故选C。

104.C【专家点评】委托行为的法律后果应由委托方承担,真正的行政主体是甲区卫生局。《行政处罚法》第十八条规定:行政机关依照法律、法规或者规章的规定,可以在其法定权限内委托符合本法第十九条规定条件的组织实施行政处罚。行政机关不得再委托其他组织或者个人实施行政处罚。

委托行政机关对受委托的组织实施行政处罚的行为应当负责监督,并对该行为的后果承担法律责任。

受委托组织在委托范围内,以委托行政机关的名义实施行政处罚;不得再委托其他任何组织或者个人实施行政处罚。故选C。

105.A【专家点评】由《行政诉讼法》第五十二条、第五十三条可知,法律、行政法规、地方性法规、自治条例、单行条例可以成为行政案件的审判依据,而行政规章在行政案件审判时只是作为审判参照。故选A。

106.A【专家点评】由题干可知,乙的优先购买权基于共有权,而丙的优先购买权基于租赁权,共有权优于租赁权。

《民法通则》第七十八条第三款规定,按份共有财产的每个共有人,有权要求将自己的份额分出或转让。但是在出售时,其他共有人在同等条件下,有优先购买的权利。故选A。

107.B【专家点评】引发海啸可以有多种原因。除了地震,火山爆发或水下塌陷、滑坡等都可能引起海啸。故选B。

108.D【专家点评】人身自由受到侵犯和直接物质损失都应得到赔偿。故选D。

109.D【专家点评】按马克思主义的观点,人权是一个社会历史的范畴,并非所谓天赋的,人权并不等于公民权。人权作为人类的一种理想,比法律上的公民权和现实中的人权具有更广泛的意义。故选D。

110.C【专家点评】在制定发展战略、规划、政策过程中形成的记录、报告、咨询意见等对于行政相对人而言并不影响其权利和义务,因此并无必要公开。故选C。

111.B【专家点评】疾病属于隐私,询问客人得了什么病是不礼貌的行为,A、C、D选项均符合国际礼仪。故选B。

112.A【专家点评】孙某放任小孩处于危险境地而不采取行动,构成不作为的间接故意杀人罪。不作为犯罪是指以不作为形式实现的犯罪,即负有特定法律义务(不仅是法律明文规定)能够履行该义务而不履行,因而危害社会依法应当受到刑事处罚的行为。孙某的行为构成故意杀人罪。故选A。

113.C【专家点评】由《民法通则》第二十条、第二十三条可知,受理申请宣告公民失踪或死亡的机关是人民法院。

《民法通则》第二十条规定:公民下落不明满两年的,利害关系人可以向人民法院申请宣告他为失踪人。战争期间下落不明的,下落不明的时间从战争结束之日起计算。

第二十三条规定:公民有下列情形之一的,利害关系人可以向人民法院申请宣告他死亡:(1)下落不明满四年的;(2)因意外事故下落不明,从事故发生之日起满两年的。战争期间下落不明的,下落不明的时间从战争结束之日起计算。故选C。

114.A 【专家点评】管制性行政指导是指对于妨害秩序或公益的行为加以预防或抑制。B、D选项并非行政指导,而C选项不具有管制性。故选A。

115.B 【专家点评】根据《行政诉讼法》第十九条规定:因不动产提起的诉讼,由不动产所在地的人民法院管辖。故选B。

第五部分 资料分析

116.A 【专家点评】由表可知,2004年全国科技经费是1588.61亿元,占销售额比例的1.65%,故全国中型工业企业的销售额为:1588.61÷1.65%≈96279.4亿元。故选A。

117.A 【专家点评】由表可知,2004年从业人员为141.1÷4.5%≈3135.6万人,全国大中型工业企业平均每个从业人员创造销售额＝总销售额÷从业人员人数,即96279.4÷3135.6≈30.7万元。故选A。

118.D 【专家点评】科技人员少,所占比重大,那么从业人员也就少。故由表格数据可得2004年的从业人员最多。故选D。

119.B 【专家点评】2000年～2004年的科技企业数量分别为,2000年:22276×32%≈7128.3;2001年:21776×28.4%≈6184.4;2002年:22904×26.2%＝6000.8;2003年:23096×25.3%≈5843.3,2004年:22276×24.9%≈5546.7。经比较可知,全国设有科技机构的企业数量是一直下降的。故选B。

120.B 【专家点评】2000年到2003年科技人员是逐年减少的。而2000年到2003年科技人员占从业人员的比重却逐年增加,故可得2000年到2003年其他从业人员的数量在逐年减少,且减少的幅度要大于科技人员减少的幅度,故A选项错误,B选项正确。同理,2004年,科技经费增加了,而科技经费占销售额的比例却减少了。故可得,2004年销售额的增长幅度大于2004年的科研经费的增长幅度,故C选项错误。故选B。

121.A 【专家点评】2004年6月的总保费收入为193＋1595＋586＝2374万元,2005年6月的总保费收入为229＋1802＋678＝2709万元。故2005年6月的总保费收入比去年同期增长了(2709－2374)÷2374×100%≈14.1%。故选A。

122.B 【专家点评】人身险保费收入占总保费收入,2003年6月为1504÷(174＋1504＋476)×100%≈69.8%,2005年6月为1802÷2709×100%≈66.5%,69.8%－66.5%＝3.3%,故2005年比2003年约减少了3个百分点。故选B。

123.A 【专家点评】2004年6月财产险保费收入比同期约增长(586－476)÷476＝23.1%,2004年6月人身险保费收入比同期约增长(1595－1504)÷1504＝6.1%,2005年6月财产险保费收入比同期约增长(678－586)÷586＝15.7%,2005年6月人身险保费收入比同期约增长(1802－1595)÷1595≈13.0%。故选A。

124.C 【专家点评】2003年6月和2002年6月的财产险保费收入占总保费收入的比重分别为476÷(174＋1504＋476)×100%≈22.1%和421÷(87＋1099＋421)×100%≈26.2%;人身险保费收入占总保费收入的比重分别为1504÷(174＋1504＋476)×100%≈69.8%和1099÷(87＋1099＋421)×100%≈68.4%,健康险和意外伤害险保费收入占总保费收入的比重分别174÷(174＋1504＋476)×100%≈8.1%和87÷(87＋1099＋421)×100%≈5.4%,经比较可知,财产险的保费收入占总保费收入的比重为负增长,健康险和意外伤害险增长最大。故选C。

125.B 【专家点评】人们对人身险的投入比对财产险、健康险和意外伤害险的投入要高,故[3]是正确的。从图中不能看出人们理财意识不断增强和该市人均收入有较大增长,[1]和[2]都不正确。故选B。

126.A 【专家点评】由表计算,无线广播中新闻节目在自办节目中所占比例为2403÷17986×100%≈13.36%,专题节目在自办节目中所占比例为3917÷17986×100%≈21.78%。故选A。

127.B 【专家点评】由上题计算可知,无线广播中新闻节目占自办节目的比例为13.36%,电视播映中新闻节目占自办节目时间比例为1785÷20455×100%≈8.73%。所求的倍数为13.36%÷8.73%≈1.53。故选B。

128.A 【专家点评】中央电视台平均每套节目的自办时间为280÷14＝20小时,地方电视台为20175÷2248≈8.97小时,20∶8.97≈20∶9。故选A。

129.C 【专家点评】很容易看出,在电视自办节目时间中所占比例最大,则该节目的时间应最长,在这几个节目中,文艺节目时间最长。故选C。

130.C 【专家点评】478÷2248≈0.213小时,这是地方台2004年平均每天每套节目播出自办教育节目的时间,地方电视台2004年全年平均每套节目播出自办教育节目的时间应该是0.213×366≈77.96小时,C选项错误。故选C。

131.A 【专家点评】由材料所给数据计算,2003年国家财政支出总额为975.5÷4%＝24387.5亿元。故选A。

132.C 【专家点评】2003年中央财政支出为639.9÷8.6%≈7441亿元,地方财政支出为335.6÷1.9%≈17663亿元。故中央财政支出与地方财政支出之比约为7441∶17663＝1∶2.37。故选C。

133.A【专家点评】2003 年科技活动经费支出的绝对增长量，各类企业为 $960.2 \times 21.9\% / (1 + 21.9\%) \approx 172.5$ 亿元，国有独立核算的科研院所为 $399 \times 13.6\% / (1 + 13.6\%) \approx 47.8$ 亿元，高等学校为 $162.3 \times 24.4\% / (1 + 24.4\%) \approx 31.8$ 亿元。对比可知 A 选项正确。故选 A。

134.B【专家点评】由材料可知,2003 年国家财政科技拨款额为 975.5 亿元,2003 年全国总科技活动经费为 $162.3 \div 10.5\% \approx 1545.7$ 亿元,故 2003 年国家财政科技拨款额约占全国总科技活动经费支出的比例:$975.5 \div 1545.7 \approx 63.1\%$。故选 B。

135.B【专家点评】2002 年各类企业科技活动经费支出为 $960.2 \div (1 + 21.9\%)$,可以求出[1];2003 年全国总科技活动经费支出为 $162.3 \div 10.5\%$,可以求出[2];而[3]只能通过"各类企业科技活动经费支出占全国总科技活动经费支出的比重比上年提高了 1.2 个百分点"得出,这句话没有被划上线,故[3]不能求出。故选 B。

2006 年中央国家机关公务员录用考试《行政职业能力测验(二)》试卷

第一部分 言语理解与表达

1.D【专家点评】此题比较容易。材料主要强调幽默可以化解障碍,甚至增加生活情趣,但并不能推出"有情趣的生活,是因为有了幽默"。故选 D。

2.C【专家点评】此题比较容易。A、B 选项的说法明显是错误的,排除;D 选项的说法材料中没有体现;根据"从法制或'程序之治'的长远利益来看,这也还是值得的"可知,"维护法制程序的意义大于一时的伸张正义"。故选 C。

3.B【专家点评】材料的主题句是"真正完整有效的历史教育,是应当融汇在生活之中的",由此可知作者的主要观点是历史教育的形式应当生活化。故选 B。

4.D【专家点评】典型的观点支持类型。A 选项的说法过于绝对,排除;B、C 选项也与文中意思不合,排除。故选 D。

5.D【专家点评】此题比较容易。材料主要介绍了人文教育的作用和价值。A、B、C 选项都不是主要观点,而是为了论证而使用的正反论据。故选 D。

6.B【专家点评】材料用"可"引导转折句,意在强调公路的发展对动物的影响。A、C、D 选项都比较片面。故选 B。

7.B【专家点评】材料由"但"引导一个转折句,强调了后面的内容,也就是"不要因为自己做得好,就认为那是你的兴趣所在",由此可知干得好不一定就喜欢。故选 B。

8.D【专家点评】此题比较简单。第一句揭示了材料的核心意思,即"任何目标都必须是实际的、可衡量的,不能只是停留在口号或空话上",也就是认为目标要能衡量、可实施。故选 D。

9.B【专家点评】此题难度较大。材料的第一句和最后一句揭示了主旨,主要说明的是单次博弈中存在交易成本的问题。A、C 选项所表达的内容在材料中都没有涉及,排除;D 选项属于推断出来的内容,排除。故选 B。

10.D【专家点评】根据材料,中心句为第二句,强调了"事实上是尊重科学,客观科学地看待科学",由此可知材料的主题是看待科学的正确态度。故选 D。

11.A【专家点评】此题比较容易,采用排除法。材料强调的是探索,故"人类的认识非常缓慢"不符合文意,文中也未将求知看成是人类进步的必要条件,B、C 选项表述不够准确,排除;由"人们最终也许能将整体画面的某个局部拼制出来"可知,D 选项说法有错误,排除。故选 A。

12.A【专家点评】春运铁路涨价的目的是为了使部分人停止归乡的步伐,减少铁路运输压力。但是人们对待涨价有的无所谓,有的精打细算,很少有人会因为涨价而放弃归乡,可以推论出通过涨价来调节运力的初衷,难以变成现实。B、C、D 选项的说法都与文意不符,不够准确。故选 A。

13.C【专家点评】根据材料可知,经济增长率是个相对数,不能单纯靠 GDP 的增长情况来推测。由最后一句话也可推出不一定 GDP 总数越大经济增长率就越高,C 选项的说法有误。故选 C。

14.B【专家点评】此题比较容易,是典型的主题题。材料强调了中国人个人心态需要调整。A、C 选项材料中没有涉及,排除;D 选项不是材料的重点,排除。故选 B。

15.A【专家点评】由材料可知,文化强势不等于文化先进,排除 B 选项;又由"把一些不好的东西也学了过来"可知,文化传播的过程中也会有不好的东西,排除 C 选项;D 选项材料中没有涉及,不能推出,排除;由"文化强势则借助经济优势向经济相对落后的地区辐射",体现了 A 选项的说法。故选 A。

16.C【专家点评】由材料的递进句可以看出,作者更关心的是政府职能的转变,即政府应该向公共服务型政府方向转变,不是环保总局如何,可以排除 A、B 选项;D 选项概括的内容不够全面。故选 C。

17.C【专家点评】根据材料"假如现有房地产'业态'处在坚持交易公平、利润率合理、制造富翁的速度和数量合理的水平和状态,想必其'经济性'应当最佳",用了一个"假如"来说明房地产业应该的模式,后面内容都是围绕这个"假如"展开的。A、B、D 选项都不符合文意。故选 C。

18.B【专家点评】材料强调的是功能性锻炼的重要性,只有加强功能性锻炼,"才能彻底康复",说明功能性锻炼是一种辅助治疗手段。A 选项中偷换了概念,是"一段时间",并非"长时间",排除;材料中没有提到功能性锻炼的最佳阶段,排除 C 选项;D 选项说法明显有误,排除。故选 B。

19. C【专家点评】由材料中的"可能有丰富的石油储藏",说明这一事件还是不确定的事件,C选项的说法是肯定的说法,与材料不符。故选C。

20. C【专家点评】材料中主要讲述的是凹点高尔夫球产生的背景、优点,因此"从此"后面应该是与前文顺承的。A、B选项明显错误;由"高尔夫球的平稳性和距离性比光滑的球更有优势",不能推出"越来越多的厂家生产出带凹点的高尔夫球",D选项错误。故选C。

21. D【专家点评】此题比较容易。由材料中的"骆驼是种忧患心理很强的动物,它害怕主人第二天就让它穿越沙漠",可以推出骆驼对主人有防备心理。A、B选项表述不准确,C选项的说法不是材料主要表述的内容。故选D。

22. D【专家点评】由材料中的"关键在于做任何事情时,千万别让自己陷入盲目的追逐潮流",可以推出题目强调的是不要盲目,而不是不要追逐潮流,强调的意思是不相同的,D选项的说法太绝对。故选D。

23. D【专家点评】由材料中的"致病病毒只占少数",可以推出身体的健康与否与体内病毒的多少有一定的关系,而不是没有多大关系,D选项不准确。故选D。

24. D【专家点评】此题比较有难度。由材料的语境可明白,一个人生命的产生和消失,对一个家庭的意义十分深远,可知"没有人可以随意将生命置于无谓的牺牲"。故选D。

25. D【专家点评】懒惰者和勤勉者养金鱼所用的方法是不同的,如果盲目地改变方法去养自己的金鱼是不可行的,由此可以明白作者想要说明的是D选项。材料中没有涉及更新观念的说法,排除A选项;所谓观念的东西,不会着眼于一般的做法或方法,可以排除B、C选项。故选D。

第二部分　数量关系

一、数字推理

26. A【专家点评】原数列经分析可得出:$96-102=-6,108-96=12,84-108=-24,132-84=48$,后一项减去前一项的差形成以$-2$为公比的等比数列,所以空缺处为$132-48\times2=36$。故选A。

27. B【专家点评】原数列为一个幂次数列。$1=1^6,32=2^5,81=3^4,64=4^3,25=5^2,1=7^0$,幂次数是公差为1的递减数列,故空缺处应为$6^1=6$。故选B。

28. D【专家点评】原数列可变为:$-2=2\times(-1)^3,-8=-1\times(-2)^3,0=0\times(-3)^3,64=-1\times(-4)^3$,故空缺处为$-2\times(-5)^3=250$。故选D。

29. B【专家点评】原数列为递推数列:$13=3^2+2\times2,175=13^2+3\times2$,故空缺处为$175^2+13\times2=30651$。故选B。

30. A【专家点评】原数列为递推数列:$16=3\times7-5,107=16\times7-5$,故空缺处为$107\times16-5=1707$。故选A。

二、数学运算

31. D【专家点评】根据题意,珠子4880颗最多可以生产珠链$4880\div25=195$条,丝线586条最多可以生产珠链$586\div3=195$条,搭扣200对最多可以生产珠链200条,8小时共有48个10分钟,则4个工人最多可以生产珠链$4\times48=192$条。故选D。

32. A【专家点评】根据题意,出租车开到8公里时,需支付$8+[(8-3)\times1.40]=15$元,假设该乘客乘该出租车行驶的路程为x,则$(x-8)\times2.10=44.4-15$,解得$x=22$公里。故选A。

33. C【专家点评】根据题意,15个空瓶可换成3瓶矿泉水和3个空瓶,喝完后共有6个空瓶,又可换成1瓶矿泉水和2个空瓶,最后剩下3个空瓶,借一瓶矿泉水,喝完后剩下4个空瓶。故选C。

34. A【专家点评】本题的规律是找出9、5、4的最小公倍数180之后,根据余数可知,符合要求的只有187、367、547、727、907这五个教字。故选A。

35. C【专家点评】根据题意,假设共停电x分钟,细蜡烛长度为2,粗蜡烛长度为1,根据两者剩余长度相同,可以列方程式:$2[(60-x)\div60]=1\times[(120-x)\div120]$,其中$(60-x)\div60$是细蜡烛未烧完部分占其总长度的比例,解得$x=40$分钟。故选C。

36. D【专家点评】栽树问题。根据题意,假设共有树苗x棵,则有$(x+2754-4)\times4=(x-396-4)\times5$,解得$x=13000$棵。故选D。

37. B【专家点评】根据题意,假设把所有货物都放到x号仓库($x\leqslant5$,且$x\in N$),所以其运费为$0.5\times100[10\times(x-1)+20\times(x-2)+40\times(5-x)]=0.5\times100\times(150-10x)=50\times(150-10x)$,所以要使其运费最少,则$x$最大,所以最低运费为$0.5\times100\times(150-10\times5)=5000$元。故选B。

38. A【专家点评】根据题意,每天播出的电视剧尽量少,才能保证播出电视剧时间最长。$1+2+3+\cdots+x=30$,因$1+2+3+4+5+6+7=28$,所以最多需要7天。故选A。

39. A【专家点评】根据题意可运用排列组合求解。经分析传球过程分三种情况:第一种情况的传球方式有$3\times1\times3\times2\times1=18$种,第二种情况有$3\times2\times1\times3\times1=18$种,第三种情况有$3\times2\times2\times1=24$种,$18+18+24=60$种。故选A。

40. B【专家点评】根据题意,假设甲组原有x人,乙组原有y人,则有$(y+x\frac{1}{4})\times\frac{9}{10}=\frac{1}{10}(y+\frac{1}{4}x)+\frac{3}{4}x$,所以$x:y=16:11$。故选B。

41. C【专家点评】根据题意,每淘汰一人,就有一场赛事,100人中只留下男女各一名冠军,就是说要淘汰98人,必有98场赛事。故选C。

42. D【专家点评】根据题意,如果四个组一起缝制裤子,每天可缝制40条;一起缝制上衣,每天可缝制30件。7天中若安排3天缝制裤子,4天缝制上衣,可得到120条裤子和120件上衣,即120套衣服。统筹之后可以缝制更多,故要选择多于120套的选项。故选D。

43. C【专家点评】根据题意，只懂英语的为2人，只懂法语的有1人，只懂西班牙语的为2人，共有5人，而题干上所列语言都不会说的有12－（2＋2＋1＋1＋1＋2）＝2人，则只会说一种语言的人比一种语言都不会说的多5－2＝3人。故选C。

44. B【专家点评】根据题意假设，最轻的人重86斤，则其最小的排列为86,87,88,89,90，总数超过423；设最轻的人重84斤，则其排列为84,85,86,87,88，体重之和超过423；设最轻的人重82斤，则其排列为82,83,84,85,86，其和为420，符合题意。故选B。

45. B【专家点评】从12时到13时是1个小时，1个小时内，分针转1圈，因此与时针构成直角的机会只有2次。故选B。

第三部分　判断推理

一、图形推理

46. A【专家点评】观察图形可知，每一行中的黑点数都是递减的，且递减规律是从上到下，依此可选出答案。故选A。

47. A【专家点评】观察图形可知，前两组图形的规律是其头和身分别由不同的图形构成，而其脚又分别为1、2或3，均不相同，符合这两个条件的只有A选项，故选A。

48. C【专家点评】此题属于图形的翻转。观察图形可知，三角形的规律是：前两个图形是对称的，第三个图形是由第一个图形旋转180°得到的。故选C。

49. D【专家点评】观察图形可知，前两组图形的第一个规律是其分割正方形的线段为左上角至右下角、右上角至左下角和正中，排除C选项；第二个规律是正方形内较大圆圈中的图形分别为十字、小方块和小圆圈，排除A选项；第三个规律是无大圆圈包围的图形也分别为十字、小方块和小圆圈，排除B选项。故选D。

50. C【专家点评】观察图形可知，眼睛有实点和圆圈，且分别为左实点、右实点、全圆圈，嘴巴有上弯、下弯、平直，由此分析可得答案，故选C。

51. C【专家点评】观察图形可知，可把原图拆成几个部分，重新组合成一个新图形。A选项中不足8个三角形；排除B,D选项中弧形图形均不能还原成原图。故选C。

52. C【专家点评】观察图形可知，只有C选项的组成元素与原图相同。A,D选项图形中的小圆内无线条或者少线条，排除。B选项中的小圆内多出线条，排除。故选C。

53. C【专家点评】观察图形可知，每个图形都由三个小图形组成。将C选项中左边部分由两个小图形组成的矩形旋转180°，即为左边给定的图形。故选C。

54. B【专家点评】观察图形可知，将B选项中上下两个半圆的位置进行互换，则为左边给定的图形。故选B。

55. B【专家点评】观察图形可知，将B选项中上半部分

两个正方形与下半部分两个正方形的位置进行互换，则为左边给定的图形。故选B。

二、定义判断

56. D【专家点评】定义的关键是"第三者"的概念。根据"这些人下车后除驾驶员外，均可视为第三者"，可知驾驶员即使下车后也不被视为第三者，排除A选项；B选项也不符合第三者责任险的范围；C选项中的乘客乙被烧伤时在车上，属于"所有人员"；只有D选项中乘客乙已下车，可被视为第三者。故选D。

57. C【专家点评】此题比较容易。根据定义，A选项属于勘验笔录；B选项属于录音、录像；D选项属于鉴定结论；只有C选项符合物证的定义。故选C。

58. B【专家点评】多定义题型。同卵双生姐妹是一个受精卵分化而成的，同卵双生姐妹具有相同的遗传基因，故同卵双生姐妹之间的肾移植属于同系移植。故选B。

59. D【专家点评】定义的关键是"以不同价格把同样的物品卖给不同顾客"，D选项中厂家低价销售次品并未区分不同的顾客，不符合价格歧视的定义；A、B、C选项均属于价格歧视。故选D。

60. D【专家点评】定义的关键在于现场笔录适用的情况。A选项适用于在事后难以取证的情况；B、C选项适用于在证据难以保全的情况；D选项中大公司在大型交易中偷税，在事后应该有证据证明案件的真实性，不能适用题干所列明的三种情况。故选D。

61. D【专家点评】由题干定义可知，泛化现象发生要先有某种特定条件的刺激，形成反应后，一些类似的刺激也会诱发相同的条件反应。A、C选项中不存在新刺激和原刺激的区别；而B选项中的草木并非"类似的刺激"，均不符合定义；D选项中井绳和蛇分别是新旧刺激，而且两者有相似性，符合定义。故选D。

62. B【专家点评】定义的关键是为了实行犯罪而准备工具、制造条件。B选项中王老板新招保安并非"打手"，不是"为了实行犯罪"，不符合定义。故选B。

63. A【专家点评】由持续犯的定义可知，A选项中，田某杀害少年后，犯罪后果已经产生，犯罪行为已经结束，并无犯罪行为持续存在，不符合持续犯的定义；B、C、D选项所陈述的事实都属于持续犯。故选A。

64. C【专家点评】由定义可知，A选项中王某的行为不是管理行为而是侵权行为，排除；B选项中存在委托关系，不合定义，排除；根据"无因管理人有义务进行适当管理"，D选项中王某未尽管理义务，应赔偿，排除；C选项符合定义。故选C。

65. D【专家点评】此题比较容易。根据定义，税务局委托法院拍卖，并不是把法院当作行政相对人，故不是税务局对法院以实现特定的行政管理目标行使行政职能，所以不是行政合同。故选D。

三、类比推理

66. C【专家点评】题干中的两个词描述的状态是相反

的,且分别为形容词和动词。C选项与其相似,故选C。

67.C 【专家点评】白衣天使是形容护士的,而钢铁长城是形容军人的,C选项符合要求。B选项具有迷惑性,橄榄枝是和平的象征,并非和平的美称,不符合。故选C。

68.C 【专家点评】题干中的两个词属于因果关系。二氧化碳可以导致温室效应,而洪水可以导致水灾。故选C。

69.B 【专家点评】题干中的两个词属于并列关系。比喻和拟人都是修辞手法,而冰箱和洗衣机都是家用电器,其地位也是并列的。故选B。

70.C 【专家点评】题干中的两个词属于因果关系。未授权的模仿可能会产生摩擦,而不合法的复制可能会导致官司。故选C。

71.B 【专家点评】水可以淹没事物,泥土可以掩埋事物。故选B。

72.D 【专家点评】题干中的两个词是包含关系。自恋是爱的一种,而贪婪也是欲望的一种,且前者都是形容词。故选D。

73.B 【专家点评】题干中的两个词是事物与其用途的关系。用七巧板拼图,用瓷砖镶嵌。故选B。

74.C 【专家点评】题干中的两个词属于近义词的关系。C选项中"增加"和"扩大"也是近义词。故选C。

75.C 【专家点评】学习的目的是为了掌握,而寻找的目的是为了发现,但是,积累的目的不是为了提高。故选C。

四、演绎推理

76.C 【专家点评】根据材料中的"婴儿对音乐或歌声的反应要比话语更强烈"可知,可以用音乐调节婴儿的情绪和反应。A、B、D选项的说法在材料中没有体现,排除。故选C。

77.D 【专家点评】典型的观点支持类题型。材料的观点是人如果长时期饮用超纯净水,会不利于健康。而长期饮用超纯净的水意味着长期不摄入"杂质",若该"杂质"是人体必需微量元素的重要来源,就会导致身体缺乏营养。故选D。

78.A 【专家点评】阅读题干,根据"因为金属具有颗粒状的微观结构",可以推导出玻璃没有颗粒状的微观结构。B、C、D选项都不能从材料中推出。故选A。

79.C 【专家点评】削弱类题型。由材料可知,结论是基于高温会导致建筑材料发声这一前提,C选项中"许多火灾开始于室内的沙发坐垫或床垫,产生大量烟雾却不发出声音"可直接反驳这一前提。故选C。

80.D 【专家点评】假设前提类题型。根据材料,科学家容易把目标与其一致的其他科学家作为他们的同事,而不把那些科学名人当成"真正的同事",可见从事研究的科学家们认为那些科学名人没有动力去从事重要的新研究,所以不是"真正的同事"。故选D。

81.C 【专家点评】削弱类题型。根据材料可知,很少刷牙的人患口腔癌的危险性更高,而让这些人每周进行自我

口腔检查也是不大可能的,因此也不能早期发现口腔癌,这样就质疑了题干的说法。故选C。

82.C 【专家点评】由材料提供的条件可以推出,如果秦珊和刘玉都去了杭州,那么三个女生都不在大连,而赵林明确去大连,即大连只有男生,这违反了第二个条件,所以秦珊和刘玉不可能同时去杭州。故选C。

83.D 【专家点评】采用排除法。由材料提供的条件可以推出,A选项中,不使用墨绿,则要使用橙黄,那么不能使用天蓝,本身矛盾,排除;B选项中,不使用橙黄,则使用墨绿,那么不能使用铁青,本身矛盾,排除;C选项中,使用墨绿,则不能使用橙黄,即可以使用天蓝,也就可以使用铁青,造成矛盾,排除;D选项中,使用橙黄,则不能使用墨绿,也不能使用天蓝,不能使用铁青,并无矛盾之处。故选D。

84.D 【专家点评】根据材料中的"如果生产下降或浪费严重"的"或"字,可知其为两个充分条件,如果推导过程反转,那么两个充分条件变为两个必要条件,即生产没有下降并且没有浪费严重。故选D。

85.C 【专家点评】根据③可知丙、丁两人中必有一个人知识不够丰富,而根据②,乙、丙知识相当,则丙必为知识丰富,否则会出现两人知识不够丰富的情况,违反④。设甲、乙两人都是意志坚强,则丙、丁两人不够坚强,即丁的知识不丰富,意志也不坚强,其一定是技术熟练,而且只有丁的技术熟练,那么就不可能选出优秀宇航员,因此只能是甲、乙两人意志不坚强,而丙、丁两人意志坚强,因为丁已经被排除,只有丙符合要求。故选C。

第四部分 常识判断

86.B 【专家点评】此题比较容易。如果目不识丁的老太太都能听懂白居易所做的诗,那么说明该诗通俗易懂。故选B。

87.D 【专家点评】"自动"进行的眨眼动作的主要目的是使眼泪均匀覆盖眼球,保持眼球湿润、不干燥,而且还能使视网膜及眼肌得到休息。故选D。

88.D 【专家点评】色彩具有膨胀感和收缩感。蓝、白、红三种颜色给人造成的主观体验不同,为了让三条色带看上去等宽,实际宽度不能相同。故选D。

89.A 【专家点评】《行政处罚法》第五十三条规定:罚款、没收违法所得或者没收非法财物拍卖所得的款项,必须全部上缴国库,任何行政机关或者个人不得以任何形式截留、私分或者变相私分。故选A。

90.D 【专家点评】在法律规定的行政复议期限60日外,还可以延长最多30日。

《行政复议法》第三十一条规定:行政复议机关应当自受理申请之日起60日内作出行政复议决定;但是法律规定的行政复议期限少于60日的除外。情况复杂,不能在规定期限内作出行政复议决定的,经行政复议机关的负责人批准,可以适当延长,并告知申请人;但是延长期限最多不超

过 30 日。故选 D。

91. C 【专家点评】《行政处罚法》第八条的规定：行政处罚的种类有：(1)警告；(2)罚款；(3)没收违法所得、没收非法财物；(4)责令停产停业；(5)暂扣或者吊销许可证、暂扣或者吊销执照；(6)行政拘留；(7)法律、行政法规规定的其他行政处罚。责令停产停业为行政处罚种类之一。故选 C。

92. A 【专家点评】根据《行政诉讼法》第五十二条、第五十三条可知，法律、行政法规、地方性法规、自治条例、单行条例可以成为行政案件的审判依据，而行政规章在行政案件审判时只是作为审判参照。故选 A。

93. A 【专家点评】国家赔偿的归责原则是违法原则，行政裁决不当不涉及违法问题，排除 B 选项；制定的法规、规章是抽象行政行为，不在行政赔偿的范围内，排除 C 选项；行政机关建房侵占他人用地时是以普通民事主体的身份行事，不是履行职权的行为，排除 D 选项。故选 A。

《国家赔偿法》第四条规定：行政机关及其工作人员在行使行政职权时有下列侵犯财产权情形之一的，受害人有取得赔偿的权利：(1)违法实施罚款、吊销许可证和执照、责令停产停业、没收财物等行政处罚的；(2)违法对财产采取查封、扣押、冻结等行政强制措施的；(3)违反国家规定征收财物、摊派费用的；(4)造成财产损失的其他违法行为。故选 A。

94. B 【专家点评】根据《行政诉讼法》第十三条的规定可知，基层人民法院管辖第一审行政案件；根据第十八条的规定：对限制人身自由的行政强制措施不服提起的诉讼，由被告所在地或者原告所在地人民法院管辖。故选 B。

95. D 【专家点评】按马克思主义的观点，人权是一个社会历史的范畴，并非所谓天赋的，人权不等于公民权。人权作为人类的一种理想，比法律上的公民权和现实中的人权具有更广泛的意义。故选 D。

96. D 【专家点评】政务公开是指国家行政机关，以及法律、法规授权或受行政机关委托履行行政管理职责的组织，依照规定程序和方式公开其规范性文件、行政措施、行政决定和政务信息的活动。D 选项中的内容对于行政相对人而言并不影响其权利义务，因此并无必要公开。故选 D。

97. B 【专家点评】"四国联盟"包括日本、印度、德国和巴西。法国已经是安全理事会常任理事国，没有必要加入"四国联盟"。故选 B。

98. B 【专家点评】引发海啸可以有多种原因。除了地震、火山爆发或水下塌陷、滑坡等都可能引起海啸。故选 B。

99. A 【专家点评】孙某放任小孩处于危险境地而不采取行动，构成不作为的间接故意杀人罪。不作为犯罪是指以不作为形式实现的犯罪，即负有特定法律义务(不仅是法律明文规定)能够履行该义务而不履行，因而危害社会依法应当受到刑事处罚的行为。孙某的行为构成故意杀人罪。故选 A。

100. D 【专家点评】失火罪是由于行为人的过失引起

火灾，造成严重后果，危害公共安全的行为，排除 A 选项；玩忽职守罪的主体是国家机关工作人员，排除 B 选项；破坏集体生产罪的主观方面是故意，而不是过失，排除 C 选项；重大责任事故罪是在生产作业活动中违反规章制度造成严重后果的行为。根据《刑法》第一百三十四条规定：工厂、矿山、林场、建筑企业或者其他企业、事业单位的职工，由于不服管理、违反规章制度，或者强令工人违章冒险作业，因而发生重大伤亡事故或者造成其他严重后果的，处 3 年以下有期徒刑或者拘役；情节特别恶劣的，处 3 年以上 7 年以下有期徒刑。故选 D。

101. C 【专家点评】滥用职权罪的主观方面是故意，而本案例是过失，排除 B 选项；根据"给国家造成了严重损失"，可知其已经构成犯罪，排除 D 选项；玩忽职守罪和国家工作人员签订、履行合同失职罪是普通条款与特别条款的关系，应优先适用特别条款。国家工作人员签订、履行合同失职罪是指国家机关工作人员签订、履行合同过程中，因严重不负责任被诈骗，致使国家利益遭受重大损失的行为。故选 C。

102. A 【专家点评】《劳动争议调解仲裁法》第五条规定：发生劳动争议，当事人不愿协商、协商不成或者达成和解协议后不履行的，可以向调解组织申请调解；不愿协商、协商不成或者达成和解协议后不履行的，可以向劳动争议仲裁委员会申请仲裁；对仲裁裁决不服的，除本法另有规定的外，可以向人民法院提起诉讼。劳动争议仲裁委员会的仲裁是提起劳动争议诉讼的前置程序。故选 A。

103. B 【专家点评】由《宪法》和《民族区域自治法》的有关规定可知，自治区的自治条例和单行条例的审批权属于全国人大常委会。《宪法》第一百一十六条规定：民族自治地方的人民代表大会有权依照当地民族的政治、经济和文化的特点，制定自治条例和单行条例、自治区的自治条例和单行条例，报全国人民代表大会常务委员会批准后生效。故选 B。

104. A 【专家点评】民事行为能力是民事主体独立地以自己的行为为自己或他人取得民事权利和承担民事义务的能力。根据《民法通则》第十二条的规定可知，不满十周岁的未成年人是无民事行为能力人，由他的法定代理人代理民事活动。故选 A。

105. D 【专家点评】根据《宪法》和法律的规定可知，县级以上人大代表享有人身特别保护权。《宪法》第七十四条规定：全国人民代表大会代表，非经全国人民代表大会会议主席团许可，在全国人民代表大会闭会期间非经全国人民代表大会常务委员会许可，不受逮捕或者刑事审判。故选 D。

106. D 【专家点评】由最高人民法院颁布的有关司法解释可知，D 选项相对符合要求。此题严格来说存在一定的缺陷，根据《最高人民法院关于民事诉讼证据的若干规定》第六十九条规定：下列证据不能单独作为认定案件事实的依据:(一)未成年人所作的与其年龄和智力状况不相当的证言;(二)与一方当事人或者其代理人有利害关系的证人出具的证言;(三)存在疑点的视听资料;(四)无法与原件、原物核对的复印件、复制品;(五)无正当理由未出庭作证的证人证言。根据这五条,A、B、C选项显然不准确。故选D。

107.C 【专家点评】根据《民法通则》第二十条、第二十三条规定可知,受理申请宣告公民失踪或死亡的机关是人民法院。

《民法通则》第二十条规定:公民下落不明满二年的,利害关系人可以向人民法院申请宣告他为失踪人。战争期间下落不明的,下落不明的时间从战争结束之日起计算。

第二十三条规定:公民有下列情形之一的,利害关系人可以向人民法院申请宣告他死亡:(1)下落不明满四年的;(2)因意外事故下落不明,从事故发生之日起满两年的。战争期间下落不明的,下落不明的时间从战争结束之日起计算。故选C。

108.D 【专家点评】此题中C、D选项比较有争议。先行处置权是指在法治国家,行政主体行使行政职权,实施行政行为,都必须遵循法定的程序。但是,在紧急情况下,公安机关可以不受该程序规定的制约,先行处置。获得社会协助权是指行政主体享有获得社会协助权,即行政主体在从事紧急公务时,有关组织或个人有协助执行或提供方便的强制性义务,违反者将承担法律责任。题干中说"铁路和航运部门应当免费优先载运","优先载运"就是说打破以往的规定,进行先行处置,中止本来的运输任务,符合先行处置权的定义。如材料中表述成"铁路和航运部门应当积极协助消防队,提供相应运输工具",那么意思是说在没运输任务时,协助政府运送东西。故选D。

109.C 【专家点评】全国人民代表大会无权改变有关法规,其法律监督权主要体现为撤销权,故选C。

110.A 【专家点评】被委托方应以委托方的名义行使处罚权。《行政处罚法》第十八条规定:行政机关依照法律、法规或者规章的规定,可以在其法定权限内委托符合本法第十九条规定条件的组织实施行政处罚。行政机关不得委托其他组织或者个人实施行政处罚。故选A。

111.C 【专家点评】由题干可知,丁撰写了有关内容,是实际的作者之一,因此与甲教师共同拥有该书的著作权。根据《著作权法》第十三条规定:两人以上合作创作的作品,著作权由合作作者共同享有。没有参加创作的人,不能成为合作作者。合作作品可以分割使用的,作者对各自创作的部分可以单独享有著作权,但行使著作权时不得侵犯合作作品整体的著作权。故选C。

112.D 【专家点评】根据《民事诉讼法》第一百八十五条的规定可知,对于已经发生法律效力的判决、裁定,最高人民检查院对各级人民法院,上级人民检察院对下级人民法院,按照审判监督程序都应提出抗诉。地方各级人民检察院对同级人民法院已经发生法律效力的判决、裁定,应提请上级人民检

院按照审判监督程序提出抗诉。故选D。

113.C 【专家点评】甲已经构成不当得利,应返还原物,即应返还银行多付的1万元,同时还应返还1个月的利息,因为利息是物的孳息,应同原物一同返还,而甲的经营所得不用给付,因为甲仅负有返还原物的义务。《民法通则》第九十二条规定:没有合法根据,取得不当利益,造成他人损失的,应当将取得的不当利益返还受损失的人。故选C。

114.C 【专家点评】有限责任公司是指由股东投资组成,股东以其出资额为限对公司承担责任,公司以其全部资产对公司债务承担责任的法人。股份有限公司是指公司资产分为等额股份,股东以其所持股份对公司承担责任,公司以其全部资产对公司债务承担责任的法人。由定义可知,两者最主要的区别是后者的全部资本分为等额股份并采取股票的形式。故选C。

115.B 【专家点评】根据《保险法》有关规定,被保险人死亡以后,如果受益人也先于被保险人死亡,又没有其他受益人的,保险金视为被保险人的遗产。《保险法》第六十五条规定:被保险人死亡后,遇有下列情形之一的,保险金作为被保险人的遗产,由保险人向被保险人的继承人履行给付保险金的义务:(1)没有指定受益人的;(2)受益人先于被保险人死亡,没有其他受益人的;(3)受益人依法丧失受益权或者放弃受益权,没有其他受益人的。故选B。

第五部分　资料分析

116.A 【专家点评】由材料所给数据计算,2003年国家财政支出总额为 $975.5 \div 4\% = 24387.5$ 亿元。故选A。

117.C 【专家点评】2003年中央财政支出为 $639.9 \div 8.6\% \approx 7441$ 亿元,地方财政支出为 $335.6 \div 1.9\% \approx 17663$ 亿元。故中央财政支出与地方财政支出之比约为 $7441 : 17663 = 1 : 2.37$。故选C。

118.A 【专家点评】2003年科技活动经费支出绝对增长量中,各类企业为 $960.2 \times 21.9\% / (1 + 21.9\%) \approx 172.5$ 亿元,国有独立核算的科研院所为 $399 \times 13.6\% / (1 + 13.6\%) \approx 47.8$ 亿元,高等学校为 $162.3 \times 24.4\% / (1 + 24.4\%) \approx 31.8$ 亿元。对比可知A选项正确。故选A。

119.B 【专家点评】由材料可知,2003年国家财政科技拨款额为975.5亿元,2003年全国总科技活动经费为 $162.3 \div 10.5\% \approx 1545.7$ 亿元,故2003年国家财政科技拨款额约占全国总科技活动经费支出的比例为 $975.5 \div 1545.7 \approx 63.1\%$。故选B。

120.B 【专家点评】2002年各类企业科技活动经费支出为 $960.2 \div (1 + 21.9\%)$,可以求出[1];2003年全国总科技活动经费支出为 $162.3 \div 10.5\%$,可以求出[2];而[3]只能通过"各类企业科技活动经费支出占全国总科技活动经费支出的比重比上年提高了1.2个百分点"得出,这句话没有被划上线,故[3]不能求出。故选B。

121.A 【专家点评】2004年6月的总保费收入为193+

1595＋586＝2374 万元，2005 年 6 月的总保费收入为 229＋1802＋678＝2709 万元。故 2005 年 6 月的总保费收入比去年同期增长了（2709－2374）÷2374×100%≈14.1%。故选 A。

122. B 【专家点评】人身险保费收入占总保费收入的比重，2003 年 6 月为 1504÷(174＋1504＋476)×100%≈69.8%，2005 年 6 月为 1802÷2709×100%≈66.5%，69.8%－66.5%＝3.3%，故 2005 年比 2003 年约减少了 3 个百分点。故选 B。

123. A 【专家点评】2004 年 6 月财产险保费收入比同期约增长(586－476)÷476＝23.1%，2004 年 6 月人身险保费收入比同期约增长(1595－1504)÷1504＝6.1%，2005 年 6 月财产险保费收入比同期约增长(678－586)÷586＝15.7%，2005 年 6 月人身险保费收入比同期约增长(1802－1595)÷1595＝13.0%。故选 A。

124. C 【专家点评】2003 年 6 月和 2002 年 6 月的财产险保费收入占总保费收入的比重分别为 476÷(174＋1504＋476)×100%≈22.1%和 421÷(87＋1099＋421)×100%≈26.2%，人身险分别为 1504÷(174＋1504＋476)×100%≈69.8%和 1099÷(87＋1099＋421)×100%≈68.4%，健康险和意外伤害险为 174÷(174＋1504＋476)×100%≈8.1%和 87÷(87＋1099＋421)×100%≈5.4%，经比较可知，财产险的保费收入占总保费收入的比重为负增长，健康险和意外伤害险增长最大，故选 C。

125. B 【专家点评】人们对人身险的投入比对财产险、健康险和意外伤害险的投入要高，故[3]是正确的。从图中不能看出人们理财意识不断增强和该市人均收入有较大增长。故选 B。

126. A 【专家点评】由表计算，新闻节目所占比例为 2403÷17986×100%≈13.36%，专题节目所占比例为 3917÷17986×100%≈21.78%。故选 A。

127. B 【专家点评】由上题计算可知，无线广播中新闻节目占自办节目的比例为 13.36%，电视播映中新闻节目占自办节目时间比例为 1785÷20455×100%≈8.73%，所求的倍数为 13.36%÷8.73%≈1.53。故选 B。

128. A 【专家点评】中央电视台平均每套节目的自办时间为 280÷14＝20 小时，地方电视为 20175÷2248≈8.97 小时，20：8.97≈20：9。故选 A。

129. C 【专家点评】由表很容易看出，在电视自办节目时间中所占比例最大，则该节目的时间应最长，在这几个节目中，文艺节目时间最长。故选 C。

130. C 【专家点评】地方电视台 2004 年全年平均每套节目播出自办教育节目的时间应该是 0.213×366≈77.96 小时，C 选项错误。故选 C。

131. B 【专家点评】由表可知，1998 年流通中的现金是 1.12 万亿元，货币和准货币是 10.45 万亿元，则 1.12÷10.45×100%≈10.7%。故选 B。

132. D 【专家点评】由表中提供的数据可知，2003 年货币量增长超过了 1.3 万亿元，超过其他年份。故选 D。

133. D 【专家点评】由表中提供的数据可知，2002 和 2003 年货币所占的比例小于 2002 和 2003 年准货币所占的比例，2002 年准货币的比例为 11.41÷18.50×100%≈61.7%，2003 年的准货币比例为 13.71÷22.12×100%≈62.0%，比较可知后者大于前者。故选 D。

134. D 【专家点评】由表可知，1997 年～2003 年间，流通中的现金增长了(1.97－1.02)÷1.02×100%≈93%，货币增长了(8.41－3.48)÷3.48×100%≈142%，货币和准货币增长了(22.12－9.10)÷9.10×100%≈143%，活期存款增长了(6.44－2.46)÷2.46×100%≈162%。故选 D。

135. A 【专家点评】由表很容易看出，从 1997 年至 2003 年，每年的准货币都超过活期存款。故选 A。

2005 年中央国家机关公务员录用考试《行政职业能力测验(一)》试卷

第一部分　言语理解与表达

1. B 【专家点评】给定文段前两句说的是科普文章需要"作家的笔"来避免枯燥，是说文学对科学的作用；后两句是说科学为文学写作"提供了一座富矿"，是说科学对文学的促进作用。所以，整个题干讲的是科学与文学间的相互激励作用，故选 B。A 和 D 项只反映了一个方面，C 选项中的"依赖"运用不当。

2. A 【专家点评】题干第一、第二句是说只有尽快提高农民的文化素质和科技意识，才能适应新形势下农业面临的科技竞争。第三、第四句说的是农业发展需要高素质的农民。第五句是说国家决定大力发展农村成人教育。B 选项只是说了文意的一个方面，D 选项说的是一个既成事实，而题干分明说的是国家"每年将培训农民超过 1 亿人次"，C 选项并不是文段重点强调的内容。故选 A。

3. C 【专家点评】这是一道典型的主旨题，全面阅读之后会发现，这段文字的主题句是"自上而下与自下而上的监督力量有机地结合，才可能在博弈中避免'一个人'的片面和'一群人'的片面"。根据这句话可以知道材料的主旨是如何对官员进行有效的监督。故选 C。

4. C 【专家点评】材料说的是结构游戏可以培养幼儿的多种能力，但要使结构游戏发挥这样的作用，就需要幼儿教师在参与游戏时掌握恰当的教法。所以，正确答案是 C。A 和 D 选项只是提到了文章的一个方面，并不是主旨。B 选项说的是幼儿教师和幼儿能力形成之间的关系，没有涉及结构游戏这个主旨，因此也不正确。

5. A 【专家点评】显然，题目要求寻找的是宾语"基本功训练的凭借"一词在题干中的主语。首先,分析这个句子,理出主谓宾,可以简化为:收入语文教材的文章,就不再是……,而是……,是……。由此可知,这个句子的主语是"收入语文教材的文章",故选A。

6.B【专家点评】根据"就总体水平而论,上海孩子……也低于京、穗"可知,广州教育支出总体水平高于上海。A项不正确,是因为在家长给孩子的零花钱方面,题目中只说了上海最低,北京和广州没有做比较;C选项不正确,在其他教育方面的支出水平,广州和北京之间没有作出比较,也就不能说广州介于北京、上海之间。D选项同理。

7.C【专家点评】这是一道观点题。"笔者认为"后面的部分是作者的观点,内容是批判"一种很流行的观点"的,由此可知作者的观点并不流行,排除B、D选项。在没有另外说明的情况下,无法判断作者这种观点是否是正确的,所以排除A选项。

8.B【专家点评】本题虽然谈到了"米开朗基罗笔下的人物"、"意大利"、"人体艺术",但这些都不是材料谈论的重点。材料最后一句话明确指出了这段材料的谈论重点,即文艺复兴运动与现代体育的渊源。故选B。

9.A【专家点评】本题是一道文意推断题,整个材料有五个并列分句,表达的是人们应该看到生活中有希望的一面,而不要太过在乎负面的影响,这样才能得到幸福。而幸福也就在你的一念之间。A选项全面概括了这个意思。

10.D【专家点评】"人们不喜欢丢掉自己的原有'地盘',不喜欢丢面子。"这显然是作者批评的现象。所以作者的观点就是:不要顾及自己的面子,要舍得丢掉自己的原有"地盘"。材料中的"思想陷阱"指人们对"沉没成本"的念念不忘,而实际上这种成本"只有在产品销售成功后才可顺利回收"。所以当决定是否进行投资的时候,必须忘掉自己过去的投资。故选D。

11.C【专家点评】题干第一句就指出我国在石油、天然气资源方面的供求矛盾在一定程度上将得到缓解,所以A项错误。根据题干中的数据可知,我国原油产量超过消费量的一半以上,消费靠进口的说法也是不正确的,排除B选项。题干中只指出我国"对石油、天然气资源的需求有所减少",而D选项却说我国对能源的需求会越来越少,明显不符合题意。所以只有C选项是正确的,根据进口量的增多,可知我国对进口原油的依赖加大。

12.D【专家点评】整个材料都是针对陪审人员专业化问题展开的,由一个假设句起头,引出普通人也该参与到司法过程中来。A、B选项都没有论及,C选项并不是重点阐述的内容。故选D。

13.C【专家点评】因为有最低工资标准,雇主们完全可以在这个标准下选择"生产力较高或较可爱"的人聘用,这就使得那些贫困工人们在报酬上没有了优势,造成更加严重的失业。故选C。

14.D【专家点评】本题是一道主旨归纳题。题干前两

句讲的是人类对宇宙的探索;最后一句讲的是发明缆车的意义:一方面发展了旅游事业,满足了好奇心,另一方面却毁掉了人们对自然界探寻的乐趣。所以只有D选项概括全面。

15.A【专家点评】本段从哲学和历史两个角度分析了儒家思想的优点和缺陷,即缺乏道德底线,接着就这一缺陷提出自己的主张:应该在人道主义框架内建立一种起码的道德底线。本段前后两句话在结构上是因果关系,即由于从历史角度看,世俗化后的儒家思想缺乏道德底线,所以应当建立道德底线,A选项正是主旨。

16.D【专家点评】本题要求对本段材料的基本内涵进行理解的基础上判断材料的核心意义。这段材料可以概括为:劳动者,不管是……,还是……,不管是……,还是……,都是正式员工。由此可知,材料强调的是企业和员工之间的关系,在这方面,任何员工是没有差别的。故选D。

17.D【专家点评】从对联不难看出,它强调的是"忙里偷闲"和"苦中作乐",讲的是要将工作和娱乐结合起来,注意劳逸结合,享受生活。只有D选项最符合。

18.C【专家点评】这段材料主要说的是传统司法程序对公民权利造成伤害,而且这种伤害缺乏有效可行的保障机制来恢复和弥补。A选项只是谈到了一种现象,并没有涉及文章主旨,B和D选项都是根据材料推导的结论,并没有真正体现主旨,属于过度引申。

19.D【专家点评】题干第一句是说"早餐吃冷饮伤害'胃气'",第二句是说为什么会伤害,第三句是说应该吃什么。可见,最后一句才是题干材料的中心,即夏天早餐究竟是应该吃冷饮还是吃热食。A和B选项都很片面,C选项比较难排除,因为题干最后一句话说早饭应先吃……,然后吃……,不仅说到了早餐该吃什么,还讲到了吃早餐的顺序,故选D。

20.B【专家点评】题干第一句是主旨句,提出目前全国很多城市搞光彩工程,这在当前普遍缺电的形势下是不适宜的,接下来以上海市为例子来说明这种情况。A选项是不正确的,因为材料中只是说在当前普遍缺电的情况下,搞"光彩工程"是不适宜的,以后怎样并没有说到。C和D选项只是提到了材料的一个方面,而非材料主旨。

21.C【专家点评】这是一道典型的标题类题目。因为对这段文字的限定是"报纸上的新闻",对新闻标题的要求是简明扼要、概括性强。材料首句是主题句,进行缩减后为:国际病毒编写小组制造出病毒。进行修改、整理之后即可作为文章标题。故选C。

22.B【专家点评】文中只是指明心情对于血压有影响,但不一定就是决定因素,所以A选项排除。材料中指出心情不好,血压和氧化作用会降低,但是血压和氧化作用降低了并不能说明心情一定就不好,所以C选项不正确。同样D选项的论断也是不能得出的。故选B。

23.B【专家点评】根据题干进行排除就可以得到答案

第一句说由于电塔工程在"要建"的时候就进入了听证程序，可见还没能正式开工，所以A选项是正确的；第二句中有"一片反对的声浪"就可以推导出这一工程受到大多数公民的反对，所以C选项是正确的；最后一句提到"类似颐和园的众多风景名胜"，可见受到威胁的不仅仅是颐和园。这三项都可以推断出来，故选B。

24.D 【专家点评】材料第一句指出世界遗产所在地国家必须保证遗产的真实性和完整性，A选项正确；第二句说世界遗产的第一层功能是科学研究，可见科学研究是世界遗产最宝贵的价值；第三句说对世界遗产的保护还有诸多不尽如人意的地方，可以推导出有不少违反世界遗产公约的行为存在，C选项正确。只有D选项在文中没有依据，不能推出。

25.D 【专家点评】题干前三句都围绕着成功的美容给女性带来美好的变化，接着用带转折意味的连词"与此同时"开头，对美容的负面影响做论述。作为引言，接下来最可能谈的就是失败的整形美容带来的痛苦。

第二部分 数量关系

一、数字推理

26.C 【专家点评】这是一个典型的二级等比数列，先做商得到一个公差为1的等差数列，后一项比前一项分别为2、3、4、5，所以答案为240。

27.D 【专家点评】与上题相同，这也是一个典型的二级等比数列，先做商得到一个公差为1的等差数列，后一项比前一项分别为1、2、3、4，所以答案为24。

28.C 【专家点评】这是一个典型的组合数列（数列间隔组合）。间隔数列分别是公差为2的二级等差数列1、3、7、13和二级等差数列3、5、9、15的间隔组合，所以答案应为21、23。

29.B 【专家点评】这是一个等比数列的变式，后一项减前一项的差构成一个等比数列，即$2-1=1,5-2=3,14-5=9,3\div1=3,9\div3=3$，所以括号内数字为$14+9\times3=41$。所以选B。

30.C 【专家点评】这是一个典型的三项求和数列的形式。前三项相加等于第四项，即$0+1+1=2,1+1+2=4,1+2+4=7,2+4+7=13$，所以答案应为$4+7+13=24$。

31.A 【专家点评】这是一个平方数列的变式，1、4、16、49、121分别是1、2、4、7、11的平方，而底数1、2、4、7、11又是一个典型的二级等差数列，即后一项减前一项分别为1、2、3、4，则接下来应为5，所以1、2、4、7、11后应为16，则答案16^2即256。

32.C 【专家点评】这是一个典型的平方修正数列，与2、3、10、15、26最近的平方数是1、4、9、16、25，即1、2、3、4、5，由此得出$2=1^2+1,3=2^2-1,10=3^2+1,15=□^2$ □，所以括号里填的数字应该是6^2-1，

33.C 【专家点评】这是一个典型的三级等差数列。一级做差得到二级数列9、21、39、63，二级做差得到三级数列12、18、24，这显然是一个公差为6的等差数列，则三级数列最后一项应为30，二级数列最后一项应为93，所以一级数列最后一项应为$133+93=226$。

34.A 【专家点评】这是一个典型的平方数列变式，可以递推得出答案。通过观察得知，从第二项开始，每项的平方减去前一项得到后一项，即$2^2-1=3,3^2-2=7,7^2-3=46$，所以答案应为$46^2-7=2109$。

35.C 【专家点评】这是一个递推数列，仔细观察，可以得出这样有规律的等式，即$1=3\times0+1,3=3\times1+0,8=3\times3-1,22=3\times8-2,63=3\times22-3$，所以答案应为$3\times63-4=185$，故选C。

二、数学运算

36.D 【专家点评】选取中间值法，所有这些数都接近1/2。$4/9<4.5/9=1/2,17/35<17.5/35=1/2,101/203<101.5/203=1/2,3/7<3.5/7=1/2,151/301>150.5/301=1/2$。所以151/301最大。

37.A 【专家点评】可以将8.4分解为2.1×4，即原式$=(2.1\times4\times2.5+9.7)\div(1.05\div1.5+8.4\div0.28)=(21+9.7)\div(0.7+30)=30.7\div30.7=1$。

38.A 【专家点评】这里考查到乘方的尾数，"乘方尾数"口诀：底数取个位，指数除4留余数。所以1999^{1998}的尾数与9^2的尾数相同，为1。

39.C 【专家点评】要使邮票最少，则要尽量多地使用大面额邮票，因为总额是1元2角2分，那么至少要有4张8分的，即3角2分，这样就还有9角，至少要有1张1角的，那么2角的就有4张。这样的话总共就至少有邮票9张。

40.A 【专家点评】可以设现有城镇人口为x万，那么农村人口为$70-x$，得出方程式$4\%x+5.4\%(70-x)=70\times4.8\%$，解出$x=30$万人。

41.C 【专家点评】星期问题有一个口诀，即"一年就是一，闰日再加一"，从2003年到2005年经过两年，中间还有2004年一个闰年，所以应该在星期二的基础上再加三天，即星期五。

42.C 【专家点评】当甲跑一圈时，乙比甲多跑$\frac{1}{7}$圈，丙比甲少跑$\frac{1}{7}$圈，由此可知乙、甲、丙的速度比为$\frac{8}{7}:\frac{7}{7}:\frac{6}{7}$即为8:7:6。根据路程公式，在时间相等的情况下，路程比等于速度比，所以当乙跑800米时，甲跑700米，丙跑600米。所以，甲在丙前100米。

43.B 【专家点评】设顺水速度和逆水速度分别为x和y，根据题目可以得出等式：$21/x+4/y=12/x+7/y$，即$9/x=3/y$，则$x/y=3/1$，所以正确答案为B。

44.C 【专家点评】设围成三角形时每边硬币数为x枚，则可根据硬币总数相等列方程$3x=4(x-5)$，解得$x=20$，即围正三角形时每条边用硬币20枚，三条边共用60枚，

面值为 $60 \times 5 = 300$ 分，即 3 元，答案为 C。

45．A【专家点评】根据题目可以列出一个等式，即喜欢球赛的人数＋喜欢戏剧的人数－既喜欢球赛又喜欢戏剧的人数＝总人数－既不喜欢球赛又不喜欢戏剧的人数（只喜欢电影的人数），即 $58 + 38 - 18 = 100 -$ 既不喜欢球赛又不喜欢戏剧的人数，既不喜欢球赛又不喜欢戏剧的人数为 22 人，即只喜欢看电影的人数为 22 人，答案为 A。

46．D【专家点评】以标准时间为准，过第 1 个小时，快钟比标准时间多走 1 分钟，慢钟比标准时间少走 3 分钟，两者与标准时间的差的比为 $1:3$；过第 2 个小时，快钟比标准时间多走 2 分钟，慢钟比标准时间少走 6 分钟，两者与标准时间的差的比为 $2:6 = 1:3$。依此类推，快钟与标准时间的差：慢钟与标准时间的差＝$1:3$，当快钟 10 点整，慢钟 9 点整时，慢钟比快钟慢了 60 分钟，如按 $1:3$ 的比例进行时间划分，则标准时间应为 9 点 45 分。

47．B【专家点评】这道题跟顺水行船问题是类似的，可以设扶梯的速度为 x。则根据两种情况下扶梯级数相等，可列方程 $(x+2) \times 40 = (x+3/2) \times 50$，解得 $x = 0.5$ 级/秒，则扶梯有 $(0.5+2) \times 40 = 100$ 级。

48．C【专家点评】这是一个排列组合题。要任选三个数，使得它们的和为偶数，只有两种选法：三个数都是偶数，或者三个数中两个是奇数。三个数全为偶数的选法有 $C_4^3 = 4$ 种。三个数中有两个奇数，一个偶数的情况，先从中选两个奇数，可能的选法有 $C_5^2 = 10$ 种，再从中选一个偶数，可能的选法有 $C_4^1 = 4$ 种。则三个数中两个奇数，一个偶数的选法有 $10 \times 4 = 40$ 种。任选三个数的和为偶数的选法有 $4 + 40 = 44$ 种。

49．B【专家点评】设甲为 x 岁，乙为 y 岁，则方程组为 $\begin{cases} y-(x-y)=4 \\ x+(x-y)=67 \end{cases}$，解得 $x=46$，$y=25$。

50．C【专家点评】本题中"会说汉语的有 6 人"，是明显的干扰条件。根据题目可知，东欧代表有 10 人，占了欧美代表的 $2/3$ 以上，那么欧美代表的人数 $< 10 \div 2/3 = 15$，即欧美代表人数至多为 14 人。欧美代表又占了与会代表的 $2/3$ 以上，那么与会代表的人数 $< 14 \div 2/3 = 21$ 人，即与会代表最多为 20 人。所以，排除 A、B 选项。如果与会代表是 18 人的话，亚太地区人数就占了 $1/3$，欧美代表人数肯定不足 $2/3$，所以排除 D 选项。故选 C。

第三部分　判断推理

一、图形推理

51．D【专家点评】观察图形可知，前四个图形都是大图形套小图形，而且小图形有部分跟大图形是重合的，所以只有 D 选项符合。

52．C【专家点评】观察图形可知，前四个图形都是两个图形叠加，并且重合的部分被上面的图形覆盖。符合条件的只有 C 选项。

53．B【专家点评】前四个图形，每个图形中都包含一个圆，由此可以断定第五个图形也是要包含圆的图案。

54．A【专家点评】前四个图形中的边数分别是 3、4、5、6 条，组成一个等差数列，所以第五个图形应该有 7 条边，按此规律要选 A 选项。

55．D【专家点评】第一组图形为轴对称图形，第二组图形前两个为中心对称图形，故选 D。A 选项很具迷惑性，但是它是翻转后对称的，而不是绕着对称点旋转对称的。

56．D【专家点评】第一组图形由内外两个图形组成，且两个图形形状相似。第二组图形，每一个都由相同的三个图形组成，且都是轴对称图形，故选 D。

57．A【专家点评】第一组图形都是由互不相同的两个图形组成，第二组图形前两个都是由三个互不相同的图形重叠而成，由此排除 B、C、D 选项。

58．D【专家点评】首先，纸板只有两个面是有竖线的，而且这两个面不相邻，所以 A、B、C 选项排除。

59．A【专家点评】首先，纸板的两阴影部分在折叠后是不可能连在一起的，B、C 选项排除，而 D 选项中小阴影块的位置显然错误，因此也排除。

60．B【专家点评】从纸板可以看出，两个阴影正方形的位置只能是相对的，所以 A、D 选项可以排除。同时，带黑点的三个面也不可能被彼此相邻，排除 C 选项。

二、定义判断

61．D【专家点评】本题实质是区分"工作扩大化"与"工作丰富化"，而二者区分的关键是"横向的工作多样化"与"纵向的更大的控制权"。A 选项是在横向部门上进行变化，使得工作多样化；B 选项是在横向水平上增加工作任务的数目；C 选项是在横向水平上增加工作任务的变化性；D 选项使员工有更大的控制权，在纵向水平上赋予员工更复杂、更系列化的工作。

62．C【专家点评】本题实质是区分组织行为塑造的四种方式，并要求对"负强化"的核心意义能准确理解，而理解"负强化"的关键是"取消或避免不希望的结果"。A 选项属于惩罚处理厌恶的结果；D 选项属于正强化；B 选项和 C 选项比较难分辨，但是 B 选项如果是"给员工设置可以实现的目标，使他成功"，这样就是正强化，选项设置的是"给员工设置无法实现的目标，使他从未经历过成功"，这就属于不给予强化的结果，是自然消退。故选 C。

63．D【专家点评】A 选项认为世界的本原是物质，这是唯物主义的论断；B 选项属于客观唯心主义；C 选项以"天"为世界的本原，天命是不可主宰的，也属于客观唯心主义；D 选项是把主观精神"思"作为真实的存在，而客观事物"我"是这种主观精神的产物，故属于主观唯心主义范畴。

64．B【专家点评】本题定义的关键是"按照我们对他的期望行事"。A 选项中小张父母对他的期望最终没有实现；B 选项中李老师的期望影响到了小张，使得他的成绩有提高，因此属于自我实现预言；C 选项中小红对父亲有期望，没有直接对父亲产生影响；D选项中小李的期望是针对自己的，而不是别人。

65. D 【专家点评】本题定义的关键是"自主决定"、"不属于正式工作要求"、"促进组织的有效性"。A选项，被迫加班不属于自主决定，排除；B选项，按时上下班属于正式工作要求，也排除；C选项，和同事起冲突不会促进组织的有效性，故不正确。帮助同事既属于自主决定，又不属于正式工作要求，还能促进组织的有效性，故选D。

66. D 【专家点评】本题定义的关键是"无章可循"、"多种方案"、"各有优缺点"。建筑工人施工、医院接收病人的步骤、企业定期记录存货，都是一定的规则和政策来依循的，都属于程序化的决策，只有制定公司发展战略是可以有各种各样的方案的，因此选D。

67. C 【专家点评】高峰体验是指本人在追求之后达到自我实现的顶峰时所获得的感觉，强调的是追求自我实现的过程中所体验到的一种心灵满足感与完美感。运动员获得奥运金牌、科学家获诺贝尔奖、收到理想大学通知书的感觉，都符合定义所涉及的主要方面，属于高峰体验的范畴。C选项中的观众只是旁观者，并不是亲身体验追求自我实现的感觉，不能算是高峰体验。

68. B 【专家点评】特设性修改的方式是对理论进行修改或者增加一些新的假定，特设性修改的目的是使科学理论免遭被否证，使其不具有可否证性或可检验性。A选项中，并未对理论进行修改，也未增加新的假设，只是增加了原理论中就已经存在的本轮的数目，不符合特设性修改的方式；C、D两项中都是以新的理论取代了旧的理论，不符合特设性修改的目的。B选项中亚里斯多德的信徒为了"一切天体都是完美球体"的学说，提出"月球上存在的不可检测的物质充满了凹处"这个假设，符合特设性修改的定义，故选B。

69. D 【专家点评】A选项中是烟草专卖局邀请商家增设香烟销售业务，不符合行政许可必须由市民、法人等进行申请的定义；B选项被吊销执照不是申请之后的结果；C选项虽然是申请之后的结果，但其单位并不是行政机关；D选项既有公民的申请，又有公安机关依法审查和核发驾驶证的行为，属于行政许可。

70. C 【专家点评】本题是选择不符合条件的论断。该定义的关键点是"直接"、"表示于外"、"口头或书面"。只有C选项是不符合口头或书面任何一种方式的。

三、事件排序

71. B 【专家点评】首先要建造陵墓，否则后面的活动不能进行了，这样可以排除C、D选项。建造陵墓之后还需要修饰一下，所以接下来可以是绘制壁画，后面的就进行排序了。故选B。

【专家点评】病人只有患病之后才能用药，可以……购药之后不可能马上就进行药品鉴定，排……案是B，只有用药无效之后，才会有家属

告状，进而有媒体报道，进而引发药品鉴定，最后出现诉讼结果。

73. D 【专家点评】(5)和(1)都是对自然景色的描述，所以应该排在一起，由此可以排除B、C选项。此外，发电送电与厂房连在一起，排除A选项。

74. D 【专家点评】只有先征兵，才能有战争，所以(5)应该排在第一，由此排除A、B选项。只有经过征战才能出现残余部队，所以(3)应该在(2)前面，由此排除C选项。

75. C 【专家点评】本题描述的是勘验一件谋杀案案件现场。经过一系列推理确定犯罪嫌疑人的过程。比较各项内容，发现(1)应在(3)之前，排除B、D选项。比较(4)和(1)，发现二者存在前后关系，排除A选项。故选C。

76. D 【专家点评】本题是对石油形成过程的描述，所以(2)是在最后的，由此可以排除B、C选项。根据常识我们知道，古浮游生物尸体的沉积是形成石油的前提条件，而且古浮游生物沉积之后才可能出现大量有机物积聚的情况，所以(5)是排在(1)前面的，所以排除A选项。

77. C 【专家点评】这是一个史实题，刘备三顾茅庐是使诸葛亮为世人知的前提，也是诸葛亮后来为蜀国建功立业的前提，所以三顾茅庐应该是排在第一位的，由此可以排除A、B、D选项。

78. C 【专家点评】生产力发展是商品经济出现的前提，所以(3)在(1)之前，由此可以排除A、D选项。社会分工扩大是出现商品经济的条件，有了社会分工的扩大，才会产生资本主义生产方式，所以(5)要在(2)前面，B选项也不正确。

79. C 【专家点评】本题考查的是生命的演化过程，地球生物圈肯定是最后形成的，由此排除B选项。根据生物演化常识可知，生命演化过程是：简单有机物→生物大分子→生命单体→原始水生物，故选C。

80. B 【专家点评】模拟这个事件的情景，即：在自由竞争的条件下，那些采取先进生产技术的工厂，提高了自己的劳动生产率，但同时也淘汰了富余的劳动力，造成了工人失业率的上升，贫富差距由此加大。故选B。

四、演绎推理

81. D 【专家点评】本题属于一道假设题。要得出题干的结论，需要一个假设，这个假设不存在，那么这个结论也不可能得到。A选项"在其创作晚期比早期更不愿意打破某种成规"，这样的话根本不能推知那部作品是早期的还是晚期的，错误；题干中指出作家晚期没有严格遵守成规，并不是说他日益意识不到，B选项错误；C选项是在题干中没有涉及的；只有D选项正确，因为这个作家在晚期没写过任何模仿其早期作品风格的小说，所以那部像他早期作品一样严格遵守了成规的小说才能被推断是创作于早期的。

82. A 【专家点评】这是一道直接推论题。从题干中看出，1999年之后，国产汽车的平均油效没有变化，但是国产汽车与进口汽车的平均油效之间的差距在不断减小，这只能说明进口汽车的平均油效在不断降低。故选A。

83. B 【专家点评】题干得出的结论是工业能源总耗用量的降低是因为工业部门采取了高效节能的措施,如果采取另外的措施可以降低能耗的话,那么这个措施就是正确答案。B选项"20世纪70年代一大批能源密集型工业部门的产量急剧下降",产量下降,自然消耗能源量也下降了,所以这个选项是可以削弱题干中的结论的。D选项只是减少了石油的消耗量,能源总消耗量不一定会减少,所以是不正确的。

84. B 【专家点评】题干的论述是说某国因为放松了对销售拆锁设备的限制导致盗窃案发生率上升,结论是严格限制销售该设备将减少盗窃发生率,要求寻找选项支持题干中的论述。题干中只是说盗窃案发生率急剧上升了,并没有指出总体犯罪率急剧增加,所以A选项错误;C选项的论述与题干无关;D选项的做法是可以通过限制销售拆锁设备降低盗窃案发生率,但是只能在几年后有效,而且只是说大多数易坏,并不是全部。因为严厉惩罚盗窃人对盗窃率没有影响,所以要从根源上降低盗窃率,只能采取对拆锁设备的销售的严格限制。故选B。

85. C 【专家点评】题干给出胆固醇下降的条件是:在摄入食物总量不变的情况下,增加每天进餐的次数。但是大多数人在增加进餐次数的同时,也增加了进餐量,所以他们的胆固醇水平并不能降低。由此推理可知,A、B、D选项的说法是有误的。

86. B 【专家点评】本题实际上是要求找出导致食用油税收额下降的原因。因为食用油是按照罐数来征税的,出售的罐数少了,所征的税必然少了,故选B。A和D选项实际上是会使税收增多的,C选项跟题目没什么关系。

87. A 【专家点评】首先要清楚题干中的现象和条件,现象是库尔勒物价上涨,条件是库尔勒成为石油开采中心。因为库尔勒之前没有成为石油开采中心的时候物价很低,所以物价上涨的一个原因是库尔勒成为石油开采中心,A选项正确。

88. C 【专家点评】题目要求证据补充说明新疗法在疗效上优于传统疗法,所以两种疗法的方法、成本在证明疗效上是没有作用的,A、B选项排除;患者的满意度也只是很主观的,并不能说明新疗法就胜于传统疗法,D选项排除。因为题干中只提到了传统疗法治愈患者的比例,并没有谈到它改善病情的比例,故选C。

89. D 【专家点评】本题主要是寻找支持论点的论据。题干中的论点是"检验司机走直线的能力是检验其是否适于驾车的最可靠的指标",合理的论据是要证明为什么在检验司机是否适于驾车时,检验其走直线的能力要比检验其血液中的酒精水平更可靠。只有D选项很好地解释了这一点。

90. C 【专家点评】首先看[3],桌上任意两种牌的总数不超过19张,假设超过了19张,那么这两种牌的总数为20张,另外一种就只有0张了。可见[3]是正确的,排除A选项。假设[2]错误,即桌上没有任何一种牌多于6张,那么三张牌的总数就不够20张了,所以[2]是正确的,排除B选项。假设[1]错误,即桌上没有任何一种牌少于6张,红桃、黑桃、梅花可以是7、7、6,成立,所以[1]错误。故选C。

91. D 【专家点评】题干中小李的观点是:广告厂商将高额广告费用通过提高商品价格转嫁到消费者身上。要削弱这个观点,就要找出与之相悖的说法。D选项正确。因为广告费用是个常量,只是在广告形式上有所选择。用在奥运会上的广告费用并不是额外的,不需要消费者负担。

92. A 【专家点评】本题的关键是要把握"调高水价"和"节约水资源"之间的关系。用户的不满不会对节约用水产生直接性的影响,所以[3]应该排除,也就是说,B、C、D三项都错误。

93. B 【专家点评】推论题。题干中提到,我国有些高等院校在招收新老师时,坚持有博士学位是必要条件,但少数优秀硕士毕业生也可以留校,因此A选项错误。C和D选项在题干中都没有反映,故选B。

94. D 【专家点评】题干中的观点是:通过评估各种濒临灭绝动物对人类的价值来决定保护哪些动物是不可行的,因为对动物的价值评价是不可能的。故选D。

95. B 【专家点评】题干中60个偏好吸吮右手的胎儿成长后仍习惯用右手,15个偏好吸吮左手的胎儿成长后只有5个变成"右撇子",这说明大部分人的偏侧性并不随着年龄的增长而变化。所以,B选项不能从题干中推导出来。

第四部分　常识判断

96. B 【专家点评】公民,是指具有一个国家的国籍,根据该国的法律规范享有权利和承担义务的自然人。

97. B 【专家点评】《中华人民共和国妇女权益保障法》规定:"禁止招收未满十六周岁的女工。"而B选项中女工已经年满17周岁,所以并没有触犯《中华人民共和国妇女权益保障法》。

98. A 【专家点评】我国法律规定,18岁以下的公民属于未成年人,A选项中被迫嫁人的女儿超过了18岁,不属于《未成年人保护法》的保护范围。该行为触犯了《婚姻法》中关于结婚年龄的限制:女不得早于20岁;还违背了《婚姻法》中"禁止包办、买卖婚姻和其他干涉婚姻自由的行为"。

99. D 【专家点评】乡、民族乡、镇人民政府是基层国家政权机关,而村民委员会是基层群众性组织,《村民委员会组织法》规定:乡、民族乡、镇人民政府对村民委员会的工作给予指导、支持和帮助,但是不得干预依法属于村民自治范围内的事项,村民委员会协助乡、民族乡、镇人民政府开展工作。

100. D 【专家点评】我国《宪法》规定:国务院根据宪法和法律,规定行政措施,制定行政法规,发布决定和命令。

101. D 【专家点评】政府采购是指各级国家机关、事业单位和团体组织,使用财政性资金采购依法制定的集中购目录以内的或者采购限额标准以上的货物、工程和服务的行为。一般以竞争性招标采购为主要方式,市场竞争是政府采购制度的灵魂和内在精神。

102. D 【专家点评】题干中指出"一般的事情"、"关键的事情",强调了管理工作中会有不同的事情,要协调处理好"关键的事情"和"一般的事情"之间的关系。由此可以推断出,管理工作最应重视的是协调计划和组织工作。

103. A 【专家点评】弹钢琴是一个具体而形象的比喻。可以想象一下弹钢琴的动作,十个指头都要动,但又不能同时按下去,要有节奏,互相配合。体现在对领导者工作的要求上,就是要求领导者要全面地看问题,系统、综合地把握事物。

104. B 【专家点评】税率过高会抵制消费,所以C选项错误。根据拉弗曲线,税收过高反而会导致政府的税收减少,所以A和D选项都是不能成立的。故选B。

105. C 【专家点评】通货膨胀一般表现为:货币贬值,物价上涨,经济呈过热的态势。一般情况下,生产者在经济看来一片繁荣的时候很愿意投资扩大生产,这就需要更多的劳动力,所以失业率会下降。但是当通货膨胀达到滞胀时,失业率反而会增高。因此,根据题干"一般会导致",选择C。

106. A 【专家点评】我国《宪法》规定:"中央和地方的国家机构职权的划分,遵循在中央的统一领导下,充分发挥地方的主动性、积极性的原则。"这是中央和地方国家机构职权划分的原则,也是中央和地方立法权限划分应遵循的原则。

107. C 【专家点评】《中华人民共和国对外贸易法》在主体上的适用范围包括在中国从事货物进出口、技术进出口和国际服务贸易活动的中国法人和中国其他组织,不包括香港地区货物进出口。故选C。

108. B 【专家点评】共同犯罪是指两人以上共同故意实施犯罪行为,要求两人以上既有共同故意又有共同行为。李某和张某并不符合这个条件,A选项错误。故意伤害罪,是指故意伤害他人身体健康的行为,即损害他人身体组织的整体性和人体器官的正常功能的行为,所以李某犯的是故意伤害罪。《刑法》关于盗窃罪的概念是"以非法占有为目的,秘密窃取数额较大的公私财物的行为。"《刑法》关于抢劫罪的概念是"以非法占有为目的,当场使用暴力、胁迫或其他方法,强行劫取公私财物的行为。"可见张某犯的是盗窃罪。

109. D 【专家点评】国家审计署刘家义副审计长公开表□,我国在今后将逐步推行绩效审计。

110. D 【专家点评】本题考查了全国人大常委会的人□□。《宪法》规定:在全国人大闭会期间,全国人大常□□据国务院总理的提名,决定部长、委员会主任、□□□的人选。

□□□专家点评】本题考查的是行政诉讼中的地域□□□。《行政诉讼法》规定:因不动产提起的

行政诉讼,由不动产所在地人民法院管辖。题目中张某提出的诉讼是关于他在朝阳区的一处商业用房的,房屋属于不动产,因房屋引起的诉讼就应由其所在地法院管辖,即朝阳区法院管辖。

112. C 【专家点评】《宪法》明确规定国务院的职权有:改变或者撤销各部、各委员会发布的不适当的命令、指示和规章。

113. C 【专家点评】法律生效有以下几种方式:(1)自法律颁布之日起生效;(2)法律本身规定具体生效的时间;(3)由另外的专门决定规定法律生效的时间;(4)规定法律颁布后的一定时间后生效。不管以何种方式,法律都要明确规定实施日期。法律的效力指向的是未来而不是过去。

114. C 【专家点评】我国《民法通则》的法人分类为:企业法人,机关、事业单位和社会团体法人。企业法人是以营利为目的,从事商品生产、流通和提供各类服务的经营性经济组织。机关法人是指根据法律规定或行政命令而成立的,行使国家权力和从事国家活动,具有法人资格的社会组织。事业单位法人是指从事社会公益事业的,具有独立法人资格的社会组织。社会团体法人是指由自然人或法人基于共同的目的而自觉成立,依其章程规定从事社会活动,具有独立法人资格的社会组织。中国摄影协会属于社会团体。

115. A 【专家点评】我国《宪法》规定:乡镇政权是我国农村的基层政权,是国家依法在农村建立的最基层的政权组织。村民委员会是村民自我管理、自我教育、自我服务的基层群众性自治组织。街道办事处是区人民政府的派出机关,受区人民政府领导,依据法律、法规、规章的规定或受本区人民政府委托,对本辖区内城市管理、社区服务、经济发展、社会治安等方面工作行使组织领导、综合协调、监督检查的职能。

第五部分 资料分析

116. C 【专家点评】工学学生所占的比例＝工学在校学生数÷在校生总数×100%＝3085÷9033.5×100%＝34.15%≈34%,故选C。

117. A 【专家点评】毕业生增长率:教育学＝[(79.8－52.6)÷52.6]×100%≈51.8%,经济学＝[(65.9－57.3)÷57.3]×100%≈15%,管理学＝[(193.2－139.9)÷139.9]×100%≈38.1%,医学＝[(79.5－62.6)÷62.6]×100%≈27%,故选A。

118. B 【专家点评】本题计算方法同上题,可先采用排除法。在校生增长率:历史学＝[(55.6－53.4)÷53.4]×100%≈4%,农学＝[(216.0－186.0)÷186.0]×100%≈16%,这就已经有两个低于20%的学科了,由此排除C、D选项。哲学＝[(6.6－5.4)÷5.4]×100%≈22.2%,经济学＝[(466.4－359.9)÷359.9]×100%≈29.6%,法学＝[(474.8－387.9)÷387.9]×100%≈22.4%,教育学＝

$[(470.3-374.5)\div374.5]\times100\%\approx25.6\%$，已经有四个学科的在校生增长率高于20%了，由此排除 A 选项。

119.C 【专家点评】2002 年招的新生数即 2002 年的在校生人数减去二、三年级的人数，而 2002 年二、三年级的学生是 2001 年一、二年级的学生，2001 年一、二年级的学生人数＝2001 年在校生人数－2001 年三年级学生人数（2002 年的毕业生人数）＝7190.8－1337.2＝5853.6 千人，2002 年招生人数＝2002 年在校生人数－5853.6＝3179.9 千人，换算为万人，即为 318 万人。

120.B 【专家点评】根据上题可知，2002 年非新生的在校生占在校生比例＝（2001 年在校生－2002 年毕业生）/2002 年在校生，根据计算可得答案。

121.A 【专家点评】材料中有"以北京、天津为核心的京津冀城市群分布比较散乱"，但不能从这点推断出京津冀的产业联系不紧密，故选 A。其他三项在材料中都有反映。

122.D 【专家点评】2003 年城镇人均可支配收入占人均 GDP 的比例，直接计算得出结果：北京，13883/36613≈0.38；天津，10313/28574≈0.36；河北，7239/10513≈0.69。故选 D。

123.C 【专家点评】2003 年的投资额为 5000×（1＋20.9%），2004 年的投资额为 5000×（1＋20.9%）（1＋20.9%）＝7308.43 元。

124.B 【专家点评】题干中指出，京津冀城市群分布比较乱，要强化各个区域的职能分工，必须要三个城市的共同合作。其他三项都是河北省可以单方面完成的。

125.C 【专家点评】根据题干可知，河北省城镇居民可支配收入比全国平均水平低 14.6%，那么全国平均水平为 7239/（1－14.6%）≈8477 元，北京市城镇人均可支配收入比全国平均水平高出的部分＝（13883－8477）÷8477≈64%。

126.D 【专家点评】根据题干给定的计算方法可知，1996 年的指数＝1996 年数值/1995 年数值×100，那么，1996 年数值＝（1996 年指数×1995 年数值）/100＝（111.7×200）/100＝223.4 亿元。

127.C 【专家点评】由表中的数据可以计算出，2002 年人均国内生产总值指数相比 2001 年增长最多，所以 2002 年的人均国内生产总值增长最快。

128.C 【专家点评】由表可知，除了 1993 年和 1998 年外，第三产业的指数都高于人均国内生产总值。

129.B 【专家点评】根据材料给定计算方法，假设 2003 年的人均国内生产总值为 x，2002 年为 y，2001 年为 z，那么 $111.9=100x/y$，$113.7=100y/z$。所以 $x/z=1.272$，2003 年比 2001 年人均国内生产总值增长的比例＝$[(x-z)/z]\times100\%=(x/z-1)\times100\%$。综合这两个算式，可得出答案为 $(1.272-1)\times100\%=27.2\%$。

130.D 【专家点评】根据材料给定计算方法。假设 1995 年国民生产总值为 x，1994 年国民生产总值为 y，1993 年国民生产总值为 z。那么 $100x/y=107.6$，$100y/z=$

98.4，那么可以得出 $x/z=1.059$，进而得出 $x>z$，A 选项正确。同理可以计算出 B、C 选项的说法是正确的，只有 D 选项错误。

131.A 【专家点评】可以直接从图中观察得知，北京除了 1 月、2 月、10 月、12 月的日照时数少于 200 小时之外，其他月份都超过了 200 小时。

132.C 【专家点评】从图中直接观察得出，哈尔滨日照时数最多的月份是 6 月，大约为 320 小时，日照时数最少的是 1 月，大约为 100 小时，二者比值最接近 3.2。

133.B 【专家点评】从图中可以计算得出，北京日照时数之和约为 780 小时，哈尔滨约为 820 小时，上海约为 515 小时，拉萨约为 705 小时。所以哈尔滨 5、6、7 三个月日照时数之和最大。

134.C 【专家点评】根据选项，只要观察 1、2、10 月哪个月份日照时数最少，3、5、7、12 月里哪个月份日照时数最多，运用排除法就可以得出正确答案了。

135.D 【专家点评】A、B、C 三个选项都可以直接从图中观察得出，都是正确的说法。只有 D 选项错误，从图中可知，7 月份是各个城市日照时数差别最小的月份。

2005 年中央国家机关公务员录用考试《行政职业能力测验（二）》试卷

第一部分　言语理解与表达

1.B 【专家点评】给定文段前两句说的是科普文章需要"作家的笔"来避免枯燥，是说文学对科学的作用；后两句是说科学为文学写作"提供了一座富矿"，是说科学对文学的促进作用。所以，整个题干讲的是科学与文学间的相互激励作用，故选 B。A 和 D 选项只反映了一个方面，C 选项中的"依赖"运用不当。

2.A 【专家点评】题干第一、第二句是说只有尽快提高农民的文化素质和科技意识，才能适应新形势下农业面临的科技竞争；第三、第四句说的是农业发展需要高素质的农民；第五句是说国家决定大力发展农村成人教育。B 选项只是说了文意的一个方面，D 选项说的是一个既成事实，而题干分明说的是国家"每年将培训农民超过 1 亿人次"，C 选项并不是文段重点强调的内容。故选 A。

3.B 【专家点评】这是一道词语理解题，题干中"教育只应该是公益事业，是烧钱的事业"包含一个并列分句，只应该是……，是……，所以"公益事业"和"烧钱的事业"是互相解释，互为补充的。由此可理解，烧钱的事业与公益事业是应该有共同点的，即投资而不谋利。故选 B。

4.C 【专家点评】材料说的是结构游戏可以培养幼儿的多种能力，但要使结构游戏发挥这样的作用，就需要幼儿师在参与游戏时掌握恰当的教法。所以,正确答案是C。A和D选项只是提到了文章的一个方面,并不是主旨。B选项说的是幼儿教师和幼儿能力形成之间的关系,没有涉及结构游戏这个主旨,因此也不正确。

5.B 【专家点评】A选项不正确,是因为在家长给孩子的零花钱方面,题目中只说了上海最低,北京和广州没有做比较;C选项不正确,在其他教育方面的支出水平,广州和北京之间没有作出比较,也就不能说广州介于北京、上海之间。D选项同理,材料中并没有比较北京与上海为子女教育支付给学校的费用水平,故D排除。(注:本题只有B选项可能正确,但并不必然。子女教育的总体水平=为子女教育支付给学校的费用+其他教育支出,所以不一定必然选B。只是从材料中"上海家庭的支出水平'显著'较低"的"显著"两字进行的推理。)

6.C 【专家点评】这是一道观点题。"笔者认为"后面的部分是作者的观点,内容是批判"一种很流行的观点"的,由此可知作者的观点并不流行,排除B、D选项。在没有其他说明的情况下,我们无法判断作者这种观点是否是正确的,所以排除A选项。

7.A 【专家点评】本题虽然谈到了"米开朗基罗笔下的人物"、"意大利"、"人体艺术",但这些都不是材料谈论的重点。材料最后一句话明确指出了这段材料的谈论重点,即文艺复兴运动与现代体育的渊源。故选A。

8.D 【专家点评】题干中只说明禽流感的特效药泰米氟氯在越南很难广泛流通,并没有说明其他抗禽流感的药很难流通,更不能说明越南买不到治疗禽流感的药,故排除A、B两选项。泰米氟氯只是禽流感特效药中的一种,并不能因泰米氟氯的流通尚需时日,说明全部禽流感特效药在越南广为流通尚需时日,故C项也应排除。故选D。

9.B 【专家点评】材料中"像尘土一样卑微"、"如草芥一样的生命种子"都说明了生命的平凡,所以A选项错误。"他们常常让我感觉到这个平凡的世界是那么可爱"、"……其实是那么坚韧和美丽",这几句话都说明了生命是因为平凡才美丽的,所以B选项正确。

10.D 【专家点评】"人们不喜欢丢掉自己的原有'地盘',不喜欢丢面子。"这显然是作者批评的现象。所以作者的观点就是:不要顾及自己的面子,要舍得丢掉自己的原有"地盘"。材料中的"思想陷阱"指人们对"沉没成本"的念念不忘,而实际上这种成本"只有在产品销售成功后才可顺利回收"。所以当决定是否进行投资的时候,必须忘掉自己过的投资。

11.D 【专家点评】整个材料都是针对陪审人员专业化的,由一个假设句起头,引出普通人也该参与到司法,故选D。A、B选项都没有论及,C选项并不是容。

点评】因为有最低工资标准,雇主们完全择"生产力较高或较可爱"的人聘用,

这就使得那些贫困工人们在报酬上没有了优势,造成更加严重的失业。故选C。

13.C 【专家点评】题干中说"正常儿童一时专注于一种或两种事情是常见的现象……这些临时的狂热最终都会过去",那么可以推出异常专注或冷漠就是孤独症的表现了,故选C。因为正常儿童也喜欢叮当声和米老鼠,所以A选项错误;有些正常儿童天生就不喜欢人抱,这也不能说明不喜欢人抱就容易得孤独症,B选项错误;学广告片只是儿童的临时的狂热,并不能成为孤独症的诱因,所以D选项错误。

14.B 【专家点评】题干中包含了"危机处理"和"危机管理"两个概念。A、C选项在材料中都没有体现,排除。根据材料可知,危机处理就是针对危机爆发期的处理,而危机管理是包含这一点的,所以B选项正确。材料只是提到危机管理"具有预警能力",但并不是说就可以预防危机事件发生,所以D选项错误。

15.D 【专家点评】这段话的主旨是:柔软胜过坚硬,无为胜过有为。A选项的意思在文中并没有体现,B、C选项表述过于绝对,材料是想借这个例子来引申说:人生应当保持"低姿态"。故选D。

16.C 【专家点评】这段材料主要说的是传统司法程序对公民权利造成伤害,而且这种伤害缺乏有效可行的保障机制来恢复和弥补。A选项只是谈到了一种现象,并没有涉及文章主旨;B和D选项都是根据材料推导的结论,并没有真正体现主旨,属于过度引申。

17.D 【专家点评】材料第一句是说"早餐吃冷饮伤害'胃气'",第二句是说为什么会伤害,第三句是说应该吃什么。可见,最后一句才是材料的中心,即夏天早餐究竟是应该吃冷饮还是热食。A和B选项都很片面,C选项比较难排除。因为题干最后一句话说早饭应先吃……,然后吃……,不仅说到了早餐该吃什么,还讲到了吃早餐的顺序,故选D。

18.D 【专家点评】材料从两个角度说明了武陵源的魅力:在外人看来,武陵源神奇、秀丽;在当地人眼中,武陵源极具神话色彩。所以,材料说明的是无论对当地人还是外人,武陵源都是有魅力的。故选D。

19.D 【专家点评】题干中出现了转折连词"但",一般情况下,转折连词后面的部分是作者要强调的,这就需要注意"但"后面的内容了。后面半句话表明了我国政治受现代西方政治文明的影响,故选D。

20.A 【专家点评】题干用两个"如果"引导的句子,从反面论述了不去大胆尝试的后果,说明要勇于尝试,故选A。

21.D 【专家点评】A、B、C三项都只是题干中反映出来的现象,而正是因为对人才概念的错误认识才会导致这些现象的产生,故选D。

22.C 【专家点评】因为材料强调的是"事死如事生",说的是古人非常重视身后事,作为不可或缺的金钱,必然会伴

随着死者,由此可推断出古人墓中可能留有金钱,故选C。

23.C【专家点评】本段文字的主题句是由"因此"引导的句子,从"思想家的使命,只在于……,而不在于……"可以得知,思想家的使命是以自己的眼光来表达对世界的认识,故选C。

24.D【专家点评】本段文字是对家丑问题的探讨,用"不亮"、"亮了"两种情况做对比,指出要敢于亮家丑,然后才能积极解决。A选项中的"欲盖弥彰"与文意不符;B、C两项在文字中没有反映;D选项正确地表达了材料的意思。

25.B【专家点评】"换句话说"是对前面内容的进一步解释,后面部分的意思是教育的目标应该是教会学生如何自己管理自己,挑战不合理的规范,制定新的社会规范,所以批判的应该是一味地要求学生循规蹈矩。

第二部分　数量关系

一、数字推理

26.B【专家点评】原数列可以看作是:$27=3^3$,$16=4^2$,$5=5^1$,$1/7=7^{-1}$。从排列的规律来看,底数应该为等差数列:3,4,5,(),7,所以括号里应该是6;指数也是等差数列:3,2,1,(),-1,所以括号里应该填0。故所求项为$6^0=1$,答案为B。

27.B【专家点评】原数列可以变为:$\frac{1}{6},\frac{4}{6},\frac{9}{6},\frac{16}{6}$,从排列规律看,分子为平方数列,即$1^2,2^2,3^2,4^2$,那么接下来的分子肯定是$5^2$,分母还是6,即$\frac{25}{6}$,答案为B。

28.B【专家点评】观察发现原数列的排列规律,即$3=2\times1+1$,$7=2\times3+1$,$17=2\times7+3$,$41=2\times17+7$,所以括号中应该填的是$2\times41+17=99$,答案为B。

29.B【专家点评】原数列的排列规律是:$0=1^3-1$,$-1=0^3-1$,$-2=(-1)^3-1$,所以括号内应该填的是$(-2)^3-1=-9$。

30.C【专家点评】原数列的排列规律是前两项之和减1等于第三项,即$2=2+1-1$,$3=2+2-1$,$4=3+2-1$,$6=4+3-1$,所以答案为$6+4-1=9$。

31.A【专家点评】先将原数列进行分母有理化可得出:$(\sqrt{2}-1)/1,(\sqrt{3}-1)/2,(\sqrt{4}-1)/3$,这样就会发现一个规律,所以括号中应该填的是$(\sqrt{5}-1)/4$,故选A。

32.A【专家点评】将原数列进行两两分组可得出,(1,1),(8,16),(7,21),(4,16),(2,?),每组第二项除以第一项为1,2,3,4,是个等差数列,所以最后一项除以2应该等于5,故选A。

33.C【专家点评】三级等差数列变式。两两相减得到一个二级数列:4,14,30,52,再两两相减得到一个三级数列:10,16,22,这是一个公差为6的等差数列。由此推断三级数列最后一项为28,二级数列最后一项为80,则一级数列最后一项为180。

34.D【专家点评】本题是一个递推型数列,从第三项开始,前两项乘积的一半等于第三项,即$3\times4\div2=6,4\times6\div2=12,6\times12\div2=36$,则括号中应填的数为$12\times36\div2=216$。

35.C【专家点评】本题是和数列的变式。第1项加第3项得到第2项,第3项加第5项到第4项,第5项加第7项到第6项,依此类推。

二、数学运算

36.B【专家点评】原式$=2004\times(2.3\times47+2.4)\div(2.4\times47-2.3)=2004\times(2.3\times47+2.4)\div[(2.3+0.1)\times47-2.3]=2004\times(2.3\times47+2.4)\div(2.3\times47+4.7-2.3)=2004\times(2.3\times47+2.4)\div(2.3\times47+2.4)=2004$。

37.D【专家点评】选取中间值法,所有这些数都接近1/2。$4/9<4.5/9=1/2$,$17/35<17.5/35=1/2$,$101/203<101.5/203=1/2$,$3/7<3.5/7=1/2$,$151/301>150.5/301=1/2$,所以151/301最大。

38.D【专家点评】运用乘方尾数法,原式的结果的尾数与各数尾数计算的结果一样,因为$3\times3\times3-2\times2\times2=27-8=15$,个位数为5,运用排除法,选择B。

39.C【专家点评】根据题目可列方程式计算,即设该商品的销售价为x,因为进货价不变,所以$0.9x-215=0.8x+125$,解得$x=3400$,则进货价为$3400\times0.9-215=2845$。答案为C。

40.D【专家点评】设小偷的速度为x,则某人的速度为$2x$,汽车的速度为$2x\div(1-4/5)=10x$,某人下车时跟小偷之间的距离为$10(x+10x)=110x$,则他追小偷的时间为$110x\div(2x-x)=110$秒。

41.B【专家点评】假设1998年的速度为x,那么2000年的速度则为:$x(1+30\%)(1+25\%)(1+20\%)=1.95x$。1998年和2000年从甲城到乙城的距离是不变的,所以$19.5x=1.95x\times$时间,则时间为10小时。

42.A【专家点评】设每件商品的成本为x元,原先定价为100元,减价5%,即减5元,则每件售出价为95元,此时张先生订购的件数为$80+4\times5=100$件。因为利润相等,可以有这样一个等式:$(100-x)80=(95-x)100$,解得$x=75$。故选A。

43.B【专家点评】设顺水速度和逆水速度分别为x和y,根据题目可以得出等式:$21/x+4/y=12/x+7/y$,即$9/x=3/y$,则$x/y=3/1$,故选B。

44.C【专家点评】设围成三角形时每边硬币数为x枚,则可根据硬币总数相等列方程$3x=4(x-5)$,解得$x=20$,即围正三角形时每条边用硬币20枚,三条边共用60枚,面值为$60\times5=300$分,即3元,故选C。

45.B【专家点评】根据题目可知,先排除只会英语和日语的,则剩下$27-8-6=13$人,接着排除会英语与日语的剩下$13-5=8$人,会法语和日语中有2人和会英语与日语重复,只需减去1人,还剩$8-1=7$人,同理会英语与法语也有 2 人和前面重复,只减去 2 人,最后只能教法语的有 7－2＝5 人。

46.C【专家点评】由题目可知,慢钟与标准钟的速度比是 57：60,当慢钟从早晨 4 点 30 分到上午 10 点 50 分的时候,走了 380 分钟,可以假设标准钟走了 x 分钟,那么 57：60＝380：x,x＝400 分钟＝6 小时 40 分钟,则标准钟从 4 点 30 分走过 6 小时 40 分钟之后,为上午 11 点 10 分。

47.C【专家点评】根据题目可知道,女孩、男孩用的时间是相等的,扶梯从楼上到楼下的距离也是一定的,所以女孩走过的扶梯＋电梯运行距离＝男孩走过的扶梯－电梯运行距离,即 40＋电梯运行距离＝80－电梯运行距离,电梯运行距离为 20 级,所以静止时可以看到的扶梯梯级有 40＋20＝60 级。

48.A【专家点评】根据星期问题口诀"一年就是一,闰年再加一",从 2003 年到 2005 年经过两年,中间的 2004 年是个闰年,所以应该在 2003 年的基础上加三,即星期五加三天为星期一,答案为 A。

49.B【专家点评】设甲为 x 岁,乙为 y 岁,则方程组为 $\begin{cases} y-(x-y)=4 \\ x+(x-y)=67 \end{cases}$,解得 $x=46, y=25$。

50.A【专家点评】可假设每个人分得的鲜花数为 a、b、c、d、e,从小到大排列且总和为 21。要使 e 在五个数里面最大(但在可能的情况下仍是最大里面的最小)应该是多少?先求平均数,$21÷5=4.2$,假设 $e=5$,其余四个数总和为 16,存在 d 大于 e 的情况;假设 $e=6$,其余四个数总和为 15,存在 d 大于 e 的情况;假设 $e=7$,其余四个数总和为 14,存在 d 小于 e 的情况,所以 7 朵的情况是可以成立的。

第三部分 判断推理

一、图形推理

51.A【专家点评】前四个图形中的边数分别是 3、4、5、6 条,组成一个等差数列,所以第五个图形应该有 7 条边,按此规律要选 A。

52.A【专家点评】观察图形可知,左边图形的形状种类为 1、2、3、4,呈递增状态,所以接下来的图形形状种类一定为 5。

53.A【专家点评】左边字体的笔画数目依次为 2、3、4、5,故推断出接下来的字笔画数目应该为 6,故选 A。

54.C【专家点评】左边每个图形都是中心对称图形,所以选 C。

55.D【专家点评】根据左边图形的规律:第一个图形与第二个图形叠加,得出第三个图形,故选 D。

D【专家点评】观察左图可知,第三个图形由第一、___而成,故选 D。

【专家点评】左图的小球和星星是逐层向下的,___形是逐层上移的,所以推断出 B 选项正确___图形的情形。

58.A【专家点评】注意灰色的折叠边,两块阴影部分是相邻的,可推断出答案为 A。

59.B【专家点评】图形中有两边凸起的折叠边,要注意线段的长短组合,可推断出答案为 B。

60.A【专家点评】观察图形注意两边有凹角的折叠边,可推断出答案为 A。

二、定义判断

61.D【专家点评】题干中明确指出,激励因素主要表现为工作的性质、实际的责任、个人成长和获得认可的机会以及成就感等。D 选项正是反映了个人工作被认可这个方面。A、B、C 选项都是和工作环境和条件相关的因素。

62.C【专家点评】此定义的关键点是:以未来为导向,在偏差发生之前阻止其发生。A、B、D 选项都是在偏差已经发生之后采取的措施,只有 B 选项正确。D 选项中出现了"修正差错"这个词,比较具有迷惑性,但是它也是偏差发生之后会采取的措施。

63.D【专家点评】此定义的关键点是:归因于内在特质上,忽视情景的重要性。A 选项没有提到情境,B、C 选项都考虑到了情景的重要性,只有 D 选项符合。

64.B【专家点评】本题定义的关键是"按照我们对他的期望行事"。A 选项中小张父母的对他的期望最终没有实现;B 选项中李老师的期望影响到了小张,使得他的成绩有了提高,因此属于自我实现预言;C 选项中小红对父亲有期望,但没有直接对父亲产生影响;D 选项中小李的期望是针对自己,而不是别人的。

65.C【专家点评】此定义的关键点是:与态度不一致的行为,不舒服的感觉。A、B、D 选项都是行为人根据自己的态度作出的行为,不符合认知失调的定义。只有 C 选项,小李的态度是不喜欢上司,行为却是要恭维上司,不舒服的感觉从"不得不"一词中体现出来。

66.D【专家点评】本题定义的关键是"无章可循"、"多种方案"、"各有优缺点"。建筑工人施工、医院接收病人的步骤、企业定期记录存货,都是有一定的规则和政策来依循的,都属于程序化的决策,只有制定公司发展战略是可以有各种各样的方案的,故选 D。

67.C【专家点评】高峰体验是指本人在追求之后达到自我实现的顶峰时所获得的感觉,强调的是追求自我实现的过程中所体验到的一种心灵满足感与完美感。运动员获得奥运金牌、科学家获诺贝尔奖、收到理想大学通知书的感觉,都符合定义所涉及的主要方面,属于高峰体验的范畴。C 选项中的观众只是旁观者,并不是亲身体验追求自我实现的感觉,不能算是高峰体验。

68.B【专家点评】特设性修改的方式是对理论进行修改或者增加一些新的假定;特设性修改的目的是使科学理论免遭被证伪,使其不具有可否证性或可检验性。A 选项中,并未对理论进行修改,也未增加新的假设,只是增加了原理论中就已经存在的本轮的数目,不符合特设性修改的方式;C、D两选项中都是以新的理论取代了旧的理论,不符合特设性修改的目的。B选项中亚里士多德的信徒为了"一切天体都是完美球体"的学说,提出"月球上存在的不可检测的物质充满了凹处"这个假设,符合特设性修改的定义,故选B。

69. D 【专家点评】A选项中是烟草专卖局邀请商家增设香烟销售业务,不符合行政许可必须由市民、法人等进行申请的定义。B选项中,被吊销执照不是申请之后的结果;C选项虽然是申请之后的结果,但其单位并不是行政机关;D选项既有公民的申请,又有公安机关依法审查并核发驾驶证的行为,属于行政许可。

70. C 【专家点评】本题是选择不符合条件的论断。该定义的关键点是"直接"、"表示于外"、"口头或书面"。只有C选项是不符合口头或书面任何一种方式的。

三、事件排序

71. D 【专家点评】(5)和(1)都是对自然景色的描述,所以应该排在一起,由此可以排除B、C选项。另外,(4)与(2)也是排在一起的,排除A。故选D。

72. D 【专家点评】只有先征兵,才能有战争,所以(5)应该排在第一,由此排除A、B选项。只有经过征战才能出现残余部队,所以(3)应在(2)前面,由此排除C选项。

73. C 【专家点评】本题描述的是勘验一件谋杀案件现场,经过一系列推理确定犯罪嫌疑人的过程。比较各项内容,发现(1)应在(3)之前,排除B、D选项。比较(4)和(1),发现二者存在前后关系,排除A选项。故选C。

74. D 【专家点评】本题是围绕一起交通事故展开的步骤,首先应该是事故受伤者被送到医院,(5)应该排在第一位,由此排除A、B选项。在现场拾到破碎灯罩之后应该是立即去检验、确定是哪种品牌汽车的零件,所以(2)跟(4)应该是排在一起的,排除C选项。

75. D 【专家点评】本题是按照事件发展的因果顺序进行的排序题,仔细分析顺序应该是:研制出新产品后,发现仿制品,进而起诉索赔,败诉,最后为保护自己的知识产权申请专利,D选项的顺序正确。因为如果先申请专利的话,发现仿制品后去起诉索赔是不会败诉的。

76. A 【专家点评】本题是按照事件发展的因果逻辑顺序进行排序的题目。仔细分析,暑期学校开展社会实践活动应排第一,因为没有这一项,后面的活动便不能合理展开,所以排除C选项。因为开展的暑期社会实践,所以林凯去了电视台做实习记者,任务是采访在华外国学生,进而发现自己的英语不好,为改善这一状况,林凯结交了很多外国朋友。所以,A选项的顺序正确。

77. C 【专家点评】本题是关于电影插曲的创作过程。首先,接到配音任务应该是五件事情中最基本的条件,排除B选项。电影取得成功之后,歌曲才能被广为传唱,所以(5)在(3)的前面,排除A选项。另外电影取得成功之后,紧接着不会去基层体验生活,排除D选项。

78. D 【专家点评】本题是天然气的形成过程。首先要有海洋生物的死亡,排除A、C选项。海洋生物死亡之后要经过沉积和细菌耗氧,才会有有机物的裂解,所以(3)在(1)的前面,正确顺序应该是D反映出来的。

79. C 【专家点评】生产力发展是商品经济出现的前提,所以(3)在(1)之前,由此可以排除A、D选项。社会分工扩大是出现商品经济的条件,有了社会分工的扩大,才会产生资本主义生产方式,所以(5)要在(2)前面,B选项也不正确。

80. C 【专家点评】本题考查的是生命的演化过程,地球生物圈肯定是最后形成的,由此排除B选项。根据生物演化常识可知,生命演化过程是:简单有机物→生物大分子→生命单体→原始水生物,所以正确答案是C。

四、演绎推理

81. D 【专家点评】甲认为儿时的大量阅读会导致近视,乙则认为观看远处景物有困难的孩子才会选择需要从近处观看物体的活动,如阅读。即近视看不清远处才会选择阅读,也就是说乙认为甲观点中近视的原因——阅读,其实是因为近视导致的结果,故选D。

82. D 【专家点评】题目中小李的观点是:广告厂商将高额广告费用通过提高商品价格转嫁到消费者身上。要削弱这个观点,就要找出与之相悖的说法。D选项正确。因为广告费用是个常量,只是在广告形式上有所选择。用在奥运会上的广告费用并不是额外的,不需要消费者负担。

83. A 【专家点评】本题的关键是要把握"调高水价"和"节约水资源"之间的关系。用户的不满不会对节约用水产生直接性的影响,所以(3)应该排除,也就是说,B、C、D三项都不能选。

84. B 【专家点评】推论题。题干中提到,我国有些高等院校在招收新老师时,坚持有博士学位是必要条件,但少数优秀硕士毕业生也可以留校,因此A选项错误。C和D选项在题干中都没有反映,故选B。

85. D 【专家点评】本段材料的主要内容为最后一句,即:智商高的人比智商低的人在大脑中主要负责记忆、反应和语言等功能的24个区域中灰质含量更多。由此可以直接推出答案为D。

86. C 【专家点评】这是一道假设题。正确答案是C选项,如果没有C选项的假设,即1991年前已经达到65岁以上却没有申请卡片的人,在1991年才申请卡片,那么题干所说的向本市移民的情况就不会必然出现。

87. C 【专家点评】本题是一道削弱题,B选项与题目无关,可以直接排除。A选项隐含的内容是,被调查对象的家庭不同;C选项隐含的内容是,被调查对象的年龄不同;D选项隐含的内容是,被调查对象的范围较小。这三项都有可能削弱结论,但A和D选项都不是绝对可以削弱结论的,只有C选项与结论的关联度最大。因为年龄越小,得虫牙的可能性就越小,所以,如果第二次调查的对象比第一次调查的对象平均年龄小的话,就不能得出孩子们的牙病比率低这个结论。故选 C。

88. C 【专家点评】本题题干中得出的结论是,阳光射入商场可以增加销售额。要支持这一论断,就必须要有没有阳光的情况下,该部门与其他部门销售额没有区别的例证。故选 C。

89. D 【专家点评】题干中所讲的海滩和海边建筑物之间高大的防护墙是用来保护海边建筑物的,但是这些防护墙不仅遮住了海景,还使海岸本身变窄了。这就是说,防护墙用来保护海滩的努力,从长远来看是适得其反的。

90. B 【专家点评】题干中讲到,贵族是居住在中心地区的,而这些作坊离中心有一定的距离,考古学家由此得出结论,认为这些作坊制作的珠宝不是提供给贵族的。可见,考古学家认定生产者和消费者地址一致才会得出这样的结论,所以 B 选项的假设是必不可少的。

91. A 【专家点评】本题需要支持型论据,用来支持题中的论断,只有 A 选项最符合。因为只有进行特定测试的路段包含了各种可能性,具有极其鲜明的代表性时,才可以使该举措在该市其他路段适用。B、C、D 选项对材料中的论断都有削弱作用。

92. B 【专家点评】本题推理的关键是画像时间和画家年龄之间的关系。只有假设画家在 63 岁时,不可能把画中的自己画成年轻时的样子,才可以推翻画作是 1930 年创作的这一论断。故选 B。

93. B 【专家点评】本题需要找出论据对题目中的论断做出补充。材料是说科学家对海底环境的了解不如对地球上其他环境的了解,而 B 选项中的观点正是说人们对水流在海底的循环形态不如人们对地球上的气流循环形态易于理解,是支持题干的论断的。

94. B 【专家点评】本题属于削弱型试题。题目中的结论是电影中的吸烟镜头不会影响电影在其他方面所揭示的历史真实性。A、C 选项都属于支持型论据,可以直接排除。B、D 选项对论断都有削弱作用,但是 D 选项涉及的是别的电影,不同电影的类似场景对电影本身起到的作用是不一样的,所以 D 选项的削弱性不是绝对的。B 选项是正确的,如果吸烟场景对这部电影来说是至关重要的场景的话,这里出现错误肯定会影响到电影的历史真实性。

95. C 【专家点评】题干中给出的胆固醇下降的条件是:在摄入食物总量不变的情况下,增加每天进餐的次数。但是大多数人在增加进餐次数的同时,也增加了进餐量,所以他们的胆固醇水平并不能降低。由此推理可知,A、B、D 项的说法是有误的。

第四部分　常识判断

【专家点评】公民,是指具有一个国家的国籍,根据……规范享有权利和承担义务的自然人。

……【专家点评】《中华人民共和国未成年人保护法》……重未成年学生受教育的权利,关心、爱

护学生。A 选项幼儿园教师在上课时吸烟,违反了未成年人保护法。

《未成年人保护法》中规定了:父母或其他监护人……不得使接受义务教育的未成年人辍学。D 选项中老王的做法违反该条规定。《未成年人保护法》还规定:营业性歌舞娱乐场所……不得允许未成年人进入……D 选项中的舞厅领班的做法违反了该条规定。B 选项中的父母违反的是《婚姻法》。

98. B 【专家点评】《中华人民共和国妇女权益保障法》规定:禁止招收未满十六周岁的女工。B 选项中的女工已经年满 17 周岁,所以并未触犯《中华人民共和国妇女权益保障法》。

99. C 【专家点评】我国《宪法》规定:城市和农村按居民居住地区设立的居民委员会或者村民委员会是基层群众性自治组织。

100. B 【专家点评】本题用"掌舵"和"划桨"两个形象的比喻来说明政府的主要作用。"掌舵"象征的是决策和指挥,"划桨"象征的是对命令的执行和操作,故选 B。

101. D 【专家点评】政府采购是指各级国家机关、事业单位和团体组织,使用财政性资金采购依法制定的集中采购目录以内的或者采购限额标准以上的货物、工程和服务的行为。一般以竞争性招标采购为主要方式,市场竞争是政府采购制度的灵魂和内在精神。

102. D 【专家点评】题干中指出"一般的事情"、"关键的事情",强调了管理工作中会有不同的事情,要协调处理好"关键的事情"和"一般的事情"之间的关系。由此可以推断出,管理工作最应重视的是协调计划和组织工作。

103. A 【专家点评】弹钢琴是一个具体而形象的比喻。可以想象一下弹钢琴的动作,十个指头都要动,但又不能同时按下去。要有节奏,互相配合。体现在对领导者工作的要求上,就是要求领导者要全面地看问题,系统、综合地把握事物。

104. B 【专家点评】税率过高会抑制消费,所以 C 选项错误。根据拉弗曲线,税收过高反而会导致政府的税收减少,所以 A 和 D 选项都是不能成立的。正确答案为 B。

105. A 【专家点评】我国《宪法》规定"中央和地方的国家机构职权的划分,遵循在中央的统一领导下,充分发挥地方的主动性、积极性的原则。"这是中央和地方国家机构职权划分的原则,也是中央和地方立法权限划分应遵循的原则。

106. C 【专家点评】《宪法》明确规定国务院的职权有:改变或者撤销各部、各委员会发布的不适当的命令、指示和规章。

107. C 【专家点评】《中华人民共和国对外贸易法》在主体上的适用范围包括在中国从事货物进出口、技术进出口和国际服务贸易活动的中国法人和中国其他组织,不包括香港地区货物进出口,故选 C。

108. A 【专家点评】《中华人民共和国合同法》第六十五

条规定:"当事人约定由第三人向债权人履行债务的,第三人不履行债务或者履行债务不符合约定,债务人应当向债权人承担违约责任。"

109.D【专家点评】国家审计署刘家义副审计长公开表示,我国在今后将逐步推行绩效审计。

110.D【专家点评】本题考查了全国人大常委会的人事任免权。《宪法》规定:在全国人大闭会期间,全国人大常委会有权根据国务院总理的提名,决定部长、委员会主任、审计长、秘书长的人选。

111.B【专家点评】本题考查的是行政诉讼中的地域管辖中的专署管辖。《行政诉讼法》规定:因不动产提起的行政诉讼,由不动产所在地人民法院管辖。题目中张某提出的诉讼是关于他在朝阳区的一处商业用房的,房屋属于不动产,因房屋引起的诉讼就应由其所在地法院,即朝阳区法院管辖。

112.B【专家点评】国务院办公厅属于国务院内设机构,不是独立的行政机关。所以,国务院办公厅不能独立制定规章,只能代表国务院对其制定的规章进行解释。

113.D【专家点评】我国《宪法》规定:最高人民法院对全国人民代表大会和全国人民代表大会常务委员会负责。地方各级人民法院对产生它的国家权力机关负责。

114.B【专家点评】题干中所给的诗句来自张继的《枫桥夜泊》,"夜半钟声到客船"很好地对照了前面两句,给读者以提示:"愁"的是孤苦飘零,体现了思乡之苦。故选B。

115.C【专家点评】从产生发展至今,印章的最主要功能是作为信用的凭证。

第五部分 资料分析

116.C【专家点评】工学学生所占的比例=工学在校学生数÷在校生总数×100%=3085÷9033.5×100%=34.15%≈34%,故选C。

117.A【专家点评】毕业生增长率:教育学=[(79.8-52.6)÷52.6]×100%≈51.8%。经济学=[(65.9-57.3)÷57.3]×100%≈15%,管理学=[(193.2-139.9)÷139.9]×100%≈38.1%,医学=[(79.5-62.6)÷62.6]×100%≈27%,故选A。

118.B【专家点评】本题计算方法同上题,可先采用排除法。在校生增长率:历史学=[(55.6-53.4)÷53.4]×100%≈4%,农学=[(216.0-186.0)÷186.0]×100%≈16%,这就已经有两个低于20%的学科了,由此排除C、D选项。哲学=[(6.6-5.4)÷5.4]×100%≈22.2%,经济学=[(466.4-359.9)÷359.9]×100%≈29.6%,法学=[(474.8-387.9)÷387.9]×100%≈22.4%,教育学=[(470.3-374.5)÷374.5]×100%≈25.6%,已经有四个学科的在校生增长率高于20%了,故选A。

119.C【专家点评】2002年招的新生数即2002年的在校生人数减去二、三年级的人数,而2002二、三年级的学生是2001年一、二年级的学生,2001年一、二年级的学生人数=2001年在校生人数-2001年三年级学生人数(2002年的毕业生人数)=7190.8-1337.2=5853.6千人,2002年招生人数=2002年在校生人数-5853.6=9033.5-5853.6=3179.9千人,换算为万人,即为318万人。

120.B【专家点评】根据上题可知,2002年非新生的在校生占在校生比例=(2001年在校生-2002年毕业生)/2002年在校生,根据计算可得出答案。

121.C【专家点评】由材料可知,2004年的农作物总播种面积为66.06÷35%=188.74万亩,1983年的农作物总播种面积为10.54÷6.45%=163.41万亩。所以2004年的农作物总播种面积比1983年多188.74-163.41=25.33万亩,约25万亩,故选C。

122.D【专家点评】A选项是材料中直接反映出来的,正确。1983年酒泉市棉花平均单产为61.67公斤/亩,2003年酒泉市棉花平均单产为113.55公斤/亩,增长接近1倍,B选项正确。2004年全市农作物总播种面积为188.74万亩,2003年全市农作物总播种面积为58.74÷30.8%=190.71万亩,C选项正确。金塔、敦煌、安西三个县的棉花种植面积之和占全市棉花种植面积的92.53%,但棉花总产量占全市棉花总产量的91.52%,可以看出三个县的棉花平均单产是低于全市的棉花平均单产的,D选项错误。故选D。

123.A【专家点评】由材料可知,2003年酒泉市棉花总产量为6.67万吨,金塔、敦煌、安西三地的棉花总产量占全省的77.02%。由此可以推出,酒泉市比这三个地方的棉花产量高,甘肃全省的棉花产量不高于6.67÷77.02%≈8.7万吨。故选A。

124.D【专家点评】种植面积增大,产量提高;更新品种,推广多种技术;调整种植结构,向优势区域集中。这些在材料中都有所提及,只有D项没有提到。故选D。

125.C【专家点评】棉花种植面积增长4.57倍,棉花总产量增长9.26倍,棉花种植面积占农作物总播种面积的比重不到5倍,棉花平均单产增长不到2倍。故选C。

126.C【专家点评】材料中明确提到,国有企业出口额从1996年的37亿美元增到2003年的115亿美元,是在逐年上升而不是逐年下降的,故选C。

127.C【专家点评】材料中提到"1996年,外商与港澳台商独资企业、中外合资与港澳台合资企业和国有企业在高新技术产品出口额中所占比重都在30%左右",而国有企业在1996年的出口额是37亿美元,则37÷30%=123.3亿美元,选项C最接近。故选C。

128.B【专家点评】材料明确指出:国有企业数量比1999年增长11%,合资企业数量增长23%,外商与港澳台商独资企业数量增长了1.5倍,集体企业数量增长了1.2倍,私营企业数量增长了30倍。选B。

129.A【专家点评】若2003年相对于2002年的企业

口额增长率等于年均增长率,则2002年合资企业出口额＝236÷(1＋28％)＝184.3亿美元,2002年独资企业出口额＝683÷(1＋49％)＝458.4亿美元,2002年国有企业出口额＝115÷(1＋17％)＝98.3亿美元。则独资和合资企业出口额是国有企业的倍数＝(458.4＋184.3)÷98.3＝6.54,约为6.6倍。

130.B【专家点评】私营企业数量增长30倍,出口额年均增长率为331％,它所占的比重不可能没有变化,A选项错误;集体企业从1996年所占总额比重的30％到2003年所占总额比重的10％,下降了近20个百分点,B选项正确;外商与港澳台商独资企业所占比重从1996年的30％左右到2003年的62％,增加了三十二个百分点,C选项错误;中外合资与港澳台合资企业所占比重从1996年的30％左右到2003年的21％,下降了近9个百分点,D选项错误。故选B。

131.C【专家点评】根据图形所列数字,可以得出我国排在美国、英国、日本、德国、法国之后,列第六位。故选C。

132.B【专家点评】前三位为美国、英国、日本,这三个国家论文数为:313613＋87916＋81315＝482844,总论文数为974831,那么482844÷974831×100％≈49.5％,故选B。

133.C【专家点评】我国论文所占比例＝40758÷(313613÷32.17％)×100％＝4.1％,故选C。

134.B【专家点评】日本比英国论文数少的部分＝(87916－81315)÷87916×100％≈7.5％,故选B。

135.D【专家点评】法国和中国的论文数量差大于中国和加拿大或者意大利论文数量差,Ⅰ错误。前十之外的其他国家的论文数量为201258,德、法、意三国论文数量之和为:74552＋52142＋38064＝164758,Ⅱ正确。后七个国家的论文数量和为:论文总数－美国论文数－英国论文数－日本论文数－其他国家论文数＝974831－313613－87916－81315－201258＝290729,Ⅲ正确。故选D。